El enigma de los Ilenios III

CW00865700

Pedro Urvi

Trilogía El enigma de los Ilenios:
Libro I: MARCADO
Libro II: CONFLICTO
Libro III: DESTINO

Comunidad:

Web: http://elenigmadelosilenios.com/

Twitter: https://twitter.com/PedroUrvi

Facebook: http://www.facebook.com/pages/El-enigma-de-los-Ilenios/558436400849376

Ilustración portada por Sarima
http://envuelorasante.com/

Dedicatoria:

Esta saga está dedicada con todo mi cariño a mis maravillosos padres, por todo su amor y apoyo incondicional.

Índice

Mapa

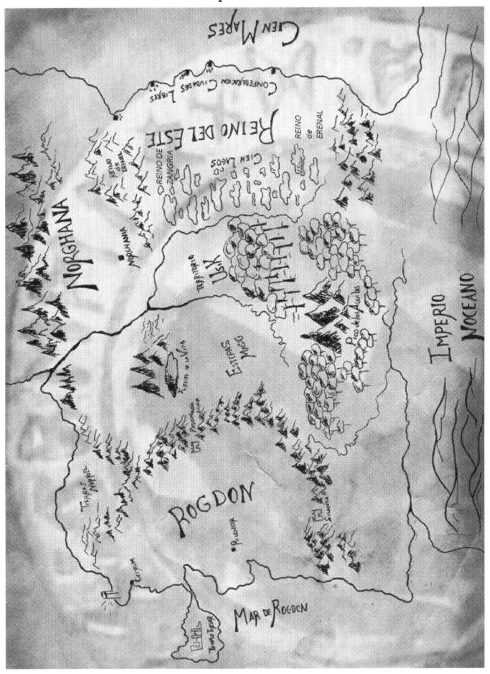

Prólogo

Una tiniebla mortal avanza sigilosa sobre Tremia, bajo sus negras alas porta un mal terrible e insondable.

La vida apacible y campesina de Komir, un joven Norriel, se ve abruptamente interrumpida por el brutal asesinato de sus padres. Clamando venganza y guiado por la Bruja Plateada de los Norriel se lanza a la búsqueda de los responsables con su gran amigo Hartz, un bondadoso y enorme Norriel que gusta del combate. En su camino se une a su aventura Kayti, una inquieta pelirroja perteneciente a la Hermandad de la Custodia que esconde un secreto que intriga a Komir y enamora a Hartz. Bajo el gran Faro de Egia, los tres aventureros y Lindaro, un Sacerdote del Templo de la Luz, dan con el Templo Ilenio del Éter, un templo subterráneo de los Ilenios, la gran Civilización Perdida que reinó en los albores de los tiempos. Komir, poseedor del Don, se hace con el Medallón del Éter. En Ocorum caen en una traicionera emboscada y el Medallón lo salva de una muerte cierta. Finalmente, Komir asume su gran poder y su sino: un Destino marcado por fuerzas que él aún ignora.

Iruki, una salvaje Masig, mata al infame Duque Orten tras haberla raptado y violado. Una siniestra figura de ojos rasgados que se presenta como Yakumo el Asesino la ayuda a escapar. Un Rastreador Real Norghano, Lasgol, es enviado a perseguir a la pareja, que no puede evitar enamorarse en la huida. El Rastreador les persigue implacable y en la huida dan con el Templo Ilenio del Agua e Iruki se hace con el Medallón del Agua. Finalmente los apresa y Yakumo, malherido, se entrega a los Norghanos, a una tortura insufrible, a cambio de la libertad Iruki. Lasgol descubre con gran pesar que todos sus esfuerzos por detener la guerra son baldíos al igual que su intento por interceder por el Asesino. Pero lo que Lasgol e Iruki desconocen es que el Asesino, con el cuerpo roto por la terrible tortura, ha conseguido escapar de los Norghanos, con ayuda de una traición.

Ajena a esos sucesos, Aliana, una dulce y bella Sanadora de la Orden de Tirsar, parte hacia la Corte de Rogdon para curar al hijo del Rey Solin, el Príncipe Gerart, que yace envenenado. Tras sanarlo, ambos se embarcan con un destacamento de Lanceros Reales en una odisea por encontrar al Mago de Batalla Haradin, al que encuentran carbonizado en el Templo Ilenio de la Tierra en el corazón del territorio Usik. Aliana se hace con el Medallón Ilenio de Tierra y crea un vínculo sentimental con Gerart. En la huida la tragedia los asola, los Usik los atacan y diezman la columna. La persecución de los Usik separa a la pareja, pues la Sanadora cae el río y Gerart parte con Haradin pues es imperativo salvar al Mago para proteger Rogdon ante el conflicto bélico que está por comenzar. Secuestrada por los Usik, Aliana conoce a otra prisionera, Asti, una frágil joven que le advierte de la cruel muerte que está a punto de sufrir. Ayudadas por el Lancero Kendas consiguen escapar. Tras abandonar territorio Usik, los tres fugitivos se topan con un Troll que pone en serio peligro sus vidas. Por fortuna, Komir aparece para salvarlos. Dos de los Portadores de los Medallones Ilenios se encuentra.

La unión mística de los tres Portadores de los Medallones Ilenios queda forjada.

Pero la guerra ha estallado.

Los tres grandes reinos de Tremia han entrado en un catastrófico conflicto armado provocado por Isuzeni, estratega de la Dama Oscura, gracias al asesinato de los diplomáticos Rogdanos a manos de sus Nigromantes. Ha comenzado una guerra de proporciones devastadoras que sumirá el oeste del continente en sangre, sufrimiento y desolación absolutas, tal y como desea la Emperatriz de Toyomi.

Al este de Rogdon, los Norghanos han tomado la Fortaleza de la Media Luna. Vienen desde las nevadas tierras del norte en busca de venganza tras la muerte del Duque Orten, hermano del rey Thoran. El bastión cae, pese a los esfuerzos del Mago de Batalla Real Haradin y del Príncipe Gerart por derrotar al temible Ejército del Hielo. Lomar, en un intento heroico por salvaguardar la huida de Haradin y Gerart, entrega la vida en honor a Rogdon, su patria.

Al sur, los Noceanos intentan conquistar la ciudad de Silanda. El gran Hechicero Zecly y sus Hechiceros de Sangre y Maldiciones consiguen decantar la contienda de su lado, derrotando a Mirkos el Erudito y obligando a los defensores Rogdanos a retirarse a la segunda muralla y al Castillo Ducal. La situación es desesperada.

Yuzumi, la Dama Oscura, extiende su siniestra sombra de maldad sobre el gran continente. Nada detendrá su ansia de poder y codicia. Dolor y sufrimiento sin parangón se aproximan a Tremia pues lo que desea, lo que necesita hallar allí se encuentra.

¿Qué transcendencia tiene el encuentro de los Portadores? ¿Qué relación hay entre Komir y los Ilenios? ¿Qué relación hay entre los Ilenios y los Portadores? ¿Se cumplirá la Premonición? ¿Quién saldrá victorioso del conflicto bélico? ¿Quién vivirá? ¿Quién morirá? ¿Cuál es el Enigma de los Ilenios?

Descúbrelo a continuación...

Encuentro

—¡Ayudadme, rápido! —rogó Aliana con voz quebrada por la preocupación.

Komir la observó un breve instante y, siguiendo la mirada de la bella joven de cabellos dorados, se percató del hombre que yacía inconsciente, o quizás muerto, a unos pasos al pie de una enorme roca. La mancha de sangre sobre la superficie de granito no era en absoluto buen augurio.

—Toma mi mano —ofreció Komir y ayudó a la joven a levantarse del suelo.

Del gran roble a su espalda descendió rápidamente otra joven. Su piel era de una suave tonalidad verdosa, lo cual dejó a Komir boquiabierto, pero lo que lo sorprendió incluso más fue que se movía entre las ramas con una soltura y habilidad propias de un animal. En un abrir y cerrar de ojos había descendido hasta el suelo desde prácticamente la copa del enorme árbol.

Komir no había salido todavía de su asombro cuando Aliana intentó avanzar en pos del caído. Dio un paso y perdió momentáneamente el equilibrio. Las piernas le fallaron, como si fuera a desmayarse y Komir la sujetó entre sus brazos.

—Despacio… no estás bien… —le dijo con suavidad.

—¡Kendas, ayudar! —expresó la extraña joven de complexión frágil y sorprendente piel verde. Señalaba de forma apremiante en dirección al hombre que yacía inconsciente en el suelo.

Komir dedujo que aquel hombre debía ser compañero de las dos mujeres. El Troll, aquella mala bestia brutal de instinto asesino que yacía muerta a unos pasos, debía de haberlo alcanzado al atacarlos. Mal asunto de ser así…

—Hartz, desmonta y explora la cueva. Con cuidado… —le dijo Komir a su amigo de enorme corazón y mayor tamaño.

—¿Crees que habrá otro Troll ahí adentro? —preguntó el gran Norriel sin disimular lo más mínimo el entusiasmo ante tal posibilidad.

—No lo creo, esas bestias son animales solitarios, al menos los machos. O eso tengo entendido aunque poco se sabe de ellos — aclaró Kayti desmontando su agotado corcel.

—¡Kendas, Kendas! —volvió a urgir la singular joven.

Komir hizo una seña con la cabeza a Kayti para que se acercara al herido. Aliana también intentó avanzar pero volvió a perder pie y Komir se apresuró a sujetarla de la cintura para ayudarla a caminar. La joven, cuyos inmensos ojos azules como el mar cautivaron por completo a Komir, tenía serias dificultades para mantenerse en pie. No conseguía recuperarse del terrible enfrentamiento con el Troll.

—Estoy bien... gracias... —balbuceó Aliana mientras avanzaban—. Tengo que... socorrer a Kendas...

Komir la observaba y el color ceniciento del rostro de la bella joven lo preocupó. Dudaba seriamente que estuviera en condiciones de ayudar a nadie. Llegaron hasta el herido y la insólita joven de piel verdosa se situó junto a Kayti mientras esta lo atendía.

—¿Él vivir? —preguntó a Kayti llena de una angustia terrible.

—Sí, está con vida, aunque de milagro —dijo la pelirroja de la Hermandad de la Custodia—. Tiene una fea herida en la cabeza y creo que algún órgano interno puede estar dañado. El Troll ha debido golpearlo salvajemente contra la roca.

—Feo asunto... —dijo Komir ayudando a Aliana a arrodillarse junto al herido.

—Aliana, curar —rogó la joven a Aliana, su rostro de jade mostraba una ansiedad sangrante.

—Necesito... un instante... —pidió Aliana, e inhaló profundamente para exhalar de forma prolongada al cabo de un momento. Volvió a repetir el proceso cerrando los ojos.

Kayti se acercó hasta Komir. En un disimulado soplo le susurró al oído:

—Cuidado, esa joven es una Usik…

De inmediato, a la mención del término Usik, Komir se tensó y su mano derecha buscó el pomo de su espada Norriel. Las historias que había oído de aquellos salvajes de los inmensos bosques eran escalofriantes. Las atrocidades que cometían contra los que osaban adentrarse en sus impenetrables dominios o accidentalmente se extraviaban y acababan en ellos, le habían sido narradas, con todo lujo de grotescos detalles en la posada del Caballo Volador. Pero ¿qué hacía aquella salvaje con Aliana? Y el malherido Kendas, ¿quién era? Ahora que reparaba en ello, aquel hombre llevaba ropajes extraños, de salvajes... Detrás de aquel insólito grupo había una historia que, sin duda, Komir necesitaba entender… No era momento de preguntas, pero vigilaría con atención los movimientos de la Usik.

—Ya me encuentro mejor… Ahora debo sanar a Kendas —anunció Aliana con tono sosegado.

Komir la observaba sin perder el más mínimo detalle de cuanto con ella acontecía. Comprobó con cierto alivio cómo el rostro de Aliana recuperaba algo de calidez natural. Parecía estar recuperándose y aquello provocó una inesperada centella de alegría contenida en el Norriel.

Aliana, de rodillas junto al herido, cerró los ojos y le puso las manos sobre el torso. La respiración de Kendas era ya apenas perceptible. Para enorme sorpresa de Komir que quedó anonadado, una energía azulada comenzó a fluir de las manos de la bella joven de dorados cabellos hacia el cuerpo del herido. Komir tuvo que ahogar una exclamación.

—¡Eres... eres una Sanadora! —masculló mientras contemplaba la curación. Komir había reconocido de inmediato la incomparable magia celeste, capaz de curar a los heridos y sanar a los enfermos que tanto lo había impresionado en Ocorum. Habían sido las Sanadoras con su Don las que habían salvado milagrosamente la vida del bueno de Lindaro y aquello jamás lo olvidaría.

—¿Es una Sanadoras de la Orden de Tirsar? —preguntó Kayti extrañada.

—Sí… lo está sanando con su magia.

—¿Cómo lo sabes? ¿Acaso eres capaz de percibirla? —preguntó Kayti recelosa al tiempo que se acercaba hasta Aliana para observar con más detalle lo que estaba sucediendo.

Komir no deseaba dar explicación alguna a la pelirroja y, mucho menos, sobre su poder. No se fiaba de ella lo más mínimo. El secretismo de Kayti casi había costado la vida a Lindaro. Komir no tenía más remedio que tolerar su presencia, por Hartz, por no enemistarlo. Si en su mano estuviera, haría tiempo que aquella mujer no los acompañaría. La pelirroja perseguía objetivos propios, una misión por orden de su Hermandad y, fuera cual fuera, la antepondría a ellos.

—Lo sé sin más.

Kayti le miró con ojos de desconfianza

—¿Puedes sentir su magia sanadora?

Komir no quiso desvelarle nada.

—Sé que es una Sanadora, no me preguntes el cómo.

—¡Shhhhhhh! —los amonestó la salvaje de piel de jade.

Komir y Kayti la miraron con hosquedad pero la Usik no se arrugó. Con mirada fría y determinada les dijo:

—Silencio, Aliana curar.

Komir observó a la Usik lleno de curiosidad. No parecía representar un peligro real y su preocupación por el herido resultaba sincera. Lo más apropiado en aquella situación era hacer caso a la Usik y permitir que Aliana hiciera uso de su Don en paz y tranquilidad. La vida de Kendas pendía de un hilo. Komir indicó a Kayti que lo siguiera y se alejó una distancia prudencial amortiguando los pasos al andar.

—¿Qué opinas, Komir? Extraño grupo... —susurró Kayti

Komir asintió, pensativo, necesitaba algo de tiempo para aclarar las dudas, su mente le bombardeaba con cientos de ideas y explicaciones diversas y no conseguía ponerlas en orden. Finalmente había encontrado a la portadora del medallón de los Ilenios, aquella a quien había visto en las visiones. Y ahora resultaba ser una

Sanadora... ¡Absolutamente fascinante! Aquella joven lo encandilaba con una sola mirada y Komir comenzaba a darse cuenta. Pero no podía permitir que la belleza de aquella mujer lo engatusara, tal y como le había sucedido al grandullón de su amigo con Kayti. No, Komir resistiría cualquier intento de seducción, no permitiría que nada ni nadie se interpusiera en su camino. Por muy bella o Sanadora que fuera.

—¡Por aquí todo bien, la cueva está vacía! —tronó Hartz desde la entrada de la caverna más disgustado que aliviado.

Komir se encogió del sobresalto y de inmediato indicó con un gesto al poco sutil de su amigo que guardara silencio. El gran Norriel se acercó hasta ellos y al contemplar la sanación preguntó a Komir en un susurro:

—¿Vive?

—Parece que sí, está intentando sanarlo —indicó Komir señalando a Aliana.

—¿Sanarlo? No entiendo... ¿Es acaso una Sanadora? —preguntó extrañado.

—Sí, eso parece —aclaró Kayti.

—Lo está sanando con su poder, con su magia —explicó Komir.

—Si tú lo dices.... Yo no veo más que una joven muy bella con sus manos sobre el herido, no veo magia por ningún lado —respondió Hartz.

Kayti se giró y lanzó una mirada fulgurante al gran Norriel. Por un instante, Komir pensó que atravesaría al grandullón con dos rayos de puro odio. Al ver la furibunda mirada de la pelirroja, Hartz se percató de su desliz e inmediatamente intentó subsanarlo, empeorando todavía más la situación.

—Esto... no quería decir que fuera bella... —carraspeó Hartz— simplemente que no veo magia alguna... de la guap... de la joven... que guapa, realmente guapa... no es... aunque fea tampoco sería justo llamarla... pero bella tampoco es del todo —se apresuró a rematar.

Kayti estaba roja de furia, los ojos verdes de la pelirroja parecían arder con un odio intenso y refulgente. Komir contempló la escena entre los dos amantes, aquello era nuevo para él y el comportamiento algo infantil de sus dos compañeros lo sorprendió y también disgustó. Por otro lado, y pensándolo mejor, su amigo estaba en un aprieto y aquello le convenía. Debía separar al grandullón de la pelirroja, salvarlo del embrujo femenino que lo tenía irremediablemente cautivado.

—¿No te referirás a ella? —preguntó Kayti con contenido enfado en el tono mientras señalaba a Aliana.

Hartz miró en la dirección señalada y Kayti le propinó un fugaz y certero puntapié que alcanzó al grandullón en la espinilla. Komir no pudo evitar sonreír al ver como Hartz retrocedía cojeando de dolor. Pero de inmediato su humor se ensombreció. Debía romper aquella relación amorosa como fuera, y lo haría, lo conseguiría de una forma o de otra.

—¿Todo bien en la cueva? —le preguntó a su amigo despejando un poco los sombríos pensamientos que albergaba.

—Sí… sí, no hay peligro. Lo único, no os adentréis demasiado. Al fondo he encontrado todo tipo de huesos, muchos de animales, pero no todos… Esa bestia devoraba todo cuanto a su alcance caía, incluidos desafortunados viajeros.

—Entendido…

—La verdad es que no puedo creer que las tres diosas me hayan dado la espalda así… —señaló Hartz.

—¿Se puede saber de qué hablas ahora? —le preguntó Kayti.

—¿Que de qué hablo? Llevo desde que salimos de Orrio deseando encontrarme con un Troll y cuando por fin nos topamos con uno, Komir se enfrenta a la bestia sin mí y la mata. ¡No puedo creer mi mala fortuna!

Komir negó con la cabeza aguantando una carcajada mientras Kayti entornaba los ojos y realizaba un gesto despectivo con la mano.

—Será zopenco, no puedo con él... —dijo Kayti dándole la espalda.

—Pero... ¿qué he dicho ahora? —protestó Hartz sin comprender la actitud de Kayti.

—Me hubiera gustado poder esperar y contar con tu ayuda, pero no había tiempo —le dijo Komir—. Escuché los gritos y me acerqué a galope tendido. El Troll estaba a punto de despedazar a Aliana, tuve que intervenir de inmediato. Te aseguro, grandullón, que hubiera deseado que estuvieras a mi lado. La verdad es que cuando vi al Troll el miedo casi me pudo. Un monstruo espeluznante... pensé que me descuartizaba vivo. Te confieso que pensé que no lo contaba...

—Desde luego es lo más grande y feo que haya visto —dijo Hartz mirando el cadáver de la bestia.

—¡No me digas que nunca te has mirado en un espejo! —respondió Kayti pendenciera.

Komir soltó una pequeña carcajada que hubiera preferido contener mientras la cara de Hartz enrojecía.

—Por fortuna, la bestia estaba ya mal herida cuando me enfrenté a él. Viendo lo que un oso pardo puede hacer a un hombre, sólo podía comenzar a imaginarme lo que el Troll haría conmigo. Así que me centré en evadir sus embestidas y atacar sus piernas, con intención de dejarlo tullido y así limitar su movilidad. Finalmente conseguí que las heridas de las piernas fueran lo suficientemente dañinas para que el monstruo cayera. Una vez en el suelo aproveché la oportunidad para matarlo.

—Muy inteligente, buena estrategia —apreció Kayti.

—Entre dos hubiera resultado mucho más fácil y de menor riesgo —dijo Hartz.

Komir sonrió.

—El siguiente que nos topemos lo matamos entre los dos, tranquilo.

—¡Fantástico! —exclamó Hartz lleno de alegría alzando sus musculosos brazos.

—Hombres… —protestó Kayti negando con la cabeza.

Kendas gimió de dolor y todos volvieron su atención al herido y la Sanadora. Contemplaron ensimismados mientras Aliana trabajaba arduamente por salvar a aquel hombre. Las horas transcurrieron interminables y al ver que la sanación se prolongaba, Komir decidió atender los caballos y preparar campamento para pasar la noche. Con la habilidad propia de los montaraces, los dos Norriel prepararon un fuego de campaña en la entrada de la cueva, al cobijo de la boca de granito. El viento ululante y el frescor de la nocturnidad no los alcanzaría bajo aquel resguardo. Los tres compañeros de aventura se sentaron junto al fuego y repusieron fuerzas mientras degustaban algo de carne seca y queso ahumado de las provisiones. Invitaron a la Usik a compartir cobijo y comida, pero ésta se negó a abandonar la vera de Aliana.

Era bien entrada la noche cuando finalmente la Sanadora emitió un prolongado suspiro y abrió los ojos. Al momento, todos se levantaron y la miraron indecisos.

—Ayúdame, Asti… —rogó a su amiga.

Asti la sujetó rápidamente para evitar que cayera al suelo.

—Las fuerzas… me abandonan…

Todos se acercaron hasta la Sanadora.

—Kendas, ¿vivir? —preguntó la Usik con rostro de marcada preocupación.

—Sí, Asti, Kendas vivirá… aunque necesita mucho reposo, sus heridas son graves…

—¿Lo acercamos al fuego para que reconforte su cuerpo? —ofreció Kayti señalando la hoguera.

—Sí… gracias…

Hartz y Komir portaron con cuidado al herido y lo depositaron al amparo del reparador campamento. Asti y Kayti ayudaron a Aliana a alcanzar el refugio y la Sanadora realizando un último esfuerzo sobrehumano les dijo:

—Gracias… cuidar de Kendas… necesita agua… a menudo…

Y perdió el conocimiento de la más pura extenuación.

La situaron junto a Kendas e intentaron arroparlos lo mejor que pudieron. Avivaron el fuego para mantener a los dos convalecientes protegidos del frío nocturno.

La Usik, al verse sola ante los tres compañeros, dio un paso atrás temerosa. Komir captó el súbito recelo de la frágil joven de piel de jade e intentó apaciguarla con sus palabras:

—No temas, no vamos a hacerte daño.

La Usik lo miró, con aquellos ojos tímidos, como estudiándolo, intentando percibir la veracidad de sus palabras. Komir alzó las manos y le sonrió. La Usik volvió a analizarlo, mirándolo fijamente a los ojos, y Komir casi pudo sentir cómo la joven leía sus pensamientos e intenciones.

—Yo, Asti —anunció relajando sus delgados hombros.

—Hola, Asti. Yo soy Komir, este grandullón a mi lado es Hartz y la pelirroja es Kayti.

Asti los miró con curiosidad, como si fuera la primera vez que realmente reparaba en ellos, y los estudió. Hartz esgrimió su característica sonrisa y acercándose a la Usik le dio una amistosa palmada en la espalda.

—Encantado, pequeña —le dijo el grandullón al tiempo que sin pudor alguno examinaba de cerca el color de la piel de la joven.

—Yo, Usik —dijo ella ante el escrutinio de Hartz.

—Déjala estar, Hartz… —le reprimió Kayti.

—¡Pero su piel es verde! No había visto nunca nada igual... ¡No me diréis que no es increíble!

—Tú sí que eres increíble. No seas bruto y déjala estar. Ya te ha dicho que es una Usik y el pueblo de los bosques interminables tiene la piel de jade —aleccionó la pelirroja.

—Eso yo no lo sabía. Y nunca antes había visto a una persona tan… tan…

—Diferente —terminó la frase Komir con una sonrisa dirigida a la Usik—. Te pido disculpas, mi amigo es bastante directo, rudo incluso, pero sincero.

—Y falto de buenos modales —apuntilló Kayti.

—Estar bien, directo bueno —señaló Asti.

—No quiero ni pensar lo que hará este bruto cuando nos crucemos con un Masig de piel rojiza…

—¿De piel rojiza? Me tomas el pelo, no hay gente de piel rojiza.

Hartz miró a Kayti y al ver la mirada de furia en sus ojos se convenció al instante.

—Bueno, si tú lo dices… así será…

Komir sonrió y pudo ver que la Usik se relajaba algo.

—Dime, Asti, ¿quién es el herido? ¿Viajaba con vosotras?

—Sí, Kendas amigo. Kendas soldado. Buen hombre.

—¿Soldado? ¿Rogdano? —preguntó Kayti.

—Kendas Lancero.

—Es un Lancero Rogdano. Eso me tranquiliza —reconoció Kayti.

—Entonces tenemos una Sanadora, una Usik y un Lancero… no deberían representar ningún problema aunque es un grupo un tanto extraño… —dijo Hartz.

—Mañana podemos indagar sobre sus andanzas, hoy ya es muy tarde. Descansemos y recobremos fuerzas —dijo Komir.

—Kayti, tú la primera guardia, luego Hartz y luego yo —estableció Komir ejerciendo de líder.

Kayti sonrió y se encogió de hombros.

—Sigo pensando que no hace falta que siempre me deis el primer turno… tanta caballerosidad no es propia de unos Norriel… pero si insistís…

Hartz sonrió y le guiñó el ojo con gesto jocoso.

Aquello disgustó a Komir.

—Tienes toda la razón, hoy haré yo la primera guardia, tú harás la última —dijo Komir a Kayti con un inconfundible tono de enemistad contenida. La pelirroja les había mentido y Komir no podía ni debía perdonar aquello, y aprovecharía cada oportunidad para hacérselo saber.

Kayti accedió con un gesto de cabeza y su mirada, intensa y mantenida, dio a entender a Komir que captaba la no tan velada acusación.

Hartz los contempló y negó con la cabeza, sus grandes ojos mostraban inequívocamente la agria tristeza que su corazón sentía.

Komir fue a por su piel de oso y se arrebujó en ella. Observó cómo la Usik atendía a Aliana y luego se cercioraba de que Kendas descansaba sin sufrimiento. El espíritu de Komir, que por alguna razón estaba algo más inquieto de lo habitual, comenzó a sosegarse. El frescor de la noche lo alcanzó repentinamente e intentó morder su cuerpo con fauces de hielo, pero la capa de piel de oso Norriel lo impidió. La cabeza de Komir no paraba de dar vueltas, tantas y tantas preguntas sin respuesta alguna se arremolinaban en su mente y lo martirizaban incesantemente. Había encontrado a la bella joven de dorados cabellos, a la portadora del medallón Ilenio de destellos marrones. Sabía que estaba recorriendo el sendero correcto, el camino que conducía hacia su destino. Aquel encuentro, fortuito o predestinado, pues no sabía cuál de las dos posibilidades conjeturar, así lo corroboraba. Aliana y él estaban destinados a encontrarse, así lo había percibido Amtoko, así lo indicaban los medallones, y así había sucedido. «¿Pero por qué motivo? Es más, y ¿ahora qué? ¿Cuál es el camino a seguir? ¿Cuál es el siguiente movimiento? ¿Qué nos deparará el traicionero destino?». Komir no tenía respuestas a semejantes preguntas, ni tenía intuición alguna sobre qué debía hacer, pero por alguna razón, estaba seguro de estar avanzando en la dirección correcta. «Muchas incógnitas, demasiadas preguntas… no me gusta nada… me pone muy nervioso...». Contempló el campamento, todos dormían apaciblemente al amparo de la cueva y el calor de la hoguera. Las respuestas no llegarían aquella noche, tendría que esperar hasta la mañana para comenzar a desvelar el siguiente paso hacia su destino, fuera el que fuera.

La noche transcurrió sin pormenores y con el nuevo amanecer los aventureros comenzaron a desperezarse. Hartz partió a cazar lleno de energía, seguro de conseguir unas buenas piezas con las que alimentar al grupo. Kayti se ofreció a seguir de guardia y proteger a los dos convalecientes que aún no habían despertado. Asti fue en busca de leña para seguir alimentando el fuego. Komir decidió ir a inspeccionar los alrededores y buscar un arroyo donde lavarse un poco ya que apestaba a sudor rancio y suciedad del camino después de tantos días de marcha y vicisitudes.

A media mañana, la fresca brisa acarició el rostro de Aliana incitándola a despertar para disfrutar del azul firmamento que los arropaba. La Sanadora abrió finalmente los ojos y miró alrededor agitada.

—¿Qué ha ocurrido? ¿Y Kendas? —exclamó llena de preocupación.

Asti, que atendía a Kendas, se apresuró al lado de Aliana.

—Kendas, bien, tú curar.

Aliana al ver la familiar cara de Asti y oír su voz comenzó a apaciguarse. Su corazón latía aún algo desbocado. Había despertado de una horrible pesadilla donde un demonio de ojos esmeralda la traicionaba para robarle su medallón Ilenio. Estaba empapada en sudor, el cuerpo le dolía horrores y se encontraba bastante desorientada, pero ya empezaba a centrarse. Eran las consecuencias a pagar por una sanación llevada al mismísimo borde del abismo. A ello se había visto obligada para conseguir salvar la vida a Kendas. Por un momento pensó que lo perdía para siempre, tan graves eran las heridas a las que se enfrentaba. Por fortuna Kendas era un joven sano y de constitución fuerte. Al final del dificilísimo proceso de sanación, ella misma había estado a punto de pagar con su vida la despiadada lucha contra la muerte. Había agotado toda su energía sanadora y como último recurso desesperado por no perder al Lancero ante la vil señora de la noche que venía a reclamarlo, había hecho algo prohibido entre las Sanadoras: había utilizado su propia energía vital en un intento desesperado por salvarlo. Aquello estaba prohibido en la Orden y, sin embargo, Aliana no había dudado, no podía dejar morir a su amigo, aunque pusiera en grave riesgo su propia vida. Y así lo había hecho. Sin siquiera dudarlo. Por fortuna ambos habían sobrevivido, esta vez, pero Aliana sentía en su alma que había ido demasiado lejos. Aquel camino conducía inexorablemente a la muerte y debía evitarlo. La próxima vez se contendría, debía hacerlo. Casi podía ver la cara de desaprobación y reproche de la Madre Sanadora Sorundi. «¡Cuánto la echo de menos, cuánto me gustaría estar junto a ella en el templo de la Orden de Tirsar ! Volver a recorrer mis amados acantilados buscando plantas medicinales, tirando al arco con las Hermanas Protectoras… cuántos buenos recuerdos…».

Tornando a la realidad se alzó y fue a comprobar cómo se encontraba Kendas.

—Yo cuidar bien —le dijo Asti asintiendo con la cabeza.

Aliana le sonrió. Efectivamente la Usik lo había cuidado bien y el Lancero se recuperaba favorablemente. Pero requeriría todavía de unos días de reposo para acabar de sanarse. Como Sorundi solía instruir a todas las sanadoras de la Orden: la naturaleza demanda siempre su tiempo para recuperar el cuerpo humano. El Don tiene sus límites y no obra milagros.

—Se recuperará, es fuerte —le aseguró a Asti esbozando una sonrisa.

La Usik asintió y sonrió. Su enigmática y retraída expresión se iluminó por un momento.

De pronto, sin saber de dónde, unos intensos ojos esmeralda golpearon la mente de Aliana, provenientes de una cercana memoria. Aquello la sobresaltó.

—El guerrero, Komir…, los otros… ¿Dónde están? —preguntó Aliana intranquila mirando alrededor y percatándose de que no se encontraban allí.

Asti miró al exterior de la cueva.

—Mujer pelo de fuego, fuera. Vigilar —señaló. Luego miró en dirección al cercano bosque al este— Guerrero grande como oso, cazar. Guerrero ágil como pantera buscar agua. —Aliana asintió y oteó las afueras hasta que alcanzó a ver a la mujer en blanca armadura junto a los caballos.

—Debo ir en busca de plantas medicinales para preparar una infusión restablecedora para Kendas. Cuida de él, volveré pronto.

—Yo cuidar —respondió Asti, y se ocultó tras su reservado semblante.

Aquella joven era un todo un enigma y Aliana era consciente de que tras aquella fragilidad y hermetismo había una historia que debía conocer. Una historia triste y profunda, muy probablemente, o así lo intuía ella. Sentía una enorme empatía por la joven Usik y deseaba conocerla mejor, ayudarla si en su mano estuviera el poder hacerlo. Pero aquel no era el momento idóneo para indagar en el pasado de la Usik, había cosas más apremiantes de las que encargarse. Buscó con la mirada el arco y el carcaj de Kendas y los encontró apoyados contra la abrupta pared de la cueva. Los cogió y se los colocó a la espalda con la misma destreza que lo haría toda una Hermana Protectora. Salió al exterior y comenzó a dirigirse hacia el bosque con paso presuroso.

Una voz de mujer la detuvo.

—¿A dónde te diriges, Sanadora?

Aliana se volvió y distinguió a la pelirroja en blanca armadura.

—Aliana, me llamo Aliana y sí, soy una Sanadora del templo de Tirsar —respondió ella con una sonrisa ante el tono inquisitivo de la soldado.

—Un placer, Aliana —dijo su interlocutora realizando una pequeña reverencia—. Mi nombre es Kayti, Caballero de la Hermandad de la Custodia.

—El placer, mío es —respondió Aliana amistosa.

—¿Te diriges al bosque? —inquirió Kayti, su tono aún algo cortante.

—Sí, necesito recolectar unas plantas medicinales para la curación de Kendas.

—Entiendo… Me pregunto si sabes usar ese arco que llevas a la espalda

—Sí, y muy bien por cierto —estableció Aliana un poco molesta por la duda.

—Me alegra oír eso, una mujer fuerte. Aunque he de reconocer que algo me extraña que una Sanadora sepa usar un arma.

—Te aseguro que así es —reiteró Aliana.

—Y yo te creo, pero me han encargado que cuide de vosotros y eso debo hacer —respondió Kayti—. Permíteme que te acompañe hasta el linde del bosque.

—Como gustes —dijo Aliana intentando no generar más tensión entre ellas.

Las dos caminaron observándose la una a la otra hasta llegar a los primeros abetos.

Kayti señaló en dirección este en el interior del bosque.

—Algo más adelante hay un arroyo y un pequeño estanque. Ten cuidado y si te ves en peligro grita. Iré a socorrerte. Hartz está cazando al oeste y Komir debe andar no muy lejos.

—Gracias, Kayti, así lo haré.

Aliana se internó en el bosque de abetos y fue abrazada por un sentimiento de paz, quietud y dulce bienestar. El bosque olía a verde, sabía a tierra húmeda. Estaba envuelta en naturaleza viva, alimentada de sosiego. Los helechos le acariciaban levemente las piernas al avanzar, las ardillas la saludaban saltarinas mientras jilgueros y gorriones revoloteaban sobre su cabeza a velocidades vertiginosas. El bosque rezumaba vida, alegría, y aquello llenaba su alma de bienestar. Llegó hasta el arroyo que zigzagueante descendía hasta un pequeño estanque. Un resplandor plateado bajo la transparente superficie acuosa le hizo descubrir un par de truchas arcoíris de respetable tamaño. Aliana sonrió, eran preciosas. El intenso rojo, verde y plateado de sus escamas en cola y aletas hacían honor a su denominación. Miró alrededor con detenimiento y si bien estaba rodeada de rica flora silvestre, no encontraba las plantas que necesitaba. Continuó avanzando siguiendo la vera del arroyo, bajo el repiqueteo insistente y los alegres cantos de los pájaros. Para los oídos de Aliana era auténtica música celestial.

Llegó a unos arbustos altos y finalmente distinguió junto a ellos lo que buscaba. Se arrodilló entre la alta maleza y con destreza obtuvo la preciada planta curativa. La guardó en una pequeña bolsa de cuero que portaba atada a la cintura. Su espíritu se animó, Kendas se recuperaría, la sabia madre naturaleza ponía a su disposición los medios a tal fin. Se levantó y miró por encima del alto follaje que le llegaba hasta los ojos. Ante sí tenía un apacible estanque de aguas plateadas rodeado de alto boscaje y grandes abetos. El estanque irradiaba una paz y serenidad encandiladoras bajo la cálida luz matinal que se colaba entre los árboles durmientes. Se trataba de una superficie tan lisa y reflectante que daba la sensación de ser el espejo olvidado de una divinidad en medio de aquel bello bosque de robustas tonalidades marrones y penetrantes verdes.

De repente, la idílica imagen se rompió. Quebrando la perfecta y lisa superficie argenta del estanque, una silueta varonil emergió del agua. Aliana contempló sorprendida cómo un joven, que debía de haber estado sumergido, salía del estanque. El agua chorreaba de su largo pelo castaño y caía sobre unos fuertes hombros y firme torso de marcados pectorales, descendiendo por un estómago donde unos músculos abdominales parecían haber sido cincelados en piedra. Aliana, de súbito, sintió un calor inusitado que le abducía el cuerpo, y el estómago le dio un vuelco al descubrir que bajo la estrecha cintura unos gastados pantalones de cuero aparecían donde esperaba encontrar algo mucho más excitante. Aquel pensamiento espontáneo la ruborizó completamente y unos sentimientos carnales que luchaba por soterrar comenzaron a poseerla, llenando su ser de una dulce vergüenza. Aquel atractivo joven cuyo rostro no podía distinguir bajo la empapada melena, tenía un cuerpo de marcados músculos y se movía con equilibrada agilidad, denotando seguridad, como un gran felino en su entorno natural. Distinguió varias cicatrices de cortes en los brazos y dedujo que debía ser un fuerte y ágil guerrero. El deseo la asaltó, el cuerpo del joven la dejó sin respiración.

El extraño se agachó hacia adelante en un movimiento rápido y de inmediato se irguió echando la cabeza atrás. El cabello despejó su rostro y Aliana se encontró nuevamente ante aquellos intensos y enigmáticos ojos esmeraldas.

¡Era Komir!

Todavía intentando recuperarse de la impresión y la vergüenza que sus indebidos sentimientos pasionales le habían producido escuchó la voz del joven Norriel:

—Hola, Aliana, ¿llevas mucho tiempo ahí?

Tiempos de Guerra

La ciudad ardía pasto de inclementes llamas que con terrible voracidad lo destruían todo. El cielo azulón del atardecer desaparecía eclipsado por las enormes columnas de humo que ascendían hacia los cielos cubriendo todo el horizonte. Allí donde uno posara la vista, sobre la una vez próspera ciudad, todo cuanto hallaba era un humo asfixiante y negruzco. Se podría decir que llovía hollín desde los cielos. La gran ciudad de Drasden, orgullo arquitectónico del este del reino de Rogdon, ardía como una gran pila funeraria.

Sobre una pronunciada colina, dos hombres en uniforme de gala Norghano observaban la destrucción de la ciudad más importante de todo el noreste de Rogdon. Tras los dos hombres, los estandartes y pendones ondeaban al viento mostrando orgullosos el rojo y blanco del Ejército del Trueno. Desde la aventajada posición, contemplaban todo el valle a sus pies y la condenada ciudad al fondo. Disfrutaban de una gran victoria conseguida para mayor gloria del Rey Thoran de Norghana. Aquel infernal espectáculo de fuego, muerte y destrucción se debía enteramente a la mano de aquellos dos hombres, siguiendo los expresos designios de su señor y monarca.

—¡Casi un mes ha resistido la maldita! —gruñó el General Olagson estirando el cuello y ejercitando sus enormes hombros. Los galones de su rango brillaron al ser alcanzados por los rayos de sol de aquella tarde gloriosa.

—Me debes tres barriles de tu mejor cerveza —respondió el General Rangulself con una media sonrisa, y arrebujó su cuerpo enjuto en la roja capa de gala que lucía.

—Esos malditos Rogdanos no se rindieron cuando debieron. El asedio debía haber finalizado hace mucho —protestó el corpulento General Olagson mientras contemplaba la destrucción que sus hombres habían provocado con el brillo del orgullo resplandeciendo en sus ojos.

—Una apuesta es una apuesta… —señaló Rangulsef sonriendo al tiempo que se rascaba la nariz aguileña bajo el pelo castaño.

—¿Cómo sabes siempre estas cosas? Ninguna ciudad del norte ha aguantado tanto ante mis hombres. Cuando el Ejército del Trueno avanza, el suelo tiembla y las murallas caen derribadas.

—Olvidas a quién nos enfrentamos, amigo —señaló Rangulself con un inconfundible centelleo de inteligencia en sus ojos marrones—. Estos no son hombres del norte, son Rogdanos. Orgullosos, recios. No cederán, nunca, ni un solo paso. Nos harán pagar con sangre cada ciudad, cada pueblo y cada granja que tomemos. Así son y así debemos medirlos.

—¡En ese caso todos morirán, uno por uno! Nadie puede derrotar a nuestra infantería. ¡Nadie! Con mis 10,000 hombres bajo el estandarte del Ejército del Trueno y los 10,000 del Ejército de las Nieves bajo tu mando, Rangulself, no podrán detenernos. ¡Somos imparables! —bramó Olagson dejando ver su desdentada boca y la enorme cicatriz que le surcaba la mejilla derecha.

—No lo dudo —rió Rangulself ante el ímpetu de su amigo—. Siendo como eres tan fuerte como un buey y si gritas desde tus casi dos varas y media de altura, con lo feo que eres, harás que el enemigo huya despavorido, de eso no me cabe la menor duda. Pero por favor, esconde algo ese estómago prominente que cada día crece un poquito más —le espetó con un gesto sarcástico.

—¡Más a mi favor! —exclamó el General Olagson alzando los brazos y mostrando a su amigo las cicatrices de guerra que los decoraban.

La seriedad volvió al rostro de Rangulself.

—No estés tan seguro, han perdido la ciudad pero te aseguro que sus lanceros ya están recorriendo los llanos en busca de grupos rezagados de nuestros hombres —el General se cubrió los ojos con las manos y oteo el horizonte hacia el oeste—. No se enfrentarán al grueso de nuestro ejército aquí congregado. Contamos con 20,000 buenos soldados de infantería Norghana y sus números son escasos. Pero sus lanceros, en pequeñas columnas, buscarán debilitarnos con ataques fugaces y esporádicos, sobre todo a flancos y retaguardia. O eso es lo que yo haría de ser su General al mando.

—Malditos cobardes, que vengan y se enfrenten a nuestros hombres. ¿O es que tendremos que ir quemando ciudad tras ciudad, pueblo tras pueblo, hasta llegar a Rilentor? Sabemos que el rey Solin se esconde en su fortificada capital.

Rangulself oteó el horizonte pensativo.

—No disponen de suficientes hombres para enfrentarse a nosotros, amigo. Salieron muy debilitados de la defensa de La Fortaleza de la Media Luna. Además, con los astutos Noceanos al sur a punto de tomar Silanda están en muy graves aprietos. Si envían a su ejército principal al este, a intentar detener nuestro avance, Silanda caerá y los Noceanos penetrarán entonces por el sur. Sus fuerzas están muy mermadas, no podrían derrotarnos, no tienen suficientes efectivos. No, no se arriesgarán, o al menos yo no me arriesgaría si estuviera al mando de sus exiguas fuerzas. Me replegaría y esperaría una ocasión… un milagro…

Un oficial del Ejército del Trueno se acercó hasta ellos y tras saludar informó:

—Mi señor, la ciudad ha caído y los últimos supervivientes huyen hacia el suroeste a través del gran bosque. ¿Les damos caza?

Olagson fue a responder pero con disimulo miró primero a su inteligente compañero de armas y mando militar del ejército allí desplegado. Rangulself torció la cabeza de medio lado mientras cruzaba los brazos sobre el pecho.

—Sí, Capitán Jonansen, envíe un millar de hombres a peinar esos bosques y acabe con todos los Rogdanos que encuentre —ordenó Rangulself.

Olagson lo miró interrogativo.

—Jonansen, que el resto de la infantería que se agrupe y forme un perímetro defensivo sobre estas colinas —finalizó las órdenes Rangulself.

—¡A la orden, señor! —respondió Jonansen y partió expedito a la carrera.

—¿Qué te preocupa? El enemigo está derrotado, la ciudad destruida… —preguntó Olagson alzando una poblada ceja.

—Debemos protegernos de los Lanceros Rogdanos, todos los campamentos deben ser establecidos en elevaciones defendibles contra cargas de caballería. De lo contrario lo pagaremos, y muy caro.

—Entiendo… nuestra infantería poco puede hacer contra lanceros montados y embistiendo a la carga en adiestrados caballos de guerra. Únicamente en grandes números puede la infantería hacer frente a la caballería.

—En efecto, mi experimentado General —sonrió Rangulself viendo que su camarada de armas lo entendía.

El rostro de Olagson se ensombreció mientras veía partir a Jonansen.

Rangulself intuyó lo que pensaba.

—Es considerado piadoso, incluso cortés y civilizado, dejar marchar con vida a los perdedores de la batalla… —dijo el General Rangulself con un ápice de notorio malestar en la inflexión.

Olagson sacudió su enorme corpachón de oso blanco de las montañas nevadas visiblemente molesto. Miró la gran ciudad arder, el fulgor alumbraba el horizonte tiñendo su infinito semblante de un anaranjado con matices cada vez más sangrientos. Nada escaparía a las devastadoras llamas. Los edificios se derrumbaban ante sus ojos. Cientos de personas sufrirían una muerte terrible, calcinadas por la voracidad insaciable del implacable fuego o asfixiadas sin remedio atrapados en el irrespirable humo. El General Norghano pensó que, de poder elegir, preferiría la asfixia.

—Me conoces bien, amigo —continuó Rangulself—. Sabes que yo nunca pasaría por la espada a los vencidos. Pero son órdenes directas de su Majestad el rey Thoran. Nuestro querido monarca los quiere a todos muertos, hasta el último Rogdano que se oponga al avance de nuestro ejército —bajó la mirada al suelo de la colina, cubierta de alta hierba, y propinó un puntapié a una pequeña roca que rodó ladera abajo—. Órdenes son órdenes, amigo, se cumplen o se pierde la cabeza... especialmente cuando son órdenes reales.

—Sí, la locura de los reyes… —dijo Olagson y escupió al suelo.

Rangulself se frotó las manos, inquieto, y quedó pensativo. De estatura algo inferior al Norghano medio, al lado del gigante de Olagson parecía un niño, incluso en su marcial armadura de gala e insignias de General, y él lo sabía. Sin embargo, no le importaba, hacía ya mucho tiempo que había aceptado sus deficiencias y sus virtudes. Las primeras de índole físico y muy mal vistas entre los Norghanos, y las segundas, de índole intelectual, todavía peor vistas que las anteriores entre los rudos hombres de las nieves.

—Bien conozco el carácter temperamental de nuestro monarca, así como los riesgos que acarrea el contrariarlo —expresó preocupado.

Olagson se volvió hacia él.

—Se rumorea que has caído en desgracia ante su Majestad... eso es verdaderamente peligroso... —le dijo sin demasiados rodeos.

Rangulself asintió.

—Cierto, mi vida corre peligro, compañero. Temo que nuestro monarca, en uno de sus arrebatos, decida prescindir de mis servicios... no sólo en esta campaña... sino para siempre...

Olagson resopló.

—Sin duda se debe al feo asunto del Asesino, ¿me equivoco?

—No, no te equivocas. La responsabilidad de obtener la información de quien organizó el asesinato del Gran Duque Orten, hermano del rey, fue depositada sobre mis hombros. Y fracasé. El rey no tolera ciertos fracasos... eso es bien conocido en la corte...

—Yo creo que más bien fuiste traicionado por alguien... aquel Asesino no pudo matar él solo a todos aquellos hombres y escapar... —dijo Olagson situando su mano diestra sobre la gran cicatriz que le recorría la cara, como si todavía le doliera, si bien hacía más de diez años que adornaba su rostro.

—Un asunto complejo y de feo cariz que debo esclarecer. Mi vida de ello depende. Alguien ha conspirado a mis espaldas, ha actuado en la santidad de mi propio campamento de guerra, entre mis leales hombres. Ha matado a varios de los míos. Es algo que no puedo ni debo permitirme. Encontraré a quién ha osado causarme tamaña afrenta, quien me ha hecho caer en desgracia ante el rey y ha puesto mi vida en peligro. Cuando lo desenmascare... haré que le saquen los ojos y después el corazón.

—¡Bien hablado! Te aseguro que yo no he tenido nada que ver. No es mi estilo. Yo prefiero ir por delante y atravesar a quien sea con mi espada, o simplemente pasarle por encima. Seguro que ha sido ese chiflado de Odir, siempre está tramando alguna jugarreta sucia. Las conspiraciones son la predilección de esa rata traicionera y bien sabes que no es nada de fiar, nada. Seguro que el conspirador resulta ser esa serpiente viperina. ¡Te lo digo!

Rangulself sonrió ante el ímpetu de su camarada.

—No es propio acusar a un miembro del insigne ejército Norghano sin tener prueba alguna, y mucho menos a todo un General como es Odir, por poco que nos guste o muy viles sean sus métodos. No te preocupes, encontraré a quien ayudó a escapar a aquel Asesino y cuando lo haga, la sangre bañará mi espada.

—Si fueras tan bueno con la espada como lo eres con los juegos mentales y la estrategia, serías espada primera del reino —respondió Olagson.

—Ya tenemos un General que es un experto con la espada —dijo Rangulself señalando la exquisita arma que colgaba de la cintura de Olagson—. Es mejor que yo me dedique a usar el arma con la que me han bendecido los dioses del hielo —dijo dando un par de golpecitos a su sien con el dedo índice.

—¡Ahí te doy toda la razón! —exclamó Olagson propinando una palmada en la espalda a su compatriota y comenzando a reír a carcajadas.

La fuerza de aquel hombre era tal, que Rangulself casi cayó de bruces al suelo, pero al conseguir recuperar el equilibrio comenzó a reírse junto a aquel oso blanco de las nieves.

—Y dime, amigo... ¿cómo piensas encontrar al traidor? —preguntó curioso el enorme General Norghano.

Rangulself se llevó las manos a la espalda y las entrecruzó.

—Me he procurado un colaborador de gran valía, con un Don especial para encontrar a gente…

Olagson lo miró intrigado, quedó cavilando un momento y finalmente exclamó:

—¡El rastreador!

—En efecto, mi enorme amigo.

Lasgol, con la ciudad de Dresden ardiendo a los cielos a su espalda, permanecía oculto entre el follaje del bosque. Los gritos descarnados de la contienda bélica resonaban todavía en la lejanía pero eran cada vez más mullidos, casi apagados. Los cuernos de guerra Norghanos tomaron el valle con sus potentes sonidos y llegaron hasta el bosque, provocando que bandadas de aves remontaran el vuelo asustadas entre las copas de los árboles que lo rodeaban. La batalla estaba ganada, la ciudad finalmente perecía bajo el asedio implacable de sus compatriotas del helado norte y los cuernos llamaban a formación.

Desde su posición podía distinguir la colina donde los dos Generales impartían las órdenes a los dos ejércitos, no podía distinguirlos en la distancia pero sabía que estaban allí. Por desgracia, permitirían que la ciudad se consumiera pasto de las llamas y aquello entristeció el ánimo de Lasgol. Por lo que tenía entendido, Drasden había sido una ciudad próspera y hermosa, orgullo de los Rogdanos de los condados del este, donde miles de personas disfrutaban de una apacible existencia que ya jamás recobrarían. Ni ellos ni, muy probablemente, sus hijos y nietos. Por desgracia, aquella guerra mísera no había hecho más que empezar a sembrar el dolor y la destrucción que más tarde recogería. Lasgol temía que las devastadoras consecuencias afectaran no sólo a una, sino a varias generaciones de buenos hombres y mujeres.

«La maldita guerra y sus atroces consecuencias…» pensó cada vez más disgustado.

Pero Lasgol no estaba allí por la guerra, ni para ella. No serviría a los fines del mal, no si en su mano estaba poder evitarlo. Su misión era una bien diferente: debía encontrar a aquel que un día ya capturó y entregó a los suyos.

Debía volver a capturar al Asesino. A Yakumo.

Lasgol estaba allí por requerimiento expreso del General Rangulself, un requerimiento muy especial y tácito. Lo había hecho llamar cuando Lasgol ya estaba de vuelta en territorio Norghano, a punto de retomar sus quehaceres y obligaciones al servicio del rey. Si ya le hubiera resultado imposible negarse a llevar a cabo las órdenes de todo un General del ejército Norghano, el General Rangulself no había dejado resquicio posible para su negativa. Tenía consigo un decreto real concediéndole la autoridad para disponer de todos los Guardabosques al servicio del rey. Lasgol había maldecido amargamente su mala suerte. Nada deseaba menos que volver a dar caza al Asesino, a excepción de participar en aquella guerra sin sentido que tanto había deseado detener y en cuyo intento había fracasado.

Oculto entre los árboles contempló a sus compatriotas retirarse ordenadamente del campo de batalla. Toda la explanada colindante al bosque era un mar rojiblanco coronado por miles de cascos alados. Los soldados del Ejército del Trueno, bajo los heraldos blancos y rojos formaban las primeras líneas. Tras ellos, los estandartes del Ejército de las Nieves daban paso a hileras de infantería en pesadas armaduras de escamas y pecheras blancas. Un espectáculo glorioso para los Norghanos, la mejor infantería del continente se alzaba victoriosa, una vez más. Sin embargo, Lasgol sólo sintió pena, una pena árida que le corroía la garganta y le impedía tragar saliva.

—¿Todo un orgullo, eh? —dijo una voz desagradable y chirriante a su espalda, en un murmullo apenas audible.

Lasgol se giró lentamente, consciente de que se encontraría con el feo rostro de Morksen. Y así fue. El veterano Guardabosques Norghano le guiñó el ojo bueno y sonrió mostrando una dentadura tan negra, como lo era su alma. Aquel siniestro personaje de un solo ojo era una leyenda viviente entre los Guardabosques del Rey. Se decía que nunca nadie había conseguido rehuirle y que sus cacerías siempre terminaban con la presa perseguida a sus pies. También era de dominio público que prácticamente en todas las ocasiones la presa no regresaba con vida. Lasgol sabía que aquel experto rastreador era tan ruin como excelente cazador de hombres.

—Una gran victoria —reconoció Lasgol en un susurro—. Morksen se situó a su lado y Lasgol lo observó preocupado. De mediana edad, aquel tosco hombre era ágil y muy fuerte, feo como un bulldog y tuerto. Pero lo que realmente preocupada a Lasgol era la inteligencia y sagacidad tras aquel ojo negro como un pozo sin fondo. Muy especialmente, su falta total de escrúpulos. Era bien conocido en el reino que Morksen "El Tuerto" vendería a su madre por un puñado de monedas, algunos incluso apuntaban que por menos. Sin embargo, era una leyenda apresando hombres y el rey Thoran le encargaba ciertos *trabajos delicados*, personalmente. Aquel mero hecho hablaba por sí mismo y preocupaba a Lasgol sobremanera.

—¿Continuamos, mi señor rastreador? —le dijo Morksen con un tono lleno de sarcasmo que buscaba que Lasgol lo apreciara en toda su burlona maldad.

Lasgol lo miró e intentó disimular la frustración y rabia que sentía en su estómago. Morksen estaba allí para ayudarle en la persecución y captura del Asesino, así se lo había indicado el General Rangulself. Pero aquella era sólo una parte de la misión de aquel vil gusano, algo más tramaba y Lasgol lo presentía, podía sentir un escalofrío rampante cada vez que miraba su fea cara. No sabía qué ocultaba aquel hombre, qué era lo que tramaba a sus espaldas, pero Lasgol estaba convencido de que su vida corría peligro. La mera presencia cercana de Morksen le erizaba los pelos de la nuca.

—Hacia el oeste —indicó Lasgol ignorando el comentario de la vil sombra que ahora a todas partes lo seguía.

—Como ordene el experto Guardabosques —volvió a incidir con tono insidioso mientras sonreía con alevosía—. Después de todo, el mando es tuyo...

Aquello era cierto, así lo había establecido Rangulself, lo cual había extrañado mucho a Lasgol. Pero si a él le había extrañado, a Morksen lo había enfurecido. Después de todo, el más experimentado y con más galones de los dos Guardabosques Reales era Morksen y no Lasgol. A ello se debía que "El Tuerto" no perdía oportunidad para recordarle la injuriosa afrenta sufrida y lo poco satisfecho que estaba con aquel hecho.

Lasgol indicó a su molesto compañero de persecución que lo siguiera y comenzaron a avanzar en cuclillas, surcando la maleza, intentando minimizar el ruido perpetrado al avanzar entre helechos, raíces y zarzas. Habían cruzado aproximadamente medio bosque cuando Lasgol dio el alto. Ambos Guardabosques se agacharon simultáneamente, como hombre y sombra, y desaparecieron fundiéndose entre el frondoso boscaje. Lasgol oteó entre la maleza, sus ojos buscando con avidez el origen de aquello que lo había alarmado.

Y lo encontró.

Hombres armados, Rogdanos, abriéndose camino entre la espesura del bosque.

Observó con mayor detenimiento, sin arriesgar, perfectamente escondido. Distinguió al menos dos centenares de soldados en azul y plata y, tras ellos, más de un millar de lo que intuyó eran refugiados de Dresden por la precariedad de su apariencia y los enseres que transportaban a cuestas como buenamente podían. Los supervivientes del asedio a la ciudad escapaban a través del bosque. Lasgol podía apreciar claramente que aquellos hombres estaban hambrientos, extenuados y habían pasado un verdadero infierno. Los heridos avanzaban más a rastras que caminando, ayudados por otros. Intentaban escapar del ejército Norghano al amparo del bosque.

Nuevos sonidos metálicos llegaron hasta el oído de Lasgol procedentes del este. Giró suavemente la cabeza. Una hilera de hombres que cubría todo la amplitud del bosque apareció. Cascos alados, escudos circulares de madera y armaduras de escamas llenaron el horizonte bajo los árboles.

«Soldados Norghanos batiendo el bosque en busca de los supervivientes...» dedujo.

Los Rogdanos también se percataron de la situación y azuzaron a los suyos para intentar salir de aquel bosque antes de ser alcanzados por la interminable hilera de soldados de las nieves. Aquello tomaba un cariz realmente malo para los fugitivos. Más les valía apresurarse o el millar de perseguidores que ahora avanzaban cubriendo todo el bosque les daría caza y con toda certeza, ningún Rogdano sobreviviría. Los dos Guardabosques permanecieron estáticos, escondidos y a cubierto, como si fueran parte de la propia vegetación del bosque. Aquello no les incumbía.

Los fugitivos consiguieron a duras penas finalizar la travesía y llegar al linde del bosque. Los soldados Rogdanos formaron en la retaguardia con intención de evitar que los Norghanos de avanzadilla los alcanzaran. Los heridos eran llevados en volandas o arrastrados sobre la dura vegetación, sus vidas corrían extremo peligro. Los Norghanos avanzaban con mayor celeridad, aplastando cuanto bajo sus botas se disponía. Tenían ya a los Rogdanos a la vista, lo cual les hacía avanzar con la confianza de quien en breve dará caza a su presa.

Una voz se alzó en el bosque.

—¡A la carga, hombres de las Nieves, que no escape ninguno!

Lasgol reconoció la voz del oficial Norghano: era el Capitán Jonansen. A su orden, la hilera se descompuso y el millar de hombres rompió a la carrera en pos de los fugitivos cual manada de lobos blancos a la caza de unos cervatillos heridos. El desenlace no se haría esperar, los soldados Norghanos corrían como posesos, gritando y aullando en anticipación de la sangrienta conclusión.

Los fugitivos Rogdanos abandonaron el bosque y salieron a la planicie que se abría al oeste, huyendo despavoridos tan rápido como les era posible. Una hierba alta cubría toda la llanura, formando un mar de jade que danzaba bajo la brisa del atardecer. Pronto la sangre derramada lo teñiría del rojo de la implacable muerte. Una docena de hombres pasaron a la carrera junto a Lasgol, pero no se percataron de su presencia ni de la de Morksen. Los fugitivos, exhaustos, se detuvieron finalmente sobre una pequeña ondulación en la explanada. Allí aguantarían el último ataque, y morirían. Los heridos fueron depositados en el centro y los doscientos hombres armados formaron una barrera humana esperando el salvaje ataque.

Desde el linde del bosque, un millar de Norghanos salieron a la carrera de entre los árboles, gritando a pleno pulmón, como enloquecidos, llevando el miedo a los corazones de los desvalidos Rogdanos. Lasgol se puso en pie, lentamente. No quería presenciar el sangriento final de aquella pobre gente, pero su mente, como hipnotizada, no apartaba la vista de la escena de auténtico horror que estaba punto de acontecer.

De repente, un enorme temblor resonó sobre la llanura. Lasgol lo pudo sentir bajo sus pies incluso en el interior del bosque. Aquello lo sobresaltó. Miró a Morksen que por el gesto contrariado de su rostro también lo advertía. Ambos Guardabosques cruzaron una mirada mientras sentían cada vez con mayor intensidad el temblor, pronunciado y sostenido.

Y Lasgol lo comprendió.

—¡Retirada, Jonansen, llama a retirada! —gritó en advertencia mientras corría hacia los últimos árboles del bosque.

Del sur, tras una ondulación pronunciada en la llanura, aparecieron medio millar de lanceros cabalgando a galope tendido.

—¡Retirada, Jonansen! ¡Caballería enemiga! —volvió a gritar Lasgol con toda su alma.

Pero era ya demasiado tarde.

Casi en el mismo instante en el que el millar de Norghanos se abalanzaban contra los fugitivos, la caballería Rogdana llegaba al auxilio.

Jonansen vio venir a los Lanceros Rogdanos en el último instante y gritó enfervorecido:

—¡Muro de Escudos! ¡Formad Muro de Escudos!

El Capitán ordenó a sus hombres formar la afamada barrera defensiva de escudos ante la inminente carga de la caballería. Los soldados Norghanos clavaron los pies al suelo, rodillas flexionadas, escudos al frente, codo con codo, hombro con hombro. Formaron un estoico muro que protegía a cada hombre y al compañero situado a su derecha. El muro de escudos Norghano era la élite de la formación defensiva de infantería. Los Norghanos aguardaron tras sus escudos entrelazados, cada soldado se apoyaba en su compañero, el peso al frente, rezando a los dioses del hielo plegarias de salvación.

—¡Aguantad! ¡No rompáis la formación! —gritó Jonansen un suspiro antes de la embestida.

El choque fue de una brutalidad estremecedora.

Lasgol quedó sin habla, con los ojos abiertos como platos, absolutamente impactado por la salvaje embestida. La caballería Rogdana a galope tendido y en plena inercia de carga arremetió contra la firme muralla de infantería Norghana. Los Lanceros penetraron la barrera ensartando con sus lanzas al enemigo que se protegía tras la muralla de escudos. En el brutal choque entre hombres y caballos de guerra, los primeros salieron despedidos por los aires como si fueran muñecos de trapo. Los Lanceros, con una maestría absoluta, llevaron la muerte a la línea enemiga, atravesando a los defensores con afiladas lanzas de acero y pasando sobre ellos desde sus potentes monturas de guerra. El muro de escudos fue sobrepasado en diferentes puntos y la caballería abrió una brecha. Los supervivientes al impacto inicial intentaron combatir los Lanceros, rodeando a cada jinete entre varios hombres, e intentando evitar una nueva carga. Pero los Lanceros estaban perfectamente adiestrados. A una orden del oficial al mando, espolearon las monturas y abandonaron la refriega de inmediato.

—¡Muro de Escudos, a formar! —gritó Jonansen a sus hombres.

La infantería Norghana volvió a formar su afamada defensa, codo con codo, escudo con escudo, si bien habían perdido ya un tercio de sus efectivos.

Los Lanceros una vez alcanzada la distancia suficiente se reagruparon y giraron los caballos de guerra para encarar al enemigo. En formación de cuña volvieron a cargar a galope tendido, sin permitir un resquicio al enemigo.

—¡Aguantad! —gritó Jonansen a sus hombres.

El silencio se adueñó de la planicie un breve e intensísimo momento.

El retumbar de los caballos al galope lo llenó al siguiente.

El nuevo embate fue incluso más sobrecogedor que el primero. Los Lanceros destrozaron el muro defensivo enviando hombres por los aires, pisoteando a los caídos, mientras las mortíferas lanzas atravesaban cuerpos Norghanos.

Viendo la oportunidad, los fugitivos, se lanzaron colina abajo para unirse a la refriega.

Jonansen luchando como un poseso cayó despedazado bajo las espadas Rogdanas rodeado de los últimos de sus hombres.

—¡Por Norghana! —consiguió clamar el Capitán antes de morir.

Lasgol se ocultó tras un abeto y contempló la sangrienta escena en el llano. Todos habían perecido. Ni un solo Norghano quedaba en pie, sus cuerpos yacían sin vida desparramados por la explanada, tiñendo de rojo la verde pradera. Buenos soldados, hombres de su tierra natal, todos muertos, en lo que a Lasgol le pareció unos breves momentos... momentos de sangre y espanto.

«El horror de la guerra... nuevamente...» pensó mientras negaba con la cabeza.

Un susurro discordante a un dedo de su oído lo sobresaltó.

—He encontrado el rastro del maldito Asesino, se dirige al sureste. Sigamos con nuestra misión, esto no nos concierne.

Lasgol se giró y mirando fijamente al despreciable Morksen contestó:

—Cierto, no nos incumbe, si bien debería... Pero tienes razón, busquemos al Asesino.

Y los dos Guardabosques desaparecieron entre el follaje del bosque como si de espectros de la floresta se tratara, mientras los Rogdanos huían apresuradamente llevando consigo a sus heridos.

Huían hacia el oeste, hacia Rilentor.

Bibliotecaria

Sonea corría por el interminable pasillo central de la majestuosa Biblioteca de Bintantium en alas de una ilusión que impulsaba su joven e inquieto espíritu. La biblioteca, una exquisitez arquitectónica ubicada en Erenalia, la capital del reino de Erenal, atesoraba una de las mayores colecciones de tomos de conocimiento del mundo conocido. Se decía que las paredes del insigne monumento al intelecto estaban completamente forradas de libros, desde el suelo a las altísimas bóvedas. Sonea, que había residido allí toda su corta vida, así podía atestiguarlo. Miles de tomos, libros, papiros, y escritos de toda índole, ordenados, inventariados y cuidados con un esmero infinitos, vivían en aquella Gran Biblioteca.

Pasó volando por delante de la sala de estudios arcanos y tuvo que frenar su ímpetu para no disturbar a sus hermanos bibliotecarios enfrascados en la obtención de conocimientos relativos a la siempre intrigante, desconocida, y peligrosa materia: la Magia. El Maestro Archivero del Conocimiento Arcano la oyó pasar y le lanzó una mirada de clara desaprobación. Sonea bajó la cabeza y redujo el paso, segura que más tarde sería reprendida por aquello. Pero qué culpa tenía ella si todas las salas de estudio de la inmensa biblioteca habían sido construidas como recintos abiertos cuya entrada era simbolizada con un gran arco carente de paredes. Sí, conocía la razón, se lo habían explicado mil y una veces sus Maestros: las salas eran recintos abiertos para invitar a todos cuanto así lo desearan a cruzar el umbral tras el cual el conocimiento podía ser obtenido y enriquecer así el alma del hombre.

Sonea suspiró e introdujo las manos en los bolsillos de su larga túnica beige con ribetes plateados, la misma que vestían todos los bibliotecarios aprendices. Un amplio cinto de color distinguía a cada escuela de conocimiento. En el pecho, sobre una franja plateada que se deslizaba desde su cuello hasta las babuchas, el Gran Ojo del Conocimiento resplandecía impertérrito. La representación de aquel gran ojo la había asustado la primera vez que había vestido la túnica, tanto por su tamaño como por su realismo. Parecía un gran ojo humano que todo lo contemplaba, sin jamás poder parpadear, omnipresente, incrustado en su pecho. «Qué tontería, ya tengo 19 años, ¿cómo puede asustarme todavía este símbolo del saber?». Negó con la cabeza y continuó avanzando por el pasillo al tiempo que volvía a acelerar el paso. A su izquierda se abría la sala de los historiadores donde el Maestro Archivero del Conocimiento Histórico impartía una lección a sus bibliotecarios aprendices. Aquella era una de sus áreas de conocimiento favoritas y Sonea sintió una pizca de pesar por perderse la lección del Maestro que, a todas luces, sería muy enriquecedora. Pero lo que la aguardaba, por otro lado, era mucho más excitante, al menos, para una bibliotecaria de conocimiento como era ella. Para el resto de los mortales, muy probablemente, no sería ese el caso.

Pasó como una exhalación junto a la sala de la guerra que era, sin duda alguna, su materia de conocimiento menos preferida. Allí el Maestro Archivero del Conocimiento de la Guerra y sus ayudantes estudiaban todo tipo de armas, estrategias de batalla y cualquier materia relacionada con el arte bélico. «Arte por llamarlo de alguna manera…» se quejó Sonea que aborrecía el derramamiento de sangre. Aquella era una de las disciplinas de estudio más importantes y sustentaba, en gran medida, a toda la Orden. Era la materia favorita del rey Dasleo, monarca de Erenal, y gran benefactor de la Orden. Gracias a esta disciplina se financiaba el resto de operativa de la Gran Biblioteca y la Orden del Conocimiento. La guerra es un arte y debemos estudiarlo, conocerlo y perfeccionarlo hasta dominar sus secretos. Eso le había dicho el Gran Maestre del Conocimiento, aquel que regía los designios de la Orden.

Sin embargo a Sonea el arte de la guerra no le interesaba lo más mínimo. Entendía su importancia y, sobre todo, su trascendencia para que la Orden y la Gran Biblioteca siguieran funcionando. Había que contentar al rey Dasleo, satisfacer sus deseos de ser el hombre con mayores conocimientos en el mundo conocido o de otra forma la Orden perecería al no disponer de recursos propios. Los más de 300 bibliotecarios y archiveros que componían la Orden eran eruditos y aprendices en las más diversas materias, pero aparte de su intelecto y conocimientos poco tenían que ofrecer a la sociedad de Erenal. Sonea se había preguntado en más de una ocasión qué sería de ella de no ser por la Orden. En su cabeza albergaba un conocimiento especializado en varias ramas muy peculiares, aunque para ella absolutamente fascinantes, pero no poseía nada más que fuera aprovechable en el próspero reino de Erenal. Pensó en Los Mil Lagos, al oeste de la capital, donde una flota de pescadores faenaba día y noche ganando el pan y enriqueciendo el reino. Quizás pudiera aprender a pescar, la vida de los pescadores era dura pero constituía uno de los pilares económicos del reino. Por otro lado, Los Mil Lagos era territorio disputado, en especial con el reino vecino de Zangría, algo más al norte, y el derramamiento de sangre no era sólo cosa del pasado. No, aquella no era buena idea, los Zangrianos eran una raza ruda y de temperamento corto, francamente corto. Mejor seguir donde estaba, en su amada Biblioteca, rodeada de sus queridos libros, aprendiendo, descubriendo, emocionándose con el saber que era lo que realmente le llenaba el alma.

Llegó hasta la heptagonal recepción de la Gran Biblioteca y deslizándose sobre el pulido suelo de mármol, con el propósito de no hacer ruido, pasó de largo, si bien rozando a un grupo de jóvenes del reino en visita guiada. Jasper, el aprendiz de bibliotecario que los conducía, la vio pasar y con una sonrisa alegre la saludó. Sonea conocía bien a Jasper, eran amigos y sabía que no diría nada. En aquel intrínseco mundo donde el conocimiento intelectual primaba, la competitividad entre los aprendices, e incluso Maestros, era desorbitada. Sonea sólo tenía un amigo, alguien en quien podía confiar y al que no le importaba cuál de los dos fuera más inteligente o alcanzara mayores conocimientos en la vida. Y ese era Jasper. Al ver el grupo de petulantes hijos de la nobleza que le había tocado guiar, Sonea se compadeció de él. Lo martirizarían con preguntas tontas y reproches constantes. Ella odiaba guiar visitas de la nobleza, trataban a los bibliotecarios como si fueran meros sirvientes, y ella no era sirviente de nadie, eso sí que no. Por desgracia, la Orden captaba a sus futuros eruditos de entre los extractos altos de la sociedad de Erenal pues era bien sabido en la Orden que entre la élite se encontraban las mentes más privilegiadas... Sonea no compartía en absoluto aquella creencia pero, por desgracia, era una de las bases sobre las que se sustentaba la Orden. Algunos de aquellos insoportables nobles de la visita guiada pasarían a formar parte de los aprendices si la Orden veía potencial en ellos.

Despejando aquel pensamiento de su mente, alcanzó la salida y se dirigió hacia el edificio contiguo, una alargada y rectangular construcción que en comparación a la majestuosa biblioteca parecía el hermano pobre, o más bien, el hermano pordiosero. Eran los aposentos de los bibliotecarios. La verdad era que la Gran Biblioteca de Bintantium era más grande y espectacular que la mismísima Catedral de los Cielos en la parte alta de la ciudad. Y es que el rey Dasleo profesaba mayor devoción a las ciencias que a la religión y así lo refrendaba Erenalia, su capital, donde ambas construcciones rivalizaban una en la zona alta, cerca de los cielos, y la otra en la baja, cerca de la tierra, del conocimiento. Las ampliaciones y mejoras que el rey había ordenado construir en la Gran Biblioteca en los últimos 15 años atestiguaban su fervor por ella. Pronto no habría catedral o basílica en todo Tremia que pudiera competir en esplendor con su amada biblioteca, atesoradora de infinito conocimiento.

Sonea llegó a la carrera hasta la sobria sala de los mayordomos y tuvo que detenerse precipitadamente para no chocar con el Mayordomo Primero.

—¿Pero se puede saber a dónde te diriges a la carrera? —protestó el responsable de todos los mayordomos poniendo los brazos en jarras.

Sonea miró el arrugado y severo rostro del Mayordomo Primero y bajó la cabeza avergonzada. Estaba ante la persona a cargo de la intendencia de todo el enorme complejo que constituían la Gran Biblioteca y los edificios secundarios. Un hombre muy respetado debido a la descomunal labor que llevaba a cabo en bien de toda la Orden.

—Me han mandado llamar… un envío de Rilentor… —jadeó ella sin poder disimular.

—¡Por todos los tomos del saber! ¡Pero si no puedes ni articular palabra! —reprochó el mayordomo mostrando su enfado.

—Lo… lo siento… Mayordomo Primero, veréis, es que he venido corriendo y…

—Eso ya lo veo, joven bibliotecaria, y ¿no te da vergüenza?

—Es que el envío… es muy importante…

—Y...

—El Maestro Archivero del Conocimiento Étnico me envía, es muy importante... os lo aseguro... —volvió a insistir Sonea.

—No dudo de su importancia pero debo recordarte, joven aprendiz, que resides en la Gran Biblioteca y no en una granja. Aquí no está permitido correr, y mucho menos de forma alocada, como si persiguieras gallinas en un corral.

—Lo sé... lo siento... —intentó disculparse Sonea.

—¿Hace cuánto que nos conocemos, Sonea?— le preguntó el Mayordomo Primero arqueando una ceja y mirándola con ojos inquisitivos.

—¿Toda mi vida? —respondió ella insegura.

—Cierto, muy cierto. Desde que te abandonaron a nuestras puertas una fría noche de invierno cuando no eras más que un bebé. Parece que fue ayer... pero ya han pasado 18, no, 19 años de aquello. ¿Y qué te digo siempre?

Sonea bajó la cabeza.

—Qué no corra, ni salte, ni grite, que me comporte como una bibliotecaria...

—¿Y me haces caso?

—Siempre que consigo controlarme, os lo aseguro —respondió Sonea y esgrimió la mayor de sus sonrisas, sabedora de que el viejo Mayordomo poseía un corazón de oro y una gran debilidad por ella.

Al instante, la arrugada cara del Mayordomo Primero perdió todo rastro de hosquedad y una sonrisa se formó en su boca que fue agrandándose hasta iluminar completamente su rostro, bañándolo de calor.

—¡Ahhhh! ¿Pero qué voy a hacer contigo? Eres incorregible —dijo él dejando escapar una risita contagiosa.

—No puedo evitarlo, de verdad. Mi corazón es inquieto y se emociona... —confesó Sonea.

—Lo sé pequeña, lo sé —reconoció el Mayordomo Primero negando con la cabeza—. No corras por los pasillos y compórtate como la bibliotecaria que eres o volverás a ser castigada.

—Sí, Mayordomo Primero, podéis estar tranquilo.

El anciano sonrió y Sonea no pudo sino compadecer al pobre hombre que tantas veces la había amonestado y por el que sentía un profundo y sincero afecto. Para todos los aprendices de la Orden era la personificación del gran abuelo, de mano juiciosa y carácter temperado, y representaba su papel a la perfección. Si bien era un buen hombre y ella lo respetaba mucho, también era estricto y no bromeaba con lo de ser reprendida. Sonea ya había tenido muchos problemas con el Gran Maestre y el Consejo del Conocimiento donde los cinco Maestros Archiveros nominados resolvían disputas, dirigían la Orden y castigaban las faltas y ofensas. Sólo de pensar en aquellos cinco hombres, tan severos, estrictos y huraños, a Sonea se le erizaban los pelos de la nuca. Siempre que debía presentarse ante ellos terminaba con una grave reprimenda y un severo castigo. Siempre debido a sus formas, que si bien a ella le parecían de lo más normales, el consejo en cambio las encontraba indiscutiblemente ultrajantes.

—Mayordomo de Envíos, acércate por favor —llamó el Primer Mayordomo a uno de sus subordinados.

Un joven de pelo moreno se apresuró hasta ellos desde detrás de un enorme pupitre.

—¿Envío para El Maestro Archivero del Conocimiento Étnico? —preguntó casualmente el Mayordomo Primero.

—Al momento —respondió el joven y salió corriendo.

Sonea contempló al resto de mayordomos en sus funciones y se preguntó cómo sería la vida de aquellos jóvenes, siempre atareados de aquí para allá, sin parar de realizar infinidad de labores. Ella pasaba la gran mayoría de sus días estudiando y aprendiendo, desde el amanecer hasta bien entrada la noche, no por obligación, sino porque adoraba aprender. Le llenaba el alma de alegría y satisfacción. No podía imaginarse un destino diferente al que ocupaba, ejercer cualquier otra profesión le era impensable. Si ella se viera obligada a ser mayordomo se hubiera vuelto loca de desesperación realizando todas aquellas tareas banales, si bien indispensables para que toda la Orden funcionase de forma eficiente. Ella, sin embargo, ansiaba por encima de todo conseguir el conocimiento que el universo le permitía comenzar a vislumbrar pero le ocultaba con un velo oscuro que ella debía rasgar. Y la única forma de hacerlo era mediante el estudio incansable y la entrega de su alma a tal menester. Por ello, su corazón le indicaba cada día lo afortunada que era por hallarse en el lugar preciso donde el conocimiento y el alumbramiento intelectual del hombre eran el fin a alcanzar.

El joven mayordomo volvió y con cara sonrojada explicó:

—Lo lamento... pero parece ser que uno de mis compañeros ha ido, hace escasos momentos, a entregarlo en persona al Maestro Archivero del Conocimiento Étnico. Según me indican las instrucciones especificaban que se entregara el envío en mano y únicamente al Maestro en persona...

Al oír aquello Sonea se giró de inmediato para encarar la calle. Una voz la detuvo el mismo instante en que comenzaba a propulsar sus ágiles piernas.

—Sonea... —advirtió el Mayordomo Primero con voz grave y prolongada.

Sonea se detuvo al momento. Giró la cabeza, saludó con una sonrisa a ambos mayordomos y, con pausado ademán, comenzó a avanzar lentamente en dirección a la puerta. La corta distancia que tuvo que recorrer a tan desesperante paso se le hizo eterna. En cuanto puso un pie en la calle, comenzó a correr como si perros rabiosos la persiguieran.

—El descubrimiento más grandioso en la historia de Tremia y me dicen que vaya despacio. ¡Están locos! —clamó ente dientes mientras corría como una posesa en busca de su querido Maestro y tutor.

Al entrar en la Gran Biblioteca, Sonea decidió no correr más riesgos ya que terminaría ante el Gran Maestre y nada deseaba menos. La cruzó en toda su enorme extensión a paso sosegado pero vivo, asegurándose de que sus pies no emitían sonidos altisonantes. No deseaba molestar a los más de 150 estudiosos que allí se encontraban enfrascados en sus tesis y tratados de materias de diversa índole. Al llegar al extremo norte, vio las escaleras que conducían a los pisos subterráneos. Allí era donde realmente se realizaban los estudios de mayor trascendencia, en la tranquilidad y secretismo que el subsuelo proporcionaba. Algo que ella y su Maestro apreciaban.

Bajó las escaleras a la carrera y encaró el amplio pasillo adornado con tapices en ricos tonos azulados. Según avanzaba por el largo corredor iba dejando atrás grandes puertas dobles de madera de roble tras las cuales los Maestros y los Archiveros del Conocimiento intentaban descifrar los enigmas del universo. El fin último que perseguían era llegar a alcanzar el utópico Saber Absoluto en sus respectivas áreas de conocimiento. Pronto, ella misma, ayudando a Barnacus, su tutor y Maestro Archivero del Conocimiento Étnico, desvelaría uno de los mayores secretos de todo Tremia. O al menos, Sonea así lo esperaba. Mucho habían trabajado, incontables horas en realidad, y el envío desde Rilentor podía ser la clave que finalmente les ayudara a desvelar el misterio.

Absorta como iba en sus pensamientos, Sonea no se percató de los jóvenes aprendices con los que se estaba cruzando. Sólo alcanzó a ver la túnica de aprendiz, sin los ribetes dorados al cuello que distinguían a los Maestros, con el gran ojo incrustado en el pecho y el color rojo escarlata del amplio cinturón: la escuela del Conocimiento de la Guerra. Sonea giró la cabeza para ver quiénes eran justo en el momento en que pasaban a su lado. Reconoció un rostro que la sobresaltó. Antes de que pudiera reaccionar tropezó con algo que no alcanzó a ver y cayó al suelo. Paró la caída con las palmas de las manos y las rodillas y un áspero dolor la envolvió.

—¿A dónde crees que te diriges con tanta prisa, Sonea? —dijo una voz con un hiriente tono despectivo.

Sonea alzó la vista y distinguió tres figuras; entre ellas vio el rostro que tanto odiaba, el aprendiz Rocol, aquel cuya misión en la vida parecía ser no el estudio y la búsqueda del saber sino el torturarla a ella y hacer que sus días en la Gran Biblioteca fueran un tormento. Sonea ignoraba el porqué pero Rocol y su grupo de secuaces la acosaban y torturaban de mil maneras impensables siempre que se les presentaba la más mínima ocasión. Como era el caso. Le habían puesto la zancadilla intencionadamente provocando que cayera al suelo. Las palmas le dolían con un escozor penetrante.

—No te debo explicación alguna, aprendiz de la escuela del Conocimiento de la Guerra —respondió Sonea mirando desafiante al joven, sintiendo la rabia en su estómago.

—A mi me debes toda explicación que pida, aprende a respetar a tus mejores— le dijo Rocol con voz amenazante.

Sonea lo miró mientras la ira la engullía. Rocol tenía aproximadamente su misma edad. Era alto y de constitución fuerte. Su pelo y ojos eran tan negros como su corazón, si es que lo tenía, cosa que ella cada día dudaba más.

—No sois mejores que yo por mucho que me lo digáis —se defendió Sonea.

—¿Pero acaso te has mirado alguna vez al espejo? Eres bajita, enclenque, con ese pelo negro corto y lacio que parece que lleves una mofeta a la cabeza —dijo Ucor señalando la cabeza de Sonea.

—Y no te olvides de esos enormes ojos saltones, oscuros como los de un sapo enfermo —apuntó Isgor.

—¡Soy tan inteligente como vosotros y lo sabéis!

—¡Calla, aprendiz de la irrisoria escuela del Conocimiento Étnico! —le amonestó Isgor, que era grande, grueso como un tonel de cerveza, y con una enorme cara de pan.

—Más irrisorio es estudiar la guerra —ladró Sonea.

—Hagamos callar a esta extranjera de lengua viperina —dijo Ucor, delgado e inquieto con la cara llena de pecas.

—Una despojada como tú no tiene sitio entre estudiosos y eruditos —le dijo Rocol señalando al pecho de Sonea con su amenazador dedo índice.

—No soy ninguna despojada y tengo tanto derecho como vosotros.

—¿Cómo osas referirte a Bibliotecarios de Erenal, hijos de la nobleza, en ese modo? —exclamó Isgor con semblante ultrajado.

—Sois aprendices al igual que lo soy yo y que seáis hijos de nobles o familias apoderadas del reino no os hace mejores.

—¡Calla, ignorante mentecata! —bramó Ucor con ojos encendidos.

Sonea comenzó a levantarse decidida a hacer frente a aquellos engreídos petimetres. Al articular las rodillas sintió de nuevo aquel dolor mezcla de escozor y rasponazo.

—Uy, que torpeza la mía —dijo Isgor con tono divertido y derramó deliberadamente el contenido de la vasija que portaba en el brazo sobre la cabeza y espalda de Sonea.

—¡No! —exclamó Sonea al percatarse de que el líquido era en realidad tinta de escritura. No podría lavarla, su túnica estaba arruinada. Enfurecida se encaró a los tres aprendices y alzó el puño para golpear a Rocol.

Un fuerte empujón la propulsó hacia atrás y golpeó la fría pared a su espalda dándose un buen porrazo. Su cabeza golpeó la pared y un intenso dolor la sobrecogió.

—¿Te atreves a levantar la mano contra un noble de Erenal? ¿Tú, que eres una bastarda a la que abandonaron a las puertas de esta insigne orden? —dijo Rocol.

—No soy ninguna bastarda —protestó ella luchando contra el dolor que la atenazaba.

—Todo el mundo sabe que tu madre era una puta barata de Orecor o de alguna otra de las ciudades estado del este —continuó Rocol.

—¡Eso no es cierto! —gritó Sonea con los ojos húmedos de dolor y rabia.

—Y tu padre un marinero borracho que pagó bien a gusto por los servicios recibidos —rió Ucor con alevosía.

—Sólo son calumnias que contáis a mis espaldas, rumores infundados que esparcís a los cuatro vientos para difamarme.

—Calumnias dices —rió Rocol entre dientes—, bien al contrario, yo creo que la realidad se queda corta en comparación con los rumores que circulan sobre tu pasado y procedencia.

—Sólo soy una huérfana, dejadme en paz.

—No tienes cabida entre la élite de Erenal, entre los Bibliotecarios, los guardianes del conocimiento —apuntó Isgor agresivo.

—Este no es lugar para una bastarda, sólo los intelectos más brillantes del reino son aquí bienvenidos —le echó en cara Ucor.

—He superado las pruebas del saber, mi intelecto está al nivel del vuestro. Pasé las pruebas que el Consejo de los Cinco estableció, nada podéis achacarme.

—¡Hiciste trampa, seguro! —aseveró Rocol.

—¡Eso es mentira, yo nunca haría trampa alguna!

—Una bastarda despojada no puede haber superado las pruebas del saber sí no es mediante el uso del engaño —dijo Rocol convencido.

—¡Mentiras y más mentiras! ¡Dejadme en paz, yo no os he hecho nada!

—Tu presencia sobre este suelo sagrado del conocimiento es una ofensa a todos nosotros —proclamó Ucor.

—Tengo tanto derecho como vosotros, mi origen nada tiene que ver con mis aptitudes intelectuales.

—¿Cómo te atreves a proclamar tal cosa? Por supuesto que tiene todo que ver. Es algo por todos bien sabido y norma establecida. Únicamente aquellos de excelsa estirpe son poseedores del intelecto necesario para dedicarse a la obtención de la sabiduría bajo el amparaje de esta gran orden —le contestó Rocol los ojos como rendijas y el cuello extendido de pura tensión.

—Eso no es cierto en absoluto. Hay aprendices, e incluso algunos Maestros, de origen humilde y son tan dotados, sino más, que el resto de alta alcurnia.

Rocol alzó los puños en pura rabia.

—¡Vaya insensatez! Por más de una centuria la Orden del Conocimiento sólo ha admitido entre sus aprendices a lo más selecto de la sociedad, ya que únicamente ellos son poseedores del intelecto necesario para llegar a ser eruditos de la Gran Biblioteca. Que el rey Dasleo permita ahora que se realicen excepciones a tan necesaria regla es una verdadera abominación que nos vemos obligados a padecer y, por supuesto, que debemos combatir. No creas que la vamos a sufrir en silencio. Tú y los pocos que son como tú, representáis una mancha insufrible en la ilustre historia de esta magna orden.

—Una mancha muy negra —especificó Isgor con una burlona sonrisa señalando la tinta negra que cubría la cabeza y túnica de Sonea.

—Podéis atacarme cuanto queráis que nunca conseguiréis derrotar mi determinación. ¡Eso os lo puedo asegurar!

—¡Te vas a enterar! —explotó Rocol con los ojos rojos de furia, armando el brazo para golpearla.

Sonea se agachó veloz, en un acto casi reflejo, y el puño golpeó la pared de piedra a su espalda.

Un seco crujido de huesos aplastados llegó hasta el oído de Sonea.

—¡Aghhh! —exclamó Roscol inmerso en pura agonía.

Sonea aprovechó el impulso del movimiento y salió corriendo pasillo abajo ante la sorpresa de los tres aprendices. Corrió con todas sus fuerzas mientras oía el revuelo a su espalda. La perseguirían y le harían pagar caro aquella afrenta, ella lo sabía y la angustia la acongojó. De súbito, desde una estancia de estudio dos Maestros Bibliotecarios aparecieron.

—¿Pero... pero qué es toda esta conmoción? —exclamó uno de ellos contrariado.

Sonea pasó junto a ellos, como una exhalación, sin detenerse. Los perseguidores aminoraron el paso y disimulando dieron media vuelta abandonando la asechanza. Sonea no paró de correr, atravesó todo el primer subsuelo y descendió por las enormes escaleras de caracol hasta el tercer subsuelo. Allí volvió a atravesar el larguísimo corredor a toda velocidad, para desmayo de los Maestros Bibliotecarios con los que desafortunadamente se cruzó. Por fin llegó hasta la sala de su querido Maestro que, por alguna razón, parecía estar localizada en lo más profundo de las entrañas de la Gran Biblioteca. Empujó la puerta con vehemencia y entró.

Barnacus, su Maestro, Maestro Archivero del Conocimiento Étnico la miró con los ojos abiertos como platos. Vestía la túnica de Maestro Archivero, de un dorado ocre, la larga melena blanca la llevaba alborotada como de costumbre y su blanquísima piel arrugada como un pergamino denotaba claramente sus más de 85 primaveras.

—Pero por los dioses del saber, ¿qué te ha ocurrido, mi querida chiquilla?

—Nada, Maestro, no os preocupéis, no es nada.

—¿Nada dices? Pero si parece que hayas caído de cabeza a un tonel de tinta. Han sido esos malhechores de la escuela de la guerra nuevamente ¿verdad?

—No es nada, Maestro, dejémoslo correr.

—¡No, no y no! Ahora mismo voy a hablar con Inocus para que meta en cintura a esos maleantes que tiene por aprendices. Ya lo creo, ahora mismo.

—No servirá de nada, Maestro… Inocus los protege y alienta…

—Pues hablaré con el Gran Maestre, ¡me va a oír!

Sonea, viendo lo alterado que estaba el bueno de su Maestro y tutor, decidió cambiar de tema rápidamente.

—¿Y el envío? ¿Está ya aquí?

Barnacus la miró algo confuso un instante y señalando el gran pupitre de roble tallado a su espalda señaló:

—Ahí lo tienes, lo acaban de traer hace unos pocos minutos.

Sonea se abalanzó sobre el gran paquete que allí reposaba. Lo abrió rápidamente, con cuidado de no dañar el contenido llevada por su ímpetu vivaz y desbordado.

—¿Es lo que esperábamos? —preguntó Barnacus inquieto.

—Creo que sí, Maestro. Lindaro nos ha enviado desde el Templo de la Luz en Ocorum un tesoro sin parangón.

—¿Sí? ¿Lo que tanto ansiábamos?

—Creo, Maestro, que nos encontramos ante una clave que nos ayudará a descifrar el mayor misterio de todos los tiempos.

—El enigma de la civilización perdida…

—Sí, Maestro, el enigma de los Ilenios.

Komir secaba su cuerpo al sol mientras observaba de reojo a la bella Sanadora aparecer tras el alto boscaje. El agua del plácido estanque plateado del que acababa de emerger estaba algo fría y sentía sus músculos y piel tirantes. La calidez de los rayos del sol que lo bañaban penetrando a través del tupido bosque que los rodeaba aplacó aquella sensación y le produjo otra muy agradable de bienestar. O quizás fuera la presencia de Aliana…

—Perdona, Komir, no era mi intención espiarte…—comenzó a explicar Aliana a modo de disculpa con un tono que denotaba una mal disimulada vergüenza—. Buscaba unas plantas medicinales para Kendas…, no me había dado cuenta de que estabas sumergido en el estanque…

—No te preocupes, Aliana, sé que no estabas espiándome, era sólo una broma —aclaró Komir, y esgrimió una amplia sonrisa a la Sanadora.

Aliana se ruborizó, los colores encendieron sus mejillas tiñendo el delicado níveo de su joven piel de un cálido fervor.

Komir captó aquello al instante.

—No sabía que fueras tú… no te reconocí…

Komir la miró y en aquel instante la belleza áurea de Aliana, que ya lo tenía cautivo desde su primer encuentro, se tiznó de una vulnerabilidad tan cálida que lo desarmó por completo. Sintió un pinchazo en el pecho, como si no pudiera respirar, como si lo hubieran atravesado con el frío acero de una espada hechizada. Una sensación de extrema angustia seguida por una de bienestar casi absolutos lo envolvieron. Intentando disimular aquellos sentimientos tan acentuados que lo embargaban, cogió del suelo el cinturón del que colgaba su espada Norriel y se lo ató a la cintura, situando la espada a un costado. Terminó de vestirse sin decir nada más, dejando que el silencio llenara los dos pasos que los separaban.

Aliana se acercó hasta la orilla del estanque y se quedó observando la superficie acuosa, silenciosa, la ligera brisa reinaba acariciando su cabello de oro. Komir la miró y no pudo sino maravillarse de la sin igual belleza de la escena que contemplaban sus ojos. Aliana, junto al estanque argente, parecía una fulgurante diosa recién bajada a la tierra desde la mismísima luna. Irradiaba una hermosura y sosiego tales que sobrecogieron el corazón de Komir. En aquel instante se vio perdido, como un niño ante algo tan bello que ni siquiera era capaz de comenzar a comprender.

—Parece que nuestros destinos se entrecruzan… —comentó Aliana con tono pensativo mirando el agua.

Komir salió de su ensimismamiento y contempló el medallón Ilenio a su cuello.

—No sé si se entrecruzan pero estoy seguro de que apuntan en la misma dirección —afirmó Komir con una voz más grave de lo que era usual en él.

—He pensado mucho en nuestros encuentros por medio de los medallones —continuó Aliana—, en los vínculos que se han formado entre esas mágicas joyas Ilenias y entre nosotros, sus portadores. Estoy segura de que existe un poderoso motivo por el cual estamos en posesión de tan valiosos artefactos arcanos. Es más, estoy convencida de que no es casualidad que nosotros, dos portadores de los medallones Ilenios, nos hayamos hallado hoy aquí, en este bosque.

—Sí, yo también lo creo. Por algún motivo que no alcanzo a comprender estos medallones parecen comunicarse entre sí, como si tuvieran vida… como si tuvieran inteligencia propia… Sólo de pensarlo me entran escalofríos. No sé, Aliana, de alguna forma estos medallones parecen estar predestinados a encontrarse —dijo Komir algo contrariado.

—¿Los medallones o sus portadores? —quiso aclarar Aliana que se dio la vuelta para encarar a Komir.

—No lo sé… ¿ambos?

—Sí, muy probablemente ambos —asintió Aliana.

—Entonces… ¿Tú crees que estábamos predestinados a descubrir los medallones y a encontrarnos en este lugar?

—No sé si nosotros, pero creo que los medallones sí. Hay una magia muy poderosa interviniendo aquí, magia Ilenia, de un poder inimaginable para nosotros. Es esa magia antiquísima la que guía a los medallones hacia algún fin, un destino que aventuro será de grandes proporciones e importancia.

—¿Y nosotros?

—Creo que somos los navíos seleccionados para portar los medallones en su travesía hacia la consecución de ese destino —aclaró Aliana quedándose pensativa, mirando al infinito—. Si estábamos predestinados a ser nosotros los portadores o es el azar quien nos ha elegido, lo ignoro totalmente, pero tiendo a creer que hemos sido seleccionados por algún motivo que por ahora no alcanzamos a entender…

—No, no ha sido el azar…

—¿Por qué lo dices? ¿Qué más sabes?

—Al menos en mi caso, parece que he sido elegido... No sé si tu situación o la de la joven de piel rojiza, la portadora del medallón con la joya azul, será la misma. Me resulta difícil de explicar pero mi destino parece estar ligado a esté medallón etéreo, aunque desconozco el porqué —explicó Komir obteniendo la preciada joya Ilenia de debajo del jubón y mostrándosela a Aliana—. Yo abandoné mi tierra natal en busca de justicia… Lo que voy a contarte no me resulta fácil… pero creo que puede ayudar a esclarecer algo mi porqué… Verás, una noche nuestra granja en las tierras altas de los Norriel fue atacada por guerreros sin motivo ni causa, guerreros que nunca antes habíamos visto, en pieles de tigre blanco. Eran hombres extraños, de ojos rasgados… Yo sobreviví, milagrosamente, pero mis padres… mis padres… ellos perecieron en aquel ataque traicionero… Por esta razón decidí ponerme en marcha y encontrar a los responsables del asesinato, para hacerles pagar con sangre y obtener mi justicia. Aquel ataque, y cada vez lo veo con mayor claridad, buscaba en realidad acabar con mi vida y, por desgracia, acabó con la vida de mis seres queridos.

—Cuánto lo lamento, Komir… es terrible lo que te ha sucedido… realmente horroroso.

—Nada se puede hacer ya, pero encontraré a quién lo ordenó, aunque sea lo último que haga. De eso puedes estar segura.

—Lo comprendo… comprendo tu dolor, tu rabia. Es comprensible, humano… Si buscaban tu muerte… ¿conseguiste averiguar el motivo?

—No, no lo he averiguado todavía. Lo que sé es que quieren matarme y debo seguir mi camino para encontrar a quienes han ordenado acabar con mi vida.

—Hombres en pieles de tigre blanco con ojos rasgados, dices… —caviló Aliana intrigada.

—Sí, así es. Nadie ha podido decirme nada sobre su posible origen.

—No es de extrañar… no recuerdo que haya ninguna raza sobre Tremia con ojos rasgados, al menos no en la Tremia conocida. Por otro lado, Tremia es un continente inmenso y hay mucho territorio todavía salvaje y hostil, apenas explorado.

—Mis conocimientos sobre Tremia son muy escasos… Nunca antes de esta expedición había abandonado las tierras Norriel… —reconoció Komir algo avergonzado.

Aliana quedó pensativa y miró su medallón con detenimiento. Luego alzó la mirada y observó el de Komir atentamente.

—Hay algo que no entiendo, Komir... ¿Cómo están relacionados esos hechos atroces, el ataque a tu persona y la muerte de tus padres, con los medallones Ilenios? Y ¿por qué crees que has sido elegido para portar el medallón?

Komir se acercó hasta situarse junto a Aliana y acarició el medallón de Tierra que colgaba del esbelto cuello de la Sanadora.

—Veamos si puedo explicártelo de forma que tenga algún sentido y no parezca que he perdido completamente la razón… En un principio no creí que hubiera ninguna relación. Mi destino es encontrar a quienes quieren acabar con mi vida y son responsables de la muerte de mis padres, de eso estoy seguro y convencido. Pero Amtoko me advirtió de algo más...

—¿Amtoko? —interrumpió Aliana.

—Perdona. Amtoko es la guía espiritual de nuestra tribu, los Bikia, de los Norriel, en las tierras altas... una bruja... la Bruja Plateada la llaman...

—Conozco a los Norriel, la fama de tu pueblo te precede —dijo Aliana esbozando una sonrisa.

—Bien, pues Amtoko me advirtió que mi destino, el camino que había decidido seguir estaba ligado a otro de mucha mayor trascendencia. Un destino que si yo rechazaba representaría el fin de nuestra tribu y sumergiría a todo el continente de Tremia en un dolor abismal y un sufrimiento como el que no se había conocido antes. Sé que puede parecer una exageración enorme y nada puedo asegurarte, pero la vieja Bruja Plateada rara vez se equivoca en sus juicios y predicciones... Le dije que yo no quería ese peso sobre mis hombros, que mi camino era encontrar a los asesinos de mi familia, no salvar este mundo. Pero me advirtió que si no seguía ese camino, los hilos del destino le mostraban un terrible final para los Norriel. Me avisó de que un mal de inmensas proporciones se avecinaba y que todo el continente quedaría sumido en el más terrible de los sufrimientos. Miles de personas morirían, una marea de sangre barrería Tremia dejando muerte, destrucción y sufrimiento abismal a su paso. Una oscuridad devastadora reinaría por cien años. Eso me aseguró. Ese es el terrible destino que debo de alguna forma prevenir aunque desconozco cómo hacerlo. Es el destino contra el cual debo luchar sin descanso.

—Lo que me cuentas es terrible, Komir —expresó Aliana consternada mirando al Norriel con ojos llenos de una ternura y compasión que borraron el dolor del corazón de Komir con un dulce soplo—. Y ¿no puedes rehuir ese sobrecogedor destino que te ha impuesto tu bruja?

—No es ella quien me lo ha impuesto... es el todopoderoso destino quien según Amtoko me ha elegido. Me dijo que mi futuro está marcado y es de gran trascendencia si decido seguir los hilos de la gran partida.

—¿Y si te niegas?

—Amtoko me aseguró que mi búsqueda de justicia es parte intrínseca de esa gran partida. Si deseo conseguir mi objetivo entonces debo jugar.

—Entiendo… es mucha carga la que tienes que soportar. ¿Estás convencido de que tu Bruja Plateada no se equivoca?

—Cada vez más, por desgracia… Es ella quien me ha guiado hasta aquí, es ella quien previó que nos encontraríamos. Por lo tanto, la muerte de mis padres está relacionada de alguna forma con nosotros y ese terrorífico destino que la Bruja Plateada ha podido intuir con su poderoso Don. Sin embargo, de los medallones nada me ha advertido. Puede ser que sus visiones no alcancen a verlos, quizás debido a la propia magia Ilenia, no lo sé... Pero ahora empiezo a ver con claridad que mi destino, sea cual sea, está también de alguna forma relacionado con este medallón, con los Ilenios...

Aliana lo miró a los ojos, como intentando leer lo que tras ellos se ocultaba. Ante el escrutinio de la bella Sanadora, Komir se encogió.

—Creo que entiendo lo que intentas decirme y es de una gravedad terrorífica —dijo Aliana sin dejar de mirarlo directamente a los ojos—. Tú has sido elegido para evitar un destino espeluznante. Tu camino, la búsqueda de los asesinos de tus padres, te dirige hacia ese destino de enormes y terribles proporciones, te guste o no, así lo quieras o no. Si es así, y tu Bruja Norriel está en lo cierto, entonces los medallones deben de ser parte de ese destino catastrófico que debes evitar... Y no puede ser coincidencia que tú precisamente encuentres un medallón Ilenio. Debe haber una conexión entre tu persona, ese destino y los medallones…

—Sí, eso creo yo también… pero no llego a comprender cuál puede ser…

Aliana se llevó las manos al rostro.

—Increíblemente interesante y al tiempo extremadamente aterrador lo que me cuentas, Komir.

—Lo sé y lo lamento... —dijo Komir apartando la mirada.

—¿Lo lamentas?

—Sí, porque si lo que pensamos es cierto, eso significa que tú también te encuentras enredada en todo este embrollo.

Aliana volvió a mirar a los ojos de Komir, pensativa. Su bello rostro había perdido su característica serenidad y se apreciaba una marcada preocupación que iba ensombreciéndolo cada vez más.

—Debo asimilar y meditar con calma todo lo que has compartido conmigo, Komir. Es mucha información y de una gravedad que encoje mi alma.

Komir asintió y guardó silencio.

Un cervatillo moteado se acercó hasta el estanque por el extremo opuesto y comenzó a beber ignorando la presencia de los dos jóvenes. Ambos lo admiraron, sorprendidos. Por un momento, el peso de las decisiones y la carga de enfrentarse a un destino apocalíptico desapareció de los cansados hombros de Komir. Aliana lo miró a los ojos y sonrió. Su dorado cabello refulgió un breve instante y Komir se perdió en la serenidad de los enormes ojos azules y el bellísimo rostro de Aliana.

En aquel instante, Komir supo que su corazón ya no le pertenecía.

Unos sonidos al este entre la boscaje hicieron huir al cervatillo con la gracia y sigilo de la que sólo estos bellos animales son capaces. Komir se echó la mano a la empuñadura de la espada y tensó los músculos, alerta. Aliana se percató de la situación y con presteza armó su arco. Los matorrales se apartaron dejando paso a un enorme jabalí. Komir, sorprendido, fue a desenvainar cuando se dio cuenta de que algo no encajaba en la escena. El jabalí no avanzaba sino que estaba siendo portado, alzado sobre los enormes hombros de alguien…

De Hartz, que apareció entre la maleza.

—¡Hola, chicos! ¡Mirad lo que he cazado! —exclamó esgrimiendo su enorme y contagiosa sonrisa.

—Hola, Hartz —saludó Komir a su amigo con una sonrisa al tiempo que se relajaba.

El grandullón se acercó hasta ellos y sin ningún miramiento descargó el jabalí contra el suelo.

—Hola, soy Hartz —le dijo a Aliana extendiendo una mano manchada de sangre.

Aliana la miró y realizando una pequeña reverencia le dijo:

—Encantada de conocerte, Hartz. Yo soy Aliana, Sanadora del Templo Tirsar.

—Un placer, yo soy Bikia, de los Norriel —dijo Hartz orgulloso.

Aliana sonrió al grandullón.

—¿Es feo, eh? —le dijo Hartz a Aliana con una sonrisa señalando al jabalí.

—Sí, la verdad es que es bastante desagradable —respondió ella contagiándose de la sonrisa de Hartz.

—¿Quién, el jabalí o Hartz? —dijo una voz femenina a sus espaldas.

Todos se giraron y vieron aparecer a Kayti en su blanca armadura esgrimiendo una pícara sonrisa.

—¿Qué haces aquí, Kayti? —le preguntó Komir con tono de desconfianza.

La pelirroja llegó hasta el grupo y mirando a Aliana anunció:

—El herido, el tal Kendas, ha despertado. Será mejor que volvamos a la cueva y la Sanadora lo atienda. Además, no quería perderme esta pequeña reunión. ¿Alguna nueva?

Komir se mordió el labio y no dijo nada. Aliana se colocó el arco a la espalda e intercedió.

—Komir y yo hemos estado intercambiando opiniones… y experiencias…

Kayti los miró con ojos interrogantes.

Pero ninguno de los dos dijo nada.

—Bueno, ahora que ya habéis intercambiado opiniones, mejor comemos algo —dijo Hartz frotándose el estómago—. Después, con el estómago lleno, ya decidiremos qué hacer. ¿O ya sabes a dónde nos dirigiremos, Komir?

—Umm… Buena pregunta… no lo he pensado bien todavía… La verdad es que no lo sé… —dijo Komir, y se llevó la mano al medallón Ilenio. Se quedó mirando la joya y sus pensamientos flotaron. ¿Qué camino debía seguir ahora? Amtoko le había guiado hasta allí, hasta Aliana, pero ahora que ya la había encontrado, ¿cuál era el siguiente paso hacia su destino? «La verdad es que estoy completamente perdido. No sé qué dirección tomar. ¿Qué debo hacer? ¿Hacia dónde debo ir?».

De repente, una sensación dulzona le recorrió el cuerpo. Komir la reconoció de inmediato. Experimentó una vez más el éter proveniente del medallón Ilenio, casi podía saborearlo en la boca. Cerró los ojos y se concentró. Buscó en su interior y encontró su energía mágica, hecho que todavía lo sobresaltaba y llenaba de una extraña sensación de agridulce alegría. Estaba acumulada en su pecho, reposando apaciblemente como el agua del plácido estanque junto al que se encontraban. Podía apreciarla claramente en su interior y aquello lo maravillaba por las repercusiones que implicaba. «Soy poseedor del Don. Puedo ver en mi interior la energía mágica que poseo. Simplemente increíble. Y lo que es aún más importante, puedo hacer magia, con ayuda del medallón por supuesto, pero puedo crear un conjuro. Sólo de pensarlo se me pone la carne de gallina. Quién me lo iba a decir en mi aldea de Orrio, en las tierras Norriel hace tan sólo unos meses… Pero al igual que entonces sigo sin saber qué hacer, hacia dónde dirigirme… ¿Qué camino he de tomar?».

De súbito, la gran gema del medallón Ilenio estalló en un intensísimo y cándido haz de luz que cegó momentáneamente a todos los presentes. Komir, desconcertado por el inesperado suceso, dio un paso atrás y sujetó el medallón con ambas manos.

—¿Qué demonios...? —protestó Hartz cubriéndose los ojos con el antebrazo.

—No sé qué ocurre… —intentó disculparse Komir.

—Una activación de poder mágico muy intensa —explicó Aliana apartando la mirada hacia el costado.

La luz cegadora cesó y todos volvieron a abrir los ojos intentando entender el significado de aquel extraño evento.

En ese instante un nuevo destello de luz amarronada de igual intensidad cegadora brotó del medallón de Aliana. Todos se protegieron los ojos entre protestas por el insólito suceso que estaban viviendo. El destello desapareció al cabo de unos instantes.

Nadie se atrevió a mirar. Los cuatro esperaron un largo momento antes de volver a abrir los ojos.

—¿Se puede saber qué les pasa a vuestros medallones? —demandó Hartz molesto por la experiencia mágica.

—Creo que Komir los ha activado de alguna forma… —explicó Aliana.

Y en ese instante los dos medallones volvieron a destellar simultáneamente. Todos se cubrieron, sin embargo en esta ocasión el destello fue menos hiriente. Los cuatro miraron con recelo y descubrieron una esfera flotando entre ambos medallones sostenida por dos haces de luz. Uno proveniente del medallón de Komir y el otro proveniente del medallón de Aliana.

—¿Qué demontres está sucediendo? —preguntó Hartz con voz quebrada.

—Ni idea, amigo, estos medallones tienen voluntad propia —le respondió Komir.

—Más bien intelecto propio —corrigió Kayti.

—Esa esfera que ha sido invocada por los medallones Ilenios debe de tener algún fin concreto —razonó Aliana.

Como obedeciendo al raciocinio de la Sanadora, la esfera comenzó a girar sobre sí misma sin moverse de la posición que ocupaba suspendida entre Komir y Aliana. Todos contemplaron los giros de la esfera arcana, absolutamente intrigados. Al cabo de un largo momento se detuvo. Komir, completamente sorprendido, comenzó a mascullar una pregunta cuando, de repente, la esfera proyectó una imagen. Un paisaje quedó suspendido en el aire sobre ella. Komir enmudeció. ¿Qué era aquello? Parecía como si un cuadro extremadamente realista hubiera sido invocado para aparecer ante ellos como una ensoñación. Todos contemplaron la imagen proyectada, entre atónitos y completamente perplejos. La imagen les mostraba un paisaje de gran belleza: la desembocadura de un río de gigantescas dimensiones con un descomunal caudal de azuladas y tranquilas aguas. La imagen cambió de súbito y pareció desplazarse río abajo, como si de un águila sobrevolando el gran río se tratase y les mostrara lo que su vista sagaz captaba. La belleza del paisaje visto desde las alturas era auténticamente impactante.

—¿Qué… qué es esta imagen? —balbuceó Komir sin conseguir salir de su asombro.

—¡Magia Ilenia! Eso lo puedo asegurar y no me gusta nada de nada —protestó Hartz.

—No seas zopenco, Hartz, ¿no ves que los medallones nos quieren mostrar algo? —respondió Kayti.

—Es el grandioso río Nerfir —señaló Aliana—. Nosotros lo cruzamos unos días atrás después de huir de los bosques de los Usiks. Navegamos en barcazas, nos llevó varios días con sus noches navegarlo de una orilla a la otra. Kendas me contó que el Nerfir es uno de los ríos más grandes de Tremia y desciende desde la parte sur de las Montañas de la Media Luna penetrando en territorio Noceano. Recorre las tierras del imperio del sol bañando sus áridas extensiones hasta llegar a los profundos y grandes desiertos del sur.

La imagen continuó avanzando río abajo a lo largo del inmenso cauce que penetraba ya en los desiertos de los Noceanos, mostrando pequeñas comunidades de pescadores y comerciantes.

—Es un río bestial —exclamó Hartz que no perdía detalle.

—Tú sí que eres bestial… —le dijo Kayti. Hartz se giró para encararla con cara de pocos amigos pero la pelirroja le lanzó un guiño acompañado de una pícara sonrisa que desarmaron por completo al gran Norriel.

La visión a ojo de pájaro siguió sobrevolando el paisaje cada vez con mayor velocidad. Mucho más al sur, divisaron las primeras ciudades Noceanas junto al gran río, rodeadas de grandes desiertos. La imagen se situó sobre la tercera de las grandes ciudades a lo largo del río, se desplazó algo al este, internándose en un desierto de arenas blancas y dunas del color del sol. La imagen parpadeó tres veces y desapareció. Acto seguido, la esfera y los haces de luz provenientes de los medallones desaparecieron también.

Los cuatro se miraron los unos a los otros sin saber muy bien qué deducir de aquella experiencia tan insólita.

Aliana miró su medallón y alzó la vista al cielo cuya luminosidad se colaba silenciosa entre las copas de los árboles.

—Los medallones nos indican el camino a seguir…

—¿Estás segura, Sanadora? Lo que nos ha sido mostrado es territorio Noceano, territorio enemigo... —apuntó Kayti mostrando en su rostro la seriedad que acompaña una preocupación severa.

Aliana posó su celeste mirada en el medallón de Komir.

—Por desgracia, lo estoy.

El gran Norriel gesticuló al aire.

—No vamos a adentrarnos en territorio hostil y que nos corten la cabeza sólo porque un maldito hechizo mágico así nos lo indica. Eso sería una tontería tremenda, yo no pienso ir a ningún lado al que me mande esa magia Ilenia de los demonios. No, de eso nada —se negó en redondo Hartz y cruzó los brazos sobre el pecho, frunciendo el entrecejo.

—Los dos medallones nos están indicando que debemos seguir ese camino que nos han mostrado —explicó Aliana con voz tranquilizadora.

—¿Con qué fin? —quiso saber Kayti.

—Lo sabremos cuando lleguemos allí —contestó Komir con una certeza inquebrantable.

—Debo volver y atender a Kendas —dijo Aliana mirando a Komir.

Komir asintió y el grupo regresó presto al campamento.

Una semana había transcurrido desde la conversación con Aliana en el estanque. En ese tiempo, la Sanadora se había dedicado en cuerpo y alma a cuidar de Kendas, obrando un verdadero milagro al lograr que el Lancero se recuperara casi completamente. Por las noches, alrededor del fuego de campamento, el grupo intercambiaba aventuras y experiencias vividas, y pronto se creó una sincera unión entre ellos. Cada noche Komir contemplaba en silencio a la Sanadora, en los momentos en que esta se retraía y casi podía ver sus pensamientos volar. Komir sabía que Aliana meditaba seriamente lo que habían tratado a solas. Pero no se atrevía a preguntar, ni a partir hasta que ella se pronunciara.

La séptima noche, mientras Hartz deleitaba al grupo con una fantástica historia del folclore Norriel, Aliana miró a Komir y asintió, haciéndole saber que estaba lista. Cuando Hartz terminó de relatar la historia Aliana se dirigió a Komir.

—Durante esta semana he meditado mucho sobre nuestro encuentro, Komir, sobre el significado de ese hecho y sobre el camino a seguir. Cuanto más lo pienso más segura estoy de que tu destino y el mío deben estar unidos, Komir. Así lo indica el hecho de que seamos ambos portadores de los medallones y estemos vinculados por su magia Ilenia. Así lo establece que nos hayamos encontrado aquí en mitad de ningún sitio y más aún si a ti te ha guiado hasta aquí la bruja Amtoko. Siendo ese el caso, me lleva a pensar que de alguna forma mi destino forma parte del tuyo. Si ese destino es de tan terrible magnitud y traerá consigo la devastadora tragedia que tu bruja Norriel ha predicho, entonces debemos seguir adelante, juntos, y evitar que se produzca a toda costa.

Todos miraron a Aliana absortos en sus palabras.

—¿Quieres decir que deseas acompañarme? —indagó Komir algo sorprendido intentando cerciorarse de haber captado correctamente los deseos de Aliana.

—Así es. Creo que es lo que debo hacer —señaló Aliana convencida—. No puedo permitir que ese augurio catastrófico se produzca, debo luchar contra él, debo impedirlo. No podría perdonarme el haber tomado otro camino sabiendo lo que sé y que el horror se apodere de Tremia. No puedo permitir que el dolor y el sufrimiento lleguen a nuestras gentes, va en contra de todos mis principios, va en contra de quien soy. Soy una Sanadora del Templo de Tirsar y como tal mi obligación es ayudar a los que sufren. Si puedo evitar ese sufrimiento de enormes proporciones que está por llegar, debo hacerlo. Lo he meditado a conciencia y es lo que debo hacer.

—Pero me dirijo hacia un destino al que muy probablemente no pueda vencer… —advirtió Komir.

—Quizás solo no puedas salir victorioso, pero ya no lo estás. Ahora somos dos los portadores de los medallones y juntos, sin duda, tendremos, muchas más probabilidades de salir triunfadores.

—No puedo permitirlo… no puedo cargar con la responsabilidad de proteger también tu vida… si algo te sucediera… yo…

—No es esa una carga que tú debas soportar, Komir. Es mi carga, mi responsabilidad, mi elección —proclamó Aliana extendiendo los brazos y hablando desde el corazón.

—Aún así… el peligro… —quiso rebatir Komir.

—Además hay un hecho de gran significado que desconoces y que refuerza mi creencia de que este es el camino que debo seguir, el camino escrito para mí.

—No te comprendo… ¿qué hecho?

Aliana, con su natural sensibilidad, narró a Komir y al resto del grupo toda la aventura vivida en territorio Usik, desde que abandonaron Rilentor pasando por el hallazgo del carbonizado Haradin, hasta la huida final de los interminables bosques con la ayuda de Asti y Kendas. Komir escuchó el relato completamente absorto, intentando digerir toda la información y sucesos que la bella Sanadora le transmitía. Cuando finalizó, Komir se tomó un largo momento para reflexionar.

—¡Esa sí que es una aventura! —exclamó Hartz.

—De sangre y muerte… —apuntó Aliana.

—El Mago, Hara… din… ¿es poderoso? —preguntó Kayti.

—En la corte de Rilentor se dice que no hay Mago más poderoso en todo Tremia.

—¿Y qué hacía un Mago tan poderoso buscando el medallón de la Tierra? ¿Para qué lo quería? —indagó la pelirroja incisiva.

—Eso es precisamente lo que me lleva a pensar que estoy en el camino correcto. Haradin, un Mago sin igual, una eminencia en artes arcanas, buscaba el medallón de la Tierra que finalmente terminó en mis manos. Esa búsqueda casi acaba con su vida, y con la nuestra. Por ello, creo que debe ser algo de una importancia extraordinaria. De otro modo Haradin, siendo tan poderoso e inteligente como es, no pondría su vida en peligro para encontrarlo. Y el medallón está unido a tu medallón, Komir, a tu destino. Por eso estoy convencida de que debo acompañarte en tu viaje. Los portadores de los medallones deben caminar juntos, unidos en un fin, en un destino.

Komir negó con la cabeza, intentando disuadir a la bella Sanadora. Mirándola fijamente a los ojos dijo:

—Es demasiado peligroso, la muerte nos ronda a cada paso que damos.

Aliana mantuvo la mirada de Komir sin pestañear, mostrando una determinación ya inamovible.

—Soy consciente. Pero es mi deber y lo hago por convicción. Estoy convencida de que este es el camino correcto, el que debo seguir. Te acompañaré. Evitaremos la destrucción de Tremia. O perecemos en el intento.

—Esperemos que sea lo primero —deseó Komir con preocupación creciente.

—Lo será, ten confianza —le respondió Aliana.

—¿Entonces, va a venir con nosotros? —preguntó Hartz animado.

Komir relajó los hombros y miró a su gran amigo.

—Sí, Hartz, si Aliana así lo desea, nos acompañará.

—¡Fantástico! Será genial contar con una Sanadora —dijo el grandullón.

Kayti miró a Hartz con ojos que no podían disimular los traicioneros celos.

—Desde luego con todos los líos en los que te metes vamos a necesitar no una, sino una docena de Sanadoras —lo increpó la pelirroja.

—No sé por qué lo dices… —dijo Hartz esgrimiendo nuevamente su enorme sonrisa.

—No puedo con él… —reconoció Kayti negando cabizbaja.

Y aquella noche, junto a la hoguera, dos caminos se convirtieron en uno. Uno que cambiaría el destino de Tremia para siempre.

Persecución y Guerra despiadada

Lasgol llevaba más de dos semanas persiguiendo el rastro del Asesino por todo el noreste del reino de Rogdon y allí por donde pasara sólo veía muerte y destrucción. El ejército Norghano estaba arrasando todo cuanto encontraba a su paso. Nada escapaba al ansia destructiva de los hombres de las nieves. Los efectivos Rogdanos, ampliamente superados en número, se retiraban ejerciendo toda la oposición posible. Los hombres de las nieves estaban ocupando toda la zona noreste del reino. Los pabellones y estandartes de rojo y blanco ondeaban altivos por todo el territorio desafiando al viento Rogdano.

Abandonando el cobijo del bosque de abetos, Lasgol bajó hasta el sendero. Una nueva columna de humo al este, captó su atención. Cerró los ojos y buscó su Don. Activó la habilidad Ojo de Halcón, para poder distinguir con mayor precisión lo que sucedía en la distancia. Un destello verdoso recorrió todo su cuerpo y pudo apreciar nítidamente los buitres sobrevolando el área. Aquello era señal inequívoca de que los Norghanos estaban arrasando alguna aldea o ciudad Rogdana. Por el tamaño y dispersión de las casas que llegaba a distinguir, Lasgol dedujo que se trataba de una aldea de considerable población. Era... Rostembur... renombrada por sus excelentes caballos..., aunque nunca más lo sería... se lamentó Lasgol.

—Nuestro glorioso ejército en acción ¿eh? —dijo una desagradable voz chirriante a su espalda— Parece que siguen avanzando en la conquista de estas tierras. ¿No te alegran nuestras victorias, señor jefe?

Al oír la voz del hombre que se había convertido en su sombra, Lasgol se estremeció. Se giró y contempló la fea cara de bulldog de Morksen, que lo miraba divertido, ladeando la cabeza para que viera el desagradable ojo tuerto al descubierto. Cada día que pasaba la antipatía que sentía por aquel hombre se iba convirtiendo, poco a poco, en puro odio.

Lasgol le devolvió una mirada fría.

—Esta guerra no me incumbe. Estoy aquí para llevar a cabo la misión que el General Rangulself me ha encomendado. Nada más. No soy un soldado, soy un Guardabosques y Rastreador Real. La guerra no es mi oficio y no me despierta interés alguno.

—Lo sé, Guardabosques, puedo verlo en tus ojos. Pero aún así deberías alegrarte de las victorias de nuestro ejército. Somos Norghanos y patriotas después de todo ¿no? Yo desde luego lo soy —afirmó dejando escapar una risita burlona—. En cuanto a la misión que se nos ha encomendado, capturar a ese Asesino de ojos rasgados, la cumplirás ¿verdad, mi joven compañero de profesión? No importa, para asegurar que cumples con tu obligación me han enviado a mí, al viejo zorro de los Rastreadores Reales, quizás porque soy difícil de embaucar... quizás porque siempre cumplo con la misión asignada...

—Cumpliré con mi deber, Morksen, de eso puedes estar seguro. Soy un hombre de honor y yo nunca falto a mi deber o a mi palabra.

Morksen sonrió con una mueca irónica mostrando su negra dentadura y le hizo un guiño a Lasgol con el ojo bueno.

—Siendo ese el caso, no hay por qué preocuparse... Este viejo zorro dormirá más tranquilo —dijo con sorna el tuerto, y sonrió burlón.

Lasgol dudaba que aquel hombre siquiera durmiera y, lo que era peor, le obligaba a él a mantener un ojo siempre abierto o de lo contrario un día acabaría con el cuello degollado. De eso estaba seguro. Hubiese dado cualquier cosa por deshacerse de él y continuar en solitario, pero debía acatar las órdenes del General, no podía desobedecer un mandato directo, lo ahorcarían.

Continuaron avanzando por el sendero una buena distancia y al cabo de un rato, tras un recodo rocoso, Lasgol se topó con una nueva escena desoladora consecuencia de aquella sangrienta guerra sin sentido. Una docena de cadáveres habían sido amontonados en una acequia. Se acercó con paso lento y el ánimo sombrío. Hombres, mujeres y niños habían sido sacrificados por igual. Yacían apilados los unos sobre los otros, como si de meros despojos humanos se trataran. Los habían pasado por la espada a todos. Lasgol experimentó una ira y repugnancia insoportables. Por las vestimentas de los desventurados, Lasgol dedujo se trataba de campesinos de la zona, probablemente huyendo de la guerra con lo puesto. Desgraciadamente, se habían topado con algún grupo de miserables sin entrañas. Hombres despreciables pertenecientes, muy probablemente, a su propio ejército. Estudió las heridas infligidas: los habían ejecutado limpiamente. Aquello lo habían hecho soldados Norghanos, no era la obra de torpes forajidos o sucios desertores. Se puso en cuclillas y observó aquel acto de barbarie, incapaz de comprender qué empujaba a los hombres a cometer actos de semejante vileza.

—Esto también es obra de nuestro ejército —reprochó a Morksen cuando éste se situó a su lado.

—¡Ah!, pero así es la naturaleza de la guerra, joven Guardabosques, ¿acaso no lo sabíais? No se puede alcanzar la victoria en la conquista, la gloria en la batalla, sin otros actos no tan gloriosos…

—¿Es que acaso lo apruebas? —le reprochó Lasgol muy molesto.

Morksen le miró con el ojo bueno y recapacitó la respuesta.

—No lo condeno, que si bien no es lo mismo, sí es muy diferente —recalcó el veterano guardabosques con una sonrisa torcida.

—¡Deja de lado las sutilezas, Morksen! Esto es obra de cobardes sin entrañas, soldados corrompidos que merecen ser colgados de un árbol.

—Pero mi honorable compañero, ya deberías saber que las guerras no son juego limpio entre reyes y caballeros. Muy al contrario, son sucias, despiadadas y llenas de actos abominables. Mejor que vayas acostumbrando tu delicado estómago, porque vas a contemplar mucho este tipo de barbarie. Te guste o no. Esté yo de acuerdo o no. Es inevitable. Así es la naturaleza de la guerra... Te lo dice un viejo zorro que ha vivido unas cuantas a lo largo de su extensa vida.

Lasgol sabía que el veterano Guardabosques tenía razón. Las escenas de barbarie se repetían cada pocas leguas. En las plazas de las aldeas que habían ofrecido resistencia, el ejército invasor dejaba a los ahorcados colgando sin vida a la vista de todos. A las afueras de las ciudades conquistadas clavaban en picas las cabezas decapitadas de aquellos que habían osado combatir. Advertencias monstruosas con la intención de acabar con la moral de los Rogdanos. Muerte y destrucción como sólo la guerra y la maldad en el corazón de los hombres es capaz de generar. Lasgol suspiró intentando expulsar el desaliento que le oprimía el corazón como un puño de púas. Era consciente de que cada día su ánimo se iba marchitando un poco más, como una planta a la que se priva de agua. Él, Guardabosques y Rastreador Real Norghano, había intentado por todos los medios detener aquella guerra de locos, pero había fracasado en su intento. Cuando los Reyes deseaban la guerra la razón no tenía cabida, y su Rey, el Rey Thoran, ciego de ira y dolor, había decretado ir a la guerra contra Rogdon para vengar la muerte de su hermano, el Gran Duque Orten. Lasgol lo había intentado hasta la extenuación, pero no había sido capaz de detener aquel conflicto bélico que llevaría muerte y sufrimiento a millares de inocentes. Ahora que contemplaba las irreparables y atroces consecuencias de la barbarie humana, su corazón sangraba, y su alma comenzaba a dudar de la bondad del hombre.

—Volvamos por los caballos —le dijo a Morksen—, el rastro se pierde en esa colina boscosa más abajo. El Asesino habrá cruzado el bosque y su rastro reaparecerá al otro lado. Lo mejor será que rodeemos el bosque cabalgando por el sendero y así ganaremos tiempo.

—De acuerdo. Apresurémonos, de lo contrario perderemos la frescura de su pista y luego será mucho más complicado poder encontrarlo. Ese maldito Asesino tiene una habilidad especial para hacer desaparecer sus huellas.

En algún lugar del gran bosque se encontraba escondido el Asesino. Lasgol no tenía la más mínima duda de que así era pero no podían perseguirlo a través de árboles y maleza, pues les llevaba varios días de ventaja. A pie no podrían alcanzarlo antes de que lograra salir del bosque por el extremo suroeste. Pero algo tenía perplejo a Lasgol. No comprendía cuál era la estrategia del Asesino. Hacía ya más de un mes que podría haber abandonado las tierras Rogdanas. Pero no lo había hecho. ¿Qué buscaba en aquella zona?

¿Por qué no había abandonado ya territorio Rogdano? No era lógico que permaneciera allí arriesgándose a ser capturado, mucho menos aún, sabiendo que estaba siendo perseguido y, desde luego, el Asesino sabía que lo estaban persiguiendo. Por otro lado, enfrentarse a alguien tan letal como el Asesino, significaba enfrentarse a la propia muerte. Lasgol podía sentir ya el filo de la guadaña en su cuello y no era una sensación que persiguiera gustoso.

—¿Preocupado, Rastreador? —preguntó Morksen con su característica sonrisa burlona.

Lasgol no deseaba seguirle el juego.

—Sí, en efecto y tú también deberías estarlo. Nos enfrentamos a un hombre nada común y extremadamente peligroso.

—Ya me he enfrentado antes a muchos hombres fuera de lo normal y todos han terminado muertos a mis pies. Éste no me preocupa en particular, no más que otros que han venido antes que él. Morirá de igual manera —dijo escupiendo a un lado.

—Cometes un grave error menospreciando la peligrosidad de este hombre. En verdad te digo que las posibilidades que tenemos de salir con vida de esta misión son escasas…

—No intentes intimidarme, joven Rastreador, te llevo muchos años de experiencia y a este viejo nadie lo coge desprevenido. Capturaré al Asesino tal y como nos han ordenado y si se resiste les llevaré su cabeza en una saca.

Lasgol desistió.

—Como quieras, pero he de advertirte que este hombre no es un hombre común.

—¿Acaso crees que no lo sé? No soy tan estúpido como para no estudiar a mi adversario antes de cazarlo. Sé que nos enfrentamos a alguien con el Don y soy consciente de la dificultad que eso añade a la misión. Pero aun así lo capturaré. Después de todo, también yo llevo conmigo a alguien dotado con el Don…

Lasgol, muy sorprendido, miró a Morksen.

—Como te decía, mi joven Rastreador, yo siempre preparo las cacerías. Es increíble la cantidad de información que se puede llegar a obtener acerca de un hombre si uno sabe dónde preguntar y cuenta con los fondos necesarios —Morksen le guiñó el ojo y esgrimió otra de sus malévolas sonrisas.

Lasgol negó con la cabeza.

—Vayamos por las monturas —le respondió, no tenía ganas de continuar con aquella conversación.

Unas horas más tarde Lasgol, a lomos de Trotador, su querido e infatigable amigo, bordeaba el bosque por el extremo sur. Detuvo a su querido compañero con una suave frase utilizando el Don.

—Gracias, mi fiel amigo, siempre puedo contar contigo —le dijo al oído mientras le acariciaba el cuello.

Trotador sacudió la cabeza y rebufó.

—Me has levantado el ánimo, campeón —le susurró Lasgol—. Siempre consigues levantarme el espíritu. Ojala tu nobleza de corazón pudiera ser esparcida por el viento y contagiara a todos cuantos tocara. Nadie hay más fiel y noble en todo Tremia.

Con el ánimo renovado Lasgol desmontó de un ágil salto y se introdujo en el bosque. Morksen lo siguió en silencio a su espalda como una sombra sigilosa y traicionera, tal y como era la costumbre del experimentado y peligroso rastreador. Lasgol le indicó por señas que detuviera el avance y ambos rastreadores buscaron la pista del Asesino entre la maleza del bosque. Les llevó varias horas hallar el rastro. Lasgol tuvo que echar mano de toda su experiencia como rastreador y, aún así, no fue capaz de encontrar las huellas del Asesino sin la ayuda de su Don. Aquel hombre parecía volar sobre el bosque como si sus pies nunca llegarán a posarse del todo sobre el suelo, ni su cuerpo rozara nunca la maleza. Morksen no fue capaz de hallar huella alguna, lo cual representó una pequeña satisfacción que Lasgol disfrutó enormemente. La cara de frustración que el viejo zorro Norghano mostraba no tenía precio. Pero no dijo nada, el orgullo podía con él. Antes mordería su propia lengua y se envenenaría con su vileza que reconocerse incapaz de encontrar el rastro de un hombre.

—Veo cierta preocupación en tu rostro, Morksen.

—No sé de qué demonios estás hablando, menos cháchara, continuemos la búsqueda. Cerca de aquí hay un burdel con unas mujeres de vida alegre muy recomendables a las que quiero visitar. Cuanto antes demos con ese maldito Asesino de ojos rasgados, mejor. Ya tengo ganas de disfrutar de la enorme bolsa de oro que obtendré por su captura.

—Si crees que capturarlo va a resultar tan sencillo estás muy equivocado. Te recuerdo que ya acabó con la vida de dos de los mejores Guardabosques Reales.

—Conozco perfectamente lo sucedido. Por mucho que te empeñes en amedrentarme no lo conseguirás. Es un hombre, nada más que un hombre, y como tal sangrará sangre roja, como lo hacen todos, espera y podrás comprobarlo. No te quepa la menor duda.

Ante aquella respuesta Lasgol sólo pudo negar con la cabeza. Morksen no quería escucharlo pero cada vez veía una preocupación más acuciante en el veterano guardabosques. Estaba comenzando a ponerse nervioso, lo cual Lasgol necesitaba si quería sobrevivir a la misión. Utilizando su Don activó la habilidad Vislumbrar Oculto. Sus ojos fueron entonces capaces de descubrir pequeñas alteraciones en la vegetación que lo rodeaba que antes le era imposible discernir. El rastro casi invisible que el Asesino había dejado a través del bosque apareció a su derecha. Lo siguió con la mirada y comenzó a recorrerlo agazapado, procurando no hacer ruido. Tras un par de horas de marcha el rastro desapareció en el linde del bosque. Se evaporó.

Habían llegado a la entrada de un pueblo.

Algo perplejo, Lasgol miró a Morksen y éste le hizo una seña con la cabeza indicando los árboles que los rodeaban. Lasgol los contempló pensativo intentando deducir qué era lo que su forzado compañero de cacería le intentaba decir. Con un gesto muy elocuente de la mano Morksen le indicó que el Asesino probablemente habría escalado algún árbol y de allí habría saltado a alguno de los tejados de las primeras casas adyacentes al bosque.

Cierto, muy cierto... Morksen tenía razón, de ahí que desapareciera el rastro. Una cosa era segura, Morksen era inteligente y, no sólo eso, era sagaz. Combinado con sus pocos escrúpulos y la vileza de su corazón lo convertían en un ser muy peligroso. Demasiado.

Agazapado detrás de unos arbustos secos, Lasgol contempló la entrada a la aldea. Dolsber era la última de las aldeas Rogdanas tan al Este y su situación a pies de las Montañas de la Media Luna la convertía en un enclave estratégico. Uno de los pocos pasos transitables que atravesaban la grandiosa cordillera montañosa partían de la espalda de aquella pequeña comunidad de granjeros. La aldea no debía de tener más de un millar de habitantes y Lasgol esperaba que la helada mano de la muerte no los hubiera alcanzado todavía.

Pero su esperanza pereció antes incluso de haberse formado.

Lasgol alzó la mirada y oteando con cautela se percató de que la aldea había sido tomada por tropas Norghanas. Una vez más, la barbarie de la guerra se hacía presente de forma funesta. En mitad de la plaza de la pequeña aldea los soldados del ejército Norghano habían ejecutado a más de un centenar de hombres. Los cadáveres yacían apilados y ahora se preparaban para prenderles fuego. La aldea debía de haber caído hacía poco, no más de unas horas. Los soldados estaban todavía realizando registros en todas las casas y granjas. Buscaban enemigos y botín, saquearían la aldea sin piedad hasta que nada de valor quedara en ella.

Un grupo de soldados sacó a rastras a una pareja de avanzada edad de una de las casas. Los prisioneros suplicaban por sus vidas entre llantos. Los llevaron hasta el centro de la plaza y allí el capitán Norghano al mando dio la orden de ejecutarlos. Sin la más mínima piedad los soldados atravesaron a los dos ancianos. A Lasgol se le formó un nudo tan fuerte en el estómago que pensó que le iba a reventar. Inconscientemente cerró el puño con tal fuerza que comenzó a temblarle. Aquel era su ejército, aquellos eran sus compatriotas, sus hermanos, y estaban matando ancianos, niños, hombres y mujeres sin piedad alguna. La guerra no era excusa, la única razón para aquella barbarie era el propio regocijo. Desde la zona norte del pueblo trajeron entre golpes y empujones a un oficial Rogdano con media docena de sus hombres. Lasgol supuso que aquel era el oficial al mando de la defensa de la aldea. La plaza se llenó de soldados Norghanos en un momento. Lasgol contó más de dos centenares de hombres. Con suma tristeza imaginó lo que estaba a punto de sucederles a aquellos pobres desgraciados. Las fuerzas Norghanas formaron un círculo y en el centro del mismo situaron a los prisioneros formando una línea. Los pusieron de rodillas y les ataron las manos a la espalda.

Lasgol hizo una seña a Morksen para que le siguiera en silencio. Morksen lo miró extrañado y expresó su disconformidad arrugando su nariz de bulldog mientras torcía la boca en una mueca de disgusto. Lasgol lo miró fijamente haciéndole entender que él era quien estaba al mando. Morksen se encogió de hombros y le hizo una pequeña reverencia sarcástica.

—¿Cuántos regimientos hay apostados en esta zona? —oyó preguntar al Capitán Norghano. El interrogatorio daba comienzo.

—Ni una palabra de mi obtendrás, soy un oficial del ejército Rogdano, moriré gustoso antes de darte información alguna, sucio Norghano.

Lasgol se colocó el arco corto a la espalda. Rápidamente se acercaron a una choza de madera algo al oeste de la plaza.

—Veremos si hablas o no— dijo el oficial Norghano.

Lasgol echó una ojeada con cuidado y pudo ver cómo el Capitán Norghano mataba de una cuchillada al cuello a uno de los soldados prisioneros. La sangre brotó a borbotones del cuello y los soldados Norghanos congregados comenzaron a gritar y aplaudir de júbilo, alentando a su oficial al mando. El griterío era ensordecedor.

—Hablarás, ya lo creo que hablarás o de lo contrario mataré a todos tus hombres y luego te arrancaré todos y cada uno de los dedos de manos y pies.

Los gritos ensordecedores volvieron a llenar la plaza, el frenesí sangriento los poseía.

Lasgol bajó la cabeza, lleno de pesadumbre y aplastado por el peso de la insoportable vergüenza que sentía en aquel momento. Hizo una seña a Morksen y continuaron avanzando en dirección norte, bordeando la plaza. Avanzaban agazapados, Lasgol no deseaba verse inmiscuido en aquella sangrienta vileza. Llegaron hasta un gran granero algo apartado y se ocultaron en la entrada. Unos gritos desesperados de mujer llegaron hasta el rastreador. Provenían del interior del granero. Lasgol arriesgó una mirada. Cinco soldados mantenían atrapadas contra la pared posterior a tres jóvenes mujeres de la aldea. Llenas de pavor, intentaban escapar pero no conseguían romper el círculo que los soldados mantenían sobre ellas.

Una de las jóvenes campesinas de cabello castaño consiguió fajarse y escapar pero el más retrasado de los soldados la alcanzó y la golpeó brutalmente derribándola al suelo. Se acercó hasta ella y le gritó exaltado:

—¡Estate quieta, a dónde te crees que vas! Es hora de satisfacer a los vencedores, pequeña furcia.

Comenzó a soltarse el cinturón mientras sus compañeros reían y lo alentaban.

—Enséñale a esa paleta Rogdana lo que es un auténtico guerrero —dijo otro de los soldados.

—Estas granjeras del oeste no tienen la menor idea de lo que es un hombre de verdad. Aquí no tienen más que niñatos y medio hombres. Hoy, viendo como luchaban, me ha parecido que eran todos unos eunucos sin valor.

Las risas volvieron a llenar el granero.

Otro de los soldados cogió del pelo a una joven campesina de cabello oscuro y la arrastró hasta un fardo de paja amontonado en una esquina. Se situó sobre ella y le agarró de los brazos oprimiéndolos contra el suelo.

—Cuanto más te resistas, más voy a disfrutar —rió, su lujuria era incontenible.

—La Tercera de las jóvenes, una niña de enormes ojos y precioso cabello dorado, gritaba desaforadamente mostrando un terror abismal en su cara.

Uno de los soldados se acercó y le propinó una bofetada salvaje derribándola.

Lasgol preparó el arco corto y entró en el granero. Se situó en la entrada y con frialdad calculó la distancia hasta los cinco hombres: diez pasos.

—¡Deteneos! —ordenó con voz autoritaria.

Los cinco soldados lo miraron de inmediato.

—¿Quién eres? Esto no es asunto tuyo —dijo uno de los soldados, grande como un oso y que lucía una enorme cicatriz en la frente.

—Soy Lasgol, Guardabosques y Rastreador Real al servicio de su majestad el Rey Thoran.

—Eso lo dirás tú, pero nosotros no tenemos por qué creerlo —dijo otro de los soldados desenvainando su espada.

—Será mejor que le creáis, compatriotas, lo que dice es cierto. Yo soy Morksen Rastreador Real y de mí probablemente sí que habréis oído hablar.

—Yo no he oído hablar nunca de ningún Guardabosques Real, matémoslos, ¿a qué esperamos? —dijo el más joven de los soldados.

Dos de los soldados desenvainaron sus hachas y dieron un paso al frente con intención de atacar.

—¡Quietos! —ordenó el soldado de la cicatriz— Yo sí he oído hablar de él y nada bueno, la verdad. Lo que aquí ocurra no es de vuestra incumbencia, Rastreadores, si queréis compartir el botín de guerra seréis bienvenidos, si no, seguid vuestro camino.

—Yo gustoso me unía a vuestra pequeña celebración —dijo Morksen esgrimiendo su característica sonrisa burlona. Pero me temo que aquí mi compañero de profesión no va a permitirme hacerlo.

—Dejadlas marchar. No volveré a repetirlo —dijo Lasgol con una frialdad y confianza absolutas.

La tensión se incrementó al instante. Los soldados Norghanos se tensaron y prepararon las armas.

—¿Estás con él? —preguntó el soldado de la cicatriz a Morksen.

—No, esto no va conmigo, esperaré fuera —y sin mediar una mirada a Lasgol se marchó del cobertizo.

Pero Lasgol no se movió. Les hizo frente. Su determinación era absoluta. No permitiría aquel acto atroz.

—No seas estúpido, somos cinco contra uno, no tienes ninguna posibilidad —le dijo otro de los soldados—. No quiero matar a un compatriota pero si no sales de este cobertizo ahora mismo acabaré con tu vida sin dudarlo.

—No puedo permitir que toquéis a esas mujeres. Quizás vosotros no tengáis honor pero aquí hay un Norghano que sí lo tiene y lo defenderá hasta su último aliento. Nada les sucederá a esas mujeres y si para ello tengo que mataros a los cinco, así lo haré.

—Como quieras, Rastreador… ¡Matadlo! —ordenó el soldado de la cicatriz.

Anticipando la orden de ataque, Lasgol hizo uso de su Don. Antes de que el primero de los soldados diera siquiera un paso, Lasgol le atravesó el cuello con un Tiro Certero. Recargó el arco con una rapidez inhumana y volvió a tirar, alcanzando al segundo soldado que corría hacia él. El tercero ya lo tenía encima, no estaba seguro de si podría soltar la saeta antes de ser alcanzado. No tenía elección, debía arriesgarse. Y así lo hizo. La saeta salió despedida del arco corto de guerra un suspiró antes de que el soldado lo alcanzara. La flecha perforó la armadura de escamas llegando el corazón. En el último instante, el soldado, ejecutó un tajo dirigido a la cabeza de Lasgol, que tuvo que desplazarse a un lado para esquivarlo. La habilidad Rapidez de Tiro invocada había funcionado. El cuarto asaltante estaba al acecho. No tendría tiempo suficiente para volver a recargar el arco. Con un grito de guerra estremecedor el soldado Norghano lanzó un tajo con su hacha. Lasgol se desplazó hacia un costado y activó su habilidad Reflejos Felinos. El soldado volvió a atacar esgrimiendo su hacha con toda la potencia de su cuerpo pero Lasgol esquivó los tajos salvajes con una agilidad inhumana. Se recuperó y consiguió desenvainar sus dos espadas cortas. Bloqueó un salvaje tajo a su cabeza cruzando los dos aceros y soltó una fuerte patada al estómago del soldado obligándolo a retroceder. Aprovechó la ventaja para volver a utilizar su Don e invocó la habilidad Defensa de Espadas, el soldado atacó varias veces pero Lasgol se defendió de los ataques con facilidad gracias a la habilidad activada. Un brillo metálico captó su atención y giró la cabeza hacia el fondo del granero justo en el momento en el que el hacha de lanzar salía despedida de la mano del enorme soldado de la cicatriz. Lasgol inclinó el cuerpo hacia atrás y el hacha pasó rozando su hombro. Sintió un pinchazo agudo y se dio cuenta de que había sido cortado. El soldado más cercano volvió a atacar y esta vez Lasgol no tuvo más opción que matarlo de un rápido bloqueo y contraataque de sus espadas.

Cuatro soldados yacían ya muertos. Sólo quedaba el gigante de la cicatriz que asió un hacha larga de dos cabezas.

—No deseo matarte, aún estás a tiempo de dejar marchar a las mujeres —le ofreció Lasgol.

—Es demasiado tarde. Has matado a mis camaradas y por ello tengo que acabar con tu vida —explicó, y cogió un escudo circular de madera para defenderse.

—El hombre tiene un extraño concepto del honor. Matar por vengar a ruines compañeros caídos es honorable, sin embargo, no hay deshonor en violar, torturar y asesinar a mujeres indefensas.

—Tu sentido del honor y el mío son diferentes, Guardabosques. Son el botín de los vencedores, nos pertenecen para hacer con ellas lo que queramos. Así es la guerra, siempre lo ha sido y siempre lo será. Nosotros, los vencedores, tenemos derecho a su disfrute.

—Son seres humanos indefensos, no tenéis derecho alguno sobre sus vidas.

—Prepárate, Guardabosques, es hora de morir.

Lasgol se situó en pose defensiva mientras observaba acercarse al gran guerrero Norghano. Este golpeó el escudo varias veces con su hacha de forma violenta, intentando intimidarlo. Lasgol era consciente de que aquel guerrero era fuerte y experimentado y no podría vencerlo en combate cuerpo a cuerpo. Debía idear algo y rápido. Se concentró y activó su habilidad Fuerza de León, la necesitaría para contrarrestar la bestialidad de los ataques de su adversario. El ataque no se hizo esperar, el soldado lanzó un furioso tajo a la altura de la cintura con su mortífera hacha y Lasgol bloqueó el impacto con ambas espadas. La fuerza del golpe fue demoledora. Pero el enorme Norghano le lanzó un barrido terrible con el escudo que lo alcanzó a la altura del pecho y lo hizo retroceder varios pasos. Lasgol sintió de inmediato un dolor tremendo en el abdomen. Por un instante se quedó sin respiración y apenas tuvo tiempo de recuperarse para volver a bloquear otro tajo brutal. No podría aguantar mucho más. Intentó un ataque de revés a la desesperada pero el Norghano, bien adiestrado en el uso del escudo, lo bloqueó.

Lasgol comenzó a preocuparse, aquello no iba bien, sin su arco estaba en clara desventaja ante un oponente tan fuerte y tan bien adiestrado. Esquivó un par de bestiales acometidas haciendo uso de toda su agilidad y reflejos. El Norghano medía cerca de dos varas y media y le sacaba una cabeza. De súbito, recordó un viejo dicho de su padre que le llegó como un susurro de esperanza a espaldas del viento: «*Todo guerrero, por muy bueno que sea, esconde una debilidad y la debilidad de un guerrero muy alto está siempre en su base*». Lasgol observó al enorme soldado moverse y comprendió al momento lo que debía hacer. Dio un paso atrás y quedó a la espera.

—Vamos, cobarde, ¿a qué esperas? ¡Ataca! —le increpó su oponente.

—Lasgol activó su habilidad Ataque de Serpiente y se agazapó.

El gran Norghano, enfurecido, atacó elevando el hacha sobre su cabeza y portando el escudo alto para protegerse. Lasgol esperó hasta el último instante. Cuando el hacha comenzaba a descender sobre su cabeza se lanzó al suelo como si de una serpiente de cascabel se tratara buscando clavar los colmillos en el tobillo del enorme guerrero.

Con un tajo limpio y extremadamente veloz, cercenó el talón de su oponente, rodó sobre sí mismo y se puso en pie a espaldas del gigante.

La acción fue tan fulgurante que el Norghano ni siquiera se percató de lo que había sucedido. Se giró e intentó alcanzar a Lasgol, pero la pierna le falló. Lasgol aprovechó el momento para volver a repetir el ataque y esta vez sesgó los tendones de la parte posterior de la rodilla.

El guerrero gritó lleno de furia y se derrumbó como un árbol talado.

Lasgol se acercó hasta él y de una patada le arrancó el hacha de la mano. Situó la punta de su espada en el cuello del caído adversario y con ojos llenos de determinación le dijo:

—Eres un animal sin entrañas y por ello no mereces vivir, pero a diferencia de ti yo sí tengo honor y no voy a matar a un hombre desarmado aunque sea la muerte lo que merezca.

—Cometes un grave error —dijo Morksen con su chirriante voz—. Deberías matarlo ahora mismo. De lo contrario algún día encontrarás su daga clavada en tu espalda. Los hombres como él, o como yo mismo, he de reconocer —dijo guiñando el ojo bueno—, no pueden ser perdonados, ya que la venganza guiará sus caminos desde ese momento y si la oportunidad tiene a bien presentarse, acabarán con la vida de aquel a quien odian.

—No necesito de tus consejos baratos y por favor déjame agradecerte la ayuda que no me has prestado —soltó Lasgol severamente molesto.

—Esta pelea nada tenía que ver conmigo y nada tenía que ver con la misión que debemos llevar a cabo. Si has intervenido por deseo propio, no deberías presuponer que contabas con mi apoyo. No somos amigos, ni compañeros siquiera. No tengo por qué ayudarte. Tenemos una misión que cumplir y si tú deseas morir antes de verla cumplida no seré yo quien se interponga en tu camino.

Lasgol ignoró el último comentario de Morksen y buscó con la mirada a las tres mujeres. Las encontró arrinconadas en una esquina del granero, abrazadas y temblando muertas de miedo. Se acercó hasta ellas y en Lenguaje Unificado del Oeste les dijo:

—Seguidme presto y en silencio si deseáis salvar la vida.

Morksen lo miró y con un pronunciado suspiro negó con la cabeza.

Una hora más tarde, a las afueras de la aldea, Lasgol indicaba a las tres jóvenes el camino a seguir en dirección sur para ponerse a salvo.

—¿Y ahora qué, jefe? ¿Buscamos alguna princesa en peligro a la que rescatar? —preguntó Morksen con un marcado deje burlón.

Lasgol lo miró con odio reprimido.

—No, ahora capturamos al Asesino.

—Pero hemos perdido su rastro. No sabemos hacia dónde se dirige.

—Yo sí lo sé.

—En ese caso, ¿te importaría deslumbrarme con tu sabiduría?

—Si ha venido hasta aquí es para cruzar el Paso de la Media Luna por los senderos altos, de forma que no pueda ser visto por nuestras tropas apostadas en la fortaleza, abajo, en el gran paso.

—Te sigo…

—De ahí se dirigirá a las estepas, a territorio Masig. A la Fuente de la Vida.

—¿Y eso cómo puedes saberlo? ¿Es que acaso ese Don tuyo te permite ver el futuro?

—No, no es el Don el que me lo dice, es que conozco al hombre, a Yakumo.

—Aun así, ¿cómo sabes que se dirigirá allí?

—Porque allí está lo que su corazón ansía más que la vida misma.

No muy lejos de allí, Yakumo, el Asesino, oculto sobre el tejado de madera de una solitaria granja, agachó la cabeza escondiendo al viento su presencia. Contemplaba como se desarrollaba una peligrosa escena a sus pies. No deseaba abandonar su escondite pero la situación se iba complicando por instantes. Se encontraba escondido en una granja a las afueras del pueblo de Dolsber. Llevaba días huyendo de los rastreadores que lo perseguían día y noche, sin darle la más mínima tregua, y por fin había conseguido que perdieran su rastro. Sin embargo, un nuevo obstáculo le impedía poner tierra de por medio. Media docena de soldados Norghanos con un Sargento al mando se encontraban saqueando aquella granja. Estaba inquieto, no era nada bueno tener al enemigo merodeando, estaban demasiado cerca y podrían descubrirle.

—¿Dónde escondes el resto de las provisiones de invierno? —preguntó el Sargento en Norghano al desdichado granjero que tenía arrodillado a sus pies.

El pobre hombre, que no entendía lo que le estaban preguntando, sollozaba y suplicaba por la vida de su familia. Junto a él tenían maniatados a su mujer y dos hijos. Algo más atrás, en el porche, yacían muertos sobre la tarima dos ancianos. Yakumo dedujo que debían ser los patriarcas de la familia. Un triste final para una toda una vida de lucha y sacrificio por sacar adelante a la familia en la granja. Por desgracia, Yakumo sabía lo que a aquellos pobres desdichados les deparaba el futuro inmediato.

Por el camino de tierra que daba acceso a la granja vio llegar a otra docena de soldados. Llevaban prisioneros a una veintena de granjeros: mujeres, hombres y niños. Ningún anciano. Los rostros desencajados de los prisioneros mostraban el terror y la angustia que sufrían en toda su crudeza. Los niños no paraban de llorar y las mujeres intentaban consolarlos mientras reprimían sus propias lágrimas de horror. Los hombres intentaban mostrar algo de arrojo, completamente impotentes ante los sanguinarios soldados. La desesperación que sus almas sufrían, incapaces de defender a sus familias, debía de ser insufrible. Yakumo sabía que en aquel mismo instante estaban rezando a sus dioses pidiendo benevolencia para sus seres queridos.

—¡Atadlos a todos a la cerca del corral! —ordenó el Sargento a sus hombres según llegaban.

Los prisioneros fueron atados entre golpes, empujones y gritos.

—Te lo voy a preguntar una última vez, sucio granjero analfabeto. ¿Dónde tienes escondidas las provisiones de invierno?

El pobre granjero sin entender qué le estaban preguntando pedía clemencia.

—¡Ya me he cansado de este paleto! —gritó el Sargento y levantó el hacha para golpear al pobre hombre desvalido.

—Sargento, creo que no entiende una palabra de lo que le preguntáis —dijo uno de los soldados entre risas—. Recordad, señor, que no estamos en nuestras montañas nevadas. En estas tierras del Oeste, la gran mayoría de la gente no conoce nuestro idioma, mucho menos unos tristes granjeros que no sabrán ni escribir.

—¡Maldición! ¡Entonces para qué estoy perdiendo el tiempo! —clamó el Sargento y clavó el hacha en el cuello del pobre granjero, como si de un animal de sacrificio se tratara. El desdichado se ladeó y cayó muerto ante los desgarradores gritos de su familia.

Yakumo ya había presentido con anterioridad aquel terrible final. Conocía muy bien la brutalidad de la guerra y las barbaridades de las que eran capaces los hombres de negro corazón. Él mismo había servido al mal toda su vida y las escenas de sufrimiento y dolor, por desgracia, ya no le causaban sensación alguna. Llevaba demasiado tiempo sirviendo a la oscuridad, toda su vida de hecho, desde que era un niño. Por ello, le sorprendió sobremanera que aquella escena le hubiera afectado. Había sentido una punzada en el pecho, una punción pequeña pero aguda. Hacía largos años que no le ocurría, desde que su alma se hubiera ennegrecido hasta el punto de no retorno. «¿Qué me sucede?» se preguntó. Aquello era muy inusual. «Mi alma ya no se altera ante el dolor ajeno. Hace ya tiempo que no siento ninguna emoción por otros, que soy inmune a la empatía, a la compasión». De inmediato pensó en Iruki, la joven Masig que amaba más que a la vida misma y que había revivido su corazón oscuro, plantando la semilla de la esperanza, germinando el anhelo de que todo hombre puede redimirse. «Sí, esto se debe sin duda a los sentimientos que Iruki ha despertado en mi alma, sentimientos tan poderosos que moverían una montaña».

El Sargento se dirigió a los hombres que acaban de llegar con los prisioneros.

—Id a registrar aquella última granja al norte, tenemos que finalizar el trabajo —les indicó señalando con el brazo

Los soldados comenzaron a protestar pero el Sargento cortó el murmullo sin contemplaciones.

—Conocéis las órdenes del Capitán Jongenien, debemos registrar todas las granjas e incautar todo cuanto encontremos. Así que no quiero oír nada más. Id a cumplir con las órdenes de inmediato o, de lo contrario, os colgaré del árbol más cercano.

Los soldados se dirigieron a regañadientes hacia la última de las granjas siguiendo las órdenes.

—Sargento, ¿qué hacemos con estos? —dijo uno de los soldados señalando a la veintena de prisioneros que acaban de traer.

—¿Alguno de vosotros hablar la lengua del oeste? —preguntó a sus hombres.

Estos se encogieron de hombros y negaron con la cabeza.

—En ese caso poco podemos hacer con ellos. Llevaros a las mujeres dentro de la casa, al menos pasaremos un buen rato —dijo mostrando una sardónica sonrisa.

—¿Y con el resto qué hacemos, Sargento?

—Pasadlos por el cuchillo.

Al oír aquello Yakumo se tensó y el dolor que venía arrastrando en la pierna volvió a martirizarlo. La tortura que había sufrido a manos de los Norghanos había sido demasiado para su cuerpo. Casi lo habían lisiado de por vida. Esta era la razón por la cual Yakumo todavía permanecía en el oeste y no había podido abandonar territorio Rogdano. Todo aquel tiempo lo había pasado oculto, recuperando su maltrecho cuerpo. Todavía no podía creer que hubiera salido con vida del campamento de guerra Norghano. La pierna izquierda ya se había recuperado casi por completo pero la derecha todavía la tenía lisiada. La espalda tampoco la tenía del todo repuesta. Necesitaba de algo más de tiempo para que sanara. Tiempo del que ya no disponía. Los rastreadores que habían enviado tras su pista eran buenos, muy buenos, y no le daban tregua. Tenía la firme sospecha de que era Lasgol, nuevamente. Más que una sospecha era casi una certeza. No podía perder el tiempo ayudando a aquellos desgraciados, en su actual estado, era más que probable que terminara muerto. Pero algo en su interior le decía que debía ayudarlos, salvarlos de aquella brutalidad y sufrimiento. Yakumo sabía el porqué, y el motivo vivía en las palabras de Iruki.

«Puedo redimirme, así me lo hizo ver Iruki y para ello debo actuar, ayudar a aquellos necesitados. Debo enmendar el mal, de otro modo mi corazón seguirá tan negro y vacío como hasta ahora. No importa el peligro, no importan las consecuencias, no puedo cerrar mis ojos y permitir que esta atrocidad suceda».

El Sargento y tres de sus hombres arrastraron a las mujeres hasta el interior de la casa entre desgarradores gritos y súplicas. Los otros tres soldados restantes comenzaron a poner fin a la vida de los prisioneros.

Yakumo no disponía de tiempo para pensar una estrategia, debía actuar de inmediato. Miró en su interior en busca de su Don y activó su habilidad Reflejos Oscuros. El característico resplandor rojizo sólo perceptible para aquellos dotados con el Don le recorrió el cuerpo. Se descolgó rápidamente del tejado y saltó con una cabriola hasta un árbol adyacente. Tres campesinos ya habían sido asesinados. Yakumo maldijo para sus adentros y sin pensarlo dos veces saltó sobre el primero de los soldados enemigos.

El salto fue tan vertiginoso que el soldado ni se percató hasta que ya tuvo a Yakumo encima. Las letales dagas negras del Asesino penetraron en el cuello del soldado mientras este se desplomaba. Yakumo no pudo contener una exclamación de sufrimiento debido a un terrible dolor en la pierna que se propagó como un incendio a su espalda. Aquello le hizo perder la ventaja de la sorpresa. Los otros dos soldados se giraron y encararon al Asesino con las armas listas.

Yakumo Se vio imposibilitado de usar su agilidad extrema debido al dolor que lo paralizaba. Se percató de que mover bruscamente el cuerpo le resultaría imposible. Usó su Don. Los dos soldados reaccionaron y se precipitaron contra él. Las dos dagas de Yakumo volaron como centellas en una trayectoria letal con ellos como blanco. Se escuchó un sonido seco, cortante. Ambos soldados enemigos se desplomaron a un paso de Yakumo con las dagas clavadas profundamente en sus cuellos. Una vez más la habilidad Lanzamiento Certero respondía.

Los aterrorizados prisioneros exclamaron con sorpresa y un murmullo inoportuno comenzó a despuntar. Yakumo les indicó de inmediato que guardaran silencio. Realizando un terrible esfuerzo y soportando el tremendo sufrimiento que las lesiones le causaban, recuperó sus dagas y se situó junto a la puerta de la casa.

Tenía que pensar algo y rápido, aquéllos bastardos sin entrañas violarían a las mujeres de un momento a otro. Indicó con gestos a uno de los prisioneros que comenzara a gritar. El prisionero dudó un momento y luego emitió gritos llenos de desesperación.

—¡Y ahora qué coño pasa ahí afuera! ¡Salid a mirar! —se escuchó gritar al Sargento.

Dos hombres se precipitaron al zaguán. Yakumo, a la espalda de ambos hombres, invocó su habilidad Ceguera de Polvo y con un potente soplo esparció sobre las cabezas de los soldados la arena que llevaba en un saquito a la cintura. Completamente sorprendidos, los dos Norghanos se dieron la vuelta y el polvo cegador los alcanzó de pleno en la cara. Intentaron golpear a Yakumo con sus armas pero este se agachó y con certeros tajos acabó con los dos soldados ciegos.

—¡Socorro! ¡Ayuda, por favor! —llegaron los gritos desesperados de las mujeres desde el interior de la casa.

—¡Maldito cabrón, déjate ver o las mato ahora mismo! —gritó el Sargento encolerizado.

Yakumo sabía que dentro todavía quedaban el Sargento y otro soldado, pero no tenía otra opción. Si no se dejaba ver, estaba seguro de que el Sargento cumpliría su amenaza.

Muy despacio se situó bajo la puerta de entrada. En el interior, el Sargento y el otro soldado Norghano se parapetaban utilizando a dos mujeres como escudo humano. El resto de mujeres estaban atadas con sogas contra una cama.

—¿Y tú quién cojones eres? —preguntó el Sargento.

Yakumo no contestó.

Despacio, avanzó dos pasos hacia el Sargento.

—¡Quieto, malnacido! ¡Ni lo intentes!

Yakumo detuvo el avance. Cuatro pasos los separaban. Calculó las posibilidades de éxito, no eran muchas, pero debía arriesgarse aunque supusiera sacrificar a aquellas dos mujeres si quería salvar a las otras.

—¡Suelta esas malditas dagas ahora mismo! —le ordenó el Sargento, cuya espada amenazaba el cuello de la indefensa mujer tras la que se escondía.

Yakumo obedeció, y con un movimiento muy lento, casi teatral, las dejó caer al suelo.

Mientras los dos soldados miraban como las dagas caían Yakumo invocó su poder Aguja Vengadora. El resplandor rojizo le recorrió el cuerpo una vez más.

—¡Ahora! ¡Mátalo! —ordenó el Sargento a su hombre.

El soldado dudó un instante pero al ver a Yakumo desarmado el valor pareció retornarle. Comenzó a salir de detrás de la mujer en la que se escudaba y en ese momento Yakumo dejó caer ambos brazos sobre sus costados. Por medio de aquel movimiento dos afiladas cuchillas de lanzar se situaron en las palmas de sus manos provenientes de los brazales. El soldado dio un paso al frente y alzó el hacha de guerra para golpear. Yakumo esperó a que el hacha alcanzara su elevación máxima, sereno, sin un ápice de miedo en su corazón. En ese instante, Yakumo sacudió ambos brazos con un latigazo rapidísimo y seco. El soldado que tenía el hacha alzada recibió la cuchilla en la nuez. Dio un paso atrás dejando caer el arma y comenzó a ahogarse en su propia sangre entre gárgaras sanguinolentas. Yakumo miró al Sargento y pudo comprobar que la segunda cuchilla había alcanzado a la mujer en la oreja, produciéndole un aparatoso corte del que manaba bastante sangre. Medio paso atrás, vio al Sargento con la cuchilla profundamente clavada en el ojo.

—Mal… maldito cerdo —balbuceó y cayó muerto.

Yakumo suspiró. Lo había logrado y las dos mujeres habían sobrevivido. Un sentimiento de descanso lo invadió.

Un sentimiento que le era ajeno: paz interior.

Observó la habitación y el exterior. Estaba rodeado de sangre, muerte, mujeres torturadas y vejadas… la guerra... Volvió a sentir aquella extraña sensación que hacía mucho que daba por desaparecida de su alma: la piedad, la pena... Pensó inmediatamente en Iruki. Debía llegar hasta ella fuera como fuera. Se lo había prometido. Cuanto más pensaba en ella mayor era la intensidad de sus sentimientos por la joven Masig. Nada se interpondría en su camino. Debía encontrarla, debía volver a ella. Su corazón así lo demandaba, así lo ansiaba.

Desató a los prisioneros, les indicó por dónde huir y presto abandonó aquel lugar.

—Iruki, espérame, voy a tu encuentro.

Prohibición

Barnacus, Maestro Archivero del Conocimiento Étnico, intentó sin éxito peinarse la alborotada melena albina que tanto lo caracterizaba. Sonea de inmediato identificó aquel gesto que siempre lo delataba: su tutor se encontraba nervioso o muy preocupado. En aquella situación, Sonea optó por concluir que se trataba de ambos casos. Era ya bien entrada la noche y tutor y aprendiz se hallaban en la cámara de estudio, en el tercer subsuelo de la Gran Biblioteca de Bintantium. Entre los dedos temblorosos, el gran erudito en culturas y etnias de Tremia, sostenía un pergamino arrugado con el sello de la orden del Templo de la Luz.

—¿Qué es lo que dice, maestro? —preguntó Sonea intentando vislumbrar con ojos ansiosos el mensaje en manos de su querido tutor.

—Calma, un momento, no me atosigues... —pidió el anciano a su nerviosa pupila.

Barnacus respiró profundamente y, dejando escapar una enorme exhalación, desplegó el pergamino entre sus manos. Comenzó a leerlo con escolar detenimiento. El tembleque cedió mientras sus ojos se desplazaban por las líneas de la misiva con una lentitud que a Sonea se le hacía insufrible. Estaba muerta de excitación por conocer el contenido del mensaje y, más aún, del objeto envuelto en paño de lino que reposaba sobre el desordenado escritorio de su maestro. Al abrir el paquete, presa de un entusiasmo inconmensurable, había encontrado la carta y el misterioso objeto rectangular que todavía no se habían atrevido a desenvolver. Habían juzgado prudente leer primero el mensaje.

—Es de nuestro querido amigo Lindaro... —dijo Barnacus mientras continuaba leyendo ensimismado el pergamino de sus manos.

—Lo suponía. Llevamos intercambiando misivas con él más de tres meses, desde que accedimos a ayudarlo en su investigación secreta...

—No podíamos desestimar semejante proposición... Después de todo, el grueso de nuestra doctrina versa sobre los Ilenios. ¿Cómo negarse? Además, se trata del bueno de Lindaro, ¡y con la aprobación del Abad Dian!

—¿Y qué dice, Maestro? ¿Qué? —interrogó Sonea con curiosidad saltando de su cuerpo.

Barnacus carraspeó.

—Te leo:

> «*Al Archivero del Conocimiento Étnico de la Orden del Conocimiento de la Biblioteca de Bintantium.*
>
> *Mi muy respetado erudito,*
>
> *Permitidme en primer lugar agradeceros de corazón la inestimable colaboración que habéis prestado al Templo de la Luz de forma desinteresada en esta ardua tarea que nos ocupa. Como bien sabéis, es de importancia máxima. Vuestros conocimientos sobre la Civilización Perdida son incomparables y gracias a ellos hemos sido capaces de avanzar en los descubrimientos en el Templo Ilenio del Éter. Sin embargo, poco hemos podido adelantar en la comprensión de este valiosísimo objeto que os remito. Creo que es en interés de todos, que seáis vos quien lo estudie.*
>
> *En cuanto a mi estado de salud, por el cual tan amablemente os interesabais, deciros que las Hermanas Sanadoras del Templo de Tirsar han obrado un auténtico milagro, no sólo salvando mi vida de una muerte segura sino*

acelerando la recuperación de mi cuerpo de una forma portentosa.

Que la todopoderosa Luz os guíe e ilumine en los descubrimientos que todos tanto ansiamos. Que los secretos de los Ilenios sean finalmente revelados a los hombres.

Lindaro

Sacerdote del Templo de la Luz»

—¡Cuán alegría me produce saber de la recuperación de Lindaro después de la terrible herida sufrida en Ocorum! Me tenía ciertamente preocupado, he llegado a temer lo peor. Pocos hombres existen con un intelecto, coraje y espíritu altruista semejantes al de nuestro amigo sacerdote.

Sonea aplaudió ávidamente con los ojos clavados el paquete sobre la mesa.

—¿Qué objeto nos envía? ¿No será lo que intuyo que es? ¿Lo abrimos? ¿Maestro? ¿Sí? —profirió Sonea poseída por una excitación que su pequeño cuerpo no podía contener.

Barnacus masculló una explicación pero Sonea ya no lo escuchaba. Sus ágiles dedos desenvolvían el paño que protegía el valioso objeto Ilenio.

—Ten cuidado, Sonea, es un tesoro de un valor incalculable.

Sonea terminó apresuradamente de desenvolver el objeto y se quedó mirándolo ensimismada examinando cada detalle de aquella reliquia Ilenia.

Barnacus se acercó hasta el escritorio y, se situó junto a su querida aprendiz. Se quedó anonadado, con los ojos abiertos como platos.

—Es… es… un grimorio Ilenio —balbuceó Sonea incrédula.

—Un grimorio… un compendio de magia arcana… Ilenio… —tartamudeó Barnacus mirando la simbología Ilenia grabada en las cubiertas doradas.

—¡Magia Ilenia! —prorrumpió Sonea con un tono altisonante de pura emoción que retumbó en toda la sala.

Barnacus dedicó a su pupila con una sonrisa rebosante de cariño.

—Procura mantener la calma, inquieta aprendiz, soy consciente del tesoro que tenemos delante, pero debemos mantener la serenidad. Únicamente a través de la determinación neutral de nuestra mente, sin dejarse alterar por las traicioneras emociones, puede el estudioso alcanzar las conclusiones verdaderas. Permitir que nos invadan nuestros sentimientos, de naturaleza volátil e inconstante, sólo provoca que nos alejemos del sendero del saber.

Sonea miró a su maestro con una mueca, no pudiendo disimular en su rostro la contrariedad por haber recibido aquella arenga en un momento tan crucial.

Barnacus se percató de inmediato y alzó los brazos al aire.

—¡Está bien, pequeña, está bien! No es momento este para sermones, lo sé. Veamos, Lindaro en sus misivas nos informó de estar en posesión del grimorio de lo que él describió como un mago, un guardián Ilenio. Por lo que puedo deducir de las inscripciones sobre la cubierta, en efecto identifico el símbolo del Guardián... Sí, puedo verlo claramente... pero el resto... me rehúye...

Barnacus entrecerró los ojos, concentrándose mientras analizaba la simbología Ilenia. Sonea lo observaba en silencio, temerosa de causar el más mínimo ruido que pudiera romper la concentración que su tutor requería en aquel instante tan crucial. Unos tensos e interminables momentos transcurrieron al tiempo que la ansiedad de Sonea se incrementaba con cada latido de su corazón.

—Verdaderamente fascinante... —murmuró mientras analizaba las primeras páginas de oro.

Sonea lo miró expectante, llena de admiración e insaciable curiosidad.

—Pequeña, por favor, mis notas —pidió el Maestro Archivero.

Sonea se apresuró hasta la enorme estantería que tapizaba por completo la cámara de estudio, del suelo al techo y de pared a pared. Cientos de tomos descansaban allí en un silencio devoto, esperando eternamente a ser consultados. La joven aprendiz los barrió con la mirada y localizó al momento aquel al que su querido maestro se refería. En medio de la librería, un tomo sobresalía por su descomunal tamaño. Era, sin duda alguna, el mayor libro que Sonea hubiera visto jamás, equiparable a media docena de tomos excelsos combinados en uno. «Sus notas…» pensó con una gran sonrisa aflorando en la boca; menos mal que tan sólo eran sus notas… El bestial tomo era tan pesado que a Sonea le costaba horrores transportarlo y el pobre Barnacus, a su edad, ya no podía con él. Con toda la fuerza de su joven cuerpo, obtuvo el libro y se dirigió hacia el escritorio de trabajo con paso inseguro, consciente de que en breves instantes se quedaría sin fuerzas para portarlo. Con un sonoro golpe que hizo volar varios pergaminos por los aires y levantar una nube de polvo, posó frente a Barnacus *sus notas*. Este sonrió a su aprendiz, que con los brazos en jarras, jadeaba por el esfuerzo realizado. Sonea sentía los brazos exhaustos y la cara roja como un tomate.

El Maestro Archivero del Conocimiento Étnico se puso a trabajar. Sonea se situó a su lado y observó en silencio, atenta a cada gesto, a cada símbolo Ilenio, a cada nota consultada. El maestro trabajó incontables horas, intentando descifrar el significado de las inscripciones Ilenias, consultando otros tomos de referencia, ansiando desvelar los misterios guardados en aquel grimorio. Cuando su maestro así lo requería, Sonea le asistía y escuchaba encandilada las explicaciones y derivaciones a las que llegaba el erudito o corría a procurarle otros tomos que consultar de diferentes áreas de la biblioteca. Sin poder evitarlo, imitando a su maestro, Sonea realizó sus propias indagaciones, queriendo dar sentido a aquellos símbolos y jeroglíficos tan extraños y, al mismo tiempo, tan familiares. Llevaba toda su joven vida analizando vestigios Ilenios al amparo de su tutor. Sus conocimientos en la materia eran ínfimos en comparación a los de su ilustre maestro, toda una eminencia en cualquier cultura o etnia conocida sobre la faz de Tremia y en lo poco que se había llegado a descubrir sobre los Ilenios. Ella había adquirido conocimientos invaluables al amparo de su tutor y era plenamente feliz ayudando y aprendiendo con él. Más aún, el lenguaje y la simbología eran el punto fuerte de Sonea, sentía una predilección natural por la interpretación simbólica y nada le gustaba más que un buen jeroglífico a solventar. Había sido bendecida con una mente privilegiada para el estudio e interpretación de símbolos y por aquello daba gracias a los dioses.

Las horas transcurrieron en un abrir y cerrar de ojos, enfrascados como estaban en el estudio de aquella maravillosa reliquia. Sin apenas darse cuenta, el amanecer llegó cual silencioso ladrón. Sin embargo, continuaron estudiando el grimorio como si fueran inmunes al cansancio, hasta que finalmente cayeron derrotados por el agotamiento a media mañana. Maestro y pupila se quedaron dormidos sobre la mesa, cercando con los brazos el preciado tesoro, intentado impedir que les fuera arrebatado. Soñaron con símbolos Ilenios que abrirían la puerta que conducía a descubrir lo que tanto ansiaban hallar. Al despertar, llenos de renovada energía, volvieron a zambullirse en el estudio. Nada más importaba, nada más era relevante. Por más de una semana permanecieron encerrados analizando el grimorio, sólo pausando el esfuerzo para las necesidades más básicas, durmiendo allí mismo, llevados por un deseo incontestable de conseguir respuestas que les encaminaran a descubrir los misterios que los Ilenios ocultaban.

Barnacus, finalmente, resopló larga y pronunciadamente, como si un enorme vendaval de sabiduría buscara salir a flote de debajo de su marchito cuerpo.

—Sí, ya no albergo duda alguna. Este es un grimorio de magia Ilenia y en su interior se hallan conjuros y hechizos de un poder inmenso.

Sonea miró a su maestro, se sentía muy cansada pero extremadamente ilusionada.

—Maestro, he descifrado algo de la simbología, si bien la parte arcana me elude... y parece ser que son conjuros con el fin de proteger a alguien… pero no he conseguido interpretar el quién…

—No vas nada desencaminada, mi avispada aprendiz. Me maravilla lo mucho que has aprendido en tan poco tiempo —Sonea lanzó a su tutor una mirada de incredulidad salpicada de estupor, Barnacus lo captó y sacudió su melena—. Está bien… sé que llevas largo tiempo estudiando conmigo, desde niña... pero para alguien de mi avanzada edad es tan sólo una brizna de tiempo...

Sonea le sonrió y al momento la inquietud la volvió a poseer.

—Entonces, ¿estoy en lo cierto?

—Sí, pero no se refieren a proteger a alguien, mi niña, el grimorio tiene el fin de proteger algo... no a alguien.

—¿Algo? —exclamó Sonea intrigada más allá de cualquiera de sus jóvenes sueños.

—Sí, Sonea. Un objeto de gran poder, que los magos guardianes Ilenios debían proteger. Eso es lo que deduzco del análisis.

—¿Qué objeto, Maestro? ¿Qué objeto?

—Pues si mi conclusión es la acertada, creo que se trata de... una joya de poder... de un colgante... o medallón quizás...

—¡Eso es fascinante! ¿Con qué fin, Maestro?

—Eso, mi querida aprendiz, es lo que debemos averiguar. Algo me dice que ese medallón es la clave para llegar a un misterio aún mayor y que aguarda oculto... Este viejo estudioso tiene un presentimiento al respecto... Sí, creo que estamos en el buen camino...

—¿A qué esperamos entonces, Maestro? ¡Vayamos a descubrirlo!

—Tranquila, mi pequeña entusiasta, hay algo más que debemos tener muy en cuenta...

—¿De qué se trata?

—Una advertencia... severa... ineludible. Por lo que he podido deducir... el grimorio establece una clara advertencia: aquel que intente apropiarse de sus secretos sin ser de sangre Ilenia será castigado.

—¿Castigado?

Barnacus se encogió de hombros y su rostro se ensombreció.

—Me ha parecido entender una alusión directa a padecer una muerte horrenda, a la pérdida del alma. También algo sobre sufrimiento infinito... Pero no lo he conseguido entender del todo...

Al escuchar aquello a Sonea le entró tal escalofrío por todo el cuerpo que le hizo encogerse. No era la primera vez que se enfrentaban a tomos malditos, ni a supersticiones baratas que lugareños otorgaban a ciertos objetos supuestamente místicos. Pero por alguna razón, Sonea sentía en su interior que aquel no era el caso. Estaba plenamente convencida de que aquella advertencia era real, muy real.

—¿Qué hacemos entonces, Maestro? El peligro puede ser grande... pero mayor será la recompensa que alcancemos...

—No necesariamente. Debemos obrar con cuidado, extremar las precauciones. Mucho me temo que manipular este tomo arcano puede llevarnos a la muerte, o algo incluso peor.

—Pero, Maestro, debemos pensar también en lo que podríamos llegar a descubrir... es el primer objeto mágico Ilenio de relevancia que se ha descubierto e indica la existencia de otro aún más poderoso, del medallón que debe proteger. ¿Por qué razón? ¿Qué misterio encierra ese medallón? ¿Hasta dónde puede guiarnos?

—Ah, Sonea, tantas incógnitas por resolver... Así es la vida, la existencia del hombre, su razón de existir, así son los misterios a los que nos enfrentamos... incógnitas a resolver... Pero debemos obrar con extrema precaución. Informaré al Consejo de los Cinco y al Gran Maestre de este descubrimiento tan significativo. Esperaremos a su dictamen antes de continuar.

—Pero Maestro... —protestó Sonea previendo un desenlace negativo del conspicuo grupo ejecutivo de la Orden.

—Nada de peros, pequeña, es demasiado peligroso, debemos tener mucho cuidado. Percibo un peligro constante y cercano resplandeciendo en esas páginas de oro. No es mi deseo activar accidentalmente uno de los conjuros Ilenios del grimorio. Podría matarnos. De hecho, ahora que recapacito, es muy probable que esté hechizado... casi con toda seguridad... —Barnacus se agitó la melena blanca de forma inconsciente, denotando nuevamente la preocupación que sentía— Mintel, El Maestro Archivero del Conocimiento Arcano debe asistirnos de inmediato. Necesitamos de un mago que controle el poder que el grimorio entierra antes de que intentemos manipularlo y algo terrible suceda. Seguir adelante sin asistencia y sin el beneplácito del Consejo es demasiado peligroso, Sonea.

Sonea quiso protestar pero sabía que sería inútil. Todo lo que su tutor tenía de bueno y erudito, también lo tenía de recto y justo. No actuaría sin consentimiento en algo que supusiera peligro para sus vidas. Se resignó y su ánimo y alegría cayeron en un negro pozo. Encogiéndose de hombros despidió a su Maestro, que ya partía con paso lento en busca de los miembros del Consejo.

Al atardecer Sonea era convocada a la gran sala del Consejo en el ala norte de la Gran Biblioteca. Era la primera vez que era convocada para algo que no fuera recibir una amonestación de los dirigentes de la Orden del Conocimiento, lo cual le produjo una extraña sensación de bienestar. Al entrar en la sala pudo constatar que los cinco miembros electos del Consejo, en sus túnicas de gala plateadas exhibiendo en el pecho el ojo del conocimiento, la esperaban sentados en sus enormes butacones forrados de terciopelo rojo. Aquellos ojos y aquellos hombres ponían a Sonea muy nerviosa. Se sentía observada y juzgada a partes iguales, sin poder defenderse en absoluto. Tras los cinco miembros del Consejo, contra las tapizadas paredes de la estancia, descansaban enormes estanterías con cientos de tomos de todo tipo, de tamaños y colores discordantes. Los ilustres Consejeros estaban situados formando un semicírculo y, en el centro, un enorme escritorio de estudio con elaborados adornos presidía la estancia. Frente al escritorio, Barnacus y el Gran Maestre de la orden la aguardaban.

—Adelante, Sonea. Acércate por favor —la saludó Lugobrus, Gran Maestre de la Orden con su característica voz grave y tono severo.

Sonea avanzó hasta ellos. Bajo su brazo, cuidadosamente envuelto, llevaba el preciado grimorio Ilenio.

Barnacus le dedicó una amplia sonrisa y con los brazos abiertos le dio la bienvenida. Sonea sonrió a su Maestro y siguiendo su indicación situó el grimorio sobre el escritorio y lo destapó para que todos pudieran contemplarlo.

—Gracias, Sonea —dijo Lugobrus y se acercó al valioso objeto Ilenio. Lo observó con detenimiento, sus oscuros ojos eran cautivos del dorado tomo arcano—. Así que este es el objeto de nuestras presentes preocupaciones... —dijo pensativo.

Sonea percibió algo más en su tono, una vibración que nunca antes había escuchado en el Gran Maestre. Era miedo. Un miedo casi palpable. Los cinco miembros del Consejo se acercaron lentamente, con cautela, y observaron el grimorio desde una distancia prudencial, sin tocarlo.

—Barnacus, ¿estás seguro de que es un grimorio Ilenio? —preguntó el Consejero Rubulus, Maestro Archivero del Conocimiento Histórico.

—Totalmente, Rubulus, no podría estar más seguro. Sé que os resultará difícil de aceptar pero ese tomo es un grimorio y en su interior atesora magia Ilenia. El origen Ilenio del artefacto ha sido verificado por sacerdotes del Templo de la Luz en Rogdon. Yo puedo atestiguarlo también después de haberlo estudiado con detenimiento. No hay duda de su autenticidad.

—Absolutamente, Rubulus. No albergo duda alguna. Miembros del Consejo, sé que puede resultar complicado asimilar esta información, pero este tomo es ciertamente un grimorio Ilenio y en su interior atesora magia Ilenia. Su origen ya ha sido verificado por sacerdotes del Templo de la Luz en Rogdon. Y, tras haberlo estudiado con detenimiento, yo mismo puedo atestiguarlo igualmente. No cabe duda alguna sobre su autenticidad.

—Siendo ese el caso lo más prudente sería dejarlo enterrado, donde ha permanecido los últimos 3,000 años. Nada bueno puede surgir de la Civilización Perdida —aseguró el Consejero Inocus, Maestro Archivero del Conocimiento de la Guerra.

Mintel, Maestro Archivero del Conocimiento Arcano intervino ansioso.

—No estoy de acuerdo en absoluto, debemos estudiar la magia que atesora en su interior. ¡Quién sabe los hechizos que podemos llegar a descubrir en sus páginas! No olvidemos que son conjuros Ilenios... magia de la Civilización Perdida... Podrían ser poderosísimos. Si nos hacemos con ellos, si somos capaces de comprenderlos y dominarlos, podríamos ponerlos al servicio de nuestra Orden con el bien que ello comportaría. Se trata de un conocimiento arcano que debe ser estudiado y obtenido para el bien del hombre y a su vez de nuestra querida Orden. No podemos ignorar un conocimiento tan trascendental, va en contra de los propios principios de la Orden del Conocimiento —argumentó con energía.

—¿Y el riesgo que ello implica para todos nosotros? No sabemos a lo que nos enfrentaríamos si manipulamos el grimorio. ¡Su magia podría matarnos a todos! —indicó el Gran Maestre con voz temblorosa.

La sala estalló en argumentos a favor y en contra de la crucial cuestión a dilucidar. Los cinco Consejeros clamaban sus opiniones con vehemencia, plenamente convencidos de estar en posesión de la visión acertada de la complicada y peligrosa situación.

Sonea, viendo la argumentación ir *in crescendo*, se sentó en una esquina y esperó a que los Consejeros finalizaran sus exposiciones simultáneas a pleno pulmón, que cada vez iban aumentando en intensidad. La argumentación dio paso a una acalorada discusión donde las voces del Gran Maestre y la de Inocuos sobresalían por encima de las del resto de Consejeros. La discusión se alargó por varias horas, cosa que no sorprendió a Sonea. Los Consejeros no eran personas que llegaran a conclusiones con rapidez, aquello iba en contra de su filosofía de vida. El conocimiento requería de años de duro trabajo, una decisión complicada sobre una cuestión de intrincada y difícil naturaleza no tenía visos de ser resuelta en un lapso de tiempo breve.

En medio de claros aspavientos de desesperación, Barnacus se acercó hasta ella, le guiñó el ojo y se sentó a su vera. Sonea suspiró profundamente, pues los Consejeros no hacían más que perder el tiempo y ella estaba convencida de que no llegarían a ninguna conclusión. Mientras tanto, el preciado grimorio Ilenio descansaba sobre el escritorio, allí mismo, a su alcance, inmaculado, a la espera de ser estudiado… Involuntariamente, alargó la mano, tan cerca… casi podía alcanzarlo. ¡Cuánto le gustaría sentirlo bajo las yemas de sus dedos! La mano de Barnacus golpeó el dorso de la de Sonea y esta salió de su ensoñación. Miró a su querido maestro y este le devolvió una sonrisa seguida de una ostensible negación con la cabeza. La joven aprendiz no pudo sino sonreír y aceptar el velado reproche de su tutor.

El acalorado debate se prolongó hasta el anochecer. Finalmente, el Gran Maestre impuso orden en la cámara y los Consejeros retomaron sus asientos a regañadientes. Uno por uno, cada uno de los cinco Consejero realizó una defensa final de su visión, bien a favor o bien en contra, sobre si interactuar con el grimorio.

—Es hora de que los miembros del Consejo voten —señaló el Gran Maestre Lugobrus.

Los cinco Consejeros de inmediato centraron su atención en Lugobrus y guardaron silencio.

—Ilustres Consejeros de la Orden del Conocimiento, aquellos a favor de estudiar el grimorio Ilenio en pos de alcanzar el conocimiento que alberga a sabiendas del riesgo que implica, que se haga oír su sentir.

—Yo, Mintel, Maestro Archivero del Conocimiento Arcano, voto a favor.

Sonea se levantó de inmediato y contempló la escena con renovado espíritu y optimismo. Barnacus se situó junto a ella y le acarició la cabeza afectuosamente.

El siguiente Consejero se puso en pie frente a su butaca y señaló

—Yo, Inocus, Maestro Archivero del Conocimiento de la Guerra, voto en contra.

Barnacus masculló una protesta y se alborotó el cabello inconscientemente.

Rubulus, Maestro Archivero del Conocimiento Histórico se alzó y mirando fijamente el grimorio dijo

—Mi voto es a favor.

Sonea sintió tal excitación que estuvo a punto de aplaudir.

El siguiente Consejero se puso en pie y dio un paso al frente

—Yo, Martos, Maestro Archivero del Conocimiento Natural, voto… en contra.

Sonea recibió aquel voto con rabia contenida y los dientes le chirriaron de crispación.

—Último voto, que decidirá el curso de acción que el Consejo tomará —dijo Lugobrus dando paso al último de los Consejeros.

Puesto en pie, el Consejero, con voz algo trémula debido sin duda a la importancia del voto a emitir, dijo:

—Yo, Nuntis, Maestro Archivero del Conocimiento de las Ciencias, voto… —Sonea no podía aguantarse, completamente poseída por la emoción —voto… voto… en contra.

—¡No! —clamó Sonea desconsolada al tiempo que daba un brinco girando sobre sí misma llevada por la enorme decepción.

Barnacus se quejó amargamente alzando los brazos al aire y realizando aspavientos como un molino de viento mientras su cabello blanco parecía tomar vida y encresparse.

—El Consejo de los Cinco ha hablado y como organismo rector de la Orden su decisión es ley. El grimorio Ilenio no será estudiado ni manipulado por los miembros de esta orden, ningún bibliotecario, aprendiz o maestro, osará manipularlo en modo alguno —proclamó Lugobrus con tono tan severo como inequívoco.

Se giró y miró a Sonea y Barnacus directamente con una mirada fría y amenazadora, asegurándose de que entendían perfectamente lo allí estipulado.

Sonea maldijo llena de rabia y abandonó la sala antes de que el volcán de su furia explotara y lamentara amargamente las palabras que acompañarían su arrebato. Barnacus la siguió al cabo de un momento refunfuñando entre dientes.

La galera mercante avanzaba con ademán sosegado, surcando apaciblemente el adormecido cauce del río Nefir. Navegaban a vela izada en dirección sur, a favor del soplo de los dioses. El casco pintado en negro de la enorme galera trirreme hendía las aguas y su poderosa quilla se abría camino sin esfuerzo alguno. Sujeta al gran mástil central, la gran vela amarillenta que lo propulsaba se henchía poderosa capturando la brisa del atardecer. Un sol abrasador castigaba inclemente desde lo alto, reinando magnificente en un inmaculado cielo azul. La brisa proveniente del gran delta que dejaban a sus espaldas era el único alivio para los cuerpos y ánimos del grupo.

—¡Este calor comienza a ser insoportable! —rugió Hartz incómodo con la espalda contra la borda de la embarcación y su frente y torso bañados en sudor.

—Pues será mejor que empieces a acostumbrarte, ya que pronto comenzaremos a adentrarnos en los grandes desiertos del territorio Noceano y la temperatura sólo va a empeorar —respondió Kayti sentada a su lado señalando la orilla más próxima del eterno río por el que navegaban.

Komir, algo apartado de ellos, observó la orilla en la lejanía, con aquel color dorado deslucido y arenoso. Llevaban más de una semana de viaje y con cada día de trayecto, lo que había sido una ribera verde con vegetación boscosa se había ido convirtiendo poco a poco en paraje cada vez más reseco. Aquel atardecer les descubría un paisaje que empezaba a volverse completamente desértico. Komir podía distinguir dunas de arena, algo que jamás pensó que llegaría a ver con sus propios ojos, algo que sólo existía en las historias narradas por los mayores de la aldea. Pero allí estaban ante él, pequeñas colinas onduladas de pura arena, y Komir las contemplaba encandilado. No podía esperar a poner pie en tierra firme y hundir sus manos en una de ellas para sentir la arena.

Se apoyó sobre la baranda de madera y contempló pensativo la inmensidad turquesa que los rodeaba en una calma casi absoluta. La superficie reflectaba incansable los dorados rayos del sol, produciendo una amalgama de brillos encandiladores de tonalidades azuladas y verdes coral allá donde la vista se posara. Aquel río maravillaba a Komir, parecía ser infinito. A sus ojos, era un mar. Komir podía ver una de las orillas pero la otra desaparecía en la lontananza y únicamente las pequeñas velas de otras embarcaciones le eran vagamente discernibles. Si no fuera porque Kayti y Kendas le habían explicado que aquel era uno de los ríos más grandes de todo el continente, Komir hubiera pensado que se encontraba navegando un océano. Por lo que le habían dicho, se tardaban varios días en cruzarlo de orilla a orilla y meses en navegar toda su extensión. «Meses de navegación… un río… increíble…». Aquello le hizo pensar en el barco. Estiró el cuello y observó lleno de interés aquella embarcación de transporte de grandes dimensiones en la cual viajaban. Miró por la borda a ambos lados siguiendo con la vista el largo casco curvado y descubrió el gran espolón situado en la proa, con dos casetas a cada extremo, y una popa elevada. Se preguntó para qué servirían. Una gruesa soga pasaba por cuatro apoyos y unía los extremos. En el centro estaba situado el poderoso mástil que sustentaba la enorme vela rectangular. En la popa había dos timones, a modo de largas pértigas que entraban al río, uno a cada costado. Cuando el viento amainaba, la tripulación tomaba los remos, pues navegaban corriente arriba, si bien Komir no llamaría corriente a aquello.

—Demasiada carga, demasiada gente amontonada cual animales, esto no es digno ni humano —protestó Kendas que desde un principio había renegado de adquirir pasaje en aquel navío. El Lancero Rogdano no parecía conforme con las duras condiciones que todos sufrían a bordo del barco mercante—. Deberíamos haber tomado otro transporte más al sur de las tres grandes ciudades del delta, en Kiafa quizás. Hubiera sido mejor.

Kayti se acercó hasta él y susurrando le dijo:

—Este era el único navío que aceptaba llevar *extranjeros* río arriba en todo Alfasa y es la segunda ciudad portuaria más populosa del delta. Hemos tenido que *untar* bien al capitán para que no nos delatara a las autoridades. De haber intentado ir a una de las ciudades Noceanas más al sur del Delta, a Kiafa o Lamura, los soldados nos hubieran apresado. Es demasiado peligroso viajar por la ribera en territorio Noceano. La guerra está en pleno apogeo, los soldados Noceanos matan a cualquier extranjero in situ. Demasiado arriesgado. Esta era la opción más segura aunque nos veamos obligados a viajar como ganado.

—No digo que no tengas razón, Kayti. Es simplemente que no puedo soportar ver a toda esta gente tratada como animales. Tengo el mal presentimiento que con las duras condiciones del viaje algunos pasajeros no conseguirán llegar a su destino. Todo por la mezquindad y falta de escrúpulos de un avaricioso mercader. No es digno y desde luego no es nada honorable.

Al escuchar las palabras de Kendas, Komir miró alrededor. La verdad era que la embarcación iba abarrotada de carga de todo tipo, desde enormes fardos a tinajas y vasijas de grandes dimensiones. La carga la almacenaban tanto en la bodega inferior junto a los remeros como sobre la propia embarcación. Pero lo que más sorprendió a Komir fue el gran número de personas que viajaban apiñadas sobre la cubierta del navío. Otros muchos, hombres jóvenes y fuertes, estaban bajo cubierta en los bancos de remo. Según parecía, aquellos hombres pagaban el peaje con su trabajo. Aparte de todos ellos, el capitán contaba con una tripulación de una treintena de marineros experimentados de los cuales la mitad eran esclavos de piel negra comprados por el patrón del navío. A pocos pasos, uno de ellos aseguraba un cabo tirando con fuerza.

—¿Has visto lo oscuro que es? —le dijo Hartz en un susurro señalando hacia el hombre con un gesto de la cabeza.

Komir asintió contemplando al esclavo.

—Nunca antes había visto hombres de piel tan oscura. Los Noceanos que combatimos eran de piel tostada pero estos son todavía más oscuros. ¡Son completamente negros, Komir!

—Shhhhhh, no levantes la voz y deja de mirarlo así, se va a dar cuenta— le regañó Kayti.

—La verdad es que las razas de Tremia parecen no tener fin y ser muy diferentes entre sí… —señaló Komir mirando a Asti de reojo—

Desde luego nada tienen que ver con las razas del Oeste a las que estamos acostumbrados a ver y tratar.

—La gente del desierto es de piel oscura y la del sur profundo de piel tan negra como el azabache —les explicó Kayti.

—Debe ser que este maldito sol cegador les achicharra la piel hasta volverla negra como la madera quemada —dijo Hartz mirando el dorado astro que los castigaba con su sonrisa abrasadora desde un cielo azul y completamente despejado.

Kayti lo miró, suspiró, y sonrió.

Komir tampoco había visto nunca hombres de piel tan oscura y si ya le habían sorprendido los Noceanos que habían combatido en Silanda, estos que tenía delante, todavía más.

El capitán del navío, un hombre grande y de modales rudos, se acercó hasta ellos balanceándose a cada paso cual oso negro. Se plantó ante Kendas y lo miró con semblante hosco. Era de origen Noceano, si bien parecía ser mestizo, pues sus ojos eran de un verde suave y su tez morena era algo más clara que las de sus compatriotas. Lucía una espesa barba no muy larga y poco arreglada. Vestía una túnica de buena calidad de color beige sin mangas que dejaban ver unos brazos musculosos y curtidos, con varias cicatrices muy ostensibles. Sus manos eran grandes y callosas, aquel hombre había trabajado su camino hasta convertirse en capitán. Vestía unos pantalones abombados y en sus pies unas botas de piel al estilo Noceano. Era casi tan alto como Hartz aunque algo más rechoncho. Su presencia imponía, y aún más, su voz grave y profunda que parecía surgir del fondo de una caverna. Dos de los marineros, hombres grandes y fornidos que iban fuertemente armados, le cubrían la espalda.

—¿El resto del pasaje? —preguntó en la lengua común del oeste con un fuerte acento.

Komir se giró y mirando al enorme Noceano respondió:

—El resto cuando lleguemos a Abudai, tal y como acordamos, capitán Albatros. Ni una moneda antes.

—Será mejor que tengáis el dinero a mano. Sería extremadamente desagradable para vosotros que no fuera ese el caso... —amenazó el capitán mirando de reojo a sus dos hombres.

Komir sonrió, hacía falta mucho más que aquello para intimidarle.

—Tendrás tu oro, capitán, puedes estar tranquilo. Además, no creo que quieras comenzar un altercado que se te vaya de las manos a bordo de este pasaje —dijo mirando a Hartz que estiraba sus musculosos brazos ante los tres Noceanos con una enorme y desafiante sonrisa.

—No te atrevas a amenazarme, extranjero —dijo Albatros señalando con el dedo índice el pecho de Komir—. Recuerda que ahora estás muy lejos de tu hogar, en territorio enemigo. Las patrullas del todopoderoso ejército del Imperio Noceano remontan el río continuamente. Hoy probablemente nos encontraremos con alguna. No me costaría lo más mínimo llamar su atención. ¿Qué crees que harán cuando descubran a un grupo de norteños pálidos como la nieve? ¿O he de recordarte que estamos en guerra? Os colgarán del palo mayor aquí mismo. A todos, sin excepción.

Todos se tensaron de inmediato, las palabras del capitán estaban haciendo mella en el grupo. Las manos buscaron las empuñaduras de las espadas.

Albatros se llevó dos dedos a la boca y silbó dos veces.

—Quietos... —dijo Komir al ver que otros cinco marineros armados con cimitarras y puñales curvos se unían al capitán.

—Os garantizo que no será necesario llegar a esos extremos, capitán —intervino Aliana con voz dulce, algo más melosa de lo que acostumbraba a ser—. Disponemos del oro y honraremos el acuerdo. El pasaje de nuestro grupo será satisfecho. No hay necesidad de derramamiento de sangre, ni de involucrar al ejército, os lo aseguro. Después de todo, no somos más que un grupo de pacíficos viajeros en peregrinación, nada más —Aliana exhibió la más dulce de sus sonrisas, intentando eclipsar con ella los tensos rostros de sus compañeros.

—Pacíficos viajeros en peregrinación, ¡ja! —exclamó el capitán seguido de una tremenda carcajada— Sólo hace falta que intentes ahora convencerme de que sois clérigos —continuó riendo—. Qué hacéis aquí y por qué, es asunto vuestro y no de mi incumbencia, pero si no me pagáis el pasaje acordado os entregaré a la primera patrulla que nos encontremos. ¡Advertidos estáis!

Con aquello el capitán continuó hacia popa seguido de sus hombres.

Komir y Aliana cruzaron una mirada. Komir bajó la cabeza en señal de gratitud por la hábil intervención de la Sanadora.

El grupo se acomodó y las horas transcurrieron interminables bajo la abrasadora mirada del sol y el lento avance del navío.

—Río no gustar. Yo enferma —protestó Asti con su peculiar forma de hablar.

La joven Usik parecía pálida, la suave tonalidad verdosa característica de los de su etnia había abandonado su rostro. Estaba sentada junto a Aliana al pie del recio mástil, rodeada de grandes fardos de mercancías, y mantenía conscientemente las distancias con la borda del gran navío mercante. Ya eran varias las ocasiones en las que había devuelto, completamente mareada. Aliana tenía su brazo sobre el hombro de la Usik e intentaba aliviarle el malestar con su poder, aunque poco después volvía a apoderarse de la retraída salvaje.

—Este entorno es muy diferente al de tu tierra ¿verdad? —le dijo Aliana contemplando el gran río y sintiendo el bamboleo producido por la embarcación.

—Sí. Yo querer árboles, no agua —dijo negando con la cabeza.

—Debe ser muy duro para ti verte tan alejada de tu tierra, inmersa en parajes tan distintos a los de tus bosques natales…

—Yo conocer río, padre llevarme varias veces. Él enseñarme. Preferir grandes árboles. No mover. No enferma. Padre enseñar muchas cosas…

Aliana quedó pensativa, dudando si preguntar.

—No me contaste mucho acerca de tu padre… era el Jefe de tu tribu Usik, ¿verdad?

Asti suspiró.

—Sí, padre ser Jefe, rey tribu. Brujos matar padre y madre, coger poder. Matar amigos. Yo prisionera.

—Lo siento en el alma, Asti. Debió ser terrible. Yo nunca conocí a mis padres, soy huérfana, y siempre he sentido en mi corazón el vacío de su ausencia. Perder a tus padres así habrá sido una experiencia increíblemente dolorosa.

Asti bajó la mirada, el brillo de las lágrimas asomaba en sus ojos.

—Mucho dolor, sí. Algún día venganza, algún día yo volver tribu, ser princesa.

Aliana comprendió la herida aún abierta y sin suturar en el corazón de la Usik.

—Yo también huérfana, padre encontrarme de bebé.

Aquella aclaración llamó poderosamente la atención de Aliana.

—¿Quieres decir que tus padres no eran tus verdaderos padres?

—Sí. Padre encontrarme una noche y ellos criarme como suya.

Aliana quedó perpleja.

—¿Qué pasar? —preguntó Asti al ver la expresión del rostro de Aliana.

—Quizás nada… probablemente no sea nada… —comenzó a decir Aliana pensativa—, es sólo que… Komir también es huérfano….

Asti quedó mirando al cielo.

— Tres huérfanos, ser tres Portadores. No coincidencia.

Aliana asintió con la cabeza.

—Mis pensamientos precisamente…

Había pasado ya la media tarde cuando un alboroto tremendo estalló a babor. Komir miró en aquella dirección sobresaltado. Varios pasajeros se arremolinaban sobre la borda a la altura central del barco. Gritos desesperados en Noceano llenaron el navío provenientes de pasajeros que gesticulaban airadamente.

—Algo malo sucede —dijo Komir.

—Sí, amigo —convino Hartz —vamos rápido, veamos de qué se trata.

Los dos Norriel avanzaron en dirección al alboroto.

Sobre la baranda, gritando desesperado en medio de tremendas gesticulaciones, Komir identificó a un hombre orondo de mediana edad, vestido en lujosas prendas de seda. Su rica vestimenta sobresaltaba en comparación a la del resto de pasajeros del navío, mucho más modesta, y en algunos casos muy pobre. Parecía una luciérnaga en medio de un montón de orugas. Alrededor de aquel hombre, que Komir intuyó sería un noble Noceano o un rico comerciante, tres hombres armados, muy probablemente sus guardaespaldas, miraban por la borda. La cara rechoncha del suntuoso personaje, de la característica tonalidad tostada de los Noceanos, mostraba una rigidez extrema. Sus ojos negros brillaban con el inconfundible fulgor de un terror sobrecogedor. Gritaba y empujaba a sus guardaespaldas pero estos parecían rehuirle, como temerosos de prestarle ayuda. Aquello extrañó mucho a Komir.

Komir y Hartz llegaron y observaron la escena..

Una figura en el río intentaba mantenerse a flote mientras la gran embarcación comenzaba a pasar de largo y dejarla atrás.

—¡Hombre al agua! —señaló Kendas a espaldas de los dos Norriel—. Parece una mujer... —de inmediato miró a Asti que de pie junto al gran mástil no se movía ni un ápice.

—¿Por qué no se ha lanzado nadie a por ella? —preguntó Komir sorprendido viendo la cantidad de hombres amontonados contemplando la escena sin hacer nada.

—Voy yo a por ella —dijo Hartz y se quitó el calzado.

Komir observó donde señalaban algunos de los pasajeros y se percató de que no era a la mujer, sino a la orilla arenosa del río. Y entonces entendió la razón.

—¡Hartz, cuidado, cocodrilos!

Un descomunal cocodrilo se sumergió en el agua con un latigazo de su cola sauria.

Komir intentó detener a su amigo pero era demasiado tarde. El grandullón se lanzaba al agua ignorando su advertencia.

—¡Maldita sea, Hartz!

El capitán Albatros apareció a la carrera y ordenó plegar la vela y echar ancla para detener el avance de la nave. Los marineros comenzaron la maniobra y echaron un cabo hacia Hartz, que con poderosas brazadas nadaba hacia la mujer.

—¡Será inconsciente! —maldijo Kayti— Va conseguir que lo maten —dijo con un ahogado suspiro, la voz rota y los ojos húmedos de preocupación.

Komir sintió la vergüenza quemándole el pecho por no lanzarse al agua como lo había hecho su amigo. Pero aquella no era su misión y no iba a arriesgar la vida por una desconocida, no cuando por fin estaban comenzando a desvelar el misterio. La duda lo inmovilizó, parte de su alma quería lanzarse al agua pero otra parte se lo impedía.

—¡Ya casi la tiene! —exclamó Aliana emocionada.

Y a dos brazadas de la mujer, el cocodrilo alcanzó a Hartz emergiendo del agua, con una terrorífica boca abierta cuyas las fauces buscaban la carne de su presa. Bestia y hombre desaparecieron bajo el agua en un embrace mortal.

—¡Nooooooo! —gritó Kayti despavorida sobre las exclamaciones de horror de los tripulantes y pasajeros.

—¡Por las tres diosas! —exclamó Komir y se lanzó al agua a ayudar a su amigo. Kendas lo siguió de inmediato.

Komir nadaba todo lo rápido que podía. No era un gran nadador y en aquel momento lo lamentaba de verdad. Por suerte, la corriente en el río no era nada pronunciada lo que le permitía avanzar bastante con cada brazada. Llegó a la altura donde Hartz había desaparecido. El río se había tragado al gran Norriel y la desvalida mujer. Komir se sumergió. Nada más hacerlo, sintió un fuerte golpe en el abdomen que provocó que saliera despedido hacia la superficie. En medio de una espiral de espuma y violencia emergió el temible depredador. Abrazado a la espalda de la bestia apareció el gran Norriel. El reptil giró sobre sí mismo con una violencia tremenda y Komir volvió a ser golpeado. Quedó medio aturdido intentando mantenerse a flote. Sin embargo, Hartz no se despegaba del cocodrilo que intentaba con sus embestidas y giros violentos librarse de él.

Kendas llegó hasta Komir.

—La mujer… sálvala… —balbuceó Komir.

Kendas asintió. Dio dos brazadas más y se sumergió.

El gran reptil dio otro giro brutal y se sumergió con un visceral golpe contra la superficie del río, llevándose con él al gran Norriel.

Kendas emergió de súbito con la mujer. La sujetó del pecho para que mantuviera la cabeza fuera del agua.

—La tengo —dijo resoplando y comenzó a arrastrarla hacia el navío.

Un estallido de agua y espuma alcanzó a Komir que volvió a salir despedido. Se rehízo y sacando su cuchillo de caza comenzó a nadar hacia el gran cocodrilo. La bestia giraba sobre sí misma intentando desembarazarse del abrazo de oso de Hartz. Komir nadó con toda la potencia que le quedaba y al llegar hasta el enorme reptil lo apuñaló dos veces en el vientre antes de que volviera a sumergirse.

El agua quedó en completa calma. Una mancha de sangre rodeaba a Komir. Esperó un momento mirando al agua en todas direcciones, el miedo de ser desgarrado por aquellas fauces terribles lo envolvió, pero el cocodrilo no emergió. El temor por su vida se convirtió de inmediato en miedo de que la bestia hubiera arrastrado a Hartz a las profundidades.

Miró hacia el navío y vio que Kendas alcanzaba uno de los cabos. Los marineros se apresuraban a ayudarlo a izar a la mujer medio inconsciente. De súbito, la gran boca del reptil emergió y su mortífera dentadura buscó la cabeza de Komir. El miedo se disparó en su interior y con un latigazo de los pies se sumergió para esquivarlo. El agua, aunque algo verdosa, le permitía una visión clara y contempló como Hartz, a una mano, apuñalaba repetidamente al enorme cocodrilo en la cabeza. La bestia, en medio de un mar de sangre, dejó de luchar y sucumbió por fin. Hartz dejó que se hundiera.

—Gracias... amigo... pero ya le tenía... —dijo entrecortadamente mientras escupía agua y esgrimió una sonrisa llena de confianza en un rostro completamente exhausto.

Komir entornó los ojos.

—Un día de estos nos vas a meter en un lió del que no podremos salir...

—Pero... no... será hoy —dijo el grandullón y soltó una breve carcajada.

—¡Cuidado! —llegó el aviso de Kayti desde el barco. Komir miró donde señalaba la pelirroja y descubrió tres enormes reptiles más que se adentraban en el agua.

—¡Nada, por tu vida, nada! —le gritó a Hartz, y los dos Norriel nadaron con todas sus exiguas fuerzas en pos del navío. Nadaron y nadaron como posesos con la muerte a sus talones. Komir llegó a uno de los cabos, se sujetó a él y miró a su amigo. Pero éste había quedado rezagado, sus fuerzas habían resultado mucho más castigadas por el brutal combate. Podía ver la cara del grandullón, pálida como la de un cadáver, con los ojos hundidos y sus brazadas eran cada vez más lentas debido al terrible esfuerzo.

—¡Venga, Hartz! ¡Ya casi estamos, venga, un poco más! —le animó con la voz más aguda de lo que hubiera deseado. Tras la estela de Hartz, avanzando raudo, un alargado cuerpo de reptil emergió. A Komir le dio un vuelco el corazón. El grandullón no lo conseguiría. Soltó el cabo y sujetó el cuchillo de caza entre los dientes para ir a ayudarlo.

Dos flechas surcaron el río con un silbido mortal y se clavaron en el dorso del gran reptil. Komir miró al navío y sobre la borda distinguió a Aliana y Kendas con los arcos tensados, listos para volver a tirar. Komir suspiró aliviado al ver al reptil dar un vuelco violento y sumergirse. Hartz consiguió llegar hasta él.

—Me… fallan… las fuerzas —balbuceó escupiendo agua.

—Ya estamos —le animó Komir y lo ayudó a llegar hasta el cabo—. Sujétate —Hartz se lo pasó por debajo de los hombros y miró a Komir con una sonrisa en el rostro macilento.

—¡Tirad, Tirad! —gritó Komir, y los marineros izaron al gran Norriel en cuatro impulsos.

Acto seguido, Komir se sujetó a un segundo cabo. Una sombra bajo sus pies en el agua hizo que el miedo se disparara en su interior y el corazón estuvo a punto de salirle por la boca. Pataleó lleno de horror.

La ristra de colmillos se abrió para despedazarlo.

Y fue izado.

Los colmillos se cerraron a dos dedos de su pie según lo izaban.

Komir resopló dejando escapar toda la angustia.

Los dos Norriel quedaron tendidos sobre la cubierta, exhaustos.

El grueso hombre vestido en ricas sedas, con la cara pálida de preocupación, miraba a la joven rescatada. Aliana la había puesto de costado para que vomitara el agua ingerida y la joven Noceana comenzaba ya a respirar con cierta normalidad. Komir observó como Aliana posaba sus manos sobre el pecho de la joven y dedujo que la estaba reconfortando con su poder. Al finalizar Aliana la sanación, el noble abrazó a la joven Noceana, mostrando en su rostro una alegría extrema. Las lágrimas comenzaron a resbalar por las amplias mejillas tostadas del hombre. La joven sonreía tímidamente, su rostro reflejaba un tremendo horror que tardaría mucho tiempo en desaparecer.

Asti se acercó hasta Komir y con sus ojos clavados en Hartz proclamó:

—Gran guerrero, muy loco —y negó con la cabeza para darse la vuelta y volver junto al gran mástil de la embarcación.

Kayti se acercó hasta Hartz y, arrodillándose a su lado, le puso las manos en la cara con ternura.

—Deja de hacerte el valiente, vas a conseguir que te maten.

—Tenía que ayudarla... se ahogaba...

—Los cementerios de Tremia están llenos de héroes anónimos. No quiero que tú seas uno más —le amonestó con ojos húmedos donde las lágrimas afloraban.

—Yo soy como soy, no puedo evitarlo…

Por una vez, Komir estaba completamente de acuerdo con Kayti. No deseaba enterrar a su amigo por una noble y heroica estupidez. Pero Hartz era Hartz...

Epidemia

Iruki Viento de las Estepas alzó la mirada y contempló la majestuosa montaña. No se cansaba nunca de admirar La Fuente de la Vida, una de las mayores maravillas de la madre naturaleza. Según contaban las leyendas de los Masig, aquel era el origen de la vida de su pueblo. Contempló pasmada una vez más la gigantesca catarata. Un caudal inmenso de agua blanquecina se precipitaba eternamente desde los cielos hasta bañar el pie del macizo con el rugir estremecedor de mil leones de vida. Su tribu, los Nubes Azules llevaban varias generaciones acampados al pie de la gran montaña sagrada del pueblo de las estepas. Recorrió el curso del río con la mirada, aquel que portaba el flujo de la vida desde la cordillera hasta el gran lago sagrado. Aquel lago espiritual de apacibles aguas azuladas siempre calmaba el feroz e incansable espíritu de Iruki. Pero no aquel día. Ni la majestuosa cascada que descendía desde los cielos ni el lago sagrado a sus pies, podían hoy calmar el terrible desasosiego que carcomía el corazón de Iruki.

Su padre, Kaune Águila Guerrera, líder de los Nubes Azules, había enfermado gravemente y no conseguían que la fiebre remitiera. La preocupación la consumía, su querido padre, el hombre más noble y de puro corazón, llevaba días enfermo y no conseguían curarlo.

De su tienda salieron Ilua Sendero Oculto, la Mujer Curandera de la tribu, seguida de su querido tío, Unco Búho del Lago y tras ellos el Chamán de los Nubes Azules, Oni Nube Negra.

—¿Cómo está? —preguntó Iruki de inmediato a Ilua Sendero Oculto.

—Lo siento, mi niña, pero continúa igual, no he sido capaz de cortar la fiebre. Le he dado un brebaje de hierbas medicinales, y el ungüento que me has ayudado a preparar servirá para que la fiebre no aumente. Pero de momento sólo he sido capaz de controlar el mal que lo aflige, no de remediarlo.

—Dime la verdad, ¿es la Fiebre de la Pradera? Solo soy tu aprendiz, y desde hace poco, pero reconozco los síntomas. No me mientas, por favor, ¿ha enfermado la madre naturaleza a mi buen padre con la peor de las enfermedades de las estepas?

Ilua Sendero Oculto bajó la mirada y suspiró con pesar.

—Siento decirte que estás en lo cierto, mi aventajada alumna. Ya no hay duda, se trata de la Fiebre de la Pradera. Debemos aislar la tienda de tu padre y que nadie entre en contacto con él, la enfermedad es muy contagiosa. La última vez que hubo un brote entre los nuestros yo era sólo una niña y aquello diezmó la tribu casi por completo. Sólo unos cuantos jóvenes conseguimos sobrevivir, aquellos que huyeron a tiempo, antes de ser contagiados. Nos hallamos ante una situación de vida o muerte, no sólo para tu padre sino para toda la tribu. Debemos actuar con rapidez o los nuestros estarán condenados.

—¡Maldición! —exclamó Iruki desgarrada por tan horrible augurio— El peor de nuestros temores se hace realidad. Mi pobre padre… ¿por qué? ¿Por qué nos castigan los espíritus del mal enviándonos una de las peores enfermedades conocidas por los Masig? Si se extiende... ¿Qué vamos a hacer? Debemos salvarlo. Tiene que sobrevivir a esta plaga, mi padre debe vivir para guiar a la tribu hacia un futuro mejor.

—El mal sigue dentro del cuerpo de nuestro venerado líder, su espíritu está envenenado —apuntó Oni Nube Negra—. He consultado a los espíritus del Más Allá en un ritual sagrado sobre las rocas candentes, junto al lago sagrado. El espíritu del oso se ha comunicado conmigo, vino a verme en una visión mística. Me ha mostrado la llegada del Espíritu del Cuervo... ese es muy mal augurio…

—El Espíritu del Cuervo... ¿Qué significa, Oni Nube Negra?

—El espíritu del Cuervo simboliza la cercanía de la muerte. Resulta todavía más preocupante que me lo mostrara el espíritu del Oso pues el Oso es de corazón bravo, es la representación de tu padre. Lo siento mucho, Iruki, pero así interpreto la visión.

Iruki comenzó a llorar llevada por la terrible angustia que estaba sufriendo y las pésimas noticias que lo sabios de la tribu le estaban compartiendo.

—¿Es eso todo cuanto los espíritus te han transmitido sobre mi hermano? —quiso saber Unco Búho del Lago.

—Hay algo más… —expresó el líder espiritual de la tribu con cierta dubitación.

—¿Qué es? Todo lo que los espíritus tengan a bien transmitirnos, debemos conocerlo —dijo Unco Búho del Lago.

—Está bien… El espíritu del Oso, al final de la visión, me mostró al Espíritu del Buitre, sobrevolaba en círculos nuestro lago sagrado. Los Nubes Azules no estaban en sus tiendas. El poblado estaba desierto… —explicó el Chamán.

—¿Cómo interpretamos esta última visión? —preguntó Unco Búho del Lago, cabizbajo.

Oni Nube Negra respiró profundamente y exhaló como dejando salir la visión de su cuerpo.

—Si el Cuervo se hace con su despojo lo seguirá el Buitre, y el Buitre se alimentará de los despojos de todos los Nubes Azules.

—¿Quieres decir que en tu visión has visto que toda nuestra tribu, que todos los Nubes Azules, morían? —preguntó Unco Búho del Lago muy consternado.

—Es lo que los espíritus me han mostrado en mi visión. Pero el mundo de los espíritus es caprichoso y puede que esta visión no sea más que una advertencia o incluso que busque confundir nuestros corazones.

—¿Cuál es tu creer? —preguntó Unco Búho del Lago.

—En esta ocasión, creo que la visión es acertada. Así lo siente mi alma, así lo siente mi espíritu. Si no actuamos y conseguimos cambiar el rumbo de esta visión, el Espíritu del Buitre se alimentará de todos nuestros cuerpos.

—Debemos aislar la tienda de Kaune Águila Guerrera para evitar el contagio a otras personas de inmediato —señaló la experta Mujer

Curandera—. Si la enfermedad se propaga entonces la madre naturaleza exigirá que nuestros cuerpos sean devueltos a su vientre.

—Y la visión de Oni Nube negra con la advertencia de de los espíritus se convertirá en realidad —dijo Iruki sin poder contener las lágrimas en sus ojos.

—Debo llevar a mi hermano al otro lado del lago sagrado y acampar allí —dijo Búho del Lago.

—Deberán acompañar al gran jefe los miembros de su partida de caza —dijo la Curandera mirando hacia la gran montaña—. Ya hay otros dos guerreros que presentan los primeros síntomas, mucho me temo que también sufren de la Fiebre de la Pradera. Toda su partida debe ser aislada.

Unco Búho del lago cruzó las manos a la espalda y contempló pensativo el gran lago sagrado.

—Terribles nuevas son estas —dijo al cabo de un momento—, la madre naturaleza vuelve a poner a prueba el temple de sus hijos, pero nosotros somos Masig, los hijos de las estepas, y venceremos una vez más cualquier prueba que los espíritus del mal nos lancen. Llevaré conmigo a mi hermano y a su partida de caza y cuidaré de que nada les ocurra.

—Lo siento, Búho del Lago, pero ese no es un sabio proceder. Tu corazón es noble y los espíritus del bien así lo reconocen, pero no puedes acompañar a tu hermano en este viaje. Él debe recorrer este camino en solitario, pues si los dos compartís el mismo sendero y perecéis en la lucha, la tribu estará perdida —dijo Oni Nube Negra.

Unco lo miró con el cejo fruncido, no parecía convencido.

—Nuestro sabio Chamán tiene razón. Mientras nuestro gran líder Kaune Águila Guerrera luche por liberarse de la muerte, tu sitio está aquí, liderando a los Nubes Azules. Corren tiempos muy difíciles, nuestros hombres necesitan de un líder experimentado y de noble corazón. Té necesitan a ti, Unco Búho del Lago —le dijo Ilua Sendero Oculto.

Iruki se quedó con el corazón dividido. Por un lado deseaba que su tío ayudara a sobrevivir a su querido padre, pero, por otro lado, sabía que lo mejor para la tribu era que Unco la liderara.

Unco estaba pensativo, su rojizo rostro apergaminado mostraba una profunda preocupación. Sopesaba la decisión que debía tomar. Una decisión difícil, entre la responsabilidad hacia la tribu y el amor hacia su hermano.

Finalmente tomó una decisión. Con voz bañada de gran experiencia, afirmó:

—Lideraré la tribu. Ese es mi deber y el deber hacia mi hermano. Llevaremos a Kaune Águila Guerrera y a toda su partida de caza al extremo opuesto del lago y montaremos allí un campamento para los enfermos. Oni Nube Negra, ruega a los espíritus benignos para que los protejan.

El Chamán aceptó con un gesto de cabeza.

—Prepararé un ritual para salvaguardarlos y lo llevaré a cabo esta noche. Es noche de luna llena, eso amplificará el poder. Esperemos que los espíritus y la madre estepa nos sean benignos.

—Si alguno de los enfermos fallece, no podemos entregarlo a la madre estepa, su cuerpo debe arder en una pila funeraria para evitar el contagio —advirtió la Curandera.

—Y de esta forma su espíritu será purgado —apuntó el Chamán.

—Así se hará —concluyó Unco Búho del Lago.

Iruki miró a la Curandera y le preguntó con voz llena de consternación.

—¿Qué más podemos hacer para salvarlo? ¿Qué podemos hacer para evitar que la enfermedad se extienda y acabe con nuestra tribu? ¡No puedo dejarlo morir, no puedo! ¿No existe alguna cura?

—Lo siento, mi niña... Los Masig no conocemos ninguna forma de sanar la Fiebre de la Pradera.

Iruki se llevó las manos a los ojos y comenzó a llorar desconsolada.

Oni Nube Negra dio un paso adelante con las manos a la espalda y dijo:

—Los Masig quizás no, pero otros pueblos también han tenido que sufrir este mal.

—¿A qué te refieres, sabio Chamán? —preguntó la Curandera.

—Hace algunos años llegó hasta mí un soldado extranjero, del este. Lo habían capturado nuestros guerreros en las estepas, al oeste del los Mil Lagos. Estaba completamente perdido. Lo interrogaron pero no contó nada y lo trajeron ante mí. Utilicé algunas plantas cuyos efectos potencian la verdad y el habla —explicó el Chamán mientras una pequeña sonrisa afloraba en su rostro—, el soldado me narró una historia poco creíble pero que hoy cobra especial relevancia. Me contó cómo había sido enviado, no en una misión de reconocimiento, sino para recolectar unas algas muy especiales en los Mil Lagos. Buscando aquellas algas, se había separado de su columna y perdido. Fue entonces cuando topó con la partida de caza y fue capturado.

—¿Qué tiene que ver eso con la Fiebre de la Pradera? —quiso saber Iruki impaciente.

—Permítele terminar, pequeña, creo que lo que nos va a narrar podría ser de gran importancia.

—Gracias, Curandera.

El Chamán miró el lago sagrado y continuó con la historia.

—Me narró que había sido enviado por un gran cirujano de su reino a recolectar unas algas muy singulares. Estas algas tenían unas propiedades medicinales muy concretas y las necesitaban en su reino para acabar con una epidemia terrible de una enfermedad altamente contagiosa. La describió como una fiebre que volvía la piel de los hombres del color del heno y los mataba en pocos días en medio de vómitos de sangre...

—¡La Fiebre de la Pradera! —exclamó Iruki.

—Podría ser... —dijo la Curandera— los síntomas parecen similares y la maligna enfermedad podría afectar a otros reinos...

—¡En ese caso tenemos que ir a buscar esas algas de inmediato! —exclamó Iruki.

—Es territorio peligroso, hay varios reinos que se disputan los Mil Lagos —dijo Unco.

—No importa, debo ir, no voy a permitir que mi padre muera sin yo hacer nada, no sería digna hija de su estirpe. Si hay una esperanza debo agarrarme a ella.

—Yo la acompañaré —dijo la Curandera.

—No, lo siento, pero tú debes quedarte aquí para cuidar de los enfermos. No tenemos a nadie más con conocimientos de sanación —dijo Unco.

—Debes quedarte, Mujer Curandera —convino el Chamán—, la situación empeorará y necesitaremos de tu ayuda y toda tu experiencia. Por fortuna, o bien por designio de los espíritus, has cogido una aprendiz y le has enseñado. Esto permitirá que pueda ir y reconocer esas algas con efectos medicinales. En verdad creo que los espíritus están interviniendo aquí. Esto no es una simple coincidencia. Los espíritus benignos han querido que hayas cogido esta aprendiz y sea ella quien salve a la tribu de una muerte que ya nos sobrevuela.

—Esperemos que así sea —asintió la Curandera.

—¿Describió el soldado el alga medicinal que buscaba? ¿Cómo la reconoceré? —quiso saber Iruki.

—La llamó El Alga Celeste. Según contó se reconocía porque al obtener su extracto este era de un color azulado. De su aspecto dijo que tenía forma de estrella y flotaba en pequeños grupos en lagos y pantanos. Es cuanto recuerdo me contó. Por desgracia fue hace ya algunos años y no le concedí mayor importancia en su día.

—¡Iré a los Mil Lagos y encontraré el Alga Celeste! —exclamó Iruki con determinación absoluta.

—Una partida de guerra de nuestros mejores guerreros te acompañará. Nada malo ha de sucederte —dijo Unco Búho del Lago.

—Partiremos al amanecer —dijo Iruki, y entró en la tienda a despedirse de su querido padre.

Dos semanas más tarde, Iruki se agachaba a la orilla de un enorme lago y con mucho cuidado recogía varias de las algas junto a la vera. Eran de un color verdoso y amarillento y de una variedad que ella nunca antes había visto. Aquello era una buena señal, pero por otro lado, Iruki no tenía excesiva experiencia con lo que casi todas las variedades que estaba encontrando le eran totalmente desconocidas. Llevaba poco tiempo como aprendiz de Ilua y lo lamentaba amargamente.

—¿Ha habido suerte? —le preguntó Asur Lobo Blanco, jefe de la partida de guerra que la acompañaba para protegerla en territorio hostil.

Iruki lo observó. Era todo un guerrero Masig. De cabello oscuro y piel rojiza, su rostro era de una belleza salvaje, proyectaba una esencia muy varonil. Sus ojos brillaban con el inconfundible fulgor del liderato y mostraban honestidad a quien en ellos mirara. Era además un portento físico. Alto, de anchos hombros y una musculatura labrada. Todos lo respetaban y se decía que no había mejor guerrero en todas las tribus Masig. Jamás había sido derrotado en combate, ni en competición ni en batalla.

Pero a Iruki, aquel majestuoso ejemplar de guerrero Masig que la protegía, le ponía nerviosa. Asur Lobo Blanco, había sido el primero en pedir la mano de Iruki al regresar ella del Templo del Agua de los Ilenios. Iruki lo había rechazado y su padre, con un disgusto demoledor, había tenido que despachar al pretendiente. Iruki sabía que Asur era el favorito de su padre, aquel que debía desposar y así asegurar un líder fuerte para la tribu. Pero debido a la negativa de Iruki, Asur había tenido que retirarse. Su padre se había disgustado tanto que casi no esperaba perdón. Aquellos recuerdos hicieron que el dulce anhelo de Iruki volara hasta Yakumo. El hombre que su corazón amaba. ¿Seguiría con vida o habría sucumbido a la inhumana tortura de los Norghanos? Su mente le aseguraba la imposibilidad de que Yakumo siguiera con vida pero su corazón mantenía prendida la llama de la esperanza, una llama que no se apagaría jamás, mientras ella viviera. Una esperanza baldía muy probablemente, pero una esperanza después de todo y a la que ella se aferraría siempre. Yakumo le había prometido que seguiría con vida y un día volvería a por ella. Para Iruki aquello lo significaba todo. Cada nuevo día representaba una oportunidad de que su sueño se cumpliera y cada día Iruki lo afrontaba llena de blanca esperanza. Cuando llegaba el anochecer lloraba la oscuridad en silencio, pues un día más su sueño no se había cumplido y la llama ardía algo más débil. Sin embargo, al cabo de pocas horas, con el alba, la esperanza volvería a renacer. Viviría aquel ciclo eterno hasta el día de su muerte.

Yakumo vendría por ella algún día. Lo haría. Su corazón así se lo aseguraba.

—Déjame comprobarlo, Asur Lobo Blanco —le dijo sin atreverse a mirarlo a los ojos. Él la contemplaba imponente desde su montura pinta.

—Esperemos que encuentres pronto las plantas medicinales que la tribu necesita. Corremos mucho riesgo adentrándonos en este territorio.

—Aquí es donde crece el Alga Celeste que buscamos.

—Nos encontramos lejos de los nuestros, en territorio de los Mil Lagos, territorio disputado por los reinos de Zangría al Noreste y Erenal al Sureste. Podríamos toparnos con tropas de ambos reinos en cualquier momento.

—Debemos seguir buscando. Por desgracia, estas tampoco son las Algas Celestes que necesitamos...

—Está bien, Iruki Viento de las Estepas. Seguiremos buscando. Yo te protegeré. Cabalga junto a mí —le dijo el portentoso guerrero.

—Gracias —dijo ella bajando la cabeza.

—No es necesario que me lo agradezcas, es mí deber protegerte, así me lo ordenó tu tío, Unco Búho del Lago. Y aunque así no fuera, te protegería de igual manera.

Iruki lo miró a los ojos y comprendió de inmediato que aquel magnífico guerrero sacrificaría su vida por ella sin la más mínima vacilación. Así sentía el corazón de Asur. Aquel descubrimiento la llenó de seguridad al tiempo que le hizo sentirse muy incómoda pues nacía de los sentimientos del guerrero hacia ella.

—¿Qué dirección seguimos, Iruki Viento de las Estepas?

—Al este, al interior de los Mil Lagos —respondió ella con seguridad.

Asur imitó el canto de un cuco, prolongando el sonido con las manos y de la nada aparecieron al galope dos docenas de guerreros Masig en sus monturas pintas.

—Cuatro exploradores, dos al este, uno al norte y otro al sur —ordenó a sus hombres y estos partieron de inmediato.

Iruki contempló a la veintena de jinetes. Todos eran guerreros jóvenes y fuertes, elegidos por su tío para aquella difícil misión. Se sintió orgullosa contemplándolos, guerreros bravos y bien adiestrados, portando lanzas y arcos cortos de guerra. Con ellos a su lado estaba segura.

Avanzaron durante tres días, siempre en dirección este, bordeando los deslumbrantes y apacibles lagos, azules como el cielo, que Iruki no se cansaba de admirar. Había oído hablar de aquella región a su padre y su tío pero jamás hubiera soñado que el paisaje sería tan increíblemente bello. La combinación de las tonalidades verdes y marrones de los bosques que envolvían los lagos y el azul intenso como el firmamento despejado de una tarde de verano la dejaban sin respiración. El lago sagrado de sus antepasados era de una belleza enorme, en medio de las estepas y bajo la Fuente de la Vida. Pero aquel paisaje de lagos interconectados y frondosos bosques no palidecía en comparación. Con una pizca de punzante dolor en el alma tuvo que reconocer que era casi más bello.

El segundo día de marcha algo insólito sucedió, algo que dejó a Iruki preocupada. Cabalgaba junto a uno de los lagos, cuando, repentinamente, el medallón Ilenio que portaba al cuello emitió un destello azulado. Iruki se sobresaltó y de inmediato pensó que los otros dos portadores, aquel guerrero de ojos esmeralda y la bella joven de grandes ojos azules estaban intentando comunicarse con ella.

Iruki aguardó, anticipando el vínculo...

Pero este no se formó.

En su lugar, el medallón emitió un haz de luz azulada en dirección este. Aquello dejó a Iruki perpleja. ¿Qué le ocurría al medallón Ilenio? ¿Acaso le señalaba un camino? ¿Hacia dónde? ¿Hacia qué? Pero sus preguntas no fueron respondidas y quedaron suspendidas en el fresco aire del atardecer. Como ya se dirigían en la dirección marcada, Iruki se encogió de hombros y continuó con la búsqueda que era lo que realmente pesaba sobre su espíritu.

Durante la noche acampaban en silencio, sin encender fuego de campaña alguno. Asur no quería que la presencia de la partida fuera advertida por alguna patrulla enemiga. Los guerreros Masig estaban acostumbrados a dormir a la intemperie y soportar la bajada de temperatura durante la noche, pero ese no era el caso de Iruki. La segunda noche, algo más fresca que la primera, comenzó a tiritar. Asur se le acercó y esgrimiendo una sonrisa honesta le ofreció una colorida manta.

—Toma, no cojas frío.

—Gracias, Asur.

—No podemos permitir que la futura Curandera enferme y fracase la misión. Ninguno de nosotros seríamos capaces de encontrar esas algas extrañas. Los guerreros nacemos para luchar, nada sabemos de medicina.

—No enfermaré, Asur, estate tranquilo.

Asur la miró a los ojos. Una mirada noble, honesta. Iruki le sonrió con una timidez poco propia de su naturaleza rebelde. La mirada se intensificó e Iruki pudo ver claramente el brillo del deseo en los ojos del guerrero. Apartó la mirada y se arrebujó en la manta.

Al amanecer partieron raudos, bordeando un pequeño lago en forma de manzana. Uno de los guerreros se aproximó al galope.

—Plantas y algas en la orilla, más adelante —indicó señalando con la lanza.

—Gracias, vamos —dijo Iruki y azuzó su montura pinta hacia el lugar indicado.

De un salto desmontó y volvió a recolectar y analizar con cuidado las algas que eran de una nueva especie que tampoco conocía. Era increíble la extensa variedad de exuberante flora acuática que existía en aquellos lagos, constituían un entorno natural inimaginable para una Masig de las estepas.

—¿Son estas? —preguntó Asur con interés.

Iruki negó con la cabeza.

—La madre naturaleza juega un juego cruel con estos sus hijos de las estepas… —señaló el guerrero.

El desánimo empezaba a carcomer el espíritu infatigable de Iruki. No encontraban lo que buscaban y llevaban días internándose en los lagos. Pero no debía decaer ante el pesimismo, encontraría El Alga Celeste, la vida de su padre y la de toda la tribu de los Nubes Azules estaba en juego. La visión de Oni Nube Negra no llegaría a producirse, el Buitre no se alimentaría de los cadáveres de los suyos, no mientras a ella le quedara un último aliento en el cuerpo.

—¿En verdad crees que esa Alga Celeste existe, Iruki Viento de las Estepas? —preguntó Asur mostrando también un ápice de desánimo.

—Sí, debemos aferrarnos a la esperanza, Asur Lobo Blanco. De lo contrario estamos todos condenados.

Asur asintió con rostro preocupado.

Uno de los guerreros llegó cabalgando a galope tendido. Era uno de los vigías adelantados.

—Soldados de Erenal, al sur. Se aproximan —le dijo a Asur.

—¿Cuántos? —preguntó el líder de la partida.

—Una columna de 50 hombres, caballería ligera.

Asur se quedó pensativo.

—¿Qué hacemos? —preguntó Iruki preocupada, lo último que necesitaban era un enfrentamiento armado.

—Continuaremos hacia el noreste. Nos acercaremos a territorio Zangriano, los estandartes en amarillo y negro del orgulloso reino pronto ondearán en el horizonte. Tendremos que avanzar con la cautela de una gacela para no ser descubiertos. Más adelante se encuentra el gran lago. El mayor de todos ellos. Dicen que es tan grande como el océano. Desde una orilla solo se divisa el horizonte, no se puede ver la orilla contraria. Es como si la madre naturaleza hubiera creado un mar en medio de los bosques.

—¿Lo has visto? —preguntó Iruki intrigada.

—No, pero Oni Nube Negra, sí. Me ha contado de su existencia. Pocos Masig se han adentrado tanto en territorio de los Mil Lagos. Y menos han regresado. Debemos ser astutos, como el zorro, o no sobreviviremos para contar que contemplamos el lago sin fin.

Iruki captó la preocupación en el tono rasposo del líder de la partida y una punzada de temor le afligió el pecho.

Cabalgaron en silencio durante todo el día, atentos a la presencia de tropas enemigas, despachando vigías cada poco tiempo. Al caer la noche acamparon junto a una pequeña cascada alimentada por un cristalino riachuelo que descendía de una montaña boscosa a sus espaldas. Frente a ellos se extendía un lago enorme hacia el este. El paisaje era idílico, con la cascada a la espalda y el plácido lago al frente. Iruki se relajó por completo, dejando que el cansancio de los últimos días abandonara su cuerpo cual espíritu maligno. Uno de los guerreros le trajo algo de carne seca y un pellejo con agua. Devoró la comida y cayó en un una ensoñación. El sonido del agua del lago golpeando rítmicamente contra la orilla era demasiado para poder resistirse y comenzó a soñar. Soñó que un día no lejano era investida como Curandera de la tribu, frente a su padre, lleno de orgullo. Que los conocimientos que alcanzaba en el arte de la curación sobrepasaban incluso aquellos de su mentora. Que toda planta medicinal le era conocida, que todo brebaje curativo le era fácil de preparar. Que su pueblo vivía libre de enfermedades gracias a sus cuidados. Que los niños jugaban alegres y los guerreros no morían a causa de heridas infectadas. De repente una sombra la sobrevoló, una sombra fatídica. Alzó la mirada al cielo y vio sobre el despejado lienzo azul un enorme buitre carroñero de grandes alas negras. El corazón le dio un vuelco, las fiebres, la desolación, aquel buitre traía la muerte hasta ella.

Y abrió los ojos.

A corta distancia, cuatro enormes barcazas se aproximaban en sigilo desde el interior del lago. Iruki se puso de pie alarmada. Los vigías Masig apostados en los bosques no se habían percatado del avance de las barcazas por las aguas. Ya las tenían casi encima e Iruki pudo ver que se trataba de soldados, vistiendo armaduras en amarillo y negro. ¡Eran soldados Zangrianos! Iruki se disponía a gritar cuando sonó la alarma.

—¡Nos atacan! ¡Por el lago! —gritó uno de los vigías.

Las flechas volaron desde las cuatro barcazas sobre el campamento Masig llevando la muerte a los bravos guerreros de las estepas. Una saeta pasó rozando la cabeza de Iruki, que instintivamente se echó al suelo.

—¡Asaltad las barcazas, hermanos Masig! —ordenó Asur Lobo Blanco a sus hombres.

El combate que se desencadenó a continuación fue terrible. Gritos de guerra llenaron de estruendo el idílico entorno. El clamor de la batalla se hizo ensordecedor. Hombres gritaban, el acero chocaba contra el acero. Los guerreros Masig luchaban con la bravura y fiereza de un león amenazado pero los soldados Zangrianos los superaban en número. Iruki contó más de una veintena de hombres en cada barcaza, todos vistiendo armadura y yelmo plateados sobre colores amarillos y negros. Iban bien equipados, portaban lanzas de acero y escudos rectangulares con franjas amarillas y negras. Eran una fuerza de asalto. Iruki no entendía cómo no los habían visto llegar. Aquel ataque debía de haber sido bien planificado. Los guerreros Masig, con sus protecciones de cuero curtido y hueso, no podían rivalizar con sus oponentes pero combatían con una ferocidad inigualable. Cada guerrero Masig contaba por tres soldados enemigos.

Un soldado enemigo cayó frente a Iruki con un tremendo corte de hacha en la cara. Asustada, retrocedió hasta penetrar en el bosque y desenvainó la espada corta que había encontrado en la tumba del rey Ilenio. De poco le serviría pues no sabía utilizarla pero se defendería a muerte. La agarró con las dos manos y continuó retrocediendo. La lucha se encarnizaba y los gritos de los combatientes eran ahora desesperados. Un guerrero Masig fue atravesado por una lanza enemiga pero antes de morir clavó su cuchillo en el ojo del Zangriano que lo había matado. Iruki contempló desolada como poco a poco todos los valientes y entregados guerreros de la partida iban cayendo, aplastados por la superioridad numérica de los Zangrianos.

Un oficial de barba pelirroja gritaba órdenes a sus hombres que formaron una hilera defensiva. Asur Lobo Blanco acabó con el último de los hombres que lo rodeaban y se giró para encarar la barrera. Sólo quedaban en pie el gran guerrero y uno de sus hombres. El oficial Zangriano contaba con quince hombres formando la barrera. A Iruki se le encogió el corazón, no podrían con todos ellos, ¡estaban perdidos!

De súbito, a su derecha escuchó un ruido. Se giró, espada al frente, y se encontró con un soldado Zangriano. El soldado hizo ademán de atacar e Iruki dio un paso atrás. El soldado le ofreció una sonrisa malévola, del que se sabe victorioso ante un rival más débil. Atacó con su lanza e Iruki intentó desviarla con su espada Ilenia, pero no lo consiguió completamente. La afilada punta de la lanza de acero le alcanzó en el brazo, produciéndole un corte. Aquello la enfureció y su espíritu rebelde salió a la luz. Como una pantera herida comenzó a soltar tajos a dos manos contra su rival. El soldado, ante la fiereza del ataque, dio un paso atrás y se protegió con su escudo metálico. Iruki siguió golpeando a derecha e izquierda intentando castigar a aquel malnacido. Sin embargo, el soldado se rehízo y comenzó a bloquear los ataques con facilidad, el escudo detenía cada golpe de Iruki. Jadeando por el esfuerzo, Iruki se detuvo un momento para respirar y en ese instante el soldado le propinó un fuerte golpe con la lanza a la altura de la sien. Iruki se mareó, perdió el equilibrio y cayó al suelo perdiendo la consciencia.

Una risa grotesca la despertó. No sabía dónde estaba. Miró alrededor y se vio tendida en el suelo. Su mano aún aferraba la espada Ilenia y la sangre que le caía de la herida en el brazo teñía de rojo la empuñadura. Alzó la mirada y vio al despreciable Zangriano riendo. La punta de la lanza estaba en el estómago de Iruki. Miró a la derecha y vio a Asur y el último de los guerreros enfrentarse a la barrera de soldados Zangrianos. Estaban acabados. Todos morirían allí. Y con ellos, moriría su padre, su tribu, todos los Nubes Azules. La Visión de Oni Nube Negra se haría realidad. La desesperación la envolvió con tanta virulencia que estuvo a punto de clavarse la lanza ella misma. Pero en aquel instante de desesperanza algo extraño sucedió. Iruki escuchó un murmullo en su oído, un murmullo lejano, proveniente del inicio de la era de los hombres. Pensó que estaba perdiendo la cordura a causa de la desesperación tan terrible que sentía.

El soldado Zangriano le preguntó algo en su idioma pero Iruki desconocía aquella lengua y nada entendió.

El susurro volvió a llegarle, lejano, y se percató de que en realidad provenía de su propia cabeza. ¿Quién le estaba hablando? ¿Por qué no conseguía escuchar con claridad lo que decía? Y el murmullo se hizo más patente, cuanta más atención prestaba, la voz ganaba en intensidad, en claridad. Ya casi podía entender lo que decía.

—Sangre… requiero… y tu siervo seré... —consiguió entender Iruki.

Al oír sangre Iruki miró su mano ensangrentada. De súbito, la empuñadura de la espada brilló con un resplandor dorado, de puro oro. Iruki ya había presenciado con anterioridad un destello similar, sabía lo que aquello significaba, era consciente de que se hallaba ante magia Ilenia.

—Su sangre deseo… ¿me la concederás? —escuchó decir a la voz en su cabeza. Miró al soldado y comprendió lo que la voz demandaba. Sin embargo no entendía de donde provenía aquel susurro tan frío como peligroso. Miró en rededor esperando ver un Mago Guardián Ilenio, pero a nadie vio. El soldado parecía haber perdido la paciencia con ella. Alzó la lanza, la iba a ensartar.

—¡Te concedo lo que deseas! —gritó Iruki sin saber a quién.

La lanza descendió con potencia hacia el vientre de Iruki.

Pero la espada Ilenia de Iruki, como dotada de vida propia, bloqueó el golpe desviando la lanza a un costado. De la fuerza que llevaba la lanza, se clavó en el suelo a dos dedos de sus costillas. Iruki no salía de su asombro, había desviado la lanza, ¿o no había sido ella? ¿Pero cómo? ¿Qué estaba sucediendo? El soldado soltó un gruñido y volvió a alzar la lanza para rematarla. En ese instante Iruki experimentó algo insólito, el destello dorado proveniente de la espada recorrió todo su cuerpo. Como llevada por una fuerza desconocida se puso en pie con una pirueta. El soldado atacó propulsando la lanza hacia el corazón de Iruki. Nuevamente, sin ella tener control alguno sobre su brazo, el arma Ilenia desvió el ataque a un costado. El soldado escupió al suelo enrabietado.

—Nada temas, joven guerrera… su sangre nuestra es… mi filo beberá del rojo elixir de la vida, rejuveneciendo mi existencia. Yo guiaré tu cuerpo, mi alma guerrera te imbuye ahora… no te resistas… déjame obtener aquello que ansío y te prometo que sobrevivirás… —al oír aquello en su cabeza, Iruki lo comprendió. Era la espada la que estaba hechizada y había conjurado algún tipo de sortilegio poderoso, magia Ilenia, sobre su cuerpo.

—Adelante, mi cuerpo es tuyo —dijo Iruki mirando la bella espada en su mano su corazón rebosando ardor.

El soldado volvió a atacar y en esta ocasión la espada rodó el golpe provocando que el soldado avanzara hacia Iruki. Con una velocidad vertiginosa, la espada amputó el brazo del atacante con un corte limpio. Lanza y miembro cayeron al suelo ante la atónita mirada del soldado. Antes de que el Zangriano pudiera gritar de dolor, la espada centelleó. Durante un suspiro Iruki no supo qué había sucedido. La cabeza del soldado cayó de sus hombros para rodar por el suelo. Iruki quedó en *shock*. Aquello era absolutamente increíble. Su cuerpo se había movido a las órdenes de la espada. Ejecutando los movimientos que esta dictaba, como si de un experto espadachín se tratara.

—¡Ahhh! el elixir de la vida baña nuevamente mi filo. Rejuvenece mi alma. Hacía tiempo inmemorable desde la última vez… A tu servicio quedo, joven guerrera. A ti sirvo ahora, mi ama.

Iruki contempló la espada boquiabierta.

—¡Corre! ¡Rápido, Iruki, corre! —llegó hasta ella la voz apremiante de Asur.

Se giró y lo vio llegar, sangraba de una pierna y un brazo. Tras él una docena de soldados le daban caza. Sin pensarlo dos veces comenzó a correr internándose en los bosques.

Corrieron y corrieron monte arriba.

Como la gacela perseguida por el león.

Iruki alcanzó la cima de la colina. Estaba rodeada de bosque y maleza. Jadeaba, los pulmones le ardían devorados por las llamas del esfuerzo. Se detuvo y arriesgó una mirada atrás. Algo más abajo Asur despachaba a uno de los soldados que le había dado alcance. El resto, encumbrados por las pesadas armaduras que llevaban, se habían detenido a mitad de subida.

Asur llegó hasta ella.

—¿Cómo estás. Iruki? ¿Puedes continuar?

—Yo estoy bien, pero tú estás perdiendo mucha sangre. Tenemos que curar esas feas heridas o te desangrarás hasta morir.

—No hay tiempo, hay que continuar. Recobrarán las fuerzas y marcharán tras nosotros. Debemos continuar.

—Escúchame bien, Asur. De nada me sirves muerto. No voy a permitir que te sacrifiques en vano. Tenemos algo de ventaja, la aprovecharemos para remendarte y luego continuaremos escapando.

—Iruki, tú debes sobrevivir, por tu pueblo…

—Asur, eres un gran guerrero, líder de la partida de guerra. Pero todos han partido ya al mundo de los espíritus. Sólo quedamos tú y yo. Ahora soy yo quien toma la decisión. Te curaré y luego continuaremos huyendo.

Asur miró a Iruki a los ojos y ésta le devolvió la mirada dejando bien claro que no se echaría atrás.

Prácticamente en el mismo momento en el que los Zangrianos retomaban la persecución, Asur e Iruki se precipitaban colina abajo por el otro lado de la montaña, saltando sobre rocas, maleza y árboles caídos como si fueran grandes felinos. Iruki había suturado los cortes que Asur sufría y le había preparado un ungüento para evitar la infección. Como curandera que ahora era, llevaba siempre consigo una variedad de plantas y preparados medicinales en bolsas de cuero atadas a su cinturón. Haciendo honor a su nombre, Asur Lobo Blanco descendía la montaña como si de un lobo se tratara. Iruki no se amedrentó y dejó que su ágil cuerpo volara tras él. Al llegar al linde del bosque, del impulso que llevaba, Iruki no fue capaz de detenerse y se precipitó de cabeza al lago.

Asur se lanzó tras ella y agarrándola de la cintura la sacó del agua como a una liviana pluma.

—Gracias, Asur, no podía parar.

—No es momento de baños —dijo el guerrero, y por primera vez Iruki lo vio sonreír.

Su apuesto rostro varonil se tiñó de calor, perdiendo la seriedad que lo caracterizaba. Aquel guerrero prodigioso, fuerte y apuesto sería el desear de cualquier joven mujer Masig. E Iruki podía ver en sus ojos vibrantes cuánto la deseaba a ella. Sin embargo, su corazón ya estaba ocupado, por Yakumo, y nada ni nadie podría cambiar aquello, por muy grande que fuera la tentación.

—Debemos continuar —dijo Asur mirando al norte.

—Espera…

Iruki contempló extrañada unas algas verde-azuladas que no había visto antes jamás.

—No perdamos tiempo, no son más que otras algas más —dijo Asur señalando el peligro a sus espaldas.

—Déjame comprobarlo…

Si aquellas eran las algas que necesitaban todavía habría esperanza para los suyos. La muerte de todos aquellos bravos guerreros no habría sido en vano, no habrían perecido persiguiendo una quimera. Iruki realizó la prueba tal y como Ilua Sendero Oscuro le había indicado. Obtuvo el extracto.

¡Era azul! ¡Azul! ¡Azul!

Tan grande era su alegría que dio un enorme brinco llena de excitación.

—¡La encontramos, Asur, la encontramos! ¡Es el Alga Celeste!¡ El Alga Celeste!

—¿Estás segura, Iruki?

—Tan segura como que somos hijos de las estepas.

Asur sonrió y la ayudó a recolectar el resto.

—Hay algunas más junto a la orilla al Norte —le indicó a Asur—. Ve tú por ellas, yo iré a por las de la orilla sur. Cuantas más tengamos más probabilidades de sanar a los nuestros.

Asur dudó un instante mirando en ambas direcciones.

—De acuerdo, pero no te demores, por favor. El enemigo se acerca.

—Asur, las algas son lo importante. Deben llegar a nuestro pueblo. Prométemelo.

El guerrero la miró a los ojos con rostro grave y el ceño fruncido.

—Llegarán, te lo prometo, Iruki. Ahora, apresurémonos.

Los dos Masig se separaron y se dirigieron a los puntos donde podían ver las algas flotando, con aquel increíble color verde-azulado tan insólito. Iruki se apresuró a recoger cuantas pudo y guardarlas en la bolsa de cuero que llevaba preparada para ello. Con el corazón delirante de alegría por haber encontrado lo que salvaría a los Nubes Azules de la desaparición, comenzó a dirigirse hacia Asur que ya le hacía señas para que se apresurara.

Pero Iruki se detuvo.

Entre ella y Asur, a medio camino, a la orilla del lago, aparecieron una docena de soldados Zangrianos.

Miró a Asur en la distancia y él la miró a ella.

—¡Salva a los Nubes Azules! —le gritó Iruki con toda la potencia de sus pulmones y la rabia de su corazón— ¡Sálvalos!

Asur la miró. Levantó el poderoso brazo, manteniendo en alto la saca con las Algas Celestes y echó a correr en dirección norte. Ocho soldados lo persiguieron.

Iruki contempló un instante a los cuatro soldados restantes. Estos comenzaron a avanzar en su dirección. Iruki se dio la vuelta y comenzó a correr en dirección sur.

—Corre como el guepardo, corre —se dijo sin mirar atrás.

Al filo de la medianoche, Sonea caminaba en total sigilo por la gran biblioteca al amparo de la oscuridad reinante cual experto ladrón evitando ser descubierto. Los miles de tomos allí atesorados la observaban con miradas inertes de reticencia, guardando un ceremonioso silencio.

Sonea se detuvo, sobresaltada.

Le había parecido escuchar un sonido a su espalda y el miedo le había golpeado el pecho con fiereza. Echó una mirada por encima del hombro, con cuidado. No consiguió ver nada más que penumbra y libros. La exigua luz de un par de lámparas de aceite colgadas a ambos lados del pasillo quemaban sus últimos alientos de vida. Sonea inhaló profundamente para calmar su nerviosismo y continuó avanzando hacia el lugar de su propósito, aquel al que no debía acercarse, aquel al que tácitamente le habían prohibido entrar: la Sala del Consejo. Llegó hasta la puerta de la insigne estancia armándose de valor pero con firme resolución.

Empujó ligeramente la pesada puerta repujada.

No chirrió, por fortuna.

Despacio, con cuidado, asomó la cabeza para cerciorarse de que no había nadie en la habitación. Todo permanecía a oscuras y en calma en el interior. Estaba vacía. Sonea comenzó ahora a sentir algo de aprehensión, como un martillo golpeando su pecho, pero su determinación por desvelar el misterio que el grimorio encerraba era más fuerte que cualquier temor que intentara disuadirla. Pensó en el Gran Maestre Lugobrus y se le hizo un nudo en el estómago.

«Tranquila, mantén la calma, no dejes que te atemoricen. Hay que seguir adelante, de otro modo no conseguirás tu propósito», se dijo intentando calmar los nervios.

Entró en la sala en sigilo y con cuidado. Se acercó hasta el gran escritorio central donde descansaba el preciado objeto Ilenio. Incluso en medio de aquella cerrada oscuridad podía distinguir cómo el grimorio brillaba con una leve luminiscencia dorada. Sonea era perfectamente consciente de que aquello iba en contra de una orden expresa, que el Consejo de los Cinco la castigaría severamente si allí la descubrían, habían sido muy explícitos al prohibir utilizar el grimorio en modo alguno y ella se disponía a desobedecer semejante mandato. De ser descubierta las consecuencias que acarrearía sobre su persona y sobre su querido tutor serían muy graves, podrían incluso expulsarla de la orden. Aquel pensamiento la llenó de auténtico pavor.

Dudó un largo instante, contemplando el tomo Ilenio, debatiendo en su corazón.

Pero algo en su interior la empujó a seguir adelante, no pudo resistirse.

Se acercó al escritorio y puso ambas manos sobre el grimorio. Nada más tocarlo percibió todo el poder que aquel objeto misterioso emanaba. En medio de la oscuridad de la sala, el poder que el tomo arcano irradiaba la golpeó con fuerza, como si la luminosidad que desprendía la hubiera abofeteado. Aquello animó todavía más a Sonea, debía seguir adelante, no se perdonaría dejar escapar aquella oportunidad única de descifrar uno de los mayores misterios de la historia de Tremia.

«Adelante, sin miedo, tengo que hacerlo. Sé que no me lo perdonaría de abandonar ahora. Da igual lo que los estirados miembros del Consejo opinen, tengo que estudiarlo, tengo que investigar. Me lo dice algo en mis entrañas, lo siento ardiendo en mi interior, debo seguir adelante y descubrir qué misterio encierra», se dijo reforzando su ánimo inquebrantable.

Miró a ambos lados para cerciorarse de que se encontraba a solas en la sala. A aquellas horas todos dormían ya y la gran biblioteca estaba desierta. Nadie la molestaría de madrugada, nadie descubriría que estaba manipulando el grimorio prohibido. Llena de excitación comenzó a abrirlo con gran cautela, siendo muy cuidadosa a la hora de manipular las hojas de oro llenas de inscripciones y simbología Ilenia. Sonea cada vez estaba más ansiosa. Salió al pasillo y sin realizar ruido alguno obtuvo una de las lámparas de aceite que colgaba de la pared y se la llevó presto consigo. La situó sobre el gran escritorio alumbrando el tomo y la cubrió con un trapo oscuro para evitar que la luz se proyectara al exterior. Lo último que deseaba era ser vista por algún bibliotecario insomne y, en aquella oscuridad, la luz se colaba por debajo de la puerta cerrada.

Bajo la atenuada luminosidad de la lámpara de aceite, las inscripciones brillaban con un resplandor dorado que a la joven aprendiz le parecían místicas. El fulgor que desprendían bañaba los incontables tomos de saber que la rodeaban, ordenados perfectamente contra las paredes en estanterías robustas. Daba la sensación de que los libros podrían, en cualquier momento, volver a la vida. Era como si las sombras estuvieran danzando un baile sombrío con los tomos allí atesorados. Sonea se puso más nerviosa y sacudió la cabeza intentando espantar los fantasmas que la acosaban.

«Adelante, sin miedo, mantén la calma».

Se concentró en interpretar los misteriosos símbolos y jeroglíficos grabados en las primeras páginas. Cerró los ojos con la esperanza de alcanzar un mayor grado de concentración, las finas yemas de sus dedos recorrían los enigmáticos símbolos intentando descifrar el significado en su mente. Sin perder tiempo se centró en los pasajes más oscuros e intrincados que ni ella ni su querido tutor habían conseguido descifrar durante su análisis inicial del tomo. Trabajó durante horas, esforzándose al máximo, recurriendo a todo el saber que su maestro le había transmitido aquellos años, pero no consiguió que ningún misterio relevante le fuera desvelado. Aún así, no se dio por vencida, continuó en su empeño. Sabía que podía llegar a entender aquellos símbolos, Barnacus y ella habían estudiado la simbología Ilenia durante años en colaboración con otros estudiosos de otras tierras como el bueno de Lindaro en Rogdon. Pero se enfrentaba a pasajes extremadamente complejos.

Continuó trabajando, su mente luchaba por descifrar lo que sus ojos no entendían. Sonea comenzó a ser consciente de que se hallaba ante hechizos de gran poder. A duras penas fue capaz de descifrar varios símbolos, entre los que se hallaban el de la muerte y el símbolo del Guardián que ya conocían. Aquello la animó tanto que olvidó por completo el miedo a ser descubierta. Durante un buen rato estuvo trabajando en descifrar un jeroglífico muy complejo y finalmente llegó a la conclusión de que hacía referencia a los cuatro elementos… lo cual la dejó muy confundida… ¿Qué tenían que ver los cuatro elementos con la muerte? Es más, ¿qué tenían que ver con el Guardián? Aquello no le encajaba. Quizás lo estaba interpretando erróneamente. Frunció el ceño y continuó. Descifró un complejo fragmento que describía el elemento fuego y su poder; otro con el del agua y efectos relacionados con él. Unas páginas después, otro pasaje sobre la tierra y finalmente uno nuevo sobre el aire.

—Fascinante… —murmuró llevándose la mano a la barbilla.

Asintió como despejando la duda, algo en su ser le indicaba que no se estaba equivocando, que sus suposiciones eran correctas. El grimorio hacía referencia a los cuatro elementos de la naturaleza. Sonea resopló y quedó pensativa. Sin embargo, había algo más, un símbolo que no era capaz de interpretar y que hacía referencia implícita al propio grimorio como si de alguna forma lo identificara. Suspiró y se concentró en el símbolo, intentando adivinar qué podía ser, qué podía significar aquella extraña inscripción.

De pronto, sintió como si la apuñalaran con una fría daga de plata.

Se sobresaltó, y sus ojos se abrieron desorbitados.

Experimentó algo en su interior que no había sentido nunca antes. Al pensar en el dolor que estaba sufriendo, se dio cuenta de que en realidad no era dolor. Lo que sentía era una especie de vacío… de ausencia intensa… Sonea se asustó y un temblor le azotó las rodillas, pero no apartó las manos del grimorio. Aquello que estaba experimentando en su interior, aquella ausencia, aquel vacío que le perforaba el pecho no era un sentimiento normal, algo muy extraño estaba sucediendo y no sabía el qué.

Un destello surgió de pronto del tomo arcano.

Sonea dio un paso atrás.

El miedo le estrujó el corazón.

«El tomo ha desprendido un destello, lo cual es indicativo de que su magia ha sido activada de alguna forma, esto puede resultar muy peligroso… debo tener muchísimo cuidado…». Asustada, miró en todas direcciones para asegurarse de que nada siniestro estuviera sucediendo a su alrededor.

La sala estaba en penumbras. Con el corazón latiendo desbocado se miró a sí misma, a su cuerpo. Nada le sucedía. Sonea intentó rehacerse y calmar sus nervios, estaba al borde de un ataque. En absoluto esperaba que el grimorio interactuara con ella, y mucho menos, sentir aquel vacío que le estaba perforando el pecho. Pero no era momento de echarse atrás, ya no. Enfrentándose al temor volvió a situar las manos sobre el grimorio he intentó descifrar aquel extraño sentimiento. Un nuevo destello, mucho más intenso, llenó toda la sala, cegando momentáneamente a Sonea cuyo corazón estuvo a punto de salirse por la boca.

Atenazada, intentó calmarse, razonar. ¿Qué era aquel vacío que sentía? ¿Qué era aquella sensación tan extraña que tenía en la boca? Era casi como si pudiera saborear la nada… el vacío… «¡Eso es! ¡Es el Éter, eso es lo que estoy experimentando, por fin lo entiendo! Es el quinto elemento al que hacen referencia varias de las antiguas culturas. Esto lo explica, los cuatro elementos y el Éter, el quinto, que por algún motivo está relacionado con el grimorio». Sonea por fin lo comprendió. Soltó un pequeño grito de triunfo llena de alegría. De inmediato se llevó las manos a la boca intentando retener el sonido, lo último que necesitaba en aquel momento era ser descubierta.

Buscó el símbolo del Éter y situó las manos sobre él. Algo sorprendente sucedió, algo que cambiaría la vida de Sonea por completo y para siempre, si bien ella no sería consciente de la importancia crucial de aquel momento en mucho tiempo.

El grimorio comenzó a refulgir con un tono dorado que fue creciendo en intensidad, como si el mismísimo astro sol estuviera naciendo del tomo Ilenio en aquel momento. Sonea sintió una extraña sensación, como un hormigueo, y se llevó una mano hasta el corazón. Algo sucedía dentro de ella, algo relacionado con el fulgor, algo que le era totalmente nuevo y ajeno. El brillo creció en intensidad y aquella insólita sensación creció con él. Asustada, comenzó a percatarse de que algo estaba despertando en su interior, algo vivo, real, pero a la vez intangible.

«¿Qué me está sucediendo? ¿Qué es esta sensación extraña en mi pecho? ¿Acaso estoy siendo afectada por algún hechizo? Sí, eso debe ser, he debido activar algún hechizo sin darme cuenta y siento su acción sobre mí. Pero de ser así ¿qué consecuencias tendrá? ¿Será doloroso? ¡Podría incluso ser mortal! Seguir interactuando con el grimorio es una locura, esto se me está escapando de las manos, he de ser racional». Sonea estaba ahora nerviosísima, apenas podía contener el temblor que le recorría el cuerpo.

Levantó la mano del símbolo del Éter. De inmediato la sensación invasora en su interior se desvaneció. Sonea sonrió nerviosa. Volvió a situar la mano sobre el símbolo del Éter intentando comprobar de forma empírica el singular proceso. Un nuevo fulgor dorado llenó la estancia y de inmediato revivió la misma situación. Se asustó, pero sabía que si retiraba la mano del símbolo detendría el proceso, así que, armada de valor, decidió continuar investigando lo que estaba sucediendo. Abandonar un misterio sin resolverlo no concordaba con su forma de ser, aunque no resultara lógico continuar, aunque lo racional fuera abandonar, ella no se retiraría. No entendía qué le sucedía pero quería averiguarlo, a pesar del riesgo. Cerró los ojos y se concentró en la extraña sensación en su pecho.

Una explosión de energía azulada llenó su mente, forzándola a abrir los ojos.

«¡Por todo el saber del universo! ¿Qué ha sido eso?».

Retiró las manos del grimorio en un acto reflejo y la sensación desapareció de inmediato. Respiró profundamente repetidas veces, intentando calmarse, exhalando de forma prolongada. «Muy peligroso, estoy jugando con fuego… estoy arriesgando la vida…», pensó muy alterada y dio una vuelta alrededor de la mesa razonando. Se llevó las manos a la cintura y respiró profundamente inclinado el cuerpo hacia delante. Permaneció así un buen rato hasta calmarse.

Más tranquila, examinó el resto de símbolos, necesitaba entender si le producirían una sensación similar o no sería tal el caso. Pasó la mano derecha sobre el símbolo del elemento Agua y con cuidado lo tocó suavemente.

Nada sucedió.

Sonea resopló, su corazón latía acelerado. Localizó el símbolo del elemento Tierra y posó su mano sobre él.

Tragó saliva.

Nada sucedió.

Sonrió victoriosa. Únicamente el elemento Éter, que tenía relación con el grimorio y con el símbolo del Guardián, parecía interaccionar con ella.

Buscó el siguiente símbolo, el del elemento Aire y, más confiada, lo acarició con los dedos.

Nada sucedería...

Se equivocó.

Una explosión de energía dorada surgió del grimorio con tal intensidad que Sonea cayó al suelo de espaldas. Un fuerte dolor en el trasero le hizo maldecir y tuvo que cerrar los ojos. Al hacerlo, una imagen golpeó su mente proveniente del tomo. Sonea no pudo interpretarla inicialmente, la sorpresa era demasiado impactante y su mente no había podido captarla con claridad. ¡Aquello no lo esperaba! ¿Qué estaba sucediendo? La imagen volvió a repetirse, llenando por completo su cabeza. Era un paisaje de enormes dimensiones. Cientos de lagos de aguas azuladas rodeados de verdes explanadas y marismas con vegetación excelsa se extendían ante ella. Lagos de diferentes tamaños y formas, algunos enormes donde pesqueros faenaban en las apacibles aguas y otros tan pequeños que no eran más que estanques.

Era un paisaje que Sonea ya había visto con anterioridad.

Eran los Mil Lagos.

Pero ¿por qué le mostraba el grimorio los Mil Lagos? Y más concretamente, ¿por qué lo había provocado el símbolo del elemento Aire? Aquello encerraba un misterio y Sonea, con su espíritu vivaz e incansable para el conocimiento, debía investigarlo. Una nueva imagen la abordó con tal fuerza que quedó tendida en el suelo sin poder moverse. La imagen voló hasta uno de los Mil Lagos, el de mayores dimensiones, tan grande como un mar, que brillaba azulado bajo el sol, y se sumergió en las profundidades del mismo. Sonea se sobresaltó debido al realismo de la experiencia, esperando quedar completamente empapada en la zambullida. Sin embargo, la imagen desapareció de súbito y ella abrió los ojos absolutamente desconcertada.

—Esta vez sí que la has hecho buena —dijo una voz desde la puerta.

Sonea se giró en el suelo y, para su desmayo, se encontró de frente con la desagradable presencia del pendenciero Roscol. Llevaba la mano vendada y la miraba amenazante con sus ojos negros como el mal. Tras él vio las figuras de sus dos secuaces, Uscor e Isgor, que siempre lo acompañaban a donde fuera, incapaces ambos de tomar una decisión por sí mismos.

—Maldición… —alcanzó a mascullar Sonea— ¿Cuánto tiempo lleváis ahí espiándome?

—El suficiente —respondió Roscol altanero.

Los tres aprendices de la Escuela de la Guerra se acercaron hasta ella.

—¿Ves? Ya te lo decía yo, Roscol, que la bastarda andaba tramando algo —señaló Uscor agitando su cuerpo delgado, con su pecosa cara encendida por la agitación.

—Has hecho muy bien en venir a avisarme —le dijo Roscol situándose junto a Sonea y mirándola desdeñoso.

—Dejadme en paz, volved a vuestros aposentos, nada hay aquí que os interese.

—Ponla en pie, Isgor —ordenó Roscol a su grueso secuaz.

El joven miró a Sonea con su fea cara de torta y antes de que ella pudiera protestar la levantó de un seco tirón.

—¡No me toques! —se revolvió Sonea.

—¡Calla, despojada! O ¿prefieres que vayamos en busca de los miembros del Consejo? Estoy seguro de que estarán encantados de conocer que has quebrantado un dictamen directo. Nadie puede manipular ese grimorio, así lo ha estipulado el Consejo, lo sabes perfectamente, y acabamos de pillarte en el acto. No puedo esperar a ver la cara que pondrá el Gran Maestre Lugobrus cuando se lo contemos.

Sonea se vio perdida, una sensación de extremo agobio la inundó oprimiéndole el pecho. Si aquellos tres maleantes contaban lo que habían presenciado estaba perdida, el Consejo no aceptaría ninguna excusa. El castigo sería muy severo, arriesgaba la propia expulsión de la Orden del Conocimiento. Nunca llegaría a ser un Bibliotecario y mucho menos un Maestro Archivero, su sueño, su aspiración en la vida desde la niñez. Miró a Roscol y a sus dos secuaces y las lágrimas afloraron a sus ojos, lágrimas de impotencia y rabia. Estaba tan cerca..., había hecho tantos progresos... y ahora todo se perdería por culpa de aquellos tres lerdos despreciables.

—¡Marchaos por donde habéis venido, esto no os incumbe! —se defendió ella.

—Todo lo que tú hagas nos incumbe, leprosa —le reprochó Uscor—. Todo lo que tocas lo contaminas con tu hedor y no podemos permitir que sigas siendo una mancha para esta magna institución. Por fortuna para todos, acabamos de pillarte en una falta gravísima que el Consejo no perdonará. De eso puedes estar segura.

—Además, con nuestra narración de los hechos puedes dar por seguro que te condenarán a la expulsión —aseguró Roscol esgrimiendo una malvada sonrisa.

—¿De qué hablas? ¿Qué vais a contar?

—Las palabras *magia prohibida* y *grave peligro de muerte para todos*, serán mencionadas... —dejó caer Roscol con una sonrisa sardónica.

—Pero eso no es cierto, ¡mentís! ¿Por qué no podéis dejarme en paz?

—Porque una bastarda como tú no tiene cabida entre la élite de Erenal. No eres digna de pertenecer a esta orden donde únicamente las privilegiadas mentes de la nobleza deberían ser aceptadas. Tu sola presencia nos envilece a todos.

—Soy más inteligente que vosotros tres juntos y lo sabéis. Eso es lo que no podéis soportar.

—¡Tú eres como una enfermedad contagiosa que debemos erradicar antes de que se extienda! —le dijo Roscol con la cara roja de ira y los ojos destellando de odio.

Sonea dio un paso atrás ante la desmedida ira del joven.

—Sujeta a la plebeya, Isgor —ordenó Roscol a su camarada.

Isgor dio un paso adelante avanzando su corpachón hacia la bibliotecaria.

Sonea, sin pensarlo dos veces, lo recibió con una fuerte patada a su hombría.

—Aghh… —fue todo lo que Isgor pudo decir antes de doblarse de dolor hasta el suelo.

—Maldita zorra —la insultó Roscol poseído por la rabia.

Uscor y Roscol se abalanzaron hacia Sonea, que retrocedió hasta el escritorio. Uscor la agarró del brazo y Sonea, poseída por el miedo y haciendo uso de toda su fiereza le propinó un fuerte puñetazo a la mandíbula. Uscor, sorprendido por el golpe, cayó de espaldas.

—¡Enclenque inútil! —se quejó Roscol de su delgado compañero— Si no es más que una mujer, no valéis para nada, yo me encargo de ella.

Sonea, muy asustada, se giró y corrió al otro lado del escritorio usándolo de barrera entre ella y Roscol.

—¡No podrás escapar de mí! —dijo Roscol amenazante y esgrimiendo un pequeño y afilado cortaplumas de plata.

Sonea se quedó petrificada de miedo. Sabía que Roscol estaba fuera de sí y que la odiaba plenamente pero jamás hubiera pensado que la amenazaría así. Su vida corría ahora peligro, debía hacer algo, rápido, ¿pero el qué?

Roscol le lanzó un par de tajos desde el otro lado del escritorio y Sonea los esquivó echando el cuerpo atrás. La insólita sensación que había experimentado en el pecho al manipular el grimorio regresó de nuevo, esta vez con mayor intensidad, casi como si el cortaplumas de Roscol la hubiera punzado. El mero pensamiento de tan horrible acto hizo que aquel vacío interior se acrecentara aún más. Miró el grimorio, abierto y resplandeciente a la luz de la lámpara de aceite. En aquel momento de pánico decidió que lo mejor era coger el grimorio y huir.

Estiró el brazo y fue a por él.

—¡No te atrevas a tocarlo, furcia! —gritó Roscol y soltó un tajo que alcanzó el brazo de Sonea en el instante en el que ella posaba la mano en el grimorio.

—¡Ah! —exclamó Sonea al sentir el hiriente corte en su carne.

Miró el antebrazo herido, vio la túnica rasgada y manchada de sangre, después la mano sobre el grimorio, su pálido dorso sobre uno de los símbolos Ilenios: el símbolo del Guardián.

Roscol se dispuso a asestar un nuevo tajo. Parecía enloquecido.

Sonea cerró los ojos y sujetó el grimorio con fuerza. En su interior volvió a sentir aquella insólita energía que no comprendía. El símbolo del Guardián apareció en su cabeza, y a este le siguieron otros símbolos dorados que su mente no fue capaz de interpretar. Sin saber cómo, aquella energía en su interior y el grimorio estaban interactuando. El cortaplumas la alcanzó de nuevo y un dolor agudo la envolvió. Instintivamente, alzó la mano para protegerse del siguiente tajo.

Y algo totalmente increíble sucedió.

Una sinuosa energía, de un color blanquecino casi transparente, como el vaho de una fría mañana de febrero, surgió de la mano de Sonea y envolvió la cabeza de Roscol. El aprendiz de la Escuela de la Guerra cejó en su ataque y comenzó a chillar. Sonea podía sentir el vaho arcano consumiendo la vida de Roscol. La vaciaba, devorándola. El símbolo Ilenio del Guardián volvió a invadir la mente de Sonea y la intensidad del hechizo se hizo más patente. Los chillidos de Roscol llenaron la sala mientras se derrumbaba al suelo.

—¡Para! ¡Por lo que más quieras, detente! —gritó Uscor.

Pero Sonea no sabía cómo detener aquello. Ella no controlaba el hechizo Ilenio, era el grimorio.

—¡Lo vas a matar! —gritó Isgor.

Sonea no sabía cómo detener el conjuro. Podía ver como el rostro de Roscol comenzaba a envejecer, vaciado de vida, el pelo se le tornó completamente blanco, en unos instantes envejeció quince años y no dejaba de gritar en agonía. Si no detenía aquello inmediatamente Roscol moriría y su muerte recaería sobre ella, sobre su conciencia, para siempre. No podía matarlo, por mucho que despreciara a aquel vil aprendiz motivo de sus muchas desdichas.

Pero ¿cómo detener el hechizo? ¿Cómo?

Debía darse prisa, ¿qué detendría el hechizo?

¡El grimorio!

Con rapidez situó las manos bajo las tapas doradas y lo cerró de golpe.

Sonea miró a Roscol con ojos llenos de temor. El hechizo se disipó un momento después, el enigmático vaho desapareció completamente. El rostro envejecido del ahora cano aprendiz de la Escuela de la Guerra se relajó y sus chillidos cejaron por fin. Sonea suspiró aliviada. Al relajarse sintió dolor. Tan intensa había sido la experiencia que ni se había percatado de que su sangre manchaba ahora el suelo procedente de las dos heridas que sufría.

Una voz profunda y severa llenó la estancia.

—¿Qué es todo este griterío? ¡Qué alguien me explique de inmediato qué está sucediendo aquí!

Sonea se giró y vio al Gran Maestre seguido de varios miembros del Consejo. Lugrobus tenía el semblante desencajado por el enfado.

—¡Ha sido Sonea, ha manipulado el grimorio prohibido! —se apresuró a acusar Isgor

—¡Por poco mata a Roscol con un hechizo! —dijo Uscor señalando el rostro de su caído amigo al Gran Maestre y al resto de miembros del Consejo.

En aquel momento, Sonea supo que se encontraba metida en un buen lío. Un lío que tendría consecuencias realmente nefastas para ella.

Peligroso Pasaje

Los siguientes días transcurrieron apacibles <u>tras</u> el incidente de los cocodrilos, sin nuevos lances reseñables más allá de los inevitables roces y trifulcas en un navío atestado de gente y mercadería. La vivencia en el gran barco estaba resultando particularmente grata para Komir. Le gustaba navegar por aquel río eterno, dejándose llevar por el bamboleo de las dulces aguas. Ni siquiera el sol castigador que debían soportar lo incordiaba en demasía. Su espíritu atormentado remontaba al sentir la embarcación surcar gentilmente la inmensidad turquesa en pura calma, algo que su alma necesitaba y agradecía. Komir esperaba que el sosiego reinante no se rompiera con nuevos incidentes y, sobre todo, que no los detuviera una patrulla Noceana. Ya habían visto pasar varios navíos de guerra en dirección norte transportando tropas y víveres. De ser descubiertos, los ahorcarían in situ por espías. Así se lo había asegurado Kendas, conocedor de los métodos expeditivos del ejército Noceano.

El capitán Albatros instauraba orden en su navío a base de una disciplina férrea y punitiva. El más mínimo altercado terminaba con el perpetrador azotado al mástil. Dos días atrás el capitán había ordenado ahorcar a uno de sus marineros por insubordinación grave. Aliana intentó interceder pero el capitán Albatros hizo oídos sordos a las súplicas de la Sanadora. La decisión era inamovible. Ordenó que despejaran la cubierta y llevó a cabo la ejecución delante de todo el pasaje. Kendas había explicado al grupo que aquella era la ley del mar, implacable, despiadada, pero necesaria. Una ley que debía ser respetada en todo momento, muy similar a la que regía en el ejército. Si el capitán no ahorcaba a aquel hombre se arriesgaba a un futuro motín y, muy probablemente, lo tendría una vez constatada su falta de temple. La disciplina en un barco debía ser ejemplar, de otro modo el navío estaba perdido y, con él, los pasajeros.

La noche descendió sobre la embarcación extendiendo sus negras alas eternas, moteadas con mil fulgores. El soplo refrescante de los dioses bendecía el pasaje, sin que Komir se hubiera siquiera dado cuenta, absorto como estaba en sus torturados pensamientos. Ensimismado, contemplaba encaramado a la proa el avance del navío sobre las silenciosas aguas de aquel río tan bello como infinito.

—Impresionante, ¿verdad? —llegó hasta él en un susurro una voz de terciopelo y su corazón dio un vuelco desmedido.

Komir giró la cabeza y vio cómo Aliana se situaba a su lado a contemplar el bello paisaje que se abría ante ellos. La luminosidad de la diosa argente salpicaba con sus reflejos la embarcación, provocando el deleite de ambos jóvenes. Allí, bañados por la brisa nocturna y bajo el brillo de mil y una estrellas en un firmamento infinito, se hallaban en un entorno idílico. Toda preocupación parecía borrada de sus mentes: la guerra, los soldados Noceanos, los depredadores anfibios del río, los forajidos de las orillas, todo fue barrido de sus almas con un soplo.

—Sí, es un paisaje increíble. Nunca pensé que vería algo semejante... desde luego estamos muy lejos de las tierras del oeste...

Aliana asintió lentamente.

—Cierto, muy lejos quedan nuestros hogares, Komir —convino ella con un atisbo de añoranza en la voz.

—Sí... —asintió Komir, pero él no sentía melancolía alguna. Su doloroso pasado en la aldea se lo impedía.

—Por otro lado, es una vivencia realmente excepcional que creo nunca olvidaremos.

—En eso no podríamos estar más de acuerdo —dijo Komir mirándola. Los ojos de la Sanadora eran como el océano y el corazón del Norriel se ahogaba irremediablemente en ellos.

Aliana le sonrió, una sonrisa dulce y sincera. La luna bañaba sus cabellos de oro bruñido y refulgían cual aura divina. Contempló el rostro celestial de blanco lirio y su alma dejó de respirar la vida por un instante. Los ojos de ella lo bañaron con timidez y el corazón de Komir estalló en éxtasis, mientras su alma anhelaba perderse para siempre en ellos y no retornar jamás.

Aliana desvió la mirada con retraimiento y se aclaró la garganta.

—¿Prevés... problemas? —le preguntó ella devolviéndole a la realidad. Komir temió que su rostro hubiera delatado lo que su corazón sentía pero nada dijo.

—No... bueno, no hasta que lleguemos a la altura de las primeras grandes ciudades Noceanas del sur. Una vez pongamos pie en tierra firme... estaremos en problemas. Eso es lo que Kendas y Kayti me han explicado.

Aliana asintió.

—Territorio Noceano…

—Sí, nos adentramos cada día más en la boca del lobo. No tenemos salvoconducto para viajar por el Imperio y sin él por mucho que nos escondamos y ocultemos nuestra apariencia bajo vestimenta Noceana, no conseguiremos evadir al ejército de los desiertos eternamente. Tarde o temprano nos encontrarán, o alguien nos delatará... Hay una guerra y somos del bando contrario. De capturarnos no tendrán piedad con nosotros.

Aliana bajó la cabeza, el comentario parecía haberla apesadumbrado.

—Quizás tengamos suerte y consigamos evadirlos —se apresuró a añadir Komir, esperando no disgustarla.

—Quizás... —dijo ella sin mucha fe.

Komir apoyó la mano sobre la baranda y sin quererlo rozó la mano de Aliana. La Sanadora dirigió una mirada tenue a la mano y luego a él. Era una mirada tímida, vergonzosa. Aquel roce, tan inocente, tan especial, llenó a Komir de una dicha absoluta y por un instante una exultante alegría diseminó excitación por todo su cuerpo. Pero sentía algo más, algo bailaba en el interior de su estómago produciéndole un revoloteo como nunca antes había sentido. Eran sensaciones increíbles que intentaba asimilar.

Aliana desvió la mirada al frente y Komir casi juraría que la había visto sonrojarse. No deseando que el momento acabara, Komir puso su mano sobre la de ella, en una gentil caricia sobre una piel de seda.

Aliana, respondiendo a la caricia, lo miró y sus ojos se encontraron. Los azules y tímidos ojos de ella se cruzaron con los intensos y vibrantes ojos esmeralda de él. Komir sentía un volcán palpitando en su interior, una ardiente pasión al borde de entrar en erupción. Apenas podía contenerse. Deseaba con toda su alma abrazar a Aliana, traerla hacia sí, sentirla entre sus brazos, contra su cuerpo, besar aquellos labios de miel y hacerla suya, allí mismo, sobre la cubierta, bajo la noche estrellada con la luna como único testigo.

Ella lo miró. En sus ojos se podía leer un ruego silencioso, mezcla de deseo y prohibición.

Komir se inclinó hacia ella llevado por su pasión pero Aliana apartó el rostro a un lado.

Komir comprendió de inmediato que su avance no era deseado y sintió su corazón congelarse hasta convertirse en hielo. Una terrible y dolorosa desilusión le ensombreció el alma. Se irguió y volvió a mirar al frente, intentando disimular el malestar que lo envolvía ante la embarazosa situación, deseando que la inmensidad del río lo engullera para desaparecer y no retornar.

—Lo siento... —dijo ella.

—No te disculpes... —dijo Komir, no molesto, sino devorado por un terrible desamparo.

—Deja que te explique, Komir…

—No es necesario… al contrario, perdona mi comportamiento. Lo siento, no debí... no tengo derecho…

Los dos se quedaron atrapados en una mirada compartida. La luna era testigo de la tangible tensión entre los dos jóvenes. El deseo era tan manifiesto que su aura escarlata era casi visible. Un deseo que a cada latido se acrecentaba y que estaba a punto de desbordarse como una presa de caudal insostenible.

Ninguno de los dos habló, permanecieron estáticos el uno frente al otro, temerosos de realizar cualquier movimiento que rompiera la magia que envolvía aquel instante. Komir, no pudiendo aguantar más su innato ímpetu, comenzó a inclinarse hacia el rostro de la bella Sanadora, deseaba besar aquellos labios de miel con toda su alma. Sus labios se acercaron a los de ella, y esta vez, Aliana no se apartó. Komir sintió el leve roce de unos pétalos de rosa, su excitación crecía inconmensurablemente, sus labios estaban a punto de sellar la alegría de su corazón.

Un crack a su espalda le obligó a detenerse.

Giró la cabeza y allí donde había percibido el ruido, descubrió una sombra. Una sombra encubierta y en movimiento.

—¿Qué demonios...?

La sombra se dividió y nuevas sombras cayeron sobre la cubierta, silenciosas, avanzando entre los dormidos pasajeros y marineros como si la propia noche se hubiera dividido en mil siluetas oscuras.

—¿Qué sucede, Komir? —preguntó Aliana alarmada.

—No lo sé pero nada bueno, creo. Quédate aquí mientras descubro qué ocurre. Si ves algo extraño despierta a Hartz y los otros.

—De acuerdo… —respondió ella intranquila.

Komir se acercó sigiloso con la espada desenvainada hasta la altura de la borda donde había visto las sombras. Al llegar descubrió varias sogas con garfios ancladas a la baranda. Miró hacia abajo, hacia el río, y descubrió cinco grandes barcazas contra el navío. Por las sogas ascendían hombres armados en completo silencio.

¡Los estaban abordando!

Komir se giró justo a tiempo de ver a dos piratas abalanzarse sobre él.

Se defendió de inmediato y mirando a Aliana gritó:

—¡Da la alarma! ¡Es un abordaje!

Aliana, con rostro de pavor, comenzó a gritar.

—¡Alarma! ¡Alarma! ¡Nos abordan!

Komir luchó con los dos hombres mientras otros seis alcanzaban la cubierta. Maldijo para sus adentros y comenzó a retirarse en busca de la ayuda de Hartz. Ya tenía cuatro piratas encima y se defendía desesperado, estaba en un buen aprieto.

Aliana gritaba a pleno pulmón y el infierno se desató sobre la cubierta de la nave. Los piratas comenzaron a dispensar muerte sin distinción alguna. El capitán Albatros, sus primeros oficiales y varios marineros armados aparecieron en la popa y, formando una línea defensiva, comenzaron a repeler a los piratas atacantes.

Hartz despertó y se puso en pie de un salto. Desenvainando su gran espada Ilenia de a dos manos gritó:

—¡Venid a mí, mentecatos, venid! ¡Os voy a destripar!

Al oír las palabras de su amigo, Komir sintió un alivio enorme.

Kendas se armó y protegiendo a Asti repelió la embestida de otro atacante.

Sobre cubierta estallaron el desconcierto y el pavor. Gritos descarnados, sangre, hombres por la borda y lucha visceral se adueñaron del navío. Los piratas, hombres de río sanguinarios y feroces dispensaban muerte entre pasajeros y marinos por igual. Deseaban el botín y el navío, y sabían perfectamente lo que hacían. El combate sobre cubierta se volvió caótico en dos suspiros. Los piratas vestían ropajes oscuros y llevaban pañuelos que les cubrían el rostro, dejando a la vista ojos temerarios y frentes de piel oscura. Intentaban reducir rápidamente la resistencia opuesta por los pocos osados que les hacían frente. Los pasajeros huían despavoridos a refugiarse donde pudieran.

Hartz corrió a ayudar a Komir.

—¡Ya llego, aguanta! —gritó a su amigo mientras alzaba el mandoble Ilenio sobre la cabeza.

Komir bloqueó con la espada un tajo sibilante a su derecha y girando la cintura desvió otro a la izquierda con el cuchillo de caza. A su espalda, Aliana buscaba algo con lo que defenderse, su arco reposaba lejos, con sus pertenencias, fuera de su alcance. Una espada curva pasó rozando la cabeza de Komir, que consiguió agacharse en el último instante. Apenas había visto el golpe, eran demasiados para poder defenderse. Oyó una exclamación de rabia en Noceano y al levantar la mirada se encontró con un brazo alzado empuñando una enorme cimitarra. Intentó librar su espada para bloquear el tajo asesino, pero vio que no conseguiría hacerlo a tiempo.

La cimitarra comenzó a descender. El filo plateado anunciaba una muerte sangrienta.

Komir tragó saliva.

El brazo enemigo salió despedido, amputado de cuajo por la espada de Hartz.

—¡Ya estoy aquí! —anunció el gran Norriel— ¡Acabemos con estos piratillas de agua dulce! —gritó con una confianza desbordante.

Komir, aliviado y contagiado por su amigo, sintió que su valor revivía. Las armas de los dos Norriel volaron raudas en tajos mortales y los cuatro piratas murieron ante la pericia letal de los dos montaraces.

Kayti y Kendas se defendían junto al mástil, protegiendo a Asti y a algunos pasajeros desvalidos que se refugiaron tras ellos.

El capitán Albatros junto a varios de sus marineros se había hecho fuerte en la popa y se defendía como gato panza arriba del abordaje nocturno.

—¡Tenemos que llegar hasta Kayti! —gritó Hartz tras empalar a un pirata.

—¡De acuerdo, vamos! —dijo Komir a su amigo mientras con la mirada indicaba a Aliana que los siguiera.

Los dos Norriel, hombro con hombro, comenzaron a avanzar, mirando en todas direcciones. El combate en torno a ellos era frenético, puro caos, hombres luchando desesperadamente, pasajeros intentando huir de la muerte; la cubierta tronaba con gritos ensordecedores, gritos de sangre y perdición.

—¡Hora de machacar cráneos! —aulló Hartz a pleno pulmón por encima del ruido del combate mientras comenzaba a despachar asaltantes que, atraídos por su bravuconada, se interponían en su camino.

Komir no podía creer la osadía de su amigo, negó con la cabeza y avanzó para mantenerse junto al grandullón. Se internaban en medio de la refriega y lo último que deseaba era dejar desprotegido el costado de Hartz. El gran Norriel iba incitando a cuantos enemigos veía con insultos y baladronadas. Aliana detrás de ellos intentaba poner a salvo a cuantos pasajeros encontraban aún con vida. Hartz abría camino con arcos enormes de su espadón mientras Komir, atento, lo defendía de ataques traicioneros. El grandullón no prestaba cuidado alguno al combatir, era como si una fuerza de la naturaleza se hubiera desatado en medio de la cubierta, un ciclón que arrasaba cuanto a su paso hallaba. Pero aquella forma de luchar podía costarle la vida y Komir era muy consciente. Una cuchillada traicionera, o simplemente inesperada, al costado o espalda, y el gran Norriel caería sin siquiera darse cuenta de lo que había sucedido.

—¡Ten más cuidado, Hartz, peleas como si fueras inmortal y te aseguro que no lo eres! —le amonestó Komir— ¿Es que has olvidado todo lo que nos enseñó el Maestro Guerrero Gudin en el Udag?

—Por supuesto que no lo he olvidado. Pero ¿a qué tengo que temer? ¿A estos piratas mamarrachos? —exclamó mientras decapitaba a uno de ellos de un tajo tan fugaz que casi pareció que no lo había ejecutado—. No seré inmortal, pero invencible para esta chusma birriosa te aseguro que sí.

Komir captó el resplandor de una cuchillada dirigida a su estómago y la desvió con un giro de muñeca. A su amigo le sucedía algo, no era él mismo. Hartz ensartó a un pirata impulsando su mandoble a dos manos. Al contemplar el arma, Komir comprendió que la causante de aquel efecto tenía que ser la espada Ilenia. Aquella espada hechizada cada vez dominaba más al gran Norriel, envenenaba su espíritu con sentimientos peligrosos de vanagloria. «Debemos hacer algo con esa espada o mucho me temo que esto terminará muy mal para Hartz» pensó muy preocupado.

Se abrieron paso llegando hasta la mitad de la embarcación, al gran mástil, donde los esperaban ansiosos Kendas, Kayti y Asti, que no se habían movido de aquella posición y se defendían como podían.

—¿Quieres hacer caso a tu amigo, cabeza hueca? —amonestó Kayti a Hartz al verlo llegar.

—Pero qué genio tienes. ¿Es que no te alegras de verme sano y salvo? Cualquiera diría que vives esperando la ocasión para enfadarte conmigo.

—¡No puedo contigo! —dijo la pelirroja entornando los ojos— Ten cuidado y presta atención a la batalla o terminaremos asistiendo a un funeral marítimo, ¡el tuyo, alcornoque! —le espetó ella con ojos llenos de furia.

—Está bien, está bien… tendré más cuidado... no te preocupes — respondió Hartz algo aturullado.

Refugiado junto a Kendas y Kayti, Komir descubrió al grueso noble en ricas vestimentas. Abrazaba a la joven que habían rescatado del río. Sus guardaespaldas yacían muertos sobre la cubierta en un charco de sangre junto a varios piratas caídos. La joven lloraba de terror mientras el noble intentaba calmarla. Acariciaba su pelo y le susurraba palabras al oído. En medio de los gritos de horror, del combate y de aquel caos de muerte sangrienta, no era de extrañar el terror que la joven sentía. El noble miró a Komir con una mirada de súplica, de petición de auxilio, con ojos asustados. Komir comprendió y asintió al noble Noceano.

El capitán Albatros, junto a varios de sus marineros, defendía aún la popa de la embarcación en un intento desesperado por no sucumbir ante un numeroso grupo asaltante. Liderando a los piratas, Komir identificó a un hombre fornido con un pañuelo negro cubriéndole la cabeza. Era un gigante, tan fuerte como Hartz pero todavía más alto. Su sola presencia arrugaba el corazón. De brazos musculosos, portaba dos espadas cortas y curvas. Gritaba órdenes a sus secuaces mientras se abría paso hacia el capitán Albatros cortando en piezas a quien se interpusiera en su camino. Komir se dio cuenta de que si el capitán caía, con él caería el navío. La situación era crítica.

—¡Hay que evitar que maten al capitán! —gritó Komir señalando con la espada en dirección a Albatros.

—¡A por ellos entonces! —se animó Hartz, esgrimiendo en su rostro su característica sonrisa imborrable y sus ojos brillando por la excitación.

—Mantengamos una línea compacta y avancemos todos juntos. De esa forma correremos menos riesgos. El combate es demasiado caótico para adentrarnos cada uno por nuestro lado. Yo cerraré el flanco derecho —sugirió Kendas haciendo uso de su formación militar.

—Yo me encargo del flanco izquierdo —dijo Kayti colocándose en posición mientras lanzaba una mirada de advertencia al grandullón en el centro—. Nada de fanfarronadas —le dijo con rostro hosco.

—Yo me quedo atrás para intentar auxiliar a los heridos —dijo Aliana arrodillándose junto a un pasajero que sangraba por la cabeza—. Hay demasiados, si no me doy prisa muchos de ellos morirán. He de intentar salvar a cuantos pueda…

—Yo ayudar —dijo Asti que de inmediato se agachó junto a Aliana.

—De acuerdo, entonces —dijo Komir oteando el frenético combate que se desarrollaba ante el grupo—. ¡Avancemos!

No dieron ni dos pasos cuando fueron abordados por varios piratas. Hartz acabó con el primero de un tajo tan brutal que dio la impresión de que partía al asaltante en dos mitades. Kayti bloqueó un ataque y con un giro de muñeca hirió a su contrincante en el brazo. Komir esquivó un espadazo a la cara y dando un paso al frente atravesó al pirata con una estocada al estómago. De inmediato buscó con la mirada al líder enemigo que ya se había percatado de la presencia del grupo y gritaba órdenes a sus hombres. Komir fue a por él sin pensarlo dos veces. Un pirata salió a detenerlo pero Hartz se interpuso.

—¡Ven aquí, pazguato! —gritó llamando la atención del pirata.

Komir se precipitó a por el pirata al mando del abordaje. El gigante lo recibió lanzándole un terrible tajo a la altura del pecho con una de sus curvas espadas cortas. Komir se arrojó a un lado logrando esquivar el golpe por un suspiro. De inmediato tenía al líder pirata encima, golpeando a derecha e izquierda con tajos cortos y contundentes. Komir se defendió bloqueando con espada y cuchillo pero se vio obligado a retroceder ante la enorme fuerza de los ataques. Un golpe en la espalda, a la altura de la cintura, le indicó que se encontraba contra la borda del barco.

No había a dónde retroceder.

El pirata cruzó sus espadas sobre el cuello de Komir y este apenas pudo bloquearlas cruzando sus armas sobre las del pirata. El gigante sonrió, dejando ver dos dientes de oro, sabiéndose victorioso. Utilizando la fuerza de sus musculosos brazos el pirata empujó ambas espadas en busca de la yugular de Komir que con sus temblorosos brazos no podía contenerlo.

«¡No, no voy a morir así! ¡No puedo! ¡Nadie me negará mi venganza, nadie!».

Con una rabia descomunal, nacida de lo más hondo de su vengativo corazón, Komir echó la cabeza hacia atrás y con un seco movimiento estrelló su frente contra el puente de la nariz de su enemigo. Con un crack bien audible, la nariz del pirata se partió y este flaqueó. Los ojos le lloraban y la nariz le sangraba copiosamente. Komir aprovechó el momento y con un empujón hizo que sus armas se deslizaran a lo largo de los filos de las dos espadas enemigas hasta liberarlas.

El líder pirata dio un paso atrás y sacudió la cabeza intentando despejarse. Tenía todo el pecho manchado de la sangre que le caía de la nariz.

Komir alzó la mirada y encontró a Hartz y Kendas dominando la contienda en medio de los gritos del baño de sangre. Los piratas se apartaban de ellos indecisos, temerosos. Kayti liberaba al capitán Albatros que había sido hecho prisionero y situándose frente a él lo protegía.

Komir sonrió. Lo estaban consiguiendo.

Ahora sólo quedaba rematar aquella situación. Debía deshacerse del líder pirata y habrían salvado el navío. Komir le mostró las armas al gigante de tez oscura.

El líder pirata sonrió, escupió sangre, y avanzó a su encuentro.

—¡Cuidado, Komir! —oyó en un ruego a su espalda. Komir reconoció la voz, era Aliana.

De forma involuntaria miró en dirección a la Sanadora y, en esa mínima fracción de tiempo, el pirata se le vino encima. Las dos espadas enemigas golpearon con fuerza devastadora y Komir apenas pudo bloquear el ataque, perdiendo el cuchillo de caza. El pirata volvió a golpear con ambas espadas y Komir bloqueó con su espada sujeta a dos manos. El impacto fue tremendo y estuvo a punto de perder su arma. Retrocedió hasta golpear la baranda.

El pirata volvió a castigar a Komir que lo bloqueó perdiendo la espada y tuvo que hincar una rodilla.

El gigante rió.

—¡No! —gritó Aliana.

—¡Déjalo estar! —gritó Hartz a la carrera.

«No llegará a tiempo. Está demasiado lejos» pensó Komir viendo a su amigo correr en su auxilio.

Las dos espadas enemigas se alzaron para el golpe final.

Komir, a la desesperada, cerró los ojos y se lanzó hacia adelante tomando impulso en la borda. Con su hombro golpeó al pirata en el estómago, agarrando la cintura del Noceano con los brazos. Este se dobló dejando escapar un bufido y Komir, haciendo uso de todas sus fuerzas, lo alzó y lo empujó por encima de su espalda. El líder pirata voló por encima de Komir y de la borda tras él, precipitándose al río.

Hartz llegó corriendo y los dos miraron al agua. El líder pirata nadaba hacia una de las embarcaciones utilizadas en el abordaje.

—¡Buena jugada! —le felicitó Hartz con una palmada a la espalda de Komir que casi le hizo perder el equilibrio.

—Por poco no lo cuento. No sé ni cómo se me ha ocurrido embestir. Sólo pensaba en quitármelo de encima. Sus golpes eran brutales, tengo los brazos y muñecas molidos.

Kendas llegó hasta ellos.

—El resto de los piratas se han lanzado al río al ver que su líder caía. Hemos conseguido salvar el navío, por poco, pero lo hemos conseguido. Ha estado muy cerca. Gran pelea, Komir, me alegra que salieras victorioso.

—Más me alegro yo —dijo Komir con una media sonrisa que el dolor que sufría enseguida borró.

Hartz abrazó a Komir con uno de sus amistosos embraces de oso y lo alzó del suelo de la cubierta.

—Yo sí que me alegro —dijo sonriendo y haciendo girar a su amigo en el aire.

—¿Quieres hacer el favor de bajarme? —le regañó Komir, no sin sentir una admiración y alegría tremendas por lo afortunado que era de tener siempre a su lado a semejante amigo.

Hartz lo dejó sobre el suelo sin perder la sonrisa un instante y Komir le guiñó el ojo.

—¡Mira cómo huyen esas ratas! ¡Suben a sus cascarones empapados para escapar de nosotros! —señaló Hartz viendo a los piratas huir— ¡Huid, mamarrachos, huid! ¡Si os ponéis al alcance de mi espada os destriparé como las alimañas que sois!

El grandullón miró el filo de la enorme espada Ilenia y Komir casi pudo distinguir un reflejo dorado recorriendo el brazo de su amigo.

Unos pasos cargados resonaron a su espalda y Komir se giró. El capitán Albatros se acercaba hasta ellos, cojeaba ostensiblemente y tenía la frente cubierta de sangre proveniente de un feo corte en la cabeza.

—No olvidaré esto —dijo mirando a Komir—. Me habéis salvado, habéis salvado mi barco. No lo olvidaré, te lo aseguro.

El capitán se plantó ante Komir y le ofreció su mano ensangrentada. Komir la aceptó y estrechó con firmeza la mano del marino Noceano. Este miró a los ojos a Komir, luego a Hartz y finalmente a Kendas.

—No lo olvidaré —repitió, y se alejó cojeando.

—¡Ayudadme con los heridos por favor! —les imploró Aliana, que asistida por Asti socorría a un hombre con un terrible corte en un brazo.

Los tres se apresuraron a ayudarlas.

Todos trabajaron sin descanso durante horas, intentando salvar a cuantos heridos pudieron. Muchos eran los necesitados y graves las heridas. Mientras tanto, los supervivientes intentaban poner algo de orden en el desconcierto y desesperanza reinante, siguiendo las instrucciones del capitán Albatros. Komir no quitaba ojo a Aliana que cada vez estaba más pálida. Contemplarla mientras sanaba a los heridos le llenó de una admiración enorme. Era increíble como la magia que Aliana poseía le permitía hacer el bien, ayudar a los heridos y desvalidos. Komir siempre había pensado en la magia como una forma de poder dirigida hacia la destrucción, pero cada vez que presenciaba el bien que podía llegar a hacer, su opinión iba cambiando, su mente se abría ante las posibilidades que ofrecía una magia benévola, benigna. Y cuanto más contemplaba a Aliana más perdido se sentía. Algo en su estómago despertaba y le producía una sensación de alegría y nerviosismo que no podía llegar a entender. Su corazón ansiaba estar junto a la joven Sanadora, protegerla de todo mal, asegurarse de que nada le sucediera.

De súbito, Aliana perdió el conocimiento.

Komir corrió junto a ella con un miedo desbocado.

—¿Qué le sucede? —preguntó a Asti.

—Demasiado curar. Cuerpo no aguantar —respondió la Usik con ojos tristes y el rostro marcado por la preocupación.

—Pero se pondrá bien, ¿verdad? —preguntó Komir muy alarmado.

—Sólo el tiempo lo dirá —dijo Kendas con voz entrecortada—. Las Sanadoras que exceden el límite de sus poderes durante la sanación pueden morir consumidas… Aliana ha ido más allá de lo que tiene permitido intentando sanar a demasiadas personas llevada por su enorme corazón. Rezad a vuestros dioses por su alma y quizás ellos hagan que regrese con nosotros.

Amargo Castigo

—Por fin… —resopló Sonea completamente agotada admirando el maravilloso espectáculo que la naturaleza, en todo su exuberante esplendor, le regalaba para deleite de sus sentidos— ¡Menuda vista tan espectacular! —exclamó encantada.

Llevaba más de medio día ascendiendo por el sendero que cruzaba la montaña y acaba de alcanzar la cima quemando sus últimas energías en el esfuerzo final. Desde aquella aventajada posición, a la sombra unos hayas de largas ramas y hojas ovaladas, la joven bibliotecaria admiraba boquiabierta uno de los paisajes más extraordinarios que el hombre pudiera contemplar sobre la faz de Tremia. El intenso azul índigo de la multitud de lagos aparentemente inconexos que se extendían sobre valles y llanos hasta colmar el horizonte, se entremezclaba con el verde vivaz de los bosques que los rodeaban. Sonea respiró profundamente el aire de la montaña y una mezcla de agradables olores silvestres llenaron sus sentidos. En la lejanía, contra el horizonte, divisaba las nevadas cimas de una imponente cadena montañosa.

Se sentó sobre el tronco de un haya caído y contempló la magnificente escena a sus pies. Bajo el radiante sol del atardecer, contó más de medio centenar de lagos que tapizaban el paisaje con diferentes formas, de un azul tan puro que a Sonea le entraron ganas de zambullirse lanzándose de cabeza desde aquella cima. Sonrió, sería una locura, pero qué locura tan increíble poder sumergirse en aquella belleza incomparable que refrescaría su cuerpo y alma. Rodeaban los lagos formaciones boscosas de diferentes variedades, desde hayas a robles, pasando por abetos y pinos y otras variedades que no llegaba a identificar. Los árboles parecían llegar hasta el agua de los apacibles lagos y beber de los mismos. Apenas se distinguía terreno descubierto alguno, era como si los dioses hubieran creado una obra maestra, pintando lagos, montañas y bosques sobre un lienzo perenne de paz, para el disfrute del hombre. Al este, otra montaña, el Pico de los Vientos, le impedía ver qué había más allá, sin embargo, sabía con la seguridad del instruido que los Mil Lagos continuaban extendiéndose en aquella dirección, por leguas, y lo mismo más al oeste. Sonea respiró y relajó sus piernas agarrotadas, debía seguir avanzando hacia el norte por el centro del bello paraje, sin desviarse. Más adelante, a varios días de marcha, comenzaba el gran lago, el lago Vantoria, el mayor y más profundo de los Mil Lagos, aquel que le había mostrado el grimorio Ilenio.

Al pensar en el grimorio Sonea recordó con el corazón encogido el día de la despedida. Hacía ya más de cuatro semanas del nefasto momento, el día más triste de su vida, cuando el alma le lloró de tristeza. Llevaba grabados en la memoria los ojos húmedos y llenos de honda pena con los que la había recibido su querido maestro y tutor en aquella última conversación.

—¿Cuál ha sido el veredicto, Maestro? —le había preguntado Sonea incapaz de respirar.

El Consejo había estado deliberando sobre el incidente del grimorio por tres semanas. Barnacus la miró con el mirar profundo de los años y la tristeza del alma que llora en silencio. El erudito intentó peinarse sin éxito sus revoltosos cabellos níveos. Sonea leyó de inmediato en los gestos y rostro de su Maestro la gravedad de las nuevas.

—El Consejo de los Cinco ha decidido... condenarte...

Sonea tragó saliva.

—¿Qué condena? —preguntó sin poder evitar que los nervios le quebraran la voz.

—Destierro... por tres años, al final del cual valorarán si se te permite volver. Lo siento mucho, Sonea...

La sentencia dolió como si le clavaran un témpano de hielo en el corazón. Intentó disimular su amargura.

—No te preocupes... Maestro... Imaginaba algo así. Al menos no me han expulsado definitivamente...

—El Gran Maestre y el Maestro Archivero del Conocimiento de la Guerra así lo exigían. He tenido que utilizar toda mi influencia y amistad con los otros miembros del consejo para que eso no sucediera. Por fortuna los he convencido y se ha ganado la votación final.

—Lo agradezco en el alma, Maestro...

—Me rompe el corazón verme obligado separarme de ti, niña mía.

—Siento tanto lo ocurrido, Maestro... ¿Podrás perdonar todo el dolor y la vergüenza que te he traído con mi comportamiento irresponsable y mi tremenda falta de juicio? Si pudiera cambiar lo que hice...

—No, eso no. No cambies nunca tu forma de ser, Sonea, pues tú eres una persona muy especial, y tu propio camino debes recorrer, allá donde te lleve, hasta desarrollar todo tu potencial, todo lo que en tu interior albergas. No únicamente en cuanto a conocimiento y saber sino en espíritu. Un futuro brillante veo ante ti, eres una estrella empezando a resplandecer y pronto deslumbraras a quienes te rodean pues tu intelecto y carácter incomparables son y al mundo asombrarán. Este viejo estudioso eso lo sabe ya con completa certeza.

—¿Cómo podré compensar todo lo que ha hecho por mí, Barnacus?

—Siendo siempre tú misma, mi querida aprendiz.

—No creo que eso me cueste demasiado —respondió Sonea con una gran sonrisa.

—Eres muy especial, mi aprendiz bibliotecaria, es algo que no debes olvidar jamás. Sé siempre fiel a ti misma, más aún cuanto mayor sea el desafío que el destino interponga en tu camino. Tu inteligencia y espíritu inquebrantables te traerán logros y victorias inigualables.

Sonea se fundió en un gran abrazo con su tutor y las lágrimas corrieron por sus mejillas. Pronto tendría que partir, y no vería a su tutor en mucho tiempo. Aquello la entristeció tanto que pensó que su alma se apagaba.

—¿Qué es del grimorio Ilenio? —preguntó de súbito llevada por su inquietud.

Barnacus sonrió y la señaló con el dedo índice.

—Ese es el espíritu —sonrió—. Lo han puesto bajo llave, no quieren que otro desafortunado incidente vuelva a repetirse. Nadie puede acercarse al tomo arcano, lo han prohibido. No me permitirán estudiarlo. Un craso error en mi opinión, pero no he podido convencerlos. Y menos ahora que Roscol camina por los pasillos con quince años más sobre su rostro y ese pelo cano tan pintoresco. De todas formas, muy merecido lo tiene, si a mí me preguntan.

—¿Qué ha decretado el Consejo sobre él? —quiso saber Sonea.

—Aunque se merece la expulsión inmediata y que las autoridades lo encarcelen por el salvaje ataque y las heridas que te infligió, su familia ha intercedido y lo ha salvado. Han utilizado toda su influencia, es una familia noble muy poderosa, cercana al Rey. Mucho me temo que saldrá impune. Es repugnante, pero así es el mundo en el que nos ha tocado vivir. Otra lección soberana que nos muestra como muchas veces la vida se comporta de forma injusta y desagradecida, donde los honrados pagan por los delitos de los malhechores.

—No te preocupes por ello, Maestro… no creo que vuelva acercarse a mí después de lo ocurrido.

—No confíes en ello, Sonea. El deseo de venganza corroe el corazón de los hombres, poco a poco, día tras día. El resultado de tal sufrimiento sobre el alma puede ser imprevisible, puede llevar a cometer actos impensables. Quizás ahora el temor por lo sucedido cree desaliento en el espíritu enfermo de ese canalla, pero con el tiempo la vileza volverá a retomar el mando de sus pensamientos y, por desgracia, también de sus acciones. El alma contaminada por el mal rara vez puede ser rescatada. Los hombres viles en muy contadas excepciones llegan a conseguir exonerarse. La redención no está al alcance de los hombres de moral débil, sólo aquellos con una fuerza de voluntad y corazón fieros pueden llegar a redimirse, algo que requiere de grandes sacrificios que muy pocos están dispuestos a realizar. Para este joven, a mi entender, querida niña, no será el caso. Tenlo siempre muy presente.

—Lo tendré.

Barnacus volvió a intentar peinar su melena alborotada con ambas manos.

—¿Qué te preocupa?

—Tú, pequeña. ¿Qué harás ahora? La única vida que conoces es esta que debes abandonar, la de un bibliotecario… Ahí afuera te espera un mundo cruel y salvaje… si bien tengo asumido que tu destino te aguarda, no aquí dentro, sino ahí afuera...

—No te preocupes por mí, me has enseñado bien, saldré adelante.

—No estoy tan seguro de que aquello que te he enseñado te ayude mucho en el mundo exterior, en el mundo real de los hombres.

—Estoy segura que así será, Barnacus. No te preocupes.

—¿Qué harás? ¿Has pensado qué nuevo camino tomar?

—Sí, Maestro. El camino me lo ha marcado el propio grimorio Ilenio. Debo ir a los Mil Lagos, al noroeste, y encontrar aquello que la visión que tuve me mostró. Estoy convencida de que es un paso crucial para conseguir desvelar el misterio que envuelve a los Ilenios.

—Pero Sonea, chiquilla, eso será muy peligroso. No estás preparada, querida niña, aún no. No podrás subsistir por ti sola en Los Mil Lagos, es territorio salvaje. Es más, es territorio disputado con nuestros desagradables vecinos del norte, el reino de Zangria, y las escaramuzas entre sus tropas y las de nuestro querido reino de Erenal son constantes. Si te encuentras con soldados Zangrianos... no quiero ni pensar lo que podrían llegar a hacerte. ¿No puedes dejar de lado esta misión tuya para más adelante? No es el momento adecuado, estás sola, te diriges a territorio salvaje y casi en guerra, y no sabemos qué otros peligros de otra índole pueden depararte tus indagaciones. No, no me gusta nada esto… no puedo permitir que vayas, mucho menos sola. Te acompañaré.

—No te preocupes tanto. Seré cuidadosa. Viajaré de día por el Sendero de los Lagos y me aseguraré de hallar posada en los pueblos antes de que anochezca. Hay multitud de pequeñas aldeas dedicadas a la pesca y a la madera, si me mantengo al sur y no penetro en la zona contenciosa nada me sucederá. Bien lo sabes, hemos hecho ese camino en más de una ocasión, buscando vestigios Ilenios en las aldeas de los lagos menores. En cuanto a acompañarme… ¿he de recordarte, mi querido Maestro y tutor, lo que sucedió la última vez?

—Aquello fue un incidente sin la menor importancia que no tiene por qué volver a repetirse.

—¿Incidente sin importancia? Si casi te mueres en mis brazos. No, tu estado de salud es demasiado delicado para que me acompañes. ¿Acaso he de recordarte tu avanzada edad y la poca energía de la que dispones? Los médicos lo indicaron claramente, reposo y vida sedentaria, nada de esfuerzos, tu corazón ya no es el que era. No es mi intención herirte, querido Maestro, pero sabes tan bien como yo que no es una buena idea que me acompañes, no podrías soportar el rigor del camino. No querrás tu muerte sobre mi conciencia ¿verdad?

Barnacus la miró pensativo.

—Sé que tienes razón, Sonea, pero no quiero que nada malo te suceda.

—Ya me has protegido lo suficiente. Es hora de seguir mi camino, buscar mi destino. Este grimorio Ilenio ha llegado hasta mí con algún propósito y he de descubrir cuál es. Es más, el grimorio ha interactuado conmigo de manera arcana, ha conjurado un hechizo utilizando mi cuerpo, mi… espíritu… de alguna forma… No llego a entender el cómo ni el porqué. Escapa a mi entendimiento. Pero puedo concluir con certeza que no puede deberse a una coincidencia y, menos aún, el hecho de que yo haya pasado toda mi vida estudiando los pocos vestigios hallados de la cultura y simbología Ilenia. Se debe a algo, no a una mera coincidencia. Ahora estoy segura y convencida de que detrás de todo esto que ha sucedido se halla un fin, y es por ello que debo seguir el camino marcado por el grimorio y descubrir qué se esconde más allá.

—El hecho de que hayas invocado magia Ilenia es muy significativo, Sonea. Sin embargo, también es extremadamente peligroso. Desconocemos la naturaleza de ese poder arcano y por lo que hemos podido ver, sabemos que es capaz de matar… Mintel, Maestro Archivero del conocimiento arcano mantiene que el poder que encierra ese grimorio, los conjuros en él inscritos, emanan un gran poder ancestral y se requiere de un mago de alto nivel para siquiera intentar controlar tal magia. El propio Mintel ha rechazado manipular la magia Ilenia visto lo ocurrido, y él es un mago de considerable poder y siempre dispuesto a adquirir nuevo conocimiento arcano. Es uno de mis amigos más queridos y me ha advertido muy seriamente sobre el peligro inherente en ese tomo.

Sonea se encogió de hombros.

—No sé qué ocurrió, sólo sé que sentí algo poderoso en mi interior, magia siendo creada. En cualquier caso, si no me es posible usar el grimorio seguiré adelante sin él.

Barnacus agitó los brazos contrariado y su melena volvió a agitarse de forma alocada.

—Si no puedo disuadirte de tu curso de acción prométeme al menos que tendrás muchísimo cuidado.

Sonea sonrió llena de afecto.

—Por supuesto, Maestro. En sólo tres años estaré de vuelta, antes de que te des cuenta, enfrascado como estarás en tus estudios interminables.

—Eso espero, pequeña, eso espero…

—Y conmigo traeré aquello en lo que tanto hemos trabajado. Conmigo traeré el enigma de los Ilenios.

Sonea ya se encontraba cerca de su destino. Miró al norte desde la colina, en la explanada pudo ver la pequeña aldea pescadora de Tres Lagos. Una vez allí, emprendería la marcha final hacia el gran lago Vantoria. ¡Cuánta razón tenía su querido tutor! Ella no estaba capacitada para la vida en el exterior y cada paso en los agrestes Mil Lagos le habían representado un martirio. El trayecto a través de aquellos bosques frondosos, montañas abruptas y lagos infranqueables había castigado su débil cuerpo, desacostumbrado a las largas caminatas y esfuerzos físicos continuados. Por fortuna, había calculado con exactitud cada jornada de marcha, asegurando que podría llegar a la siguiente aldea o refugio al final de la misma. «Lo que el cuerpo no puede vencer, la mente puede solventar» se dijo satisfecha. Estaba muy cansada pero después de tres semanas había conseguido llegar hasta allí, contra todo pronóstico, evitando soldados y bandidos, calculando riesgos y preparando con cuidado y esmero infinito cada día antes de afrontarlo. ¿Quién diría ahora que una enjuta y pequeña bibliotecaria no puede sobrevivir los rigores del mundo salvaje? Ella casi lo había conseguido. Medio día más de marcha para descender desde la cima en la que se encontraba hasta la pequeña aldea de pescadores y lo habría logrado, utilizando aquello de lo que sí disponía: intelecto.

Un ruido a su espalda le hizo abandonar sus pensamientos. Se giró sobre el tronco donde estaba sentada y se encontró frente a un enorme jabalí salvaje seguido de dos pequeños jabatos. Sonea se quedó petrificada. «¡Por los dioses del conocimiento, es una bestia enorme!». Una bestia de pelaje lacio de color marrón ennegrecido y ojos negros asesinos. Pero lo que la aterrorizó completamente fueron los colmillos del animal, ¡eran descomunales! No se atrevió ni a pestañear. Sonea no conocía nada de la vida salvaje, era una bibliotecaria que había pasado toda su vida enterrada entre libros, pero algo que sí sabía era que ante un animal salvaje y peligroso quedarse inmóvil era imperativo. El jabalí la miró y emitió un gruñido aterrador. Sonea no pudo evitar un respingo del susto.

Grave error.

El jabalí embistió emitiendo chillidos agudos.

«¡Estoy perdida, los colmillos de esa bestia me descuartizarán!».

El animal salvaje se aproximaba a toda velocidad.

Sin tiempo de reacción, Sonea miró hacia los lagos y un instante antes de que el jabalí la alcanzara, sobrecogida por el pánico, tomó una decisión.

Se tiró ladera abajo desde la cima.

Rodó entre pinos y arbustos, dando miles de giros, golpeando brutalmente el cuerpo contra la dura tierra pedregosa de la colina. Golpeó piedras, rocas y varios árboles hasta que finalmente salió precipitada a gran velocidad y se zambulló en uno de los lagos. Al contacto con el agua el cuerpo le estalló de dolor, todas las heridas sufridas en la caída le afligieron un sufrimiento tal que pensó que perdería la razón. Buscó desesperada salir a la superficie, respirar. El pánico la propulsaba por encima de la agonía que la estaba consumiendo.

Consiguió sacar la cabeza del agua y respirar el preciado aire. Dio varias brazadas desesperadas hasta llegar a la orilla.

Consiguió arrastrar medio cuerpo fuera del agua y la negrura la envolvió.

Dolor… mucho dolor… Sonea padeció al volver en sí.

—¿Despertó ya la sirenita, papá? —dijo una desconocida voz de niño.

—Parece que lo está haciendo ahora, hijo… y no es una sirenita, no tiene cola. Trae otro paño con agua fresca del lago, la frente le está ardiendo.

Sonea intentó abrir los ojos pero al contacto con la luz un dolor abismal le estalló en la cabeza. Le llegaba un olor terrible a pescado.

—No intentes levantarte, estás malherida, parece que te hayan vapuleado —le dijo una voz de hombre que no conocía—. Bebe esto, te ayudará.

El hombre le dio de beber un mejunje horrible, sujetándole la cabeza y ayudándola a ingerirlo. Sonea volvió a intentar abrir los ojos pero esta vez se mareó terriblemente y estuvo a punto de vomitar.

—No te muevas, será peor, haz caso a este viejo pescador.

—¿Dón… de, dónde estoy?

—En Tres Lagos. Te encontré en el lago menor hace una semana. Deberías estar muerta pero por alguna razón los espíritus marinos de las profundidades no han querido llevarte con ellos.

—¿Quién… eres…?

—Me llaman Flint el Tuerto, puedes llamarme Flint, o Tuerto, como prefieras. Soy pescador, siempre lo he sido. Estás en mi humilde casa. No es mucho, pero suficiente para mi chico y para mí.

—Gra… cias…

—Será mejor que no hables, descansa.

Unos pasos a la carrera sonaron sobre el suelo de madera.

—El paño, papá.

Sonea sintió como le colocaban el paño y el frescor del mismo la reconfortó como si le otorgaran mil caricias. Volvió a perder la consciencia.

Un sonido molesto llegó hasta Sonea, despertándola de un largo y profundo sueño.

No recordaba haber soñado ni haber tenido ninguna pesadilla. Abrió los ojos y la luz le produjo un tremendo dolor de cabeza. Tardó unos momentos en acostumbrarse. Estaba en una cabaña de madera y desde la ventana se veía un enorme y apacible lago de un bello color azul. Daba la impresión de que la cabaña estuviera flotando sobre el agua, pero aquello no podía ser, debía estar construida en la propia orilla y por la altura le producía aquel efecto óptico. Sí, aquello debía ser, según dedujo Sonea sujetándose la cabeza. Al hacerlo identificó el sonido que la había despertado. Al otro extremo de la cabaña, un niño remendaba una vieja red de pesca al tiempo que tamborileaba el suelo con el pie descalzo. No tendría más de 10 años.

—Hola… —saludó Sonea algo desconcertada.

El niño la miró con ojos como platos y dejando de lado la red echó a correr gritando:

—¡La sirena! ¡Ha despertado!

Sonea se quedó todavía más desconcertada y recordó vagamente una conversación con un pescador. ¿O había sido un sueño?

Un hombre con un parche en el ojo derecho entró por la puerta. Era alto y delgado. Vestía a la usanza de los pescadores de los Mil Lagos.

—Por fin despiertas, sirenita —le dijo.

—¿Quién eres? ¿Dónde estoy? ¿Qué ha pasado? —preguntó atropelladamente Sonea.

—Tranquila, despacio… Estás en mi casa, soy Flint El Tuerto, ¿recuerdas?

—Creo que sí…

—Llevas diez días inconsciente, pensábamos que ya no despertarías.

—Hijo, ve a buscar a la curandera y al extranjero.

—Sí, papá —el niño salió corriendo de la cabaña.

—¿Qué me ha sucedido? No recuerdo nada…

—Te encontré en el lago medio ahogada mientras faenaba. Por tus heridas creemos que te despeñaste. Estás viva porque así lo han querido los espíritus del lago aunque muerta tendrías que estar...

—No lo recuerdo… pero la cabeza me duele muchísimo…

—Es natural, te prepararé algo de sopa de pescado calentita, necesitas recuperar las fuerzas.

—Muchas gracias… No sé cómo voy a poder pagar todo lo que has hecho por mí…

—El extranjero se ha ocupado de ello, no te preocupes —dijo Flint guiñándole el ojo bueno.

—¿El extranjero? —Sonea no tenía ni idea de qué estaba hablando el pescador.

—Sí, llegó hace dos días, preguntando por ti, sirenita. Parece conocerte.

Flint le acercó un cuenco con la sopa y señaló a la puerta.

—Ahí llegan.

Sonea miró intrigada la puerta abierta con el lago de fondo. El niño entró corriendo, precediendo a un hombre delgado, con el pelo corto y mirada inteligente. Vestía una larga túnica gris y en el pecho lucía la estrella de 30 aristas, símbolo que Sonea reconoció de inmediato: el símbolo del Templo de la Luz.

—¿Lindaro? —preguntó ella insegura.

El joven se acercó y mirándola a los ojos le dijo:

—Alabada sea la Luz que ha querido que salvaras la vida. Sí, Sonea, soy Lindaro.

Una semana más tarde Flint transportaba a Sonea y Lindaro en su pequeño bote de pesca de una vela. Cruzaban el lago en dirección norte impulsados por una agradable brisa que peinaba el índigo universo de ensueño que los rodeaba. Sonea miraba a su alrededor encandilada, olvidando por momentos el dolor de las heridas que aún la martirizaba. Tenía todo el cuerpo morado, de pies a cabeza, y la costra de la multitud de raspaduras y pequeñas laceraciones todavía no había secado y caído.

—¿Bonito, eh, sirenita? —comentó Flint con una gran sonrisa guiando el timón.

—Es… simplemente sobrecogedor…

—Sonea, ¿estás segura de que puedes reanudar la andadura? Podemos esperar unos días más a que te recuperes… —intentó disuadirla Lindaro.

—Estoy bien, Lindaro, las heridas van sanando y ya apenas me duelen —mintió ella.

—Has sido muy afortunada podías haber muerto…

—¿Podías? Por mi ojo bueno que la sirenita está viva de milagro. Esperemos que los espíritus del lago no vengan a reclamar el alma que se les debe.

—No seas supersticioso, Flint, no existen los espíritus de los lagos…

—Eso lo dice un hombre de fe, que sigue la Luz. Aquí en los lagos todos sabemos que los espíritus de las profundidades existen, y son bien reales… Cuando sumergen a alguien, no vuelve a ser visto jamás, por mi ojo malo puedo jurarlo.

Sonea miró a Lindaro y el hombre de fe negó con la cabeza y le sonrió.

La verdad era que la presencia del religioso la reconfortaba sobremanera. Habían intercambiado multitud de mensajes derivados de cuestiones relacionadas con los estudios que ambos llevaban a cabo sobre los Ilenios, pero hasta su encuentro en Tres Lagos, no se conocían en persona. Tenerlo allí como compañero la tranquilizaba. El camino no sería fácil…

—Flint, ¿cuánto de viaje nos espera? —preguntó Sonea preocupada.

—Desde la aldea de Tres Lagos nos llevará unos tres días cruzar el lago, remontar por el Estrecho de la Espada, continuar en dirección norte y cruzar el Lago de la Luna. Desde allí hay que ir por tierra, ahí yo me despido, son dos jornadas para alcanzar el gran lago Vantoria.

—Gracias, Flint.

Flint le guiñó el ojo bueno.

Lindaro se acercó hasta Sonea y con voz trémula le confesó:

—Me apresuré cuanto pude una vez recibí tu mensaje, Sonea. La verdad es que las noticias que me contabas en la misiva eran realmente preocupantes, por ello me puse en marcha lo antes posible y crucé Rogdon y las estepas a marchas forzadas. No me ha resultado nada sencillo, nada. El Oeste está en guerra y ni a los hombres de fe respetan. He tenido que cabalgar de noche, esquivando patrullas enemigas, dirigiéndome al sureste, territorio todavía en control del rey Solin, hasta alcanzar y cruzar las montañas de la Media Luna por el paso alto del este. Desde allí alcancé las estepas. Por suerte, para los Masig no represento un peligro y me han dejado tranquilo.

—Toda una aventura para llegar hasta aquí.

—¡Por la Luz que lo ha sido! Pero sabía que debía venir, en cuanto la paloma nos trajo tu mensaje ni lo dudé. Hable con el Abad Dian y me puse en camino aquella misma noche. Jamás hubiera imaginado que el grimorio pudiera ser artífice de una situación tan comprometida. En ningún caso pensé que pudiera llegar a activar por sí mismo la magia de los Ilenios, es realmente significativo e inesperado.

—No sé si la magia Ilenia se activó por sí misma o si tuve yo algo que ver en el proceso, ya que sentí una sensación muy extraña en mi interior que podría estar relacionada con el hechizo, pero desconozco si en realidad es así.

—Lo que me cuentas es realmente interesante. Debemos investigar qué relación existe entre el grimorio y tu persona.

—No sé si existe relación alguna, no puedo concluir tal cosa, simplemente te narro lo que experimenté aquella nefasta noche. Sólo de pensarlo se me pone la piel de gallina.

—Nefasta en cuanto a lo ocurrido con aquel aprendiz, pero no en cuanto a los descubrimientos que llegaste a realizar que creo son increíbles y muy importantes para llegar a descubrir el verdadero secreto que encierra la Civilización Perdida. Estoy convencido de que entre los dos seremos capaces de realizar descubrimientos de gran valor para el futuro de Tremia.

—Así lo espero yo también —dijo Sonea, y sonrió a Lindaro con una gran sonrisa llena de esperanza—. Ya me he equivocado al pensar que podría sobrevivir por mí misma en el mundo salvaje, ¡craso error por mi parte! No me gustaría volver a caer en un error similar y que me costara la vida, o lo que sería imperdonable, que nos costara la vida a ambos.

—No te preocupes por ello estoy aquí por mi propia voluntad y porque deseo ayudarte a descubrir qué encierra el hechizo del misterioso grimorio, y nada puede disuadirme. He cruzado Rogdon en mitad de una guerra, he cabalgado por las estepas Masig y he penetrado en el interior de los Mil Lagos, descubriré lo que los Ilenios nos ocultaron. Da igual los peligros que corramos, seremos capaces de sobrellevarlos, estoy convencido.

—Muchas gracias por unirte a mí en esta locura. No sé qué haría si tuviera que seguir adelante yo sola. Te lo agradezco en el alma.

—Tus intereses y los míos corren paralelos, los dos deseamos descubrir qué se esconde tras el misterio de los Ilenios y eso es lo que vamos hacer, uniremos nuestras fuerzas y entre ambos, con los conocimientos conjuntos que poseemos, seremos capaces de descifrar cualquier enigma al que nos enfrentemos.

—Gracias, Lindaro, sabía que podría contar con tu ayuda, por ello te envié la carta pidiéndote que acudieras a los Mil Lagos. No sabes cuan contenta estoy de que hayas venido.

Lindaro sonrió y ambos estudiosos se fundieron en un abrazo.

El viaje transcurrió sin percance alguno. Flint los guió a través de los lagos como el experto navegante que era. Por las noches acamparon a la orilla del lago cerca siempre del bote y el experimentado pescador les narraba sus aventuras de juventud e increíbles historias del folclore de los marinos de los Mil Lagos. Historias ricas en monstruos marinos y espíritus de las profundidades. Las historias de Flint hicieron las delicias de Sonea y Lindaro pero ambos sentían un cierto desasosiego, pues como bien sabían ambos estudiosos, toda mitología está basada en parte en hechos reales. Lindaro aprovechó los descansos nocturnos junto a la hoguera para relatar a Sonea, con minucioso detalle, la increíble aventura que había experimentado en el templo Ilenio del Éter, bajo el faro de Egia. Sonea escuchó encandilada el relato sin perderse ni una sola palabra, temiendo que cualquier minúsculo detalle que se le escapara fuera de vital importancia y desapareciera al pronunciarse. Al finalizar el relato de aquella extraordinaria andanza, Sonea interrogó por horas al pobre Lindaro sin permitirle ni un resquicio para respirar siquiera. Por fin, la joven bibliotecaria desterrada, comenzaba a encontrar sentido a lo que había experimentado proveniente del grimorio, el vacío, el éter. Las piezas empezaban a encajar y aquello la emocionó tanto que apenas pudo dormir en toda la noche pensando en las posibles implicaciones.

Al llegar el tercer día se despidieron con pena de Flint tras agradecerle toda su ayuda y recompensarle con algo de oro del Templo de la Luz. Para un humilde pescador una pequeña cantidad de oro representaba no pasar hambre durante el invierno.

—Ten mucho cuidado, sirenita, no permitas que los espíritus de las profundidades te arrastren. La próxima vez Flint no estará allí para salvarte…

—Gracias, Flint, tendré mucho cuidado, no te preocupes que ya he aprendido mi lección.

Los dos estudiosos se echaron los morrales a la espalda y despidieron el pequeño bote cuya quilla ya se alejaba adentrándose en el lago. Comenzaron su trayecto tierra adentro, en dos jornadas de marcha llegarían a su destino. Lo que allí les aguardaba lo desconocían pero la determinación de ambos estudiosos era inalterable, descubrirían por qué razón el grimorio los había enviado al gran lago y qué relación guardaba con los Ilenios. Sonea pensó en los posibles peligros a los que se enfrentarían, desde bestias salvajes a soldados en guerra, y con un gran suspiro decidió que era mejor ni siquiera pensarlo. Negó con la cabeza muy preocupada y continuó la marcha.

Algo idearían llegada la necesidad.

Dos estudiosos contra el salvaje mundo.

Haradin, con acompasada parsimonia, se lavó sus tersas manos y cara en el agua de la palangana, tal y como le agradaba hacer siempre que podía por la noche después de la cena. Tras secarse con un paño de lino, en el que resaltaba un exquisito bordado con el escudo real de Rogdon, se miró al espejo ovalado que colgaba de la áspera pared de piedra.

—No está mal, nada mal… El tiempo no parece pasar por ti, Mago —le dijo al rostro que le devolvía la mirada gris desde el otro lado del espejo mientras se tocaba la fina perilla.

Llevaba bien sus 45 primaveras, demasiado bien, o eso señalarían intrigadas y algo atemorizadas las buenas gentes del lugar, pues la azarosa vida que Haradin cargaba a sus espaldas no le había pasado factura alguna. Contempló los finos rasgos de su semblante, su lisa piel, los intensos ojos grises, la rubia perilla y sus largos cabellos dorados. Haradin era consciente de ser un hombre atractivo pues en la Corte las damas siempre buscaban sus atenciones. Sin embargo, la ausencia de surco alguno en el rostro que denotara su edad y la imposibilidad de apreciar brillos que tiznaran de plata su pelo, eran indudablemente misterios a ojos de los lugareños, pero nadie se atrevería jamás a inquirir a un Mago. Ciertamente, su aspecto era el de un hombre veinte años más joven y el paso del tiempo parecía no ejercer efecto adverso alguno ni en su rostro, ni en su cuerpo. Haradin permanecía anclado en aquel atractivo aspecto juvenil.

—¿Seguiremos manteniendo esta apariencia dentro de otros diez años? —preguntó a su reflejo en el espejo, esperando en vano una respuesta que sabía no hallaría.

Si bien era cierto que, en una minúscula parte, aquel insólito hecho se debía a que Haradin había sido bendecido con buenos genes, él conocía bien el verdadero motivo: su Don, la magia que en su interior vivía. Cerró los ojos por un instante y se concentró en su pozo de energía, que reposaba en calma, como si de un lago de celestes aguas se tratara. Aquella laguna era de una profundidad tal que parecía no tener fondo en su persona, pues el poder que atesoraba era enorme. Pero, por muy grande que fuera, también era finito y podría llegar a secarse hasta la última gota. Haradin era muy consciente de aquel hecho. Su magia, de alguna forma que él desconocía, había ralentizado significativamente su envejecimiento natural. Desde luego no había sido algo que Haradin hubiera logrado conscientemente, ya que detener el proceso natural de envejecimiento de un hombre le era inverosímil. Sin embargo, ese era su caso y Haradin lo aceptaba gustoso.

Sus claros ojos grises chispearon al contacto con la luz de la lámpara de aceite y sonrió, pues en aquel rostro afilado sobre el espejo todavía reconocía al joven aventurero soñador y descubridor de mundos que siempre había deseado ser. Guiñó un ojo y sonrió con picaresca a su reflejo. Pese a los años y vicisitudes, todavía esperaba que le permitieran seguir siendo el aventurero que ansiaba ser. Por desgracia, hacía años que las obligaciones para con la Corona le habían ido alejando paulatinamente, sin él desearlo, de sus verdaderas inquietudes y pasiones. Debía servir al Rey, a la Corona de Rogdon, a la nación. «Es el peso de ser Mago de Batalla Supremo del Rey. Sin duda, ostentar tal cargo representa un alto honor pero mayores son el deber y la responsabilidad que lo acompañan. Son obligaciones de las que no puedo evadirme, aunque de poder tampoco lo haría. Soy Mago de la Corte de Rogdon y debo proteger la Corona y nuestra nación. No sólo es mi deber, sino mi responsabilidad última». El Rey, debía reconocer Haradin con gratitud, le permitía atender otras cuestiones personales cuando la presencia del Mago no era absolutamente necesaria. Pero en tiempos de guerra no era ese el caso. Y por desgracia, eran tiempos de sangrienta guerra.

Cruzó la elegante habitación en el último piso de la Torre de Occidente, su hogar en el castillo real de Rilentor. Se acercó hasta el gran ventanal y contempló la cerrada noche; las nubes cubrían la luna encapotando los cielos y apenas permitían pasar unos pocos haces de luz plateada. Un escalofrío recorrió la espalda de Haradin, como si un místico frío traicionero hubiera conseguido atravesar la piedra de la majestuosa torre y penetrado en su refugio hasta alcanzarlo. Contempló el fuego bajo, en la pared norte, donde todavía ardían unos gruesos leños crepitando en un chisporroteante cantar nocturno. Observó la túnica larga de una pieza que vestía y la palpó con los dedos, captando su textura y grosor. Era de excelente calidad y bien gruesa, de tonalidad gris con adornos Rogdanos en ribetes plateados. No debería sentir frío alguno vistiéndola y menos al calor del hogar. ¿Entonces cómo era posible que aquella sensación de gélido invierno le recorriera el cuerpo? Haradin intentó sacudirse la molesta impresión del cuerpo agitando hombros y brazos, pero no lo consiguió.

«Mal presagio este estremecimiento y frío glacial que sufro, muy malo… algo no marcha bien…».

Se giró hacia el fuego e invocó calor, casi inconscientemente, un sencillo hechizo para reconfortar el cuerpo como ya había hecho antes en incontables ocasiones. Para su sorpresa y total desmayo, el hechizo falló.

—¡Por todos los demonios ígneos! —clamó ultrajado—. ¿Pero es que no voy a ser capaz de realizar ni el más insignificante de los hechizos? ¿A esto me veo reducido?

Recordó con amargura infinita el período de interminable sufrimiento en el que había permanecido carbonizado en la cámara del Templo de Tierra de los Ilenios. Expiró un largo y sonoro suspiro. «Maldita trampa traicionera. Pero al menos sigo con vida…» se dijo y consiguió calmar algo la frustración que lo embargaba con un ácido abrazo. «Debo dar gracias a los dioses antiguos por permitir a Gerart y su expedición el haberme hallado en la sala del reposo final del señor Ilenio. De no ser por ellos, muy probablemente jamás nadie me hubiera encontrado. Un milenio de horror y sufrimiento, atrapado y carbonizado, era lo que me aguardaba allí abajo».

Extendió los brazos y dejándolos caer se golpeó los costados de los muslos con las palmas abiertas. El sonido del golpe llenó la estancia y sintió un, calor picazón. Todavía le parecía increíble haber caído en la última de las trampas Ilenias. No comprendía cómo no se había percatado, cómo su propia magia, su Don, no le había enviado una señal de alarma. Quizás el estar tan cerca del ansiado objeto lo había cegado inconscientemente, aunque fuera tan sólo por un instante. Un instante fatídico. Había vencido todas las trampas anteriores, había conseguido pasar junto al Mago Guardián Ilenio sin éste siquiera percatarse de su presencia utilizando un hechizo de muy alto nivel que le había llevado meses desarrollar. Y cuando ya tenía el Medallón de la Tierra de los Ilenios en la mano, su preciado objetivo, aquello que perseguía con tanta ansiedad, el momento de triunfo lo había cegado. En un descuido imperdonable había activado, sin siquiera sospecharlo, la trampa que lo capturó.

La trampa Ilenia lo atraparía en vida por toda la eternidad, era de una perversidad abrumadora, lo cual no sorprendió demasiado a Haradin. Los Ilenios distaban mucho de ser la civilización benévola y altruista que muchos estudiosos y hombres de fe deseaban esperanzados que resultaran ser, por el bien de los hombres, por mucho que se empeñaran en así pregonarlo engañando inconscientemente a los ilusos y crédulos que los escuchaban. Haradin cruzó los brazos sobre el pecho pensativo. Habían sido una civilización muy avanzada y extremadamente poderosa, sin duda. La increíblemente poderosa magia que fueron capaces de desarrollar los convertía en semidioses sobre la tierra. Pero calificarla de benévola distaba mucho de la realidad y el Mago lo sabía bien.

Haradin se acarició la barbilla dejando sus divagaciones volar. Había pasado la mayor parte de su vida estudiando la Civilización Perdida en secreto, con un fin, una labor sagrada. Los Ilenios se habían convertido en una obsesión para él, pues hacía tiempo que un terrible secreto le había sido compartido. Un secreto que era ahora un axioma: el porvenir de toda la humanidad pendía de un hilo, un hilo que conducía inexorablemente hasta la Civilización Perdida. Por ello, Haradin no estudiaba a los Ilenios por motivos afines a los del Abad Dian, el sacerdote Lindaro del Templo de la Luz u otros eruditos en la materia que recorrían todo Tremia en busca de vestigios Ilenios que descubrir y analizar, sino por un motivo muy distinto. Aquellos ilusos candorosos iban en busca de conocimiento, respuestas a todas las incógnitas que los Ilenios planteaban, intentando esclarecer misterios existenciales para el bien de la humanidad.

—¡Necios! ¡Cuán errados estáis! Si pudiera deteneros a todos… si pudiera haceros ver… pero no puedo… —maldijo alzando el puño.

De la Civilización Perdida no conseguirían el bien que perseguían… muy al contrario…

«Y cada vez remueven más aquello que no debería ser perturbado. El peligro que sus inconscientes pesquisas representa para todos los habitantes de este continente, me hiela la sangre». Era por ello que la misión vital de Haradin cobraba aún mayor significado si cabía. Debía seguir adelante con renovada certidumbre. Era imperativo impedir que alguno de aquellos desventurados desencadenara inadvertidamente el cataclismo irreversible que tanto temía se produjera. Era su obligación sagrada proteger el secreto, proteger la raza de los hombres.

Por desgracia, a consecuencia de la trampa en la que había caído, su misión sagrada corría peligro. Ahora pagaba las hirientes consecuencias de haber quedado carbonizado en vida, en un estado semi-pétreo, únicamente conservando un exiguo hilo de vida remanente. Para no volverse loco y protegerse de la degenerativa acción de la magia Ilenia, Haradin había conseguido blindar su mente, en una forma de autodefensa. La lucha entre la magia Ilenia por llegar hasta su razón y la desesperada resistencia ejercida por él, habían afectado de alguna forma al equilibrio natural entre mente y Don. Para su desgracia, aquel delicado balance se encontraba ahora dañado. Si antes Haradin era capaz de lanzar conjuros con una velocidad endiablada, ahora, en muchas ocasiones, no conseguía ni siquiera conjurarlos. Aquello lo desesperaba y, lo que era mucho peor, lo aterrorizaba.

Haradin era considerado el Mago de mayor poder de todo el oeste de Tremia. Algunos entendidos apuntaban que posiblemente, aunque no fuera constatable, de todo el territorio de Tremia. Sin embargo, Haradin era de la opinión, mucho más prudente, de que con toda seguridad existía alguien más poderoso que él en algún rincón de aquel enorme continente. Siempre había alguien más poderoso, o más rápido conjurando, o incluso ambos. El Mago que creyera lo contrario era un necio y un Mago muerto. Para Haradin aquello era un máxima incontestable. «Siempre hay alguien mejor que uno mismo, por muy bueno que uno sea en cualquier faceta de la vida. Pensar lo contrario es una equivocación irreversible y aboca al fracaso absoluto». Y por ello el temor le arañaba ahora el corazón con afiladas garras. Aquello en lo que siempre había podido confiar, aquello que nunca antes le había fallado, aquello que definía quién era, su magia, su Don, le estaba fallando… En el momento de mayor trascendencia y necesidad, cuando su misión sagrada lo reclamaba y cuando su amado Rogdon se encontraba entre una sangrienta espada y la pared.

La angustia le oprimió el estómago como una garra de hierro. Su situación se iba tornando cada vez más desesperada. Se hallaba en una encrucijada terrible y se sentía completamente desvalido. Por un lado debía continuar con su misión sagrada, y por el otro, debía proteger a los Rogdanos, a su pueblo al borde de la sangrienta derrota, al borde del exterminio. Debía hacerlo simultáneamente, lo cual se le antojaba prácticamente imposible. Y justo en aquel momento tan crucial, él les fallaba... dejándolos indefensos ante el mal... Tenía que hacer algo, debía reaccionar, buscar una solución a tan agónico problema, pero ¿qué podía hacer en aquella situación? ¿Qué se podía hacer cuando la magia no respondía a sus comandos directos?

Haradin maldijo entre dientes y paseó con las manos a la espalda, intentando apagar su frustración y creciente temor. Algo estaba dañado en su interior, lo sabía. La frágil simbiosis entre la mente y el Don, el equilibrio natural en aquellos bendecidos por la magia se había desajustado, quebrado, y ahora sus artes mágicas no le eran confiables. «Quizás no sea aquel que un día fui, pero algo sé con seguridad, el vínculo no ha sido destruido definitivamente. Eso puedo sentirlo. Gracias a los dioses antiguos, todavía puedo conjurar, mi Don responde. Desafortunadamente, no siempre en el momento requerido ni con la celeridad esperada, pero dentro de las pésimas perspectivas, debo mantener el optimismo, pues el Don sigue en mí y sigo siendo capaz de crear magia. Y eso, al final del día, es lo realmente importante».

—No todo está perdido —se animó a sí mismo en voz alta.

Más calmado y con el ánimo un poco más elevado, se dirigió al dormitorio. Debía comprobar un detalle de suma importancia antes de acudir al encuentro secreto aquella noche fría y oscura. Entró y cerró la puerta tras de sí. Bordeó la enorme cama de roble con dintel de seda, cerró los grandes cortinones y se acercó a la cómoda de madera finamente labrada sobre la pared norte. Contempló un instante el frío e inamovible muro rocoso de la gran torre contra el que descansaba la cómoda. Miró a ambos lados y echó un rápido vistazo a la puerta cerrada a su espalda. Estaba solo y fuera del alcance de ojos indiscretos. Así debía ser ya que estaba a punto de contemplar uno de los mayores tesoros arcanos sobre la faz de Tremia.

«No me falles ahora… necesito comprobar un detalle de máxima importancia…».

Se concentró y, buscando su energía interna, extendió el brazo. Alzó la palma de la mano. «Llamarada...» conjuró y a su deseo una llamarada continuada partió desde la palma de su mano golpeando la pared de roca sólida. Haradin mantuvo la llamarada sobre la pared por un momento, consciente de que en un instante ocurriría lo que esperaba. Se escuchó un crack seguido del arenoso roce de la piedra desplazándose rasposa. Haradin detuvo el fuego y contempló cómo se desplazaba dejando a la vista una abertura rectangular. Introdujo los brazos en el agujero en la pared y con sumo cuidado obtuvo el preciado tesoro. Lo depositó sobre la cómoda como ya había hecho cientos de veces antes y retiró el envoltorio de grueso paño que protegía el preciado objeto Ilenio.

Un tomo de aspecto antiquísimo y de grandes dimensiones quedó al descubierto. La cubierta dorada parecía de puro oro; refulgía con fuerza a la luz de la lámpara de aceite, e hileras de extraños símbolos y jeroglíficos la llenaban. Era grueso y muy pesado, como si sus hojas fueran de metal. Un tesoro de dorado que sólo por el tamaño y peso sería el sueño de cualquier salteador de tumbas. Sin embargo, el incalculable valor de aquel objeto iba mucho más allá de lo que la imaginación de todos los ladrones de Tremia pudieran llegar a soñar.

—El Libro del Sol —murmuró Haradin al contemplarlo nuevamente lleno de incrédula emoción, pues aquel era el libro que contenía una parte de la magia más poderosa de los Ilenios y parte de su saber e historia. Aquella que podía significar el final del hombre sobre Tremia, la destrucción de todo el mundo civilizado. Pero sólo una parte… y mientras el Libro del Sol estuviera en sus manos, Haradin no temía nada. Él era su protector, su guardián, y jamás permitiría que sucediera lo impensable. Lo había jurado y su promesa era sagrada.

Un escalofrío gélido volvió a recorrer su espalda y se estremeció disgustado. Nuevamente, tuvo la sensación de que algo iba mal, terriblemente mal. Haradin suspiró, un suspiro profundo y muy prolongado. Encontrar el Libro del Sol le había llevado muchos años y casi había perdido la vida en el intento en varias ocasiones. Pero aquello sólo había sido el inicio de sus penurias ya que al hallarlo le había sido revelado aquello que lo atormentaba día y noche, aquello que no conseguía olvidar. Pero cambiarlo ya no era posible. Nada importaban ya las penurias y los sangrantes esfuerzos pasados, el valiosísimo tomo estaba bajo su custodia y así permanecería mientras Haradin o los miembros de la sociedad secreta que lideraba, continuaran con vida. Lo guardarían siempre de caer en manos extrañas, habían jurado proteger El Enigma con sus vidas, aunque tuvieran que derramar hasta la última gota de sangre, y así lo harían, su entrega y lealtad eran incuestionables.

Haradin abrió el gran tomo por el centro, desplegando sus hojas de oro llenas de símbolos y runas incomprensibles a los ojos de los hombres. De casi todos los hombres… Únicamente unos pocos eruditos y él mismo eran capaces de descifrar e interpretar segmentos del ininteligible lenguaje Ilenio. Haradin había estudiado aquel tomo día y noche durante años, al principio sin éxito alguno, siendo incapaz de interpretarlo. Había consultado a todos los eruditos en la materia y con la ayuda de estos había conseguido comenzar a entender el gran puzzle que las runas formaban. Fue en aquel momento cuando finalmente sucedió un hecho insólito que marcaría su vida. Su mente comenzó a entender, a situar, lo que los ojos le mostraban. Aquella primera y nimia comprensión de la escritura Ilenia provocó un singular proceso arcano que lo maravilló. Su magia, su energía interior y el libro comenzaron a interactuar. Sin saber cómo, como si su magia se hubiera combinado con una inherente en el libro, los jeroglíficos comenzaron a descifrarse por fin en su mente. Era como si el propio libro hiciera uso de su magia, de su poder interior, y mediante esta transmitiera a su mente lo que aquellas páginas contenían. Y fue aquel extraño y excepcional vínculo, el que le había permitido comprender lo que estaba por venir, lo que ahora Haradin tanto temía. Pasó las páginas con cuidado hasta llegar a aquello que buscaba. Con el dedo índice fue siguiendo la simbología y descifrando en su mente el significado de cada jeroglífico, de cada runa Ilenia.

Y halló lo que temía.

—3,000 años… mis temores estaban bien fundados, el fatídico momento se avecina.

Unas horas más tarde, Haradin descendió desde su alcoba hasta el sótano de la Torre de Occidente. Una lámpara de aceite sobre una vieja mesa alumbraba la lúgubre estancia circular, excavada en las entrañas de la tierra y que sostenía la imponente torre, adyacente al Palacio Real de Rilentor. Una escalera de caracol a un lado ascendía desde el sótano hasta la planta baja de la torre. La puerta que daba acceso al sótano, por otro lado, estaba fuertemente trabada desde el interior. Nadie debía entrar, bajo ningún concepto. El encuentro debía realizarse en el más absoluto de los secretos. Haradin se había encargado de ello, si bien era una medida algo excesiva ya que nadie osaría jamás entrar en su torre sin antes pedir audiencia. Sólo un loco o un insensato se aventuraría a molestar a un Mago en su dominio más personal, su torre. Además, la guardia del Rey vigilaba constantemente la torre y una docena de guardias estaban estacionados en la entrada para salvaguardar la seguridad de Haradin. Corrían tiempos de guerra y toda precaución poca era. El Rey Solin no quería correr riesgo alguno en lo que a la seguridad personal del Mago se refería.

Tres golpes ahogados, secos y cortos, seguidos de otros dos espaciados y largos captaron de inmediato la atención del Mago. Haradin se volvió de inmediato al reconocer la llamada concertada. Provenía del subsuelo, bajo sus pies. Dio un paso atrás y contempló las pesadas losas rectangulares de roca maciza que componían el suelo.

«No me falles ahora, necesito dejarlos entrar».

Se concentró y llamó a su Don, a su poder interior, y comenzó a invocar el conjuro. La energía mágica comenzó a fluir y Haradin sonrió, lo conseguiría, el conjuro comenzaba a tomar forma. Su mente gobernaba la magia, la simbiosis parecía mantenerse.

Pero el conjuro falló. No terminó de completarse.

Haradin maldijo rabioso y sacudió los brazos intentando calmar la furia que sentía por aquel nuevo revés. Su problema no parecía mejorar con el tiempo, no progresaba hacia una sanación natural y aquello le preocupaba. La frustración y el temor comenzaban a acumularse sobre su espalda como una enorme roca que lo aplastaba.

Volvió a escuchar la llamada, la señal secreta, tres golpes secos y cortos seguidos de otros dos espaciados y largos. Tenía que abrirles pero sin magia era imposible mover aquellas losas. Volvió a concentrarse buscando el vacío, evadiendo cualquier pensamiento que no fuera la nada absoluta. Su mente entró en equilibrio, en un estado de casi armonía perfecta. Buscó su pozo de poder y lo halló rebosante, un plácido lago de calmadas aguas azules en el centro de su pecho. Inhaló y al cabo de un momento exhaló muy lentamente comenzando de nuevo a conjurar el hechizo. Utilizó un Sortilegio de Aire e invocó un potente soplo de viento sobre una de las losas, que fue succionada y se elevó del suelo donde se encontraba encajada. Guiando el torrente de aspiración a un lado posó la losa sobre el suelo dejando una abertura rectangular donde hacía un instante sólo había un recio suelo de piedra.

Una capucha apareció por la abertura y unos ojos claros miraron a Haradin mostrando cierta incertidumbre y recato.

—Adelante, hermano, todo está bien —le dijo Haradin abriendo los brazos y saludando al invitado.

El hombre saludó a Haradin con la cabeza y ascendió con agilidad hasta situarse frente al Mago. Al primer hombre le siguieron prestos otros cuatro. Todos vestían capas con capucha de un azul oscuro, casi negras.

—Permitidme ver vuestros rostros —pidió Haradin contemplando a los cinco hombres que formaban una línea frente a él.

Todos se retiraron las capuchas mostrando los rostros a Haradin tal y como el gran Mago había pedido. Los rostros, algo pálidos, eran los de hombres curtidos, aguerridos, y sus ojos brillaban a la luz de la lámpara con el inconfundible resplandor de la determinación. Bajo la capa todos portaban una larga túnica de color azul añil y calzaban botas de montar. Sobre la cintura llevaban un fajín ancho del mismo color e iban armados con dos espadas cortas.

—En verdad me llena el alma de alegría el volver a ver a mis hermanos —saludó Haradin.

Todos bajaron la cabeza en señal de saludo.

—Ha pasado mucho tiempo, demasiado, pero el deber nos llama una vez más, mis hermanos —proclamó Haradin mirando uno a uno a los cinco—. Habéis respondido con prontitud, no esperaba nada menos, vuestra dedicación y lealtad siempre han sido encomiables.

—Acudimos prestos a la llamada del Maestro —dijo el más alto de los cinco.

Haradin lo miró a los ojos y sonrió. Sabía que aquel hombre daría su vida sin pestañear en defensa del deber sagrado que habían jurado con sangre llevar a cabo, un juramento que los comprometía de por vida, así como a sus hijos y los hijos de estos.

—¿Quiénes somos? —preguntó Haradin con tono solemne y rostro austero.

—Los Vigilantes del Enigma —respondieron los cinco al unísono mirando al frente.

—¿Qué protegemos? —preguntó el gran Mago.

—El Enigma Ilenio —respondieron los cinco guardianes.

—¿Desde cuándo? —continuó Haradin.

—Desde los tiempos de los primeros hombres, generación tras generación, de padre a hijo, hasta el fin de los días.

Haradin bajó la cabeza en señal de aprobación.

—Mostradme las insignias.

Los cinco apartaron las capas y mostraron orgullosos las insignias bordadas a la altura del corazón. Estaban compuestas por un intrincado símbolo Ilenio, Haradin las contempló con admiración: era la runa Ilenia del Vigía.

—Hermanos Vigilantes del Enigma, el momento se acerca, aquello que tanto tememos está cerca. Todos los augurios así nos lo indican. El terrible final se aproxima. Es por ello que debemos luchar sin descanso, sin desfallecer, volcando nuestra alma en la consecución de aquello que debemos lograr o el mal nos engullirá y todos pereceremos para siempre. Toda Tremia perecerá.

—¡Sí, Maestro! —respondieron los cinco sin duda o temor alguno en sus voces.

—Mucho tiempo he estado ausente y muchos eventos de vital trascendencia han sucedido sin yo poder mediar. Nunca debí profanar el Templo de la Tierra… Pero finalmente, después de incontables esfuerzos, logré desvelar su localización… La tentación por hacerme con uno de los medallones Ilenios fue demasiado grande para mi alma atormentada y no pude evitarla. Craso error cometí y casi pago con mi vida por ello. Caí en la trampa del Guardián Ilenio y quedé aprisionado. Aún ahora estoy pagando lo nocivos efectos de aquella traicionera trampa y mis poderes me fallan sin yo poder remediarlo.

—Nos temíamos lo peor, Maestro… pero insististeis en que no interviniéramos —dijo el vigilante situado en el centro.

—Cierto, nada tengo que reprochar. Hicisteis lo correcto, pues de otro modo hubierais muerto y nadie protegería el Enigma. Ahora debo preguntaros por los Elegidos.

—Vigilamos ocultos en las sombras, en secreto, sin ser nunca vistos, sin mediar en sus cruciales destinos —recitaron los cinco al unísono.

Haradin miró al frente y preguntó:

—¿Qué es del Elegido Komir?

El vigilante en el centro dio un paso al frente.

—Su destino se manifiesta, Maestro. Está en posesión del Medallón del Éter, de aquel que los gobernará a todos.

—¿Es eso cierto? ¿Han hallado el Templo del Éter?

—Sí, Maestro, profanaron el Templo del Éter, vencieron al Guardián Ilenio y se hicieron con el medallón.

—¿Dónde, donde está ubicado? —preguntó Haradin con la garganta oprimida por la ansiedad.

—Bajo el Faro de Egia en los acantilados al norte de Ocorum, Maestro.

—El faro de Egia… —meditó Haradin en voz alta y dio la espalda a sus discípulos mientras dilucidaba sobre aquel sorprendente e increíble descubrimiento.

«Allí se levantaba uno de los monolitos Ilenios que fue destruido… Sí, creo que sí… tengo que estudiarlo, sí…». Continuó meditando y se volvió para encarar a los cinco.

—¿Dónde se encuentra Komir ahora?

—Los dejamos camino de territorio Noceano, cerca de la desembocadura del Nerfir.

—¿Los dejamos? —preguntó Haradin extrañado mirando a los otros Vigilantes.

—Le acompañan otros dos de los Elegidos, Maestro.

—¿Pero… pero cómo es eso posible? —preguntó Haradin pasando la mirada de uno a otro de sus discípulos con avidez.

—Lo desconocemos, Maestro, pero tres caminan ya el mismo sendero.

—¡Inaudito! —exclamó Haradin—. Eso sólo puede significar que los acontecimientos están a punto de precipitarse.

—Sin embargo sólo dos de ellos portan el medallón, Maestro.

—Komir y Aliana, ¿me equivoco?

—No, Maestro, estáis en lo cierto.

—Entiendo que se trata de los portadores del medallón del Éter y del medallón de la Tierra. ¿Qué es del tercer Elegido?

—No es consciente de serlo.

—De acuerdo. En su debido momento lo será, mucho me temo... —aseguró Haradin reflexivo.

—Se dirigen a territorio Noceano, los medallones les están guiando.

—Fascinante. ¿Qué es de los otros dos Elegidos?

El Vigilante más a la izquierda dio un paso al frente.

—La joven Masig está bajo la protección de su tribu. Tiene el Medallón del Agua con ella, si bien no es consciente de su destino, Maestro.

—Entiendo… El medallón del Agua… descubierto… increíble... ¿Dónde está situado el Templo del Agua?

—En la Fuente de la Vida, en su cima, en el corazón del territorio Masig.

—Fascinante, nunca lo hubiera imaginado —señaló Haradin—. Varias generaciones de Vigilantes llevamos buscando los Templos Sagrados Ilenios sin fortuna alguna. Y ahora en un lapso de tiempo efímero, los Elegidos los han ido hallando uno tras otro. No se puede vencer al destino en su propio juego, por mucho que se intente. Los Elegidos están llamados a encontrar la localización de los Templos Ilenios, no nosotros, por muchos años de infatigable estudio que empleemos con el fin de encontrarlos. Desde que mi camino accidentalmente se cruzara con el de Gelmos, Gran Maestro de los Vigilantes y mi antecesor, hace ya muchos años, y la verdad me fuera desvelada, he intentado en vano hallar los Templos, pues los medallones son claves para el Enigma. El sabio Gelmos bien me advirtió antes de su muerte que resultaría inútil luchar contra la magia Ilenia, demasiado poderosa para ser detenida por simples mortales. Pero es nuestro deber como Vigilantes. ¡Cuánto añoro a Gelmos! Sus sabios consejos… todo su conocimiento acumulado durante tantos años de vigilancia y entendimiento.

—El último de los elegidos no es todavía consciente de su destino —dijo el Vigilante más a la derecha.

—En su momento lo será… en su debido momento… —dijo Haradin situando la mano en su barbilla y mirando al techo con la mirada perdida.

—¿Qué debemos hacer, Maestro? —preguntó el Vigilante del centro.

Haradin volvió a centrar la mirada en sus discípulos. Con voz calmada señaló:

—Lo que siempre hemos hecho, vigilar a los elegidos...

—¿No intervenimos, Maestro? —quiso asegurase el más bajo de los cinco vigilantes.

—No, hermanos, dejaremos que el destino juegue sus cartas. No somos dioses, sólo meros vigilantes con un deber sagrado que hemos jurado llevar a cabo.

—¿Y si se acercan a descubrir el Enigma?

—En ese caso llevaremos a cabo nuestro deber sagrado. Protegeremos el Enigma, protegeremos Tremia. Intervendremos.

Un sol despiadado y abrasador mortificaba desde un firmamento inmaculado la prolongada caravana de viajeros que cruzaba el desierto en hilera de a uno. Los camellos, guiados por jinetes sobre sillas coloridas, avanzaban en dirección oeste acarreando alforjas cargadas de exóticas mercancías. Caminaban de forma rítmica y acompasada sobre dunas doradas de fina arena. Komir contempló erguido sobre su camello el paraje que lo rodeaba y se preguntó si sería posible que algo pudiera subsistir en aquel paraje calcinado. Todo a su alrededor era desierto inhóspito. Mirara donde mirase sólo veía arena y más arena. Las dunas que los rodeaban lo cubrían todo, perdiéndose en el horizonte. Un mar infinito de arena, un mar sin vida.

—¡Maldito sol achicharrador! —se quejó Hartz amargamente.

Iba completamente vestido al estilo Noceano y estaba irreconocible. Una Larga túnica marrón con adornos en negro le cubría todo el cuerpo. Mal enrollado a la cabeza llevaba un turbante de un azul gastado que le caía a medio lado y que daba bandazos con el bamboleo del caminar del camello.

—Deja de quejarte —le amonestó Kayti que montaba su lado—. Por mucho que protestes no vas a conseguir que este sol infernal sea más benevolente con nosotros. ¿O es que no te das cuenta de que estás en mitad de un enorme desierto?

—Sé de sobra que no soy tan culto como tú, pelirroja, ni nunca lo seré —respondió guiñando el ojo a Kayti—, ni conozco nada de estas tierras, pero ya me doy cuenta de que no hay más que engorrosa arena y más arena rodeándonos por todos lados. Parece que estemos surcando un océano que un día un dios vengativo se bebió. Es espantoso, estoy lleno de arena por todos lados y tengo la garganta tan reseca que ni puedo tragar saliva. Y no me hagas hablar de este sol insufrible, cada vez que me despisto me quema la piel por algún lado —dijo el grandullón mirando los dorsos de sus manos que estaban tan rojos como su nariz.

—Cúbrete bien la cabeza con el turbante, lo llevas mal puesto y se te va a caer. Tienes que enrollar bien el paño para que no te baile, y pásalo también por la cara a forma de velo, como nos han enseñado los guías Noceanos, o te volverás a quemar —le dijo Kayti señalando la frente del grandullón

—¡Por las tres diosas! ¡Pero es que esta prenda tiene varios pies de longitud, no hay quien se la enrolle bien a la cabeza! Cuando lo han hecho ellos parecía de lo más sencillo. Pero a mí se me desmorona en cuanto lo coloco.

—Kendas y Komir parecen no tener dificultad alguna con ella, lo llevan perfectamente bien sujeto y sólo sus ojos quedan visibles. Acompañadas de las túnicas marrones que visten, nadie diría que no son Noceanos —apuntó Kayti señalándolos con un gesto de la cabeza—. Pero a ti se te reconoce a la legua, no podrías ser más extranjero en estas tierras. Nos estamos adentrando en los grandes desiertos, de aquí en adelante todo será sol abrasador y arena, así que deja de protestar y guarda bien tu saliva, que la necesitarás.

—Si al menos no viajáramos sobre estas endiabladas bestias apestosas de los desiertos... ¿Se puede saber por qué narices no podemos viajar sobre caballos como personas normales?

—No seas tarugo, Hartz, los caballos no resistirían un viaje largo en este terreno tan árido, sin agua y a estas temperaturas tan altas. Los camellos, sin embargo, están perfectamente aclimatados a estas condiciones tan duras, son el medio de transporte idóneo en estas tierras. Además, no necesitan tanta agua para poder sobrevivir. Por lo que me han dicho los guías de la caravana, estos animales pueden vivir hasta diez días sin probar una gota de agua. Su aguante es realmente increíble —explicó Kayti acariciando el cuello de su camello.

—Pues a mí estos bichos jorobados me parecen de lo más feo y tienen muy malas pulgas. Además, viajar entre sus malditas jorobas me está matando la espalda. ¿Qué diantre llevan en esas jorobas de todas formas? ¿El agua que se beben?

—Trata bien al pobre animal y no te causará ningún problema.

—Pero ha empezado él, ha intentado morderme.

La pelirroja entornó los ojos y maldijo entre dientes. Miró a Hartz y con cara de disgusto le dijo:

—Cada día se me hace más difícil explicarme a mí misma qué es lo que veo en ti.

Hartz al oír aquel reproche se irguió en la silla, sacó pecho y respondió tal cual.

—¿Fuerza? ¿Presencia? ¿Carisma? ¿Arrojo? —y sonrió.

Kayti se cubrió la cara con un velo negro y con ojos llenos de incredulidad evitó mirar al gran Norriel mientras azuzaba a su camello.

Komir contemplaba absorto la escena entre su amigo y la pelirroja. Aliana se acercó y se situó junto a él.

—Veo que tu amigo no está disfrutando demasiado del viaje —dijo Aliana con una sonrisa pícara.

Al escuchar la voz de la bella Sanadora a Komir se le hizo un nudo en el estómago y el corazón le dio un vuelco. La miró y no pudo sino maravillarse una vez más ante la belleza y calma que la joven transmitía. Iba vestida al estilo del desierto, con una túnica de mujer en índigo y con adornos plateados. Alrededor de cabeza y rostro llevaba un paño negro con cenefa dorada sujeto a modo de turbante con velo. Sobre la frente llevaba sujetos varios amuletos Noceanos que servían de adorno y protección contra los espíritus malignos según les habían contado las mujeres de la caravana. Todo ello no hacía más que resaltar todavía más su belleza a ojos de Komir. Con sólo mirarla una sensación de paz y bienestar lo invadían. Al momento aquella sensación comenzó a convertirse en algo más intenso, más básico: en deseo. Sintió una necesidad imperiosa de estar con ella, de tenerla junto a él, en sus brazos, de acariciarla, de besarla. Komir luchó contra aquellos sentimientos carnales.

Se aclaró la garganta e intentó disimular aquella fascinación que sentía cada vez con mayor intensidad.

—Es natural, llevamos más de una semana de viaje por este desierto infernal y claro, Hartz, que no es nada amigo de calores y viajes extenuantes, comienza a perder la calma. Pero no te preocupes, como dicen en mi tierra es lobo aullador pero poco dentellador, le encanta quejarse y hacerse el mártir pero en realidad nada va a hacer aparte de lamentarse y sacar ruido.

—Me alegro de que así sea. La verdad es que es todo un carácter —dijo Aliana mirando al gran Norriel con una gran sonrisa.

—¿Estás segura de que te encuentras en condiciones de soportar este duro viaje? —preguntó Komir todavía preocupado por el estado de salud de la Sanadora, que les había dado un susto de muerte al perder el sentido en el barco días atrás.

—Sí, gracias, Komir. Sólo necesitaba descansar. Me excedí en la sanación en el navío tras el ataque pirata. Me dejé llevar por el dolor y sufrimiento de toda aquella gente y casi pierdo la vida por ello. No me entiendas mal, lo hice de corazón y si hubiera muerto lo hubiera hecho con el espíritu colmado, ayudando a los necesitados, como siempre he querido hacer, como siempre haré. No me arrepiento, volvería a hacerlo sin pensarlo dos veces.

Komir negó con la cabeza.

—No debes ir tan lejos, no deberías cruzar la línea de tus límites. No quiero… no queremos perderte. Estuviste inconsciente tres días, pensábamos que ya no despertarías. Cuando llegamos a puerto, a la gran ciudad Noceana de Stambus, y atracamos, tuvimos que ocultarte en las bodegas. Por dos veces registraron los soldados Noceanos el barco en busca de espías y contrabando. Por fortuna, el capitán Albatros cumplió su palabra y no olvidó lo que habíamos hecho por él. Es extraño ver como ciertos hombres pueden cambiar de sentir ante una deuda de gratitud y sorprenderte con actos que jamás esperarías de ellos. Nos ayudó sin dudarlo, arriesgó su cuello por nosotros, lo cual salvó nuestras vidas. De encontrarnos allí los soldados Noceanos, nos hubieran ahorcado. No lo esperaba de Albatros, si te soy sincero.

—Hasta el hombre más oscuro es capaz del bien cuando su corazón así se lo indica... ¿Cómo nos escondió? ¿Qué sucedió?

—La verdad es que fue una jugada magnífica la de Albatros. Nos escondió en enormes tinajas portadoras de agua perfumada. Cuando los soldados Noceanos registraron las tinajas nos sumergimos y nada sospecharon. A ti, tuvimos que esconderte entre los muertos pues no conseguimos que despertaras. La facilidad con la que el capitán Albatros ideó los escondrijos y nos explicó qué debíamos hacer durante los registros me lleva a pensar que el muy truhán no era la primera vez que transportaba gente buscada.

—Siento la carga que he sido y el haberos puesto a todos en peligro —dijo Aliana bajando la cabeza.

—Tú no eres ninguna carga, eres una bendición… No te preocupes, al final vivimos para contarlo y es lo que cuenta. Ahora ya estamos en ruta, cruzando el desierto y acercándonos cada día más a nuestro destino.

—Ha sido una fortuna encontrar esta caravana que se dirige hacia el oasis de Irisban. Si hemos deducido bien el camino a seguir, el oasis estará cerca al lugar al que nos dirigimos. Si bien la duda me asalta, la verdad, ya que las visiones de los medallones no son del todo claras y desconocemos por completo estos parajes. Mucho me temo que viajar guiados por visiones esporádicas atravesando desiertos interminables es algo que puede tornarse muy peligroso, mortal, si no vamos con precaución máxima. No le falta razón a tu amigo, estos desiertos son infernales: el sol abrasador, la sed, el cansancio, lo convierten en inhumano. De cruzarlos en solitario, hubiera sido muy peligroso, una temeridad. Sin la ayuda de los guías locales y esta caravana de expertos comerciantes hubiéramos acabado perdidos.

—No te falta razón. Además, hubiéramos llamado la atención de los soldados Noceanos de haber viajado solos. En medio de esta caravana y con los ropajes locales que vestimos pasamos desapercibidos. Bueno, siempre y cuando Hartz no proteste demasiado alto, que con su vozarrón llama la atención a leguas de distancia.

Aliana sonrió y miró al gran Norriel.

—Tu amigo llama la atención aunque no diga nada en absoluto.

—Sí, como él no hay dos, de eso estoy seguro.

Aliana quedó mirando a oriente, pensativa.

—No te preocupes, Komir, lo encontraremos —le aseguró.

—Me gustaría tener tu confianza, Aliana, pero miro alrededor y este lugar olvidado por las diosas me pone la piel de gallina.

—Lo encontraremos, estoy segura. Somos los portadores, los medallones quieren conducirnos a un lugar olvidado y estoy segura de que conseguiremos llegar —introdujo la mano en la abertura del cuello de la túnica y sacó el Medallón de la Tierra, lo sostuvo y lo observó un largo instante—. Algo muy importante nos espera, Komir, lo presiento. Llámalo intuición, o quizás sea el propio medallón quien me infunde esta confianza, pero no tengo ninguna duda de que llegaremos a ese lugar misterioso. Es más, tengo la certeza de que algo realmente importante nos será revelado.

—Yo también siento que debemos seguir adelante y resolver este enigma en el que estamos envueltos. De alguna forma, está unido a la muerte de mis padres y sea como sea averiguaré el motivo. Encontraré a los culpables. De eso puedes estar segura, tienes mi palabra de Norriel. Y si para ello debo cruzar los desiertos más insufribles hasta llegar al mismísimo infierno padeciendo calamidades inhumanas, pues que así sea. Lo haré. Lo soportaré. Nada me detendrá.

La dulce mirada de Aliana se tornó en una de lástima, de preocupación.

—Esperemos que no sea necesario padecer semejante camino.

—Esperemos…

—No dejes que la ira consuma tu alma…

—La ira es mi aliada, me ayuda a sobrevivir.

—Me apena verte sufrir así… tu alma está atormentada… si dejas que te ayude…

—No te preocupes, nada puedes hacer por mí.

Aliana bajó la cabeza y al levantarla volvió a mirarle fijamente a los ojos. Komir pudo ver en el azul balsámico de los ojos de la Sanadora una preocupación sincera. Y algo más, algo más intenso que no supo descifrar.

El viaje continuó a ritmo pesaroso. Al amanecer del décimo día de marcha el grupo de aventureros abandonó la protección de la caravana de comerciantes.

Se despidieron de los guías y tomaron dirección sur, adentrándose aún más en el interminable desierto. Komir y Kendas habían intercambiado algunas monedas de oro con los guías Noceanos por indicaciones sobre la mejor ruta a seguir. Los guías habían insistido en que era una locura seguir hacia el sur, alejándose de las rutas de las caravanas. Los Noceanos intentaron convencer a Komir para que continuara hasta el oasis de Irisban, lugar seguro donde aprovisionarse y descansar. Sin embargo, aquello los alejaba del camino marcado por los medallones. Debían continuar hacia el sur, hacia el interior del ardiente y mortal desierto. Los guías Noceanos los habían tachado de locos y finalmente los dieron por perdidos y continuaron entre aspavientos y comentarios en su lengua que Komir no pudo entender pero sí captar su significado.

Sabía que los veían como chiflados que se dirigían a una muerte segura.

El líder de la caravana se acercó hasta Komir y le entregó con solemnidad un pergamino enrollado. Saludó con la cabeza y marchó azuzando a su camello.

Aliana observó el documento extrañada.

—¿Qué es? —preguntó a Komir.

Komir volvió la cabeza y sonrió.

—Otra prueba de que la vida es realmente extraña y está llena de coincidencias y sorpresas.

Aliana lo miró sin comprender.

—Es un salvoconducto —aclaró Kendas—, nos permite atravesar este territorio y es necesario para adquirir bienes y servicios. La caravana no nos hubiera aceptado de no tenerlo, así como los comerciantes que nos vendieron las ropas y víveres para el viaje.

Aliana lo miró aún más extrañada.

—Lo conseguimos cuando estabas inconsciente —aclaró Kayti.

—Un salvoconducto Noceano... ¿pero cómo? —preguntó Aliana confundida.

—Se lo debemos a Hartz y a su disparatado heroísmo —dijo Komir.

—¡Bah! No fue nada, un baño agradable con algunos invitados molestos —dijo el grandullón jocoso.

Komir sonrió.

—La joven que salvamos, era la hija de un poderoso Noble de Stambus, viajaba acompañada de su tío...

—El hombre en ricas vestimentas... —dedujo Aliana.

—Sí. Algo antes de llegar a puerto, con la ciudad ya a la vista, se acercó a nosotros y se presentó. Quiso agradecernos toda nuestra ayuda. Utilizando a Albatros como traductor y mediador, nos ofreció oro, pero Kendas, muy hábilmente —dijo Komir mirando al Lancero con una sonrisa—, preguntó si no podría conseguirnos un salvoconducto utilizando sus influencias.

—Y esa misma noche un mensajero nos lo trajo al barco con el agradecimiento del noble —dijo Kayti.

Aliana asintió varias veces.

—Sí, el destino no deja de sorprendernos. Las personas con las que nos topamos casualmente, los caminos que se entrecruzan al azar entre seres humanos tan dispares y a la par tan vinculados por el propio destino de sus vidas... Increíble, me hace recapacitar... Una buena acción... fortuita... sus repercusiones...

—Puede que sólo sea mera coincidencia —señaló Kayti— pero yo diría que es algo que va más allá.

El grupo quedó en silencio, meditabundo, cada uno ensimismado en sus pensamientos.

Cuando el último de los camellos de la extensa caravana desapareció tras las dunas al este, Komir los llamó a evaluar la situación.

—Es hora de consultar los medallones.

La joven Sanadora asintió a Komir y obtuvo su medallón, dejándolo colgado al cuello. Komir extrajo el suyo y se preparó cerrando los ojos e intentando concentrarse pese al sol abrasador. Unas gotas de sudor recorrieron su mejilla bajo el paño azul que llevaba cubriéndole la cabeza y rostro. El resto del grupo los contemplaba en silencio, sabedores que la magia Ilenia estaba a punto de hacer acto de presencia, una vez más, invocada por los dos jóvenes. Komir sintió aquel cosquilleo dulzón que ya le era familiar y se concentró en su energía interior. De un tiempo a esta parte, cada vez la encontraba con mayor facilidad. Ahora se daba cuenta de que siempre había estado ahí, pero él no había sido consciente de ello. La energía interior, su Don, eran ahora parte intrínsecas de su ser y así lo entendía y aceptaba. Desde el momento en que aquella revelación había calado en su alma, la utilización del medallón se había convertido en algo mucho más sencillo, siendo cada vez más natural, más armónico. Komir abrió los ojos y miró los de Aliana. En ellos percibió que la Sanadora estaba lista y comenzó lo que ya empezaba a convertirse en un ritual.

Bajó sus párpados y rogó en un susurro:

—Muéstrame el camino, el lugar al que debo dirigirme.

Aliana repitió la misma frase.

Lo preguntó utilizando su voz al tiempo que su energía interior. Al hacerlo, el medallón despertó de su letargo. Con un destello cristalino anunció a los presentes que despertaba. Acto seguido comenzó a enviar extraños símbolos Ilenios a la mente de Komir. El medallón de Aliana resplandeció también, despertando con un destello marrón. Komir imaginó que en la mente de la Sanadora, símbolos similares danzaban otra danza ininteligible. Un haz de luz salió despedido del medallón de Komir y fue a fundirse con otro haz de luz proveniente del medallón de Aliana. Los dos haces de luz se volvieron de un dorado fulgurante y marcaron el camino a seguir, hacia el sur, cruzando las dunas que se alzaban ante ellos. Todos miraron hacia donde el rayo dorado se perdía en la distancia. Sólo podían ver desierto y más desierto hasta el mismísimo horizonte.

—Esto no me gusta nada —protestó Hartz negando con la cabeza—, nos vamos a achicharrar si seguimos esa dirección.

Terminaremos convirtiéndonos en cucarachas o escorpiones que es lo único que sobrevive por aquí.

Komir detuvo la proyección del rayo con la orden «Basta» que su mente dirigió al medallón, algo que había aprendido a hacer recientemente. Aquello le proporcionaba una falsa sensación de minúsculo control sobre la joya Ilenia si bien sabía que se engañaba a sí mismo. El medallón era quien realmente controlaba la situación una vez se activaba.

—Vuelve a señalar hacia el sur, tal y como habíamos anticipado —dijo Kayti.

Un mechón de su melena pelirroja le caía rebelde por la frente escapando al turbante negro que le cubría la cabeza y rostro. Sin su armadura blanca, que cargaba en las alforjas del camello, Kayti parecía mucho más joven, pero Komir no se dejaba engañar, con o sin armadura, aquella mujer no era trigo limpio. Algo ocultaba, algo que casi les había costado la vida y que él descubriría. Algo por lo que la haría pagar bien caro.

—Según este mapa no hay nada hacia el sur más que desierto y desolación —indicó Kendas consultando con semblante sombrío un desgastado mapa de cuero—. Tampoco confío demasiado en este mapa que conseguimos en Stambus, pero siendo la ciudad más importante de esta región el mapa debería, hasta cierto punto, indicar con algo de precisión los oasis, templos, y ciudades cercanas. Hacia el norte y el oeste puedo ver marcados dos ciudades y tres oasis diferentes, pero hacia el sur nada. No al menos en muchas leguas. No sé a dónde nos conducen los medallones, pero mucho me temo que si seguimos adentrándonos en el desierto es muy probable que no regresemos. En el ejército es siempre una máxima establecer un plan para la retirada y en este caso no veo ninguno. Nos lo jugamos todo a una carta. Si los medallones nos conducen a refugio nos salvaremos, pero de no ser así moriremos todos tragados por este desierto.

Hartz paseaba inquieto dando largos y pesados pasos sobre la arena para volver hasta el grupo. Se había quitado el paño de la cara y su rostro quemado por el sol mostraba preocupación.

—No sabemos si los medallones nos conducirán a ningún lado. Ni siquiera sabemos qué nos espera al llegar a donde quieren llevarnos. Seguro que es una maldita trampa y nos veremos rodeados de esa magia dorada infernal que no nos traerá nada bueno —dijo enfurruñado.

—Mi no gustar desierto. No agua, no árboles, todo muerto, sólo arena, no vida —expresó Asti muy contrariada mirando a todos lados.

—Este mar de arena sin fin parece dejado de la mano de la Luz — dijo Kendas agachándose y cogiendo un puñado de arena que comenzó a escurrirse por sus dedos cerrados.

Komir contempló su medallón y se quedó pensativo un instante.

—Entiendo vuestras dudas, amigos, a mí también me atemoriza este desierto sin fin y soy muy consciente de que la muerte nos aguarda vayamos en la dirección que vayamos. Pero llegados hasta aquí, hasta esta lejana tierra, hasta este sitio infernal en medio del desierto más profundo, no podemos ahora retirarnos, estamos al final del camino. Yo voy a seguir adelante. Descubriré lo que se oculta en el lugar al que nos llevan los medallones. Que el riesgo es enorme, lo sé, que muy probablemente muera bajo este sol inhumano, también lo sé, pero no he llegado hasta aquí para darme ahora la vuelta. No, no ahora que estamos tan cerca. Tengo que saber qué respuestas se esconden al final de este desierto y las voy a encontrar. Y si muero en el intento, que así sea. Yo no puedo renunciar, ni ahora ni nunca.

—Pero Komir… —comenzó a decir Hartz.

—No voy a pediros que me acompañéis, pues seguir adelante es una locura, lo sé. Pero yo tengo que continuar. Los que queráis seguir con la caravana todavía estáis a tiempo de alcanzarla y viajar a su amparo hasta el oasis. Allí imagino que no os será difícil contratar otra caravana para volver..

—Donde tú vayas yo iré —dijo de inmediato Hartz que de reojo miró a Kayti, como buscando aprobación. Pero esta no llegó. La pelirroja lanzó una mirada hostil al gran Norriel y su semblante se volvió hosco.

Aliana miró hacia las dunas por donde había desaparecido ya el último camello de la caravana. Luego oteó hacia el sur protegiendo con su mano los ojos.

—Yo también te acompañaré, Komir. Necesito saber qué se esconde tras estos medallones y por qué nos llevan a lo más profundo de este desierto. Si hemos sido elegidos para portar estos medallones, y creo sinceramente que así es, entonces debemos averiguar el porqué.

Kendas dio un paso al frente hundiendo la bota de montar sobre la arena y dijo:

—Yo acompañaré a Aliana. Es mi deber protegerla y llevarla sana y salva de vuelta a Rogdon. El príncipe Gerart no me perdonaría que la abandonara y algo le sucediera. Por lo tanto os acompañaré.

Una ráfaga de viento levantó la arena que los rodeaba y golpeó a Asti en el rostro. Escupiendo la arena que le había entrado en la boca dijo:

—Yo ir también pero odiar desierto.

Komir miró a Kayti, era la última que quedaba por hablar. Hubiera dado su brazo derecho por oír a la pelirroja decir que no los acompañaba.

—Donde vaya ese zopenco allí iré yo también —dijo lanzando a Hartz una mirada muy poco amistosa.

Komir maldijo para sí, no podía librarse de ella pero enfrentar a la pareja aumentaba las posibilidades de provocar una ruptura y así deshacerse de la embaucadora pelirroja.

Tras el consenso avanzaron durante días en dirección sur surcando las imponentes dunas, que se alzaban cual grandes olas en un mar embravecido, un mar infinito de arena y ardor. Los camellos los portaban zarandeándolos en su rítmico y cansino caminar. La temperatura durante el día era infernal, abrasadora hasta la extenuación, sus cuerpos sufrían en silencio el rigor desmedido del clima. Todos se cubrían la piel con sumo cuidado, conscientes de que aquellos rayos de sol devoraban su palidez como si estuvieran siendo cocinados sobre las brasas al rojo vivo de una gran parrilla. Por el contrario, durante la noche la temperatura descendía drásticamente y tenían que protegerse junto a los camellos y cubrirse con mantas de lana para no enfermar. Aquel clima tan adverso comenzaba a pasar factura al grupo. Asti, aún contando con los cuidados de Aliana, se encontraba muy castigada, así como Kayti e incluso Kendas, quien comenzaba a flaquear. Hartz ya no protestaba como antes, lo cual no era buena señal. Komir identificaba los signos del agotamiento en su cuerpo y sabía que todos estaban sufriendo muchísimo aquella travesía infernal. Aliana intentaba aliviarlos cuando descansaban pero Komir había tenido que prohibírselo ya que era ella quien presentaba ahora el peor aspecto de todo el grupo. Ya era suficientemente dura la jornada de viaje como para ejercer la sanación estando al borde de la extenuación. El menguante aspecto de la joven Sanadora y el color macilento de su cara no dejaba dormir a Komir, que cada vez más, temía por la vida de la joven.

Y el temido momento llegó.

El agua se agotó.

Nadie dijo nada, pero todos sabían lo que aquello significaba.

Se miraron y continuaron la marcha, era ya demasiado tarde para volverse.

Llegar o morir.

En el ocaso del segundo día de marcha desde que las reservas de agua se agotaran, el miedo comenzó a adueñarse de los intrépidos aventureros: sin agua en medio de aquel infierno morirían de no mediar un milagro. Komir detuvo la marcha ante las caras de extenuación y sufrimiento de sus compañeros. Sin agua estaban muertos y mirase en la dirección que mirase sólo veía un mar infinito de arena ardiente. Ni el más pequeño ápice de vida alguna que les diera algo de esperanza para seguir avanzando. Se detuvieron y prepararon el campamento para pasar la noche, agotados, sedientos, famélicos, desesperanzados.

Kendas se acercó y se sentó junto a Komir, que intentaba mantener la esperanza aún a sabiendas de que la muerte ya los acechaba muy de cerca. Casi podía oler su hedor cerniéndose sobre ellos.

—No podemos continuar avanzando. Otro día más de marcha nos matará —confesó Komir completamente abatido.

—Lo sé, pero no tenemos otra elección, Komir. Si nos detenemos moriremos de sed. No veremos un segundo amanecer —dijo Kendas sacudiendo un escalofrío del cuerpo.

La noche comenzaba a cerrarse sobre el grupo y la temperatura descendía con rapidez. Komir alzó la mirada al cielo. Sobre sus cabezas un firmamento infinito con miles de brillantes estrellas los acogía. Quedó cautivado un momento por la belleza inusitada de aquel firmamento despejado, colmado de pequeños diamantes que refulgían siguiendo los acordes de una melodía nocturna tan eterna como inaudible.

—Bello, ¿verdad? —comentó Kendas siguiendo la mirada de Komir al firmamento.

—Tan bello como mortal —respondió Komir—. No puedo creer que de día este lugar sea un infierno cruel e insufrible y sin embargo por las noches se convierta en un remanso de paz y quietud de una hermosura increíble.

—Hasta que baja tanto la temperatura que te hace chirriar los dientes —señaló Hartz dejándose caer junto a Kendas—. ¡Maldito lugar! —protestó airadamente.

Komir le lanzó una mirada preocupada.

—No te inquietes, amigo —se apresuró a decir Hartz leyendo el desasosiego en la cara de Komir—. Le he dicho a Kayti que cuide de ella y no le permita realizar ni una mínima sanación más. Está demasiado débil. Hoy casi la perdemos, no sobrevivirá a mañana sin agua…

Komir asintió mientras la desesperanza crecía en su interior. Kendas miraba de reojo a Aliana mientras esta se arrebujaba en una manta de lana y ocultaba un rostro ya fantasmal.

—¿Cuál es el plan? —preguntó Hartz sin rodeos.

—Avanzaremos siguiendo la dirección marcada por los medallones, nada más podemos hacer… —respondió Komir cabizbajo.

—Ya veo, o hallamos ese maldito lugar al que los medallones quieren que vayamos o morimos todos en el camino. Si no lo encontramos antes del mediodía, mucho me temo que Aliana morirá y Asti la seguirá…

—Para el anochecer caeremos el resto… —señaló Kendas, uno detrás del otro, sin remedio o salvación posibles.

—¡Encontraremos ese lugar, encontraremos la salvación! —exclamó Komir cerrando el puño con rabia.

No podía permitir que sus compañeros murieran por su culpa en aquel desierto olvidado de la mano de las diosas. Él los había arrastrado hasta allí siguiendo una ciega determinación por encontrar las respuestas que su alma pedía. Suya era la responsabilidad y la culpa de que allí murieran. Mañana todo podía terminar, para todos, de forma trágica.

—Lo encontraremos —repitió mirando al firmamento.

Un poco antes del alba el grupo reanudó la marcha. Los camellos protestaban mientras Hartz y Kendas ayudaban a Aliana y a Asti a montar. Komir las observó en silencio, avergonzado del lamentable estado en el que las dos jóvenes se hallaban. Apenas se tenían en pie. Estaban en los huesos y sus rostros parecían cadavéricos. Komir intentó serenarse y animar su abatido espíritu pero la preocupación lo venció. No consiguió calmar su alma y el pesimismo lo atrapó con una jaula de recios barrotes. Kayti le lanzó una mirada antes de subir a su camello. La pelirroja parecía soportar mejor las penurias del viaje pero aquello no sorprendió a Komir. Por alguna razón ya lo esperaba. Kendas montó su animal con pericia mientras Hartz peleaba con su camello soltando improperios. Finalmente consiguió dominar al animal y se encaramó al mismo encajando su corpachón entre las jorobas.

Y un día más de infernal viaje dio comienzo. Como en una pesadilla que se repetía con cada amanecer. Una pesadilla que de una forma u otra se resolvería aquel día. Komir alzó la cabeza y miró al frente. Unas dunas enormes lo saludaron altivas, sabedoras de la victoria final que sin duda lograrían. Komir intentó tragar saliva pero su reseca garganta se lo impidió. Ya no le quedaba saliva. Se tocó los labios maltrechos, quemados y llenos de postillas, completamente resecos y rotos.

«Lo conseguiremos» se dijo intentando animarse y encarando con su camello la primera de las dunas. El grupo lo siguió en silencio, como una caravana de elefantes heridos en dirección a su cementerio secreto.

El sol brillaba en lo más alto cuando Komir coronó por fin la última duna. Durante el tortuoso ascenso se había dicho a sí mismo «Tras estas dunas está la salvación. Estoy seguro, solamente queda este último escollo y alcanzaremos la salvación. Estoy convencido». A medio camino, viendo el sol ascendiendo sobre el grupo se había dicho «Un poco más, sólo un poco más, debemos llegar antes del mediodía o Aliana morirá. Debemos seguir, hay que llegar. ¡No puede morir! ¡No! ¡No por mi culpa!». Y con las últimas gotas de esperanza habían ascendido en una carrera agonizante.

Y por fin coronaba la duna.

Finalmente.

Miró al frente desde su camello. La esperanza que lo había guiado en el tortuoso recorrido, murió al instante. Ante sus ojos, un nuevo mar de dunas y arena, un nuevo océano dorado sin fin. Nada. Ningún oasis, ni ciudad, ni templo, ni ayuda alguna que pudiera socorrerlos.

Nada.

Únicamente un desierto asesino en todas direcciones.

El alma de Komir se hundió hasta lo más profundo del pozo de la desesperanza.

Giró la cabeza con el alma derrotada para comprobar el estado del resto del grupo. Aliana yacía sobre la arena, se había desplomado de su montura. Kendas y Hartz se apresuraban a ayudarla. Asti intentó bajar del camello pero también cayó a con un mudo quejido. El sol castigaba ahora con una fuerza devastadora. Las dos mujeres iban a morir. Komir lo sabía y su alma gritaba en agonía.

«Por mi culpa, es todo por mi culpa. ¡Qué ciego he sido! ¿Cómo he podido conducirlos a todos a esta muerte atroz? Todo por mi sed de venganza, por no medir las proporciones y consecuencias de mi dolor. Mía es la culpa. Mía la responsabilidad de sus muertes. ¡Que mi alma sea condenada a mil torturas en el más allá! ¡Todo por mi ciega obsesión!».

Komir se dejó caer del camello aplastado por una montaña de desesperación. Sólo deseaba morir, morir una muerte agónica y sufrir una eternidad.

Por su necedad, por su egoísmo.

—¡Tormenta de arena! —gritó Kendas.

—¡Por las diosas! —exclamó Hartz.

Komir rió, una risa histérica, fuera de sí.

—¿Qué más pueden arrojarnos los dioses de este infierno? ¿Para qué, si ya estamos muertos?

La oscuridad de la tormenta se ciñó sobre el grupo.

«Al menos será rápido» pensó y volvió a reír mientras la histeria consumía su mente.

Inesperado Evento

Sonea y Lindaro avanzaban despacio por un bosque agreste que intentaba disuadirlos con cada abrupto paso. Estaban cansados, pero más que eso, estaban asustados. Lindaro miró a Sonea y se llevó el dedo índice a los labios. La desterrada aprendiz de bibliotecaria se quedó inmóvil como una estatua y en completo silencio. La brisa proveniente del lago, al otro extremo de la colina boscosa, les hizo llegar el sonido de varias voces. Instintivamente, los dos estudiosos se echaron al suelo entre la maleza.

—Soldados Zangrianos de patrulla —susurró Sonea.

—¿Entiendes su lengua? —preguntó Lindaro en un murmullo casi inaudible.

—Sí, he estudiado con el maestro Archivero de las Lenguas. Hablo más de una veintena de lenguas de todo Tremia, es una de las disciplinas de estudio que más me gustan. Nada hay que me satisfaga tanto como aprender a comunicarme con otros.

—Eres todo un prodigio —le dijo Lindaro con una sonrisa. Yo sólo domino cuatro lenguas, las más extendidas.

—Pero tú eres un hombre de fe, dedicas mucho tiempo a la obra de la Luz. Yo soy… era… una bibliotecaria, mi misión era adquirir y preservar el conocimiento. Las lenguas en particular y la necesidad de comunicar de los hombres siempre me ha fascinado. Además, cuantas más lenguas domina uno, mayor es el conocimiento total que puede llegar a adquirir.

Lindaro sonrió a la pequeña erudita.

—Sin habla me dejan tu pasión y conocimientos —le dijo en un susurro ahogado.

—Se dirigen al oeste, esperemos que pasen y sigamos hacia el Norte. El lago no puede estar muy lejos ya.

La columna de soldados Zangrianos pasó siguiendo el linde del bosque pero, por fortuna para los dos estudiosos, no se adentraron en el mismo. Con un suspiro de alivio se pusieron en pie y siguieron avanzando con cuidado.

Después de medio día de camino en dirección norte abandonaron el bosque tras descender una empinada colina no sin toparse con alguna que otra dificultad.

Sonea se quedó boquiabierta.

Ante ellos se abría un mar tan azul y tan infinito como el cielo. Un espejo del firmamento en la tierra.

—¡Por la Luz todo creadora! —exclamó Lindaro completamente asombrado— Es absolutamente magnificente.

Sonea no pudo articular palabra por un instante, era como si los antiguos dioses hubieran emplazado un mar índigo en mitad de aquellos bosques, un mar cuyo horizonte se perdía en la lejanía.

—Es... maravilloso —balbuceó.

—¿Pero es un mar o un lago? —se preguntó en voz alta el hombre de fe— Según la cartografía de este territorio debería de ser un lago, pero de unas dimensiones increíbles pues no tiene final que el ojo pueda alcanzar.

—Eso es fácil de averiguar —dijo Sonea agachándose junto a la orilla rocosa, tomó algo de agua con la mano y se la llevó a la boca— Dulce. Es un lago —dijo con una sonrisa pícara.

—Excelente deducción empírica, en qué estaría yo pensando... — dijo Lindaro sonrojándose.

—Hemos alcanzado nuestro destino. Este es el lago que buscamos. ¡Y seguimos de una pieza! Nada mal para dos aventureros pacíficos y desarmados en territorio hostil —señaló Sonea con ojos llenos de orgullo.

—¿Y ahora? —preguntó Lindaro contemplando la inmensidad azulada que se extendía ante ellos.

—El grimorio Ilenio me mostró este paraje en aquella extraña visión. De eso estoy segura. Por lo tanto deduzco que lo que debemos hallar se encuentra en algún lugar del lago.

—¿En el propio lago, te refieres? —preguntó Lindaro con gesto de estar confundido.

—No lo sé. Pero no se me ocurre ninguna otra explicación.

—Ahí delante sólo veo leguas y leguas de agua. Permíteme consultar el mapa —Lindaro obtuvo el mapa de su morral y lo estudió detenidamente—. Los cartógrafos representan este gran lago como una única masa de agua de enormes proporciones. No hay islas ni similares en su interior. Al menos no aparecen representadas.

—La visión me llevó al centro del lago, o al menos esa es la sensación que percibí. Era el centro… creo que deberíamos buscar la forma de navegar este lago e investigar qué hay en su centro...

—Esa propuesta es muy arriesgada, Sonea. No sabemos navegar ni disponemos de una embarcación.

—No parecía excesivamente complicado. Me estuve fijando en cómo lo hacía Flint en su barca de pesca. Creo que podría hacerlo. Aprendo rápido.

Lindaro no pudo evitar una sana carcajada.

—Ya lo creo que aprendes rápido. ¿Hay algo que se te de mal?

—La autoridad —dijo Sonea esgrimiendo una sonrisa burlona.

—Busquemos, pues, una barca. Este es un lago inmenso, en algún lugar de la orilla debería haber un atracadero…

—El problema es que será militar… —señalo Sonea con una mueca de disgusto.

—Sí, eso representará un verdadero problema…

Iruki Viento de las Estepas corría por su vida. Cuatro soldados Zangrianos la perseguían a corta distancia. Corría tan rápido como sus ágiles piernas le permitían, los pulmones le ardían cada vez con mayor intensidad. Se precipitó colina abajo, saltando por encima de maleza y rocas, esquivando pinos y abetos a una velocidad vertiginosa. Arriesgó una mirada atrás y vio que estaba abriendo camino. No podía permitir que la capturaran, no ahora que tenía consigo el Alga Celeste, la salvación para su padre y su pueblo. Abandonó el bosque y salió precipitada hacia la orilla de un nuevo lago. Se detuvo, jadeando, a intentar retomar el aliento. Aquel lugar era un laberinto de lagos y bosques sin salida posible. Miró al frente y se percató de que aquel lago era inmenso, tan grande como un mar, mucho mayor que los otros que había dejado atrás en su incursión en busca del alga medicinal.

Una lágrima inmensa de un dios inmortal.

Un destello azulado la sobresaltó.

—¡Por los espíritus de la pradera! ¿Qué me ocurre ahora?

El destello se repitió, agudo, proveniente de su pecho.

—¡El medallón Ilenio! ¡No tengo tiempo para esto ahora! —negó con la cabeza.

«¿Hacia dónde me dirijo?» dudó angustiada. «Vengo corriendo en dirección sureste, hacia el norte, debo ir hacia el norte. Si me dirijo al sur me alejaré aún más de las estepas».

El medallón desplegó un haz de luz azulada en dirección al centro del lago.

Iruki lo contempló un instante. «No sé lo que el medallón quiere pero este no es el momento y no puedo internarme en el lago por mucho que me gustase» se dijo, y comenzó a correr en dirección norte, siguiendo la orilla de aquella inmensa superficie añil. Respiraba por la nariz y exhalaba, corriendo tan rápido como podía. A su espalda escuchaba a los soldados intentando darle caza. Pero ella no portaba armadura y era una ágil hija de las estepas. Correría como el viento de la pradera llevada por sus alas invisibles, pondría tierra de por medio, no la alcanzarían nunca.

Nunca.

Y corrió. Corrió. Sin mirar atrás.

Al dar la vuelta a un recodo ciego se detuvo bruscamente.

¡No lo podía creer! ¡Su mala suerte era increíble! El espíritu de la mofeta debía de haberla maldecido. Frente a ella, a menos de 500 pasos, se alzaba un fortín coronado con estandartes en amarillo y negro y bajo su protección un pequeño amarradero donde media docena de barcazas de guerra descansaban sobre el agua. El edificio militar había sido erigido junto a la orilla del lago sobre una pequeña colina. Construido de roca y madera no era excesivamente grande pero sí parecía muy robusto. Albergaría a todo un destacamento de soldados, más de un centenar con toda seguridad. Había topado con el puesto militar del ejército Zangriano en aquella zona.

¡No podía dar crédito a su mala suerte!

Se giró en redondo y al fondo pudo ver a los cuatro soldados que la perseguían, ya no corrían, caminaban hacia ella, parecían exhaustos. Pensó qué dirección tomar. No podía avanzar ni retroceder, y el lago inmenso a su vera era un suicidio por mucho que el medallón le indicara aquella dirección. Sólo le quedaba adentrarse en el bosque. No lo pensó dos veces y comenzó a subir la colina; con un poco de suerte los perdería allí dentro entre la maleza puesto que ya les llevaba suficiente delantera.

El retumbar de cascos llegó hasta sus oídos.

Se giró y maldijo amargamente a los espíritus malignos del más allá. Cuatro soldados montados vistiendo el amarillo y negro subían tras ella. Debía ser una patrulla del fuerte, y la habían visto. Iruki continuó subiendo por la pendiente pero los caballos ganaron terreno con rapidez y la alcanzaron antes de llegar a la cima. Uno de los soldados la golpeó en la espalda con su lanza de acero e Iruki perdió el equilibrio.

Gritando de impotencia y rabia comenzó a rodar colina abajo.

Cayó golpeando rocas, tierra, y árboles hasta terminar violentamente magullada a la orilla del lago. Le dolía todo el cuerpo, como si una manada de monturas pintas le hubiera pasado por encima. La bolsa con las Algas Celestes se había desprendido de su cinto y la encontró a dos pasos, en el suelo. Se lanzó a por ella ignorando el terrible dolor, nada la detendría, nada.

Un jinete llegó hasta ella escudo y lanza en mano.

Iruki ató la bolsa al cinto y desenvainó la espada Ilenia.

«Bebamos de la sangre del enemigo, guerrera, deja que mi alma rejuvenezca bañada en el rojo fluido de la vida. ¿Me lo permites, mi ama?» dijo en su mente aquella voz fría y peligrosa, que parecía provenir del inicio de los tiempos.

—Adelante —le dijo Iruki a la espada hechizada.

Un destello dorado la recorrió de pies a cabeza y al instante se dio cuenta de que ya no era ella quien controlaba su cuerpo, sino el arma Ilenia. Había sido poseída por el alma de la espada.

La lanza del soldado se dirigió hacia el pecho de Iruki sin mediar palabra o aviso, pero la espada la desvió con una maestría infinita. Iruki se vio dando un giro sobre sus talones y acercándose al jinete en el mismo movimiento. Antes de que este pudiera volver a atacar la espada lanzó un salvaje tajo al muslo del soldado atravesando las protecciones y cercenando media pierna. Iruki volvió a girar apartándose del caballo y vio al jinete gritar sumido en espanto mientras caía de la montura de guerra.

«Delicioso es el néctar de la vida. Mi esencia con él se eterniza, mi alma se rejuvenece a cada delicioso sorbo» dijo la espada en su mente.

Otros dos de los jinetes aparecieron colina abajo y cargaron contra ella.

Iruki se percató que su cuerpo se movía con la agilidad, equilibrio y destreza de un letal guerrero, de un maestro de la espada. Estaba poseída por el espíritu de un espadachín magistral. Su cuerpo se agachó, saltó y la espada refulgió al sol. Un momento más tarde giró, avanzó, esquivó, y la espada volvió a refulgir. Los dos jinetes perecieron en un abrir y cerrar de ojos ante el baile letal que su cuerpo había interpretado.

Estaba absolutamente pasmada.

Los cuatro perseguidores llegaron hasta ella desde el sur.

—No lo intentéis si no deseáis acabar como estos —les advirtió no deseando que la espada se cobrara sus vidas.

Los cuatro soldados intercambiaron miradas dubitativas pero decidieron atacar.

«Hoy es un gran día, mi ama, hoy mi filo rejuvenecerá bañado en néctar y mi alma felicidad hallará.»

Los soldados atacaron formando una barrera humana, escudo con escudo, entrelazados, con las lanzas listas para ser propulsadas contra el cuerpo de Iruki. Aquello la asustó, estaban bien protegidos, y sintió miedo. No creyó que la espada pudiera romper aquella formación defensiva.

Se equivocó.

En el momento en el que los soldados avanzaron para propulsar las lanzas desde detrás de sus escudos rectangulares, el cuerpo de Iruki dio un salto increíble y con una voltereta en el aire pasó por encima de la línea defensiva de soldados. Iruki se posó con la agilidad de una pantera tras ellos. Su cuerpo giró en redondo a una velocidad vertiginosa y encaró las espaldas desprotegidas de los cuatro hombres que intentaban desesperadamente girarse. La espada refulgió cuatro veces a una velocidad inusitada y los cuatro soldados perecieron antes de poder girar y defenderse.

Iruki quedó absolutamente anonadada. Estaba poseída por el alma de un guerrero increíble. Los soldados Zangrianos no podrían detenerla.

Volvió a equivocarse.

De entre los árboles apareció a galope tendido el cuarto jinete, al que ya había olvidado.

Iruki vio su cuerpo girar.

La lanza del soldado la golpeó en la cabeza.

La espada cayó de su mano mientras la negrura la envolvía.

El frío goteo del agua sobre su rostro despertó a Iruki. Le dolía horrores la cabeza. Abrió los ojos intentando centrar la visión.

Estaba atada con grilletes a una pared de roca áspera y por el aspecto de la estancia dedujo que se encontraba en una mazmorra. Ante ella, tres hombres en uniforme Zangriano la miraban con rostros de marcada hostilidad. Por los uniformes supuso que eran oficiales y no meros soldados.

Uno de ellos le preguntó algo en Zangriano. Iruki negó con la cabeza.

—¿Hablas la Lengua Común del Norte? —le preguntó el mayor de los tres oficiales, de cabello cano y elevada estatura y que por los galones que exhibía debía ser el oficial al mando.

—Sí, la hablo... —respondió Iruki, que comprendió estaban intentando comunicarse con ella.

El extraño lenguaje Zangriano le era desconocido pero conocía el lenguaje de los vecinos de estos al norte.

El soldado asintió.

—¿Qué hacías en los lagos? —inquirió el oficial.

Iruki observó la lúgubre y oscura estancia. Sobre una mesa vio su cinturón con la bolsa de cuero de las Algas Celestes y, junto a ella, la espada Ilenia.

—Buscaba plantas medicinales —dijo señalando su cinturón con la cabeza.

—Un tanto extraño que una veintena de Masig se adentren en territorio de los Mil Lagos —intervino un segundo soldado con espesa barba negra y ojos verdes.

—Las medicinas que buscamos son muy importantes para nuestro pueblo, muchos han enfermado y corren el riesgo de morir. Por ello vinimos.

—Sin duda son espías trabajando para el reino de Erenal. Los Masig nunca se adentran tanto en los lagos —afirmó el tercero de los oficiales, algo grueso y completamente calvo—. Es absurdo que vengan hasta nuestro territorio, ¿una partida de guerra y armados en busca de plantas medicinales? ¡Bah! mentiras.

—No somos espías de nadie. Vinimos en busca del Alga Celeste, esa es la verdad. Mi tribu está enferma, necesito llevárselas, la vida de muchos Masig depende de ello. Debéis creerme, por favor — suplicó Iruki.

El oficial al mando se acercó hasta ella y puso sus manos sobre las carrilleras de la Masig. Le levantó la cabeza, y la miró a los ojos fijamente.

—Te lo voy a preguntar sólo una vez más, Masig. ¿Qué hacíais en los lagos?

—Digo la verdad, debéis creerme, mirad en mi cinturón, veréis que soy una Mujer Curandera.

—Una curandera se atreve a asegurar la muy zorra. ¡Después de haber matado a tres jinetes y cuatro soldados de infantería! —gritó el soldado de la barba encolerizado.

—Eres una asesina enviada por Erenal para espiar o matar al Conde Ulmitch, señor de este fuerte. Los hombres que te acompañaban eran tu escolta —afirmó el soldado calvo.

—Os digo la verdad, sólo me defendí al ser atacada. Vuestros soldados nos atacaron sin nosotros mediar provocación ninguna.

—¿Acaso pretendes que creamos que una salvaje Masig, una curandera, es capaz de matar a siete soldados Zangrianos sin asistencia alguna?

Iruki no supo qué contestar. No creerían nada de lo que dijera y no podía explicarles el hechizo de la espada Ilenia, pensarían que se burlaba de ellos.

—Quien calla, otorga —dijo el oficial cano, dio un paso atrás y se sacudió el uniforme—. Se la condena por la muerte de siete soldados del Rey. Como oficial al mando de la guarnición de este fortín y por el poder otorgado por el Rey, te condeno a muerte. Llevadla a la torre y ejecutadla.

Iruki se quedó sin habla.

Intentó decir algo en su defensa pero únicamente consiguió emitir un balbuceo incomprensible.

—¡Guardias! —llamó el oficial— A la torre con ella.

Dos soldados entraron de inmediato en la celda y le quitaron los grilletes. Se la llevaron a trompicones, cada uno aferrando con fuerza de un brazo. El Zangriano de la barba recogió el cinturón y la espada de Iruki y marchó tras ellos acompañado del oficial calvo.

Al llegar a la torre, Iruki sintió que le fallaban las rodillas. La arrastraron escaleras arriba hasta una estancia en el último piso, como si de una tortura añadida se tratara. Subieron y subieron por la interminable escalera. Al entrar en la habitación, Iruki observó alarmada que se trataba de una sala de ejecuciones. Estaba perdida. Una pequeña ventana en un costado y un tocón con un cesto de mimbre es cuanto llegó a ver.

Sabía lo que aquello significaba. Tragó saliva.

Los dos soldados la hicieron arrodillarse sobre el tocón mientras le sujetaban los brazos a la espalda y forzaban su rostro contra la madera. Su cabeza quedó presionada contra el tocón e Iruki, sentenciada, se encomendó a los espíritus benignos de las estepas.

La iban a decapitar.

—Permíteme este honor, eran mis hombres —señaló el oficial de la barba.

—El honor tuyo es, Sargento —le respondió el oficial calvo.

—Gracias, Capitán.

Junto al tocón, apoyada contra un pequeño estante armero, esperaba la espada más grande que Iruki hubiera visto jamás. Un mandoble enorme de afilados filos y empuñadura de a dos manos. El Sargento se acercó hasta la gran espada y la blandió, sopesándola al aire. Se giró y se acercó hasta Iruki.

—Por orden del Rey y como representante militar de sus designios, ejecuto la sentencia.

Situó el filo de la espada sobre el cuello de Iruki.

Alzó la espada.

Iruki pensó en su padre, en su tribu, y una desesperación inmensa la invadió.

Moriría sin salvarlos.

En ese instante, la ventana de la torre explotó en mil pedazos.

Una sombra entró rodando en la sala.

El ejecutor, giró la cabeza.

Una daga de lanzar le alcanzó en el ojo.

—¡Maldición! —exclamó el Capitán desenvainando su arma.

Una explosión de humo negro llenó la estancia e Iruki no pudo distinguir nada de lo que sucedía. Escuchó un gruñido de dolor seguido del sonido de un cuerpo desplomándose al suelo. De súbito, la presión que ejercían contra ella los dos guardias desapareció y pudo alzar la cabeza. Escuchó un murmullo a su derecha y un cuerpo golpeó el suelo. Oyó un gruñido a su izquierda y otro cuerpo se desplomó. No sabía lo que estaba ocurriendo pero allí estaban muriendo hombres en un suspiro. Entre la negrura del humo distinguió su espada Ilenia sobre una mesa. Sin pensarlo dos veces se lanzó a por ella. La desenvainó y dijo:

—¡Poséeme, mi cuerpo es tuyo!

La espada despertó y el resplandor dorado recorrió su cuerpo.

—Magia Ilenia —susurró una voz.

Iruki, espada en mano, miró en dirección al sonido, el humo se estaba disipando.

—¿Quién eres? ¡Muéstrate! —demandó.

El humo fue desapareciendo e Iruki descubrió a los cuatro soldados Zangrianos, estaban muertos.

—¿Tanto tiempo ha pasado que ya no reconoces mi voz, Iruki Viento de las Estepas?

Iruki se quedó petrificada.

De las sombras de una esquina apareció Yakumo.

Vestía completamente de negro, sólo sus oscuros ojos rasgados eran visibles.

—¿Ya… Yakumo?

El Asesino retiró el pañuelo negro que cubría su rostro.

A Iruki el corazón le explotó en el pecho. La espada Ilenia se le cayó de la mano al suelo.

¡No lo podía creer, su amado, allí, vivo!

Todo su ser explotó con un sentimiento de una alegría tan infinita que la desbordó por completo.

—¡Yakumo! ¡Estás vivo!

Yakumo se acercó hasta ella y mirándola a los ojos le dijo:

—Te di mi palabra, te prometí que un día regresaría a por ti.

El corazón de Iruki estalló con una felicidad inconmensurable.

—No… No puedo creerlo —balbuceó ella mientras lo abrazaba, temerosa de que aquello fuera un sueño y él intangible.

Yakumo la abrazó y sonrió, iluminando con aquella enigmática sonrisa el alma de Iruki.

Ella lo besó apasionadamente, llena de una felicidad y ardor desbordantes. En el beso ambos dejaron que sus sentimientos, su deseo, su amor, afloraran y tomaran las riendas de sus destinos. El tiempo se detuvo, todo a su alrededor desapareció. En aquel momento, en aquel encuentro imposible nacido de una promesa desesperada, Iruki se sintió plena. En los brazos de Yakumo, el hombre que su corazón anhelaba y al que día tras día había esperado aferrándose a una esperanza prácticamente baldía, se sintió una mujer colmada.

La puerta de la torre se abrió de repente y dos soldados entraron corriendo. Yakumo reaccionó de inmediato y, rodando por el suelo al tiempo que desenvainaba sus letales dagas negras, atacó a los sorprendidos guardias. Iruki se agachó y aferró la espada Ilenia. Las dagas de Yakumo realizaron inverosímiles ataques y la espada de Iruki buscó la sangre que anhelaba. Ambos guardias murieron en un instante.

—Debemos huir, Iruki. Han dado la alarma, vendrán más soldados.

—¡Guíame, Yakumo, yo te seguiré! ¡Te seguiré hasta el fin del mundo!

Yakumo sonrió y la miró a los ojos con dulzura. Se encaramó a la ventana y le tendió la mano.

—Sígueme, Iruki Viento de las Estepas, no soy digno de que me acompañes, pero quizás algún día consiga redimirme a tu lado.

Los dos fugitivos escalaron hasta el tejado de la torre con la ayuda de una soga que Yakumo portaba. De la torre descendieron por el costado contrario hasta un edificio de grandes dimensiones con un empinado tejado.

—Con cuidado, son las barracas... —le dijo en un susurro Yakumo.

Todo el fuerte estaba en estado de alerta, los soldados corrían por el patio y los gritos de alarma se sucedían. Por fortuna para los dos fugitivos, había anochecido ya, y en los tejados apenas había luz alguna. Estaban envueltos en la negrura de la noche y escapaban a su amparo. Agazapados y en silencio llegaron hasta otro edificio algo más pequeño y Yakumo saltó al tejado con la agilidad endiablada que le caracterizaba. Iruki, con un salto algo desequilibrado, alcanzó el tejado pero no pudo mantenerse. Fue a caer pero Yakumo la consiguió sujetar.

—Gracias... —murmuró ella con alivio.

—Es hora de escondernos y desaparecer.

—¿Saltaremos por la muralla?

—Mira allí —Yakumo le indico el patio interior del fuerte donde más de una treintena de jinetes se preparaban para salir—. Patrullas que salen a buscarnos. Peinarán todos los bosques de los alrededores en sus monturas.

—¿Cómo escaparemos de ellos? —preguntó Iruki consternada— ¿Qué podemos hacer, Yakumo?

—Siempre aquello que el enemigo no espere —dijo Yakumo con una enigmática sonrisa.

Una hora más tarde ambos fugitivos se escondían entre el heno y la paja del piso superior de los establos.

—¡Es una locura, nos encontrarán! —exclamó Iruki nerviosa.

—Al contrario, nunca se les ocurriría buscar aquí. Todos los jinetes han partido ya, no volverán hasta el amanecer; los establos, por así decirlo, están cerrados. Nadie subirá aquí arriba, no hay necesidad, no hay caballos que alimentar.

—Es una locura pero si crees que es lo mejor...

Yakumo sonrió. Se encontraban ante una montaña de paja seca y heno.

—Sígueme —dijo y comenzó a subir por la paja hacia el fondo del establo.

Ahuecaron un pequeño círculo al fondo y en él se ocultaron. Escondidos tras aquella montaña de paja eran invisibles. Iruki, cansada, estiró su cuerpo, pero la excitación hacía que su corazón galopara desbocado. Yakumo permanecía sentado junto a ella mirándola con ojos dulces. Iruki lo tomó de la mano y lo atrajo hacia sí. Lo contempló y acarició el rostro del Asesino entre sus manos. Era el rostro de su salvación, de su corazón, de su alma. El deseo que sentía en aquel instante por aquel hombre era inconmensurable. Sus sentimientos estaban a flor de piel. Allí escondida, rodeada de enemigos, en peligro, y echada junto al enigmático extranjero que su corazón anhelaba.

Todo su deseo se desbordó.

Fue a besarlo.

Pero él la detuvo.

—Iruki, no soy digno…

Pero ella no quería oír aquello, deseaba ser amada por aquel que su corazón había elegido. Yakumo intentó resistirse pero Iruki no se lo permitió. Lo sujetó del cuello con ambas manos y lo atrajo hacia sí. Llena de pasión besó a su hombre, un beso húmedo y pleno. Las defensas de Yakumo cedieron, no pudo resistir al amor que sentía y se entregó de lleno a una pasión insostenible.

A un amor verdadero.

Y aquella noche, rodeados de peligro, dos seres humanos tan distintos como afines, se amaron con una pasión y un amor tan sinceros que la luna tuvo que apartar la mirada ruborizada.

Sonea, agazapada junto a la muralla, tiró de la manga de la túnica de Lindaro. Sobre el parapeto del fortín se escuchaban los pasos de dos vigías de guardia. Los dos estudiosos, escondidos entre los altos rastrojos y cubiertos por la oscuridad de la noche, intentaban no ser descubiertos por los guardias Zangrianos. Estaba a punto de amanecer y ya no les quedaba mucho tiempo si querían que el plan tuviera éxito. Si llegaba el alba los descubrirían y estarían perdidos.

—Adelante, Lindaro, vamos —le animó Sonea en un susurro.

Lindaro la miró con cara de angustia pero se rehízo y siguió adelante.

Lo habían planeado al detalle, y funcionaría. Sonea estaba segura. Lo conseguirían siempre y cuando no ocurriera algo imprevisto que no hubieran calculado…, lo que resultaba casi seguro, a juzgar por los recientes acontecimientos. El mundo real distaba mucho de su amada biblioteca. Pensó en su Maestro y en las incontables horas de estudio que habían compartido. Ahora debía improvisar sobre la marcha, con los medios a su disposición para poder sobrevivir. Y los errores se pagaban con la muerte, no con amonestaciones. Suspiró e intentó tranquilizar su inquieto espíritu, debía controlar sus emociones pues corrían grave peligro.

Se colocaron en el punto preciso de la muralla. Sonea asintió a Lindaro. Se separaron dos pasos de ella y se prepararon. Ahora venía la parte más complicada del plan. Lindaro preparó el saco relleno de piedras y hierba seca. Lo abrió y lo cubrieron con sus cuerpos.

Llegaba el momento crucial.

Una lechuza sobrevoló su posición y a Sonea casi se le sale el corazón del pecho.

—Vamos, Sonea, pidió Lindaro.

Con extrema cautela Sonea sacó su pedernal y comenzó a prender fuego a la hierba seca en el interior del saco. Tras varios intentos finalmente lo consiguió y por fortuna los guardias no se percataron de las chispas producidas. Aguardaron un momento y el interior del saco comenzó a arder. Debían lanzarlo. La parte inferior del saco, compuesta de roca, hierba y papel, estaba empapada en aceite de lámpara y, una vez el fuego llegara a esa sección, ardería con una intensidad tremenda. La idea se les había ocurrido al toparse de forma fortuita con una cabaña de caza deshabitada cerca de la zona sur del gran lago. Habían pasado largo rato estudiando el plan y finalmente se habían decidido.

Lindaro miró hacia la muralla.

Sonea escuchó los pasos de los guardias alejándose.

—¡Ahora! —le dijo al oído.

Lindaro cerró el saco y con calculada pericia lo lanzó por encima de la muralla.

Los dos estudiosos se echaron al suelo de inmediato y esperaron.

Sonea miró a Lindaro con ojos expectantes.

—Creo que he acertado —murmuró el hombre de fe controlando la excitación en su voz pero mostrándola en sus despiertos ojos.

El fuego no tardó en prender. Habían lanzado el saco incendiario al granero que había junto a los establos. Habían pasado todo el día subidos a un enorme abeto espiando desde la distancia el interior del fortín cuyas murallas, por fortuna, no eran excesivamente altas. Desde la posición del lanzamiento el saco debería haber llegado al interior del granero por el frontal descubierto. Lindaro había practicado el lanzamiento durante todo el día, consciente de que dispondrían de una única oportunidad.

El olor a quemado les llegó con el viento. El granero comenzaba a arder. El resplandor de las llamas ya era visible.

—¡Alarma! ¡Fuego! ¡Fuego! —sonó la alarma en el fortín.

Los guardias corrieron a apagar el incendio y un centenar de voces gritando y ordenando acciones llenaron la noche.

—¡Agua! ¡Traed agua! —gritaban los soldados.

El plan iba según lo previsto. Sonea y Lindaro aprovecharon la confusión reinante para acercarse hasta el embarcadero y esconderse tras un pequeño cobertizo con material para las barcazas.

La puerta de acceso desde la muralla al embarcadero se abrió y un oficial seguido de varios soldados apareció a la carrera. Llevaban cubos de madera.

En el embarcadero media docena de soldados guardaban las barcazas de guerra Zangrianas.

—¡Vosotros! ¡Formad una hilera!

Los guardias del embarcadero miraron al oficial sin comprender.

—Vamos a llevar agua desde el lago hasta el granero. Hay que apagar el incendio —explicó el oficial.

La cadena humana se formó al momento y los cubos de agua comenzaron a ser transportados desde el lago. Los soldados trabajaban sin descanso y toda su atención estaba concentrada en el incendio.

—Ahora es el momento —le dijo Sonea a Lindaro.

El hombre de fe asintió y le lanzó una sonrisa nerviosa.

—Espero que lo consigamos —imploró mirando al cielo—, ayuda a estos hijos tuyos, oh, Luz todopoderosa.

Sonea y Lindaro salieron de detrás del cobertizo, agazapados, buscando las sombras. Llegaron hasta las barcazas del embarcadero sin ser descubiertos. Se dirigieron a la más alejada de todas.

—Ya casi estamos —le dijo Sonea a Lindaro, y el hombre de fe sonrió, sus ojos parecían llenos de excitación por la acción y el peligro.

Sonea saltó al interior de la barcaza y Lindaro corrió a soltar la amarra para escapar.

Una voz susurrante junto a su oído derecho lo detuvo.

—¿Robando la barcaza?

Lindaro fue a girarse pero sintió el roce de un filo afilado sobre su cuello.

—¡No me mates, por favor! Sólo soy un simple hombre de fe —exclamó Lindaro completamente aterrado.

—Un hombre de fe que incendia un fortín y roba una barcaza de guerra Zangriana…

—Deja… deja que me explique…, por favor, te lo ruego.

—¿Quién es la chica en la barcaza?

—La chica… es una bibliotecaria de Erenal.

—¿Un sacerdote y una bibliotecaria? ¿Realmente pretendes que crea eso?

Lindaro sintió que la presión del filo sobre su cuello se incrementaba y se asustó sobremanera.

—Por la Luz que todo lo ilumina, mi palabra de sacerdote del Templo de la Luz te doy.

—No lo mates —dijo otra voz femenina, y Lindaro sintió un ápice de esperanza.

—¡A la barcaza, rápido! —dijo el hombre librando el cuello de Lindaro.

Este se giró y la sorpresa hizo que casi perdiera el equilibrio y cayese al agua.

¡No era un soldado Zangriano! ¡Era un hombre en oscuras vestimentas con ojos rasgados!

Y lo acompañaba una Masig de piel rojiza.

Lindaro se quedó pasmado.

—¡A la barcaza, rápido! —repitió el hombre, y Lindaro reaccionó.

Los tres subieron a la embarcación. La cara de sorpresa y miedo de Sonea fue inmensa.

—¿Qué… quienes… qué ocurre? —balbuceó.

—A los remos, presto. Debemos alejarnos de inmediato o los guardias nos descubrirán. Vosotros dos delante, nosotros detrás —les ordenó Yakumo.

Sonea y Lindaro obedecieron sin rechistar.

—Todos a una —dijo Yakumo—, ¿listos? ¡Ahora!

La barcaza comenzó a desplazarse sobre el tranquilo lago. Todos remaron con ímpetu alejándose en silencio del embarcadero. En la distancia el resplandor del incendio iluminaba la noche. El granero y los establos ardían sumidos en grandes llamas. Las voces de los soldados de la guarnición se escuchaban como un eco sobre el lago, tendrían que trabajar toda la noche para poder sofocar semejante incendio.

Remaron y remaron sin mediar palabra, manteniendo el ritmo, todos a una, buscando la salvación en la inmensidad del lago que los rodeaba. El día despuntaba y un cálido sol pronto bañó sus cuerpos. El fortín desapareció en la lontananza y pronto se vieron rodeados de agua en todas direcciones.

—No puedo más… —exclamó Sonea con rostro pálido por el esfuerzo dejando ir el remo.

—Yo tampoco —dijo Lindaro mirando a sus captores lleno de nerviosismo.

Yakumo paró de remar e Iruki lo imitó al momento.

Todos se quedaron en silencio recobrando el aliento, a excepción del Asesino, que oteaba el horizonte. Se giró y vio los dos barriles de provisiones en la popa de la embarcación. Fue hasta ellos y los abrió. Uno contenía agua y el otro carne y pescado salados.

—Hora de reponer fuerzas —anunció—. Bebed cuanto podáis y comed, aún nos queda mucho por remar.

Al ver los ojos asustados de los dos prisioneros Yakumo miró a Iruki. Esta le sonrió.

—No vamos a haceros daño —les dijo la Masig con una sonrisa—. Necesitábamos escapar y al igual que vosotros fuimos a por el bote más alejado de los guardias. Lo que nunca hubiera imaginado es que vosotros dos fuerais capaces de crear semejante estropicio en el fortín. Por poco nos asáis vivos a los dos. Nosotros estábamos escondidos en el establo que se incendió tras propagarse el fuego desde el granero.

Sonea miró a Iruki con cara de incredulidad.

—Cuánto lo lamento… No pensábamos que hubiera nadie de noche en esos edificios…

—Eso mismo dedujo Yakumo cuando nos escondimos allí —dijo ella señalando al Asesino, que revisaba los víveres.

—Yo soy Iruki Viento de las Estepas, de los Nubes Azules, del pueblo Masig. Este es Yakumo, mi hombre —dijo ella, y Yakumo le lanzó una mirada de desconcierto.

—Yo soy Lindaro, Sacerdote del Templo de la Luz.

—Y yo Sonea, bibliotecaria de la Orden del Conocimiento de Erenal.

—Bien, ahora que ya todos nuestros nombres son conocidos por el espíritu del viento, no debéis tener miedo, no os vamos a hacer daño.

Sonea señaló con el dedo índice las armas que tanto Iruki como Yakumo portaban al cinto.

—No temas, son para defendernos de los enemigos.

—Y ahora ¿hacia dónde nos dirigiremos, Yakumo? —preguntó Iruki a su amado mirando la inmensa superficie de agua azul que los rodeaba por completo.

Antes de que Yakumo pudiera opinar, un destello azulado salió despedido del medallón Ilenio bajo su túnica corta de cuero.

—Ya comienza otra vez —dijo Iruki, mientras Sonea y Lindaro se ponían de pie interesadísimos por el suceso.

Iruki sacó el medallón a la vista y ante el asombro y fascinación de Sonea y Lindaro la joya Ilenia volvió a refulgir y esta vez emitió un haz de luz azulada en dirección noreste.

—Creo que el medallón quiere que vayamos en esa dirección —dijo Iruki con una sonrisa.

—Ese medallón tiene un poder inmenso y muy ancestral, puedo sentirlo —dijo Yakumo preocupado—, el mismo poder que combatimos en las cuevas bajo La Fuente de la Vida.

—Lo obtuve en el Templo del Agua, en el sarcófago del Rey muerto, al igual que la espada hechizada.

Yakumo asintió en silencio.

—Su poder es realmente impresionante. Debemos ser cautelosos al manipularlo o podría acabar con nuestras vidas.

Sonea y Lindaro escuchaban atentos, sin perder detalle, fascinados.

Un nuevo destello seguido de otro haz de luz azulada partió del medallón.

—Insiste, como si un espíritu nos estuviera mostrando el camino. Pero no sé si es un espíritu benigno o maligno.

—Ni por qué quiere que vayamos en esa dirección —apuntó Yakumo.

—Podríamos investigarlo… —sugirió Sonea de forma inocente— Estamos fuera de peligro, rodeados de paz y calma, nada perdemos por ver a dónde nos conduce…

Lindaro la miró y sus labios formaron una pequeña sonrisa.

—Yo también opino lo mismo. Ya hemos escapado, estamos a salvo, investiguemos de qué se trata.

Yakumo los miró intrigado. Para ser dos estudiosos pacíficos, aquellos dos tenían tendencia a lanzarse de cabeza a los problemas.

—No estoy nada convencido… esa magia… es muy peligrosa — dijo Yakumo.

En ese momento un punto oscuro apareció en el horizonte, al sur.

Yakumo se dirigió a la popa y activó su poder Ojos Lejanos para incrementar el alcance de su visión. Un resplandor rojizo lo envolvió.

—¡A los remos! ¡Rápido! —gritó.

Todos se precipitaron a por los remos.

—¡A mi señal! ¡Bogad!

Todos comenzaron a remar a una.

—Ahora ya no tenemos opción, seguiremos la dirección marcada por el medallón.

—¿Qué sucede, amor mío? ¿Qué has visto?

—Una embarcación ligera, al sur. Nos viene dando caza.

—¿Soldados Zangrianos? —preguntó Iruki con tono de preocupación.

—No, Iruki, peor, mucho peor… —todos quedaron cautivos de las palabras de Yakumo—. Es Lasgol, el Rastreador Norghano. Viene por mí.

Dulce Despertar

Un dolor punzante en el pecho despertó a Aliana. Entreabrió los ojos con dificultad, los párpados le pesaban como losas y la luz del sol le arañaba los ojos. Estaba tendida en el suelo, sobre la arena, y todo su cuerpo sufría con un dolor de tal magnitud que rozaba la angustia agónica. No sabía qué le sucedía, pero su cuerpo la estaba matando, ¿acaso estaba siendo torturada? O quizás lo hubiera sido con anterioridad y ahora estaba padeciendo las consecuencias. Intentó recordar qué había sucedido pero el terrible dolor en el pecho regresó para martirizarla. «¿Qué me sucede? ¿Qué es este dolor abrasador en mi abdomen? ¿Qué significa esto?». Apoyó una mano sobre la arena para intentar incorporarse.

La arena no ardía.

Aquello la confundió.

Se llevó la mano al pecho y, para su sorpresa, halló el medallón Ilenio colgando del cuello apoyado en el punto de dolor. ¿Acaso era el medallón el causante de aquello? Volvió a intentar abrir los ojos cuando quedó cegada por un destello de la joya Ilenia. La agonía en su pecho se intensificó volviéndose insufrible. Aliana terminó de despertar llevada por el terrible dolor y presionó con ambas manos el medallón contra su pecho en un intento sin sentido por detener el dolor. En ese instante, unos símbolos Ilenios brotaron en su mente y a continuación contempló una imagen nítida, como si la estuviera viendo ante sus ojos, si bien estos permanecían cerrados.

Una imagen inequívoca: una cascada de agua cristalina.

Involuntariamente asintió, comprendía el mensaje, el motivo del dolor en su pecho.

Agua.

El medallón la había despertado con un fin: que bebiera agua para que no pereciera. Y al comprenderlo, la agonía desapareció por completo.

Abrió los ojos y se encontró con algo que la sorprendió más que nada de lo que hubiera podido imaginar. Ante sus ojos se hallaba un bellísimo oasis a los pies de una formidable pared rocosa. Aliana contempló el oasis anonadada. El lago, de un agua azulada como el firmamento de una tarde de verano, estaba completamente rodeado por bellas palmeras que lo circundaban. Algo de vegetación crecía en la orilla y tras las palmeras todo era arena y enormes dunas hasta llegar a la altísima ladera rocosa de color rojizo. Tan bello era el paraje que Aliana no pudo reaccionar por un instante. Pero el dolor que sufría su cuerpo la devolvió a la realidad. Miró a su alrededor y se percató de que se encontraba a la sombra de dos grandes palmeras que la protegían del implacable sol. Frente a ella, al otro lado del lago, los camellos bebían agua tranquilamente, ajenos a todo. Le pareció totalmente irreal.

Buscó con la mirada y a su derecha vio a Komir tendido entre la vegetación, su cabeza estaba apoyada en las raíces de otra palmera. Al ver al joven guerrero Norriel de ojos esmeralda su corazón dio un vuelco y comenzó a palpitar de forma acelerada. No era la primera vez que aquello le sucedía. En las últimas semanas de viaje, cada vez que se encontraba a solas con el enigmático guerrero, o sus miradas se cruzaban, Aliana comenzaba a sentir una excitación que hacía que su corazón latiera como un tambor de guerra. Cuando él le hablaba sentía un extraño cosquilleo en el estómago, una sensación agradable al tiempo que inquietante. Ella sabía lo que aquello significaba, ya había sentido algo similar anteriormente, con Gerart, y la inquietaba sobremanera.

—Debo ayudarlo —se dijo en voz alta como intentando asegurarse de que no se hallaba en un sueño del que iba a despertar.

Tras Komir pudo ver los cuerpos tendidos del resto de sus compañeros protegidos del sol por las palmeras y la vegetación. Todos estaban inconscientes. Intentó levantarse pero le fue imposible, no disponía de fuerza alguna y el cuerpo la mataba de dolor. «Estoy demasiado débil para ayudar a nadie. Ni siquiera a mí misma. Si no bebo agua de inmediato, moriré. Eso es lo que el medallón trataba de decirme, que no me queda tiempo».

Se puso boca abajo y comenzó a arrastrarse hacia el agua, su cuerpo chillaba de dolor. Por fortuna el lago estaba a dos pasos de

Aliana y consiguió recorrer la mínima distancia sobre su estómago. Al llegar a la orilla comenzó a beber como un animal salvaje. Bebió y bebió, consciente de que le iba la vida en ello. Una vez saciada, introdujo la cabeza en el lago para refrescarse y la sensación fue simplemente gloriosa. Se tumbó de espaldas, la nuca y media cabeza todavía sumergidas en el agua y contempló el cielo, de un azul celeste casi tan bello como el del lago cuya agua le estaba salvando la vida. Recordaría siempre aquel breve momento de gloria divina.

En cuanto el organismo asimiló la ingesta del agua, Aliana utilizó su Don para sanar los estragos que el insufrible viaje había causado sobre su cuerpo: ampollas, quemaduras, llagas, desgaste, y muy en especial, la deshidratación brutal que había sufrido y que por poco la lleva a la muerte. Al hacerlo se percató de que un suspiro más y habría muerto. «Estoy viva de milagro. Mi tiempo casi se agota». Aquel hecho la consternó gravemente, no ya por lo cerca que había estado de morir, sino por la conciencia de que sus compañeros podían morir en cualquier instante. Presa del pánico, se puso de rodillas incapaz aún de incorporarse y gateando llegó hasta Komir. El medallón del Éter de Komir refulgía con intensidad y la cara del joven guerrero era una mueca de dolor.

—¡Komir, despierta, Komir!

—El... pecho... dolor...

—Sí, Komir, es el medallón, quiere que despiertes.

—No... puedo...

—¡Despierta o morirás! —gritó Aliana mientras sacudía de los hombros al joven Norriel.

Komir consiguió abrir los ojos y despertar. Aliana, llena de alegría, lo abrazó y le besó las mejillas.

—¡Vives, vas a vivir!

Komir, visiblemente confundido y medio cegado, miró alrededor sin comprender.

—¿Qué... qué ha sucedido? ¿Estamos muertos?

—Estamos en un oasis, hay agua. ¡Nos salvaremos!

Komir miró al resto de sus compañeros.

—Debemos ayudarles —dijo e intentó incorporarse pero se desmoronó al instante.

—Tu cuerpo necesita sanación, está demasiado castigado, no podrás ponerte en pie. Deja que te ayude, en poco tiempo podré reponerte.

Komir la miró a los ojos. Aliana sintió los ojos esmeralda del guerrero interrogando su alma y quiso gritar de alegría, pero se contuvo.

—No, no a mí. Tienes que ayudar a Asti. Ella es quien necesita atención más urgente.

—Pero Komir…

—No discutas, hazme caso por favor. Ayuda a Asti. Yo me arrastraré hasta el agua. Apresúrate o ella morirá. Tengo un muy mal presentimiento.

Aliana miró a la joven Usik y viendo que apenas respiraba reptó hasta ella como pudo. Puso sus manos sobre el corazón y la frente de la joven de piel de eucalipto y comenzó a sanarla de inmediato. La frágil joven había sido reducida a pellejo y huesos. Su estado era terminal y ya casi irreversible. Aliana se asustó muchísimo. Podía perderla. Inhaló profundamente e intentó armarse de valor.

—Ya estoy aquí, Asti, nada temas, amiga mía. No permitiré que los cuervos de la noche te nos arrebaten. ¡Vivirás! Aunque mi vida en ello pierda.

El anochecer descendió apacible sobre el oasis trayendo consigo el sosiego y un agradable frescor envuelto en aromas de hierba seca y dulce. El cautivador resplandor melódico de las estrellas halló a Aliana tendida bajo una palmera, exhausta pero sonriente, complacida. Komir se acercó hasta ella y la cubrió con una manta.

—¿Cómo... cómo se encuentran? —preguntó al Norriel con una voz tan débil que apenas era audible.

—Descansa, Aliana. Debes descansar y recuperarte. Has obrado un auténtico milagro. Todos se encuentran bien.

—¿Y Asti? —preguntó con la hiriente punzada del miedo en su corazón.

Komir señaló con la cabeza a su derecha.

—Duerme como un recién nacido. Su respiración es estable y algo más fuerte. Kendas dice que se salvará. No sé como lo has logrado pero se la has arrebatado a la mismísima muerte de sus helados dedos.

Aliana sonrió feliz.

—¿Y los demás?

—Todos bien. Corres demasiados riesgos. No deberías.

—Tenía que ayudar... es mi deber...

—Si mueres no podrás continuar con tu deber. No debes arriesgarte tanto. De lo contrario morirás. Y yo... yo... no me lo perdonaría...

Aliana lo miró a los ojos y sonrió. Intentó decirle que le agradecía su preocupación pero el cansancio se la llevó sumiéndola en un sueño tan profundo que no lo pudo resistir.

Más de tres semanas transcurrieron hasta que todos recuperaron paulatinamente la salud. Un período que Aliana sólo podía describir como de pura felicidad. El entorno en el que se encontraban era tan bello, tan irreal y mágico, que envolvió a todos en una nube de bienestar y felicidad. Allí, en aquel oasis celestial, solos, rodeados del más terrible de los desiertos que los aislaba del mundo, bendecidos por aquel paraje de belleza sin igual, todos los peligros del universo desaparecieron como por arte de magia, barridos por un soplo del cálido viento. Tan infernal había sido el trayecto, tan duras las últimas semanas, en realidad los últimos tiempos, que al haber llegado a aquel entorno paradisíaco parecían haber entrado en la morada de un dios ausente. La belleza, paz y armonía que el oasis irradiaba los cautivó a todos por completo, borrando el sufrimiento de sus almas y cuerpos.

Hartz y Kayti disfrutaban del paraje como auténticos niños, bañándose y jugueteando en el agua durante el día. Aliana contemplaba las caricias, miradas cómplices, las risas entre los dos enamorados y una envidia sana y anhelante le llenaba el corazón. Por las noches la pelirroja y el gran Norriel desaparecían en las sombras, alejados de la fogata de campamento, para no ser vistos hasta el amanecer. Si se preguntaba al cálido viento de la noche, este traía consigo los ecos de la pasión desbordante de la pareja. Aliana se ruborizaba e intentaba cambiar de posición para no escuchar lo que el viento le susurraba.

Asti descansaba gran parte del día mientras su cuerpo iba recuperando poco a poco la vitalidad perdida. Kendas la llenaba de atenciones asegurándose de que descansaba y recuperaba energías, pues era un milagro que la joven aún viviera. Cuando la Usik dormía el Lancero exploraba cada rincón, cada sombra del oasis, siempre atento, siempre alerta. Pero en aquel remanso de paz absoluta nada malo parecía poder suceder.

Y en medio de aquel paraíso, lo que a Aliana en realidad le llenaba de mayor felicidad, no era únicamente el idílico paraje y la seguridad que otorgaba, sino compartirlo con el enigmático guerrero de ojos esmeralda. Komir no se despegaba de su lado y se sorprendía de hallarlo siempre muy cerca, observándola con su misteriosa mirada, agraciándola con una sonrisa sincera al tiempo que indescifrable. Aliana intentaba por todos los medios controlar sus sentimientos, pero le era imposible.

—¿Un baño? —le había preguntado Komir la primera tarde y ella había intentado negarse, hacerle ver que no era una buen idea, que su corazón ya luchaba intentando decantarse entre Gerart y su deber para con la Orden de Tirsar.

No había lugar para más tumulto y división en su alma. Pero él, de forma gentil pero firme, había tomado su mano

—Es sólo un baño —había dicho, y la había conducido hasta el agua, mirándola fijamente a los ojos, con aquella mirada tan penetrante y misteriosa.

Un nerviosismo inmenso la había atenazado mientras Komir se quitaba la túnica descubriendo aquel cuerpo ágil, firme y musculado. El bello cuerpo de un guerrero. Tan nerviosa se había sentido que hasta que Komir se zambulló en el agua no había podido respirar. Se había quedado sin habla, sin respiración.

—Es sólo un baño —había concedido Aliana incapaz de resistirse a los fuertes sentimientos que Komir le despertaba.

Y nadó con él.

Aquella tarde y todos los días posteriores.

Disfrutaban enormemente del agua, de la compañía, de la complicidad silenciosa que sus miradas intercambiaban. Al roce de piel contra piel en el agua, accidental en un principio, buscada después, Aliana sentía que sus defensas caían derrotadas, que su alma ardía en deseo, en un deseo indebido, prohibido. Pero no podía evitar aquellos sentimientos tan intensos que nacían en su alma y se expandían por todo su cuerpo. Unos sentimientos a flor de piel. Aliana era consciente de lo que le estaba sucediendo y sabía que crearía un triángulo imposible que dividiría su corazón y la haría sufrir amargamente.

Pero no podía resistirse al magnetismo del joven Norriel.

Al anochecer, Komir se había acercado hasta ella.

—¿Un paseo?

Aliana lo había mirado a los ojos, una sencilla pregunta, sin maldad o intención encubierta alguna. Aunque Aliana bien sabía que si aceptaba podría representar un camino sin retorno para su corazón.

—Gracias, me sentará bien —había respondido en contra de su mejor juicio.

Cada anochecer Komir la buscaba, y ambos paseaban a la orilla del agua, disfrutando plenamente de la compañía, el uno del otro, entre dulce conversación y silencios cómplices. Aquellos paseos nocturnos bajo un firmamento rutilante, con la brisa nocturna del desierto acariciando su cabello, y Komir a su vera, estaban creando recuerdos imborrables para Aliana. Aliana no deseaba que aquello terminara.

Pero el nirvana acabó…

Aliana conversaba con Asti, ya plenamente recuperada, cuando su medallón comenzó a palpitar con destellos marrones. De inmediato miró a Komir que bajo una palmera, con una piedra de agua, afilaba sus armas. El medallón del Norriel comenzó a palpitar con similares destellos cristalinos.

—Oh, no… —dijo Komir mirando su pecho.

Aliana sintió una aprensión creciente, los medallones estaban actuando por su propia voluntad y aquello era algo que tenía a la Sanadora extremadamente preocupada. No podían controlar los medallones y, sin embargo, así sucedía a la inversa. Un escalofrío le recorrió la espalda en el momento en el que dos rayos surgieron de los medallones para encontrarse y fundirse en uno sobre el lago. Aliana contempló fascinada y siguió con la vista el haz ahora único de color dorado que se dirigía hacia la pared rocosa a espaldas del oasis.

Kendas, que atendía a los camellos a la sombra de la pared y se cercioraba de que las exiguas provisiones no se pudrieran en las alforjas, y exclamó alarmado al ver el rayo dorado pasar junto a su cabeza:

—¡Por los caballos salvajes de Linder!

Un terrible estruendo llenó el oasis proveniente de la posición de Kendas, como si el cielo tronara con una potencia devastadora. Un fuerte temblor sacudió el suelo con violencia e hizo que todos perdieran el equilibrio cayendo al suelo. La sacudida se repitió y el estruendo se volvió ensordecedor. Tras una tercera sacudida seguida de un nuevo temblor desaparecieron como habían llegado.

Komir se puso en pie y como una exhalación salió a ayudar a Kendas. Hartz y Kayti lo siguieron al instante. Aliana buscó su arco corto Noceano y los siguió con Asti a su espalda. Al llegar donde los otros, Aliana presenció algo verdaderamente insólito, increíble. La alta pared de roca rojiza parecía haberse dividido en dos y donde antes sólo había una enorme pared maciza ahora había un desfiladero de gran profundidad que penetraba en la montaña.

—¡Que me aspen! —exclamó Hartz con las cejas enarcadas en una mayúscula sorpresa.

—Es como si la montaña se hubiera dividido en dos y se hubiera desplazado cinco pasos... —dijo Kendas incrédulo.

—¿Cómo ha podido suceder algo así? —preguntó Kayti mirando el gran cañón que ahora se abría ante ellos.

—Han sido los medallones... —dijo Aliana contemplando el suyo, que ya no refulgía.

—Es magia Ilenia —dijo Komir dando un paso hacia el interior del cañón—. Este debe ser el lugar al que quieren guiarnos. Por un momento había creído... deseado... que se tratara del oasis que nos ha salvado de morir en las dunas, pero este nuevo evento creo que nos indica que quieren que sigamos adelante. Nada hay en este oasis que los medallones quieran enseñarnos.

—¿Y abandonar el oasis para introducirnos en este callejón sin salida? —gruñó Hartz cruzando los brazos sobre el pecho— No, no, no. Estamos la mar de bien en este lugar increíble, ¿por qué vamos a meternos en la garganta del lobo? ¡Después de todo lo que hemos pasado en este viaje infernal! Ni pensarlo. Además, ¿quién nos garantiza que no se volverá a cerrar tal y como se abrió cuando estemos a medio camino y nos aplaste como si fuéramos simples hormigas? Yo digo que es mejor quedarnos tranquilamente donde estamos.

Se hizo un silencio tras las palabras del gran Norriel. Aliana sabía que todos pensaban lo mismo que Hartz, que nadie quería aventurarse y abandonar aquel lugar de ensueño. Pero allí no podían permanecer para siempre... o quizás sí...

—Yo voy a seguir, tengo que saber por qué nos han conducido hasta aquí. Y esta vez voy a ir solo —dijo Komir— Casi os llevo a todos a la muerte. Si estáis vivos es por gracia de las tres diosas, yo os había condenado a morir en el desierto con mi testarudez. Mi obsesión por encontrar respuestas casi os mata a todos y eso no puedo permitir que se repita. Si he de morir en esta búsqueda, que así sea, pero vosotros no moriréis por mi culpa. Esperadme aquí. Iré yo solo.

—Pero no puedes ir solo, Komir —protestó Aliana sintiendo un agudo pinchazo en el pecho, sabedora de que podía perderlo—. Es demasiado peligroso, no sólo cruzar el gran cañón, sino lo que te espera más adelante, magia Ilenia, peligro mortal, lo sabes, no puedes ir tú solo.

—No volveré a cometer el mismo error, no moriréis por mi culpa. No volveré a ser tan necio. Iré solo. Y nada más tenemos que discutir.

—Yo voy contigo, amigo —dijo Hartz dando un paso hacia el interior del cañón—. Aliana tiene razón es demasiado peligroso para que vayas sin mí.

—¡He dicho que iré solo! —estalló Komir.

—Recapacita, Komir, por favor… —le rogó Aliana.

—¡No cargaré con vuestras muertes sobre mi conciencia! ¡Es mi destino, mi responsabilidad! —miró uno por uno a todos sus compañeros— ¡Nadie me acompañará, nadie!

Kendas y Kayti se removieron indecisos.

Komir se volvió hacia ellos y los amenazó con sus dos armas.

—Esperadme aquí. Si no vuelvo en un día marchad hacia el norte. Si me seguís os juro por las tres diosas Norriel que os lisiaré. ¡Os lo juro!

Hartz fue a moverse pero Aliana se dio cuenta, y lo sujetó del brazo.

—Deja a tu amigo ir —le susurró.

Hartz la miró, los ojos del grandullón irradiaban la preocupación que sentía. Aliana le hizo un gesto tranquilizador.

Komir mostró de nuevo la espada, amenazante, sus ojos estaban encendidos por la desesperación. Sin más palabras se adentró en el cañón con paso rápido.

Todos lo observaron mientras se alejaba y su estampa se hacía cada vez más pequeña en la lejanía. Finalmente desapareció en lo más profundo del cañón.

—Hora de moverse —dijo Aliana.

Todos la miraron entre extrañados y sorprendidos.

—¿Vamos tras él? —preguntó Hartz agitado y esperanzado.

—Por supuesto. ¿No pensarías que vamos a dejarle ir solo? —dijo Aliana con voz alegre.

—Pero entonces… ¿por qué no me has dejado convencerle antes? ¡No te entiendo, mujer!

Aliana miró a Kayti y las dos mujeres cruzaron una mirada de entendimiento.

Kayti se acercó hasta Hartz y poniendo su mano sobre el hombro del Norriel le dijo:

—La experiencia del desierto ha afectado mucho a tu amigo. Más incluso de lo que él mismo imagina. Se siente responsable de haber estado a punto de matarnos a todos y esa culpa, una culpa desbordante, lo está desequilibrando. Enfrentarse a él o intentar razonar con él hubiera desembocado con mucha probabilidad en un desgraciado accidente. No hubiera reaccionado bien. En su actual estado es mejor intentar no contradecirle ya que podría rebelarse de forma inesperada y violenta y herir de forma involuntaria a alguno de nosotros.

Hartz miró a Kayti, sonrió y le besó en la mejilla con ternura.

—Gracias.

Kayti sonrió ante la muestra de cariño y le devolvió el beso.

—En marcha entonces —dijo la pelirroja, y todo el grupo se adentró en el cañón siguiendo el camino emprendido por Komir.

Avanzaron con cautela adentrándose en el antinatural desfiladero cuyas paredes estaban formadas de granito rojo. Las dos paredes en las que se había dividido la montaña tenían más de cinco varas de altura y el cañón una longitud de cerca de un millar de pasos. La tensión pronto se volvió palpable entre los componentes del grupo. Mientras avanzaban, Aliana sentía una sensación de opresión amenazante cada vez mayor. Por fortuna, el sol brillaba alto en el cielo y la ayudaba a sobrellevar aquella sensación tan angustiosa.

—¡Por las vacas peludas de mi pueblo! Estas paredes parece que nos van a aplastar en cualquier momento. Y no termina nunca este maldito desfiladero —aulló Hartz.

—No digas eso —dijo Kayti con expresión más grave de lo que en ella era costumbre mientras miraba hacia la cima de ambas paredes—, mejor no tentar al destino.

—Será mejor avanzar con mayor rapidez, no sabemos qué puede suceder —dijo Kendas mirando a ambas paredes, tan lisas que se diría que un río hubiera surcado aquel desfiladero por miles de años—. De todas formas, pensándolo bien, no creo que nada malo nos suceda, no mientras Aliana, portadora del medallón, esté con nosotros. El medallón es quien ha abierto este pasaje con algún fin, dudo que lo cierre sobre la portadora causándole la muerte antes de llegar a ese destino...

—Mejor no parar a mirar —dijo Asti acelerando el paso sin esperar a nadie.

Llegaron al final del pasaje y se encontraron con una pared enorme en la que había tallada una puerta. La puerta estaba abierta y sólo la negrura era visible tras ella. Si aquello era singular, mucho más lo era el hecho de que toda la pared estaba recubierta de símbolos Ilenios. Miles de ellos habían sido tallados sobre la roca formando jeroglíficos ininteligibles. Aliana contempló pasmada la belleza y magnificencia de los grabados. Debía medir más de 8 varas de alto por otras 8 de ancho. La puerta parecía minúscula en comparación a la grandiosidad de los tallados.

—Verdaderamente impresionante —señaló Kayti tocando uno de los símbolos del relieve.

—Ya empezamos con los símbolos enrevesados… esto me huele a la maldita magia Ilenia —protestó Hartz que sacudía la cabeza.

—Debemos continuar o perderemos el rastro de Komir —señaló Kendas indicando la puerta con el dedo índice.

—Sí, entremos —dijo Aliana, y cruzando la puerta se introdujo al interior de la montaña. Todos la siguieron prestos, mientras Hartz refunfuñaba ostensiblemente.

Tardaron un instante en acostumbrar los ojos a la oscuridad reinante en el interior. Una estancia había sido escarbada en las entrañas de la montaña y desembocaba en un pasadizo. A lo largo de las dos paredes laterales, a media altura, una línea de símbolos Ilenios brillaba con una leve tonalidad dorada, permitiendo al grupo vislumbrar donde se hallaban. Aliana se preguntó intrigada si aquellos símbolos siempre brillarían así o aquello se debía a que alguien sabía que habían llegado. Supuso se trataría de lo segundo, lo cual la intranquilizó y mucho.

Continuaron avanzando siguiendo las dos hileras de símbolos, introduciéndose cada vez más en las entrañas de aquella montaña. De Komir no había rastro por lo que no tenían más remedio que continuar adentrándose en las profundidades. Según avanzaban por un angosto túnel, Aliana tuvo la clara sensación de que la temperatura comenzaba a elevarse de forma considerable. Hasta aquel momento, cierta frescura flotaba en los pasajes de roca, pero ahora el aire que encontraban de cara era algo más que cálido. Pronto todos comenzaron a sudar bajo sus túnicas Noceanas. El pelo largo de Hartz estaba ya empapado y su frente mostraba el sudor cayendo a chorros. Kendas que iba abriendo camino, alzó el puño y todos quedaron estáticos y mudos a su señal. El Lancero Real avanzó unos pasos en cuclillas en absoluto silencio. Algo malo sucedía y Aliana comenzaba a ser consciente.

De improviso, una tremenda bocanada de humo surgió proveniente de la posición de Kendas y los azotó a todos. Aliana comenzó a toser, pues el humo traía bajo su manto ceniza y arena que le entraron en boca y pulmones. A su espalda, Asti comenzó a toser de forma convulsiva y Kayti pareció quedar momentáneamente cegada. Hartz la asistió mientras la pelirroja intentaba limpiarse los ojos. Kendas apareció sorprendentemente impoluto.

—¿Todos bien? —preguntó contemplando al grupo cubierto de pies a cabeza en ceniza y polvo.

—¿Qué demontres ha sido eso? —ladró Hartz con su enorme cuerpo y cabello recubierto de polvillo grisáceo.

—Mucho me temo que un estallido de algún vapor o gas, o un fenómeno natural de ese tipo. Ha sido en la cámara contigua a esta y se ha propagado hasta aquí de la potencia —respondió el Lancero—. Me ha pillado totalmente por sorpresa. He conseguido apartarme justo a tiempo de esquivarlo pero se ha extendido al pasaje y no he reaccionado a tiempo de avisaros. Lo lamento...

—Estamos todos bien, no sufras, Kendas —dijo Aliana mirando a sus compañeros.

—En ese caso sigamos adelante, tengo la impresión de que otro estallido puede ocurrir en cualquier momento y podría ser peligroso —dijo Kendas con urgencia en la voz.

Kendas lideró la expedición y todos cruzaron raudos al lugar en el que había sucedido aquel extraño fenómeno natural. La cámara era de enormes dimensiones, con bóvedas de granito rojo. A ambos lados el suelo presentaba grandes orificios por los que un humo amenazante subía hacia la bóveda. Un olor tremendamente fétido llenaba la estancia.

—¡Puaj! —exclamó Hartz que se tapó la nariz con la mano.

—Mejor no detenernos, este olor tan fuerte sólo puede significar gases y por lo que tengo entendido pueden ser muy peligrosos —señaló Kendas.

—Que nadie encienda fuego bajo ninguna circunstancia —prohibió Kayti al grupo, Hartz la miró desconcertado, sin entender—. Tú hazme caso, cabezota —le dijo la pelirroja zanjando la cuestión ya que no era momento de explicaciones.

Todos se apresuraron a cruzar la sala contigua cuando a sus espaldas, de dos de los orificios en el suelo, surgieron con enorme potencia dos columnas de humo y ceniza que casi llegaron hasta la bóveda que los cubría. La temperatura de la gruta se volvió infernal con el estallido.

—¡Son gases ardientes! —exclamó Kayti apartándose de los estallidos y llevándose a Hartz consigo de un empellón.

—¡Salgamos de aquí o moriremos escaldados! —gritó Kendas precipitándose hacia la salida.

Aliana miró a su espalda y se encontró con los ojos asustados de Asti. La cogió de la mano y ambas cruzaron la enorme abertura en la roca por la que había desaparecido Kendas. De repente, la luz del día la golpeó en los ojos de forma inesperada cegándola por completo. Aliana tardó unos instantes en recuperarse y poder abrir los ojos que se ajustaron a la nueva situación de claridad y luz. Miró alrededor y vio a todos sufriendo el mismo efecto a excepción de Kendas que parecía ya acostumbrado a la luminosidad total que los envolvía. Pero aquello sólo podía tener sentido si la bóveda de la cueva hubiera desaparecido... Aliana miró hacia arriba indecisa y corroboró sus sospechas, la bóveda de granito que les cubría había desaparecido por completo y en su lugar presenciaba el firmamento del desierto, eternamente despejado y con aquel sol inclemente, que ahora los cubría.

Todos comenzaron a mirar alrededor, extrañados a causa la peculiar situación. Aliana vio que se encontraban sobre una descomunal plataforma de circular aspecto. Circundando la plataforma, que debía tener más de 100 pasos de largo en todas direcciones, unas paredes altísimas se elevaban hacia el cielo. Aquellas paredes de granito eran gigantescas, de más de 40 varas de altura y envolvían toda la plataforma. Aliana se quedó pasmada contemplando el extraño lugar.

—¿Dónde nos encontramos? —preguntó Kayti dando voz a los pensamientos de Aliana.

—Lugar extraño, no gustar —dijo Asti cuya mirada asustada no gustó a Aliana. La joven Usik, mucho más perceptiva que ellos, algo presagiaba.

—Tonterías, aquí hay luz, mucho mejor para combatir y defendernos —dijo Hartz estirando los músculos de su espalda y pecho.

—¿Kendas, tú qué opinas? —preguntó Aliana al valiente Lancero Real.

Kendas dio unos pasos en dirección al centro de la plataforma y contempló el sol y las altas paredes por un instante.

—Me parece que estamos sobre algún tipo de cráter…

Aliana intentó dar sentido a aquella deducción pero antes de que pudiera ordenar sus ideas algo captó su atención. En el lado opuesto de la plataforma, una figura hizo acto de presencia.

—Komir… —dijo Aliana en un susurro de esperanza, y todos siguieron su mirada hasta el lugar donde había aparecido la silueta.

—No es Komir —dijo Kendas con una inflexión en su tono que revelaba peligro.

Aliana escudriñó y protegió los ojos del sol con su mano para determinar quién era. Y entonces lo identificó. Una figura vistiendo una túnica blanca con capucha del mismo color ribeteado en oro, portando un báculo en una mano y un libro dorado en la otra. La descarga de miedo en su cuerpo fue tal que dio un paso atrás.

—¡Guardián Ilenio! —gritó Kendas en aviso.

Hartz y Kayti llevaron las manos a las espadas. Aliana pensó en su arco y se llevó la mano a su espalda. Pero antes de que pudiera armarlo, un sonido tan aterrador como familiar llegó hasta ella. El Guardián estaba entonando una invocación. Aliana se apresuró, temiendo ahora por su vida y la de sus compañeros.

El suelo tembló.

Aliana consiguió mantener el equilibrio a duras penas.

El temblor se volvió mucho más violento.

Todos cayeron al suelo.

—¡Malnacido Guardián! —maldijo Hartz mientras intentaba ponerse en pie, pero la virulencia de una nueva sacudida hizo que cayera al suelo de bruces. Pedazos de roca empezaron a caer de las paredes que los rodeaban debido a la bestial fuerza de una nueva sacudida que hizo que todos rebotaran contra el suelo.

—¡Terremoto! —gritó Aliana asustada, uno conjurado por el Guardián para acabar con ellos. Con el arco entre las manos intentaba ponerse en pie pero le resultaba imposible mantener el equilibrio en medio de los espantosos temblores.

Mientras las rocas caían de las paredes, el suelo comenzó a resquebrajarse. Grandes grietas se formaron a lo largo de toda la plataforma tras una nueva sacudida de gran intensidad.

—¡El suelo se rompe! —señaló Kayti que de rodillas intentaba en vano levantarse.

Un estruendo ensordecedor siguió a un temblor terrible y el suelo comenzó a partirse en mil pedazos. Frente a Aliana un bloque enorme de granito rojo se elevó sobre sí mismo inclinándose de forma inverosímil mientras otro de grandes dimensiones se precipitaba a las profundidades. Los estruendos continuaron mientras el suelo de granito se partía y retorcía con bloques enteros hundiéndose en el abismo. Todo el suelo era inestable, podían hundirse con él en cualquier momento y mantenerse en pie les era imposible.

—¡Agarraos fuerte! —avisó Kendas.

—¡Miedo! —gritó Asti.

Kendas intentó llegar hasta ella arrastrándose.

Y como si Asti hubiera podido sentir que algo incluso peor estaba en camino, varios bloques enormes del suelo explotaron con violencia y salieron despedidos hacia el cielo. Bajo ellos, unas llamaradas de increíble fuerza y virulencia salieron propulsadas buscando el sol como si de vida propia estuvieran dotadas y la cólera las dominara. Aliana miró el fuego, tan intenso y salvaje, estallando con virulencia que se alzaba hacia el cielo y quedó petrificada por el miedo. Otras explosiones de furia irreprimible comenzaron a producirse a lo largo de toda la plataforma. Los bloques de granito resquebrajados explotaban hacia el cielo y bajo ellos las llamas del infierno se desataban incontenibles. El miedo devoró por completo el corazón de Aliana.

—¡No es sólo un cráter! —dijo Kendas mirando al abismo que se había abierto a escasos tres pasos del grupo y que dejaba al descubierto un mar de magma en plena ebullición. Las explosiones de fuego eran cada vez más furibundas.

—¡Estamos sobre un volcán en plena erupción!

Aliana se encomendó a Helaun, madre fundadora de la Orden, y cerró los ojos.

Huida Tempestuosa

Lasgol se encaramó a la proa de la embarcación que, impulsada por una pequeña vela sobre un mástil corto, surcaba briosa el lago. Morksen, sentado en la popa, guiaba la barca de pesca sobre la interminable superficie de agua que los rodeaba. El veterano Guardabosques dirigía la pequeña embarcación con rostro torvo y mirada aviesa, intentaba dar caza a la barcaza de guerra que se daba a la fuga.

—¡Maldita sea, agua y más agua! No hay más que agua en todas direcciones! —ladró Morksen disgustado—. Esto no me place nada, me pone muy nervioso no poder sentir tierra firme bajo mis pies. El agua es para que naden los peces, no para que la naveguen los hombres. Aquel que pasa sus días en el mar es un cretino. Sólo un necio surcaría este lago en semejante cáscara flotante —proclamó y escupió por la borda.

Lasgol sonrió para sí ante la intranquilidad del tuerto Guardabosques.

—¿Son ellos? —preguntó Morksen con cara de pocos amigos.

Lasgol se puso la mano sobre los ojos para intentar vislumbrar si en efecto el Asesino se encontraba en aquella embarcación. No pudo identificarlo por la pronunciada distancia que les separaba.

—¿No puede el gran Rastreador con su inigualable Don utilizar una de sus habilidades extraordinarias y decírselo a este pobre mortal? —le preguntó Morksen con marcada ironía guiñándole el ojo bueno.

Lasgol cerró el puño. Sintió unas ganas tremendas de propinarle un puñetazo pero desechó la idea.

—Lo intentaré —le dijo a secas sin siquiera mirarlo.

Se concentró y buscó su energía interior, el pequeño lago de energía acumulada que residía en su pecho y activó la habilidad Ojo de Águila. Un resplandor verdoso lo envolvió. Con la habilidad activada fue capaz de acercar su visión hasta alcanzar la embarcación fugitiva.

—Distingo… cuatro personas en la embarcación…

—¿Cuatro? ¿Cómo puede haber cuatro personas en la barcaza? —exclamó Morksen muy sorprendido al tiempo que notablemente contrariado y escupió sobre la madera de la embarcación.

—Veo dos hombres y dos mujeres. Uno de los dos hombres es sin duda el Asesino.

—¡Sí! ¡Por fin lo tenemos al alcance de la mano! Es la primera vez en semanas de persecución que le vemos el rostro. ¿Quién más va con él? —preguntó Morksen cuyo brillo en su ojo bueno denotaba una excitación peligrosa.

—El hombre viste un hábito… parece un sacerdote y por la estrella de 30 puntas que veo en su pecho debe pertenecer al Templo de la Luz. No creo equivocarme al afirmar que se trata de un sacerdote Rogdano.

—¡Pero qué demonios hace el Asesino con un sacerdote! No lo entiendo, no tiene ningún sentido. Esto huele peor que una mofeta en celo. ¿Y las dos mujeres, qué puedes decirme de ellas?

—Veo a Iruki, la Masig a la que el Asesino ha estado buscando todo este tiempo. Por fin la ha encontrado. Ha hecho buena su promesa, ha vuelto a ella.

—Lo dices como si te alegraras, joven jefe… No será ese el caso ¿verdad? No habré de recordarte nuestra misión… —dijo Morksen con tono amenazador.

—Nada tienes que recordarme, Guardabosques. Conozco perfectamente la misión y mi deber, y los cumpliré.

—Eso espero… Recuerda que el bueno de Morksen está aquí para asegurase de que así sea —dijo con una siniestra sonrisa de medio lado y palpando el cuchillo de caza a su costado.

Lasgol le lanzó una mirada desafiante, fría. No dejaría que aquella rata lo intimidara.

—¿Así que era por una mujer, una simple mujer, una despreciable salvaje Masig, por lo que hemos tenido que perseguirlo cruzando todas las estepas y la mitad de los Mil Lagos?

Lasgol asintió.

—Una mujer especial…

—Ya lo creo que muy especial, la muy zorra —dijo Morksen volviendo a escupir—. No tenía lógica alguna que ese malnacido se dirigiera a las estepas y luego a los lagos. ¡Nos ha arrastrado durante semanas, a marcha forzadas, tragando polvo y hierba! ¡El muy cabrón! ¡No me lo puedo creer!

—Se dirigió a las estepas pues allí pensaba que la encontraría, con los de su tribu, Los Nubes Azules. Pero allí no la halló, ella no estaba con los suyos, había partido. Por ello se dirigió a los Mil Lagos, siguiendo su rastro, el rastro de la partida de guerra con la que ella marchó. Cuando nosotros llegamos a territorio de los Nubes Azules siguiendo el rastro del Asesino, pude comprobar que él había estado poco tiempo allí, una noche, no más, y había partido al amanecer siguiendo el rastro de una veintena de jinetes.

—¿Cómo sabías que ella estaba entre esos jinetes?

—Yo no lo sabía, pero él sí.

—¡Ja! Muy listo, jefe, buena jugada.

Lasgol se encogió de hombros.

—Y la otra mujer, ¿quién es? ¿Puedes identificarla? —preguntó Morksen estirando el cuello.

Lasgol dirigió su atención hacia la barcaza prófuga.

—No, no sé quién puede ser. No la había visto nunca antes. Lleva también una túnica muy distintiva con un ojo enorme bordado en el pecho. Debe pertenecer a alguna orden o culto que desconozco. No sabría decir a cual…

—Extraño grupo, muy extraño… esperaba que encontráramos soldados, mercenarios o bandidos. Pero esto es realmente chocante. Aunque por otro lado, si bien pensado, un sacerdote y dos mujeres no deberían representar demasiado problema, más bien ninguno.

Incluso podríamos divertirnos un poco con ellos —señaló Morksen mostrando su negra sonrisa.

—Lo dudo. La Masig tiene el corazón de un león. Hará lo imposible para que no apresemos al Asesino —le advirtió Lasgol.

—Ah, el amor... ¿qué bonito verdad? Por desgracia no puedo afirmar que haya tenido el placer de degustarlo pero sabido es que hace perder la razón hasta al más inteligente y experimentado de los hombres. Mucho más seguro es visitar los prostíbulos y establecimientos similares y disfrutar allí de los placeres carnales de experimentadas profesionales del arte del amor. Mucho menos confuso y engorroso, en mi opinión. Pero debemos aprovechar la ventaja que nos proporciona la Masig. Me desharé de ella primero, eliminando el riesgo y veremos cómo reacciona su afligido amante.

—¡No, Morksen! La Masig no debe resultar lastimada en modo alguno. Esto es una orden directa, no la toques, si lo haces te arrancaré tu podrido corazón.

Morksen miró a Lasgol con ojos abiertos como platos.

—¿Queda claro?

—¿Y puedo conocer el motivo? ¿No? Me lo temía... Veremos qué puedo hacer... Como bien sabes, jefe, este tipo de enfrentamientos suelen ser impredecibles... y cualquier cosa puede llegar a suceder...

—La Masig no debe resultar herida y el Asesino debe volver con vida —dijo Lasgol mirando duramente al traicionero Guardabosques—. Si esto no se cumple, te juro que te mataré con mis propias manos —dijo Lasgol con una voz helada como el hielo.

—Bueno, bueno, bueno... Veo que nuestro joven guardabosques tiene algo de temperamento después de todo. No dejes que la sangre se te caliente y se te suba a la cabeza, mozalbete, no te conviene tener a este viejo truhán como enemigo...

Lasgol permaneció inmutable ante la amenaza implícita.

—Te aconsejo que no pongas a prueba mi paciencia, Morksen.

Morksen sonrió con aquella media sonrisa depravada.

—¡Ja! Veo que al final conseguiré hacer de ti un hombre de provecho y todo.

—Basta ya, calla y maneja el timón. No deben escapar.

Sin esperar una respuesta, Lasgol de se dirigió a asegurar la vela. La brisa sobre el lago era bastante fuerte y empujaba briosa la pequeña barca de pesca sobre la superficie azul.

—No te preocupes, joven Guardabosques. Con esta pequeña barca que hábilmente me he procurado de unos pescadores, pronto les daremos alcance. Su embarcación es mucho más pesada y lenta que la nuestra.

En ese momento, como si los hubieran escuchado hablar, la embarcación de guerra que perseguían izaba una gran vela blanquecina.

—Decías…

Morksen arrugó el entrecejo resaltando su fea cara de bulldog.

—Les daremos alcance, somos más ligeros y más rápidos, es cuestión de tiempo.

—Puede ser, pero ellos son cuatro y mucho me temo que remarán con todas sus fuerzas…

—¡Remad, remad por vuestras vidas! —pidió Yakumo a sus tres compañeros de huida en la barcaza de guerra. Acababa de izar la vela de la embarcación. La sujetó bien asegurándose de que aguantaría y retomó su posición junto a Iruki para continuar bogando.

Todos remaron a una, siguiendo el ritmo que marcaba Yakumo.

—¡Bogad, bogad, bogad!

Remaron y remaron, conscientes del peligro. Sin embargo, la pequeña mancha que los perseguía en el horizonte azul continuaba agrandándose.

—Se acercan… —constató Iruki con nerviosismo— ¿Por qué te persigue Lasgol nuevamente? No lo entiendo. ¿Por qué no nos deja vivir en paz? ¿A qué espíritu maligno de las estepas hemos ofendido para mecer esta caza rabiosa sin fin?

Yakumo la miró mientras tiraba con energía del remo. Sus ojos revelaban una ternura acallada.

—Llevan persiguiéndome más de dos meses. Desconozco el motivo, pero intuyo tiene que ver con el suceso de mi fuga. Hubo traición entre Norghanos, juego sucio. Gracias a ello conseguí escapar, de otro modo, muy probablemente, hubiera perecido. Son dos los que me persiguen, Lasgol y otro Rastreador. Me vi obligado a ocultarme en tierras Rogdanas hasta que las lesiones que me infligieron los torturadores mejoraron lo suficiente. El castigo sufrido por mi cuerpo fue grande, lisiaron mis piernas y espalda. Por fortuna, las lesiones no fueron permanentes. Conseguí recuperarme algo y los mantuve ocupados moviéndome en círculos, ganando tiempo, hasta que las lesiones sanaron lo suficiente y pude finalmente venir a buscarte.

Iruki llevó el remo hasta su pecho y empujó con ímpetu, mientras sonreía a su amado.

—Cuando llegué a tu tribu, no te encontré. Al amparo de la noche, oculto, burlé a los vigías y me colé entre los tuyos. Te busqué, pero no te hallé. Descubrí la terrible enfermedad y por un momento pensé lo peor. Pero gracias al Don logré identificar tu rastro, junto al de una veintena de guerreros y supe que habías partido con ellos. De inmediato seguí el rastro hasta los Mil Lagos.

—Aún no puedo creer que llegaras a tiempo de evitar que me ejecutaran.

—Los espíritus benignos de las estepas debieron ayudarme —dijo Yakumo con una sonrisa.

Lindaro estiró el cuello y observó la embarcación perseguidora.

—Es más pequeña y ligera que la nuestra, si el viento no cambia, mucho me temo que nos darán alcance —calculó el vivaz hombre de fe.

Sonea se levantó y se quedó mirando pensativa.

—Aun siendo nosotros cuatro y ellos dos, como comentas Yakumo, el peso de esta embarcación tan grande nos lastra. El viento sopla fuerte del sureste, nos alcanzarán eventualmente —concluyó la racional bibliotecaria.

—No se lo pondremos fácil, remad, remad con toda vuestra alma —pidió Iruki, con el corazón lleno de ardor.

Pero la joven Masig era consciente de que no estaban ganando terreno, sino al contrario. Además, si bien Yakumo en lo físico era un portento de la naturaleza y ella lucharía hasta quedar exhausta, dudaba de que los dos nuevos compañeros de huida aguantaran mucho más. No eran guerreros, ni daba la impresión de que estuvieran acostumbrados a los rigores de la intemperie. Más bien parecían un tanto enclenques… Se avergonzó al momento de tal pensamiento, pero era la realidad, un sacerdote y una bibliotecaria, remando por sus vidas… no, aquello no pintaba nada bien para ellos. Por fortuna Yakumo remaba con la potencia de un gigante y ella sabía que su amado podría seguir remando por horas. Aun así, la duda, el miedo a ser alcanzados, le corroía el estómago como un veneno ácido.

El viento comenzó a soplar con mayor intensidad, hinchando la vela y propulsando la embarcación con mayor celeridad. Aquello no les convenía. Unos momentos después, ante el asombro de los cuatro tripulantes, soplaba con el ímpetu de cien caballos blancos a galope tendido.

—¡El viento arrecia! ¡Esto no nos favorece! —exclamó Sonea sobre el sibilante soplido de los dioses.

—Mirad el agua del lago, está más picada, comienza a despuntar oleaje —señaló Lindaro inquieto.

Iruki estiró el cuello y miró en dirección a la embarcación que los daba caza. Más ligera, cabalgaba las crecientes olas ganando terreno. Comenzaba a acercarse peligrosamente. Ya podía distinguirla con mayor claridad. Desconocía el alcance máximo del arco largo de Lasgol, sobre todo si usaba su Don, pero temía que pronto estarían a tiro. Aquello la inquietó y le costó tragar saliva.

Yakumo la miró y leyó en ella el miedo que padecía.

—No permitiré que vuelvan a separarnos —le susurró él al oído.

Pero aquello era precisamente lo que Iruki más temía, que Yakumo arriesgara su vida nuevamente. En ese momento de angustia, de temor por la salvaguarda del ser querido, un destello azulado surgió del medallón Ilenio a su cuello. Fue de tal intensidad que Iruki perdió el equilibrio del susto y por poco se cae de espaldas.

Yakumo la sujetó, reaccionando al instante, y la ayudó a sentarse.

El medallón produjo un nuevo destello azulado, de mayor intensidad. Todos lo miraron extrañados y cautivos de la belleza del resplandor.

De súbito, los vientos se volvieron más fuertes todavía y sobre el lago el cielo comenzó a oscurecerse.

—¡Tormenta! —exclamó Sonea señalando el cielo que se iba ennegreciendo a pasos agigantados, devorando sol, nubes y el propio firmamento azul.

—¡Ha sido el medallón quien la ha provocado! —dijo Lindaro gritando sobre el rugido de los vientos— Magia poderosa encierra ese artefacto —señaló, con cara de estar sorprendido y preocupado.

Las aguas se embravecieron y los vientos se volvieron huracanados. Sobre sus cabezas el cielo había desaparecido para ser reemplazado por una oscuridad tan tenebrosa que hasta los mismísimos dioses debían de haber abandonado su morada. Un enorme relámpago descendió desde la negrura hasta tocar el salvaje oleaje. Un suspiro después se escuchó un tremebundo trueno que hizo que Sonea y Lindaro se agacharan cual atemorizados niños.

—¡Es una tempestad muy fea, sujetaos bien al banco de remo! —les dijo Yakumo que recogía la vela a toda velocidad para salvar el mástil de la embarcación.

Lindaro miró el lago, daba la impresión de que se encontraran en alta mar en medio de una de las peores tempestades que un marinero experimentado pudiera soñar. El hombre de fe comenzó a rezar a la Luz, su alma rogaba temerosa de lo que allí se estaba gestando.

Una enorme ola golpeó la embarcación a estribor empapando a los cuatro tripulantes. Iruki sacudió el agua dulce de cara y cabeza y miró el oleaje.

Se le encogió el corazón.

Las olas alcanzaban ahora alturas impensables. El miedo comenzó a engullirla.

—¡La embarcación no aguantará! ¡Las olas nos harán volcar! —gritó a Yakumo completamente asustada.

—¡Continuad remando o volcaremos! —les dijo Yakumo mientras tomaban una ola demencial. La embarcación subió la ola y luego se precipitó en picado.

Iruki pensó que morirían allí. Pero de súbito la embarcación volvió a elevarse, cabalgando la siguiente ola, tan descomunal como la anterior. Los relámpagos alumbraban un mar de pesadilla y los ensordecedores truenos que los seguían anunciaban una tempestad abismal.

—¡Vamos a morir! —gritó desesperada.

—¡Mantened la calma y remad! —les dijo Yakumo, que intentaba guiar la embarcación para tomar la siguiente ola gigante. Sonea y Lindaro, completamente empapados y aterrados, no pronunciaban palabra, remaban sabiendo que la vida les iba en ello.

Iruki miró el medallón y maldijo amargamente para sus entrañas. Todo era culpa de aquel medallón del Templo del Agua.

—¡Maldito medallón, maldita magia!

Y en ese momento, como si el medallón la hubiera escuchado, Iruki sintió que la joya Ilenia tiraba de algo en su pecho, de una energía desconocida para ella, y volvió a refulgir, como un faro en la noche.

Un torbellino gigantesco comenzó a formarse en mitad de la letal tormenta.

Los relámpagos se incrementaron, zigzagueando en la oscuridad reinante, alumbrando olas de alturas inalcanzables y, en medio de aquella tormenta asesina, un torbellino absolutamente descomunal comenzó a engullir mar y cielo por igual.

—¡Por la Luz! ¡No es una tormenta, es un ciclón! ¡Estamos perdidos! —exclamó Lindaro horrorizado contemplando aquel remolino gigante que se alzaba hacia la negrura infinita del cielo.

La embarcación era una diminuta cáscara de nuez en comparación a la gigantesca proporción del inmenso torbellino.

—¡El ciclón ha generado un torbellino gigante, un fenómeno que sólo se produce en contadas ocasiones sobre el agua! —explicó Sonea contemplando la increíble fuerza y voracidad del inmenso fenómeno natural.

—¡Lo está engullendo todo! ¡Nos va a tragar! —gritó Iruki aterrorizada al ver que lo devoraba todo según crecía en tamaño y virulencia. Los vientos eran ya huracanados.

—¡Remad a la inversa, huyamos de él! —ordenó Yakumo en un desesperado intento de no perecer tragados por aquel monstruo de mil vientos.

Los cuatro comenzaron a remar en dirección opuesta, llenos de pura desesperación, intentando huir del ciclón asesino.

—¡El vórtice es demasiado grande, nos devorará! —exclamó Sonea.

Bajo el negro y aterrador cielo, el ciclón mortal iba tomando forma, pintando enormes espirales de desesperanza. Sobre el lago, el torbellino gigante comenzó a acercarse a la embarcación, los cuatro tripulantes apenas podían mantenerse sujetos a la misma, los vientos huracanados los zarandeaban como si fueran monigotes. La embarcación comenzaba a resquebrajarse por las sacudidas violentas de la tormenta asesina.

—¡Vamos a morir! —gritó Sonea.

—¡Sujétate fuerte! —pidió Yakumo.

—¡Por los espíritus de las profundidades! ¡Vamos a morir! —exclamó Iruki presa del pánico.

—¡Que la Luz todopoderosa se apiade de nuestras almas! —se encomendó Lindado.

—¡No moriremos! —dijo Yakumo con valentía— ¡Aguantad! Conseguiremos cabalgar la tormenta. Sujetaos y aguantad.

Un relámpago de increíbles proporciones surcó el negro firmamento y un ensordecedor trueno estalló a la espalda del Asesino. El cielo se quebraba.

El torbellino gigante se les vino encima y su vórtice generó un abismo demencial que parecía llegar hasta el mismísimo fondo del gran lago. Todo a su alrededor comenzó a desaparecer succionado por la devastadora fuerza del vórtice. El propio agua del lago giraba enloquecida en espirales gigantescas que subían hacia el firmamento de oscuridad.

El terror los atrapó.

El monumental torbellino llegó hasta ellos. Los engulló con una fuerza devastadora que impulsó la barcaza hacia el cielo apresada en una espiral gigantesca de puro horror.

—¡Noooooooooo! —gritó Sonea.

—¡Es el fin! —chilló Iruki.

Y en ese instante de desesperación absoluta el medallón Ilenio al cuello de Iruki volvió a refulgir con una intensidad cegadora.

El torbellino gigante los devoró.

Negrura.

Silencio.

—Despierta, Iruki, despierta —la apremió Yakumo.

Iruki sintió como la zarandeaban pero no conseguía abrir los ojos, no deseaba abrirlos, sabía que el torbellino gigante los estaba devorando para llevarlos a la morada de los espíritus del mal.

—Iruki, soy yo, Yakumo. Despierta.

Al oír la voz de su amado todo el miedo que sentía se fue disipando rápidamente del corazón de Iruki. Al cabo de un momento consiguió abrir los ojos. Se encontró en una cueva de extrañas paredes calizas con incrustaciones de minerales cristalinos que brillaban emitiendo una insólita luminiscencia nacarada. El suelo de la cueva también era calizo y sobre él yacían Sonea y Lindaro, todavía inconscientes. Iruki contempló extrañada la cueva y se percató de que gran parte del suelo sobre el que se encontraban había desaparecido, probablemente derruido y sumergido en las aguas que ahora contemplaba.

—¿Qué sucede? ¿Estamos vivos, Yakumo? —preguntó exaltada y confusa.

—Sí, estamos vivos. Desconozco el cómo ni el porqué pero vivos estamos. Aunque deberíamos de haber muerto. Nada puede sobrevivir a semejante torbellino, nada. Sin embargo, nos hallamos con vida. Sólo puedo suponer que se debe a la magia del medallón Ilenio.

—¿Y ellos? —preguntó preocupada señalando a sus compañeros de huida.

—Están inconscientes, pero vivos, acabo de comprobarlo. He preferido no despertarlos de momento hasta saber dónde estamos y qué ha sucedido.

—Me alegra el alma que no hayan perecido, son personas de buen corazón, lo intuyo. No desearía que nada malo les sucediera —Iruki pasó la mirada por la insólita caverna y confundida pregunto a Yakumo— ¿Qué es este lugar?

—No lo sé, Iruki, estoy totalmente desconcertado. Parece el interior de una extraña cueva pero no tengo ni idea de dónde nos encontramos. Tengo una sospecha… Déjame comprobarlo…

Yakumo se acercó al borde del agua y mirando a Iruki dijo:

—Ahora vuelvo, no te preocupes.

—¡Ten cuidado! —clamó ella.

Yakumo sonrió y se lanzó de cabeza al agua.

Pasaron unos momentos interminables. El corazón de Iruki galopaba cada vez con mayor rapidez. La preocupación le atenazaba el estómago.

Y Yakumo emergió del agua.

Con su característica agilidad inhumana salió del agua y se acercó hasta ella.

—Mi sospecha era cierta. Sé que te va a resultar difícil de creer pero nos encontramos en el fondo del lago… En una caverna en las profundidades…

—Pero… eso es imposible… el espíritu del aire puebla esta caverna. Es por ello que podemos respirar. Si el espíritu del aire no estuviera presente moriríamos, así son las leyes de la madre estepa y siempre son cumplidas. Sin embargo, el agua no inunda la caverna… Eso va contra las enseñanzas de la naturaleza, ¿no debería de ser así, verdad?

Lindaro y Sonea despertaron con las explicaciones.

—No necesariamente… —dijo Sonea masajeando su nuca.

—¿No? ¿Cómo puede ser que estemos en el fondo del lago y respiremos? Debería estar todo sumergido. El espíritu del aire debería haber abandonado este lugar para ser reemplazado por el del agua. Esto va contra natura, la ley de la madre naturaleza ha sido violada en esta cueva.

Lindaro miró a Sonea algo sorprendido.

—Estoy con Iruki en esta cuestión. Este lugar desafía las leyes de la naturaleza y las enseñanzas de la Luz. El agua debería haber sumergido y cubierto toda esta cueva si, tal como dice Yakumo, nos encontramos en el fondo del lago.

Sonea se puso en pie y tras recomponerse un poco explicó:

—Puede darse el caso de que la cueva retenga una gran burbuja de aire y es por ello que el agua no pueda entrar. La presión que ejerce el agua no puede con la resistencia que ofrece la burbuja de aire.

Todos la miraron extrañados, sin comprender.

—Cuando una barca vuelca, si la construcción es sólida y hermética, puede hundirse manteniendo algo de aire en su interior que no puede escapar debido al agua que le rodea. Así han conseguido respirar algunos hombres bajo el agua. Es un concepto que se estudia en la Gran Biblioteca.

—No te llevaré la contraria en esto, tú eres la estudiosa y tienes más conocimientos de ciencias avanzadas que este humilde hombre de fe —dijo Lindaro con marcada incredulidad en su tono.

—O puede ser debido a poderosa magia Ilenia —apuntó Yakumo.

—También... —reconoció Sonea.

—Sea como sea, estamos vivos, respiramos bajo el agua y debemos encontrar una salida —dijo Iruki algo más serena.

Los cuatro aventureros se rehicieron lo mejor que pudieron y se prepararon para adentrarse en la cueva. Avanzaron por un estrecho corredor de paredes cóncavas, blancas como la cal, con incrustaciones del extraño mineral luminiscente.

—Avancemos con mucha precaución —advirtió Yakumo—, no tengo un buen presentimiento acerca de este lugar.

—La forma en la que hemos llegado me hace pensar en magia… —señaló Lindaro.

—Estoy de acuerdo con la apreciación de Lindaro. Deduzco que los motivos y la forma implican magia, una magia muy poderosa —corroboró Sonea.

Algo atemorizados, continuaron avanzando y llegaron hasta una gran estancia ovalada. Paredes, suelo y techo eran de un blanco calizo muy pulido como si toda la estancia hubiera sido alisada con infinito esmero. En mitad de la estancia, dibujados sobre el suelo, descubrieron varios símbolos de arcana naturaleza. Iruki y Yakumo se acercaron a inspeccionarlos.

—Esos extraños símbolos otra vez —dijo Iruki.

—Sí, puedo sentir el poder emanando de ellos —señaló Yakumo arrodillándose y extendiendo la mano.

Sonea y Lindaro se acercaron hasta los símbolos y en silencio los estudiaron en detalle.

—¿Entiendo por vuestros comentarios que ya habías presenciado este tipo de simbología con anterioridad? —preguntó Lindaro disimuladamente.

—Sí, ya habíamos visto este tipo de grabados en otra cueva — dijo Iruki.

—Y ¿fue en esa cueva donde encontraste el medallón? —le preguntó Sonea también con tono sutil.

—Sí, así es...

—¿Por qué tantas preguntas sobre estos símbolos y el medallón? —inquirió Yakumo, susceptible.

Sonea y Lindaro se miraron el uno al otro de forma nerviosa.

—Será mejor que me digáis todo lo que sabéis ahora mismo — amenazó el Asesino echando mano de las dagas.

—Está bien, tranquilo… No hace falta recurrir a la violencia, os lo contaremos todo —dijo Lindaro muy nervioso—. Sonea y yo estamos aquí por un motivo muy concreto. Buscamos desvelar un gran misterio, estamos intentando descifrar el enigma de los Ilenios.

—¿Qué quieres decir con que estáis aquí? ¿Acaso buscabais este lugar? —preguntó Iruki desconcertada mirando a ambos estudiosos con el ceño fruncido.

—Bueno… no exactamente… no conocíamos el lugar exacto pero sabíamos que se encontraba en el lago… —balbuceó Lindaro intentando explicarse.

—¿Cómo es posible que conocierais de la existencia de este lugar? —preguntó Yakumo con tono desconfiado y mirada amenazante.

—Yo puedo explicarlo, tranquilos, no escondemos nada —dijo Sonea adelantándose y alzando las manos—. La extraña simbología que veis en el suelo y los jeroglíficos que forman —continuó explicando mientras los señalaba— pertenecen a una civilización muy avanzada que desapareció misteriosamente hace más de tres mil años: Los Ilenios, la Civilización Perdida. Tanto Lindaro como yo hemos pasado gran parte de nuestra vida estudiándolos, los pocos vestigios que dejaron tras de sí.

—¿Usaba esta civilización de la que habláis magia poderosa y antiquísima? —preguntó Yakumo como queriendo comprobar algo.

—Así es, magia extremadamente poderosa —dijo Sonea, y Lindaro lo corroboró con un gesto asertivo.

Iruki se interesó de inmediato por lo que estaba escuchando. Aquello encajaba con la dramática experiencia que habían vivido en el Templo del Agua

—¿Qué os ha traído hasta aquí? —preguntó ahora muy interesada.

Sonea miró a Lindaro y este le hizo un gesto afirmativo. La bibliotecaria se situó frente a Iruki y Yakumo y con todo detalle les narró la singular experiencia vivida en la Gran Biblioteca al interactuar con el grimorio Ilenio y la decisión que habían tomado de hallar el lugar que el antiquísimo tomo arcano les había mostrado.

Yakumo e Iruki quedaron en silencio, digiriendo toda la información que Sonea les había narrado. Al cabo de un momento, Iruki preguntó:

—Y el grimorio que Lindaro te envió ¿de dónde procedía?

Sonea miró a Lindaro y el hombre de fe le sonrió.

—Será mejor que nos sentemos, la historia que he de narraros es larga y con detalles verdaderamente significativos. Todos se sentaron en el suelo, alrededor de los símbolos Ilenios y Lindaro les narró la increíble aventura que había vivido en el Templo del Éter bajo el gran Faro de Egia. Les habló de sus compañeros, de Komir, Hartz y Kayti, de los engendros con cuerpo de hombre y cabeza de animal, de la magia Ilenia, del Mago Guardián y del sarcófago con el Rey de la civilización perdida. Cuando finalizó de narrarles la increíble aventura, Iruki miró a Yakumo con una mirada llena de entendimiento, de respuestas conseguidas en un rompecabezas en el que comenzaban a encajar las piezas.

—Y ¿qué hallasteis en el sarcófago del Rey Ilenio? —quiso saber Iruki intrigada.

—Unas joyas muy valiosas y un gran mandoble… hechizado con magia Ilenia —les dijo Lindaro.

Iruki desenvainó su espada Ilenia y se la mostró a Lindaro, sujetándola sobre las palmas extendidas.

—¿Se parecían los grabados en la hoja a los de esta espada?

Lindaro la examinó con cuidado. Sonea estiró el cuello y observó la bella espada con gran curiosidad.

—La simbología, al igual que la de la espada de Hartz, es sin duda Ilenia, ¿verdad, Sonea? —preguntó Lindaro mirando a la pequeña estudiosa que se rascaba su pelo oscuro con cara intrigada.

—Definitivamente, Ilenia… He reconocido un par de símbolos de lo más curiosos. Por un lado el símbolo del Alma y uno que creo indica Gran Guerrero o luchador.

Iruki se sorprendió al comprobar que encajaba perfectamente con lo que la espada hechizada representaba.

—¿No encontrasteis nada más en el sarcófago? —siguió inquiriendo Iruki con tono de no creer saber toda la historia.

—Bueno, fue Komir quien buscó en el interior del sarcófago, pero no recuerdo que hallara nada más.

—Dime, Lindaro, el tal Komir ¿tiene los ojos de un intenso verde esmeralda y su cabello es largo y castaño?

Lindaro se quedó sorprendidísimo.

—Sí, ¿cómo… cómo lo sabes? ¿Acaso lo conoces?

Iruki sonrió.

—Digamos que lo he visto… que hemos mantenido... contacto… —dijo ella dejando el misticismo reposar sobre la frase—. Pero tu amigo Komir no te lo ha contado todo, Lindaro.

—¿A qué te refieres? —dijo el buen hombre de fe nervioso.

—A esto —dijo Iruki, y le mostró el Medallón del Templo del Agua que llevaba a su cuello.

—Un medallón, no entiendo…

—Será mejor que prestes atención porque la historia que voy a narrarte ahora es tan increíble y fascinante que rivaliza con la que tú nos has relatado. Sólo los espíritus de las estepas saben cómo logramos sobrevivir. Debieron ser ellos quienes nos protegieron al estar en suelo sagrado de los Masig.

Iruki les contó con todo detalle la gran huida que ella y Yakumo protagonizaron de los incansables perseguidores Norghanos, la escalada a la Fuente de la Vida, las trampas dentro del Templo del Agua, las serpientes marinas de los abismos, el Mago Guardián al que allí se enfrentaron, y el medallón del Rey que ella halló en el sarcófago.

Lindaro y Sonea escucharon la aventura con la boca abierta, incapaces de pronunciar palabra, absolutamente cautivados por la historia de la cual la joven Masig les hacía partícipes.

Sonea reaccionó primera.

—¡Ese Templo del Agua debe ser sin duda un templo Ilenio! —exclamó emocionada gesticulando apasionadamente— Comparte demasiadas similitudes con el Templo de Éter descrito por Lindaro para ser una mera coincidencia. Las probabilidades de que estos dos templos no estén relacionados son, en mi modesta opinión, prácticamente inexistentes. Esa espada y el medallón así lo demuestran, son de origen Ilenio y, por lo tanto, derivo que ambos templos son Ilenios y, es más, están relacionados. Aquí hay algo más que todavía no consigo ver pero, está ahí, delante de nosotros…

Lindaro quedó con mueca de sorpresa absoluta.

—¡Por la Luz que nos guía e ilumina! Yo también opino como Sonea. ¡Son nuevas fascinantes! Dos templos Ilenios, en dos puntos distantes de Tremia, relacionados. Es maravilloso. Debemos descubrir qué más hay detrás de los templos y del misterio que guardan.

—El templo del Agua y el Templo del Éter… —dijo pensativo Yakumo—. Mi maestro me enseñó el camino de los cinco elementos. Una doctrina para sobrevivir bajo condiciones extremas y hacer uso de los cinco elementos a la hora de usar el Don…

—¿Has sido bendecido con el Don? —preguntó Lindaro impresionado.

Yakumo asintió y quedó en silencio.

—Tiene toda la razón —señaló Sonea rompiendo el silencio—, en nuestra cultura los elementos básicos son cuatro: Tierra, Agua, Fuego y Aire y no incluyen el Éter como quinto elemento. Sin embargo, por mis estudios en la Gran Biblioteca puedo hacer constar de algunas culturas que así lo consideran.

—¿Entonces creéis que los templos Ilenios están relacionados con los cinco elementos de la naturaleza? —quiso saber Iruki.

—¡Sin duda! —dijeron al unísono Sonea y Lindaro. Se miraron y rieron.

—¿Y este lugar donde nos hallamos? —preguntó Yakumo mirando alrededor— Mi Don me transmite la existencia de una magia poderosa en este lugar. Una magia que rezuma antigüedad y algo más que no llego a captar. Pero su esencia es muy similar a la que capté en el Templo del Agua.

—El grimorio del Templo del Agua me mostró este lugar. Es por ello que vinimos hasta aquí con la intención de descubrir qué ocultaba.

—Mi medallón también me indicó el camino para llegar hasta aquí —señaló Iruki—. Eso tampoco puede ser una coincidencia.

—No, no son una coincidencia. Estoy segura —aseveró Sonea—. Este lugar es de construcción Ilenia, así lo demuestran estos símbolos y runas grabados en el suelo.

—Debemos asumir, por lo tanto, que nos hallamos en un templo Ilenio —dijo Lindaro mirando a su alrededor.

Fijó la mirada en el medallón de Iruki y su cara cambió a una de curiosidad.

—Dijiste antes que Komir no me lo había contado todo ¿a qué te referías?

Iruki sonrió al hombre de fe.

—Tu amigo no te contó que halló un medallón en el sarcófago, al cuello del Rey que allí descansaba en sueño eterno.

—No… pero no entiendo… ¿cómo sabes que ese es el caso?

—Te lo contaré, hombre que venera la Luz —dijo Iruki.

Con sosiego, la Masig les relató los encuentros con Komir y la joven del cabello dorado a través del vínculo de los medallones que portaban.

Sonea aplaudió encantada.

—¡Tres medallones! Eso significa ¡tres templos Ilenios!

—Eso podemos asumir, sí… —convino Lindaro.

—¿Podrías comunicarte con Komir ahora? —preguntó Lindaro emocionado— Partieron antes de que yo me recuperara de la herida sufrida en Ocorum y no he vuelto a saber nada más de ellos. Rezo a la Luz para que los proteja y estén bien. ¿Te es posible comprobarlo?

Iruki negó con la cabeza.

—Lo siento, hombre de fe. Las visiones no son iniciadas por esta hija de las praderas. Creo que son creadas por tu amigo Komir, al que yo confundí con un espíritu maligno enviado a robarme el alma. El medallón a mi cuello —dijo Iruki acariciándolo levemente— actúa guiado por su propia voluntad. Yo no soy más que un medio para su magia. No puedo accionarlo ni controlarlo. Quizás Oni Nube Negra, el Chamán de mi tribu podría…

Yakumo se puso en pie y desenvainó las dagas. Si estamos en un templo Ilenio, corremos peligro. Debemos prepararnos y estar alerta. Recordad las trampas, recordad el Mago Guardián. Es momento de extrema prudencia.

No muy lejos de allí, en otra cueva de paredes calizas, Lasgol despertaba magullado y desconcertado. Miró el agua azulada que lo rodeaba, únicamente parte del suelo era de roca. Junto a él, impertérrito, Morksen afilaba su cuchillo de caza.

—¿Dónde... dónde estamos? —preguntó Lasgol

—No tengo ni idea, pero es hora de dar caza al Asesino.

Arriesgada Misión

La noche era perfecta para la arriesgada misión.

Por fin.

Gerart miró al cielo en busca de la luna pero no la halló, buscó alguna estrella que resplandeciera en el firmamento, pero tampoco encontró ninguna. Aquella noche cerrada, las nubes cubrían todo el firmamento y no permitían al más ínfimo destello de los astros llegar hasta la húmeda tierra. En aquella oscuridad cegadora, el bosque se alzaba amenazador, como un monstruo de pesadilla a la espera para devorar a quien osara entrar en él.

Con cautela, Gerart se giró. Nada veía a su espalda pero a su vez, nadie los descubriría.

—Buscad a los vigías Noceanos. Ninguno ha de escapar con vida o la misión fracasará. Haced desaparecer los cuerpos —murmuró casi en un suspiro a los tres oficiales que lo seguían. Los oficiales saludaron y en breves momentos tres decenas de hombres partían en sigilo a cumplir las órdenes del Príncipe de Rogdon. En un abrir y cerrar de ojos habían desaparecido, tragados por el espeso bosque y la densa oscuridad reinante.

Dos de los exploradores avanzados regresaron hasta Gerart. Llevaban la cara y los ropajes camuflados y apenas si eran discernibles, parecían hijos de las sombras del bosque. Uno de ellos sangraba de un corte en la frente. Inicialmente, Gerart no vio la herida pero al percatarse miró al soldado a los ojos y preguntó en un murmullo ahogado:

—¿Qué ha sucedido, soldado?

—Un vigía Noceano al norte, Alteza.

—¿Muerto?

—Sí, Alteza.

—Bien. ¿El camino ha sido despejado?

—Sí, Alteza. Hallamos otro vigía algo más adelante pero nos encargamos de él antes de que pudiera huir y dar la alarma.

—Bien, excelente trabajo, soldados. Ahora guiadme hasta la ermita.

—A la orden, Alteza —dijo el explorador y él y su compañero se giraron y comenzaron a abrir camino.

Cómo aquellos dos hombres podían ver inmersos en el bosque en plena noche cerrada era algo que Gerart no llegaba a comprender. Él no era capaz de identificar nada que estuviera a más de dos palmos de su nariz. Pero había pedido los mejores exploradores del reino y eso es lo que le habían dado. La misión era crítica para la supervivencia de Rogdon. El destino del reino colgaba de un hilo. Aquella misión, de fracasar, rompería el hilo y Rogdon perecería. Pero Gerart prefería no pensar en tal posibilidad en aquel momento. Llevaban semanas preparando la misión y ahora era de vital importancia que todo se llevara a cabo siguiendo el meticuloso plan establecido. Miró a su espalda. Una docena de Espadas Reales en negras vestimentas lo seguían de cerca. Todos llevaban la cara pintada de negro y sólo sus ojos llenos de arrojo y lealtad quedaban al descubierto. Gerart dio una ojeada a su vestimenta, era prácticamente la misma que la que su guardia vestía: cota de malla y jubón negros, guantes de cuero curtido negros, pantalones reforzados negros, y botas altas de montar negras. A la espalda, una capa de lana negra con capucha, la cual cubría por completo su rubia cabellera. Incluso las espadas y dagas que portaban eran negras. Se tocó la mejilla con los dedos y se los llevó a la boca. La pintura negra que cubría su rostro tenía sabor a roña.

Un lobo aulló en la lejanía y Gerart no pudo evitar pensar que si un solitario vigía Noceano los descubriera, todo se habría perdido. Continuaron adentrándose en el bosque, cada vez más tupido, en constante pendiente ascendente, dificultando la silenciosa incursión.

—Por aquí, Alteza —murmuró el experto explorador en un soplido dando un giro al este y bordeando unas rocas cubiertas de musgo. Gerart lo siguió en sigilo hasta lo que parecía el linde del bosque. El segundo explorador se acercó hasta ellos.

—Ahí delante comienza la explanada. En su centro está situada la ermita —susurró el primero de los exploradores.

—¿Nos acercamos? —preguntó inseguro Gerart. La oscuridad no le permitía ver la ermita aunque sí entreveía parte de la explanada que se abría ante ellos.

—Primero debemos comprobar el perímetro, Alteza. Puede que algún vigía o patrulla enemiga ronde en estos momentos la zona. Aguardad aquí a la señal.

Gerart asintió y los dos exploradores partieron de inmediato. El primero se dirigió hacia el oeste siguiendo el confín del bosque y el segundo hacia el este, ambos agazapados y ocultos bajo los árboles. Ninguno puso pie en la explanada. Gerart y sus Espadas Reales esperaron, tensos y alerta. Al cabo de un momento, un Búho Real ululó tres veces en el lado opuesto del bosque.

«La señal. Hemos de avanzar».

Gerart indicó a sus hombres con un gesto que se adentraran en la explanada. Agazapados y tan rápido como les era posible, sin romper el sigilo, la cruzaron hasta llegar a una vieja ermita de piedra. El grupo ocultó su presencia de posibles miradas indiscretas. Todos esperaron con la espalda contra la pared de piedra del pequeño edificio, encogidos y en silencio. Los dos exploradores surgieron de la oscuridad de repente, provocando un vuelco del estómago de Gerart.

—No hay peligro. Al interior —susurró el explorador más cercano.

Todos lo siguieron y entraron en la ermita. Era una construcción pequeña, sencilla, con cabida para no más de una veintena de personas, como era tradición para este tipo de edificios de la Orden de la Luz. Los sacerdotes solían acercarse hasta estas rústicas ermitas una vez al mes y congregaban en ellas a los residentes de la zona donde no existía aldea cercana. En aquella región había muchas granjas dispersas que vivían de las montañas y los bosques aunque estaban ahora desiertas a causa de la guerra. El ejército Noceano dominaba ahora aquella región del sur de Rogdon, y la mayoría de los habitantes habían emprendido la huida hacia el norte hacía tiempo.

Gerart entró en la ermita cruzando el portalón y siguiendo a los dos exploradores avanzó entre los tablones de madera dispuestos en hileras a forma de bancos hasta alcanzar el púlpito. En la pared colgaba un enorme, y humilde, símbolo de la Luz tallado en madera. Gerart lo contempló un instante: una estrella de 30 aristas en refulgente blanco, encajada en un círculo del mismo color sobre un fondo negro. Al contemplarlo más de cerca se percató de que el fondo negro no era más que un enorme paño oscuro sujeto a la pared de piedra viva. Bajo el gran símbolo de la Luz descansaba un enorme arcón de piedra con plegarias y bendiciones talladas a cincel. Los dos portones fueron cerrados a espaldas de Gerart sumiendo la estancia en absoluta oscuridad; cuatro pequeños ventanales, dos en cada pared lateral, permitían la entrada de luminosidad, pero aquella noche ninguna luz penetraba a través de ellas.

—Preparad las antorchas pero no las encendáis hasta que yo dé la orden —dijo el Príncipe de Rogdon a sus hombres. A tientas, Gerart palpó la pared hasta llegar al paño negro que colgaba tras el gran símbolo de la luz.

—Alzadme, rápido —pidió, y los dos exploradores que lo flanqueaban levantaron al Príncipe. Gerart recorrió la fría y rasposa pared bajo el paño hasta alcanzar el centro del gran símbolo. «Vamos, vamos, ha de estar aquí. El Abad Dian así me lo confirmó. El secreto ha sido guardado en la Orden de la Luz durante centurias, sin nunca ser revelado, pero aquí está y debo encontrarlo». Al oír un sonoro *crack* el corazón de Gerart se llenó de alegría. Bajó de un salto para presenciar atónito cómo la losa que cubría el macizo arcón de piedra se hundía descubriendo un estrecho pasadizo bajo el mismo. «Loada sea la Luz, y los benditos sacerdotes que la protegen» ensalzó Gerart para sus adentros.

—Exploradores, guardad la entrada. El enemigo no debe encontrar este pasadizo secreto.

—A la orden, Alteza, lo guardaremos con nuestra vida.

Gerart asintió y sin más dilación entró en el arcón y descendió por el pasadizo hasta un túnel excavado bajo el bosque. La docena de Espadas Reales lo siguieron de inmediato.

—Antorchas —reclamó, y sus hombres, prestos, prendieron dos antorchas.

El túnel era más amplio de lo que Gerart había imaginado. Aquello eran buenas nuevas y algo de la intranquilidad que le corroía el estómago desapareció con ellas. A la luz de las antorchas el túnel parecía el de una mina, había sido construido y reforzado de la misma manera. La humedad se colaba emanando de las paredes de tierra. Por el estado en el que se encontraba, era patente que ningún humano había puesto pie en aquel pasadizo en muchos años.

—En marcha —señaló a sus hombres, y todos avanzaron con premura por el oscuro y abandonado túnel. Les llevó varias horas alcanzar la posición a la que Gerart ansiaba llegar.

—Avanzad en silencio ahora —dijo a sus hombres llevándose el dedo índice a los labios—. Estamos bajo la primera muralla, la muralla exterior.

Ante Gerart se alzaban los cimientos de granito de la gran muralla. Sobre ellos se encontraba el enemigo. La muralla exterior hacía semanas que había caído en manos enemigas. Gerart avanzó hasta una puerta metálica con negros barrotes que había sido incrustada en la pared de roca. Miró la férrea e intrincada cerradura y negó con la cabeza. No podrían forzar aquella puerta de hierro forjado. Afortunadamente, ya había previsto aquel contratiempo. Del cinturón obtuvo una bolsa de cuero y de ella sacó dos enorme llaves. Eran las más grandes que Gerart hubiera visto nunca. Se las había dado el Abad Dian, junto con los planos de aquel pasadizo secreto, "Huida de Reyes", lo había llamado. Los sacerdotes de la Orden de la Luz guardaban secretos muy valiosos, a su vuelta tendría una o dos charlas con el buen Abad de Ocorum.

Continuaron avanzando bajo tierra. Sobre ellos se alzaban los cimientos de la gran ciudad, sus barrios, calles y plazas. La cruzaron raudos y alcanzaron la segunda muralla, la muralla interior, donde sus bravos compatriotas aún resistían el asedio. Gerart abrió la segunda puerta de hierro forjado y continuaron avanzando hacia el castillo ducal. Llegaron a una pared de roca que dio fin al túnel. Gerart observó la pared a la luz de la antorcha, totalmente desconcertado. Aquello no lo esperaba. El Abad Dian nada le había advertido de aquel obstáculo. Cogió la antorcha en su mano y contempló detenidamente la roca pero nada pudo advertir. Turbado y molesto retiró la capucha que le cubría la cabeza y en ese movimiento los ojos miraron inconscientemente hacia el techo, descubriendo una trampilla cubierta de tierra y moho.

«¡La entrada al castillo!».

Gerart, ayudado por dos de sus Espadas Reales tiró de la argolla en la trampilla y consiguió que cediera con un enorme chirrido. Subieron por unos escalones de piedra hasta topar con una pesada losa de mármol. La levantaron entre varios hombres.

Se hallaban en la capilla del castillo.

Se pusieron en pie, surgiendo de una de las tumbas de la familia ducal.

Gerart miró alrededor. Con gran sorpresa descubrió frente a él una veintena de soldados Rogdanos que lo miraban con ojos de incredulidad.

Liderándolos estaba un querido amigo.

—Bienvenido a Silanda, Alteza —le dijo Mirkos el Erudito extendiendo los brazos con una gran sonrisa.

Gerart contemplaba las luces sobre la ciudad sitiada desde lo alto de la muralla interior. Incluso en aquella noche, sin luna ni estrellas como testigos, podía distinguir la devastación y ruina que los Noceanos habían llevado a la una vez próspera y bella ciudad, la joya del sur, la capital sureña del reino de Rogdon. Las luces de las miles de antorchas, fogatas y lámparas de aceite alumbraban la ciudad ocupada y Gerart podía discernir la devastadora destrucción causada. En aquellos momentos tan duros, cuando su alma sangraba por las atrocidades y dolor que su pueblo estaba sufriendo, no podía evitar que su pensamiento volara hacia lo que su alma añoraba, su amada, Aliana. Aquella que su corazón anhelaba y a la que había perdido en territorio Usik. Por alguna razón, aun en contra de toda lógica, Gerart seguía aferrándose a la esperanza con todo su ser. Su alma se negaba a aceptar que Aliana no estuviera viva, del mismo modo que se negaba a ceder ante el pensamiento de que la guerra estaba perdida para Rogdon. «¡No! Saldremos de esta encrucijada, saldremos victoriosos. Contra viento y marea, venceremos. No podrán doblegarnos, no lo conseguirán. Llegará el día de la victoria, por muy remoto e improbable que ahora parezca, y a mi lado estará Aliana, compartiendo ese momento inolvidable, el momento de la salvación de nuestro pueblo».

El alba comenzó a despuntar mientras Gerart luchaba por controlar los sentimientos que lo desbordaban como a una presa las lluvias torrenciales. Con los primeros rayos de sol la visión nítida del horror se hizo todavía más patente. El corazón de Gerart se encogió estrujado por la garra del pesar. Cientos de edificios habían sido destruidos, porciones enteras de la ciudad arrasadas hasta los cimientos. Varios de los barrios más emblemáticos, el barrio de las artes, el cuadrante de los mercaderes, el distrito de los artesanos, habían sido completamente demolidos, arrasados. Sobre los escombros de las una vez vibrantes zonas de la ciudad, el ejército Noceano había tomado posición, lo suficientemente alejado para estar fuera del alcance de las saetas Rogdanas, pero lo bastante cerca para que los últimos defensores sintieran la amenaza y presión constante del enemigo. Los invasores habían formado una gigantesca montaña con los cuerpos de los soldados caídos de ambos bandos, y la habían situado bien a la vista de los defensores. El hedor de los cadáveres putrefactos llegaba hasta la muralla llevado por la brisa del sur.

—¿Desolador, verdad? —comentó Mirkos con voz apenada situándose junto a Gerart.

—Cuánta muerte y destrucción… es horrible… —reconoció el Príncipe.

—Es el precio que los inocentes pagan por la codicia desmedida de los reyes, mi joven Príncipe. No olvidéis nunca estas imágenes, mantenedlas bien retenidas en vuestra memoria pues un día seréis Rey y la decisión de evitar semejantes atrocidades en vuestra mano estará.

—Por ello no has de preocuparte, querido amigo. Por muy longeva que sea mi vida, jamás olvidaré el sufrimiento que nuestro reino, nuestro pueblo, está padeciendo en esta vil guerra. Sé que mi padre ha hecho cuanto ha podido por evitarla y lo mismo hubiera hecho yo.

Mirkos sonrió y acarició su larga barba albina. Pero la sonrisa duró tan solo un instante. Su rostro se ensombreció al momento.

—Llevamos meses de asedio impenitente. Día tras día nos castigan. Bien desde la distancia con las catapultas y balistas o bien asaltan la muralla ayudados de sus Hechiceros. La magia de Maldiciones causa estragos entre los nuestros aunque hago todo lo posible por evitar que alcance las murallas y el castillo Ducal. Día tras día el bueno de Dolbar defiende la muralla de forma magistral. A él debemos que Silanda siga resistiendo, sin su inigualable pericia al mando de la defensa hace tiempo que la ciudad hubiera caído —agradeció Mirkos señalando con la mano al hermano menor del Duque Galen, que observaba al enemigo.

Dolbar bajó la cabeza ante los cumplidos del gran Mago. Suspiró pesadamente.

—Cada día las bajas aumentan entre los nuestros aquí en la muralla, mientras los Noceanos destruyen y saquean alguna parte de la ciudad. Pronto no tendremos suficientes hombres para defender la muralla al completo… y ese día caerá, y poco después el castillo

Ducal, el último reducto. Ni siquiera con la poderosa magia de Mirkos podremos detenerlos mucho más tiempo.

—¿De cuántos hombres disponemos? —preguntó Gerart a Dolbar.

—Algo más de cuatro mil... que aún pueden luchar. Otros mil entre heridos y enfermos. Más de dos centenares de desahuciados... esperando la hora en agonía...

—Aguantaremos, este viejo saco de huesos os garantiza que aguantaremos. La magia es fuerte en mí, seguiremos luchando por Rogdon.

—Vuestra magia es muy poderosa, Mirkos, pero finita... —señaló Dolbar con voz grave.

—Cierto, mi inteligente y habilidoso amigo, por desgracia, muy cierto...

—He visto cuanto necesitaba. Es momento de presentar mis respetos a vuestro hermano, el Duque Galen. Imagino que se encuentra en el Castillo Ducal. Conducidme hasta él, por favor —pidió Gerart.

Un silencio tan frío como un amanecer de febrero se situó entre los tres hombres.

Gerart miró a Mirkos, pero este nada dijo, su rostro parecía tenso.

—Mi hermano... está malherido... fue alcanzado hace unos días defendiendo el centro de la muralla. Le pedí mil veces que no interviniera en la batalla, que su vida era de vital importancia para salvar la ciudad... pero ya lo conocéis, nació para liderar a los hombres y no hubo forma de disuadirle.

—Lo lamento en el alma —dijo Gerart poniendo su mano sobre el hombro de Dolbar—. Llevadme ante él, presto.

Al entrar en el lujoso aposento, Gerart no pudo más que detenerse y bajar la cabeza. El Duque Galen yacía en su lecho, moribundo. Era tan evidente que Gerart ni siquiera preguntó. La herida en el pecho había sido vendada pero estaba ensangrentada. No había sido posible suturar el terrible tajo por completo. Al verlos llegar el Maese

Cirujano los saludó con una leve inclinación de cabeza. El aspecto del médico era cadavérico, un ser devorado por el cansancio.

—Le he dado extracto de amapola y flor de los sueños, disponéis de unos momentos antes de que sucumba al sueño.

—¿Cuánto tiempo? —preguntó su hermano en voz baja.

El cirujano bajó la cabeza.

—No verá amanecer. Lo lamento enormemente, nada más hay que pueda hacer. Un gran hombre, mi pesar es grande, mi duelo con la familia.

—Gracias, Maese Cirujano. Me consta lo mucho que lo apreciáis y os agradezco todo lo que habéis hecho por él en sus últimos momentos de sufrimiento.

Con una pequeña reverencia dirigida al Príncipe y a Dolbar, el cirujano abandonó la estancia.

—Hermano, despierta, el Príncipe Gerart nos ha agraciado con su visita —le dijo Dolbar al oído intentando sacar a su hermano mayor del estado comatoso en el que se encontraba.

—¿Su… Alteza? ¿El… Príncipe? ¿Aquí? Ayudadme a vestirme… he de recibirlo apropiadamente —dijo, e intentó incorporarse en medio de un estado febril.

—No es necesario, hermano, reposa tranquilo. Yo me he encargado de hacer los honores. Relájate y descansa —intentó sosegarlo Dolbar.

—Bien… bien… eso está bien… hermano…

Gerart se acercó hasta el lecho. Recordaba bien al Duque, un hombre con un carisma y una fortaleza de carácter tan grandes como su lealtad a la Corona. Aquel hombre que ahora contemplaba no era más que una sombra de lo que un día había sido y aquello hizo que el alma de Gerart se ensombreciera.

—Mi padre, el Rey Solin, os envía sus saludos y desea que os informe que seréis condecorado con los más altos honores del reino por la magistral defensa de la ciudad que habéis dirigido durante estos meses. Habéis contenido la invasión del ejército Noceano permitiendo al Rey reagrupar las fuerzas para hacer frente a ambas ofensivas. Con vuestro liderazgo, valor y tenacidad, habéis ganado un tiempo crucial para el Rey y es por ello que la Corona agradece vuestra lealtad y compromiso.

—Sólo… he seguido… sus órdenes…

—Habéis hecho mucho más que eso y lo sabéis bien, amigo mío —intervino Mirkos.

—Mi padre desea que seáis condecorado por vuestro innegable valor y lealtad.

—Es… un honor…

—Lo merecéis —recalcó Mirkos.

El Duque Galen se incorporó sobre la cama y con ojos desorbitados, mirando al frente, dijo:

—El Príncipe, aquí. Sin duda traerá refuerzos consigo. ¡Estamos salvados!

Gerart lo miró conmovido.

—Los refuerzos pronto arribarán, Duque Galen —dijo Gerart suavizando el tono.

—Refuerzos… Solin envía refuerzos… la ciudad se salvará… —balbuceó el Duque, y se derrumbó sobre la cama. Dolbar lo arropó con cariño. El Duque se sumió en un estado de ensoñación, con los ojos abiertos, mascullando palabras ininteligibles. Al poco se durmió.

Los tres hombres abandonaron la estancia y se dirigieron al gran salón.

Mirkos alisó los pliegues de su túnica argenta ribeteada en negro y pasó las manos por el emblema representando su torre azabache bordado en el centro de su pecho. Miró a los altos techos abovedados y dijo con voz trémula:

—Un gran hombre…

—¿Y ahora, mi Príncipe? —preguntó Dolbar con el rostro marcado por el dolor.

—Ahora ejecutaremos el plan.

El sol del atardecer bañaba de oro la extensa planicie frente a la muralla exterior de la ciudad de Silanda. Sumal levantó la mirada y contempló la poderosa estructura de granito. Sobre el portón y en cada torreón, banderas y estandartes ondeaban al viento del sur. La bandera del Imperio Noceano, el astro sol de un dorado refulgente sobre un fondo negro, marcaba el nuevo dominio conquistado. Sumal no pudo sino henchirse de orgullo al ver su estandarte ondeando en la muralla exterior de la ciudad enemiga. «Ahora sólo queda conquistar la segunda muralla y la ciudad será nuestra. Orgullo para el Imperio, demostración sin paliativos del poder Noceano. Y de ahí arrasaremos todo el sur de Rogdon. Afianzaremos nuestra posición y nos dirigiremos al norte hasta llegar a la capital, a Rilentor, conquistando cada ápice de territorio, para la mayor gloria del Emperador Malotas. Este humilde espía articulará los planes que aseguren ese resultado y presenciará como los estandartes en negro y oro ondean por todo Rilentor». El experimentado espía Noceano sonrió en anticipación.

Un destacamento de soldados en patrulla pasaron junto a él y se dirigieron hacia el este. La vigilancia era constante y se extendía varias leguas en todas direcciones. La ciudad estaba completamente rodeada, como una isla de roca en medio de un mar Noceano. Únicamente al norte, en los primeros bosques más allá de la ciudad habían tenido algunos problemas con incursiones Rogdanas. Sumal miró alrededor. Estaba rodeado del inmenso ejército Noceano allí estacionado. Miles de tiendas en azul y negro se extendían desde la muralla conquistada hacia el sur. Los estandartes y pabellones anunciando las legiones Noceanas llenaban de satisfacción el corazón de Sumal. El poder de los hombres del desierto era incontestable. La actividad en el campamento de guerra era frenética, se preparaban para un nuevo asalto. Los soldados disponían ya armas y pertrechos mientras comenzaban a vestir las armaduras. Los látigos restallaban sin parar, obligando a los cientos de esclavos que acompañaban al ejército a realizar incontables labores para sus amos.

En la lejanía identificó la lujosa tienda de mando de Mulko, Regente del Norte del Imperio Noceano, y se dirigió a ella. El líder de aquel glorioso ejército, había requerido de su presencia.

—Mi señor… —saludó Sumal realizando una pronunciada reverencia ante Mulko.

Su señor presidía la estancia sentado sobre grandes cojines en oro y plata. La tienda era de enormes proporciones y muy ostentosa. Rodeado de finas sedas y envuelto en perfumes exóticos el Regente vestía un turbante rojo con perlas sobre la cabeza; la magnífica túnica de seda era también roja y aterciopelada con ricos bordados en oro en pecho y mangas. Las babuchas eran tan ostentosas como el resto de su vestimenta y Sumal no pudo sino pensar que probablemente costarían la paga anual de todo un batallón de infantería. El Regente estaba siendo entretenido por seis exóticas bailarinas tan bellas que, por un instante, dejaron sin aliento al espía. Sumal las contempló mientras aguardaba a ser llamado por su señor. La escasa vestimenta que portaban y las transparencias de las sedas que vestían, intentando cubrir sin dejar de mostrar todos sus encantos, eran toda una visión para cualquier hombre. Los movimientos sensuales con los que ejecutaban el baile y sus cuerpos sinuosos despertaron algo inapropiado en el espía que tuvo que sofocar como bien pudo.

—Sumal, mi consumado espía. Adelante, entra, tenemos mucho por tratar —dijo el Regente del Norte invitando con un gesto de la mano—. Vosotras, fuera, rápido —despidió a las bailarinas con desgana, como si lo aburrieran.

—Gracias, mi señor, me honráis…

—Acércate, te esperábamos.

—Gran Maestro… —saludó volviendo a repetir la reverencia ante Zecly que estaba sentado a la derecha del Regente y al que no había visto por las bailarinas. El maestro de espías, consejero, y poderosísimo Hechicero le sonrió y se llevó las manos al pecho en saludo.

—Creo que ya conoces a Ukbi, mi Consejero Militar, ¿verdad? —preguntó Mulko indicando con su mano al renombrado General Noceano sentado a su izquierda.

Sumal miró levemente al Consejero. Todos en el imperio conocían la brillantez de aquel hombre menudo de rasgos duros, su brillantez y su… despiadada crueldad. Era costumbre del General torturar y después pasar por la cuchilla a todos los enemigos capturados en la batalla, para infundir miedo en los corazones del resto de sus oponentes. Sumal miró los crueles ojos negros del militar y supo que en aquel hombre la piedad no existía. Sumal jamás olvidaría, por muchos años que viviera, lo que había presenciado de manos del General en Silanda. Cada vez que pensaba en ello el estómago se le revolvía hasta el punto de darle arcadas. Ukbi, como si de un acto cotidiano se tratara, ordenó una acción punitiva con el objetivo de desmoralizar al enemigo asediado: despellejar vivos a los prisioneros Rogdanos capturados. Cientos de ellos habían sido apresados durante el repliegue a la segunda muralla. Uno por uno, los fueron torturando ante el gran portón, a plena vista de las tropas Rogdanas, fuera del alcance de las saetas misericordiosas que sus compañeros pudieran enviar. Por días enteros los torturaron, los gritos de horror eran insufribles y sólo se detenían al comenzar una ofensiva, aunque retomaban el horror al finalizarla. Gritos que acababan en una muerte agónica del desdichado siendo torturado, para al cabo de poco reanudarse con los de otro prisionero. Ukbi ordenó que la tortura continuara hasta que no quedara ni un sólo prisionero con vida, y sus órdenes fueron seguidas a rajatabla. Y así, los gritos de horror retumbaron frente a la muralla de defensores durante semanas. Los métodos del general eran inhumanos, pero Sumal no dudaba de su efectividad, a él mismo le habían afectado, sólo podía imaginar lo que los soldados Rogdanos en la muralla podían estar pasando al presenciarlo. Sin embargo, el Duque Galen se había dirigido a ellos desde lo alto de la muralla. Sumal recordaba bien la escena:

—¡Soldados de Rogdon! ¡Escuchadme todos! Hoy vemos impotentes como el enemigo tortura a nuestros compañeros de armas, a Rogdanos de sangre, a hombres valerosos que por su patria dan la vida. Esas torturas, esos gritos de nuestros compatriotas son testimonio de la vileza, la bajeza de una raza sin escrúpulos, moral o entrañas. Esas son las acciones de un pueblo de cobardes sin honor, de ratas de cloaca. Nada, repito, nada hará que cedamos ni un paso, ahora mucho menos si cabe. Recordad el sufrimiento que ahora atestiguáis en vuestros compañeros cuando tengáis delante a esas ratas podridas y dispensadles la muerte que se merecen. ¡Por Rogdon! ¡Por nuestros compatriotas!

Sumal lo recordaba bien, sí, grandes palabras de un gran líder. Se preguntaba si aún continuaría con vida. Bajando la mirada ante Ukbi realizó una reverencia, como era protocolo ante alguien de mayor rango o poder. El General respondió al saludo inclinando un ápice la cabeza, el turbante negro apenas sí se inclinó. Sumal interpretó aquel saludo como lo que realmente era: una clara indicación de que el espía no estaba a la altura para ser debidamente saludado por el General. El pequeño desprecio no molestó a Sumal, era perfectamente consciente de la posición que ocupaba dentro de los rangos de poder de la corte del Regente.

—Desde luego, mi señor —respondió Sumal al Regente—. Todos conocen la brillantez del Gran General y la maestría con la que dirige a nuestros ejércitos hacia la victoria.

—¡Ja! Yo no estoy ya tan seguro de eso —amonestó Mulko a su Consejero Militar—. Llevamos meses atascados en este asedio sin final. Esta maldita ciudad tenía que haber caído hace ya mucho tiempo. Debemos avanzar hacia el norte, hacia Rilentor, donde ese cobarde de Solin se oculta. Y lo peor de todo es que los Norghanos no sólo han tomado la fortaleza del paso sino que ahora campan a sus anchas por el Norte y el este de Rogdon. Pronto avanzarán hacia la capital, si la toman antes que nosotros Rogdon será suya. El Oeste de Tremia será suyo. ¡Eso no lo puedo permitir! ¿Qué has descubierto de sus planes, Sumal?

—El ejército Norghano intenta abrirse paso hacia Rilentor pero está sufriendo algunos reveses. Su infantería pesada está siendo castigada por los Lanceros en cuanto avanzan al descubierto. La infantería Norghana nada puede contra la caballería pesada Rogdana. Los Lanceros son insuperables en campo abierto. Por ello los Norghanos se ven obligados a avanzar muy despacio, valiéndose de los superiores números de sus tropas. Ahora mismo avanzan como una tortuga gigante, blindada pero lenta. A su alrededor los lanceros, muy inferiores en número, atacan los flancos y la retaguardia para luego huir rápidamente. Evitan a toda costa el confrontamiento directo. Emplean tácticas de desgaste, retrasando el avance del ejército Norghano. Por otro lado, he intentado contactar con el Conde Volgren pero nos está ocultando sus movimientos. No parece estar interesado en escuchar oferta alguna de nuestra mano. Un ataque conjunto sería ampliamente beneficioso para ambas partes, pero no responde a nuestras peticiones de diálogo. Creo, mi señor, que saben que tienen la delantera y esperan llegar a Rilentor antes que nosotros. No creo que colabore, mi señor.

—¡Por el sol de los Desiertos Rojos! ¡Debemos arrasar todo el sur de Rogdon y llegar hasta el Rey Rogdano, ya! ¡Quiero su cabeza en una pica! ¡Una pica Noceana, no una Norghana!

—Y así será —dijo Ukby molesto. La resistencia que han mostrado estos Rogdanos es algo fuera de lo común pero ya no tienen suficientes efectivos para defender toda la muralla. Caerán, os lo prometo.

—¡Promesas, promesas! Llevas una eternidad prometiéndome esta victoria que no llega.

—El Gran Mago de Batalla Rogdano hace trizas a nuestros hombres con su magia de los cuatro elementos. Un día nos abrasa con fuegos infernales y al siguiente congela a los hombres según ascienden por la muralla. Necesito más protección de nuestros Hechiceros, no están contrarrestando la magia enemiga —dijo con tono acusador mirando a Zecly.

Zecly sonrió.

—Mi querido General, como bien sabéis ya, Mirkos el Erudito no es un mago cualquiera. Su poder es enorme, al igual que su inteligencia. Para vencerlo debemos usar la astucia y no la fuerza bruta. Por mucho que enviéis oleada tras oleada de hombres contra esa muralla solo conseguiréis erosionarla y sí, al final caerá, pero llevará tiempo y costará muchos hombres.

—¡El tiempo se acabó! —gritó Mulko encendido— El Gran Emperador Malotas en persona me ha enviado una misiva, me muestra su malestar por el retraso en la invasión de Rogdon y espera que Silanda caiga inmediatamente como paso primero en la conquista. Y eso sólo significa que si no cae, pedirá mi cabeza en una bandeja. La ciudad ha de caer ¡Ya! ¿Entendido? ¡Ya!

Zecly se puso en pie y se situó junto a Sumal.

—Nosotros nos encargaremos, mi señor. La ciudad vuestra será. Esta misma noche.

Era medianoche cuando el Gran Conjuro comenzó a invocarse. Sumal contemplaba absorto uno de los espectáculos más increíbles y atemorizadores que hombre alguno pudiera llegar a imaginar. Frente al gran portón de la segunda muralla Rogdana, fuera del alcance de las saetas enemigas, tres Hechiceros Noceanos habían comenzado a invocar la terrorífica Magia de Maldiciones. Sumal reconoció de inmediato a Isos, el Gran Maestro de la Magia de Maldiciones, situado en el centro y escoltado por los otros dos hechiceros. Sentados alrededor de ellos, formando un círculo, una docena de acólitos habían puesto sus cuerpos al servicio de sus señores. Sumal podía casi percibir la energía mágica de los acólitos siendo consumida para potenciar el efecto del Gran Conjuro.

Tras ellos 25,000 soldados Noceanos, intranquilos, esperaban la orden para asaltar la muralla. Vestían túnicas largas de tonalidades azules y negras con pantalones oscuros. Iban protegidos por armaduras de cota de malla larga hasta los muslos. Sobre el pecho y la espalda portaban coraza adornada con el emblema del sol dorado de los Noceanos. Cubriendo la cabeza llevaban casco circular con una afilada punta de un palmo de altura. Estaban listos para entrar en acción, pero Sumal sabía que aquel espectáculo arcano que estaban presenciando llenaba sus corazones de miedo.

Isos alzó los brazos y gritó palabras incomprensibles a la noche, helando la sangre de cuantos le contemplaban. De la gran pila de cadáveres amontonados para amedrentar el espíritu de los defensores, una columna de negrura comenzó a levantarse formando una densa nube. De cada cadáver un hilo de pestilencia y podredumbre comenzó a alimentar la nube, cargándola de horror putrefacto y enfermizo. Sumal sintió un escalofrío al contemplar aquella nube de pestilencia siendo conjurada. Isos y los otros dos Hechiceros de Maldiciones continuaron invocando aquel espanto y absorbiendo toda la vileza de los cuerpos putrefactos.

Cuando Sumal vio acercarse a Asuris, el Gran Maestro de la Magia de Sangre, supo de inmediato que aquello no sería todo, algo aún más horroroso sucedería. Una mirada al terrorífico rostro de Asuris, pálido como si toda vida hubiera sido consumida de su cuerpo y con aquellos ojos rojos, inyectados en sangre, que helaban el alma, provocó en Sumal auténtico pánico. Asuris se situó tras el círculo de acólitos y realizó un gesto a un grupo de soldados. Estos se acercaron y Sumal vio que arrastraban a prisioneros y esclavos maniatados. Sumal contó dos docenas que fueron llevados hasta el Gran Hechicero. A todos los pusieron de rodillas. Un soldado Noceano con cada uno. Asuris comenzó a entonar un cántico mirando al oscuro cielo. Alzó los brazos y gritó palabras arcanas. Se acercó al primer prisionero blandiendo una daga de plata con forma de serpiente. Miró al soldado Noceano y este tiró del pelo del prisionero dejando su cuello al descubierto. Sumal tragó saliva. Asuris degolló al desdichado. La sangre comenzó a bañar el torso del sacrificado. El Hechicero situó un cáliz dorado con el símbolo del escorpión bajo la herida y recogió la sangre que manaba. Con terrorífica parsimonia y, entre los gritos histéricos de los prisioneros condenados a aquella muerte atroz, Asuris fue repitiendo el proceso, uno por uno. Al finalizar, murmuró unas palabras y bebió del cáliz. Sumal sintió su estómago revolverse. Asuris alzó el cáliz sobre la cabeza y entonó un tétrico cántico que sobrevoló a los presentes como una maldición aciaga.

La nube de oscura putrefacción comenzó a expandirse por toda la distancia que separaba a los Hechiceros de la muralla coronada por los defensores Rogdanos. El ritual de sangre estaba expandiendo el área de efecto del hechizo y Sumal dedujo que muy probablemente también su duración y potencia. Aquello era la especialidad de Asuris.

La hedionda nube de horror comenzó a hacerse cada vez más grande, pronto alcanzaría la muralla y Sumal no tenía duda alguna que los efectos sobre los defensores serían horripilantes. No quería ni imaginar las catastróficas consecuencias sobre los soldados enemigos. Como impulsada por los cánticos fatídicos de los hechiceros, la nube maligna avanzó hasta alcanzar la muralla. Pero los defensores no se movieron. Sumal podía entrever los cuerpos y los destellos de las armaduras y yelmos bajo las antorchas y lámpara de aceite.

Nadie se movía.

«¡Están locos! ¿Por qué no se retiran al interior? ¡El horror los va alcanzar!».

En ese momento Sumal vio una luz cegadora explosionar sobre el portón. La potencia de la deslumbrante luz fue tal que iluminó toda la ciudad, provocando que tuvieran que cubrirse los ojos.

«¡Mirkos! Es Mirkos, destruirá la nube y el intento resultará yermo» se lamentó Sumal. Alzó la vista y contempló como la perniciosa nube había retrocedido pero por fortuna no había sido destruida.

En ese momento Zecly apareció de entre las sombras.

Avanzó con paso cansino y se situó junto a Asuris, quien le ofreció el cáliz con la sangre de los sacrificados. El Gran Maestro Zecly bebió la sangre y entonó una siniestra melodía. Devolvió el cáliz a Asuris y este le ofreció la daga de plata. Zecly la cogió y se inflingió un corte en la mano. La sangre comenzó a caer a tierra. En ese instante Zecly comenzó a recitar un conjuro y Asuris lo asistió. Mientras el conjuro tomaba forma, la nube de pestilencia volvía a avanzar en dirección a la muralla. Sumal mucho se temía que Mirkos ya estaba listo para rechazarla. No llegaría.

Pero algo extraño llamó la atención del espía. Sobre el Gran Maestro Zecly, una extraña figura comenzó a tomar forma. Parecía… parecía un enorme ave… Tenía un aspecto realmente aciago, el cuerpo era traslúcido pero de un rojo intenso. El pico tenía una forma hiriente y las garras eran cuchillas sangrantes. A Sumal le pareció un enorme y demoníaco buitre de sangre, pero incorpóreo. Quedó consternado por la visión.

Sobre la muralla la cegadora luz volvió a estallar, rechazando la nube que los hechiceros Noceanos intentaban hacer llegar hasta el enemigo utilizando todo su poder. Varios de los acólitos se habían desvanecido ya, toda su energía había sido consumida. Sumal pensó que muy probablemente también su energía vital. Nunca despertarían.

El Gran Maestro Zecly señaló con la daga en dirección al origen de la luz y murmuró unas palabras arcanas.

El ave de sangre salió volando en la dirección señalada por su amo.

La luz cegadora volvió a hacerse visible empujando la nube aún más atrás.

A Sumal le pareció que no lo conseguirían.

En ese momento la gran ave de terribles garras y letal pico de sangre descendió sobre el origen de la luz.

Y la luz desapareció.

Para no volver.

Zecly se volvió y acercándose a Sumal le susurró:

—Un demonio de sangre. Es extremadamente peligroso invocarlo, tienen tendencia a volverse contra su amo. Pero era necesario. Cuando la nube tome las almenas ningún ser humano quedará con vida. Esperad a que los efectos adversos desaparezcan y tomad la muralla. Asegúrate de ir con ellos. Necesito ojos de confianza allí arriba y debo descansar, el conjuro ha agotado toda mi magia y mis escasas fuerzas.

—Sí, Maestro, como ordenéis.

Sumal coronaba las almenas poco antes del amanecer y, con él cinco mil soldados Noceanos. Eran parte de la segunda oleada. La primera ya había tomado la muralla y el Castillo Ducal. La sorpresa que se llevó sobre el parapeto fue tan grande que jamás la olvidaría.

—No… no puede ser… —balbuceó mirando alrededor. Sobre la muralla, donde deberían estar los cuerpos sin vida y retorcidos por el sufrimiento de al menos cuatro mil defensores Rogdanos, lo que encontró fue algo absolutamente inaudito.

—Señor… son sacos de trigo… Les han colocado armaduras y cascos para que parecieran soldados desde la distancia. Es un engaño —le explicó un oficial al ver la cara de *shock* de Sumal.

—Pero… entonces… ¿dónde están los defensores? ¿En el castillo? —preguntó Sumal intentando razonar qué había sucedido.

El oficial miró a Sumal y con ojos asustados dijo:

—No, señor… El castillo está también desierto. Sólo hemos hallado al Duque Galen, muerto en sus aposentos. Por lo demás no hay ni un alma en toda la fortaleza… Es… es como si se los hubiera tragado la tierra…

Sumal no podía creer lo que allí había sucedido. Cinco mil hombres habían desaparecido ante sus ojos. Pero aquello no podía ser. Mirkos había estado conjurando allí mismo, sobre el portón. Aquello era imposible. Sumal contempló el suelo de roca intentando buscar una explicación lógica a lo sucedido cuando vio algo que captó su interés. Se acercó y vio sobre el suelo un objeto de madera: un báculo coronado con una esfera cristalina. Se agachó y lo estudió.

Junto al báculo halló sangre… abundante… formando un charco.

Los defensores habían desaparecido misteriosamente pero al menos había una buena nueva que satisfaría al Gran Maestro Zecly.

El demonio de sangre había matado a Mirkos el Erudito.

Tú no digna…

Sonea miró a Yakumo con ojos implorantes agachada junto a los símbolos Ilenios grabados en el suelo.

—Antes de ponernos en marcha, permitidme intentar descifrarlos —suplicó señalándolos.

—Desconfío de este lugar —respondió el Asesino, mientras sus ojos negros escudriñaban los alrededores—, pero está bien, adelante, quizás nos ayude a descubrir la forma de salir de esta cueva.

Sonea se agachó y comenzó a estudiar los símbolos esculpidos sobre el suelo. De inmediato, Lindaro se prestó voluntarioso a ayudarla con la labor.

Ambos estudiosos permanecieron largo tiempo analizando y descifrando la simbología Ilenia. Por su parte, Yakumo e Iruki buscaron una forma de salir de aquella caverna submarina, pero no tuvieron fortuna. La cámara estaba sellada, no había forma física de abandonar aquel lugar excepto por el lago. Habían sido enterrados vivos bajo las profundidades del inmenso lago.

—Esto no me gusta nada —confesó Iruki a su amado con voz trémula—. ¿Y si se acaba el aire que respiramos? No creo que dure eternamente…

—No, desde luego no de forma natural, a menos que sea sostenido por la magia de los Ilenios... Pero no creo que ese sea el caso ya que no detecto magia activa ahora mismo en este lugar… únicamente percibo una presencia… muy lejana… He utilizado mi Don varias veces pero no consigo situarlo. Por el momento no presiento que corramos peligro inminente.

—¡Creo que hemos descubierto algo! —exclamó Sonea emocionada— Es un jeroglífico que creo acabamos de descifrar.

Yakumo e Iruki miraron a los dos estudiosos.

—¿Qué es lo que habéis descubierto? ¿Puede ayudarnos a salir de aquí? —quiso saber Yakumo.

—¡Es de lo más intrigante! —señaló Lindaro lleno de excitación.

Sonea aplaudió entusiasmada.

—El jeroglífico nos indica que existe una forma para abandonar la caverna.

—¿Cuál? —quiso saber Iruki.

—No es tan fácil —sonrió Sonea—, en realidad es más bien un acertijo. Para poder salir de aquí debemos encontrar la llave que abre la salida oculta.

—Una llave... ¿Cuál? ¿Y qué es lo que abre? —preguntó Yakumo poco convencido.

—Por lo que hemos podido resolver, la llave se refiere a la presencia de uno de los cuatro elementos naturales. Nos ha llevado tiempo descifrarlo puesto que la referencia a este elemento no es directa. El jeroglífico únicamente indica que se trata del elemento que permite a aquel que lo lee el descifrarlo...

—No lo entiendo... —dijo Iruki.

—También a nosotros nos ha costado muchos quebraderos de cabeza darnos cuenta de a qué se refería el acertijo. Aquello que nos permite intentar descifrar este jeroglífico es, en esencia, aquello que nos permite subsistir aquí abajo.

—¿Aquí abajo? —preguntó Iruki desconcertada.

—El aire —dijo Yakumo—, se refieren al aire.

—¡Sí, en efecto! Muy buenos instintos, Yakumo —dijo Sonea.

—La llave para salir de aquí, es por tanto, el Aire o más bien, el viento. Ya que con el aire poco puede uno hacer, sin embargo el viento nos da mayores oportunidades. Pero claro, todo esto es una suposición nuestra, basada en una teoría inconclusa... —razonó Lindaro.

Iruki miró al hombre de fe sin comprender del todo a qué se refería.

—También hemos descubierto el símbolo del Guardián y el símbolo de salida —señaló Sonea—. Por lo tanto, creemos que la llave, el viento, nos guiará hasta la salida. Pero no sabemos dónde está. Y en cuanto al Guardián...

—Hallar una referencia a la salida me parece fantástico pero el símbolo del Guardián me produce un miedo atroz... —dijo Lindaro nervioso con el sudor asomando en su frente.

—Concentrémonos en el de salida —dijo Yakumo—, ese es el símbolo verdaderamente importante.

—¿Cuál de ellos es? —preguntó Iruki intrigada.

Sonea se lo mostró indicándolo con el dedo índice.

Iruki se acercó a contemplarlo, deseando con todo su corazón poder abandonar aquella cueva sumergida y volver a la superficie, a sus amadas llanuras. Y en ese momento, el medallón refulgió en su cuello con aquel azul tan vivo. Al momento, todos quedaron estáticos, sin saber qué pensar ni cómo actuar. El símbolo Ilenio de salida, aquel que Sonea había identificado, se encendió con un color dorado muy intenso como si de oro líquido se tratara.

—¡Por la Luz! —exclamó Lindaro dando un paso atrás.

—¡No ha sido mi intención! —se disculpó Iruki— El medallón actúa con voluntad propia.

La runa Ilenia brilló con mayor vivacidad todavía y una brisa comenzó a sentirse en la estancia.

—Detecto la magia Ilenia a nuestro alrededor —avisó Yakumo—. Atentos todos.

—¿Qué es esta extraña brisa? A lo mejor es para renovar el aire que respiramos —dijo Lindaro esperanzado.

La brisa incrementó su fuerza convirtiéndose rápidamente en viento de gran intensidad.

Un escalofrío recorrió la espalda de Iruki. Sintió miedo. Un Miedo fundado, muy real, casi tangible.

—¡Viento! ¡La llave! —dijo Sonea mirando en todas direcciones.

Todos intentaron sujetarse pues la brisa pasó a convertirse en vientos virulentos de forma casi inmediata. Un verdadero vendaval se formó en torno a ellos en pocos instantes.

—¡Agarraos! —gritó Yakumo.

—¡No perdáis el equilibrio o los vientos os arrastrarán! —gritó Iruki asustada.

Sonea y Lindaro intentaron sujetarse a las paredes de la caverna con todas sus fuerzas mientras el vendaval arreciaba cada vez con mayor intensidad.

—¡No podremos soportar estos vientos! ¡Nos van a llevar volando! —gritó Sonea atemorizada.

Iruki la contempló y viendo lo pequeña que era la joven bibliotecaria, sintió miedo por ella. No debía pesar más que un cervatillo, en breve saldría arrastrada por el ciclón que los estaba envolviendo. Se agarró con todas sus fuerzas a Yakumo y miró alrededor intentando encontrar algún asidero, pero no pudo encontrar nada más que desnudas paredes calizas.

—¡No hay donde agarrarse! —gritó Lindaro desesperado mientras su hábito intentaba abandonar su cuerpo enjuto.

Iruki se sujetó a Yakumo con gran esfuerzo, luchando contra el viento huracanado, extendió su mano hacia Sonea que ya apenas podía mantenerse en pie.

—¡Agárrate, Sonea, agárrate a mi mano, rápido!

Sonea se aferró a la mano de Iruki consciente de que su vida le iba en ello.

—¡Tú también, Lindaro, sujétate con fuerza!

—¡Por la Luz bendita! —exclamó el clérigo y se agarró a Sonea con todas las fuerzas de su fe.

El ciclón se volvió todavía más virulento, los vientos alcanzaban velocidades insufribles. Los cuatro aventureros intentaban mantenerse en pie sujetados los unos a los otros, mientras sus ropajes volaban al viento azotando a sus portadores.

Sonea perdió el equilibrio pero entre Lindaro e Iruki consiguieron sujetar a la joven bibliotecaria. La pobre se quedó volando, suspendida entre Iruki y Lindaro, sujetada por los brazos.

—¡Me lleva! —grito asustadísima.

Todos tiraron con fuerza para sujetar a la bibliotecaria.

—¡Aguantad, aguantad! —gritó Yakumo.

De súbito, el ciclón cambio de dirección y comenzó a pujar desde el suelo en dirección a la bóveda de la caverna.

—¡Qué demonios...! —clamó Yakumo completamente sorprendido.

La bóveda de la caverna brilló destellando varias veces con el dorado característico de la magia Ilenia. De repente, un enorme orificio se abrió en el techo y el vendaval comenzó a pujar en dirección a la abertura. Parecía que el ciclón había cogido vida propia e intentaba abandonar la cueva por la abertura en el techo.

—¡Sujetaos con fuerza! —gritó Iruki.

Pero la fuerza del ciclón se volvió incontestable y los arrastró a todos entre gritos desesperados. Los cuatro salieron volando y abandonaron la estancia por la gran abertura en el techo. El ciclón los llevó en volandas hasta la estancia superior y los estrelló contra el techo de la misma. Quedaron apresados contra la bóveda de la caverna, la fuerza del viento les impedía cualquier acción, como monigotes aplastados contra una pared por una fuerza divina.

—¿Qué hacemos? —gritó Iruki con cuerpo y cara pegados contra la dura roca de la bóveda.

Antes de que Yakumo pudiera responder, el viento volvió a cambiar de dirección y los empujó con una virulencia salvaje contra la pared este de la caverna. El golpe que se propinaron los cuatro aventureros fue tremendo y los dejó a todos tirados en el suelo. Nadie pudo levantarse, ni siquiera Yakumo.

De súbito, tal y como había comenzado, el ciclón se detuvo por completo, dejando a los cuatro aventureros desvalidos en el suelo.

Al cabo de un rato, Iruki abrió los ojos completamente dolorida, como si le hubiera pasado por encima una manada de búfalos salvajes. Vio que se encontraban en una caverna de oscuras paredes y cúpula. Yakumo ya se ponía en pie. Lindaro e Iruki estaban inconscientes y se apresuró a socorrerlos.

—¿Qué ha ocurrido? —preguntó Lindaro con cara mareada mientras se despertaba con un tremendo chichón en la frente.

Sonea se incorporó a duras penas, mostrando también los síntomas del duro golpe recibido.

—Me llevaba, no podía mantenerme en pie. La fuerza de los vientos era demasiado para mí. Me arrastraba sin yo poder hacer nada —explicó la menuda joven.

Iruki contempló la caverna apesadumbrada, no había salida alguna a excepción de la abertura en el suelo por la que habían sido propulsados desde la cueva inferior. ¿Cómo iban a salir de allí? Lo último que deseaba era vivir otra experiencia similar a la del Templo del Agua. Al desear abandonar aquel lugar, sintió algo en su pecho, una sensación extraña pero que ya había experimentado antes... Algo se gestaba en su abdomen. El medallón Ilenio a su cuello volvió a brillar.

—¡No! —intentó detener lo que fuera que el medallón deseaba invocar contra su voluntad.

Pero no pudo.

—¡Mirad! —señaló Yakumo.

La caverna refulgió con el dorado místico de la magia Ilenia en respuesta al llamamiento del medallón. Ante el asombro de todos, la pared norte de la caverna se derrumbó, como vencida por el viento.

—¡Quizás sea la puerta que buscamos, la salida que abre la llave! —dijo Lindaro lleno de esperanza.

Pero una figura hizo acto de presencia en la abertura.

Iruki se estremeció.

—¡Oh, no! —exclamó paralizada por el terror.

Ante ellos apareció un Mago Guardián Ilenio, vistiendo la túnica blanca ribeteada en oro, sus dorados y brillantes ojos eran visibles bajo la capucha que cubría su cabeza y rostro. En una mano portaba un singular cayado con grabados y en la otra un tomo de doradas tapas.

—¡Un Mago Guardián! ¡Cuidado! —dio la alarma Lindaro señalando al recién aparecido.

Sonea lo miró con enormes ojos de sorpresa sin comprender lo que sucedía.

—¿Lleva… es… es eso en su mano un grimorio Ilenio? —preguntó asombrada reconociendo el tomo.

Iruki, que al igual que Lindaro, ya se había encontrado con un ser similar con anterioridad y era muy consciente del peligro mortal que corrían, echó mano de su espada Ilenia.

Yakumo reaccionó de inmediato y dando dos veloces zancadas ejecutó un salto vertiginoso hacia el Guardián, las negras dagas descendieron sobre este portadoras de una muerte inequívoca. Iruki reconoció de inmediato el destello rojizo que envolvió el cuerpo del Asesino. Yakumo había invocado su Don para utilizar alguna de sus habilidades letales. Iruki cada vez percibía con mayor claridad el uso de la magia, lo cual le hacía sentirse extraña. Recordaba cómo inicialmente había reconocido la magia del Rastreador, de Lasgol, pero había sido tan tenue que casi no la había distinguido. Sin embargo ahora, la percibía con total claridad y en toda su intensidad. No sabía qué habilidad estaba utilizando Yakumo pero sentía que era, en esencia, muy agresiva.

Ante el ataque, el Guardián Ilenio reaccionó con gran celeridad y realizó un gesto con el cayado en dirección a Yakumo. Un viento de gran potencia surgió propulsado del cayado con un rugido estremecedor, de tal ferocidad que a Iruki se le heló la sangre en las venas. Yakumo fue golpeado con desproporcionada saña por el soplo mortífero y salió despedido hacia la pared a su espalda golpeándose fuertemente.

Cayó al suelo y no se alzó.

—¡Noooo! —gritó Iruki desconsolada temiéndose lo peor.

Se precipitó a ayudar a su amado cuando el Guardián emitió un murmullo y apuntó el cayado en su dirección. A Iruki el corazón le latía cual caballo desbocado. Antes de que pudiera llegar hasta Yakumo, un torbellino de más de dos varas de altura se materializó ante ella, girando a gran velocidad sobre sí mismo.

¿Qué era aquello? ¿Qué pretendía el Guardián?

Asustada dio un paso atrás. Observó atemorizada la columna de aire que ante ella rotaba con enorme velocidad y fuerza, en posición vertical, amenazante. El aire giraba a tal velocidad que emitía un fuerte sonido sibilante. El torbellino era de una coloración blanquecina, nubosa. Iruki dio un paso lateral para intentar esquivar aquel monstruo mágico y llegar hasta Yakumo pero el remolino se le echó encima a una velocidad como Iruki no había visto jamás, superior a la del guepardo de las estepas.

La capturó, envolviéndola por completo.

Intentó escapar, pero no podía moverse, el remolino se lo impedía rotando a su alrededor a una velocidad de locura. Quedó encarcelada en una prisión de viento. Miró a Yakumo tendido en el suelo, herido, y el miedo le aplastó el alma.

El Guardián alzó nuevamente el báculo y lo situó sobre su cabeza, sus siniestros ojos dorados brillaban amenazantes. Comenzó a entonar un canto lúgubre... Estaba conjurando algún hechizo. Iruki quiso gritar pero tenía la garganta atenazada. Tres nuevos torbellinos fueron conjurados, apresando de inmediato en sus vórtices a Sonea, Lindaro y al postrado Yakumo. Todos quedaron inmovilizados en el interior de las rotatorias espirales. Iruki luchó con todas sus fuerzas por desembarazarse del torbellino pero la fuerza voraz de su rotación la atrapaba. Era una celda indestructible de viento girando de forma vertiginosa.

—¡Por la Luz de los cielos! ¿Qué hechizo es este? ¡Estamos atrapados! —gritó Lindaro—. ¡No puedo moverme, esto es antinatural!

—¡Es una prisión de viento, terroríficamente irónico y tremendamente fascinante! —señaló Sonea asombrada.

—¡Pensad algo, tenemos que liberarnos! —les gritó Iruki ahora algo más recompuesta.

El Guardián Ilenio dio un paso al frente y señaló con su báculo en la dirección a la Masig.

Iruki tragó saliva. ¿Qué le iba a hacer ahora? Estaba indefensa…

El medallón a su cuello emitió un destello intenso.

El Mago Guardián pareció dudar un instante.

Bajó el cayado pero de inmediato lo volvió a dirigir a Iruki y murmuró algo incomprensible en su extraño lenguaje.

Iruki sintió un choque contra su cabeza, un fuerte golpe mental que la desconcertó, como si el Mago Guardián quisiera penetrar en sus pensamientos. Un nuevo envite azotó su cabeza e Iruki comprendió que el Guardián Ilenio estaba intentando comunicarse con ella. Los golpes a su mente dieron paso a un susurro lejano, un murmullo procedente de un tiempo pasado que abrió paulatinamente un entendimiento.

Tú...

Tú no digna…

Tú de sangre antigua…

Pero no pura...

No engañar...

Yo Guardián Templo…

Templo del Aire…

Templo sagrado…

Descansar gran Rey…

Insultar Señor del Aire…

Tú engañar…

Tú morir…

Todos morir…

—¡No, por favor! ¡Sólo queremos salir de aquí, el medallón actúa por sí mismo, no he querido engañarte, debes creerme! ¡Lo juro por lo más sagrado, por nuestra Madre Estepa! ¡Que los espíritus malignos me lleven si no digo la verdad!

El Guardián volvió a conjurar con su funesta entonación y los torbellinos comenzaron a cambiar de color, pasando del blanco nuboso a un negro de pesadilla, como una noche de invierno sin luna. Iruki sintió un miedo visceral, no entendía lo que sucedía pero aquello era muy mal presagio.

—¿Qué ocurre? ¿Qué nos está haciendo? —preguntó Sonea asustada.

—Rezo a la Luz para que este no sea nuestro final y nos permita ver un nuevo día —dijo Lindaro muy atemorizado.

—Aguantad... —intentó animarlos Iruki sin demasiada esperanza.

El torbellino que la envolvía era ahora tan oscuro que ya nada veía de cuanto la rodeaba. La negrura la absorbió por completo, penetrando su cuerpo y mente, como si de una maliciosa y pestilente esencia se tratara.

Y perdió el sentido.

Iruki despertó con un terrible dolor de cabeza. La vista le fallaba y todo a su alrededor resultaba borroso e incoherente. ¿Dónde se encontraba? ¿Qué había sucedido? La Masig lo desconocía, su mente no conseguía recordar los detalles de lo acontecido. Una terrible jaqueca la torturaba y no podía recordar nada con claridad. Se levantó con dificultad e intentó fijar la vista. Se hallaba sobre un largo y estrecho puente de cuerda y madera que comenzó a balancearse al ponerse ella en pie. De inmediato se asió a los pasamanos. El puente era tan estrecho que únicamente una persona podía sostenerse sobre él. Con la oscilación llegó el temor, aquella estructura no daba la sensación de ser nada robusta. Miró al frente pero no pudo discernir bien lo que había al final del puente. Se giró de medio lado y miró a su espalda, pero le sucedió lo mismo. «¿Acaso estoy perdiendo la razón? ¿Qué me sucede? No alcanzo a ver lo que me espera ahí adelante. Pero debería de poder verlo, no está demasiado lejos y nada se interpone ante mis ojos…».

Una voz llegó hasta su oído. Miró al frente y al momento reconoció aquella voz tan familiar, era la voz de su querido padre. Ante ella se hizo la claridad y ahora sí, discernió a su padre en su tienda Masig, tendido en su lecho, muy enfermo. Llamaba su nombre en medio de las alucinaciones que la altísima fiebre que sufría le producía.

—Iruki… Iruki… —llamaba con una voz quebrada, moribunda.

A Iruki le estalló el corazón de dolor y comenzó a llorar inconsolable. Se echó la mano a la bolsa de cuero que llevaba atada al cinturón y comprobó que aún tenía con ella las Algas Celestes.

—¡Las tengo padre! ¡Te pondrás bien, tengo la cura! —gritó ella siendo devorada por una culpabilidad tan inmensa como la mismísima montaña de la Fuente de la Vida—No… no he podido llevártelas antes, estaba… huyendo… estaba… atrapada… —pero el dolor por no estar allí con su padre la desgarraba como si un oso pardo le hubiera abierto las entrañas con sus garras.

—Iruki… —llamó una vez más el moribundo líder de los Nubes Azules.

—¡Voy, padre, voy, tengo la cura!

En ese momento, cuando Iruki iba a lanzarse en pos de su padre escuchó la voz ahogada de Yakumo a su espalda.

—Iruki…

Ella se giró rauda y a su espalda en el extremo opuesto del puente vio a su amado, tendido en el suelo, malherido, perdiendo mucha sangre debido a una profunda herida en el estómago.

—¡No! ¡Yakumo! —gritó desesperada al percatarse de que se desangraría hasta morir.

Iruki chilló al viento, impotente ante la desesperada situación. Su corazón y su alma se desgarraban.

«¡Tengo que salvarlos! ¡No pueden morir! ¡No puedo dejar que mueran así, por mi culpa!». Pero Iruki debía decidir a quién salvar, pues una certeza inexorable en su interior le aseguraba que aquel al que corriera a socorrer primero se salvaría pero el otro perecería. El sufrimiento que sentía Iruki por la insoportable situación era tal que pensó que la habían atado a dos caballos y que estos tiraban para partirla en dos.

«¿A quién salvo, a quién? ¡No puedo elegir, no quiero elegir! Madre Estepa, ayuda a esta tu hija Masig, te lo ruego, no me es posible elegir, no...!».

La sensación de angustia e impotencia se volvió tan tremenda que Iruki empezó a sentir que le faltaba el aire. La ansiedad y terrible angustia ante la imposible decisión y la cercana muerte de ambos hombres que tanto quería se volvió tan aguda que Iruki quedó completamente atenazada sin poder respirar.

«Me ahogo, me falta el aire. ¡No podré salvarlos!».

Intentó respirar una desesperada última vez pero el preciado aire no llegó a llenar sus pulmones.

Yakumo despertó y de inmediato focalizó todos sus sentidos en captar lo que a su alrededor se gestaba. Centró su mente y puso todos su ser en alerta máxima. Trató de identificar algún peligro inminente o cercano, obviando el dolor que las heridas sufridas le causaban. Nada, no captaba nada que le indicara que pudiera representar algún riesgo para su vida. Miró alrededor y se encontró con un paraje familiar, pero que no le era querido, aunque no podía identificarlo, todo a su alrededor era borroso y muy difuso. Sacudió la cabeza intentando recordar qué le había sucedido pues todo el cuerpo le dolía horrores.

—Mucho tiempo ha pasado —dijo una voz áspera y sibilante a su espalda.

Yakumo se giró y se encontró frente a su amo y Maestro. El paisaje a su alrededor terminó de definirse y por fin reconoció el lugar. Estaba en el Templo Oculto. Allí donde su Don y su alma habían sido forjados en hierro candente y sangre, para servir fiel y ciegamente a sus amos, para llevar la muerte donde fuera requerida sin vacilación posible. Muchos eran los recuerdos de sufrimiento y agonía que aquel lugar despertaba en Yakumo. Su alma se hundió al recordarlos.

—Mi amo y Maestro —saludó Yakumo arrodillándose ante su señor.

—Joven Asesino de las sombras —respondió su Maestro con una voz áspera, de muerte.

Yakumo observó a su señor, no había envejecido ni un solo día. La misma mirada fría en aquel rostro que mostraba el mismo odio retraído pero infinito.

—¿Quién soy yo?

—La vida y la muerte, amo —respondió Yakumo sumiso.

—Me alegra constatar que sigues fiel a tus enseñanzas. No desearía que perdieras hoy aquí la cabeza.

—Sigo fiel, Maestro —aseguró Yakumo a sabiendas que de otro modo lo matarían sin vacilación alguna. Podía sentir varios ojos clavados a su espalda. Una palabra equivocada, un gesto fuera de lugar y se echarían sobre él. No sobreviviría.

—Mi viejo corazón se alegra de hallarte aún con vida —dijo con una sonrisa malévola.

—Gracias, amo y Maestro, el mío también de hallaros en buena salud —mintió Yakumo con sumo cuidado.

—¿Cumpliste el último cometido encomendado?

—Sí, Maestro, así lo hice. Asesiné a quien se me ordenó. Esa es la doctrina del Asesino Oscuro, la muerte del adversario en el éxito, la muerte en el fracaso.

—Me alegra oírlo, bien conoces el castigo asociado al incumplimiento de la doctrina.

Yakumo asintió.

—Tortura y sufrimiento hasta la muerte.

—¿Por qué estás hoy aquí? Otro cometido debe de estar esperándote... sin duda...

Pero Yakumo no sabía por qué razón se encontraba ante su amo, ni cómo. No podía recordar nada en absoluto del pasado cercano.

—No... no deseo continuar esta senda... —fue lo que llegó a balbucear sin saber muy bien porque.

—Esta es la senda del Asesino Oscuro y una vez iniciada no puede ser abandonada. Conoces bien la doctrina, joven Asesino.

Arriesgando una muerte súbita, Yakumo confesó:

—No deseo continuar robando vidas...

Observó atento a su Maestro, a la espera de la señal para que se le echaran encima. Pero el Maestro lo miró intrigado.

—¿A qué se debe este cambio de sentir?

Yakumo no deseaba confesar que la razón por la que deseaba abandonarlo todo y comenzar de nuevo para poder redimir sus pecados, era Iruki. La mujer que amaba más que a la vida misma y sin la cual no podía ni deseaba seguir viviendo.

—Llevar la muerte a otros no es el camino que deseo seguir.

—Es algo tarde ya para ti, Asesino.

—Sí, Maestro, pero deseo comenzar una nueva vida y redimir mis pecados.

—No creas, joven Asesino, que no puedo leer lo que tu corazón desea. Esa mujer que anhelas y por la que arriesgas hoy aquí tu vida, la veo.

Yakumo se tensó, ¿cómo podía saberlo? Daba igual, tenía que seguir adelante. Ya no podía echarse atrás.

—Necesito de vuestro beneplácito, Maestro.

—¿En verdad crees, Asesino, ser digno de tal mujer? Tu corazón es tan negro como el mío... Tu alma tan condenada como lo está la mía. Nada de lo que intentes conseguirá jamás que te redimas. Has matado muchas veces. Has robado la vida a hombres buenos, padres de familia, honrados, nada de lo que intentes ahora devolverá la vida a esos hombres ni reparará los corazones rotos de sus mujeres e hijos. El sufrimiento que has causado es de tal magnitud que no podrá ser redimido jamás. Tu alma no puede ser ya salvada, tu corazón será siempre negro como la noche sin luna. Una vez derramada la primera gota de sangre, el alma se condena para siempre. Nunca quedarás libre de la condena a pagar.

—Debo intentar redimirme, aunque nunca llegue a ser digno de ella.

—Escucha el sonido de tus propias palabras y en ellas encontrarás la respuesta que buscas. ¿Realmente crees que puedes llegar a redimirte, a ser digno de ella?

Yakumo quedó pensativo. Por mucho que lo deseara era consciente, cada vez con mayor claridad, de lo imposible de sus palabras. El pensamiento hacía posible la ilusión, pero al pronunciar aquellas palabras al aire, se tornaban inverosímiles. Con gran pesar comenzó a darse cuenta de que el Maestro tenía razón, nunca lo conseguiría, él era un Asesino con un alma condenada. Al percatarse de que perdería a Iruki para siempre, una angustia punzante lo atacó. El dolor de perderla era tan desgarrador que le impedía respirar. Cuanto más pensaba en perderla, más se ahogaba, mayor era la angustia. Miró a su Maestro, este le sonreía, una sonrisa malvada, llena de un odio abismal. Y el aire ya no llegó a sus pulmones.

Lindaro despertó completamente mareado sin conciencia alguna sobre donde se encontraba. Se hallaba perdido y desorientado. Todo a su alrededor lo veía borroso, oscuro, amenazante. Una fuerte brisa ululante lo despeinó. Una enorme sensación de desamparo lo imbuyó. Su vivaz espíritu comenzó a apagarse paulatinamente y poco a poco el sentimiento de desasosiego fue creciendo. Intentó calmar su alma pero desgraciadamente no recordaba lo que le había sucedido, tampoco dónde se encontraba ni cómo había llegado allí, lo cual acrecentaba su desamparo. Por más que miraba a su alrededor únicamente conseguía perderse en la oscuridad nublada que lo rodeaba. «Todopoderosa Luz que todo lo iluminas con tu bondad, te ruego guíes a este humilde siervo tuyo en este momento de oscuridad y pérdida». Una potente ráfaga de viento lo golpeó de costado provocando que casi perdiera el equilibrio. Lindaro se asustó e intentó sujetarse pero no lo consiguió pues nada había a su alrededor más que negrura amenazante. «¿Qué me está sucediendo? ¿Dónde me encuentro? ¿Es acaso este un purgatorio que debo sufrir? Si es así significaría que he muerto...». Otra ráfaga, de mayor intensidad todavía, lo golpeó del lado opuesto y esta vez lo derribó al suelo. Miró alrededor totalmente asustado, la oscuridad lo atacaba con soplidos castigadores. El sentimiento de desamparo se desbordó en su alma y lo devoró completamente, dejándolo como un niño indefenso y apaleado. «¿Por qué este castigo, oh, Luz creadora? ¿Qué es lo que ha hecho mal este tu siervo? ¿En qué forma me he desviado del camino y te he ofendido?». La oscuridad lo envolvió por completo y por un momento el terror se apoderó de su cuerpo y alma.

Dos luces comenzaron a brillar frente a él, una blanca y luminosa, la otra dorada y atrayente. Lindaro las observó crecer hasta convertirse en dos escenas que se desarrollaban ante sus atemorizados ojos. La luz blanquecina y poderosa le mostró la imagen del Templo de la Luz en Ocorum, sus hermanos de la Orden rezaban en plegaria. El corazón de Lindaro se llenó de sosiego y paz. Extendió la mano hacia ellos intentando alcanzar la tranquilidad que su alma buscaba y la Orden le proporcionaba. La luz dorada refulgió con la intensidad del sol y Lindaro vio a Sonea frente a un gran mural con un enigmático jeroglífico Ilenio grabado en oro. La bibliotecaria estudiaba los símbolos, intentando descifrarlos, sosteniendo en su mano un grimorio Ilenio. Aquella imagen lo llenó de alegría, interés y excitación.

Entre las dos imágenes apareció el abad Dian y extendió los brazos. Miró a la derecha, luego a la izquierda y finalmente a Lindaro.

Lindaro comprendió entonces el significado de la prueba. Debía elegir, entre la Luz o los Ilenios, sus dos pasiones, sus dos obsesiones. Pero no podía elegir, ambas le aportaban tanto..., ambas llenaban su alma de alegría en formas muy diferentes. No deseaba la una sin la otra. No podía elegir.

«No me obligues, permíteme perseguir ambos caminos, te lo ruego».

El abad negó con la cabeza.

«Pero así no seré feliz» suplicó Lindaro.

Y mientras debatía en su alma, incapaz de tomar una decisión, comenzó a sentir una terrible angustia. El aire comenzó a faltarle. Se llevó la mano a la garganta e intentó inhalar, pero no encontró aire alguno que respirar.

«Me ahogo… me muero…».

Sonea despertó y se puso en pie de un brinco. Todo a su alrededor lo veía borroso y negruzco, lo que su incansable mente interpretó como una situación anómala y posiblemente peligrosa. Intentó racionalizar lo sucedido, como era su costumbre con cuanto le ocurría o experimentaba, pero por alguna extraña razón no recordaba nada de lo acaecido. Aquello volvió a despertar la suspicacia de su mente analítica. «No recordar lo que me ha pasado y este entorno extraño que me rodea apuntan a que me encuentro en una situación complicada...». Oyó un ruido a su espalda y se giró rápidamente. Para su enorme sorpresa, de entre las brumas oscuras, apareció Lugobrus, el Gran Maestre. Su semblante era sombrío, su ademán amenazante.

—Gran Maestre, ¿qué me ha ocurrido?, ¿dónde nos encontramos? —preguntó de inmediato intentando recabar las respuestas necesarias para dar sentido a aquella singular situación.

—Veo que seguimos haciendo alarde de unos modales inexistentes… —reprochó el Gran Maestre mirándola con ojos penetrantes y con el cejo fruncido.

—Lo lamento… Gran Maestre, veréis, me hallo perdida…

—Eso no es precisamente que me extrañe. Siempre has estado perdida, desde el mismo día que te abandonaron a nuestra puerta de bebé.

—¿Por qué decís eso, Gran Maestre? Vuestras palabras me hieren.

—Esa intención persiguen. Nunca debieron permitir que ingresaras en la Orden del Conocimiento. Una bastarda como tú, proveniente de las calles infectas.

—No soy ninguna bastarda y si mis padres me abandonaron, sus razones tendrían.

—No lo dudo, la primera y más importante, deshacerse de una bastarda que entorpecía sus ya viles existencias. Una boca más que alimentar, un estorbo más en sus pestilentes vidas.

—¿Por qué todo el mundo me ataca? Yo no he hecho nada malo y trabajo sin descanso por la Gran Biblioteca.

—Nadie te quiere aquí, Sonea, al igual que tus padres no te querían y por ello te abandonaron a nuestras puertas.

—¡Sí que me querían!

—No, Sonea, no te engañes a ti misma. Tus padres nunca te quisieron y aquí en la Orden del Conocimiento tampoco nadie te quiere.

Sonea, comenzó a llorar, sus ojos se convirtieron en un torrente de dolor. Sentía un sufrimiento, un agobio, casi físico que se fue convirtiendo en una ansiedad desmedida. Su mayor miedo, el de no ser aceptada, el de no ser querida por los suyos, se volvía realidad y en su corazón sabía que así era. La angustia la devoró. Comenzó a respirar con dificultad y al cabo de unos momentos no pudo respirar en absoluto, su pecho estaba aprisionado por aquel sentimiento de desamparo absolutamente descomunal.

El Mago Guardián Ilenio se situó entre los cuatro intrusos. Los contempló tendidos en el suelo, intentando en vano respirar, enfrentándose a sus temores y dudas, fracasando, y por ello muriendo.

Yo Guardián Templo...

Todos morir...

Fuego

Komir entró con sigilo en la cámara funeraria. Había sido erigida en forma circular y en su centro descubrió un ornamentado altar sobre el que reposaba un suntuoso sarcófago presidiendo toda la cámara. Las paredes y suelo de la insigne estancia habían sido pulidas y daba la sensación de que toda la cámara era de mármol rojo. El propio altar y en especial el sarcófago eran de un rojo tan intenso que Komir no podía apartar la vista de ellos. Rodeando el sarcófago, un círculo con extraños jeroglíficos había sido tallado en la pulida superficie del suelo. «Seguramente algún hechizo protector, o una trampa, mejor no acercarse» pensó Komir al verlo, e instintivamente dio un paso atrás. Contempló las paredes y descubrió los símbolos Ilenios que las recubrían como enormes tapices de piedra. En la penumbra no los había visto y de inmediato llenaron su corazón de un sentimiento de desasosiego. No entendía cómo había podido llegar hasta allí sin caer en trampa alguna ni enfrentarse a criatura o mago guardián alguno. Y lo que era aún más extraño, todo el camino lo había hallado despejado, como si alguien hubiera abierto todas las puertas para que él pudiera llegar hasta aquella cámara.

«No tiene sentido. Demasiado fácil. Sé donde estoy, esta es la cámara sagrada donde descansa el Rey Ilenio, similar a la que encontramos en el templo subterráneo bajo el faro de Egia. No debería de haber podido llegar hasta aquí sin oposición. Algo no está bien» pensó y, justo en ese momento, el suelo de la estancia comenzó a temblar. Komir casi perdió el equilibrio pero consiguió mantenerse en pie. Se giró hacia la entrada y comprobó que los temblores procedían del gran cráter que había cruzado antes de adentrarse en la cámara funeraria. Intentó avanzar hacia la salida cuando una sacudida terrible lo derribó. «¡Terremoto, por las tres diosas!». Una nueva sacudida todavía de mayor intensidad termino de hacerlo caer de bruces. No se movió, consciente de que intentar ponerse en pie era una locura en medio de los temblores.

Una lánguida entonación llegó hasta Komir en medio de los terribles estruendos del terremoto. La sangre se le heló en las venas y un escalofrío gélido le recorrió la espalda. Aquella entonación sólo podía ser la de un Mago Guardián Ilenio. De repente, mientras en el exterior, en el cráter, el mismísimo infierno se desataba, las paredes circulares de la estancia comenzaron a arder con un fuego de una intensidad abrasadora. Komir, temeroso, retrocedió arrastrándose por el suelo entre temblores y sacudidas mientras el atronador sonido parecía estallar dentro de su mente impidiéndole pensar. Se arrastró en dirección al centro de la estancia, al sarcófago. El anillo de símbolos extraños que protegía el altar estalló en llamas voraces y Komir, tendido en el suelo, intentó sujetarse para que los temblores no lo empujaran contra el fuego. El calor en la cámara era ahora asfixiante y Komir sudaba por cada poro de su piel.

«Esto es un infierno».

Intentó retroceder pero, lleno de pavor comprobó como el anillo de fuego que recubría las paredes marmóreas comenzaba a desplazarse hacia el interior, ¡hacia él! Los símbolos Ilenios tallados en la pared brillaban ahora con el dorado de la magia Ilenia. Komir miró a su espalda, el anillo interior se mantenía estático pero el exterior avanzaba lentamente hacia él, de forma inexorable, con unas llamas tan intensas que consumían rápidamente el aire de la cámara generando un calor infernal. Se arrastró nuevamente hacia el anillo de fuego interior, consciente de que no tenía escapatoria. Si seguía cerrándose el anillo exterior, se fundiría con el anillo interior y él moriría abrasado.

Y en aquel momento de desesperación, cuando la salvación no parecía posible, una figura entró por la puerta de la cámara. El corazón de Komir dio un vuelco lleno de esperanza, esperando ver a alguno de sus compañeros que lo salvaría de la horrible muerte que le esperaba.

La figura alzó la mirada

Unos ojos dorados lo observaron.

Era el Mago Guardián.

Fuera de la cámara funeraria, en el gran cráter, el resto del grupo de aventureros luchaba desesperadamente por sus vidas. Gran parte del suelo de granito rojizo de la plataforma había sucumbido a los temblores y violentas sacudidas. Bajo sus pies divisaban ahora el terrible volcán en erupción.

Aliana sintió verdadero pavor, ¡estaban sobre un volcán en plena erupción! Su cuerpo temblaba incontrolado.

—¡Avanzad hacia el otro extremo! No podemos retroceder —señaló Kendas viendo que era ya imposible alcanzar la entrada. A sus espaldas sólo había abismo y fuego infernal.

Aliana recobró algo de valor al escuchar la voz del arrojado Lancero Rogdano.

—¡El Mago Guardián ha desaparecido! —exclamó aliviada señalando el lugar donde había aparecido.

—¡Hay que salir de aquí! —gritó Kendas arrastrando a Asti fuera de un bloque que se despeñaba al abismo de magma incandescente.

Hartz se puso en pie, los temblores eran ahora menos pronunciados pero las virulentas explosiones de fuego del volcán bajo sus pies acabarían con ellos en breve. El calor iba aumentando y pronto sería insufrible, se incrementaba con cada erupción.

—¡Dame la mano! —le gritó a Kayti sujetándola, y ambos saltaron sobre varios bloques inestables intentando no perder el equilibrio y evadir el peligro.

Todo alrededor del grupo se desmoronaba y el fuego del volcán explosionaba rabioso hacia las nubes en violentas erupciones. El mismísimo infierno se abría bajo sus pies.

—¡Vigilad las cabezas! ¡Lluvia de fuego! —exclamó Kendas mirando al cielo.

Aliana se cubrió la cabeza con las manos y sintió un agudo dolor en la carne de sus brazos al ser devorada por el fuego. Tuvo que lanzarse a un lado para evitar ser alcanzada de pleno por la lluvia ardiente que ahora descendía sobre ellos desde los cielos ennegrecidos por un humo asfixiante.

El volcán rugió con la rabia de un dios traicionado.

Las explosiones de lava candente comenzaron a producirse por doquier y los bloques de granito de la plataforma que aún se sostenían sobre el volcán comenzaron a romperse entre crujidos horripilantes y a precipitarse al vacío. Un infierno de fuego incinerador, ceniza, humo ennegrecido y calor crematorio se desató sobre ellos.

—¡Rápido, rápido! —gritó Kendas saltando de un bloque al siguiente en dirección a la salida al otro extremo del cráter.

Asti le seguía a duras penas sujetándose como podía a los inestables bloques de granito antes de que se derrumbaran por las explosiones de fuego.

—¡Nos va a abrasar vivos! —exclamó Hartz, que intentaba apagar el fuego de uno de sus brazos a sacudidas. Maldijo al cielo con la cara en una mueca de severo dolor y continuó escalando un enorme bloque inclinado de granito antes de saltar a otro completamente retorcido por la presión. Kayti lo seguía de cerca, mucho más ágil que el grandullón.

Aliana cerraba el grupo, siguiendo como podía a Hartz y Kayti. Estaba muerta de miedo.

—¡Esto es demencial! ¡No lo vamos a conseguir! —dijo Kayti cayendo de rodillas mientras contemplaba el terrorífico espectáculo que los rodeaba.

Hartz retrocedió hasta Kayti y sujetándola de los hombros le dijo:

—Mírame bien, Kayti. No dejaré que este lugar acabe con nosotros. Confía en mí. Sígueme y yo te sacaré de aquí.

Kayti lo miró a los ojos y creyó en la fe ciega del Norriel. Se levantó y lo siguió con renovadas fuerzas. Aliana llegó hasta ellos y continuó avanzando junto a la pareja sorteando obstáculos y explosiones de fuego.

Kendas y Asti consiguieron llegar hasta la cornisa que daba a la salida y quedaron expectantes, urgiendo al resto para que se pusieran a salvo.

Aliana podía sentir los bloques caer al abismo de magma según saltaba de uno a otro. Todo se desmoronaba a su espalda y la erupción volcánica ganaba en intensidad. Ya no eran pequeñas explosiones lo que provenía del volcán sino que una enorme erupción parecía estar gestándose. El calor era insufrible, pronto los mataría a todos. Hartz y Kayti consiguieron finalmente llegar a la cornisa de acceso a la salida y Kendas y Asti los sujetaron para que no cayeran a la lava de las profundidades. Ya sólo quedaba ella, tenía que lograrlo, estaba ya muy cerca. Aliana saltó sobre uno de los bloques cuando un estallido enorme a su espalda provocó que el bloque se precipitara al vacío.

Aliana perdió pie. «¡Me caigo! ¡Voy a morir!».

—¡Sujétate! —gritó Kendas.

Aliana, desesperada, propulsó su cuerpo hacia delante y consiguió aferrarse al último bloque que sobresalía de la cornisa.

—¡Ya estar! —le animó Asti.

Sólo le quedaba aquel último escollo. Se arrastró sobre la superficie de granito temerosa de caer. Una nueva erupción a su espalda rugió con tal intensidad y violencia que los cuatro compañeros cayeron de espaldas. El bloque se resquebrajo por el lado de unión a la cornisa y comenzó a inclinarse hacia el abismo. Una lluvia de fuego cubrió gran parte del cráter y alcanzó las piernas de Aliana. El dolor abrasador que sintió hizo que gritara en terrible agonía.

—¡Socorro! —gritó presa del pánico y el dolor.

El bloque de granito cedió bajo su peso y se precipitó al abismo de fuego.

«Es el fin».

Aliana sintió que comenzaba a caer.

Una poderosa mano la sujetó del cabello.

Chilló de dolor.

—¡Aguanta, te tengo! —le dijo Hartz y con músculos de hierro la alzó hasta la cornisa.

Komir miró rabioso a los temibles ojos dorados del Mago y se incorporó. El miedo corría libre por su cuerpo pero hizo un esfuerzo para ocultarlo a su enemigo. Desenvainó sus armas y se irguió desafiante, si bien sabía perfectamente que la situación era absolutamente desesperada. A su espalda, el anillo de fuego interior no le permitía retroceder ni un paso más, y en frente el anillo exterior se cerraba sobre él y lo incineraría en breves momentos. La presencia del Mago Guardián Ilenio en la cámara no hacía más que empeorar una situación ya de por sí complicada. Pero no le vería temblar, no pediría clemencia. «No, no desfalleceré. Moriré como un auténtico guerrero Norriel, luchando. Cuando el anillo llegue hasta mí saltaré hacia mi enemigo. Moriré abrasado pero quizás consiga alcanzarle. Moriré matando».

—¡Norriel somos y Norriel moriremos! —gritó sintiendo ya el calor abrasador del anillo ígneo llegar a su cuerpo.

Se preparó para saltar, aquel sería su último ataque.

De súbito, el medallón a su cuello refulgió con aquella luz cristalina tan característica.

Como reaccionando al destello, el Mago Guardián alzó el báculo y murmuró algo ininteligible.

El anillo de fuego detuvo su avance.

Komir quedó estático, preso de la indecisión. Miró fijamente a los dorados ojos de aquel ser que lo tenía atrapado en un celda de fuego vivo. El Guardián lo miró y Komir sintió un fuerte choque contra su mente, como si fuera un golpe mental. «¿Qué es esto? ¿Qué es lo que quiere este ser de los abismos? ¿Es que acaso quiere penetrar en mi mente?». Un nuevo envite azotó su cabeza y Komir se dio cuenta de que aquel ser quería comunicarse con él. Un murmullo lejano, antiquísimo, de una era ya olvidada llegó hasta la mente de Komir.

Medallón...

Portador medallón sagrado...

Yo Guardián Templo del Fuego...

Descansar gran Señor del Fuego...

Pero tú engañar...

Tú no de sangre pura...

Morir...

Komir comprendió entonces que el destello del medallón había confundido al Guardián, lo había tomado por uno de ellos, por un Ilenio... La confusión, por desgracia, había sido momentánea, si bien suficiente...

Komir, con un fugaz latigazo, lanzó su equilibrada daga arrojadiza hacia el Mago.

La había preparado durante el momento de duda. No estaba a más de diez pasos de su enemigo, no fallaría.

El Guardián lo vio y movió el báculo con gran rapidez.

Una esfera ardiente se creó circundando al Mago.

La daga cruzó el anillo de fuego y se dirigió certera al corazón del Guardián.

«El fuego no detendrá mi daga, está perdido» pensó Komir viendo la esfera ardiente que protegía al mago. Pero al llegar a ella la daga golpeó algo sólido. Komir miró confundido. La esfera de fuego era ahora de lava sólida y la daga había rebotado contra ella y caído al suelo. «¡Maldición! ¡Maldita magia Ilenia!».

El Guardián Ilenio apuntó con el báculo a Komir.

Una muerte de fuego lo esperaba.

Tragó saliva. Casi juraría que había un brillo de triunfo en aquellos endemoniados ojos dorados. «Estoy indefenso... daría lo que fuera por poder imitar lo que ese engendro Ilenio acaba de hacer. ¡Por las tres diosas Norriel que daría lo que fuera por poder hacer magia Ilenia! ¿Acaso es este mi destino? ¿Es así como todo termina, es así como he de morir? No, no puede ser, no puede ser este mi destino, el destino que Amtoko me auguró en las tierras Norriel. No voy a morir así, vencido por ese demonio de ojos dorados, sin respuestas, sin justicia para mis padres». La rabia que Komir sentía en su alma era tan inmensa como la virulencia del volcán en erupción en el cráter. Por primera vez en su vida, en medio de aquella rabia visceral que lo carcomía, fue plenamente consciente de que debía aceptar aquello que había intentado esquivar hasta aquel instante fatídico: su destino.

Alzando el puño derecho gritó:

—¡Reclamo mi destino! ¡Con todas sus consecuencias! ¡Mi destino mío es, y hoy aquí, en este momento y en este lugar así lo reclamo para mí! ¡Diosas, dadme mi destino!

Un estruendo descomunal en el exterior que estremeció la montaña llegó como respuesta. El gran volcán había entrado en erupción finalmente y toda la cámara tembló bajo su poder. El Guardián quedó desestabilizado por un instante y pareció que iba a perder el equilibrio, pero en medio del terrible y ensordecedor rugido consiguió mantenerse en pie. Komir tuvo que hincar la rodilla para no caer al suelo. Se recuperó y se alzó sin miedo, el suelo aún temblaba bajo sus pies. El Guardián murmuró una palabra de poder y un rayo de puro fuego salió proyectado de su báculo.

Komir vio el fuego proyectarse directo hacia su corazón.

—¡Noooo! —gritó lleno de furia y cubrió su corazón con la mano derecha.

El fuego alcanzó a Komir en el dorso de la mano. Un dolor insufrible lo poseyó, tan terrible que pensó su mano se fundía. El Guardián mantuvo el haz de fuego, aumentando la intensidad del mismo. En medio del dolor más insufrible, el medallón al cuello de Komir emitió un resplandor cristalino, casi etéreo, y Komir pudo ver como una capa de energía casi transparente envolvía su puño, como si de un guantelete se tratara. Los extraños símbolos Ilenios flotaron en su mente y Komir supo entonces que el medallón estaba conjurando un hechizo. Sintió la energía del medallón interactuar con la suya propia, experimentó aquel sentimiento dulzón que tan bien conocía ya. El medallón hizo uso de la reserva de energía mágica de Komir y la utilizó para conjurar magia Ilenia, magia ancestral de un poder increíble. El dorso de la mano le dolía horrores pero podía sentir la energía del Éter del medallón batallando con el rayo de fuego, rechazándolo. La energía del Medallón del Éter brillaba cada vez con más poder, ganando la batalla mágica.

El Guardián detuvo, de pronto, el rayo de fuego. Komir miró el dorso de su mano herida, esperando encontrarlo grotescamente abrasado con la peor de las quemaduras posibles, pero para su inmensa sorpresa, estaba completamente dorado, como si lo hubieran bañado en oro. Komir quedó en *shock*. Lo atribuyó a un insólito efecto de la lucha entre la Magia de Fuego y la de Éter.

Había quedado marcado…

Marcado…

Para siempre…

—¿Es esto todo lo que puedes hacer? —gritó despectivo Komir, mostrando a su enemigo el dorso dorado de su mano— ¡Yo soy Komir, el Marcado! —dio un paso al frente, sin miedo, consciente de lo que debía hacer— ¡Mi destino me aguarda, aparta y te dejaré con vida, engendro! ¡Aparta, te digo!

Pero el Guardián no se apartó. Los ojos dorados bajo la capucha blanca brillaron con ardor y elevando el báculo hizo avanzar nuevamente al anillo de fuego exterior. Komir comprendió al instante que lo iba a calcinar. «Necesito protegerme o estoy muerto».

—¡Ayúdame, medallón, ayúdame!

El Medallón de Éter pareció comprender lo que Komir le suplicaba y brilló con vigor.

El calor abrasador del anillo llegó hasta él.

Los dorados símbolos Ilenios danzaban en su mente formando un conjuro que Komir no entendía, pero en el que tenía puestas todas sus esperanzas. El medallón volvió a palpitar y Komir sintió que el conjuro había sido finalizado.

Abrió los ojos.

Estaba en medio del anillo de fuego incinerador. Rodeado de fuego abrasador.

—¡Por las tres Diosas Norriel! —exclamó con incredulidad dando un brinco en el sitio. De inmediato se tocó el cuerpo esperando sentir que ardía en llamas, y que el dolor más insoportable lo enloquecía.

Pero no ardía. No había dolor.

Komir sacudió la cabeza conmocionado y, al hacerlo, se percató de que el fuego no llegaba a tocar su cuerpo. Una esfera translúcida que lo envolvía por completo, lo impedía. Al descubrir la esfera protectora de Éter, Komir se maravilló. Estaba sobre el más intenso de los fuegos pero no podía atravesar la esfera. «¡Increíble, no ardo! ¡Es impresionante!». Pero algo en su interior, una pequeña alarma inconsciente captó la atención de Komir. Volvió a cerrar los ojos y se concentró en aquella sensación de peligro. Volvió a ver el lago de su poder, la energía en él almacenada, su magia, y descubrió que se consumía, despacio pero sostenidamente. Y lo entendió. «¡La esfera protectora! El conjuro ha de ser mantenido con mi energía. Sólo aguantará mientras me quede energía, cuando se acabe, con ella acabará la esfera de Éter y mi protección».

Komir no podía mantener aquella situación de manera indefinida, debía acabar con el Guardián, pero ¿cómo?

Hartz se arrodilló junto a Aliana y comprobó las quemaduras que sufría. Parecían graves, lo cual le preocupó sobremanera. La joven Sanadora había perdido el conocimiento debido al terrible dolor que sufría. Miró al frente, el volcán rugía en plena erupción y daba la impresión de ser un Dios guerrero dejando escapar toda la furia de la humanidad. A Hartz aquella escena espeluznante en realidad le gustaba. Sabía que la situación era desesperada y peligrosa hasta el infinito, pero no podía evitar sentirse atrapado por la cruda brutalidad y fuerza inconmensurable de aquel atroz fenómeno natural.

Se giró y observó un instante a sus compañeros sobre la cornisa. Todos estaban tensos, miraban a Aliana con rostros llenos de honda preocupación. Kayti, sentada con la espalda contra la montaña, la miraba con mandíbula tensa y reflejando la preocupación que sufría en su rostro.

—¿Qué hago, Kayti? —le preguntó en busca de ayuda.

—Tienes… debes despertar a la Sanadora…

—Pero sufrirá mil horrores, las quemaduras que padece son graves.

—Si no la despiertas… ella está condenada… Esas quemaduras… Se infectarán y morirá.

—El pulso de Aliana es muy débil —dijo Kendas en un susurro— no creo que sobreviva mucho más… Estoy con Kayti, debemos despertarla o perecerá, por muy cruel que sea. Sólo ella puede obrar un milagro con su Don.

—Está bien, la despertaremos. No me gusta pero no hay más remedio. Que las tres diosas me perdonen —dijo Hartz y se agachó junto a Aliana— Ayúdame, Kendas. Sujétala fuerte por los hombros, mucho me temo que será un despertar de un sufrimiento terrible.

Kendas asintió y sujetó a la Sanadora. Hartz sacudió a Aliana sin miramientos pero no despertó.

—Tendrás que golpearla —le dijo Kayti—, sé que no te gusta pero no despertará de otra forma.

Hartz miró a los ojos de Kayti, a los ojos de la mujer que amaba y que iluminaban su vida del color de la felicidad. Una felicidad que experimentaba cada momento de cada día que pasaba a su lado. Cada rapapolvo que la pelirroja le echaba, incrementaba un poco más, si cabe, el enorme amor que sentía por ella. Incluso en la peor de las situaciones, como era aquella, no podía negarle nada, ni siquiera aquello. Iba contra su honor Norriel golpear a una mujer, pero en aquella situación nada más podía hacer. Asintió y abofeteó a Aliana para devolverla al mundo de los vivos.

Aliana reaccionó y despertó.

Con la cara desencajada por el dolor chilló como un animal siendo sacrificado.

Lo ojos se le salían de las órbitas.

Entre Kendas y Hartz la sujetaron para que no cayera por el precipicio cegada por el dolor o se hiciera daño con sacudidas salvajes de dolor insufrible. Aliana se agitó en un sufrimiento agónico, rozando la locura.

Hartz sintió tal pena por la desdichada Sanadora que las lágrimas afloraron en sus ojos. Reprimió el llanto y mirando a Aliana le dijo:

—Tienes que usar tu poder sobre ti misma, tienes que sanarte.

—Usa tu Don, Aliana, úsalo para mitigar el dolor que te atormenta —le rogó Kendas.

Pero Aliana no parecía escucharles. Su mirada estaba perdida y se convulsionaba en un mar de dolor y sufrimiento mientras gritaba en una agonía de pesadilla.

—¡Vamos, Aliana, reacciona! —le dijo Kayti.

Aliana gritó y se agitó, su sufrimiento era terrible.

Hartz la observó muy preocupado.

La Sanadora cerró los ojos y al de poco cesó de agitarse.

Hartz no deseaba que Aliana volviera a entregarse al mundo de los sueños, volver a despertarla podría muy bien significar matarla de dolor y no deseaba correr semejante riesgo.

—¡Vamos, Aliana! —dijo Asti llorando de impotencia.

Algo captó la atención de Hartz que hizo sus miedos comenzar a desvanecerse: las piernas de Aliana empezaban a sanar.

—¡Lo está haciendo, está sanando sus quemaduras! —exclamó Hartz lleno de una alegría incontenible.

—¡Es una mujer increíble! ¡Qué fuerza de voluntad! Con el terrible sufrimiento que está padeciendo y es capaz de sobreponerse y obrar el milagro —dijo Kendas.

—Sí, una mujer verdaderamente especial —asintió Kayti.

Una voz llegó hasta Hartz del interior de la montaña.

—*¡Por las tres Diosas Norriel!*

Una voz que conocía bien: la de Komir. De inmediato su estómago dio un vuelco y se giró hacia la entrada esculpida en la roca de la gruta.

—¡Es Komir! —exclamó mirando a Kayti.

La pelirroja lo miró y le dijo:

—Ve a ayudarle.

—¿Seguro? —titubeó Hartz que ya echaba la mano a la espada.

—Sí, seguro. Si algo le sucede a Komir no te lo perdonarías jamás y mucho me temo que Aliana necesitará de esfuerzo prolongado para sanar esas horribles heridas. Kendas me ayudará de necesitarlo. ¡Ve, te digo!

Hartz la miró una última vez y sonrió a la pelirroja. Kayti le devolvió la sonrisa, dulce esta vez. Aquello era más que suficiente para el gran Norriel. Desenvainó el mandoble Ilenio y entró en la gruta. A su espalda escuchó la voz de Kayti:

—¡Y por la Dama Custodia Zuline, ten cuidado, cabeza de alcornoque! No soportaría perderte…

Aire

Lasgol sufría un terrible dolor de cabeza. Se llevó la mano a la sien y contempló la cueva en la que se encontraba. Era una gruta de amplias dimensiones y parte del suelo había desaparecido sumergido en las aguas. Las paredes eran calizas con incrustaciones de minerales que brillaban como si tuvieran luz propia. Se puso en guardia de inmediato y activó su habilidad Reflejos Felinos, intentando captar algún riesgo o amenaza oculta. Todo parecía en calma a su alrededor. Morksen afilaba su cuchillo de caza tan tranquilo.

—Puedes dejar eso, me pones nervioso —reprochó Lasgol.

—Está bien, jefe, pero ¿podrías explicarme qué demonios ha sucedido?

—Yo diría que hemos sido engullidos por el torbellino gigante y de alguna forma nos ha arrastrado hasta este lugar.

—¿Hasta dónde exactamente? —preguntó Morksen con gesto torcido.

—Espera un momento, voy a comprobar algo —dijo Lasgol zambulléndose en el agua de cabeza.

El Rastreador no tardó mucho en regresar.

—Estamos en una caverna en el fondo del Gran Lago. Es realmente increíble que podamos respirar aire aquí abajo —explicó extrañado mientras se sacudía el agua de la ropa.

Morksen se encogió de hombros y dijo:

—Misterios de la naturaleza, me imagino. No tengo tiempo que perder preguntándome cómo es esto posible. Respiramos, es cuanto me importa. Más adelante hay otra gruta, será mejor que vayas y compruebes unas runas que he encontrado talladas en el suelo. Me dan mala espina…

Lasgol avanzó hasta alcanzar el lugar mencionado por Morksen. Se acercó hasta los símbolos que formaban un círculo perfecto y de inmediato se percató de que eran muy similares a los que ya había visto en el interior de la Fuente de la Vida. Aquello lo intranquilizó sobremanera, muchos buenos soldados Norghanos habían perecido en aquella expedición, y él mismo había sobrevivido de milagro.

—Voy a usar mi poder para intentar percibir si hay alguien cerca y si está utilizando algún tipo de magia.

Morksen, que se había situado a su espalda, se encogió de hombros y preparó su arco corto de guerra.

Lasgol situó la palma de su mano sobre uno de los símbolos y se concentró. Buscó su energía, una energía celeste llena de poder, si bien su pozo no era muy grande, al menos en comparación al de un poderoso Mago de batalla. Aún así, Lasgol daba gracias a los dioses por aquella bendición, aunque jamás se había sentido digno de ella. Nunca entendería por qué los dioses habían decidido bendecirlo a él, un simple guardabosques, con aquel poder. Más aún teniendo en cuenta que dedicaba sus días a la caza y captura de hombres, un fin que no encontraba enriquecedor en absoluto y, mucho menos, glorioso o importante.

Sacudiendo los pensamientos negativos de su mente, utilizó su poder con la intención de descubrir si había magia en uso en aquella caverna. Al instante, como reaccionando a la utilización de su propia magia, los símbolos comenzaron a brillar con aquel fulgor dorado que de inmediato Lasgol reconoció.

—¡Magia Ilenia! —gritó alarmado.

Morksen se tensó y quedó en guardia, recorriendo con su mirada cada recoveco de la gruta.

Los símbolos brillaron una vez más y Lasgol sintió un fuerte soplo de aire a su espalda. Se giró y fue sacudido por un fuerte golpe de viento. Morksen lo sujetó evitando que cayera al suelo.

—¿Pero qué locura es esta? ¡Nos ataca el viento, pero si estamos en una caverna sumergida! ¡Es totalmente imposible! —gritó Morksen.

—Es magia antiquísima y muy poderosa que maneja los elementos. Está conjurando el poder del elemento Aire —explicó

Lasgol mientras intentaba no perder el equilibrio ante los vientos que ya comenzaban a ser huracanados.

—¡Nooooooooo! —gritó Morksen mientras salía volando por los aires y se golpeaba duramente contra una de las paredes.

Lasgol sintió que un remolino de aire lo apresaba y comenzó a girar sobre sí mismo cientos de veces, mientras se elevaba en el aire.

El torbellino dejó de girar de repente.

Lasgol cayó al suelo desde una altura considerable sufriendo un fuerte golpe en espalda y hombro. El viento en la estancia se volvió un auténtico huracán y Lasgol tuvo la certeza de que si permanecía en la gruta, morirían brutalmente golpeados por los vientos cuyas velocidades y fuerza eran ya impensables.

—¡Es una trampa mortal y la hemos activado! ¡Los vientos nos matarán! ¡Sígueme si quieres vivir! —gritó a Morksen y, sin pensarlo dos veces, corrió hasta el agua y se zambulló en ella.

Morksen luchó contra el vendaval y se tiró como pudo al agua.

Lasgol buceó alrededor de la superficie rocosa del fondo del lago buscando otra caverna como la que habían abandonado que les permitiera respirar en aquellas profundidades. Miró hacia la superficie pero todo lo que vio fue un océano azul interminable sobre su cabeza. Estaban a demasiada profundidad para intentar llegar hasta la superficie. Tampoco disponía de ninguna habilidad que pudiera ayudarle en aquella situación tan comprometida. Continuó buceando sin perder la esperanza aunque el nerviosismo comenzó a recorrer su cuerpo como una anguila plateada. Echó una mirada atrás y comprobó que Morksen le seguía de cerca. Lasgol identificó dos aberturas entre las rocas y se acercó a la primera. Los pulmones le comenzaban a doler. Comprobó si conducía a alguna caverna pero tuvo que darse la vuelta al encontrarla obstruida por rocas. Continuó buceando hasta la segunda e introdujo la cabeza. En su interior, un angosto conducto ascendía entre las rocas. Lasgol dudó, pero no tenía mucha elección, así que lo siguió. Un terrible sentimiento de enclaustramiento lo asaltó de inmediato. Aquel conducto era muy estrecho, apenas podía pasar. Se armó de valor y continuó avanzando. Sentía las rocas presionando su pecho y espalda, pronto no podría pasar. Pero ya no había vuelta atrás, no le quedaba aire en los pulmones. O llegaba a una gruta con aire o sufriría una muerte horrible encallado entre las rocas del fondo de aquel lago misterioso. Dio un último empujón y sus reservas de aire se agotaron.

Se ahogaba.

Estiró el cuello en un intento desesperado por respirar y, en el último suspiro antes de perecer, su cabeza abandonó el agua.

Encontró aire.

Aire respirable.

Dio un latigazo desesperado con los pies y consiguió librar medio cuerpo y sacar la cabeza del agua.

Respiró y comenzó a toser convulsivamente. Se arrastró fuera del agua, dentro de una caverna de paredes recubiertas de verdín y musgo. Se giró para ayudar a Morksen que, atrapado en aquel angosto túnel, no conseguía sacar la cabeza fuera del agua. Un pensamiento maligno se formó en la mente de Lasgol. Esta era la ocasión perfecta para deshacerse de aquel ser inmundo. Si no lo ayudaba, moriría allí. Lasgol dudó un instante, muy tentado de dejarlo y continuar su camino sin mirar atrás. Pero su maldita conciencia se lo impidió. No podía dejar que se ahogara. No se lo perdonaría. Extendió los brazos y sumergió las manos hasta alcanzar los hombros del Rastreador y tirando con todas sus fuerzas lo sacó del agua. Morksen quedó tendido de lado y comenzó a vomitar el agua tragada. Entre convulsiones y arcadas consiguió volver a respirar.

«Me arrepentiré de esto lo sé...» pensó Lasgol.

—Per... diste… tu oportunidad —masculló Morksen, y sonrió lleno de un sarcasmo maligno.

Lasgol maldijo entre dientes y se puso en pie. Debían encontrar una salida de aquel lugar. Se concentró y mediante su poder intentó captar la presencia de algún ser humano. Inicialmente no consiguió distinguir nada pero continuó percibiendo con todos sus sentidos, dejando que las sensaciones fluyeran hacia su interior.

Morksen lo miró divertido y le hizo una seña interrogativa con la cabeza.

Lasgol alzó la mano para que no lo interrumpiera y continuó percibiendo. Una esencia llegó hasta su mente, esencia humana... y algo más... no enteramente humano... Levantó la mano e indicó una abertura elevada en la pared que conducía a un pasaje.

Morksen negó con la cabeza y comenzó a subir.

El Mago Guardián de los Ilenios levantó su báculo y comenzó a entonar el lúgubre canto premonitorio de una magia letal. Las paredes brillaron con resplandores dorados y una negra miasma comenzó a descender sobre los cuatro aventureros tendidos en el suelo. La muerte descendía sobre Iruki, Yakumo, Sonea y Lindaro, ahogándolos en una pesadilla de angustia sin final de la que nunca despertarían. Uno tras otro morirían asfixiados, atrapados en una pesadilla insalvable.

Un sonido discordante llamó la atención del Mago Guardián.

Se giró veloz.

Morksen cayó rodando desde la abertura del túnel elevado y fue a estrellarse contra el cuerpo del inconsciente Yakumo. Antes de que pudiera ponerse en pie, el Mago Guardián detuvo la entonación y con un rapidísimo movimiento de su báculo lanzó un proyectil de aire contra el veterano explorador. Morksen intentó esquivarlo pero no fue lo suficientemente rápido. El proyectil impactó contra su pecho y lo lanzó de espaldas con una potencia terrible.

El Mago Guardián murmuró algo incomprensible y otro proyectil alcanzó a Morksen en la cabeza, que cayó al suelo inconsciente. El Guardián dio un paso adelante para rematarlo cuando Lasgol, desde la abertura elevada, tiró con su arco aprovechando el no haber sido descubierto aún. El tiro se dirigió certero al corazón del Guardián.

Un suspiro antes de impactar, este alzó su báculo y una catarata de viento se formó ante su persona desviando la saeta.

«¡Maldición! ¡Es muy rápido y poderoso!».

Una garra de puro viento aferró del pecho a Lasgol y lo lanzó volando por la estancia con una brutalidad apabullarte. El impacto contra el suelo fue bestial y Lasgol se creyó roto, el cuerpo le dolía horrores. Contempló los cuatro cuerpos tendidos indefensos a los pies del Guardián, incluyendo el de Morksen contra una de las paredes al fondo. Si no lo impedía morirían todos en breves instantes, pero ¿cómo detener a aquel Guardián tan poderoso? Nada le vino a la cabeza. El Guardián lo miró con sus dorados ojos demenciales y comenzó a entonar lo que Lasgol supuso sería el conjuro que le daría muerte. Buscó con la mirada su arco y lo vio en el suelo a dos pasos junto al carcaj y sus flechas desperdigadas. No le daría tiempo de lanzarse a por él, moriría en el intento.

Iruki, en medio de la negrura esotérica que la rodeaba, luchaba desesperadamente contra aquella asfixia que la estaba matando. Debía salvar a su padre y a Yakumo, no podía elegir a quién salvar, así que debía salvar a ambos por muy improbable que fuera. Pero sus pulmones estaban ya vacíos de todo aire. Aun así, ella se resistía a morir, su rebelde espíritu se alzaba indomable.

«¡No puedo morir ahora, tengo que salvarlos! ¡Necesito aire!».

Pero el aire le había sido privado por la pesadilla infernal que la dominaba.

Algo despertó en respuesta a su petición de socorro. Sintió algo en el pecho, un sentimiento dulzón, y el medallón Ilenio emitió un resplandor azulado. De inmediato sus pulmones se llenaron de la brisa de las estepas y pudo respirar como si se hallara de nuevo sobre sus queridas praderas. Casi podía sentir sus mocasines pisar sobre la hierba reseca de su amada tierra. Su pensamiento voló hacia su padre, enfermo y al borde de la muerte. En aquel momento el medallón volvió a brillar y le mostró una imagen familiar. Ante los ojos de Iruki apareció la tienda de su padre y en ella pudo ver al Chamán Oni Nube Negra y a su maestra, Ilua Sendero Oculto, la mujer Curandera. Por un momento Iruki pensó que todo estaba perdido, que a su padre se lo había llevado la noche sin luna. Pero entonces identificó a Asur, el gran guerrero, junto a Ilua y comprendió que había conseguido salvarse y llegar hasta la tribu.

¡Sin duda habría llevado hasta ellos el Alga Celeste!

Y la imagen le mostró a su padre, bebiendo un mejunje de color azulado. El semblante y aspecto del líder de los Nubes Azules, si bien débil, eran mucho mejores que cuando ella lo despidió. Ya no parecía sufrir las fiebres, daba la impresión de que estaba comenzando a recuperarse.

«¡Sí! ¡Se salvará! ¡Se salvarán todos! ¡Qué gran guerrero eres, Asur, cuánto te debemos por haber llevado la salvación hasta los nuestros!».

Tan feliz estaba con la visión que por un momento olvidó donde se encontraba. Pero al recordarlo la imagen desapareció. Iruki comprobó con un suspiro de alivio que todavía podía respirar. De inmediato su pensamiento fue para Yakumo. Su padre estaba fuera de peligro, sin embargo Yakumo no; su amado seguía tendido en el suelo, malherido, perdiendo mucha sangre.

¡Debo ayudarlo, debo hacer algo!

Y echó a correr sin miedo, por el puente oscilante, hacia él, a salvarlo. Ya no era necesario elegir, pues su padre se recuperaría. La angustia desapareció.

Y en ese momento de comprensión el hechizo se rompió.

Iruki quedó libre de la ensoñación asesina en la que estaba sumergida. La negrura a su alrededor se disipó y respiró el aire mohoso de la caverna. Junto a ella, contempló a sus tres compañeros tendidos en el suelo. Frente a sus ojos estaba el Mago Guardián, y algo más allá un hombre que odiaba a muerte: ¡Lasgol!

Lasgol contempló aquel instante final como si el tiempo se hubiera detenido. El báculo del Mago Guardián se alzaba en su dirección en un lento y agonizante movimiento que empequeñecía el corazón del Guardabosques ante el fin que se aproximaba.

Una voz femenina gritó a pleno pulmón:

—¿Qué es lo que nos has hecho?

El Guardián se giró sin finalizar el conjuro sobre Lasgol y se encontró con Iruki, espada Ilenia en mano, dispuesta a atacar. Miró a Lasgol en el suelo y luego a Iruki, y se decidió por la Masig. La brava joven de piel rojiza comenzó a correr espada alzada para golpear al Mago, que alzó su báculo mientras entonaba unas palabras de poder.

Viendo la oportunidad, Lasgol no dudó. Se lanzó a por su arco sufriendo el terrible dolor que su cuerpo padecía.

Iruki golpeó con la espada Ilenia pero el Mago Guardián la repelió con un fortísimo vendaval que hizo volar a la Masig hasta golpear el techo de la caverna.

Lasgol aprovechó la oportunidad y tiró dos veces consecutivas con gran celeridad.

El Mago se volvió para defenderse y desvió el primer proyectil pero el segundo le alcanzó en el pecho con un sonido hueco. El Guardián dio un paso atrás mientras Iruki caía del techo golpeando el suelo con un quejido terrible.

Lasgol activó su habilidad Tiro Potente y atravesó al Guardián de lado a lado. Este se derrumbó y el dorado de sus ojos fatídicos se apagó.

Una de las paredes se corrió a un lado, descubriendo una sala. Era de un blanco calizo, en el centro se alzaba un gran altar con un féretro marmóreo dominando la estancia.

Iruki se puso en pie dolorida.

—¿Lo has matado, Lasgol?

—Creo que sí, Iruki. Sus ojos no brillan ya.

—¿Y ahora, Rastreador? —dijo la salvaje Masig amenazando con su espada.

—Ahora matamos al Asesino y nos lo llevamos de vuelta al general Rangulself —dijo Morksen que ya había situado su cuchillo de caza en el cuello del todavía inconsciente Yakumo.

—¡Nooooooooooo! ¡No lo toques! —gritó Iruki descorazonada.

Lasgol armó el arco y activó su habilidad Tiro Certero.

—Ningún daño puede sufrir el Asesino —dijo con voz fría como el hielo—. Si algo le sucede de tu mano esta saeta te entrará por el ojo que te queda.

Morksen lo miró desafiante, seguro de su jugada.

—Suelta el arco, jefecillo, sabes perfectamente que no matarás a un Norghano cumpliendo con su deber.

—Eso es cierto, sin embargo, nuestras órdenes son las de llevarlo con vida, si las desobedeces me veré obligado a pasar juicio y condena. Bien sabes que la pena por desobedecer una orden directa es la muerte.

El duelo de voluntades se mantuvo unos tensos momentos.

Finalmente Morksen desistió.

—No hay porque ponerse así, joven jefe —dijo dejando caer al Asesino sin dañarlo.

Iruki corrió hacia Yakumo y Morksen se apartó mostrando las manos a Lasgol, que aún le apuntaba.

—Sabia decisión —le dijo Lasgol.

Morksen sonrió sarcástico y realizó una pequeña reverencia. Recuperó el arco y lo armó con parsimonia, ignorando la saeta de Lasgol que apuntaba a su corazón.

—¿Qué… qué es lo que sucede? —preguntó Lindaro que despertaba de su pesadilla libre ahora del influjo maligno de la magia Ilenia.

Morksen apuntó al hombre de fe.

—¡No, no tires, no voy armado! —y alzó las manos al tiempo que las sacudía para mostrar tal hecho.

—¡Es un sacerdote de la Luz! —avisó Sonea que despertaba de su personal alucinación con los ojos desorbitados por la sorpresa.

—No tires, Morksen —le ordenó Lasgol con tono autoritario.

Iruki se interpuso entre los dos Guardabosques Norghanos y sus tres compañeros. Empuñó su espada Ilenia y miró a los dos hombres desafiante.

—¡Cerdos Norghanos! ¡Si dais un paso más os mataré! ¡Juro por la sagrada madre estepa que os mataré!

—Parece que la Masig no siente excesiva simpatía por los nuestros. Una verdadera pena. Pero como nos amenaza y puede ser un peligro, debo matarla —dijo Morksen con la frialdad de un asesino sin escrúpulos.

—¡Quieto! ¡Nadie va a morir aquí! —aseveró Lasgol.

Morksen le lanzó una mirada interrogativa de reojo.

—Quieto he dicho —le ordenó.

Morksen volvió a lanzarle otra mirada de reojo, esta vez de desaprobación, pero bajó algo el arco, si bien no del todo.

—Iruki, escúchame —dijo Lasgol para captar la atención de la joven Masig—. Sabes que no deseo hacerte daño, ni a ti ni a Yakumo, pero debo apresarlo. Esas son las órdenes que tenemos y debemos cumplirlas.

—Si das un paso al frente, Lasgol, te cortaré la garganta —aseguró Iruki con un latigazo de su negra melena.

Lasgol la miró a los ojos. Aquellos ojos rojizos como su piel que brillaban con la furia y el ímpetu de una manada de caballos salvajes. Cuanto más miraba a la joven Masig, más la admiraba, por su valentía, su tremendo coraje y su enorme corazón.

—Baja la espada, Iruki. Nada voy a hacerte y lo sabes, me conoces...

—No eres más que otro perro rabioso criado en las perreras de guerra Norghanas, nada más. Ve con tus amos, chucho, ve.

Una flecha cruzó el campo de visión de Lasgol y el corazón se le detuvo.

Morksen había soltado.

Lasgol siguió la saeta y vio como golpeaba la empuñadura de la espada de Iruki provocando que perdiera el agarre de la misma. La espada cayó al suelo con el tintineo del acero sobre la piedra.

Morksen se abalanzó sobre la espada y la cogió de un zarpazo.

Lasgol exhaló aliviado. Nada le había sucedido a Iruki.

—Pasad todos a esa estancia —les dijo Lasgol indicando con el arco.

Sonea y Lindaro accedieron de inmediato pero Iruki se quedó mirando a Lasgol, sin separarse de Yakumo, que permanecía tendido en el suelo

—No le harás daño... —rogó con ojos húmedos.

—Te lo prometo, Iruki. Sólo voy a atarlo bien para asegurarme de que no escapa. No sufrirá daño alguno, te lo prometo.

Morksen escupió al suelo y soltó un improperio.

—No te preocupes por él, ve con los otros, por favor —le pidió Lasgol.

Iruki accedió apesadumbrada y dejó a los dos Norghanos atando firmemente a su amado.

Sonea quedó pasmada al entrar en la estancia que de inmediato reconoció como una cámara funeraria. Las paredes impolutas mostraban grabados Ilenios con cientos de símbolos y jeroglíficos. Toda la estancia era de mármol blanco y brillaba con una tenue luz cuya procedencia Sonea no podía identificar. Ni una mota de polvo o suciedad de tipo alguno desmerecía el lugar. Una pulcritud fuera de lo natural reinaba en aquel lugar. Miró a Lindaro y el intrépido hombre de fe ya intentaba descifrar el significado de todo aquello.

Una suave brisa imposible los alcanzó proveniente del gran féretro en el centro de la habitación.

—Es una cámara mortuoria, ¿verdad? —preguntó el inteligente hombre de fe.

—En efecto. Por lo que veo en la simbología de las paredes aquí yace un hombre importante, un Rey o Señor de los Ilenios —dijo Sonea pasando la mano sobre varios de los símbolos tallados en la piedra, preguntándose cuántos miles de años llevaban allí grabados.

Sonea se acercó hasta el gran féretro de pulido mármol blanco y miró en el interior. El cadáver momificado del Rey Ilenio descansaba el sueño eterno. Al cuello del gran Señor, una enorme gema preciosa captó el ojo de Sonea y esta, de inmediato, introdujo la mano para cogerla. Pero al tirar de ella se percató de que era en realidad un medallón, muy parecido al que Iruki portaba al cuello.

—Iruki... —llamó Sonea.

La Masig se acercó sin perder ojo de cómo los dos Norghanos maniataban a Yakumo.

—Es... es muy parecido al mío... —dijo Iruki mirando el medallón que le mostraba Sonea y llevando de forma involuntaria la mano a su joya Ilenia.

—Por lo que nos has contado, Iruki, y por la experiencia de Lindaro, podemos deducir que nos encontramos en el Templo del Aire y el aquí postrado debe ser el gran Señor del Aire. ¿Me equivoco? —razonó Sonea mirando a Iruki y a continuación a Lindaro.

Los dos asintieron a la inteligente bibliotecaria.

—Esta cámara guarda muchas similitudes a la que descubrimos en el Templo del Éter —afirmó Lindaro.

—Sí, también se parece mucho a la del Templo del Agua —convino Iruki.

—Interesante... este medallón brilla con un tono blanquecino mientras el de Iruki con un tono azulado —dijo Sonea contemplando la joya Ilenia en su mano.

—Debe de ser por el elemento del que se nutren, uno el Agua, el otro el Aire... —dedujo Lindaro mirando ambos medallones.

—¿Qué debería hacer con él? —quiso saber Sonea—. Muy probablemente es un poderoso artefacto mágico...

—Mi medallón actúa de forma extraña y yo también creo que tiene algún tipo de magia en su interior. Magia Ilenia... —dijo Iruki algo atemorizada.

—Tú lo has hallado, Sonea, tuyo debería ser —dijo Lindaro—. Además, los caminos de la Luz son misteriosos, quizás no sea una coincidencia que fueras tú quien hallara ese medallón después de todo. Quizás estaba así escrito...

—¿Eso crees, hombre de fe? ¿Que esta humilde Masig de las estepas y una indefensa bibliotecaria han sido elegidas por los espíritus para encontrar estos poderosos medallones? No tiene ningún sentido. Fuertes y bravos líderes deberían ser los elegidos, no nosotras dos. Sin duda te equivocas, hombre de fe.

—Parece improbable pero por alguna razón así lo creo. Komir tiene el medallón del Éter, según me narraste, Iruki, y él puedo aseguraros es alguien especial, muy especial.

—Iruki también es especial —anunció Lasgol entrando en la estancia y llevando con una soga al maniatado Asesino. Tras ellos, Morksen esperaba en la entrada con el arco preparado.

Iruki, al ver a Yakumo ya repuesto, corrió a sus brazos.

Yakumo la recibió con una sonrisa.

—¿Qué quieres decir con especial, Norghano? —preguntó Lindaro intrigado.

Lasgol miró a Iruki y luego al Asesino.

—Iruki es poseedora del Don, puede ver el resplandor de la magia al invocarse, tanto en mí, como en el Asesino. Eso únicamente puede hacerlo una persona bendecida con el Don, un Elegido.

—Ciertamente intrigante —dijo Lindaro—. En ese caso, podemos deducir que quizás Sonea, que ha descubierto este nuevo medallón, también sea especial...

—Eso sólo sería posible si fuera cierta la teoría que mantienes de que quien encuentra los medallones es especial. Cosa que yo no creo —estableció Sonea mirando al sacerdote con la mano en la barbilla—. Va contra la lógica y la razón. Yo siempre me guío por ellas. Los hombres de fe creéis en conceptos no contrastables y no explicables de forma racional o empírica. Pero los estudiosos nos basamos en lo fundado y procedente. Es mucho más plausible que simplemente sea una coincidencia y que quienes encontramos los medallones no tengamos nada de especial en absoluto.

—Creo que podríamos comprobarlo con cierta facilidad —dijo Lasgol mirando fijamente a Sonea.

—¿Qué propones? —preguntó Lindaro con desconfianza.

Lasgol se acercó hasta Sonea y le puso la mano sobre el hombro.

Mira fijamente mi brazo, concéntrate en captar su forma, su esencia.

Sonea así lo hizo.

Lasgol, buscando en su poder, activó la habilidad Brazo de Tirador. Un resplandor verde le recorrió el brazo, un resplandor que sólo aquellos con el Don podían ver.

Sonea dio un paso hacia atrás asustada.

—¡Magia! —exclamó con los ojos desorbitados.

Lasgol sonrió.

—Tiene el Don y por lo tanto es especial, una Elegida, al igual que lo es Iruki. No sé qué es lo que está sucediendo aquí, pero una cosa puedo aseguraros, es completamente inusual, por no decir prácticamente imposible, reunir a cuatro personas con el Don bajo un mismo tejado. En cada reino sólo hay un puñado de Elegidos, dos a lo sumo, no más. Algo muy extraño está sucediendo con nosotros y he de señalar que no me gusta ni una pizca.

Iruki y Sonea se miraron, compartiendo una mirada cómplice.

—¿Qué pretendes hacer ahora que me has capturado, Lasgol? —interrumpió Yakumo.

Lo primero es ascender a la superficie y después entregarte a los generales Norghanos. Desean hablar contigo...

—Entiendo... Esta vez no iré de forma pacífica —dijo mirando a Iruki.

Morksen golpeó a Yakumo por la espalda.

—¡No lo toques, cerdo! —gritó Iruki con cara llena de rabia.

—Ya me temía que ese sería el caso. No utilices tus artes oscuras, lo percibiré, y presentarás la excusa que Morksen anda buscando para matarte.

Yakumo echó una mirada atrás sobre el hombro y observó al Rastreador tuerto.

—Quieren saber quién envió a aquellos hombres a la tienda de tortura y qué es lo que allí sucedió.

—¿Por qué habría yo de saberlo?

—Porque tú eres un hombre muy inteligente y porque tú los mataste.

Yakumo miró a Lasgol a los ojos y sonrió.

—No quisiera importunar a nuestros captores pero ¿cómo vamos a llegar hasta la superficie? Nos encontramos en el fondo del lago —señaló Lindaro con cara de preocupación.

—Encontraremos la forma —dijo Lasgol, pero su tono no fue todo lo convincente que cabía esperar.

—Si no hay inconveniente, me gustaría recoger el grimorio del Guardián para estudiarlo después, es de gran valor —pidió Sonea con ojos suplicantes.

—Adelante —indicó Lasgol retrasando su posición y armando el arco corto de guerra.

Miró a Yakumo y vio como Iruki le acariciaba el pelo al Asesino en una tierna caricia. Los ojos rojizos de la Masig brillaban con el fulgor del amor más apasionado. Lasgol sintió una envidia infinita. En aquel momento, nada hubiera deseado más que cambiarse por el Asesino y sentir el suave y dulce roce de aquellos dedos.

Sonea regresó de la cueva con el grimorio Ilenio bajo el brazo y Morksen la saludó con una mirada lasciva. Ella lo ignoró y se situó junto a Lindado. El perspicaz hombre de fe le indicó con un gesto que se pusiera el medallón al cuello. Sonea así lo hizo, con disimulo, mientras Lasgol inspeccionaba la parte posterior de la cámara funeraria en busca de una salida.

—Que nadie respire o tendré que atravesaros el corazón —amenazó Morksen—, y no creáis que no lo haré con el mayor de los placeres.

—Eres un ser despreciable, otro ejemplo más de una raza de violadores y sucias ratas sin escrúpulos —le espetó Iruki.

—Lo sé, pequeña, lo sé, y nada me hace más feliz.

Iruki sintió ganas de abalanzarse sobre aquel malnacido pero Yakumo se interpuso.

Morksen escupió y sonrió regodeándose.

Iruki quería matar a aquel puerco Norghano pero no podía poner en peligro a Yakumo y los demás. Debían escapar de allí de alguna manera. Pero ¿cómo?, ¿cómo escapar de una cueva submarina en el fondo de un lago de una profundidad indecible? «Madre estepa, ayuda a tu hija, envía un espíritu benigno a rescatarnos», rogó.

Pero el espíritu no llegó.

Sonea se movió inquieta. Iruki la observó.

—¿Qué te ocurre, Sonea?

—Siento algo extraño en el pecho, como si una mano invisible tirara de mi alma. ¡Pero eso es totalmente irracional! —exclamó la estudiosa llena de pavor al no poder explicar con lógica lo que le estaba sucediendo.

—Tranquila, Sonea, yo se lo qué es, no te resistas, deja que tire de ti.

—¿Tirar quién? —preguntó la joven bibliotecaria extrañada y sin comprender.

—¡Callad! Me estáis dando dolor de cabeza, par de gallinas cluecas —graznó Morksen.

Y en ese momento el medallón de Iruki y el de Sonea emitieron un destello sincronizado de gran esplendor cegando a todos en la tumba del Señor del Aire.

—¡Qué demonios! —exclamó Morksen cubriéndose los ojos.

Los medallones pulsaron dos veces más, cada vez con mayor potencia, y finalmente se apagaron.

—Oh… oh… —murmuró Lindado

Al momento un enorme torbellino de viento comenzó a formarse en la sala.

—Sujetaos los unos a los otros, rápido —dijo Yakumo a sus compañeros.

El viento comenzó a arreciar y en un instante ya los azotaba como un vendaval huracanado. Lasgol llegó hasta ellos y se sujetó al resto, que formaban una piña. Un momento más tarde y a regañadientes llegó Morksen e hizo lo mismo. El vórtice del torbellino los envolvió y los seis salieron volando hacia el techo, rotando a gran velocidad, volando en los vientos huracanados. Ascendieron y ascendieron en dirección a la elevadísima bóveda de la tumba. Un instante antes de golpearla, el torbellino alcanzó su velocidad y potencia máximas, la cúpula de la caverna se abrió con un resplandor dorado y el torbellino salió despedido en dirección a la superficie.

Los seis desventurados, aprisionados en el torbellino, perdieron la consciencia. Indefensos, fueron devorados por el ciclón.

Negro Mar

Isuzeni observaba el mar desde el imponente acantilado. La altura era tal que cortaba la respiración. Estaba amaneciendo y con el albor, el Sumo Sacerdote del Culto a Imork esperaba ansioso poder contemplar el azul del mar. Un océano que no conseguía divisar, si bien oía las olas romper con fuerza a sus pies, pues una espesa bruma blanca se resistía a partir y cubría cuanto sus ojos rasgados alcanzaban a ver.

—Bruma... —dijo con tono de decepción— ¿Dónde está el amanecer glorioso que espero?

—Es un fenómeno de estos lares, mi amo y señor. Aquí al este las neblinas matinales son habituales en esta época del año. Pronto levantará —explicó una voz a su derecha.

Isuzeni miró a su acólito y asintió.

—Esperemos que así sea, Narmos. ¿Está todo dispuesto?

—Sí, mi señor, tal y como ordenasteis.

—Eso me agrada, me has servido bien, Narmos. Estoy satisfecho, en particular de la muerte de Albust, el embajador Rogdano.

—Vivo para servir a mi señor —dijo el Sacerdote Oscuro de la orden de Imork con una reverencia sumisa.

Isuzeni se volvió y contempló orgulloso el centenar de Moyukis que lo acompañaban como su guardia personal. Con aquellos guerreros de la élite del ejército de la Dama Oscura a su lado siempre se sentía a salvo y perfectamente protegido. Aguardaban atentos sus órdenes. Vestían las negras armaduras de placas y llevaban cubiertos los rostros por máscaras de horror. Su sola presencia encogía los corazones de los hombres más arrojados y aquello era motivo de gran satisfacción para Isuzeni.

El viento azotó su rostro y le hizo pensar lo expuesto que se hallaba allí arriba sobre el sobrecogedor acantilado. Se arregló la larga túnica de ricas telas, algo más gruesa de lo que él acostumbraba a vestir, pues la temperatura en aquella tierra era algo más baja. Se preguntó si pronto necesitaría un abrigo. Se sentía algo destemplado y fuera de lugar.

—Cenem, acércate —llamó con tono algo discordante a su otro acólito que pacientemente aguardaba sus designios.

—Amo y señor… —dijo Cenem doblando el cuerpo en una prolongada reverencia.

—¿Ha sido despejada la zona?

—Sí, Maestro. No hay ni un alma con vida en varias leguas a la redonda. Me he encargado personalmente.

—Eso me complace. No queremos testigos que puedan presenciar aquello que no deben y luego lo divulguen a oídos curiosos.

—No los habrá, mi señor. He utilizado mi poder de nigromancia para dejar algunos vigías... muertos vivientes…

—Me place —dijo Isuzeni, con sus dos poderosos acólitos a su vera y los Moyukis a su espalda, nada temía, nadie osaría enfrentarse a ellos y si lo hacían, sus almas serían consumidas—. También a ti debo felicitarte. La muerte del embajador Gelbin ha sido un golpe de gran acierto, crítico para propiciar la guerra.

—Al igual que Narmos, mi hermano sacerdote, vivo para serviros, mi señor.

Isuzeni respiró satisfecho el frío aire matinal que le ayudó a despejar la mente. Observó la bruma que posada sobre el mar se resistía a partir. Esperó pacientemente. Sabía que pronto sucedería, era cuestión de aguardar, en calma. Y no se equivocó. Poco a poco la neblina comenzó a disiparse e Isuzeni pudo vislumbrar aquello que tanto ansiaba presenciar y el motivo de encontrarse sobre el acantilado extranjero aquel señalado amanecer. Unos puntos oscuros comenzaron a hacerse visibles bajo la bruma. Primero unos pocos apenas perceptibles, luego unos cuantos más, y por fin, cuando la bruma se disipó por completo, aparecieron todos, miles de ellos, llenando todo cuanto los ojos del Sumo Sacerdote alcanzaban a ver.

—¡La flota de invasión de la Emperatriz! —anunció a sus Sacerdotes Oscuros lleno de orgullo.

Isuzeni no pudo sino maravillarse ante la visión que estaba presenciando. Miles de embarcaciones de guerra y transporte de diferentes tamaños llenaban el mar hasta perderse en el horizonte. Era una escena sobrecogedora. Isuzeni quedó sin respiración por un instante, el poder de la marea negra que se avecinaba era incontestable. Los navíos de cascos oscuros y velamen negro, iban decorados con el inconfundible emblema de la Dama Oscura: las dos espadas curvas cruzadas en rojo vivo, rojo de sangre, rojo de conquista.

—Ya llegan… —dijo Isuzeni sin poder disimular un suspiro de puro placer.

—Hermoso… —señaló Narmos con sus ojos rasgados clavados en el horizonte.

—Y sobrecogedor… —apuntó Cenem.

Isuzeni quedó maravillado por el impresionante despliegue de poder bélico de la Dama Oscura. El propio mar parecía haber sido tomado por una inmensa marea negra que todo lo cubría, salpicando de gotas rojas las olas que lo formaban. 70,000 hombres viajaban en aquellas naves. La fuerza de invasión más grande jamás amasada. Los bardos y bufones cantarían por generaciones venideras el día en el que el Mar del Este amaneció negro, portando una hueste de envergadura y poder jamás antes vista. Isuzeni observó el avance de la flota, el azul del océano desapareció por completo, corrupto por el poder inconmensurable de la inmensa flota negra.

Las primeras embarcaciones llegaron hasta la costa, las playas pronto estarían abarrotadas de soldados en negro y rojo.

—Las cinco ciudades estado de la costa este habrán descubierto ya la flota de invasión. ¿Se han llevado a cabo mis instrucciones? —preguntó Isuzeni a sus dos acólitos.

—Sí, mi señor. La Alianza de las Ciudades Libres no se inmiscuirá. Nos garantizan paso libre, previo pago de una cuantiosa suma en oro que ya ha sido satisfecha —dijo Narmos.

Isuzeni miró al este pensativo, siguiendo la costa con la mirada.

—Tal y como lo había ideado. La estrategia está funcionando según lo previsto. Cuan previsibles son los mandatarios de gran avaricia. Los pueblos mercantes y sus nobles sólo tienen una cosa en mente: el oro. Ni siquiera son conscientes de los peligros que los rodean cegados por su propia codicia. Ya intuía cual sería la respuesta de la Alianza. Nada ganan con un enfrentamiento armado y mucho con nuestro pago en oro. Es una proposición que no pueden rechazar.

—¿Y si nos traicionan, mi señor? ¿Y si atacan? —preguntó Cenem.

—No lo harán. Las cinco ciudades estado disponen de una amplia flota con la que dominan el Mar del Este, pero su infantería es muy inferior en número a la nuestra. Por mar podrían atacarnos y hundir parte de la flota, pero una vez en tierra, no osarán enfrentarse a nosotros. No saldrán de sus ciudades fortificadas donde se encuentran seguros. El pago en oro lo idee para que la tentación de atacarnos en alta mar no les pareciera lo suficientemente atractiva, y ha funcionado. Si bien, presenciando la inmensidad de nuestra flota, dudo que jamás se hubieran atrevido. Pero el hombre precavido es el que finalmente llega a viejo —dijo con una sonrisa.

—En ese caso tenemos paso libre hacia el interior de Tremia —dijo Narmos mirando a su espalda—. ¿O pretendéis sitiar las ciudades estado y tomar toda la costa este, mi señor?

—Tentador es, mi aventajado alumno, pero no es ese el deseo de la Emperatriz. No podemos entretenernos tomando el este. Llevaría demasiado tiempo sitiar las cinco ciudades estado y tomarlas. Las murallas que las protegen son formidables y debido a su localización, la ventajosa orografía que las rodea y los años de interminables guerras que llevan sufridos, las ciudades están perfectamente preparadas para aguantar un asedio prolongado. He calculado que podrían llegar a resistir cerca de un año. El coste de tomarlas en unos pocos meses, si bien es factible, sería muy elevado.

—Ganaríamos toda la costa este de Tremia, un territorio verdaderamente rico y de crítica importancia estratégica —apuntó Cenem—, si nos vemos obligados a retroceder… lamentaremos no haber tomado las ciudades.

—Muy cierto, y eso sería lo que deberíamos hacer. Adentrarnos en Tremia con el enemigo a la espalda cerrando el acceso al mar en caso de una retirada es extremadamente peligroso. Más que peligroso, es una acción que jamás llevaría a cabo si fueran estas circunstancias normales. Pero no nos hallamos bajo circunstancias normales... Debemos apresurarnos al oeste, así lo requiere la Dama Oscura. Lo que buscamos allí se encuentra y es el oeste lo primero que debemos tomar, aplastando a quien en nuestro camino se interponga. Avanzaremos a marchas forzadas, cruzando el continente hasta llegar a Rogdon. Arrasaremos todo cuanto a nuestro paso encontremos, granjas, aldeas, ciudades, ejércitos... Nada nos detendrá hasta llegar a Rilentor.

—¿Y una vez allí lleguemos, mi señor? —quiso saber Narmos.

—Tomaremos todo el oeste de Tremia, pues así lo ha ordenado nuestra ama y Emperatriz.

Ambos sacerdotes del Culto a Imork bajaron la cabeza en respeto a su Emperatriz.

Isuzeni, observó las primeras unidades saltar a la arena de la playa. La tomaron con eficiencia militar, asegurando el gran desembarco que los seguía. Respiró profundamente y proclamó:

—¡Que tiemble este continente de hombrecillos de ojos redondos y narices puntiagudas! Pronto, muy pronto, será nuestro. Nada podrá contener el devastador poder de la Emperatriz Yuzumi, que como una tempestad de vientos huracanados arrasará todo Tremia. Nada se salvará.

Al pensar en su ama y la convicción que la guiaba, Isuzeni supo que mares de sangre estaban a punto de bañar las fértiles tierras de Tremia. Le parecía casi irreal encontrarse sobre el gran continente. Sabía que el día llegaría, lo había sabido desde hacía mucho tiempo, pero encontrarse ahora allí, pisando aquella tierra lejana, le resultaba ilusorio. Se agachó y tocó el suelo con sus manos. «Ha llegado el día. Después de tanto tiempo... los augurios se van cumpliendo, uno tras otro... Ya no cabe lugar a duda. El destino nos reclama con lazos invisibles pero inquebrantables. A él nos enfrentaremos. La Dama Oscura quiere conquistar ese destino, y eso haremos».

Isuzeni recordaba como si fuera ayer mismo el momento en que todo se inició. Cuando la vida de la Dama Oscura, y la suya, cambiaron para no volver a ser las mismas. Habían transcurrido nada menos que 20 años de aquel crucial instante en el tiempo que unió sus destinos de forma inexorable. Un destino que a toda costa la Dama Oscura debía cambiar. El destino que los había conducido hasta allí, hasta Tremia.

Todo había comenzado el aciago día que visitaron al Gran Oráculo. Fue el día elegido para celebrar el octavo cumpleaños de Yuzumi. La niña llevaba en el Templo menos de un año. En aquel entonces Isuzeni no era más que un humilde Sacerdote Oscuro del Culto y había sido asignado como su tutor. Durante su estancia, la niña había hecho manifiesto su gran poder, y los Sacerdotes de alto rango del Culto a Imork, muy impresionados por lo que habían visto en Yuzumi, deseaban conocer el potencial que podría llegar a alcanzar aquella niña tan especial.

Por esta razón decidieron llevarla ante el Oráculo, aquel que con su poder era capaz de ver el futuro, incluso el destino de las personas si los dioses así lo veían conveniente. El Oráculo residía retraído del mundo terrenal en el Templo del Futuro, construido en la cima de una montaña donde todo el año reinaba la nieve, conocida como el Pico de los Sueños. El templo estaba construido de un mármol tan blanco y puro que se decía reflejaba los pensamientos y sueños de los hombres. Hasta allí llevaron a la niña. El viaje fue largo y arduo, pero finalmente arribaron al templo. Isuzeni dudaba de que el Oráculo los recibiera. Era bien conocido por todos en Toyomi que el Gran Oráculo sólo atendía a reyes y grandes señores del continente, y no siempre. Era un hombre que no deseaba ser molestado, su vida la pasaba meditando y en contemplación, ajeno a los deseos, codicias y sueños de los hombres. Era un hombre muy especial, tanto, que sólo nacía un Gran Oráculo una vez cada 3 generaciones, pues tan exquisito y raro era su Don. Un don que permitía leer el futuro de cualquier persona, de cualquiera excepto una, la del propio Oráculo. Era la sabia forma en que la naturaleza equilibraba aquel poder tan increíble. Ningún Oráculo podría jamás leer su propio futuro y de esta forma, no podría hacer uso de su Don para alterarlo. El Gran Oráculo era, al mismo tiempo, bendecido y maldecido con aquel poder sin igual.

Sorprendentemente, accedió a ver a la niña, muy probablemente debido a la influencia del Culto y al oro que la comitiva de dirigentes que los acompañaba había presentado.

—No tengas miedo, pequeña. Es un hombre sabio. No te hará daño —le había dicho Isuzeni para tranquilizarla.

La verdad era que el aspecto del anciano era aterrador, y más para una niña de ocho años. De pelo largo y albino, tenía la parte derecha de la cara quemada y los ojos le habían sido arrancados de las cuencas para potenciar su poder visionario. Por ello, nunca abandonaba aquel lugar en las nubes.

—¿Por qué hemos venido aquí, Isuzeni? ¿Qué quiere este viejo? —preguntó la niña inquieta.

—No te preocupes, Yuzumi, nada malo te sucederá. Él es el Gran Oráculo y va a leer tu futuro, tu destino.

—Pero yo no quiero. Yo quiero volver a casa. Marchémonos, Isuzeni —había rogado Yuzumi.

Isuzeni miró a sus superiores del Culto. Estos negaron tajantemente con la cabeza.

—Sólo será un momento, pequeña.

El anciano se acercó hasta Yuzumi y le colocó las manos sobre la cabeza. Un silencio sepulcral llenó la sala central del templo. El Oráculo pareció entrar en un trance místico, sus miembros se volvieron rígidos y su cuerpo enjuto quedó arqueado hacia atrás, como en un *rigor mortis*. Isuzeni temió que de la tensión el frágil cuerpo del anciano se partiera en dos, cual delgada rama de árbol. Isuzeni lo contemplaba asombrado. Sin embargo, Yuzumi no pareció inmutarse ante lo que estaba comenzando a suceder.

El anciano inclinó la cabeza y sus ojos vacíos miraron sin ver hacia al techo del templo de mármol.

—Siento poder… un gran poder… se me manifiesta. Incontestable… El poder en la niña enorme es… y seguirá creciendo… se desarrollará… hasta convertirse en una fuerza imparable —dijo con una voz tan grave que parecía provenir de los abismos más profundos y distantes del continente.

Los líderes del Culto asentían en aprobación. Isuzeni sabía que aquello los complacía y llenaba de enorme satisfacción: mayor poder y gloria para el Culto a Imork.

—Sin embargo, dos destinos veo en el futuro de esta niña, muy distintos… —continuó el Oráculo con la cabeza echada atrás y su blanco cabello colgando al aire mientras sujetaba la cabeza de la niña envuelto en un insólito trance místico—. El primero es un Destino de Gloria. La niña triunfará, llegará a conquistar el continente entero… todo Toyomi… pero eso no es todo, llegará mucho más lejos… llegará a conquistar el gran continente más allá de los mares. Reinos y naciones caerán ante su poder, reyes y emperadores se doblegarán y concederán victoria. Su poder será incontestable, nadie podrá detenerla y todos cuantos a ella se enfrenten sufrirán una muerte cruel. Se convertirá en la mujer más poderosa del mundo conocido y reinará sin oposición. Esa es la visión del primer destino, el Destino de Gloria.

Murmullos de aprobación se volvieron a escuchar provenientes del grupo de dirigentes del Culto.

—Sin embargo… el segundo destino… me muestra el final de la vida de la niña poco después de cumplir 28 primaveras… es un Destino de Muerte.

Yuzumi reaccionó por primera vez al escuchar aquello y miró con sus ojos negros al Oráculo en trance.

—Morirá en un campo de batalla, en el gran continente, más allá de los mares…

—¿Por qué moriré? —preguntó Yuzumi al Oráculo con una voz tan calma que helaba la sangre.

—Es lo que el destino me muestra, los motivos me son indescifrables.

—Yo no quiero morir —dijo Yuzumi como tomando conciencia de que lo que estaba en juego era su vida.

—Sólo puedo mostrar aquello que veo y esto es cuanto me ha sido revelado.

—No quiero morir —repitió Yuzumi con semblante ahora más sombrío.

—Uno de los caminos conduce a la gloria y el poder absoluto, el otro, a la muerte. Serán tus acciones las que te encaminen hacia uno u otro destino, niña mía.

—No voy a morir —dijo Yuzumi con un brillo peligroso en sus ojos.

—Nada más puedo decirte —sentenció el anciano.

—No te creo. ¿Qué más ves? —exigió Yuzumi en un tono tan duro que no dejaba duda a la réplica.

—Yuzumi… el Gran Oráculo es un hombre sabio, nada más ve… —intentó mediar Isuzeni.

—¿Qué más ves? —volvió a exigir Yuzumi, pero esta vez Isuzeni vio el poder de la niña activarse. Un destello de una tonalidad tan oscura como una noche sin luna recorrió el cuerpo de Yuzumi y una negra nube envolvió al anciano.

—¡Detente, Yuzumi! —intentó interceder Isuzeni entre las exclamaciones de sorpresa y temor de los líderes del Culto— ¡Detenedla! —gritaron.

El Oráculo se arqueó aún más y su rostro quedó sumido en una mueca de puro dolor.

—Dime qué ves —exigió Yuzumi incrementando el poder del conjuro que mantenía sobre el Oráculo.

—Marcado… veo el Marcado… agh... será él quien te de muerte… agh…

—¿Marcado? ¿Quién es?

—Nacerá… agh… este verano… en Tremia…

—¿Dónde?

—Agh… en… agh… en el oeste…

—¿Cómo lo encontraré?

—Agh… su poder… tan grande… ahh… como el tuyo… será…

—¡Detente, Yuzumi, lo vas a matar! —exigió Isuzeni.

—¿Qué más ves, viejo?

—Una Calavera… agh… un objeto de poder… la premonición manifiesta… el destino que te aguarda muestra… agh… detente niña… agh… me consumes…

Isuzeni sujetó de los hombros a Yuzumi y tiró con fuerza de ella, rompiendo el conjuro que consumía al Oráculo.

El Oráculo cayó al suelo desvanecido. Isuzeni corrió a agacharse junto a él y le sujetó la cabeza con delicadeza. Su rostro parecía momificado, toda vida había sido succionada de él.

—Me ha... robado la vida… su poder es enorme… su ambición infinita… Llevará la muerte allá a donde vaya… a todo donde sus ojos se posen… a todo lo que sus dedos lleguen a tocar… —con un suspiró profundo el Gran Oráculo departió.

Isuzeni contempló entristecido una de las mayores contradicciones: aquel que el destino de los demás podía ver, había sido maldecido para el suyo propio no poder vislumbrar. De alguna forma el propio universo se encargaba de equilibrar los extremos de poder fuera de equilibrio. El anciano nunca imaginó que aquella niña acabaría con su vida. La muerte del Oráculo era una pérdida irremplazable para todo Toyomi.

—¿Por qué, Yuzumi? —preguntó Isuzeni consternado a la niña.

—No moriré —respondió ella inmutable.

—¡Ha matado al Oráculo! ¡Qué desgracia! ¡Debe ser castigada! —clamaron los líderes del Culto ultrajados.

Y castigada fue. Sin embargo, el castigo, aunque severo, no inmutó lo más mínimo a la niña, al igual que había sucedido tras drenar la vida del Oráculo, al igual que sucedería años después cuando acabara con los líderes del Culto y asumiera el poder.

La Dama Oscura había nacido. Y ya nada la detendría, jamás.

Nada.

Desde aquel momento la obsesión compulsiva de la Dama Oscura había sido encontrar al Marcado y la Calavera del Destino. La segunda ya estaba en su posesión. Un Objeto de Poder que Isuzeni deseaba para sí por la increíble ventaja que significaba poder entrever el futuro, sobre todo, el suyo propio. Aunque debía reconocer que en el caso de su ama, la Calavera no había hecho más que mostrar lo que en su día el Gran Oráculo ya había anunciado. Y lo que era peor, la visión proyectada por la Calavera había convertido en una realidad casi tangible el mayor de los temores de Yuzumi. Una cosa era saber que el destino de uno puede terminar en muerte y otra muy distinta presenciarlo, una y otra vez, intentando deducir la más insignificante información que pudiera servir para impedirlo. Isuzeni se cuestionaba si aquello no acabaría por volver loca a su ama. Tantas eran las veces que su ama había presenciado la Premonición que la obsesión por evitarla podía fácilmente tornarse en demencia... Pero aquello era mejor no pensarlo... Lo cierto era que con las premoniciones de la Calavera, que inicialmente no eran más que un vago augurio del Oráculo, se habían materializado en una visión concreta, cada vez más exacta y reveladora. Con ella habían conseguido cercar al Marcado pero este había conseguido huir de entre sus dedos de forma milagrosa.

Hasta aquel momento.

Ya no podría esconderse de la Dama Oscura. La Gran Emperatriz desembarcaba en aquel momento en la playa e Isuzeni la contempló maravillado. Rodeada de su guardia personal de Moyukis y un aura de poder innegable que la envolvía, avanzaba imparable. Tras ella arribaba su ejército, 70,000 hombres que tomarían todo el oeste de Tremia y levantarían piedra tras piedra hasta dar con el Marcado y acabar con él.

La Premonición no se cumpliría.

Ya no tenía escapatoria posible, ni él ni cuantos lo acompañaban.

Ha llegado el momento, el momento de conquistar el Destino de Gloria de la Dama Oscura y enterrar para siempre el Destino de Muerte.

Una extraña sensación llegó hasta Isuzeni y le provocó un escalofrío. Sorprendido, miró a su alrededor, intentando encontrar el origen. «El viento, seguramente. El clima es diferente en esta tierra y no estoy acostumbrado» se dijo. Contempló nuevamente el desembarco y al hacerlo volvió a sentir aquella sensación tan extraña. «No, no es el clima, esto tiene origen arcano. Hay magia siendo utilizada, muy cerca, a mi alrededor».

—¡Atentos! —dijo a sus dos Sacerdotes Oscuros.

Los dos se tensaron al instante y obtuvieron sus calaveras, los objetos de poder que les ayudaban a potenciar sus conjuros de muerte. Isuzeni prefería usar su báculo, el poder en él era muy superior al de las calaveras.

—¿Lo sentís? —preguntó Isuzeni mirando al cielo y cerrando los ojos.

Sus acólitos lo imitaron.

—Sí, Maestro, siento magia… no puedo establecer de donde procede —dijo Cenem.

—No está aquí, Maestro, la siento lejana, siendo invocada en un lugar muy distante. No puede dañarnos —dijo Narmos.

Isuzeni alzó el báculo sobre la cabeza y realizó varios movimientos circulares al tiempo que conjuraba un hechizo.

—Nos están espiando, eso es lo que está sucediendo —declaró muy molesto.

—¿Espiando? ¿Quién, Maestro? Nadie sabe que nos hallamos aquí —dijo Narmos.

—Ahora lo averiguaremos —dijo Isuzeni—. Voy a conjurar un hechizo de gran poder para seguir la traza de esa magia hasta su fuente. Veamos quién es tan curioso… Después lo encontraremos y morirá.

En ese instante, en el otro extremo del continente, en las tierras altas del oeste, una mujer de rostro apergaminado y de pelo plateado alzaba las manos y conjuraba apresuradamente en una cueva recóndita.

—¡Por las tres diosas, que la visión se desvanezca sin dejar rastro! —exclamó, y acto seguido encantó usando antiquísimas palabras de poder.

—¡Por qué poco, Misifú, por qué poco! — resopló Amtoko sacudiendo los brazos.

La pantera gruñó en respuesta a su ama.

—Ese hombre de ojos rasgados es muy poderoso, mucho. Nos ha sentido observando, y para lograrlo se requiere de muchísimo poder. Espero haber detenido el conjuro a tiempo y que no haya sido capaz de seguirnos la pista hasta aquí. No, no ha tenido tiempo, estoy segura. De lo contrario…

La pantera se acercó hasta ella y rugió, como expresando que ella la defendería de aquel hombre y de todo mal.

—Lo sé, mi fiel amiga, sé que tú me protegerás. Pero nos enfrentamos a grandes peligros, peligros como nunca antes hemos combatido.

Contempló su cámara secreta en el interior de la gran cueva que era su hogar. Runas centenarias decoraban las paredes junto con las pieles de oso y cabezas de diferentes animales salvajes. Bajó la mirada y contempló, grabadas sobre el suelo, las representaciones de las tres diosas Norriel que presidían aquel lugar sacrosanto donde Amtoko realizaba sus rituales más secretos. Allí, bajo la protección de la Diosas estaba a salvo de todo mal. Nunca la hallarían, ¿o sí?

Observó el pequeño estanque de aguas negras sobre el que estaba inclinada: el Estanque de las Visiones. Su superficie, que hasta hacía unos momentos asemejaba un gran espejo y en la que había estado espiando al enemigo usando su más preciado poder, la clarividencia, volvía ahora a ser la de un estanque. Mientras no lo usara, no podrían encontrarla. Pero ahora el enemigo estaría atento a su magia. Amtoko lo sabía. Tendría que andarse con mucho ojo o los hechiceros de ojos rasgados la localizarían.

Amtoko meditó sobre lo que acababa de presenciar en el Estanque de las Visiones y sintió miedo, un miedo tan intenso que le empequeñeció el alma. Lo que tanto temía y había estado rezando a las Diosas por que no sucediera, ya estaba allí. El mal sin fin, el mismo mal portador de sufrimiento infinito y que buscaba a Komir para darle muerte había llegado a Tremia, desembarcaba en aquel momento con una hueste imparable en las costas del lejano este. El horror que ansiaba conquistar el mundo y someterlo a su poder maligno, sumiéndolo en oscuridad y terror absolutos, ya estaba en Tremia.

«Ya viene. El mal pronto nos inundará portando un dolor insondable y terrorífico para todos los pueblos, incluido el nuestro. Los Norriel están en peligro de muerte».

Un espasmo de terror recorrió el frágil cuerpo de Amtoko pero la Bruja Plateada se rehízo al cabo de un momento. Acarició a su pantera querida y se sobrepuso al miedo.

—Es hora de actuar, amiga. Debemos hacer cuanto esté en nuestra mano para negar al mal el destino que ansía. Mientras yo viva lucharé por mi pueblo. No dejaré que nos destruya, no lo permitiré.

—Norriel somos, Norriel moriremos.

La pantera rugió contagiada por el espíritu luchador de su ama.

—Y lo primero que debemos hacer es avisar a Komir. Su destino ya está aquí, y viene a buscarle. A darle muerte.

Hartz entró a la carrera en la cámara funeraria, sonreía recordando el comentario de su amada, pero la sonrisa le cayó al suelo al descubrir lo que allí estaba sucediendo. Lo primero que identificó, y le puso los pelos de punta, fue al Guardián Ilenio en la túnica con capucha blanca. Algo más al centro vio a Komir.

Por primera vez en su vida, Hartz se quedó sin habla.

Komir estaba de pie sobre un anillo de intenso fuego, pero por alguna razón inexplicable, parecía no arder, como si fuera inmune al fuego. Aquello dejó completamente perplejo al grandullón.

«¿Pero cómo puede ser? ¿Qué está sucediendo aquí? Magia, eso es lo que está sucediendo, sucia y traicionera magia Ilenia».

Hartz entrecerró los ojos para advertir mejor lo que ocurría y distinguió un reflejo sobre la esfera translúcida que envolvía a Komir.

«¡Ahhhh! ¡Con qué es eso! ¡Una maldita esfera mágica que actúa como un escudo!».

Algo más calmado por el descubrimiento, se lanzó al ataque.

—¡Hartz, cuidado! —le grito Komir dando un paso hacia adelante y cruzando el anillo de fuego.

—¡No te preocupes, lo voy a ensartar como a un cerdo! —gritó Hartz a la carrera alzando sobre la cabeza su espadón Ilenio.

El Guardián se giró hacia él y levantó el báculo.

«Demasiado tarde, ya eres mío, te tengo al alcance de mi espada» sonrió el gran Norriel, y golpeó a la altura de la cabeza de su enemigo con la intención de decapitarlo.

La espada chocó contra una capa de lava sólida y salió rebotada. Una esfera de fuego se hizo visible alrededor del Guardián.

«¿Qué demontre?» exclamó Hartz perplejo.

—¡Cuidado! ¡Tiene una esfera de fuego y lava que le protege de los ataques! —le advirtió Komir.

Aquello preocupó a Hartz. Si aquel ser estaba protegido contra sus ataques, estaban en un buen aprieto.

El Mago avanzó hacia Hartz y este tuvo que retroceder, las llamas de la esfera eran demasiado intensas para soportarlas.

—¿Qué hacemos? —preguntó nervioso a Komir mientras se alejaba del Guardián.

—¡No lo sé, déjame pensar!

—¡Piensa rápido o me va a asar a la parrilla!

El Guardián conjuró con su maléfica entonación y una bola de fuego salió propulsada de su báculo en dirección al grandullón. Del susto, al ver el proyectil ígneo, Hartz arrojó su cuerpo a un lado en un acto reflejo. El proyectil le rozó el hombro produciéndole una dolorosa quemadura y siguió su trayectoria hasta estrellarse contra la pared del fondo, estallando en llamas abrasadoras. Hartz, al ver la explosión de llamas, sintió verdadero terror, ya había visto el poder devastador de aquel tipo de magia en manos de Mirkos en Silanda. Recordaba perfectamente los cuerpos calcinados de los soldados Noceanos. La magia en general le asustaba, aquel tipo de magia de fuego en particular, lo aterrorizaba. Se puso en pie y vio que los anillos de fuego se habían apagado. Miró al Guardián y supo que lo iba a calcinar.

—¡Haz algo, Komir, me va a abrasar! —gritó a su amigo mientras corría como un poseso en dirección al altar en el centro de la cámara mortuoria. Escuchó a sus espaldas la lúgubre entonación del Guardián y supo que otra bola de fuego salía dirigida a su persona. Dejó caer la gran espada y llegó a la carrera al altar. Con toda la inercia que llevaba apoyó las manos y saltó para caer al otro lado. La bola de fuego que lo perseguía se estrelló contra el altar. Las llamas estallaron en la parte frontal mientras Hartz se refugiaba en la parte posterior, agazapado contra el granito rojo. Las llamas intentaron lamer su cuerpo apareciendo a los costados y sobre el sarcófago, pero Hartz se refugió todavía más encogiendo su enorme corpachón, y las llamas no lo alcanzaron.

—¡Hartz! ¿Estás bien? ¡Dime algo, amigo! —gritó Komir con voz estridente.

—¡Mátalo, Komir, o soy hombre muerto! —le rogó a su amigo consciente de que no sobreviviría a otro ataque de la magia de fuego del Guardián.

En aquel momento de desesperación la mente de Hartz voló hasta el bello rostro de su fiera pelirroja. La mujer que con su carácter, fuerte personalidad, belleza del lejano este y corazón de tigresa había conseguido capturar su corazón para siempre. Hartz no deseaba morir en aquella cámara, no por un sentimiento egoísta de supervivencia, sino porque no deseaba partir del lado de su amada y sumirla en un pozo de pena y amargura. Algo tenía que idear, aunque la estrategia no fuera precisamente su habilidad más destacada. El de las ideas brillantes para salir de un atolladero como aquel era Komir, no él. Hartz conocía sus limitaciones, así que prefería dejar aquellos menesteres en manos de Komir y centrarse en lo que a él sí se le daba bien: ¡machacar cráneos!

Se arrastró hasta el borde derecho del altar y con cuidado echó una ojeada. El Guardián atacaba ahora a Komir con rayos de fuego, intentando penetrar la esfera protectora de su amigo. La cara de Komir estaba marcada por el esfuerzo y el cansancio. No tenía buen color, parecía estar realizando un esfuerzo sobrehumano para no ceder ante los ataques. El Guardián comenzó a enviar bolas de fuego contra Komir, que se vio obligado a retroceder hacia el fondo de la cámara ante las llamas que intentaban devorarlo. Hartz volvió a esconderse, la cámara era ahora un infierno de llamas y calor.

«¡Piensa, piensa! Hay que salvar a Komir, lo va a matar. No va a aguantar mucho más. Si Kayti estuviera aquí… ella sabría qué hacer, siempre tiene un plan en esa cabecita suya… Pero estoy solo, debo encontrar la forma de ayudar a Komir, yo solo. ¡Piensa! ¡Piensa!».

Komir clavó una rodilla. Las palmas de sus manos estaban extendidas intentando salvaguardar la esfera para que no fuera destruida.

Al contemplar aquello, Hartz tuvo una idea.

—¡Avanza hacia él! —gritó a Komir.

Komir lo miró sin entender.

—¡Hazme caso, avanza hacia él!

Komir lo miró un instante y realizando un terrible esfuerzo se puso en pie y comenzó a avanzar hacia el Guardián, que lo castigó con conjuros infernales.

—¡Sigue, no decaigas, sigue!

Komir avanzó, aguantando la esfera, realizando un esfuerzo sobrehumano.

Llegó hasta el Guardián y las dos esferas se tocaron.

—¡Ahora, ataca! ¡Destruye su esfera con la magia del medallón! —le dijo Hartz—Sólo tienes que extender la mano y tocar su esfera.

Y Komir comprendió entonces lo que el gran Norriel había ideado.

—¡Vamos, destrúyela con tu toque, sé que puedes hacerlo, ya lo hiciste una vez! —le gritó Hartz refiriéndose al nefasto incidente de la Ceremonia del Oso que le había dado la idea.

Komir cerró los ojos y centrando todo su poder estiró la mano para tocar la esfera protectora del Guardián Ilenio al tiempo que un rayo de fuego alcanzaba la suya.

Una tremenda explosión tuvo lugar. Un destello cristalino cegador llenó toda la cámara. Komir salió despedido de espaldas y golpeó la pared al fondo con un terrible impacto que encogió el corazón de Hartz. El Guardián Ilenio salió despedido en la dirección contraria y se golpeó brutalmente contra la pared junto a la entrada.

Ambos cayeron al suelo sin sentido.

Hartz saltó por encima del altar como una exhalación, recogió su espada del suelo y antes de que el Guardián pudiera volver a levantarse lo partió en dos mitades de un bestial tajo.

—Nada mal para un zopenco como yo, ¿verdad? ¡Hoy Hartz salva el día! —exclamó lleno de satisfacción mirando al despedazado Guardián.

Komir gimió malherido y se derrumbó.

Hartz corrió a socorrer a su amigo.

Kendas comprobaba las dos mitades del cuerpo del Guardián muerto con ojos analíticos, escrutando cada ápice de aquel ser reseco y marchito. Todo fluido había sido consumido en él hacía ya mucho tiempo. Parecía más un ser momificado que uno que en algún momento distante en el tiempo hubiera poseído vida alguna. Asti y Aliana se acercaron hasta él. La Sanadora había trabajado denodadamente durante horas para sanar las terribles quemaduras que había sufrido su cuerpo. Kendas no se explicaba cómo Aliana había conseguido usar su Don en medio del terrible dolor que sufría. Aquello le habría costado horrores. Estaba exhausta. Su rostro parecía extremadamente pálido y sus ojos marcados por oscuras ojeras así lo constataban. Las quemaduras sobre la carne joven, habían sido graves y por ello requerirían ahora de tiempo de sanación prolongado. Así se lo había explicado la Sanadora. Por desgracia, dejarían algunas feas marcas sobre su piel, que Aliana no podía borrar con su Don. Las cicatrices marcarían para siempre su cuerpo, como incontestable testimonio del señalado día que se enfrentaron al grandioso volcán y sobrevivieron. Kendas sintió lástima por la valiente Sanadora.

Aliana se sentó en el suelo y cerró los ojos. Asti la ayudó a recostarse para que descansara. Kendas no pudo más que sonreír a la joven Usik. La delicada Asti parecía tan fuera de lugar entre ellos, en medio de aquel paraje inhóspito, que Kendas sentía una necesidad constante de protegerla de los peligros que los rodeaban. Una necesidad inconsciente que había comenzado en la huida de territorio Usik y que veía acrecentar cada vez más, sin él poder evitarlo. De todos los componentes del grupo, ella era la más frágil e indefensa y cuanto mayores eran los peligros a los que se enfrentaban, mayor era la necesidad que Kendas sentía de proteger a la joven de piel de eucalipto. Mientras contemplaba los delicados rasgos de la joven esta le miró a los ojos y le devolvió una sonrisa tenue. De inmediato desvió la mirada a un lado.

Kendas se preguntó contrariado qué hacía la joven Usik allí, envuelta en aquella situación tan adversa que en cualquier momento podría costarle la vida. «Se ve arrastrada por la situación, por la concatenación de situaciones adversas. Lo mismo que me sucede a mí. ¿Qué es lo que hago yo aquí? Eso debería plantearme, y muy en serio. Debería estar luchando por mi patria en el campo de batalla, como Lancero Real que soy. Esta búsqueda desventurada nada tiene que ver conmigo. Es algo que concierne a Komir y a Aliana, no a mí, o a Rogdon. Pero prometí al Príncipe Gerart que rescataría a Aliana y hasta que la lleve de vuelta sana y salva no puedo abandonarla, por mucho que mi corazón de soldado desee volver y defender mi patria. Y ahora Asti… debo protegerla a ella también… es como un indefenso pajarillo rodeado de depredadores, no sobrevivirá a esta locura en la que estamos inmersos. He de permanecer con el grupo y proteger tanto a Aliana como a Asti. Nada malo ha de sucederles, por mi honor de Lancero Real».

Komir se dolía en voz baja. Se recuperaba de la lucha contra el Guardián apoyado contra la pared y no tenía buena cara, parecía totalmente extenuado. Hartz conversaba con él. La batalla había dejado a Komir completamente destrozado.

La noche llegó y el grupo descansó sin pensar en nada más que no fuera dormir. Al día siguiente, largas horas pasaron hasta que comenzaron paulatinamente a recuperarse de la terrible experiencia sufrida.

A media tarde, Aliana se puso en pie con dificultad y recogió el grimorio de tapas doradas de las momificadas manos del Guardián muerto. Lo examinó con cuidado, pasando las hojas con suma delicadeza, como temerosa de que los símbolos Ilenios fueran a desaparecer al ser acariciados por sus dedos.

—Es igual al que encontramos en el Templo de la Tierra —dijo Aliana sin despegar la vista del tomo.

—¿Puedes entender su contenido, interpretar lo que en él está escrito? —preguntó Kendas.

—No, por desgracia no puedo descifrar esta simbología, me es totalmente extraña y ajena.

—A quien necesitamos para esa labor es a Lindaro —señaló Kayti.

—El bueno del hombre de fe estará rezando en el Templo de la Luz de Ocorum. Está un tanto lejos… —dijo Hartz.

—¿Alguien más aquí sabe algo de la simbología Ilenia? —preguntó Kayti.

Todos guardaron silencio.

Komir se puso en pie con la ayuda de Hartz, parecía que el cuerpo apenas le aguantaba. Avanzó un par de pasos y se detuvo. Hartz lo sostenía con un brazo a la espalda de su amigo.

—Ya habrá tiempo para estudiar ese tomo arcano. Estoy seguro de que encierra conjuros de gran poder, pero ahora no es el momento. Tenemos cosas más urgentes para resolver —dijo el Norriel.

Kendas vio algo en los ojos de Komir que le hizo preguntar:

—¿A qué te refieres, Komir?

Komir se dirigió a sus compañeros.

—Los medallones nos han traído hasta este lugar perdido, alejado de la mano de las diosas, en medio de los desiertos más profundos. Casi perecemos en las dunas, nos hemos enfrentado a un gigantesco volcán en erupción y a un Guardián Ilenio. Todo ello por un único motivo, con una única intención… para llegar a este Templo Ilenio… a esta cámara mortuoria… para hallar…

—El Medallón del Fuego… —dijo Aliana reflejando entendimiento en su rostro Y señalando con el dedo índice el sarcófago en vivos colores carmesí.

Komir sostuvo en la mano el medallón que le colgaba al cuello y mirándolo mientras se acercaba al sarcófago dijo:

—Eso es lo que los otros dos medallones, sus hermanos, querían que halláramos. El motivo último lo desconozco, pero no hay duda alguna en mi mente, en mi alma, de que nos encontramos en el Templo del Fuego de los Ilenios y es el Medallón del Fuego lo que hemos venido a buscar. Ayúdame, Hartz, acércame al sarcófago.

Hartz ayudó a su amigo y Komir estiró el brazo introduciéndolo en el sarcófago donde descansaba el Rey Ilenio, el Señor del Fuego.

Kendas se acercó al sarcófago, muy intrigado por ver el cuerpo momificado, pues Aliana le había relatado todo lo acontecido con el medallón del Templo de Tierra que la Sanadora llevaba consigo y desde entonces la curiosidad le picoteaba el espíritu como un pájaro carpintero un tronco donde anidar.

Komir apartó el polvo y la suciedad que cubría el pecho del gran señor de los Ilenios y el medallón quedó a la vista. Era muy similar a los otros dos medallones pero en este caso la joya era de un color carmesí, como si de un enorme rubí se tratara. Kendas quedó conmocionado por el tamaño de aquella joya, y la belleza de la gema. ¡Debía valer una fortuna en oro!

Komir lo cogió en la mano.

El medallón al cuello del Norriel brilló con intensidad.

Komir chilló de dolor y soltando el medallón dio un paso atrás.

—¿Qué te sucede, Komir? —preguntó Aliana mientras corría a su lado.

—¡Quema! El medallón… quema…

—¡Maldita magia Ilenia! —resopló Hartz sujetando a su amigo.

Aliana sanó a Komir haciendo que el dolor de la quemadura desapareciera.

—Mira por donde, parece que el medallón no quiere que lo coja Komir… —señaló Kayti con marcada ironía.

Komir lanzó una mirada furibunda a la pelirroja.

—Puede que se deba a que ya es el Portador del medallón del Éter —razonó Aliana.

—En ese caso no deberías cogerlo tú tampoco, Aliana —señaló Kendas.

—Muy probablemente tengas razón, amigo mío, pero debo pasar la prueba —dijo Aliana, y sin esperar la reacción del resto, se abalanzó sobre el sarcófago y agarró el Medallón del Fuego. El

Medallón de Tierra al cuello de la Sanadora refulgió y el grito de dolor de Aliana no se hizo esperar.

—Pero seréis cabezones ¡no toquéis el medallón! —ladró Hartz.

—¡Tenemos que cogerlo! Para eso hemos venido hasta aquí, ese es el propósito final de este viaje. ¡Alguien tiene que cogerlo! —bufó Komir con gesto contrariado y la rabia formándose en su boca.

—Esto no tiene sentido alguno… —dijo Aliana mirando a todos los componentes del grupo— Komir tiene toda la razón, hemos sido conducidos hasta aquí para hacernos con el medallón del Fuego, el nuevo Portador ha de hallarse entre nosotros.

—¡A mí ni me miréis! —graznó Hartz.

—Lo intentaré yo… —se presentó voluntaria Kayti. Hartz de inmediato la miró con ojos de temor pero Kayti le hizo un gesto con la mano para que desistiera. La pelirroja se acercó al sarcófago.

Todos guardaron silencio, como en trance, esperando a que la oficial de la Hermandad de la Custodia lo intentara.

Kendas pensó que eliminados Komir y Aliana, tenía todo el sentido que la pelirroja fuera la elegida. Era la más capacitada: inteligente, audaz, con carácter, perteneciente a una Orden secreta que la había preparado para descubrir objetos de poder, versada en materias arcanas, excelente luchadora… Sí, tenía que ser Kayti la nueva portadora, Kendas estaba seguro.

Kayti alargó la mano y cogió el medallón. De inmediato lo soltó con un gruñido sacudiendo la mano, intentando aliviar el intenso dolor.

—No, no soy yo... —dijo entre dolida y decepcionada. La cara de Hartz, sin embargo, se iluminó como un farol.

—Vaya… —señaló Kendas sorprendido— Estoy seguro de que yo no puedo ser, pero lo comprobaré —dijo el Lancero y así lo hizo.

El dolor al sujetar el medallón fue tan intenso que Kendas pensó por un instante se hallaba aferrando una brasa candente. Lo soltó de inmediato.

—¡Maldita sea, si el Rogdano tiene agallas yo no seré menos! —rugió Hartz, y como una exhalación agarró el medallón con su enorme mano derecha. El aullido de dolor que emitió retumbó por toda la cámara.

Cuando Hartz terminó de maldecir, el silencio volvió a cubrir la cámara.

Todas las miradas se volvieron hacia una persona.

El último componente del grupo.

—No, no ser yo —protestó Asti mostrando en sus ojos el terror que un aullido en una noche sin luna ejerce sobre una niña perdida en el bosque.

—Sólo quedas, tú, Asti —le dijo Aliana esgrimiendo una sonrisa tranquilizadora— No temas, nada te sucederá. Has de ser tú. Acércate y coge el medallón, no tengas miedo, no te quemará.

—No querer. Yo Usik, yo no Portador. Magia mala.

—¡Bien dicho! —ladró Hartz con los brazos cruzados sobre el pecho. Kayti, que se había situado a su lado, le propinó un codazo en las costillas.

—No temas, amiga, cógelo —repitió Aliana con voz dulce y se acercó hasta la Usik para acompañarla.

Kendas contempló, con el corazón algo acongojado, como ambas mujeres se acercaban al sarcófago. Aliana mediante un gesto con la cabeza animó a Asti. La Usik miró a la Sanadora y confiando en ella aferró el medallón en su mano derecha. Todos contuvieron la respiración, expectantes.

Nada sucedió.

—No doler… —dijo Asti, y los rostros del grupo se relajaron de inmediato, las sonrisas aparecieron.

—¡Es ella, Asti es la Portadora! —proclamó Aliana.

Kendas sintió un gran alivio, la joven Usik no había sufrido daño alguno. Sin embargo, una sombra empañó aquel momento, pues Kendas era consciente que la vida de Asti no volvería nunca a ser la misma a partir de aquel señalado momento en el tiempo. Ahora era una Portadora y la Magia Ilenia entraba en su vida. Nada para Asti volvería a ser lo mismo. Nada.

Komir cayó derrumbado al suelo, esbozando en su rostro una enorme y chocante sonrisa.

—No ha sido en vano... —dijo sobre la pulida superficie de roca—, no ha sido en vano.

Kendas comprendió el motivo de la singular sonrisa y extraño comportamiento del Norriel: el descomunal peso que desaparecía de sus hombros. Komir los había conducido a todos hasta allí, embarcándolos en un viaje lleno de peligros y sufrimiento en el que casi perecen. Encontrar una razón que lo justificara, debía representar un alivio tremendo para Komir al que las circunstancias estaban claramente sobrepasando.

Aliana corrió al lado de Komir y le dijo:

—¡Estábamos en lo cierto! Los medallones nos han conducido hasta aquí por una razón, una razón que en realidad creo es doble: encontrar el perdido Medallón del Fuego y desvelar a su portadora —dijo mirando a Asti, que se colgaba el medallón al cuello con manos temblorosas. Kayti la ayudó a abrocharlo. La magnífica joya de color rubí emitió un destello tan vivo que llenó toda la cámara.

Asti abrió los ojos de par en par, sorprendida y temerosa.

—Sentir magia dentro de pecho. Yo miedo —dijo asustada.

—Tranquila, Asti, nada malo te sucederá —intervino de inmediato Aliana para calmarla—. El medallón debe de estar interactuando con tu energía interior... y eso quiere decir...

—Que es poseedora del Don —finalizó Komir.

Kendas quedó boquiabierto, no había reparado en ello, pero tenían razón. Según le había contado Aliana, para poder interactuar con el medallón uno debía estar dotado del Don, de lo contrario los medallones no podrían invocar la magia Ilenia, o eso era al menos lo que ella había deducido de sus vivencias y las de Komir. Asti había sido bendecida con el Don... aquella criatura tan frágil y asustadiza... Aquello preocupó todavía más a Kendas. Komir era un guerrero excepcional y podía enfrentarse a cualquier peligro; Aliana era una Sanadora, era valiente y una experta tiradora con el arco. Pero Asti… Asti no era más que un frágil cervatillo, indefenso ante el poder del mal y el peligro que constantemente les rodeaba. Y aquel medallón nada bueno podía traerle… Debía protegerla, ahora más que nunca…

Aliana extendió las manos hacia Asti, esgrimiendo en su rostro una sonrisa tranquilizadora. La Usik la miró y de inmediato la tomó de las manos esbozando a su vez una tímida sonrisa. En ese momento, ambos medallones al cuello de las dos mujeres brillaron con viveza.

—Ya empezamos… —se quejó Hartz negando con la cabeza.

Aliana, liberando la mano derecha se la ofreció a Komir. El joven Norriel se acercó hasta ellas y tomó la mano extendida. Asti le ofreció la otra y los tres quedaron cogidos de las manos formando un círculo. Al cerrarse el círculo los tres medallones brillaron simultáneamente, cada uno luciendo su tonalidad característica: marrón el de Aliana, cristalino el de Komir, y rojo rubí el de Asti. Todos quedaron hipnotizados, observando lo que sucedía. Los medallones comenzaron a emitir destellos a diferentes intervalos; a Kendas le dio la impresión de que estuvieran… comunicándose… hablando entre ellos... Pero aquello no podía ser, o quizás sí, el Lancero no sabía ya qué pensar. De repente los destellos cesaron y en medio del círculo que los tres formaban, una neblina comenzó a levantarse. La neblina dio paso a una imagen que fue tomando forma cada vez con mayor nitidez, como si de un sueño de verano se tratara. Kendas discernió entonces a dos mujeres y, centró toda su atención en ellas pues...

¡Ambas portaban un medallón Ilenio al cuello!

Una era una bella Masig, inconfundible por su piel rojiza y aspecto salvaje; sin embargo, la otra joven tenía la piel pálida, era más pequeña y de cabello corto, parecía pertenecer a alguna orden por la singular túnica que vestía mostrando un enorme ojo en el pecho.

—Es la Masig con la que ya habíamos comunicado —identificó Aliana.

—Sí, pero ¿quién la acompaña? —quiso saber Komir muy intrigado.

Kayti, dando un paso hacia el círculo y contemplando la imagen, apuntó:

—Sus dos medallones más los tres aquí reunidos suman cinco medallones. Los cinco elementos. Tierra, Fuego y Éter están aquí, por lo que ellas deben de portar los medallones del Agua y el Aire. No creo que me equivoque al presuponer que la razón por la cual los medallones nos muestran esta imagen de las otras dos portadoras es que desean reunirse con sus hermanos —dijo señalando con el dedo a la imagen en la neblina.

—¿Con qué fin? —preguntó Kendas intentando dar sentido a todo aquello.

Komir torció el semblante.

—No lo sabemos, pero está unido a mi destino… algo de lo que Amtoko, la bruja de mi tribu, ya me advirtió hace tiempo… mi destino está ligado a un evento de grandísima importancia. Un destino que no puedo rechazar o escapar ya que representaría el fin de mi Tribu. Amtoko cree que un mal de inmensas proporciones se avecina y sumergirá a todo Tremia en un dolor abismal y un sufrimiento como el que no se ha conocido antes. Miles de personas perecerán. Muerte, destrucción y sufrimiento cabalgan hacia nosotros, una oscuridad devastadora se cernirá sobre todo Tremia por más de cien años. Eso me auguró. Ese es el terrible destino contra el cual debo luchar sin descanso. Por ello debemos seguir adelante, hay que reunir los cinco medallones antes de que la oscuridad y el dolor lleguen hasta nosotros de forma irreversible.

—Así lo creo yo también —corroboró Aliana sin dejar de mirar la imagen.

—En ese caso poca elección tenemos… —dijo Kayti.

—Si es que creemos a la bruja Norriel y su premonición catastrófica… —dijo Kendas algo escéptico.

—Nadie odia más la magia y todo lo que la rodea que yo —dijo Hartz señalándose a sí mismo con el dedo pulgar—, pero puedo aseguraros que cuando Amtoko, la Bruja Plateada, algo intuye, rara vez se equivoca, por no decir nunca.

—¿Qué más prueba necesitas, Kendas? Estás en presencia de tres medallones Ilenios, conjurando magia arcana y ancestral —dijo Kayti—. Para mí es suficiente testimonio. Estoy de acuerdo con Komir y Aliana. Algo se gesta, algo de proporciones apocalípticas y consecuencias aciagas, mi intuición me lo dice, y el despertar de esos medallones así me lo confirma.

Kendas dudo un instante, intentando poner orden a sus pensamientos y asimilar toda la información que había recibido.

—Tenéis razón, debemos continuar adelante y encontrar a las otras dos portadoras. Se cumpla o no la profecía de la bruja, debemos al menos reunir los cinco medallones y ver qué es lo que de ese encuentro se desprende.

—Todos de acuerdo, entonces —dijo Komir.

Poco a poco la imagen en la neblina comenzó a disiparse y las dos portadoras en ella visionadas se desvanecieron como si pertenecieran a un mundo intangible, lejano y ajeno. Al cabo de un momento el vacío volvió a reinar en medio del círculo que Asti, Aliana y Komir formaban.

—La visión ha finalizado… Y ahora ¿cómo salimos de aquí? —preguntó Kendas contemplando las paredes de la cámara mortuoria— No hay salida de esta sala a excepción de la puerta por la que accedimos y ahí afuera nos espera el terrible volcán en plena erupción. Salir sería una locura, moriríamos todos.

—Debe de haber una salida en algún lado —dijo Hartz mirando a su alrededor.

Se acercó hasta una de las paredes y comenzó a palpar la pulida superficie con sus enormes manos.

—Seguro que hay alguna grieta o resorte oculto que descubre una salida. No puede ser que estemos atrapados para siempre en esta tumba con esa momia reseca y el cadáver de su maloliente Guardián.

Kendas imitó al gran Norriel y comenzó a inspeccionar otra de las paredes, su sentimiento era el mismo que el del grandullón Norriel:

no podían estar atrapados allí, alguna escapatoria de aquel lugar tenebroso debía existir. Tenían que encontrarla, como fuera. Siguiendo el ejemplo de ambos hombres, Kayti comenzó a inspeccionar la pared más alejada. Buscaron con detenimiento a lo largo de todas las paredes hasta que tuvieron que darse por vencidos. La cámara era hermética. La única salida existente daba directamente al volcán que continuaba rugiendo en el exterior como un dios guerrero malherido.

—Utilicemos los medallones —aventuró Komir—. Quizás ellos con la magia Ilenia puedan indicarnos una salida. Estamos en el interior de un Templo Ilenio, aquí el poder de los medallones debería ser absoluto.

—Nada perdemos por intentarlo —dijo Aliana con una leve sonrisa.

Volvieron a formar el círculo juntando las manos.

—¿Qué hacer ahora? —preguntó Asti insegura, mirando a Komir y luego a Aliana.

—Cerrad los ojos y pensad en una forma de salir de aquí, en una salida —aconsejó Aliana.

Los tres portadores se concentraron y todo el grupo guardó silencio, expectante. A Kendas aquel intento le dio la sensación de ser muy desesperado, pero era el momento de soluciones drásticas y desesperadas, las realistas ya las habían agotado. Confió en que sus amigos obraran un milagro que les sacara de allí, aunque a ojos de un soldado como él, aquello era mucho pedir. Las situaciones críticas no se solventaban con magia, sino con inteligencia, valor y audacia. Aun así, deseó la mejor de las fortunas a sus amigos en el intento.

Un silencio sepulcral llenó la sala.

Nada sucedió.

Kendas negó con la cabeza, estaban condenados…

De repente, el medallón de Komir emitió un destello blanquecino. Le siguió un destello marrón del medallón de Aliana y al cabo de un momento se les unió el destello rubí del medallón de Asti. Ninguno de los tres portadores abrió los ojos, permanecieron concentrados. Kendas se maravilló al ver la magia Ilenia nuevamente en acción. No sabía qué era lo que estaba sucediendo pero tenía la certeza de que algo pasaba. Los medallones destellaron pero esta vez de forma simultánea, tres veces consecutivas, alumbrando toda la estancia con un color indeterminado compuesto por la mixtura de las tres tonalidades de los medallones.

Un hueco y sonoro *crack* se escuchó en el centro de la cámara, bajo el altar sobre el que descansaba el sarcófago.

El rasposo sonido de la roca desplazándose sobre la roca llenó la cámara.

Kendas, con la boca abierta de puro asombro, vio como todo el altar se desplazaba a la derecha dejando a la vista un pasadizo secreto esculpido en el suelo.

—¡No me lo puedo creer! —exclamó Hartz rompiendo la concentración de los tres portadores que abrieron los ojos al instante. Sin pensarlo dos veces, espada en mano, se precipitó por las escaleras de piedra, bajando por el pasadizo. Kendas lo siguió sin perder ni un momento para prestar ayuda en caso de que el grandullón encontrara peligro.

Pero lo que hallaron en el subsuelo bajo la cámara funeraria dejó a Kendas estupefacto.

Habían descendido a una sala de pequeñas dimensiones cuyas paredes brillaban con un resplandor dorado que iluminaba toda la estancia, como si estuvieran compuestas de mineral de oro.

Hartz contemplaba boquiabierto algo tan insólito como espectacularmente bello.

En la pared más alejada, un enorme artefacto mágico, como un gigantesco anillo de oro esculpido sobre la pared de roca, refulgía con enorme intensidad. Era más grande en amplitud que el propio Hartz. El fabuloso anillo había sido tallado en la roca y cientos de extraños símbolos Ilenios lo conformaban. Pero lo que dejó sin habla a Kendas fue, en realidad, el interior del anillo. Al principio pensó que se trataba de un gigantesco espejo, ya que el interior era de un color plateado brillante. Pero al mirarlo más detenidamente, se dio cuenta de que la superficie no reflejaba imagen alguna. Y lo que terminó por dejarlos anonadados fue una onda que se desplazó por la superficie del interior del anillo, como si de un lago plateado se tratara.

—Que me aspen si entiendo esto… —dijo Hartz.

El resto del grupo se reunió con ellos y todos observaron atónitos el extraño artefacto Ilenio. Las ondas que surgían del centro se expandían hasta morir en los bordes del enorme anillo dorado.

—No poder ser, lago de plata en pared —expresó Asti poniendo palabras al asombro de todos con acertada simplicidad.

—¿Qué creéis que es? —preguntó Komir inseguro.

—Tiene que ser algún tipo de salida. Eso es lo que hemos estado pidiendo que nos mostraran los medallones —dijo Aliana.

—Desde luego un espejo no es aunque bien lo parece —señaló Kayti mirando la plateada superficie a una distancia prudencial, como temerosa de que el objeto la tragara.

—Sólo hay una forma de saberlo —dijo Hartz, y sin más contemplaciones, y ante el asombro de todos, introdujo la mano hasta la muñeca en la ondulante superficie plateada.

—¡Hartz, qué haces! —exclamó Kayti loca de preocupación.

—Comprobar qué es esta cosa —dijo el grandullón tan tranquilo, recuperando la mano y mirándola para cerciorarse que seguía unida a su brazo.

—¡No hagas tonterías! —le amonestó Kayti furiosa.

—¿Qué tonterías? —dijo Hartz un momento antes de introducir la cabeza en la superficie plateada.

La cabeza desapareció, como si se hubiera sumergido en el agua viscosa de un estanque argente, mientras el resto del cuerpo se quedó allí, donde estaba, ante el asombro de todos.

—¡Hartz! —gritó Kayti fuera de sí, y lo empujó hacia atrás, con el rostro frígido de pavor. El grandullón retrocedió y su cabeza reapareció, intacta, unida al tronco. Kayti le puso las manos en la cara, como queriendo cerciorarse de que seguía en su sitio.

Hartz sonrió a su dama.

Al ver la sonrisa del Norriel, Kendas resopló de alivio, estaba ileso.

El rojo de la furia subió por las mejillas de Kayti. Levantó la mano para golpear al grandullón, pero se contuvo en el último instante.

Hartz volvió a sonreír y le lanzó un beso a Kayti. Se giró hacia el grupo y explicó.

—He visto otra cámara… como esta... muy parecida, con otro artefacto como este, al otro lado —dijo Hartz con tono jovial—. Está ahí… pero no está ahí… es extraño, no sé cómo explicarlo. Creo que este artefacto es en realidad una salida, un túnel, a otra cámara, en un lugar lejano pero conectado a este… Esa impresión me ha dado.

—¿Qué opináis? —preguntó Komir al grupo— ¿Nos arriesgamos a cruzar al otro lado? No quiero ser yo quien tome la decisión esta vez. No quiero conduciros nuevamente a algún peligro y arriesgar vuestras vidas en mi obstinación por seguir adelante. Lo que penséis expresadlo ahora libremente.

Aliana se situó junto a Komir y mirándole a los ojos le dijo:

—Yo iré contigo. Mi destino está unido al tuyo. Donde tú vayas, te acompañaré y veré nuestros destinos cumplirse.

Al expresarlo en voz alta y oír sus propias palabras, Aliana se dio cuenta de que había algo más, de que no deseaba separarse del Norriel y aquello provocó que pensara en Gerart. La vergüenza la envolvió, su corazón se sintió culpable por la pequeña traición a aquel que sus deseos había estado colmando. Pensó en el apuesto Príncipe, ¿qué sería de él? Recordó su caballerosidad y honradez, ¿dónde estaría ahora?

Y mientras aquellos pensamientos la llenaban, su medallón Ilenio brillo de súbito con un potente destello marrón.

El anillo de oro del artefacto Ilenio comenzó a girar, las runas que lo componían giraban con él y tres de ellas se situaron sobre la parte superior.

Todos miraron el artefacto arcano confundidos.

Komir miró a Aliana y ella no pudo más que encogerse de hombros, pues no sabía qué era lo que había sucedido.

—Parece que lo has activado, Aliana —dijo Kendas.

—Pude ser sí. Creo que deberíamos entrar. Si el peligro nos rodea, lo desafiaremos juntos, como hemos hecho hasta ahora. Debemos continuar y ese portal Ilenio es la única salida de esta cámara. No podemos volver atrás. Por ello creo... estoy convencida, debemos cruzarlo.

Aliana miró a Kendas y este asintió. A continuación miró uno por uno al resto de compañeros y todos asintieron en silencio.

—Decidido está. Entraremos en el portal. Que la Madre Fundadora Helaun nos proteja de lo que al otro extremo nos aguarda en las sombras.

Traición

Lasgol despertó con un gran sobresalto e intentó ponerse en pie. Un mareo atroz le sobrevino y según se levantaba volvió a caer al suelo. No sabía dónde se encontraba y miró a su alrededor desconcertado. A su lado yacía la joven bibliotecaria, y junto a ella, el Sacerdote de la Luz. Estaban inconscientes, pero vivos. Oteó los alrededores algo inseguro y aturdido. Se encontraban sobre la orilla este del Gran Lago… Al contemplar la gran masa de agua azulada los recuerdos volvieron a su mente a sopetones.

¡El gran torbellino! ¡La cueva submarina! ¡La cámara mortuoria del Señor del Aire!

Pero ¿dónde estaban el Asesino e Iruki? ¡Maldición, habían escapado! Allí no había huella alguna de su presencia.

—¿Qué sucede? —preguntó Lindaro desde el suelo con cara descompuesta.

—De alguna forma… hemos aparecido sobre la orilla del lago… —intentó explicar Lasgol con expresión confundida.

—Es un auténtico milagro de la Luz —dijo el hombre de fe mirando al cielo.

—Más bien magia Ilenia, apuntaría yo —señaló Sonea que despertaba en aquel momento.

—Sí, eso también —dijo Lindado sonriendo mientras se ponía en pie y se sacudía la suciedad y el barro de su sencillo hábito.

—Yo he de continuar la persecución, el deber me espera, por lo que sois libres de seguir vuestro camino —les dijo Lasgol recuperando su arco y cargándolo a la espalda.

Lindado miró a Sonea y esta le devolvió una mirada llena de incertidumbre.

—Si no es demasiado pedir… nos gustaría acompañarte, Rastreador. Verás, Sonea y yo no somos muy buenos exploradores…

y sin víveres, y rodeados de soldados y otros peligros naturales... no creo que sobrevivamos mucho tiempo, para ser sincero.

Lasgol frunció el cejo.

—No podéis venir conmigo, me entorpeceríais y, lo que es peor, nos pondríais a los tres en peligro. Debo dar caza al Asesino y es un hombre extremadamente peligroso. No puedo cargar con vosotros, lo lamento.

—¡Pero no puedes dejarnos aquí! —protestó Sonea— Nos condenas a una muerte segura. No sobreviviremos sin tu ayuda, somos estudiosos, no guerreros ni exploradores.

—Ese no es problema que me incumba y bastante tengo con los míos propios.

—Ayúdanos, te lo ruego, únicamente hasta salir del territorio de los Mil Lagos. Esto es un laberinto de bosques y lagos. Nos perderemos. Además, no podremos evadir las patrullas que sin duda nos buscan —imploró Lindaro.

—¿Qué clase de ser humano abandona a dos desvalidos a su suerte? —le reprochó Sonea dirigiéndole una mirada ácida y acusadora.

Lo último que Lasgol deseaba era que aquellos dos lo acompañaran, únicamente entorpecerían la persecución y pondrían en riesgo su vida. Pero una vez más, su maldita conciencia le jugaba una mala pasada. No le permitía abandonarlos a su suerte. Una suerte que Lasgol adivinaba sería nefasta casi con total seguridad. «Soy el más memo de los hombres. No consigo entender por qué he sido maldecido con esta conciencia que no me permite hacer lo que cualquier persona racional haría en esta situación: marchar y dejarlos aquí. Pero no, yo no me lo perdonaría nunca, sus muertes me perseguirían el resto de mis días. Los dioses de las Nieves han decidido hacer de mi vida una de la cual mofarse y divertirse. Debo ser el bonachón más irrisorio de todo Norghana y los dioses deben estar riendo a carcajadas».

—Seguidme en silencio y cuando digo en silencio ¡lo digo en verdad! —exclamó muy irritado.

Lindaro y Sonea sonrieron, casi aplaudieron, como si la salvación hubiera descendido desde los cielos a buscarlos.

Lasgol negó con la cabeza mientras refunfuñaba para sus adentros. Le llevó un buen rato calmarse y cuando finalmente lo consiguió, comenzó a inspeccionar la zona en busca de rastros que poder interpretar. Se dirigió hacia el sur y luego al oeste sin abandonar la orilla del lago, seguido en silencio por los dos estudiosos a una distancia prudencial. Un sol de tonos anaranjados comenzaba a descender sobre el lago, como si deseara bañarse en las refrescantes aguas y apagar su ardor eterno. Finalmente, Lasgol logró hallar el rastro que buscaba. Distinguió con claridad las huellas de pisadas de Iruki y junto a ellas el sutil, casi etéreo, caminar de Yakumo.

Y un tercer par de huellas.

Las discretas pisadas de Morksen.

¡La muy sabandija sin entrañas!

—¡Me ha traicionado! —exclamó. Leyendo las huellas dedujo que se había llevado a los dos prisioneros hacia el este cruzando el escarpado bosque de abetos.

—¿Qué sucede? —preguntó Lindaro inquieto.

—¡Esa serpiente traicionera me la ha jugado! —exclamó Lasgol enfurecido.

—Menuda sorpresa… —dijo Sonea con una mueca despectiva.

—Sabía que intentaría algo, pero no creí que se atreviera a traicionarme de esta forma. La muy rata apestosa.

—No los lastimará... ¿verdad? —preguntó Lindaro preocupado.

—Mucho me temo que no dudará ni un instante en hacerlo si el viento no sopla a su favor. Espero que Iruki no se deje llevar por su temperamento salvaje o se verá en serias dificultades. Morksen es un hombre amoral y ventajista, no dudará en deshacerse de aquello que lo entorpezca en la consecución de su objetivo. Si quieres ayudarlos reza a tu Luz porque necesitarán de ella.

—Démosle caza —sugirió Sonea como si en aquel instante ella se hubiera convertido en experimentada cazadora de hombres.

Lasgol la miró con expresión de incredulidad. Sonea enrojeció al instante.

—Yo les daré caza. Vosotros dos seguiréis mi rastro en la distancia. Morksen es extremadamente peligroso y no dudará en utilizaros en mi contra si la ocasión se presenta. Dejaré un rastro claramente identificable tras de mí, no tendréis dificultad en seguirlo. No os desviéis del mismo o correréis el riesgo de perderos, o lo que es peor, toparos con soldados Zangrianos de patrulla o alguna bestia salvaje de estos bosques.

—No nos desviaremos un ápice —dijo Lindaro asintiendo con la cabeza.

—De acuerdo, entonces. Debo ponerme en marcha, me llevan demasiada ventaja.

Lasgol comenzó a correr en dirección al bosque cuando Sonea le gritó:

—¡Gracias, Lasgol! ¡Te debemos la vida!

El Guardabosques Norghano se giró, miró a la pequeña bibliotecaria un instante, y asintió en reconocimiento. Un suspiro después se internó en la maleza del bosque.

Iruki sintió el hiriente filo del cuchillo de caza sobre su cuello y se quedó inmóvil. A su espalda, Morksen la atenazaba con fuerza, una mano a la cintura y la otra amenazando con degollarla.

—Si vuelves a intentar cualquier tontería, ella muere —le dijo a Yakumo que, con las manos atadas a la espalda, miraba a Morksen con un brillo letal en sus ojos negros. Morksen apretó aún más el cuchillo y una gota de sangre se deslizó por el cuello de Iruki.

La tensión entre ambos hombres era tal que podía palparse.

Iruki sabía que intentar algo ahora sería su muerte. Aquel cerdo sin entrañas era extremadamente peligroso y escurridizo.

Yakumo dio medio paso atrás, hasta donde le permitía la longitud de la soga que la ataba a Iruki. Ambos prisioneros estaban unidos por la cintura con nudos expertos.

—Así me gusta, buen chico. No olvides quién manda aquí.

Yakumo asintió lentamente, como ejecutando una pequeña reverencia.

Morksen escupió a un lado.

—Te recuerdo, Asesino, que a ella no la necesito. Sólo a ti. Puedo deshacerme de su molesta presencia en cualquier momento, en cuanto me plazca. Ni se dará cuenta, un rápido y certero corte y morirá en un abrir y cerrar de ojos. No lo olvides, Asesino. Ella vivirá mientras me sea útil. Así que será mejor que no intentes ninguna estupidez. Con o sin Don, Asesino o no, no eres lo suficientemente rápido para evitar que la mate. Recuerda bien eso. Te lo aseguro, la muerte se me da muy bien, llevo muchos años ejerciéndola. Soy un maestro.

—El camino es largo... y estaremos alerta... —amenazó Iruki.

—¡Calla, zorra Masig! O te degüello como a un conejo ahora mismo.

Yakumo lanzó una mirada centelleante a Iruki, una mirada llena de preocupación, y esta comprendió que no era momento de forzar la peligrosa situación. Decidió callar y esperar el momento oportuno. Un momento que ella aguardaría con paciencia y ansia.

—¡Date la vuelta! —ordenó Morksen a Yakumo.

Yakumo obedeció y se giró lentamente, manteniendo el contacto con los ojos de Iruki hasta finalizar el giro. Iruki viendo la honda preocupación en los ojos negros de su amado sintió una punzada de dolor en el pecho. ¡Cuánto lo amaba… cuánto deseaba estar con él, ser libre para cabalgar las estepas a su lado, libre para amarlo toda la noche bajo la luna llena! Daría cualquier cosa para que aquellos deseos se cumplieran.

Morksen miró a su espalda de reojo.

—Vamos a avanzar a ritmo. Lasgol pronto vendrá a buscarnos y sería muy feo por mi parte dejarme atrapar como un novato por vuestra culpa. No, eso no sucederá. La recompensa por tu captura, Asesino, mía es. Únicamente mía. El General Rangulself ha ofrecido una gran suma de oro por tu entrega y pienso cobrarla en su totalidad. No voy a compartir semejante premio con ese estúpido, idealista y honorable idiota de Lasgol, no, de eso nada. El muy cretino puede cobrar en rectitud si así lo desea, pero el oro es mío y con nadie lo compartiré. Y ahora avancemos, la noche llega y tenemos mucho camino por delante.

Iruki sintió que Morksen retiraba el cuchillo de su cuello y suspiró. Había estado muy cerca de morir a manos de aquella hiena Norghana. Debían escapar, no podía permitir que entregaran a Yakumo a los Norghanos. Algo debían hacer, la posibilidad para escapar se presentaría tarde o temprano, era cuestión de esperar al momento preciso. El hedor del aliento putrefacto de Morksen la golpeó y le provocó una arcada.

—Andando, zorra esteparia, y no olvides que no aparto los ojos de tu espalda ni un instante.

Un escalofrió mezcla de asco y miedo le recorrió la columna.

Quizás el momento no llegaría.

Lasgol halló el rastro sin demasiada dificultad y aquello le sorprendió. Morksen era un rastreador experto, considerado infalible cazador de hombres, y por algún motivo que escapaba al entendimiento de Lasgol, no estaba ocultando el rastro con el cuidado que la situación exigía. «Sin duda Morksen sabe que iré tras él. ¿Por qué entonces no trata de ocultar su rastro de forma concienzuda? Casi da la impresión de que ni siquiera pone el mínimo esmero necesario en ello. No tiene sentido…». Quedó observando las huellas y reconoció de inmediato las de Morksen, guiando a Iruki frente a él. Por delante de ellos dos, distinguió las del Asesino, aquellas huellas que eran prácticamente imposibles de detectar si Yakumo así lo deseaba. «Demasiado evidente, demasiado fácil. Aquí sucede algo».

Alzó la mirada y oteó el espeso bosque de álamos. Se adentró con cuidado y activó su poder conjurando la habilidad Camuflaje. Quedó estático y en silencio. Su cuerpo comenzó a fundirse con el entorno, como si de un camaleón se tratara, adaptando y asimilando los colores de la vegetación a su alrededor. Tras un momento se volvió prácticamente invisible al ojo humano, eso sí, mientras no realizara movimientos bruscos.

Se adentró en el bosque y avanzó siguiendo las huellas de los tres fugitivos hasta una cañada descubierta por la que descendía un riachuelo de aguas cristalinas. Junto al riachuelo descubrió a Morksen, de cuclillas, llenando de agua el pellejo. Algo más atrás, Iruki peleaba con las ataduras intentando soltarse del árbol al que la había sujeto. Sin embargo, de Yakumo no había rastro, lo cual preocupó seriamente a Lasgol. Preparó el acercamiento y con extrema cautela comenzó a moverse, buscando sorprender por la espalda al veterano y traicionero guardabosques. Se desplazó muy despacio, agazapado, en silencio absoluto, acechando como un gran depredador. Llegó a situarse a dos palmos de la espalda de Morksen sin que este le descubriera. Se preparó para sorprenderlo cuando escuchó una voz.

—Está a dos palmos de tu espalda, Morksen.

A Lasgol se le heló la sangre. Era la voz de Yakumo.

Morksen se giró de inmediato y desenvainó su cuchillo de caza.

—No consigo verte, Lasgol, pero si el Asesino dice que estas ahí, seguro que así es.

Lasgol no entendía qué estaba sucediendo ¿acaso Yakumo estaba colaborando con Morksen? ¿Pero por qué razón? ¿Por qué ayudaba a aquella serpiente? ¡No podía ser!

Y entonces Morksen volvió a sorprender al Rastreador: en lugar de luchar, corrió a esconderse tras Iruki.

¿Qué demonios estaba sucediendo allí? Lasgol estaba completamente confundido. De entre las sombras de dos grandes álamos apareció Yakumo, haciéndose ahora visible. Lasgol no se movió aunque era consciente de que el Asesino lo había detectado usando su poder oscuro, el mismo que había usado para desaparecer entre las sombras de los árboles y que Lasgol no lo descubriera.

Morksen e Iruki miraban en su dirección, intentando situarlo pero Lasgol sabía que no podían verle.

Con sumo cuidado armó el arco apuntando a Morksen, que se escudaba tras la joven Masig.

—Te está apuntando —avisó nuevamente Yakumo. Aquello terminó por desconcertar a Lasgol por completo. ¿Por qué avisaba el Asesino a su enemigo?

Morksen se ocultó totalmente tras Iruki, sin permitir a Lasgol un tiro limpio. Aún así, Lasgol podía arriesgarse utilizando su habilidad Saeta Buscadora, si bien el riesgo era elevado y podría matar a Iruki de fallar.

—Acaba con él ¿a qué esperas? —ladró Morksen al Asesino.

Lasgol miró al Asesino y vio el destello rojizo de su magia sombría siendo invocada. ¿En verdad me va a atacar en lugar de acabar con esa sabandija traicionera? ¡No tiene sentido! ¿Qué hace?

El Asesino con un movimiento rapidísimo le lanzó dos cuchillas plateadas a una velocidad vertiginosa. Lasgol las vio volar hacia su pecho y con angustia contenida interpuso el arco en la trayectoria haciendo uso de sus Reflejos Mejorados. Las dos cuchillas se clavaron en la madera y debido al brusco movimiento Lasgol quedó al descubierto.

—¡Así que estás ahí! ¡Ahora no escaparás! —exclamó Morksen triunfal.

—Debí dejar que te ahogaras cuando tuve la oportunidad, sabía que lo lamentaría.

—Pero no lo hiciste, jefe, perdiste la oportunidad —señaló negando con la cabeza y sonriendo sarcástico—. Y ahora lo pagarás caro. Eso ocurre con los hombres de nobles ideales, mucho honor, mucha valentía, pero por desgracia no suelen llegar a vivir demasiado, tal y como se cumplirá en tu caso. ¡Mátalo he dicho! —volvió a dirigirse al expectante Asesino.

Iruki se revolvió.

—¡No lo mates, Yakumo! Te lo ruego. Sabes que aplaudiría con gusto la muerte de cualquier cerdo Norghano, no son más que una raza de violadores y asesinos sin escrúpulos. Pero no de esta manera, no sirviendo a otro Norghano. Si lo matas sirviendo a este perro rabioso estarás volviendo a matar siguiendo las órdenes de hombres viles y sin entrañas. Ese no es el camino hacia la redención. Si haces lo que esta escoria Norghana te pide, tu alma volverá a ennegrecerse, perderás esa semilla de esperanza que plantamos. No lo permitas, mantente fuerte, no le obedezcas. Hazlo por mí…

—¡Calla, perra de las estepas! —la amenazó Morksen.

—No tengo elección… —dijo Yakumo con voz apagada blandiendo las negras dagas de muerte.

Lasgol soltó el arco y desenvainó sus dos espadas cortas en un movimiento raudo.

—¿Por qué no tienes elección? ¿Por qué no le has atacado ya? —preguntó perplejo a Yakumo.

—Porque yo soy quien tiene un as en la manga, y soy yo quién controla la partida —dijo Morksen con tono triunfal mostrando un pequeño recipiente de madera—. ¿Sabes lo que contiene? ¿No, verdad? Pues te lo diré, jefe, es un potente veneno de mi propia elaboración. ¿Sorprendido? Mucho me temo que sí —dijo sonriendo con la boca torcida en un gesto de regocijo—. Es una afición que mantengo bien oculta, que nadie conoce, nadie con vida, eso es, y que me sirve bien, extremadamente bien, desde hace años.

—La ha envenenado —explicó Yakumo intranquilo.

Lasgol comprendió por fin la situación, el difícil chantaje que estaba sufriendo Yakumo.

—Y únicamente yo puedo proporcionarle el antídoto, ya que sólo existe uno y lo he elaborado yo mismo con mucho esmero… —dijo Morksen con su sucia sonrisa manchándole el vil rostro.

—¡No tiene el antídoto, no le creas Yakumo! Es un engaño más de esta apestosa hiena —dijo Iruki rabiosa.

—¡Ja! Pero sí que lo tengo, fierecilla —dijo Morksen volviendo a sonreír y mostrando otro recipiente cerrado, lo sacudió ante los ojos de Iruki y se lo llevó a la boca—. Haz aquello para lo que has sido creado, Asesino, mata a Lasgol o destapo el antídoto y lo derramo. A tu princesa Masig sólo le quedan unas pocas horas de vida, tú decides, Asesino.

Yakumo miró a Iruki y luego a Lasgol. Apretó las empuñaduras de sus negras dagas.

—Espera, Yakumo —intentó detenerlo Lasgol—. Tiene que haber otra solución. Matarnos entre nosotros mientras ese cerdo lo disfruta no puede ser la única salida. En parte tiene razón en lo que ha dicho. Me guían un honor y una lealtad que cada día me cuesta más mantener. No puedo cerrar mis ojos ante la barbarie que mis compatriotas están cometiendo en Rogdon. Matan a niños y viejos por igual, saquean cuanto sus codiciosos ojos alcanzan a ver, violan a mujeres indefensas, destruyen cuanto les place… Es una deshonra y una carga que me está socavando el alma. Me veo forzado a trabajar con serpientes viperinas y traicioneras como Morksen. ¿Y todo con qué fin? ¿Por orden del Rey? ¿Del gran Thoran que desde su castillo en las heladas montañas de Norghana dirige una venganza injustificable? ¿Por el bien del reino? No, no lo creo… Cada día creo menos en ello. No deseo matarte, Asesino, no deseo causar ningún daño a Iruki. No me importa ya si eso contradice mis órdenes, si va contra lo que se espera de mí. Vamos, Yakumo, no luchemos, busquemos una salida juntos. Sé que podemos.

—¡Mátalo ahora mismo o la degüello! —amenazó Morksen situando su cuchillo de caza al cuello de Iruki— ¡Mátalo te digo!

Yakumo miró a Lasgol un tenso instante.

Y se abalanzó sobre él.

Lasgol sabía que no podría vencer al Asesino en un combate cuerpo a cuerpo. Las artes oscuras y habilidad de que disponía para llevar la muerte a los oponentes eran incomparables. Aquel hombre era demasiado letal. Lasgol rodó el ataque y sintió como una de las dagas le alcanzaba el hombro. Las dagas volaron hacia su cuello realizando arcos de muerte a una velocidad prodigiosa. Lasgol se defendió bloqueando con sus espadas cortas. El Asesino volvió a cortarle, esta vez en la mejilla. La sangre comenzó a descenderle por la cara. No podría defenderse mucho más. Sus bloqueos eran cada vez un poco más tardíos y los ataques del Asesino más veloces.

De repente, el Asesino desapareció frente a sus ojos, evaporado en el aire, dejando a Lasgol atónito, y volvió a aparecer a su espalda.

«Maldición…».

Lasgol se giró para defenderse pero, como había temido, era demasiado tarde. Las dos dagas negras volaron y lo desarmaron, sus espadas cortas cayeron al suelo.

Quedó indefenso.

El Asesino lo miró un instante.

—¡Acaba con él! —gritó Morksen rabioso.

Lasgol miró al Asesino, sus ojos negros eran inescrutables.

Una daga cortó el aire y lo alcanzó de pleno en el pecho.

Lasgol cayó hacia atrás con el pecho abierto.

—¡Sí! ¡Mátalo! ¡Mátalo! —volvió a gritar Morksen eufórico.

El Asesino se abalanzó sobre Lasgol y volvió a cortarle en el pecho.

—¡Síiiiiiiiii! —exclamó Morksen en éxtasis.

Yakumo se levantó lentamente del cuerpo de Lasgol y se giró hacia Morksen. Comenzó a andar en su dirección.

—¿Qué haces? ¡Quieto! —ordenó Morksen.

El Asesino dio un salto tremendo por el aire y con una voltereta se plantó tras Morksen.

El veterano y aguerrido guardabosques no se achicó. Se giró por completo e interpuso a Iruki entre él y el Asesino.

Lasgol se miró el pecho y vio con enorme sorpresa que los cortes mortales eran en realidad dolorosos pero superficiales, Yakumo no lo había matado. Alzó la vista y se encontró con su arco. Con la velocidad de un experto tirador lo armó y apuntó a la cabeza de Morksen.

—Si das un paso más… ¡la rajo! —amenazó Morksen a Yakumo.

El Asesino se detuvo, miró a Lasgol y le hizo un gesto afirmativo.

Morksen, intuyendo que algo sucedía, giró la cabeza a su espalda.

La saeta de Lasgol lo alcanzó de pleno en el ojo bueno y le atravesó el cráneo.

«Muere, maldito» sentenció Lasgol.

Mago

Komir cruzó el portal y sintió una extraña sensación seguida de un dolor agudo que le recorrió todo el cuerpo, un intenso calambre generalizado que lo dejó sin respiración, como si todos sus músculos se hubieran atrofiado tras un esfuerzo extenuante. No le quedaba ni un ápice de fuerza en el cuerpo. Quedó absolutamente indefenso, intentando no perder la espada y el cuchillo de caza que llevaba en las manos y que apenas podía sujetar. Contempló la fosca sala rectangular en la que se encontraba. Sobre las paredes lucían jeroglíficos Ilenios tallados sobre pulidas superficies. Un lúgubre silencio lo envolvía todo. Aquel lugar parecía abandonado, como si nadie hubiera puesto pie allí en años, en centurias...

Un zumbido sordo a su derecha hizo que Komir girara la cabeza y vio a Hartz aparecer del portal. El gigantón, con una mueca de dolor en la cara, intentaba sujetar su gran espadón y parecía que lo iba a dejar caer en cualquier momento.

—Pero... qué... demonios... —balbuceó el grandullón.

—Es el efecto... de cruzar el portal... —respondió Komir que comenzaba a recuperar algo de fuerza en sus miembros aunque todavía no podía siquiera moverse. Por desgracia, el dolor no remitía.

Otro zumbido anunció a Komir la llegada de Kendas a su izquierda, que al igual que ellos dos quedó afectado por los singulares efectos físicos de traspasar el portal.

Transcurrió un buen rato hasta que los tres compañeros se recuperaron completamente.

—¿Alguna idea de dónde estamos? —preguntó Komir soltando un resoplido de alivio tras recuperarse de la dolorosa experiencia.

—No... si pudiéramos preguntar al medallón de Aliana... —dijo Kendas estudiando la sala.

La Sanadora se encogió de hombros.

—A mí no me preguntéis —dijo Hartz encogiéndose de hombros.

—Será mejor que investiguemos… —sugirió Komir, y los tres cruzaron la cámara con mucho cuidado, atentos a cualquier indicio de peligro.

—Aquí hay unas escaleras —dijo Kendas señalando junto a la pared opuesta al portal, al otro lado de la estancia.

—¿A dónde llevan? —preguntó Hartz.

—Al techo, pero está tapiado… —respondió Kendas.

—No parece haber otra salida de este lugar… —dijo Komir después de que recorrieran toda la cámara— Esperemos al resto del grupo y veamos si encontramos la forma de subir.

Cuando todos hubieron cruzado y después de recuperarse de los efectos adversos de la experiencia, se dirigieron a las escaleras. Hartz y Kendas intentaron levantar la trampilla sellada empujando con sus espaldas pero fue en vano.

—Puff… imposible… —dijo Hartz dándose por vencido.

—Komir, será mejor que probéis con los medallones, esa escalera parece tapiada por medios arcanos —dijo Kayti comprobando el techo.

Aliana se acercó hasta Komir y sonriendo le ofreció su mano. Komir la tomó respondiendo a la sonrisa. Extendieron sus manos hacia Asti y esta se unió a ellos. Los tres portadores formaron un círculo con las manos entrelazadas.

—Concentraos en encontrar vuestra energía interna y una vez la halléis pedid al medallón para que abra la trampilla sellada —dijo Aliana.

Komir no tuvo dificultad en hacerlo, cada vez le resultaba algo más fácil encontrar su poder. El medallón de Komir emitió un destello cristalino al que siguió uno de tonalidad marrón del medallón de Aliana y finalmente se produjo el destello rubí del medallón de Asti. La magia Ilenia comenzaba a conjurarse. Los medallones brillaron una vez más, de forma simultánea esta vez, llenando de luz la abandonada estancia.

Un «*crack*» rocoso se escuchó sobre sus cabezas, seguido del ruido de roca siendo arrastrada sobre la roca. Una abertura apareció al final de las escaleras.

Con una enorme sonrisa de satisfacción Hartz subió al piso superior espada en mano.

—Espera… cabeza de… —intentó detenerlo Kayti, pero era demasiado tarde.

Hartz subió las escaleras a la carrera y apareció en una estancia iluminada por lámparas de aceite. Aquello lo extrañó. Si estaban en un templo Ilenio o algún otro lugar de origen Ilenio, no podía haber lámparas de aceite encendidas, eso hasta él podía razonarlo. Aunque debía reconocer que últimamente sus ideas estaban siendo muy buenas, brillantes incluso. Quizás no era tan bruto después de todo…

Algo se movió a su derecha y Hartz se giró para enfrentarse al peligro.

—¡No muevas ni un pelo, maldito Mago! —gritó amenazando con su mandoble Ilenio a una figura en oscura túnica con un tomo en la mano.

La figura dio un paso atrás de la sorpresa y se desmoronó al suelo.

Hartz quedó completamente perplejo. ¿Había matado al Guardián del susto? No, aquello no podía ser, ¿o sí? Echó un vistazo rápido a la estancia y se le hizo vagamente familiar… Otra figura apareció bajo la puerta con un báculo en una mano y un tomo en la otra. Vestía una larga túnica gris con capucha y Hartz no pudo verle el rostro pero no tuvo la menor duda de que se encontraba ante un Mago. Algo en sus entrañas, así se lo indicaba. Sin pensarlo dos veces y gritando a pleno pulmón se lanzó a la carga con la intención de ensartarlo antes de que pudiera conjurar algún hechizo malévolo.

Pero no llegó a tiempo.

El Mago alzó el báculo y apuntando en la dirección de Hartz lanzó un velocísimo conjuro.

Hartz sintió un cono de frío gélido alcanzarle el cuerpo. El frío era tan intenso, tan glacial, que pensó le congelaba el alma. Miró al

Mago un instante antes de quedar congelado en vida y perder la consciencia.

—¡Nooooooo! —gritó Kayti que acababa de alcanzar la estancia— ¡Te mataré! —chilló, y echó a correr hacia el Mago seguida de Kendas a corta distancia.

El Mago murmuró entre dientes y señalando a Kayti con el báculo conjuró un torbellino de aire que lanzó volando a la pelirroja hasta el fondo de la estancia. Quedó tendida tras el duro impacto.

Kendas, al ver aquello, dudó. No llegaría a tiempo, aquel Mago era demasiado rápido. Miró alrededor y vio un altar con un sarcófago similar al que acababan de dejar atrás en el Templo del Fuego. El Mago apuntó con su báculo en la dirección de Kendas y este de un salto se escondió tras el altar. De repente, se vio circundado por un anillo de fuego abrasador que le impedía moverse de su refugio.

Komir ascendió las escaleras y Aliana y Asti se situaron junto a él. Contempló la escena con el corazón en un puño. Miró al Mago e instintivamente supo que debía protegerse de la magia enemiga.

—¡Es un Mago, protegeos! —les dijo a sus dos compañeras con tono alarmado.

El Mago alzó el báculo.

Tres destellos, provenientes de los tres medallones, cada uno de su intrínseca tonalidad elemental, iluminaron la sala.

El Mago conjuró.

Tres esferas protectoras se alzaron alrededor de los portadores.

El conjuro enemigo no tuvo efecto sobre ellos. Komir resopló de alivio.

Como respuesta, el Mago enemigo levantó una esfera protectora alrededor de su cuerpo.

Un tenso silencio llenó la estancia.

Komir decidió actuar. Desenvainó espada y cuchillo y comenzó a caminar hacia él, confiando en que la esfera lo protegería.

—Espera, Komir —dijo Aliana a su espalda.

Komir se detuvo al instante y la miró intranquilo.

—Lo haremos entre los tres —le dijo ella, y las dos jóvenes avanzaron hasta él.

—¡Tierra! —dijo Aliana sujetando el medallón con su mano derecha. Un rayo de tonalidad marrón salió del medallón y comenzó a atacar la esfera protectora del Mago.

—¡Fuego! —dijo Asti imitando a Aliana y un rayo de tonalidad rojiza salió del medallón de la Usik.

—¡Éter! —dijo Komir y un rayo de tonalidad cristalina, casi traslúcido, atacó la esfera del Mago.

Los tres portadores mantuvieron el ataque mientras los rayos intentaban penetrar la protección. Komir estaba maravillado al contemplar lo que eran capaces ya de hacer con los medallones. «¡Más intensidad! ¡Más!» le pidió a su medallón y el rayo pareció fortalecerse todavía más. El Mago enemigo no conjuraba, lo cual Komir intuyó se debía a que estaba en problemas o estaba conservando su energía para mantener alzado el escudo. Golpeó el suelo con el báculo al tiempo que murmuraba una frase de poder. Una onda bajo el suelo partió desde el punto donde el báculo había golpeado la superficie de roca y avanzó hacia el grupo como una ola subterránea levantando el suelo a su paso.

—¡Cuidado! —les advirtió Kendas señalando el suelo.

Komir vio el suelo frente a él elevarse en una gran ondulación y se dio cuenta angustiado de que la esfera no los protegería de aquello.

No se equivocó.

El suelo bajo los pies de los tres portadores se elevó y los desestabilizó completamente, provocando que perdieran el equilibrio y se fueran a tierra. Komir rodó a un lado y se puso en pie. La esfera que lo protegía de ataques mágicos desapareció y Komir se sintió desnudo ante el Mago. Ahora estaba a merced de la magia de aquel ser. Pensó en utilizar el medallón nuevamente pero viendo que tenía alzada la esfera protectora desechó la idea. Aferró bien su espada y dando un paso adelante se dijo: «Lo haremos al estilo Norriel».

Una voz suave pero firme surgió de debajo de la capucha del Mago.

—Para sostener la esfera activa hay que mantener la concentración. Es un hechizo que requiere de mucho tiempo de estudio para perfeccionarlo y realmente es todo un arte conseguir mantenerlo. Se requieren años de práctica...

Komir, de la tremenda sorpresa de escuchar a un hombre hablar, se detuvo donde estaba.

—Pero claro, tú no sabrías a qué me refiero ¿verdad, joven guerrero? Ya que tú no eres un Mago, ni eres tú el que ha conjurado el hechizo, sino que ha sido creado por ese medallón Ilenio que cuelga de tu cuello.

Komir de inmediato pensó en su enfrentamiento pasado con el Dominador Guzmik. Aquel Mago no era un Guardián Ilenio, como había supuesto en un principio, pero seguro era un Hechicero que buscaba matarlo. Convencido, se dispuso a atacar.

—¡Espera, Komir! —rogó Aliana.

Komir la miró confuso.

—Esa voz... me es familiar... creo que la conozco...

El Mago alzó el cayado y se lo mostró a Aliana.

—¿Y esto... lo reconoces?

Aliana miró el objeto con ojos entrecerrados.

—Es... es... el báculo de poder de...

El Mago se quitó la capucha y Komir vio a un hombre rubio de ojos grises y rostro amable adornado con una leve y dorada perilla. No llegaba a la treintena. Era muy atractivo. Sonreía.

—¡Haradin! —gritó Aliana entra alborozos de alegría— No lo puedo creer, ¡Haradin!

—Ha pasado mucho tiempo, mi querida Aliana —dijo el Mago realizando una pequeña reverencia ante la Sanadora—. Me alegra el corazón hallarte sana y salva.

El hombre de ojos grises giró el báculo en el aire y el anillo de fuego que aprisionaba a Kendas desapareció.

—Seas amigo de Aliana o no, te cortaré el cuello si algo le sucede a Hartz —amenazó Kayti resoluta cojeando ostensiblemente hasta llegar junto al gran Norriel que permanecía congelado en medio de la estancia.

—No has de preocuparte, los efectos de la congelación se desvanecerán por sí solos en unas horas. Nada malo le sucederá —aseguró Haradin—. Puedo acelerar el proceso de descongelación pero hay algo de riesgo al hacerlo.

—En ese caso no lo hagas. Pero si me mientes o algo malo le sucede a Hartz, date por muerto, Mago —dijo Kayti mirándolo con ojos de tigresa.

—Lo mismo digo, Mago —dijo Komir uniéndose a Kayti.

—Os aseguro que nada malo le sucederá —dijo Haradin con confianza.

Aliana se acercó hasta Hartz y situando sus manos sobre la cabeza del Norriel se concentró. Al cabo de un momento miró a Kayti y asintió con una sonrisa. La pelirroja pareció relajarse algo. Aliana se giró hacia Haradin.

—¿Dónde nos encontramos? ¿Qué es este lugar? Creíamos hallarnos en un templo Ilenio, ¿qué haces tú aquí, querido amigo?

Haradin sonrió.

—Y no te equivocas, Sanadora de la Orden de Tirsar. Permíteme... —murmuró una palabra y en el extremo de su báculo apareció una luz blanca que iluminó toda la sala.

Y entonces Komir reconoció el lugar.

—¡Estamos en el Templo de Éter, bajo el Faro de Egia! —exclamó sorprendido— Nosotros ya hemos estado en esta cámara... Pero no encontramos el pasaje secreto bajo el altar.

Haradin asintió.

—Vuestra aparición entre las sombras ha sido realmente impactante. El grandullón casi mata del susto al pobre sacerdote de la Orden de la Luz que estaba inventariando la sala —dijo señalando a la figura desmayada en el suelo—. Por un momento yo mismo he pensado que los propios Ilenios regresaban de las entrañas de la tierra para tomar posesión de este templo.

Haradin despertó al sacerdote de la Orden de la Luz. Se levantó, su rostro estaba tan blanco como si hubiera visto un fantasma aparecer de un sarcófago.

—Hermano Leonius, tranquilo, no hay peligro alguno. Son amigos —le tranquilizó Haradin—. Avise al Abad Dian de que tenemos invitados.

—Sí… por supuesto… ahora mismo —dijo, y salió a la carrera.

Aliana se apresuró a abrazar al Mago Rogdano llena de felicidad.

—¡Qué alegría verte repuesto, querido amigo! —le dijo ella.

—Sí, la última vez que me viste creo que tenía un aspecto lamentable —dijo él dejando escapar una sincera carcajada.

—Fue en los bosques de los Usik, en la huida, estabas medio petrificado…

—Todavía sufro las secuelas, una experiencia verdaderamente horrorosa, no desearía que ningún mortal la sufriera… Por lo que me ha contado Gerart te debo la vida, joven Sanadora.

—¿Gerart? ¿Cómo está el Príncipe, se encuentra a salvo? —preguntó Aliana con una ansiedad precipitada que no pudo disimular.

Komir captó el nerviosismo de Aliana y sintió los celos abrasarle el estómago. Se preguntó si serían fundados.

—Sí, el Príncipe Gerart se encuentra bien y ha estado liderando la lucha contra las tropas Norghanas y Noceanas. Está demostrando ser todo un líder, de un carisma y valor encomiables. Estamos todos muy orgullosos de él, su comportamiento ha sido ejemplar. Digno hijo de su padre.

—Me alegra… oírlo… no sabía nada de él… si había conseguido salir con vida de los bosques de los Usik… —dijo Aliana ruborizándose y al instante intentó disimularlo.

Komir captó el gesto y sintió una extraña rabia contenida creciendo en su estómago.

—Fue una gran torpeza la mía al caer en aquella trampa Ilenia —reconoció Haradin—. La verdad es que no la vi venir, me encontraba tan cerca de conseguir lo que tanto tiempo llevaba buscando que el ansia me cegó. Un error que te aseguro, no volveré a cometer.

—¿Qué es lo que buscabas allí que casi te cuesta la vida, Haradin?

El Mago miró el medallón de Aliana y sus ojos se empequeñecieron.

—Ese medallón tan especial que te cuelga al cuello. Mucho tiempo llevaba tras la pista de los templos Ilenios de los cinco elementos, pero no había conseguido nunca llegar a descifrar su localización. He trabajado durante años intentando encontrarlos, descifrando cada jeroglífico, cada reliquia Ilenia hallada. Sabía de su existencia, pero la suerte me esquivaba. Por fin conseguí hallar la pista que me condujo hasta el Templo de la Tierra en territorio Usik. Allí donde los Ilenios habían enterrado a uno de sus señores, junto a un objeto de inmenso poder… un objeto que yo quería poseer… el Medallón de la Tierra. Que ahora veo, está en tu poder…

—Si lo deseas, tuyo es, Haradin, pero creo que los medallones eligen a sus portadores, por lo que hemos podido comprobar. No sé si te permitirá que lo manipules aunque, por otro lado, tú eres un gran Mago con un poder inmenso con lo que es posible que puedas interactuar con el artefacto Ilenio.

Haradin quedó pensativo. Observaba el medallón con su mirada plateada.

—¿Te importa si lo hago? —preguntó finalmente con algo de excitación en la voz.

—Por supuesto, adelante, Haradin, cómo voy a negarme.

El Mago sonrió y extendió la mano hacia el medallón. Justo antes de sujetarlo se detuvo y cerró los ojos.

—El rechazo del medallón inflige mucho dolor… —le advirtió Aliana.

Un destello azulado partió de la mano del Mago y envolvió el medallón. Haradin lo mantuvo un instante, como analizando el poderoso objeto. Un destello dorado del medallón sorprendió a todos. Haradin se detuvo.

—Razón llevas, Aliana. El medallón me rechaza, incluso utilizando mi poder. No creo que pueda usarlo… no sabes cuánto apena mi corazón… El poder que ese medallón encierra lo percibo en toda su inmensidad. No entiendo por qué razón me niega su poder. Siendo un Objeto de Poder, un Mago debería ser capaz de manipularlo… ¿Por qué razón, tú, una Sanadora, puedes usarlo y sin embargo yo, un Mago, no puedo? No tiene sentido… ¿Con qué fin hicieron esto los Ilenios?

Aliana, incómoda, dio un paso al lado mirando al suelo

—Nosotros… nosotros creemos que… somos los Portadores… que hemos sido elegidos…

—¿Nosotros? —dijo Haradin con las rubias cejas enarcadas.

—Komir es el Portador del Medallón del Éter —dijo Aliana mirando al joven Norriel, que mostró su medallón a Haradin—, Asti es la Portadora del medallón de Fuego —continuó Aliana señalando a la joven Usik.

Asti mostró el medallón a Haradin y dijo:

—Yo ser —Aliana sonrió a su amiga.

Haradin miró a ambos y quedó en silencio.

—Estáis en posesión de tres medallones Ilenios… eso es algo inaudito... —dijo intentando asimilar aquel hecho tan singular—. Es un hallazgo de inmensas proporciones y aún mayores repercusiones.

Se acercó hasta Komir y examinó de cerca el medallón, sin tocarlo. Usó su poder para analizarlo y se apresuró a hacer lo mismo con el medallón de Asti. Al finalizar miró a Aliana y proclamó:

—¡Es el descubrimiento más increíble de los últimos cien años! ¡Más aún, del último milenio! Tres de los poderosísimos medallones de la Civilización Perdida, hallados, siendo portados por tres jóvenes… Es de una importancia impensable. Las repercusiones serán inimaginables.

—Lo siento, Haradin, no te entendemos…—dijo Aliana confundida.

Haradin sonrió y volvió junto Aliana.

—La casualidad no existe, querida Aliana. Si habéis hallado y estáis en posesión de esos medallones se debe a una poderosa razón, a un Destino, no a la casualidad. De lo contrario yo sostendría ahora tu medallón, pero no lo hago. Estoy más capacitado para usarlo pues mi Don es poderoso, y no sólo eso, sino que yo he estudiado a los Ilenios, su magia. Es más, yo lo hallé primero. ¿Pero pude hacerme con él? No, la trampa Ilenia me lo impidió. ¿Puedo hacerme ahora con él aunque tu bondadoso corazón me lo ofrezca? Tampoco, como acabamos de comprobar; ni con todo mi poder ni con todo mi conocimiento puedo hacerme con él. No, no se debe a una casualidad, Aliana, se debe a una razón.

—¿Y qué razón es esa? —preguntó Komir con rostro hosco.

—Me temo, guerrero, que esa es una conversación para más adelante pues mucho hay que entender primero. Es más, ahora que lo pienso, ¿dónde están los Templos restantes y cómo es que habéis surgido aquí? ¿De qué lugar venís?

Komir miró al Mago, no estaba seguro de si fiarse de él o no. No lo conocía, y era un Mago… Por otro lado, era amigo de Aliana. No un simple conocido, sino alguien más cercano, de su círculo de confianza. Si Aliana confiaba en él, quizás él debería hacerlo también. Decidió mantener una actitud cautelosa y, por deferencia a Aliana, contar al Mago lo que sabían. Esperaba no estar cometiendo un error. Recordaba la negativa reacción de Mirkos el Erudito en Silanda cuando se negó a entregarle el medallón.

—Sígueme, Haradin, te mostraré cómo hemos llegado hasta aquí.

Komir lo condujo hasta el piso inferior y le mostró el portal secreto. Kendas los siguió en silencio y se situó a la espalda de Haradin. Aquello tranquilizó algo a Komir. En caso de problemas Kendas le ayudaría. Pero el Mago estaba demasiado fascinado y absorto con el descubrimiento como para representar peligro alguno. Apenas respiraba de la emoción.

—Es un portal, por lo que hemos podido comprobar une los templos Ilenios. No sabemos si algún otro lugar… —dijo Komir.

—Es… maravilloso… el poder de la magia Ilenia es extraordinario.

Haradin comenzó a estudiar las runas inscritas en el anillo del portal ignorando por completo a los dos jóvenes. Komir miró a Kendas y este se encogió de hombros. Por un buen rato el Mago continuó estudiando el portal. En varias ocasiones utilizó su poder, un destello gris recorrió su cuerpo, cosa que Komir percibió con claridad.

—Creo que el portal conduce no sólo a los templos de los cinco elementos sino a otros lugares secretos de los Ilenios por lo que puedo deducir de las inscripciones... Francamente, es un descubrimiento maravilloso, increíble. Daría lo que fuera por descifrar su funcionamiento y poder manipularlo pero me temo que eso llevará un tiempo del cual no dispongo. Arriba, en la superficie, una terrible guerra asola nuestra querida patria y, por desgracia para todos, Rogdon está en graves apuros. Sólo he bajado aquí un momento a petición de los hermanos del Templo de la Luz. Debo volver de inmediato a mis obligaciones como Mago de Batalla del Rey. No puedo quedarme a estudiar este objeto increíble ni las maravillas que se esconden tras él.

—¿Cuál es el estado de la guerra, señor? —preguntó Kendas — Yo soy Lancero Real, servía con el Príncipe Gerart.

Haradin se volvió y miró a Kendas.

—No voy a mentirte, Lancero, la situación es realmente crítica. Silanda ha caído. Norghanos y Noceanos avanzan hacia Rilentor. Pronto llegarán a la capital. La batalla por la ciudad será la más sangrienta jamás vivida en el Oeste de Tremia.

Kendas bajó la cabeza ante tan malas nuevas.

Komir, mientras los escuchaba acarició inconscientemente el medallón, y este emitió un destello cristalino iluminando la cámara.

—¿Cómo has hecho eso, guerrero? —preguntó Haradin mirando a Komir con semblante intrigado.

—No lo sé, realmente… estaba pensando que la sala estaba muy oscura…

—Y el medallón ha creado luz... —replicó Haradin.

—Sí, pero yo no lo controlo, tiene… tiene… vida propia…

—Intelecto, más bien —señaló Haradin—. Y dime, Komir, ¿eres consciente de ser poseedor del Don?

Komir se encogió de hombros.

—Sí... lo soy… no me hace especialmente feliz… pero lo acepto...

—¿Por qué dices eso? El Don es una bendición, un regalo de los dioses.

—Entre los míos, los brujos no son bien considerados.

—Es un Norriel —aclaró Kendas.

—¿Un Norriel, dices? Interesante… muy interesante… Un Norriel de ojos esmeralda, poseedor del Don y un medallón Ilenio colgado a su cuello. Tú no eres un Norriel cualquiera… ¿Qué edad tienes?

Komir algo molesto por el escrutinio tardó un momento en contestar.

—19 primaveras bien cumplidas.

Haradin sonrió y negó con la cabeza varias veces.

—La vida está llena de sorpresas inimaginables, ya lo creo. ¿Cómo es esto posible? Sólo puede ser el Destino, no tiene otra explicación. Tú, Komir, no deberías estar hoy aquí. No deberías haber abandonado las tierras altas. Nuestro encuentro no debería haberse producido nunca.

—¿Por qué dices eso, Mago?

—Porque yo así lo estipulé.

Komir observó a Haradin sin comprender.

Haradin le miró a los ojos y le dijo:

—Tú y yo ya nos conocemos, Komir, hijo de Mirta y Ulis de la tribu Bikia de los Norriel.

Audiencia

Komir avanzaba por el pasillo de la majestuosa sala del trono, seguía los pasos de Haradin, que abría camino llevando del brazo a Aliana. La estancia era de gran elegancia al tiempo que transmitía cierta sobriedad. Toda la ciudad de Rilentor le había causado esa impresión, elegante y grandiosa pero sin llegar a los extremos de la suntuosidad. Komir había quedado muy impresionado al contemplar la capital del reino de Rogdon, no sólo por su belleza y esplendor, sino por lo enorme y populosa que era. Ya Silanda le había sobrecogido por su belleza y dimensiones pero Rilentor era, a todas luces, una ciudad de reyes, esplendorosa y regia.

Al llegar el grupo a la ciudad real, provenientes del faro de Egia, se habían encontrado con una urbe que bullía de actividad frenética preparando el confrontamiento que se acercaba, ya de forma insalvable. Frente a las murallas, los efectivos remanentes del maltrecho ejército de Rogdon, se reagrupaban y aprovisionaban. Los oficiales organizaban nuevos regimientos con los hombres que habían estado llegando desde todas las regiones de Rogdon en las últimas semanas. Soldados, mercenarios, campesinos, pescadores, montaraces, todos eran enlistados a su llegada si eran mayores de 15 años y podían empuñar un arma. El Rey Solin había ordenado alistamiento obligatorio de todo hombre hábil para la defensa final de la ciudad, y las órdenes del Rey se cumplían sin dilación ni excepción alguna. Cualquier hombre que se negara y cualquier desertor capturado, era ejecutado al instante. El Rey Solin no toleraba la cobardía y, mucho menos, la traición.

Se decía en las calles, que el Príncipe Gerart, con una argucia maestra, había salvado la vida de 5,000 hombres en Silanda, hombres condenados a perecer allí y que ahora defendían orgullosos la gran muralla exterior de Rilentor. Los estandartes en azul y plata poblaban todas las almenas de la gran muralla. Komir se preguntó si conseguirían amasar suficientes efectivos para afrontar lo que se avecinaba. Visto lo visto en Silanda, y ante la magnitud del ejército

Noceano, pensó que, desafortunadamente, no lo sería. En el interior de la ciudad era casi imposible dar un paso ante la multitud de Rogdanos que se habían refugiado en la capital huyendo de la devastadora guerra. Komir y el grupo habían tardado casi media mañana en conseguir llegar al castillo real, tal era el atestado estado de las vías y calles de la ciudad. Mientras navegaban la multitud, habían sido partícipes de multitud de rumores y chismorreos que los asustados ciudadanos soltaban al aire. Uno que había hecho mella en Komir aseguraba que un ejército de 60,000 Invencibles de las Nieves Norghanos se aproximaba por el oeste. Komir no quiso dar veracidad a aquel rumor por el bien de todos aquellos desdichados allí refugiados.

Despejó aquellos pensamientos de su mente y siguió avanzando por el pasillo de la sala del trono. Oyó a Hartz carraspear a su espalda y giró la cabeza disimuladamente para observar al grandullón. Avanzaba al lado de Kayti mirando con cara pasmada la realeza que la estancia emanaba. Las paredes estaban decoradas con ricos tapices en azul y plata acompañados de murales de batallas épicas del pasado que colgaban fastuosos. Hartz, impresionado, no les quitaba ojo según caminaban y ni los tirones de Kayti parecían sacarle de su asombro. Detrás de ellos, Kendas y Asti avanzaban sonriéndose sobre la alfombra granate cerrando la comitiva. Por qué Haradin había insistido tanto en que todos le acompañaran a una audiencia con el Rey Solin, era algo que Komir no podía imaginar. Por otro lado, aquel Mago era muy parco en palabras y extremadamente reservado cuando así lo deseaba. Por mucho que Komir le había reclamado que le explicara por qué le había dicho que ya se conocían y cómo era que conocía los nombres de sus padres, sólo había conseguido de Haradin un «cuando el momento sea apropiado, Komir, debes tener paciencia». «¿Paciencia? ¿Paciencia? ¿Después de todo lo que habían pasado? ¿Paciencia él? ¿Él?». Sólo de pensarlo la ira volvió a subirle por el estómago hasta llegarle a la boca. Aquel Mago, por muy poderoso que fuera, mejor le contaba todo lo que sabía o él se lo arrancaría con la espada. No había querido forzar la situación en el Templo del Éter por respeto a Aliana. Pero ahora necesitaba respuestas y las conseguiría, por muy Mago de Batalla del Rey que fuera. Mirando alrededor, se percató de que toda la gran estancia estaba fuertemente custodiada por la

Guardia Real. No era momento para confrontaciones, pero ya habría ocasión…

Llegaron hasta el trono y Haradin se detuvo. Komir identificó de inmediato a sus Majestades el Rey Solin y la Reina Eleuna, sentados en dos majestuosos tronos de madera labrada y lustroso terciopelo con finos bordados de oro puro. Al pie del trono aguardaban un joven de cabello rubio, alto y de hombros anchos, junto a un anciano enjuto de cabellos blancos. Komir se preguntó quiénes serían. El joven vestía una ornamentada armadura completa con coraza en plata y repujada en oro. La luz que entraba por los ventanales provocaba que la armadura brillara como si se tratara de un semidiós guerrero. De los hombros le colgaba una elegante capa azul con el emblema de Rogdon. Entre tanto Guardia Real y noble en armadura y colores del reino de Rogdon, Komir se sentía completamente fuera de lugar.

De repente, el joven, rompiendo todo protocolo echó a correr hacia ellos, hacia Aliana…

—¡Aliana!

—¡Gerart! —exclamó ella.

—¡Estás viva!

El joven se abalanzó sobre Aliana y ambos se fundieron en un prolongado abrazo.

—Feliz reencuentro, según veo —dijo Haradin con una amplia sonrisa.

—Pensé que te había perdido, Aliana… Pensé… que no volvería a verte jamás…

—Yo también temí que algo te hubiera sucedido, Gerart.

—¡No puedo creer que estés aquí, Aliana, es un milagro!

Aliana sonrió al Príncipe.

—¿Podrás algún día perdonarme, Aliana? —dijo Gerart sujetándola de los brazos, intentando mantener la mirada alta pero sin conseguirlo.

—Estamos vivos, Gerart, eso es lo que realmente importa.

Gerart negó con la cabeza, su mirada parecía hundida.

—¿Podrás perdonar mi pobre juicio, el haberte abandonado en los bosques de los Usik aquel terrible día? Yo nunca podré perdonarme.

Aliana miró al Príncipe a los ojos y le dijo:

—Nada tengo que perdonarte, Gerart, Príncipe de Rogdon. Hiciste lo que debías hacer. Por honor, por servicio a la patria. Salvaguardar la vida de Haradin era una prioridad de estado. Nada lamentes, tu decisión fue la correcta y deseo que sepas que lo comprendí y respeto completamente.

—Y este Mago os lo agradece en el alma —dijo Haradin a Gerart realizando una reverencia.

—Kendas me encontró y conseguimos escapar de los Usik —dijo Aliana señalando a Kendas.

El Príncipe se giró y acercándose hasta Kendas lo saludó afectuosamente.

—Amigo mío, cuánto me alegro de encontrarte sano y salvo. La has traído de vuelta, como me dijiste que harías en el río aquel aciago día.

—Alteza —dijo Kendas bajando la cabeza en señal de respeto.

—¿Y la Usik?   —preguntó Gerart a Kendas con rostro contrariado al advertir la presencia de Asti.

—Nos ayudó a escapar, los suyos la persiguen. Ahora está con nosotros, Alteza.

—Se llama Asti y es una buena amiga —recalcó Aliana.

Gerart miró a la Usik un momento, la mirada del Príncipe mostraba desconfianza pero nada dijo.

—Alteza… —comenzó Kendas.

—Adelante, Kendas, habla con libertad —autorizó el Príncipe.

—Lomar… ¿Se encuentra a vuestro servicio? ¿Se halla bien?

El rostro del Príncipe cambió de inmediato al escuchar aquel nombre y una sombra de profundo dolor lo oscureció.

—Mucho me temo, amigos, que tengo muy malas nuevas... Lomar cayó en la defensa del Paso de la Media Luna —dijo con voz quebrada, su rostro mostrando un dolor aún lacerante.

—¡No, Lomar no! —exclamó Aliana y comenzó a sollozar. Haradin la abrazó intentando consolarla.

Gerart puso la mano sobre el hombro de Kendas que a duras penas podía aguantar las lágrimas.

—Murió como un héroe de Rogdon y como tal será recordado. Tenéis mi palabra. De no haber sido por su valor y determinación, Haradin y yo no estaríamos hoy aquí. Le debemos la vida. Su comportamiento fue de una heroicidad inigualable. Murió en mis brazos. Lancero Real hasta el final, héroe, y sobre todo, gran amigo. Nunca le olvidaré, nunca.

—Yo tampoco, Alteza —dijo Kendas aguantando el llanto a duras penas.

Gerart abrazó a Kendas compartiendo con él el dolor que ambos sentían por la pérdida de Lomar.

Un solemne silencio de respeto y dolor tomó la sala.

—Alteza, su Majestad aguarda y los asuntos de estado no pueden esperar... —dijo el frágil anciano de pelo níveo.

—Mi hijo ha olvidado que el protocolo debe siempre ser respetado en la corte —amonestó el Rey Solin a Gerart.

—Disculpadme, padre, me he dejado llevar por la sorpresa. Razón tenéis al igual que el sabio Urien —dijo Gerart que se acercó al anciano.

Al pasar junto a Aliana, Gerart la miró un instante y ella le devolvió la mirada para después desviarla, como avergonzada. Aquel pequeño pero significativo detalle no pasó desapercibido a los atentos ojos de Komir.

—Audiencia con el Rey habíais solicitado y audiencia os he concedido, mi Mago de Batalla. ¿A qué debemos esta reunión que con urgencia habéis convocado? —dijo el Rey Solin.

Komir observó lleno de curiosidad al Rey de los Rogdanos. Era un hombre poderoso de anchos hombros, con cabello largo y oscuro en el que ya se vislumbraban algunas canas plateadas. Aunque estaba sentado, a Komir le dio la impresión de que era muy alto. Tenía los ojos castaños, intensos, y su mirada lanzaba relámpagos. Parecía un guerrero extraordinario, un líder carismático. A Komir le hubiera gustado verlo luchar.

—Gracias Majestad, sé que la situación que atraviesa el reino es crítica y mil quehaceres os aguardan, mi señor, pero lo que deseo comunicaros es importante y creo debéis estar informado.

—Tengo la mayor de las confianzas depositadas en mi Mago de Batalla. Hace años que nos conocemos y nunca me has defraudado, amigo, ni una sola vez. Tu poder y tu inteligencia son una de nuestras mayores bazas contra los enemigos de Rogdon, siempre lo han sido. El reino mucho te debe y en los días venideros, me temo que, gran parte del porvenir de Rogdon recaerá sobre tus hombros. Tengo confianza absoluta en que saldremos victoriosos una vez más, con tu poder y tu saber, amigo mío.

—Gracias, Majestad, os agradezco de corazón vuestras palabras.

—Haradin, os presentáis ante nosotros con un grupo realmente pintoresco. Hacía años que esta sala real no albergaba un grupo tan dispar —dijo la Reina Eleuna pasando la mirada por todo el grupo, uno por uno, y Komir quedó encandilado por la delicada belleza de la dama. Era como si una sublime aureola la envolviera. El cabello le caía a media espalda, dorado como el sol y liso y suave como la seda. Sus ojos eran azules como el mar.

—En efecto, Majestad. Dos Norriel, una Sanadora, una Usik, un Lancero, y una pelirroja de Irinel acompañando a este vuestro servidor. Y es precisamente por ello que he requerido esta audiencia. No es casualidad, en absoluto, que este grupo tan singular y disparejo esté hoy aquí. La casualidad, de hecho, nada ha tenido que ver. Detrás de ello se encuentra una fuerza muy poderosa que no debemos dejar de vigilar. Una fuerza que puede tener una significancia máxima en la supervivencia o exterminio del reino.

—Me pierdes, mi buen Mago, ¿a qué fuerza te refieres? —preguntó el Consejero Urien.

—Al todopoderoso Destino —dijo Haradin.

El Rey Solin se movió incómodo en su trono.

—No sé muy bien qué quieres decir con eso, Haradin, pero desde luego no tengo tiempo para acertijos y mucho menos para el destino. El destino lo crean los líderes y se forja con el acero y la sangre. Eso puedo asegurártelo, amigo.

—En efecto, Majestad, en lo cierto estáis, pero permitidme narraros lo sucedido ya que su importancia enorme es, y debéis conocerlo.

—Como desees, Haradin. Pero recuerda que la paciencia no es una de las virtudes del Rey.

Haradin asintió y miró a Aliana.

—¿Serías tan amable de referir a su Majestad el Rey Solin toda la increíble aventura que habéis vivido? Por favor.

Aliana miró a Haradin, insegura.

—Por favor, querida, es crucial que su Majestad conozca todos los hechos.

Con voz trémula, Aliana comenzó a narrar todo cuanto les había sucedido, incluido lo que Komir le había contado de las aventuras vividas por el grupo del Norriel. La narración cautivó completamente a todos los presentes, como si el mejor bardo de todos los reinos estuviera narrando una batalla épica. Aliana explicó con detalle todas las vivencias, peligros, luchas y descubrimientos experimentados. La familia real no apartaba ojo de la Sanadora, hasta el anciano Urien apenas respiraba de la intensidad con la que atendía al relato. Finalmente, Aliana explicó el viaje a través de los portales Ilenios y el encuentro con Haradin. Cuando finalizó el relato, un silencio de absoluta incredulidad y asombro se adueñó de la sala.

El rey Solin fue el primero en hablar.

—Lo que hoy aquí has narrado, joven Sanadora, nunca vuelvas a relatar, tampoco tú, Lancero Real. Esa información no puede abandonar estas paredes Rogdanas —alzó la mirada hacia los otros componentes del grupo—. Al resto lo mismo os pido. Vuestro monarca no soy, y por lo tanto no me debéis obediencia ni pleitesía. Pero escuchadme bien, si queréis salvar vidas inocentes, nada de esto repitáis a nadie. Si lo descubierto cae en manos enemigas…

Los componentes del grupo se miraron entre ellos sin decir nada.

—Cuando mi hijo regresó de la tierra de los Usiks y me contó lo acontecido incluyendo el descubrimiento del Templo de Tierra de los Ilenios, he de reconocer que no creí que pudiera ser cierto. Pero al despertar tú, Haradin, me convenciste de lo contrario. Lo que hoy aquí se ha dicho, lo que estos jóvenes han vivido, es tan inverosímil que tiene que deberse a un motivo poderoso que no llegamos todavía a entender. Eso lo sé, puedo verlo. Del mismo modo que sé que es información no debe caer en manos de nuestros enemigos.

—Debemos ser cautos y ocultar al mundo estos hallazgos —señaló el Consejero Real Urien—. ¿Haradin, podríamos utilizarlo en nuestro favor en la contienda que se avecina? Nuestras posibilidades de sobrevivir son muy escasas…

Haradin dio unos pasos al frente con las manos a la espalda, meditando la respuesta. Se detuvo frente al trono y dirigió su respuesta al Rey.

—Desconozco cómo podemos sacar provecho de lo descubierto hasta ahora. Sólo ayer he sido partícipe de toda esta información. Necesito más tiempo para estudiar las implicaciones, mi señor. Sin embargo, sí puedo establecer con total seguridad lo significativo de haber hallado tres de los templos secretos de los Ilenios y los medallones que los jóvenes Elegidos portan.

El rey Solin se puso en pie.

—Tiempo es un lujo del que no disponemos, Haradin. Los Norghanos están arrasando el este del reino y pronto llegarán hasta aquí. Los Noceanos están agrupando sus tropas en Silanda y se pondrán en marcha en breve. Disponemos de menos de dos semanas. He mandado llamar a todos los hombres hábiles del reino. Rilentor será sitiada por dos huestes tan numerosas que abarcarán cuanto el ojo alcance a ver, ni un palmo de tierra Rogdana en leguas a la redonda quedará sin ser mancillada por las botas enemigas. La marea invasora todo lo inundará, los estandartes Norghanos al norte y al oeste, los blasones Noceanos llenando el sur, empequeñeciendo el corazón de los bravos Rogdanos escudados tras las murallas de Rilentor. Esta es nuestra última defensa desesperada. Es resistir o morir. ¡Y resistir haremos! ¡Rogdanos somos y aquí resistiremos, hasta el último hombre!

Gerart miró a su padre, el brillo del orgullo relucía en sus ojos.

—Haradin, tres días tendrás para decidir el curso de acción a tomar. Mientras tanto, ultimaremos los contactos diplomáticos y prepararemos la ciudad para el inevitable asedio final. He de intentar convencer a las tribus de las tierras altas para que nos ayuden. El resto de nuestros aliados no se atreven a decantarse en nuestro favor. ¡Malditos cobardes!

Komir se interesó al oír aquello.

—Los Norriel, ¿apoyarán a Rogdon? —preguntó al Rey con voz trémula.

—Tu pueblo no se ha pronunciado aún —dijo Urien.

—Los convocaré —dijo Solin—. Pero si no se han pronunciado ya, me temo que no acudirán en nuestra ayuda. En cuanto a vosotros, consideraos mis huéspedes.

La Reina se alzó.

—Urien, por favor, encárgate de que aposentos adecuados sean preparados para nuestros invitados, aquí en palacio. Necesitarán aseo, ropa adecuada y alimento. Su actual aspecto es claro indicativo de que han sufrido muchas penurias. Hagamos lo posible para que recuperen las fuerzas y se sientan a gusto entre nosotros —dijo con una sonrisa que Komir sintió casi como una bendición.

—Desde luego, Majestad. Así se hará —respondió el Consejero.

—Joven Sanadora —se dirigió la Reina a Aliana, la cual la miró sorprendida—, toda tu Orden, las Sanadoras de la Orden de Tirsar, se han trasladado aquí a la capital para ayudar a las víctimas de esta guerra. Su socorro y esfuerzos en aliviar el dolor que esta despiadada guerra inflige a nuestros súbditos son encomiables, más que eso, son impagables. Tus hermanas trabajan sin descanso, día y noche, aliviando el sufrimiento de los heridos y enfermos. Son una bendición de los cielos.

—Gracias por vuestras amables palabras, Majestad, es nuestro deber, vivimos para sanar al necesitado, es nuestra vocación —dijo Aliana.

—No tengo palabras para agradecer todo lo que tu Orden está haciendo por el reino.

—¿Están todas aquí? ¿También Sorundi, la Maestra Sanadora de la Orden?

—Sí, todas, ella también. Está… está atendiendo a un paciente muy importante… muy gravemente herido… paso el día rezando por él…

Aliana la contempló conmocionada.

La Reina miró a su marido pero este nada dijo.

—Será mejor que vayas a verla… Sorundi te explicará la situación. Quizás… quizás puedas serle de ayuda… como lo fuiste con mi hijo Gerart cuando fue envenenado. Si bien el caso es ahora muy diferente… —señaló la Reina con lágrimas aflorando en sus ojos.

—Por supuesto, Majestad —dijo Aliana realizando una pequeña reverencia.

—Gerart, acompaña a la Sanadora con su Maestra —dijo la Reina.

Nadie habló por un instante y un silencio magno llenó la sala.

—En tres días decidiremos cómo proseguir —sentenció el Rey mirando a Haradin.

La noche se cernía sobre la Torre de Occidente, lugar que Haradin consideraba su casa lejos de su verdadero hogar, allí en la capital del reino. La torre se alzaba majestuosa, adyacente al imponente castillo real de sus seis torres circulares. La torre del Mago, a diferencia de las reales, era más estrecha y oscura, como si las artes místicas con las que en ella Haradin experimentaba la hubieran ennegrecido con el paso del tiempo, mientras las del castillo real permanecían impolutas para disfrute de cuantos en ellas sus ojos posaran. «Tonterías» pensó y subió por las escaleras de piedra en caracol hasta la parte más alta y estrecha de la torre: el palomar. No era exactamente un palomar a la usanza si bien para ello había sido preparada la estancia. Allí descansaban aquellas criaturas tan especiales, criadas para surcar los cielos y volar en busca de unos destinatarios muy concretos y únicos. Se aproximó a una de las aves y con cuidado le quitó la capucha de cuero que le cubría la cabeza. El enorme halcón blanco miró a su amo y el entorno que lo rodeaba con rápidos movimientos de ojos y cabeza. Haradin siempre se maravillaba al contemplar aquellas criaturas tan singulares. Eran más grandes que un águila real y su plumaje tan blanco como el de una paloma. Sin embargo, pertenecían a la familia de los halcones. Eran unos cazadores inigualables y unos mensajeros igual de sobresalientes. Se requería de una maestría muy especial para adiestrarlos pero los Vigilantes llevaban haciéndolo en secreto desde el inicio de los tiempos.

—Es hora de encontrar a tu Vigilante —le susurró.

Ató con cuidado el mensaje a portar a su pata derecha y soltó la cinta de cuero que lo amarraba al pedestal de madera en el que descansaba. El inteligente ave se posó sobre la muñeca de Haradin y esperó. El Mago salió al balcón elevado y respiró el aire nocturno mientras contemplaba los cielos.

—Vuela —le dijo, y lo impulsó con el brazo. El halcón remontó los cielos para desaparecer en la oscuridad.

Haradin repitió la misma operación con otros cuatro de los halcones.

Debía hacer volver a sus hermanos, a los Vigilantes del Enigma. Los necesitaba allí para ayudarle a controlar la muy difícil situación que ya se precipitaba imparable. Tres de los Elegidos, de los Portadores, se habían presentado a su puerta de forma increíble e inesperada. Los acontecimientos eran muy graves… mucho. Haradin contempló al último de los halcones alejarse, esperaba que todos llegaran sanos y salvos a sus destinatarios. Necesitaba a los Vigilantes con él. Los acontecimientos que tanto había temido comenzaban a desencadenarse. La preocupación le erosionaba el estómago desde hacía ya mucho tiempo, sabedor de lo que estaba por venir. Un futuro, un destino, tan negro como el alma de un demonio.

Una singular sensación que identificó de forma casi inmediata lo puso en guardia. Se tensó y agarró con fuerza el báculo. Sentía magia, poderosa, muy cercana, inconfundible. Era como si alguien hubiera lanzado una enorme roca a un plácido estanque en reposo, al estanque de energía en su interior. Las perturbadoras ondas producidas le eran inconfundibles.

—Únicamente un valiente o un loco se atrevería a molestar a un Mago en su torre en medio de la noche. ¿Cuál de los dos eres tú, Komir? —dijo Haradin sin volverse.

—Ambos —contestó Komir con la helada voz de un asesino amoral.

Haradin se dio la vuelta y vio al Norriel aparecer, agazapado entre las sombras del palomar.

—No sé cómo has conseguido burlar a la Guardia Real y llegar hasta mis aposentos. Es toda una proeza, joven Norriel.

—No ha sido tan difícil, Mago.

—Una proeza y una insensatez…

—Quizás, pero me debes respuestas y nada ni nadie me detendrá hasta conseguirlas.

Haradin suspiró preocupado. El joven Norriel se estaba comportando de una forma impulsiva y temeraria. El odio era fuerte en su interior, Haradin lo percibía y aquello entristecía al Mago.

—Komir, yo a nadie nada debo… Deberías medir tus palabras ya que como ofensa podrían tomarse.

—No intentes jugar conmigo, Mago. Sé que tienes información que busco y por las buenas o por las malas, la obtendré —dijo Komir llevando las manos a sus armas.

Haradin se tensó al instante, instintivamente.

—Mucho odio percibo en tu interior, Komir. Si no tienes cuidado, esa ira que te está carcomiendo terminará por devorar tu alma y nada quedará de ti.

—Te agradezco tu preocupación por mi bienestar —dijo Komir con semblante hosco—, pero será mejor que me cuentes cuanto sepas.

—Me apena ver al único hijo de Mirta y Ulis comportarse de esta manera.

—¡No te atrevas a mencionar sus nombres! —gritó Komir, y desenvainó su acero.

Haradin podía ver la ira desmedida centelleando en los ojos del joven Norriel. Debía manejar la situación con extremo cuidado o un desgraciado accidente podría ocurrir. Un accidente que ambos lamentarían.

—Envaina las armas, Komir —le dijo con un tono tan suave y neutro como le fue posible.

Pero Komir no parecía razonar en aquel instante, la ira lo poseía. Haradin giró la muñeca derecha y sobre su palma produjo una llama candente.

Komir dio un paso atrás y su medallón emitió un destello.

—No deseo hacerte ningún daño, Komir. Eso lo sabes. Escucha a tu corazón, no a tu ira.

—Ya, por eso has conjurado la llama…

—No, la he conjurado para advertirte de que el acero nada puede contra la magia.

El medallón volvió a emitir un destello.

—Tu medallón te avisa del peligro, detecta la magia. Sin embargo no sabe qué hacer pues los sentimientos de ira y duda que pueblan tu mente no los puede interpretar —le instruyó Haradin.

Komir sacudió la cabeza y respiró profundamente dejando escapar una prolongada exhalación. En ese momento una esfera protectora lo rodeó.

—Muy bien hecho, Komir. Has conseguido calmarte y el medallón te ha protegido ante mi magia. Ciertamente fantástico el poder y el intelecto de los Ilenios que forjaron tan increíbles artefactos mágicos —dijo Haradin sobrecogido.

Miró un instante a Komir y viendo que parecía algo más tranquilo apagó la llama en su mano.

—Mejor así... —dijo Komir y envainó las armas. Al momento, la barrera defensiva desapareció.

—Mucho podría enseñarte sobre tu Don y como utilizar ese medallón que cuelga a tu cuello...

—No he venido aquí a eso, Haradin.

—Respuestas…

—Sí, respuestas es lo único que me interesa de ti.

—Supongo que algunas puedo ofrecerte —dijo Haradin con tono amistoso viendo que no había forma alguna de disuadir a Komir.

El joven estaba obsesionado y, si respuestas satisfactorias no obtenía, la situación volvería a escalar y era algo que Haradin no deseaba. Por otro lado, tampoco podía revelarle todo cuanto sabía, no en aquel momento, no en aquel lugar. Komir no lo entendería, lo malinterpretaría y habría derramamiento de sangre. Debía elegir con tiento las respuestas a proporcionar al joven Norriel.

—¿Por qué dijiste que ya nos conocíamos?

—Porque así es.

—No recuerdo haberte conocido nunca —dijo Komir con cara de incredulidad.

—Eras muy pequeño, un bebé en realidad, acababas de cumplir un año de vida cuando nuestros destinos se cruzaron.

—Un bebé dices… ¿Fuiste tú quien me entregó a mis padres?

—En efecto, yo fui.

—¿Por qué? —dijo Komir con tal intensidad que Haradin pensó que la ira lo volvería a consumir.

—Antes de nada, permíteme ofrecerte mis más sinceras condolencias. La muerte de tus padres ha sido una pérdida irreemplazable y deja un hondo pesar en mi alma. Eran dos personas incomparables en cuyos corazones sólo había cabida para la nobleza y la bondad. Me consta que te quisieron muchísimo, Komir. Todavía me cuesta creer que no volveré a verlos en su hogar en las montañas.

—¿Por qué? —volvió a repetir Komir, su tono esta vez más tenso y amenazante.

—Mirta y Ulis eran buenos amigos míos. Nos conocíamos hacía mucho tiempo, de mis viajes y expediciones a las tierras altas. Los quería mucho, siempre me dieron la bienvenida en su casa y me mostraron una hospitalidad impagable. Me trataron con gran estima pues sus espíritus bondadosos eran. Antaño recorría la tierra de los Norriel a menudo. Era otra época y yo más joven…

Komir lo miró frunciendo el ceño.

—No te dejes engañar por mi aspecto, en realidad soy bastante más mayor de lo que aparento... En esa época, viajé mucho por las tierras altas y por toda la cordillera, al norte de los dominios de tu pueblo. También visitaba a cierta Bruja que allí mora, para consultar su Don y sabiduría mística. Todavía hoy lo hago, si la situación me lo permite.

—¿Te refieres a Amtoko? —interrumpió Komir extrañado.

—Sí, a la Bruja Plateada, como se le conoce entre los tuyos. Su Don es tan único como escaso. Me ha sido extremadamente útil en varias de mis pesquisas. Además, nos une una buena relación, no diría que de amistad, ya que es una persona muy singular, pero sí de cordialidad y camaradería. Ella mira por su pueblo, sus queridos Norriel, y yo por el mío, los Rogdanos. Nos unen intereses afines y por lo tanto nos ayudamos.

—Continúa con mis padres…

—Como te decía, nos unía una gran amistad. Una noche, cenando, mientras Ulis traía leña para alimentar el lar, Mirta me confesó que su gran pesar en la vida había sido no haberle podido dar un hijo a Ulis. Él nunca se lo reprocharía pues Ulis era un hombre tan noble como honorable, pero Mirta sabía que era lo que el montaraz más deseaba en la vida. No sólo él, ella también hubiese dado lo que fuera por criar un hijo. Nunca olvidaré aquella noche, aquella conversación. Tu madre era una gran mujer, con un espíritu indomable. Toda una matriarca Norriel. Años más tarde, una desesperada noche, caíste en mi regazo. Y al mirarte a los ojos supe al instante lo que debía hacer, a quién debía entregarte, quién te criaría y protegería como si fueras hijo propio. Y así es como me dirigí a las montañas Ampar, a la aldea de Orrio, y te entregué a tus padres. Su felicidad fue inmensa, eso puedo asegurártelo.

—Si es así ¿por qué nunca me dijeron nada? ¿Por qué nunca se lo dijeron a nadie?

—Porque yo así se lo pedí. Fue la condición que puse para entregarte a ellos. Les hice jurar que nunca revelarían a nadie tu procedencia. Me dieron su palabra de Norriel. Y la cumplieron.

—Pero ¿por qué? ¡No lo entiendo!

—Porque tu vida corría grave peligro. El mejor modo de salvaguardarla era manteniendo tu procedencia y localización en secreto. Nadie debía saber dónde estabas o morirías, existía un riesgo latente que no podíamos ignorar. Y Mirta y Ulis cumplieron su palabra, y con ello te salvaron la vida. Por 19 años ningún peligro corriste, pues nadie sabía dónde estabas escondido. En varias ocasiones visité a tus padres en secreto, aguardando el momento en que tú no estuvieras presente. Su felicidad por tenerte no podía ser mayor. Tus padres estaban muy orgullosos de ti, Komir, y te querían más que a la vida. Lo sé porque así ellos me lo dijeron. Eso debes saberlo.

Los ojos de Komir se humedecieron.

—Si sabes que corría peligro, si me llevaste hasta mis padres escapando del peligro, entonces sabes quién me perseguía. No sólo eso sino que conoces quién intentaba matarme y por lo tanto sabes quién mató a mis padres. ¿Quién, Haradin?

Haradin bajó la cabeza.

—La respuesta que buscas, no la tengo, Komir.

—La tienes, Haradin, sé que la tienes. ¿Quién? —volvió a insistir Komir cerrando los puños en crispación.

—Nunca logré averiguar quién deseaba tu muerte. Lo que puedo decirte es que los asesinos a los que me enfrenté procedían de un lugar muy lejano, de otro continente, si estoy en lo cierto. Por ello, deduzco que su amo, quien ordenó tú muerte, también. Los asesinos que derroté para salvar tu vida tenían los ojos rasgados. No son de ninguna raza conocida en Tremia, eso puedo asegurártelo ya que el continente entero he recorrido en mis expediciones y aunque muchas regiones poco conocidas y misteriosas aún existen en este grandioso territorio, nunca hombres de ojos rasgados vi. Por ello siempre he creído que la amenaza procedía de un lugar muy lejano. No he vuelto a cruzar camino con nadie de esa raza. Sin embargo, mis Vigi… contactos, me han informado que el ataque que sufriste recientemente y la muerte de tus padres fue a manos de hombres de esa etnia, guerreros en pieles de tigre blanco de ojos rasgados. De alguna forma que desconozco consiguieron encontrar tu rastro después de tantos años, y volvieron a acabar lo que habían empezado. Alguien muy poderoso desea tu muerte y lleva buscándote 19 años para acabar con tu vida.

—¿Quién? —volvió a insistir Komir, sus intensos ojos esmeralda atravesaban los serenos ojos grises de Haradin como puñales ácidos.

—No lo sé, Komir, si lo supiera te lo diría. Nada gano ocultándotelo. Yo también deseo justicia para Mirta y Ulis, no sólo tú. Por ello te ofrezco mi ayuda. Juntos podemos hallar a quien desea tu muerte y detenerlo —Haradin trató de transmitir sinceridad a Komir, pues cierto era aquello que expresaba si bien el joven probablemente no le creería jamás.

Komir frunció el ceño y empequeñeció los ojos.

—¿Por qué motivo desean mi muerte?

Haradin respiró profundamente y exhaló.

—Eso, Komir, tampoco lo sé. Debes creerme. El quién y el porqué van unidos de la mano. Si averiguamos uno averiguaremos el otro. Alguien te ve como a un enemigo y desea matarte a toda costa. La razón la desconozco si bien poderosa ha de ser.

Haradin sopesó contarle todo cuanto él sabía del destino del joven pero lo desechó de inmediato. Había demasiado en juego, miles de vidas estaban en peligro, no sólo la de los tres reinos en guerra sino todas las vidas sobre la faz de Tremia. No podía confiar el secreto a aquel joven, no estaba preparado. La ira, la sed de venganza lo devoraban. Era demasiado arriesgado. No, no se lo revelaría, no todavía.

—¿En verdad quieres que crea que nada sabes de quién quiere matarme y porqué, siendo tú quien me salvaste? —tronó Komir exasperado.

—No está en mi mano que creas o no mis palabras, aunque sinceras son. Que yo te salvara una mera coincidencia fue. Quizás el motivo sea el medallón Ilenio que al cuello llevas —dijo Haradin señalando el pecho de Komir.

—Si por el medallón fuera, también buscarían la muerte de Aliana, de Asti, y de los otros dos portadores. Sin embargo, sólo han venido tras de mí. ¿Por qué razón, Haradin? ¿Por qué yo?

—Eso, joven Norriel, no lo sé. Pero estoy convencido que es de un importancia suprema. Lo que sí sé, y creo que tú también, Komir, es que tú eres un Elegido, con un destino de gran trascendencia. Y ese destino puede que sea el causante de tu desgracia y dolor. De alguna forma, también creo que está unido a ese medallón Ilenio que cuelga a tu cuello. No puede ser una casualidad. De hecho estoy convencido de que no es una casualidad.

—¿Y si es así?

—Eso es lo que debemos averiguar, antes de que sea demasiado tarde, no sólo para ti sino para todo Tremia.

Cita A Medianoche

Aliana contemplaba al paciente tendido en el lecho con terrible preocupación. Aquel hombre estaba al borde mismo de la muerte. Las heridas eran demasiado graves… No se salvaría, ni con todo su poder ni con el de sus hermanas Sanadoras podría arrebatárselo a la implacable muerte que ya rondaba el cuerpo. Un silencio casi fúnebre flotaba en el aposento señorial. Un silencio lejos de presagiar una buena nueva. Días llevaban las Sanadoras de la Orden de Tirsar atendiendo al febril convaleciente, luchaban sin tregua manteniendo estable el frágil hilo de vida que aún subsistía. Una labor que requería de mucho poder sanador y extremo cuidado. Las hermanas más experimentadas iban turnándose, de no hacerlo, el anciano de blanca barba, moriría. Gerart la había dejado en compañía de sus hermanas hacía unas horas y Aliana observaba la pericia con la que cuidaban al paciente. El volver a ver al Príncipe había desatado un torbellino de sentimientos en su interior. Su pulso se había acelerado desbocado, el calor había tomado sus mejillas, y al mirar sus ojos azules bajo el rubio cabello no había podido más que despedirlo con una ligera sonrisa nerviosa. Por un momento había tenido dificultad para respirar.

Una de sus hermanas pasó junto a ella con una palangana y friegas. Sonriendo le dijo:

—Qué feliz estoy de verte, Aliana. Me ha alegrado tanto hallarte sana y salva. ¡Qué preocupadas nos tenías!

Aliana le sonrió y le acarició el brazo.

Otra de las sanadoras, que Aliana conocía muy bien ya que la había tutoreado, se acercó hasta ella y la abrazó impetuosamente.

—¡Que alegría! ¡Aún no puedo creerlo!

Aliana sonrió a Gena, su querida pupila.

—Siento que el Don es fuerte en ti, Gena. Más de lo que recordaba. Has estado desarrollándolo en mi ausencia, ¿me equivoco?

—Tal y como me enseñaste, Maestra —respondió Gena con una gran sonrisa—. ¡Qué contenta estoy de verte! ¡Es un milagro!

—Qué contentas estamos todas —añadió La Madre Sanadora Sorundi entrando en la habitación y besando las mejillas de Aliana llena de un afecto maternal—. Por Helaun, Madre Fundadora de la Orden, cuan preocupadas nos tenías, y cuánto nos alegramos de tenerte de vuelta entre nosotras. La preocupación nos estaba carcomiendo y la tristeza marchitaba nuestro espíritu. ¡Qué alegría hallarte sana y salva!

—Gracias, Madre Sanadora. Yo también estoy muy contenta de hallarme entre mis hermanas después de tanto tiempo —Aliana miró a sus queridas hermanas, tan fuera de lugar en aquella suntuosa habitación del Palacio Real, tan aplicadas y generosas como siempre.

—Nunca perdí la esperanza, hija mía, siempre la mantuve viva. Me aferré a la ilusión de que de algún modo sobrevivirías, de que encontrarías la forma de regresar. Cuando el Príncipe Gerart nos trajo a Haradin y me contó lo sucedido en la trágica expedición a aquellas tierras lejanas, apenas podía creerlo. Mis hijas Protectoras… muertas… todas, mi niña Aliana, perdida… ¡Qué desgracia, qué horror! Me partió el corazón. Al verte hoy entrar por la puerta, acompañada de Gerart, ha sido como si los cielos se abrieran y un sol maravilloso me deslumbrara y sanara mi corazón herido. Me he quedado sin habla, mi pequeña, no podía creerlo, regresabas a nosotras cuando ya prácticamente te dábamos por muerta. Mi alegría es inmensa, el corazón me rebosa de felicidad.

Sorundi abrazó a Aliana y maestra y alumna aventajada se fundieron en un cálido y tierno embrace.

—Yo también estoy colmada de alegría, Maestra, por volver a estar junto a mis hermanas de la Orden.

—Un momento de enorme felicidad en este mar de dolor que nos rodea nos has traído, mi querida niña, y debemos disfrutarlo por efímero que sea.

—Gerart me ha contado la increíble labor que mis hermanas han estado haciendo, ayudando a sanar a los heridos. La familia real está muy agradecida a la Orden. Gerart también me ha desvelado que los ejércitos invasores se acercan… —dijo Aliana entristecida.

—Esta guerra en la que nos vemos inmersas es un pozo de sufrimiento sin fin. El dolor y la tragedia llueven sobre este reino como púas sanguinarias y pronto la situación empeorará aún más. Por ello nos hemos refugiado en la capital. Ya no estábamos seguras en el templo, nuestro hogar. La costa está siendo saqueada por avanzadillas del ejército Noceano.

—Aquí estaremos a salvo —dijo Aliana esperanzada.

—No lo creas así, Aliana… Pronto asediarán la ciudad. Será un asedio sangriento como pocos y si no media un milagro, mucho me temo que pereceremos… Por ello es crucial salvar a este hombre, no podemos perderlo, su poder es demasiado grande, demasiado importante para la causa Rogdana. Ha de vivir para poder defender Rilentor. Hay que conseguir que sobreviva.

—Rilentor resistirá, estoy segura —dijo Aliana más llevada por la esperanza que por la razón.

—No sin él… —dijo Gerart, que volvía a la habitación en aquel momento—. Si no logramos salvarlo estamos condenados…

Aliana se giró y contempló al Príncipe, tan apuesto y gallardo en su armadura plateada ribeteada en oro. Aquellos sentimientos soterrados afloraron nuevamente en la Sanadora, transportándola una vida atrás, cuando lo había conocido, cuando aquellos sentimientos poderosos habían nacido en ella. No habían tenido tiempo para hablar, la Madre Sanadora, Sorundi, había requerido la presencia de Aliana de inmediato. Gerart se había presentado voluntario para acompañarla. Por los pasillos de palacio, y escoltados por Espadas Reales, el Príncipe no le había transmitido nada de índole personal más allá de su enorme alegría por hallarla con vida. Sin embargo, Aliana podía ver en los ojos azules de Gerart un ansia, un deseo de expresarle algo que a duras penas conseguía controlar. Aliana sabía que no era el momento para ello y que el Príncipe guardaba un silencio que deseaba romper.

—Haremos todo cuanto podamos, Alteza, os lo garantizo —aseguró Sorundi.

—Gracias, Madre Sanadora —dijo el Príncipe acercándose al lecho.

Se sentó junto al anciano y le dijo al oído:

—Aguanta, Mirkos, lucha por tu vida. No dejes que la muerte te lleve. Rogdon te necesita. El Rey te necesita, yo te necesito. Tú eres Mirkos el Erudito, Mago de Batalla del Rey, lucha, debes sobrevivir a esto y reponerte para hacer frente a los Hechiceros Noceanos. Ya vienen… te necesitamos…

El anciano se retorció en la cama. Como si las palabras de Gerart hubieran hecho mella en su ánimo.

La Madre Sanadora Sorundi se situó junto a Gerart y con talante preocupado observó al gran Mago.

—Querida niña —dijo mirando a Aliana—, quizás la Madre Helaun te haya enviado en este momento tan difícil para todos. Tu poderoso Don puede que consiga aquello que no hemos aún logrado.

—Lo intentaré, Madre Sanadora. Haré cuanto en mi mano esté por salvarlo.

—Lo sé, mi niña, nada más puedo pedirte.

Sorundi sonrió con dulzura a Aliana y esta se acercó al lecho donde el Mago luchaba una batalla perdida por seguir con vida. Sudaba copiosamente. Al aproximarse a Mirkos un hedor le golpeó las fosas nasales, como si bajo el lecho hubiera aguas fecales. Aliana giró la cabeza a un lado, se sobrepuso a la impresión y puso la mano sobre su frente. Estaba ardiendo. Algo extraño estaba sucediendo allí. Aquel hedor no era normal, ni tampoco la alta fiebre del Mago tras cuidados tan extensos. Una sensación de inquietud abordó a Aliana.

—Gena, ayúdame, por favor —pidió Aliana a su pupila—. Mantén el hilo de vida estable con tu poder mientras lo examino.

Gena asintió con la cabeza. Ambas Sanadoras posaron sus manos en el pecho de Mirkos y la energía celeste comenzó a fluir desde las dos jóvenes hacia el interior del cuerpo del Mago. Aliana se concentró y dejó su energía fluir por todo el organismo de Mirkos. Observó la energía de Gena manteniendo la vida del anciano y se maravilló de la pericia y poder del Don de su pupila. Aquello la tranquilizó. Gena se encargaría de vigilar que el hilo de vida aún remanente en Mirkos no se quebrara. Aliana examinó las graves heridas, eran prácticamente mortales, sin embargo las hermanas habían conseguido obrar un milagro y estabilizarlas. Pero entonces, ¿por qué no mejoraba? ¿Por qué no parecía poder salir de aquel estado febril? Continuó imbuyendo energía, intentando encontrar la causa. Sabía que en algún órgano permanecía latente un punto de infección, contaminando la sangre con su ponzoña. Lo buscó durante largo tiempo pero no distinguió parte alguna infectada o putrefacta. Aliana quedó muy desconcertada. Si los órganos estaban limpios ¿a qué se debía la fiebre? ¿Qué era lo que estaba infectado?

Mirkos agitó los brazos y el cuerpo en medio de un delirio y dos hermanas acudieron a sujetarlo. Gena consiguió, a duras penas, mantenerlo con vida.

Aliana se dio cuenta de que no les quedaba ya más tiempo. Se concentró aún más y focalizó su poder. Llevaba tiempo consumiendo su energía interior y temió que no tendría suficiente. Pero por fortuna, aquel no era un paciente corriente, era un Mago de gran poder, con un pozo de energía inmenso. Aliana decidió usarlo en lugar de seguir consumiendo el suyo propio. Su optimismo por aquella buena idea se volvió completo estupor al instante. Allí descubrió lo que estaba matando a Mirkos. El pozo de energía del Mago estaba totalmente contaminado, el natural color blanquecino de la inmensa fuente de poder era ahora de un verde amarronado, parecía un estanque putrefacto de aguas pestilentes. Un hedor insoportable trepó por la nariz y garganta de Aliana. La impresión fue tan fuerte que provocó varias arcadas en la Sanadora. La concentración de Aliana se rompió y tuvo que retirarse para poder respirar.

—¿Estás bien, Aliana? —acudió presta Sorundi.

Aliana no podía hablar, las náuseas la dominaban. Consiguió calmarse y recuperar la respiración.

—Estoy… bien… ya ha pasado. Es su poder, su energía, lo que está corrupto, no su cuerpo.

—¿Cómo… cómo es eso posible? —preguntó Sorundi contrariada.

—Creo que yo tengo la respuesta… —dijo Gerart—. Fue atacado por un demonio de sangre invocado por Zecly, el poderosísimo Gran Hechicero Noceano. Mirkos luchó desesperadamente contra él y consiguió derrotarlo, pero el Demonio lo dejó muy malherido, al borde mismo de la muerte. Yo lo rescaté de la muralla y lo llevé al hombro por el pasadizo subterráneo hasta los bosques. Perdía mucha sangre. No pensé que sobreviviría a la huida, pero lo hizo. Es un viejo muy duro de roer.

—En ese caso, el demonio debió, de alguna forma, envenenar su pozo de energía, su poder —dijo Aliana.

—Nunca antes nos habíamos encontrado con algo similar —explicó Sorundi con notable ansiedad y las cejas muy arqueadas—. El acero, la magia, siempre atacan a la carne, al cuerpo, en alguna ocasión a la mente, pero nunca habíamos presenciado que atacara a la energía interior de alguien con el Don. Es algo nuevo y muy alarmante.

—¿Queréis decir que no conocéis la cura? —preguntó Gerart a Sorundi con una gran preocupación en su voz.

—Mucho me temo que no… —respondió Sorundi interrogando con sus ojos a Aliana.

La joven Sanadora respiró profundamente y exhaló un pesado soplido. Volvió a poner sus manos sobre el pecho de Mirkos y concentrándose buscó el enorme pozo contaminado de energía del gran Mago. Llegó hasta él y focalizó su energía sanadora, intentando limpiar aquella infección maligna. Pero su energía nada podía con el terrible mal que corrompía el poder del Mago.

—No puede morir —oyó decir a Gerart, más un ruego que en una afirmación.

Aliana intentó todo cuanto su saber le permitía, todo cuanto le habían enseñado en la Orden pero no conseguía eliminar ni un atisbo de la infección mortal.

«Tengo que encontrar la forma de actuar sobre este mal. Si no lo hago Mirkos morirá y con él las escasas esperanzas que le quedan al pueblo Rogdano. Pero nada de lo que intento funciona, nada. Es como si la infección fuera inmune a mi poder sanador. Debo hallar la forma, de algún modo...».

Y en ese instante de angustia, de deseo desesperado por hallar la cura, el medallón Ilenio comenzó a formar unos extraños símbolos en la mente de Aliana.

«¡El medallón se ha activado! ¡Está conjurando!».

De pronto, la energía celeste de su poder comenzó a cambiar de color, convirtiéndose en un dorado que Aliana de inmediato identificó como magia Ilenia.

«¿Está el medallón realmente conjurando para ayudarme a sanar a Mirkos?

Me resulta difícil de asimilar pues el medallón casi siempre ha generado magia destructiva... ¿Será capaz de invocar magia positiva, sanadora? Mucho me extrañaría, estos objetos de poder Ilenios no parecen creados para ello». Aliana observó la magia del medallón trabajar sobre el pozo y ante su atónita mirada, el estanque infesto comenzó a recuperar su color blanquecino, muy tenuemente al principio, para ir ganando en intensidad. La magia del medallón estaba limpiando la infección. Para ello estaba utilizando su propia energía, que estaba ya prácticamente agotada. Realmente, el medallón no estaba sanando a Mirkos. Tal y como ella había imaginado, el medallón carecía de aquel poder. Pero lo que sí podía hacer el artefacto Ilenio era potenciar el efecto benigno de su magia de sanación. Y era aquello, precisamente, lo que estaba haciendo. Poco a poco el Don de Aliana, potenciado por el medallón, eliminó todo rastro de la infección del pozo de poder de Mirkos. La fiebre comenzó a bajar de inmediato y el viejo Mago dejó de sufrir delirios.

Aliana abrió los ojos. Exhausta pero eufórica y miró a Sorundi y Gerart que la contemplaban expectantes.

—Se salvará. Rogdon todavía mantiene un ápice de esperanza —afirmó Aliana mostrando en su boca una gran sonrisa.

Era casi medianoche cuando Aliana llegó al gran mirador sobre los jardines reales. Sonrió a la luna, alta y coqueta en el despejado firmamento nocturno. Las miles de estrellas que rodeaban a la pálida diosa de la noche parecían escoltarla en su corte nocturna. Aquel lugar le traía gratos recuerdos. Muchas tardes había pasado con Gerart sobre aquella soberbia plataforma de granito blanco y mármol gris, apoyada sobre la baranda de elaborados diseños, contemplando la belleza que se extendía ante ellos. Un mar de rosas, jazmines, amapolas y exuberante flora se extendía hasta la muralla, y en el centro, el gran lago, con aquellos nenúfares cantarines que Aliana tanto disfrutaba. Todo exquisitamente preparado, cuidado con un esmero infinito por los jardineros reales.

Aliana Suspiró. Estaba nerviosa, mucho más de lo que había anticipado. No había estado tan nerviosa desde… desde el oasis… Intentó relajarse, su cita pronto llegaría. Así lo decía la nota que la doncella le había entregado. «*A medianoche*». Miró a la hermosa luna una vez más. Medianoche era. Unos pasos a su espalda le indicaron que él ya se acercaba. Aliana temió darse la vuelta y no lo hizo, continuó mirando al frente.

—Aliana… —dijo él situándose a su lado y mirándola fijamente con sus decididos ojos azules.

—Gerart… —fue todo lo que alcanzó a decir Aliana sobrecogida por una inseguridad y nerviosismos inesperados.

Gerart la tomó de las manos y la miró con ojos llenos de remordimiento.

—Perdóname, te lo ruego.

—Nada hay que perdonar, Gerart. Hiciste lo correcto. Siempre lo he sentido así.

—Cada día y cada noche desde aquel aciago día han sido para mí una tortura insufrible, sin saber si estabas viva o muerta.

—Estoy viva, sobreviví. Ambos sobrevivimos. Debemos dar gracias a la Luz.

—Sabía que estabas con vida, la esperanza nunca me abandonó. Pero el remordimiento me consumía. La culpa por haberte abandonado cuando más me necesitabas. Día tras día, poco a poco, en una lenta agonía. Cada día me decía que estabas viva y al instante el peso de la culpa caía sobre mí y no podía respirar.

Aliana miró al Príncipe y en su rostro vio dibujado un dolor angustioso, sincero. Debía hacerle entender que obró como debía para que su alma descansara.

—Cumpliste con tu deber para con tu reino, para con la Corona, Gerart. Con honor, como Príncipe de Rogdon que eres. Deberías estar orgulloso, no sentirte culpable. Quiero que el dolor termine hoy aquí. No debes arrepentirte de tus actos pues fueron nobles y acertados. Es más, si la situación se repitiera espero te comportaras de la misma forma, pues es la vía honorable y nada menos espero del Príncipe de Rogdon.

—No, jamás lo repetiría. No te abandonaría. Me quedaría a tu lado. No volveré a dejarte en medio del peligro, jamás —dijo Gerart negando enérgicamente con la cabeza.

Aliana le puso las manos sobre las mejillas y lo miró firmemente a los ojos. Gerart era el hombre más honrado y honorable sobre la faz de Rogdon y Aliana no deseaba que aquello cambiara en lo más mínimo, y mucho menos por su causa. No lo permitiría.

—Sí, me dejarías ir, tal y como hiciste. Te debes a tu reino, a tu pueblo, no a mí.

Gerart intentó negar con la cabeza pero Aliana le sujetó con firmeza impidiéndoselo. Poco a poco la mirada de Gerart se suavizó y volvió a ser la que Aliana recordaba. Con una sonrisa retiró las manos.

—Estoy realmente feliz de verte sana y salva —dijo Gerart con rostro encendido, reflejando ahora la felicidad que sentía.

—Yo también lo estoy de verte a ti de una pieza —bromeó Aliana intentando aligerar la tensión del encuentro.

—He deseado tanto este momento, volver a verte, tenerte a mi lado. Cada largo y angustioso momento, desde el día en que nos separamos. Y por fin se ha cumplido, cuando empezaba a pensar que nunca sucedería. Aquí estás, y mi felicidad es enorme. Cuando te perdí me prometí a mí mismo algo que ahora debo cumplir.

Aliana al escuchar aquellas palabras se puso muy nerviosa, su corazón comenzó a galopar desbocado pues intuía lo que el Príncipe quería expresarle.

—Gerart... —intentó disuadirlo aunque sabía que no tendría éxito.

—Permíteme expresarte cuanto significas para mí, Aliana. Debo decírtelo. Mucho tiempo llevo esperando para hacerlo y si no lo hago, sé que lo lamentaré siempre. Nada espero, nada te pido, sólo deseo que me escuches.

—Está bien... —concedió Aliana ante los sentimientos puros y a flor de piel que le transmitía Gerart.

Lo miró y quedó atrapada en su gentil y galán presencia. El cabello rubio, los intensos ojos azules, aquel rostro de una belleza clásica que cortaba la respiración, los anchos hombros... la atraparon nuevamente. Por un instante tuvo que contener un suspiro para no dejarlo escapar. Los sentimientos de antaño que mantenía soterrados volvieron a resurgir y eran incontestables ante la varonil presencia del príncipe.

—Desde aquel primer momento en que te vi al despertar del envenenamiento y te confundí con una diosa, me quedé prendido de ti, Aliana. Los días que pasamos juntos no hicieron más que dar alas a aquel sentimiento, haciéndolo volar cada vez más alto. Y ese sentimiento creció, imparable como el fuego de una hoguera que nace de la centella de un pedernal. Mi corazón te pertenece, Aliana. Tuyo es, para siempre, y esta noche, aquí, te lo entrego. Contigo deseo estar, hoy, mañana y siempre. Estemos disfrutando de la añorada paz o en medio de la más terrible de las guerras. Contigo deseo estar, pues junto a ti todos los obstáculos venceré y la paz y la prosperidad conseguiré para mi pueblo. Tú eres mi inspiración, mi musa; tú eres mi reina, te necesito, te amo Aliana.

Aliana quedó tan desbordada por las palabras de Gerart que estuvo a punto de dar un paso atrás. Aquellas palabras, tan genuinas, surgidas desde lo más profundo del sincero corazón de Gerart, habían tocado el alma de Aliana. Se sentía tan halagada, tan emocionada y al mismo tiempo tan confundida y dividida.

—Gerart… me halagas…

—Es lo que siento por ti y sabes que es tan verdadero como la luna que esta noche nos contempla sonriente.

—Sé qué esperas una respuesta, que la deseas, aunque no me la pidas. Ya no soy aquella joven inocente e inexperta. Mucho he visto en los últimos meses, mucho he sufrido y eso me ha hecho abrir los ojos y madurar rápidamente. Es el precio a pagar de aquellos que sobreviven a la sangre, de los que sufren el dolor del mal y pueden contarlo. Yo he sufrido, he visto la sangre, la he saboreado entre mis labios, he perdido a seres queridos, he matado… y he crecido. Vivimos en un mundo duro y cruel y para sobrevivir hay que conocer el dolor. Por ello puedo decirte esta noche, con la luna como testigo, que mi corazón está dividido. Dividido por los sentimientos que tengo hacia ti, sentimientos fuertes y que reconozco albergar, Gerart. Pero al mismo tiempo, también tengo sentimientos muy fuertes para con mi Orden, para con mis hermanas, y mi deber como Sanadora. Al verlas hoy a todas, al estar junto a la Madre Sanadora Sorundi, mi corazón se ha llenado de alegría, de amor. Es algo que no puedo evitar, es mi vocación. Lograr salvar al gran Mago Mirkos me ha abierto los ojos a lo importante que es mi Don, a lo mucho que puede ayudar a los hombres si continúo en la Orden junto a mis queridas hermanas —Aliana miró a Gerart a los ojos y mantuvo la mirada firme, con gran esfuerzo.

No deseaba que una última división de su corazón le fuera patente al príncipe, la que la arrastraba hacia Komir, no se lo mencionaría a Gerart, ya que sólo crearía dolor y resquemor. Sin embargo, Aliana, en su interior, sabía que su corazón también tenía fuertes sentimientos por Komir. Aquella era una situación imposible para ella.

—Entiendo lo que me dices, Aliana y lo respeto. Yo también he cambiado desde la última vez que nos vimos. Mucho he presenciado: la muerte y la destrucción con la que la guerra sin sentido ha azotado nuestro reino. Miles de inocentes han perecido y por mucho que lo he intentado no he podido impedirlo. Mis manos están manchadas de sangre enemiga y mi corazón llora por los héroes anónimos caídos en la defensa de Rogdon. Mucho he aprendido, las dudas del pasado ya no plagan mi mente. Sé quién soy y las decisiones que he de tomar. Por difíciles que sean. Ya no soy aquel joven príncipe inseguro de sí mismo. Y algún día saldré de debajo de la enorme sombra que mi padre proyecta. Pero eso ya no me corroe como lo hacía antes ni me crea inseguridad alguna. Si algo he aprendido es a ser yo mismo y a luchar por los míos. La guerra, el sufrimiento, la sangre, nos obliga a crecer con rapidez, Aliana. Por ello quiero expresarte lo que mi corazón siente, ahora que dispongo de la oportunidad. Los tiempos malos son y por desgracia peores se volverán muy pronto. Quizás no sobreviva, quizás no sobrevivamos ninguno, mayor motivo es para decirte cuanto te amo. La decisión tuya es, mi bella Aliana, cuando estés preparada para tomarla aquí estaré esperándote. Te ofrezco mi corazón y mi reino pues deseo convertirte en mi Reina y junto a ti gobernar esta nación.

—Si sobrevive…

—La salvaremos, Aliana, juntos, entre todos. Rogdon pervivirá y algún día seré Rey. Tú eres la Reina que mi corazón ha elegido. Ven conmigo, y reina a mi lado.

—Demasiado me ofreces, Gerart: tu corazón, el reino… tanto que me siento sobrepasada… no sé qué responder…

—Pues nada digas —y Gerart se inclinó sobre Aliana y la besó con un apasionado beso que dejó a la joven sin respiración.

En aquel momento, mientras Gerart besaba a Aliana, dos figuras aparecieron a sus espaldas subiendo por las escaleras en dirección al interior del castillo. Hartz contempló la escena, sorprendido, y de inmediato miró a su amigo. Komir se había detenido y miraba a Aliana con sus ojos esmeralda brillando con la intensidad del sol de verano en medio de la noche. Hartz fue a decir algo pero Komir le indicó que callara levantando el puño en un movimiento seco. En aquel instante, Komir sintió que le habían clavado una daga de acero helado en la espalda. Sentía que la sangre de la traidora puñalada descendía por su columna y en cada gota veía reflejado el rostro de Aliana. Aquella a la que su corazón amaba y que aquella noche lo había traicionado. Sin permitir que Aliana viera su terrible dolor, hizo una seña a Hartz y entró en el castillo, dejando atrás sueños y esperanzas que ya nunca se cumplirían.

Aliana reaccionó y se apartó de Gerart.

—Necesito tiempo… no es el momento…

Gerart hizo un gesto de asentimiento con la cabeza.

—Si tiempo necesitas, Aliana, tiempo te daré —dijo, y dando media vuelta marchó en dirección al interior de palacio.

Aliana cerró los puños y maldijo para sus adentros. Tres caminos, tres amores, tres destinos: Komir, Gerart, la Orden. Su corazón estaba dividido y su alma marchita por la decisión imposible que debía tomar. Alzó la mirada a la luna y le rogó:

—Ayúdame a elegir el destino que debo seguir.

Pero la luna calló.

Los tres días que el Rey había dado a Haradin se cumplieron y todos fueron requeridos ante su Majestad. En la sala del trono, el Rey Solin y la Reina Eleuna recibieron nuevamente al variopinto grupo de aventureros. El Príncipe Gerart y el Consejero Real Urien charlaban animadamente con Haradin al pie del trono, cuando Aliana entró en la sala acompañada de Asti. No había visto al resto de sus compañeros el día anterior. Por alguna razón, Komir había estado evadiéndola, y junto con Hartz y Kayti, había recorrido la ciudad comprando equipamiento y víveres. La pelirroja había estado además enviando mensajes a su lejana tierra al este, por lo que le había contado Kendas, que había sido asignado al servicio del Príncipe Gerart. Este, muy cortésmente y preocupado por su bienestar, la había visitado varias veces. Aliana había quedado muy impresionada con la Corte y con varias de las familias de la nobleza que Gerart le había presentado. El Palacio Real de Rilentor era de una majestuosidad impresionante y los nobles y la realeza habían impresionado a la Sanadora. Ella no estaba acostumbrada a tratar con personas de tan alta alcurnia. Por otro lado, Asti parecía absolutamente indiferente a ellos, como si no se percatara de su presencia siquiera. Aliana miró a Komir pero este no pareció darse cuenta ni hizo ademán de saludarla.

—Gracias a todos por asistir —dijo el Rey a modo de saludo cortés—. Lo primero que deseo hacer es felicitar una vez más a la Sanadora Aliana que ha vuelta a obrar un milagro.

—No es necesario, Majestad… —comenzó a decir Aliana.

—Sí, sí que lo es —interrumpió la Reina—. Has salvado la vida a Mirkos y todos estamos en deuda contigo. El reino está en deuda contigo.

—Gracias, Majestad —concedió Aliana.

—Una noticia fantástica —dijo Urien —. Vamos a necesitar de él y de todo su poder para combatir los Hechiceros Noceanos y los Magos de Hielo Norghanos.

—Mi viejo amigo, el gran erudito, se recupera favorablemente, acabo de volver de verlo —dijo Haradin con una sonrisa.

—Y tras tan buenas nuevas, centrémonos en la problemática a mano —dijo el Rey con voz grave—. ¿Qué curso de acción me aconsejas emprender, Haradin? La situación es extremadamente crítica…

—Gracias por depositar vuestra confianza en mí, Majestad. Me honráis. Por lo que he podido deducir sobre los acontecimientos y basándome en mis propios estudios sobre los Ilenios, creo que debemos encontrar los otros dos medallones Ilenios de manera inmediata.

—¿Por qué, Haradin? —preguntó Gerart con rostro intrigado.

—Por dos razones. La primera es que esos medallones no deben caer en manos del enemigo. Son de un gran poder y los Hechiceros Noceanos, Zecly en particular, encontrarán la forma de utilizar su poder, con o sin el consentimiento del portador. Eso podría ser desastroso para nuestros intereses. Por ello debemos hallar a esos dos Elegidos y traerlos aquí, con nosotros. Ahí afuera suponen un peligro para todos.

—¿Y la segunda razón? —se interesó Solin.

—Mis estudios. Hasta donde he podido profundizar y llegar a comprender, hablan de estos cinco medallones y de su poder sin parangón. Hacen referencia al final de los días, a un poder sin igual que con ellos se puede llegar a alcanzar. Ese poder tan increíble, si somos capaces de descifrar como hacer uso de él, podría ser nuestra última esperanza en la lucha contra las huestes y magos enemigos.

—Hablas de esperanza, de una quimera, Haradin… —señaló Urien escéptico.

—Es más, ese mismo poder podría destruirnos a nosotros —señaló el Rey—, ¿quién nos protegerá? ¿Tú, Haradin?

—No existen garantías con la magia, Majestad. Cuanto mayor el poder, mayor el riesgo. Esa es una máxima universal con el poder arcano y místico. Siempre lo ha sido. Así equilibra la sabia naturaleza el poder existente en el universo. ¿Podría este poder tan descomunal destruirnos? Pudiera ser, sí. Pero en mi opinión podría también salvarnos. En cualquier caso, debemos impedir que los medallones caigan en manos de Zecly o los Magos de Hielo Norghanos. Eso lo sé.

Todos comenzaron a hacer comentarios sobre lo expuesto por Haradin y un murmullo incomodo llenó toda la sala del trono.

—Está bien, silencio —dijo el Rey Solin, y el murmullo desapareció rápidamente—. ¿Qué me propones, Mago de Batalla?

—Creo que debemos enviar a alguien en busca de esos medallones de inmediato.

—Yo iré —dijo Komir.

—Iremos todos —señaló Aliana.

—No —cortó bruscamente Komir—. Iré yo. Tú no me acompañarás.

Aliana quedó pasmada mirando a Komir sin comprender.

Haradin dio un paso al frente.

—Komir tiene razón, no podemos permitirnos enviar a más de un Elegido, el riesgo es demasiado elevado, podríamos perderos a todos y entonces la catástrofe sería inimaginable.

—Pero… —intentó protestar Aliana.

—Lo siento, Aliana, así debe ser. Mis contactos ya los han localizado. Utilizando los portales subterráneos Ilenios Komir puede llegar hasta ellos y traerlos hasta Rilentor sin correr demasiados riesgos. Enviar a más de un Elegido no sería prudente, mi querida Sanadora. Lo lamento.

—Entonces así será —proclamó el Rey Solin—. Un Elegido partirá, que le acompañen sus compañeros si así lo desean y que todo cuanto necesiten les sea concedido. Tenéis diez días. Después del décimo día la ciudad estará sitiada y os será imposible regresar.

Komir asintió al Rey.

—Regresaré antes de diez días con los dos Portadores.

El Rey Solin se levantó en su trono.

—El resto, preparémonos, tenemos una guerra que luchar. No veré a mi casa desaparecer, no contemplaré como mi pueblo muere. Rogdon no perecerá. Defenderé mi reino, a los ancianos, mujeres y niños bajo mi protección. Defenderemos Rilentor hasta el último hombre. Esa es la decisión del Rey.

Isuzeni contemplaba sonriente el espectáculo de muerte y destrucción que se extendía a lo largo de la ondulada llanura. Desde lo alto de la colina, acompañado de sus dos acólitos y rodeado por el centenar de Moyukis que lo protegían, admiraba el poder del ejército de su ama. Miles de enemigos yacían muertos sobre la planicie, incontables riachuelos de sangre caliente descendían desde montículos cubiertos de cuerpos, alimentando un rojo río de muerte, sobre el que flotaban vísceras y cadáveres mutilados.

Los débiles de espíritu apartaban la mirada pues el espectáculo revolvía sus estómagos. Tanta sangre había sido derramada aquel día que el barro era del color del vino. Enormes buitres de plumaje negro y cuello blanco volaban en círculos sobre los despojos humanos, a la espera de un banquete como hacía mucho tiempo no disfrutaban en aquellos lares.

—La ciudad es nuestra, mi señor —dijo el general Kowasi realizando una solemne reverencia ante el Sumo Sacerdote.

Isuzeni observó al general del primer ejército, iba acompañado de tres de sus capitanes. Todos en armadura completa de láminas, negras como la noche, y, en el torso, la pechera blanca con un triangulo en rojo: el emblema del primer ejército.

—Retira a tus tropas y envía a los Moyuki, que acaben con cuantos aún respiren. No quiero prisioneros, no debemos mostrar la más mínima piedad ante los enemigos de la Emperatriz.

—Así se hará, mi señor —dijo el general Kowasi asintiendo en una reverencia. Se dio la vuelta y se alejó descendiendo en dirección al río.

Isuzeni contempló la conquistada ciudad al fondo. Ardía pasto de las llamas de la guerra. El manto de cadáveres que se extendía ante ella no era sino el preludio de la desolación que había llegado hasta aquel reino.

Erenalia, capital del orgulloso y, hasta hace unos días, floreciente reino de Erenal.

Cuán necio había sido su monarca al no haber rendido la ciudad y su reino ante el poder de la Dama Oscura. Dasleo pagaría muy cara su necedad.

—General del segundo ejército —llamó Isuzeni con los ojos fijos en el humo negro que procedía de la zona alta de la ciudad y se elevaba hacia los cielos del atardecer.

—Sí, mi señor —se presentó el general Orasi que aguardó órdenes realizando una reverencia.

Isuzeni miró el peto azul con el triángulo en rojo, emblema del segundo ejército.

—Ese fuego no debe alcanzar la Gran Biblioteca de Bintantium. El saber que allí se atesora es inmenso. Un tesoro como pocos y en él tengo puestos mis ojos desde hace tiempo. Lo quiero para mí, General. Que los hombres se encarguen de que así sea. Si la Biblioteca o lo que atesora en su interior es dañado empalado vivo sobre la muralla serás.

—La Gran Biblioteca quedará intacta, mi señor —dijo el General, su espalda rígida, y marchó con paso presto.

—Narmos, acércate —llamó Isuzeni a su acólito.

—Sí, Maestro. ¿En qué puedo serviros?

—Los Maestros Archiveros de la Orden del Conocimiento, ¿qué ha sido de ellos?

—Algunos han perecido pero la mayoría han huido, mi señor, se han refugiado en los Mil Lagos.

—Eso no me complace, si bien era de esperar. Esos estudiosos son tan valiosos como el conocimiento que atesora la Gran Biblioteca. Quiero hacerme con ellos, con sus mentes, su saber, para ponerlos a mi servicio. El conocimiento es la semilla del éxito en la vida. El saber, el bien más preciado. Quien los posea estará capacitado para dominar reinos. Buscadlos y traédmelos.

Narmos asintió.

—Cenem partió tras ellos, Maestro, sin duda les dará caza. Lleva consigo una partida de Moyukis.

—Puede que así sea, pero no estoy tan seguro de que lo consiga. Los Mil Lagos son un laberinto donde es extremadamente fácil extraviarse y los estudiosos tendrán preparados un explícito plan de fuga. Necesito mis mapas, ve por ellos.

Mientras Narmos obedecía sus órdenes, Isuzeni contempló el oeste. Grandes bosques surcaban el horizonte y la visión de las primeras masas azuladas de los lagos eternos aprehendieron de inmediato su mente. Los Mil Lagos… Aquella maravilla de la naturaleza representaba un problema logístico importante para las huestes de la Dama Oscura y él debía hallar una solución lo antes posible. Yuzumi, Emperatriz suprema, Dama Oscura, no toleraría ningún retraso. Debían avanzar hacia el oeste, hacía Rogdon, sin dilación. Isuzeni debía hallar un paso franqueable entre toda aquella maraña de bosques y lagos, era imperativo. Un paso lo suficientemente amplio para que el ejército negro pudiera cruzarlo y llegar a territorio Usik, a los lindes de los bosques interminables. Aquel representaba otro problema a solventar, los salvajes hombres de jade y sus bosques insondables…

«Afrontemos cada problema por separado, paso a paso, sin temor ni vacilación, usando aquel don con el que los dioses nos han bendecido: la inteligencia, flanqueada por la paciencia del que sabe aguardar para recoger los frutos de la semilla plantada», se dijo para reforzar su determinación.

La gran partida entraba en la fase más crucial, si antes las jugadas eran críticas, ahora cada movimiento era vital.

«Al azar nada dejaremos pues mal compañero de viaje es y traicionero se vuelve. El hombre que desee triunfar en el arte de la guerra, como en cualquier otro aspecto de la vida, planificar cada paso debe, sin dejar nada a los caprichosos hados».

Recordar aquella máxima lo tranquilizó. Todo estaba yendo según el meticuloso plan trazado. El avance era bueno, su estrategia estaba funcionando.

—Los mapas, mi señor —ofreció Narmos extendiendo los brazos sobre los que portaba media docena de grandes pergaminos enrollados y atados con lazos de cuero.

Isuzeni los contempló un instante, los conocía al detalle, los llevaba tatuados en su mente, los había estudiado millares de veces. Podía reconocerlos sin necesidad de desenrollarlos. Uno blanquecino para el norte, uno amarillento para el sur, dos verdosos para el oeste y otros dos azulados para representar el este. Incontables horas había invertido contemplando aquellos mapas, planificando los movimientos de la gran partida que ahora los había conducido hasta aquel momento y lugar en el tiempo. Seleccionó el segundo de los mapas del este y lo desenrolló, extendiéndolo ante sus ojos. Contempló los Mil Lagos en él representados, con los bosques escarpados y frondosas colinas que los rodeaban.

—¿Cuándo regresarán los exploradores que envié?

—Hombres corrientes tardarían todavía varios días en volver pero siendo los Tigres Blancos... estarán de vuelta al anochecer.

—Bien, eso me satisface. Necesito saber con seguridad que el camino que he trazado es perfectamente viable. En cualquier caso, enviaré mil hombres a asegurar el trayecto. Estúpido es aquel que no prevé de antemano la jugada y la asegura. Que sean hombres del tercer ejército, me fío del general Yasomori.

—Como ordenéis, mi señor.

El sonido rítmico de tambores retumbando en la distancia hizo que Sumo Sacerdote y acólito se giraran para mirar al este. El corazón de Isuzeni se deleitó del espectacular avance de las tropas de la Emperatriz. Yuzumi llegaba al frente de tres de sus siete ejércitos, y cual imparable marabunta, millares de hormigas negras cubrieron por completo las verdes colinas, comenzando el descenso en dirección al río. La marea negra todo lo cubrió, tiznado por el rojo de estandartes y banderolas. Isuzeni contempló encandilado el poder de su ama, deseando en secreto tal poder para sí. Un deseo inconfesable que por sólo pensarlo corría el peligro de perder la cabeza. Daba la impresión de que la marea negra devoraba cuanto encontraba a su paso, e Isuzeni bien sabía que así era.

Algo antes del anochecer arribaron hasta el campamento de guerra de Isuzeni. En medio de la gran marea negra, el Sumo Sacerdote identificó a su Emperatriz y ama. La portaban en un ostentoso palanquín dorado a hombros de cincuenta de los hombres más fornidos de todo el continente de Toyomi. El palanquín era de tan soberbias dimensiones que acomodaba a una docena de esclavas para atender todas y cada una de las necesidades de la Emperatriz. Rodeando a su ama, un regimiento de mil Moyukis avanzaba en formación cerrada. Vestían las armaduras de gala, tan negras como la noche, pulidas como el acero ceremonial; máscaras funestas les cubrían los rostros y sujetos a la espalda portaban banderolas que se alzaban dos varas de altura, ondeando el rojo temible de la muerte que presagiaban.

Los tres ejércitos acamparon al este del río. Con la eficiencia inigualable de un ejército experto y perfectamente adiestrado, los campamentos de guerra fueron levantados con rapidez y orden marcial. El del quinto ejército al noreste, el del sexto al sureste y el del séptimo cerrando la retaguardia. Cientos de pequeñas fogatas comenzaron a arder un momento antes de la llegada del crepúsculo. Isuzeni se encaminó a la lujosa tienda de su ama y señora, de lona tan negra como el alma de la Emperatriz y con bordados tan rojos como la sangre derramada de aquellos que se interponían en su camino. Al llegar, miró atrás para contemplar la zona alta de la ciudad todavía en llamas. Bajo su resplandor distinguía a los Moyukis sesgando la vida de los últimos supervivientes. Entró a ver a Yuzumi, su Emperatriz, ama y señora.

La encontró de pie en medio de la tienda, rodeada de una docena de temibles guardaespaldas. La luz de las lámparas de aceite la bañaban de un resplandor dorado, resaltando su inigualable belleza, una belleza tan letal como la misma muerte. Vestía su ceñida armadura negra de cuerpo completo. A Isuzeni siempre le maravillaba como aquella armadura excepcional, liviana y extremadamente resistente, parecía estar pintada sobre el sinuoso cuerpo de la Dama Oscura. Si no fuera por los ribetes en rojo a juego con la capa que descendía desde sus delicados hombros hasta el suelo, Isuzeni juraría que era una segunda piel. Pero lo que más impresionó al experimentado Sumo Sacerdote fue, una vez más, aquel brillo de arresto en los ojos azabache de su ama, que sólo podía significar una cosa: sangre y poder.

—Isuzeni, tráemelo —ordenó la Dama Oscura con su firme y aterciopelada voz, sin ceremonias.

—Sí, mi señora —dijo el Sumo Sacerdote, y chasqueó los dedos en dirección a la puerta de la tienda.

Al cabo de unos instantes, Narmos entró, portaba su hacha de conjurar en una mano y la calavera de nigromancia en la otra. Le seguían dos enormes Moyuki y entre ambos arrastraban al semiinconsciente Rey: Dasleo de Erenal.

—Así que este es el gran Rey Dasleo, patrón de las ciencias, gran benefactor de la Orden del Conocimiento. ¡Despertadlo! —ordenó la Dama Oscura.

Uno de los Moyukis cogió un cubo con agua que uno de los sirvientes le proporcionó y lo vació sobre el Rey Dasleo. El monarca de Erenal despertó entre gemidos de dolor. Los dos Moyukis lo alzaron de los brazos y el Rey quedó colgando como si fuera un monigote. Isuzeni lo observó, aquel era un hombre quebrado, en cuerpo y espíritu.

—¿Creías, insignificante gusano, que podrías hacerme frente? ¿A mí? —acusó la Emperatriz con furia claramente discernible en su voz.

El Rey Dasleo intentó hablar.

—No… tenía opción…

—¿Cómo osas afirmar tal cosa? ¿Acaso mis heraldos no te hicieron llegar mi proposición?

—No podía… rendir la ciudad… nos habrías matado a todos…

—Eso nunca lo sabrás, pequeño y miserable Rey del medio este. Lo que sí quiero que sepas antes de que acabe contigo es que al negarte has condenado a todo tu pueblo, a toda tu estirpe, a morir. Tu ciudad arde, nadie queda con vida de tu casa real y tu reino no es más que un recuerdo.

—No… no… mi familia... —balbuceó el Rey entre sollozos.

—Sí, los he matado a todos, tu mujer, tus dos hijas y déjame asegurarte que han sufrido. Ese es el precio que pagan aquellos que osan desafiarme. Me has retrasado dos semanas, y tiempo es de lo que ahora no dispongo. Por ello haré que pagues en agonía tu impertinencia. ¡Nadie se opone a mis designios! ¡Nadie!

La Dama Oscura desenvainó su espada de acero bañado en rojo y dando un paso en dirección al Dasleo soltó un fugaz tajo. Isuzeni contempló el rostro del Rey vencido. Los ojos de Dasleo se abrieron mezcla de sorpresa y dolor. Al momento su estómago se abrió y las vísceras del hombre cayeron al suelo.

—¡Recogedlas y mostrádselas! —ordenó la Dama Oscura.

El Moyuki así lo hizo.

—Contempla tus entrañas, engreído Rey, es lo último que verás.

Dasleo, con el rostro desencajado, miró sus órganos y entre convulsiones falleció intentado farfullar algo ininteligible.

—Apartadlo de mi presencia —dijo la Emperatriz con un gesto despectivo.

Isuzeni quedó mirando cómo se llevaban al orgulloso Rey de Erenal. La verdad es que había plantado cara a sus tropas y lo había hecho increíblemente bien. Sin duda era un maestro de la estrategia y con un conocimiento del arte de la guerra verdaderamente sublime. Pero para su desgracia, los ejércitos a cargo de Isuzeni lo triplicaban en número y las artes arcanas de sus acólitos habían ayudado a decantar la contienda. Aun así, Dasleo había causado numerosas bajas con su buen hacer y lo que era peor, había retrasado el avance del grueso del ejército. Aquello había enfurecido sobremanera a la Dama Oscura.

—¿Y el otro monarca de pacotilla? —preguntó la Emperatriz.

Isuzeni miró a Narmos y le hizo un gesto con la cabeza. Su acólito abandonó la tienda y volvió al cabo de un momento, lo seguía un Moyuki portando en sus manos algo cubierto con un paño. Isuzeni se acercó al Moyuki y tiró del paño dejando al descubierto la cabeza de Caron, Rey de Zangría.

—Tal y como me pedisteis, mi señora: la cabeza del Rey de los Zangrianos en una bandeja de plata.

—¡Ja! —exclamó Yuzumi en lo que Isuzeni intuyó era una carcajada— Me has alegrado el día, Sumo Sacerdote. No creí que llevaras a cabo mis deseos de forma tan literal.

—Vivo para complaceros, mi ama.

—Y hoy me has complacido. Ese energúmeno tuvo la audacia de matar a mis heraldos. Espero que no haya quedado nada en pie de su capital.

—La hemos quemado hasta los cimientos. Arderá por días y sólo ceniza y escombros quedarán para ser recordados.

—¿La familia real?

—Pasados por la cuchilla.

—¿Todos?

—Hombres, mujeres y niños. Sin excepción. Como ordenasteis, mi ama.

—¡Ah! Cuánto me complacen estas nuevas que me traes, Consejero. Y dime, tú que eres un estratega magistral y conoces como nadie el arte de la guerra, ¿cómo es que dos reyes del medio este, regentes de soberanas y prósperas naciones, no se unieron para hacer frente a mis ejércitos?

—Porque el orgullo es más fuerte que la razón, mi señora. El orgullo de los reyes, su ego, no permite a hombres inteligentes, brillantes incluso, ver aquello tan obvio que un simple mendigo entendería. Dasleo y Caron, sus familias reales, se odian desde hace generaciones. Una paz, un entendimiento ante un enemigo común, era inconcebible en sus orgullosas y necias mentes. Y el orgullo siempre conduce a la perdición del hombre.

—Eres un hombre sabio, Consejero. ¿Has conseguido salvar tu preciada Biblioteca con todo el saber en ella acumulada? ¿Podrás disfrutarla?

—Sí, mi ama. La parte alta de la ciudad arde todavía, la catedral ha sido destruida por el fuego incontrolado, pero la Gran Biblioteca de Bintantium, en la zona baja de la ciudad, se ha salvado de la quema y he ordenado su protección.

La Dama Oscura hizo un gesto a sus guardias y se llevaron los restos de ambos monarcas.

—¿Y ahora, Isuzeni? El tiempo apremia.

Isuzeni cruzó las manos a la espalda y reflexionó.

—Ahora que hemos tomados los dos reinos medios del este, los Mil Lagos caerán pronto bajo nuestro control. Nuestros serán y podremos asegurar el paso del ejército por el laberinto sin caer en traicioneras emboscadas encubiertas. Esta noche regresarán los Tigres Blancos con la información que necesito para trazar un paso seguro. El cuarto ejército mantiene en jaque a los reinos menores del sur de Tremia, fronterizos con el Imperio Noceano, no entorpecerán el avance del grueso de vuestros siete ejércitos. Todo marcha según la estrategia prevista.

—Debemos avanzar sin dilación, Isuzeni —dijo La Dama Oscura con rostro sombrío.

—Sí, mi ama. Cruzaremos los Mil Lagos bordeando los bosques de los Usik y llegaremos a las estepas de los Masig. Una vez atravesemos las llanuras llegaremos a Rogdon.

—El tiempo se agota, Sumo Sacerdote. Apenas un respiro me queda ya. Lo presiento en mi interior y cada día es mayor la certeza. Aquello que tantos años llevo combatiendo con todas mis fuerzas, la premonición que me persigue y atormenta desde hace 19 años, se aproxima como un destino inexorable del que no me es posible escapar, al que no puedo vencer. ¡Pero lo derrotaré! ¡Cambiaré la Premonición y saldré victoriosa! ¡Me oyes, Isuzeni, venceré! ¡Nada me detendrá, nada!

Un profundo silencio se hizo en la tienda. La Dama Oscura se recostó en un trono negro forrado de terciopelo rojo y cerró los ojos.

—¡Maldito el día! ¡Maldito Oráculo! ¡Maldita su visión! —estalló de pronto con tal virulencia que el propio aire pareció consumirse en un suspiro— ¿Por qué me llevaste ante él, Isuzeni? ¿Por qué?

Isuzeni recordó el momento y el aciago desenlace del encuentro.

—Los dirigentes del Culto deseaban conocer cuán grande vuestro poder sería, ama.

—Y con sus vidas pagaron por aquello.

Isuzeni asintió. A los 14 años Yuzumi entró en la sala del Consejo y cerró la puerta tras ella. Los gritos agónicos entre los que los dirigentes perecieron se oyeron en leguas a la redonda. Los nueve, la jerarquía del Culto, cesaron de ser. Yuzumi asumió el liderato del Culto y nadie se atrevió a oponerse.

—Fue aquel anciano enajenado el que me maldijo con su visión de mi destino. Ni un día de descanso he tenido desde los 8 años, por 19 años he sufrido la maldición que el Oráculo puso en mí.

Isuzeni dio un paso al frente y moduló la voz para darle un cariz tenue.

—Dos destinos vio el Oráculo en vuestro futuro mi ama... El primero el Destino de Gloria: conquistaríais no sólo Toyomi sino todo Tremia, los reinos caerían conquistados a vuestros pies, los reyes se arrodillarían ante vuestro poder. Os convertiríais en la mujer más poderosa del mundo conocido y reinaríais sin oposición posible, pues vuestros enemigos la muerte hallarían. El segundo... el Destino de Muerte... aquel que establece que moriréis en un campo de batalla de este continente poco después de alcanzar la edad de 28.

—Y dime, Sumo Sacerdote del Culto a Imork, ¿sabes qué día es hoy? —preguntó Yuzumi con una frialdad que congelaba el aire.

—Hoy es ese día, hoy cumplís 28 primaveras, mi señora.

Yuzumi le lanzó una mirada tan sombría que a Isuzeni le pareció que todas las lámparas de la tienda se hubieran extinguido.

—No moriré, la profecía de ese anciano demente no se cumplirá. ¿Lo entiendes, Isuzeni? Hemos de cambiar el destino, asegurarnos de que es el Destino de Gloria el que se cumple, y no el Destino de Muerte. Llevo casi 20 años luchando esta guerra y no voy a ser derrotada ahora, en el instante final.

Isuzeni tragó saliva, lo que iba a proponer podría muy bien costarle la cabeza pero se arriesgó.

—Podríais marchar… abandonar Tremia y volver a Toyomi… El Destino de Muerte no se cumpliría pues establece que moriréis aquí, en Tremia…

—¿Huir? ¿Insinúas que huya? ¿Es que has perdido la razón? —estalló la Emperatriz y por un momento Isuzeni creyó ver sus propias entrañas abandonando su cuerpo y cayendo al suelo— ¡Yo jamás huiré! ¡No ahora, no nunca! Yo soy Yuzumi, la Dama Oscura, Emperatriz de Toyomi, y muy pronto conquistadora de Tremia. Todo el mundo conocido caerá bajo mi poder. Reinaré sobre todos los hombres. Ese es mi verdadero Destino y nada ni nadie logrará detenerme. Destruiré todo cuanto se me oponga y el sufrimiento que desataré sobre mis enemigos será de proporciones inimaginables. ¡Nada ni nadie se interpondrá en mi destino! ¡No seré denegada!

Isuzeni tragó saliva y bajó la cabeza.

—No era mi deseo molestar a mi ama. Vuestro siervo fiel soy.

—Lo sé, Isuzeni y es por ello que aún vives. ¿Pero es que mi Consejero y estratega no ve que ambos destinos son en realidad las dos caras de una misma moneda? ¿Que en realidad es el mismo? Si venzo se cumplirá el Destino de Gloria. Si soy derrotada se cumplirá el Destino de Muerte. Aquel necio y senil Oráculo olvidó convenientemente establecer ese hecho.

—Sin desear suscitar las iras de mí ama…

—Adelante, habla, Isuzeni.

—Si ese es el caso, más motivo para retirarnos ahora y eludir el Destino de Muerte. Regresemos a Toyomi y volvamos en dos años nuevamente. Con este ejército y vuestro poder conquistaremos Tremia y el destino fatídico no podrá darse pues lo habremos eludido.

La dama Oscura se irguió en su trono.

—¿Puedes garantizarme tal cosa, Isuzeni? ¿Puedes garantizar que si me retiro ahora que tan cerca estoy de la victoria final e intento una nueva conquista en el futuro, saldré victoriosa?

Isuzeni reflexionó antes de contestar. La cuestión era grave y la respuesta bien meditada debía ser.

—No, no lo puedo garantizar, mi señora. Hay demasiadas variables en juego. Existe una buena probabilidad pero mil cosas podrían torcerse y salir mal. Desde alianzas inoportunas de los reinos de Tremia a una tormenta traicionera que hundiera nuestra flota en alta mar, a la magia poderosa de enemigos... No, no hay garantías. Muchos años de cuidada preparación en el más absoluto de los secretos nos ha costado llegar hasta aquí. Repetirlo, ahora que en Tremia ya conocen de nuestra existencia y poder, sería tarea ardua complicada pues esperándonos y alerta estarían.

—Por ello hemos de seguir adelante y alcanzar el Destino de Gloria, ahora.

—O dar la vuelta y abandonar ambos destinos para siempre… quizás evadiéramos así el Destino de Muerte…

—¿Insinúas que me rinda? ¡Esa no es una opción! ¡No me rendiré! —volvió a estallar Yuzumi con sus ojos azabache centelleando— ¡Lograré el Destino de Gloria! Ese es mi destino, lo ha sido siempre, y nada me detendrá hasta alcanzarlo. ¡Nada! Abandonar ahora por temor a la muerte es una cobardía y si algo no conozco es la cobardía. A nada temo. A nada. Mi Destino de Gloria me aguarda, desde hace 19 años y ese destino alcanzaré, ningún otro me interesa pues esa ha sido siempre mi meta. No me esconderé como una niña asustada para vivir mis días en el olvido. ¡Jamás!

Isuzeni comprendió lo que su ama le transmitía, la naturaleza del alma de Yuzumi no podía ser cambiada, era la Dama Oscura y siempre lo sería, hasta la Gloria o hasta la Muerte.

—Desde luego, mi Emperatriz —dijo Isuzeni realizando una prolongada reverencia, sabedor de haber sobrepasado aquella noche los límites de la osadía permitida a su persona.

—Ahora debemos evitar el Destino de Muerte y en ese fin nos ayudará la Calavera del Destino. Muchos años tardé en hallarla, después de arrancarle su existencia al Oráculo, pero la calavera es la clave para evitar la premonición, el Destino de Muerte. Nos ha mostrado al Marcado y a él debo encontrar y matar. ¡Cómo lamento que escapara con vida hace 19 años, cuando sólo era un bebé! Aquella fue una ocasión única de matarlo y acabar con esta pesadilla que me persigue día y noche desde entonces.

—Enviamos a los tres mejores Asesinos Oscuros. Nunca habían fallado, nunca. Aún hoy, no encuentro explicación a cómo fueron derrotados por aquel entrometido. Sólo puedo deducir que se trataba de alguien de un poder enorme.

El gélido rostro de la Dama Oscura se tensó.

—Arranqué a aquel Oráculo senil la región donde el bebé se encontraba: Rogdon. Te ordené que lo localizaras, dentro del territorio de los hombres de azul y plata, y lo mataras. ¿Cómo pudiste fallarme, Isuzeni? ¿Cómo logró sobrevivir?

—Esa es la vergüenza que me consume cada día, mi ama, el haberos fallado y no haberos liberado del Destino de Muerte. No hay disculpas suficientes ni vergüenza mayor que la que yo sufro desde entonces. Jamás podré perdonármelo, mi ama. Jamás.

—Me dijiste, y lo recuerdo tan vivamente como si fuera hoy mismo, que tenías el hechizo para localizarlo.

—Y lo tenía, mi ama. Tres brazaletes de plata fueron forjados con la plata más pura de las minas más profundas de Toyomi, por un artesano de una maestría sin igual. La primera luna llena hechicé los tres brazaletes con un antiguo y poderoso hechizo de localización. Los brazaletes brillarían con la intensidad de la luna al encontrarse a cinco leguas de alguien con un enorme poder, mi señora, un poder similar al vuestro. Pulsarían aceleradamente al señalar en su dirección. Los asesinos sólo debían seguir los brazaletes, y me consta que así lo hicieron. Hallaron el rastro del bebé… en tres ocasiones…

—Y en las tres el entrometido los derrotó. Y dime, Consejero, ¿quién puede derrotar a un Asesino Oscuro en tres ocasiones. ¿Quién?

—Solamente vos, mi señora.

—Eso no es del todo cierto, Isuzeni. Tú también podrías, tu poder grande es, Sumo Sacerdote, siempre lo ha sido. Lo cual indica que el entrometido no es simplemente alguien con el Don, sino alguien extremadamente poderoso.

—Sí, mi señora.

—Mucho he meditado al respecto, Isuzeni, todos estos años, y no he conseguido hallar la respuesta a este misterio. ¿Quién me robó al Marcado de entre mis dedos cuando ya lo tenía? ¿Quién acabó con los Asesinos que enviamos para encontrarlo y darle muerte? Ese misterio sin respuesta mi alma tortura desde entonces, respuesta he de hallar, y la hallaré.

Isuzeni cerró los ojos un instante y recordó un pasado doloroso, un pasado de fracaso imperdonable que avergonzaba su alma y que su ama estuvo a punto de no perdonar. Tras el primer intento fallido de los Asesinos Oscuros, fueron forjados cinco nuevos talismanes de localización hechizados para reconocer gran poder en infantes y así localizar al Marcado. A cinco de sus más poderosos acólitos a Tremia envió, Nigromantes expertos del Culto a Imork, con la misión de barrer no sólo Rogdon, sino todo el continente sin dejar piedra sin remover y hallar al Marcado allí donde se escondiera. Isuzeni les ordenó específicamente no matar al bebé, debían traerlo ante la Dama Oscura, pues la Emperatriz deseaba matarlo con sus propias manos y así asegurarse de poner fin a la Premonición. Y los deseos de su ama complacidos debían ser. Lo que los Asesinos Oscuros no lograron, sus poderosos Hechiceros de Muerte lograrían sin duda.

Un largo año transcurrió.

Y sólo uno de los cinco regresó.

Lo que su acólito narró dejó a Isuzeni sumido en la más absoluta perplejidad. Al Marcado no había logrado encontrar, y tras recorrer el sur del continente con resultado baldío, partió en busca de sus hermanos. Uno por uno los indagó, siguiendo el rastro que su inconfundible poder emitía. Al primero lo halló muerto en Rogdon, en la costa, cerca de la isla fortaleza donde una Orden de sanadoras residía. Al segundo lo halló calcinado en las estepas de los Masig. Al tercero lo encontró congelado en los lindes de los bosques de los Usik. Y al último, lo encontró allí mismo, en el reino de Erenal, fulminado como si un rayo lo hubiera alcanzado. Cuatro poderosos hechiceros, todos muertos, en diferentes regiones de Tremia, cuando perseguían la pista de un infante de gran poder. Aquel misterio irresoluble lo había perseguido todos aquellos años, mas una explicación no había hallado. ¿Habían encontrado los cuatro al

Marcado en diferentes localizaciones? ¿Les habían conducido los talismanes hasta otros infantes de gran poder que no eran el Marcado? Si así era, ¿de quiénes se trataba?

Pero lo que más desconcertado lo había dejado era sin duda un hecho: todos habían muerto. Y aquello le llevaba a la gran pregunta. ¿Quién los había matado? Aquel misterio aún perduraba irresoluble y cada día lo torturaba, pues causa de su fracaso y vergüenza era.

La Dama Oscura insistió en volver a enviar Asesinos Oscuros tras el Marcado, pues ellos habían podido localizarlo la primera vez y podrían volver a hacerlo. El fracaso de los acólitos Nigromantes la enfureció tanto que la vida de Isuzeni estuvo a un suspiro de terminar. Isuzeni envió nuevos Asesinos Oscuros al gran continente si bien sus esperanzas de éxito pocas eran pues aquel que escondió al Marcado tiempo había tenido para prepararse y ahora les llevaba ventaja. Durante años los agentes de Isuzeni peinaron Tremia sin hallarlo, hasta ahora…

—Aquel que lo protegió poderoso e inteligente es, pero lo encontraré, mi ama.

—Hoy sabemos un dato más, un dato trascendental: el Marcado se escondía en las tierras altas, entre los Norriel —dijo la Dama Oscura.

—Sí, así era. Eso me lleva a pensar que estaba siendo protegido de mi hechizo localizador. Los brazaletes no funcionaron pues tanto los asesinos como mis acólitos recorrieron las tierras altas. Alguien protegió al Marcado con un hechizo de ocultación muy poderoso.

—¿Quién, Isuzeni, quién? Esa es la cuestión.

—Un hechicero poderoso, un brujo, muy probablemente, conocedor de las artes místicas de ocultación y revelación, capaz de hechizar basándose en un enorme conocimiento. Pero para poder ocultarlo durante tanto tiempo, tuvo que tener la ayuda de alguien más poderoso: un Mago.

—¿Un brujo y un Mago trabajando en conjunción para esconder a un bebé del que nada sabían? Descabellado me parece… y poco probable.

—Quizás por ello, mi ama, es precisamente lo que sucedió. Nunca hemos hallado respuesta a la desaparición del Marcado.

La Dama Oscura quedó pensativa en su trono. Las deliberaciones que en la mente de aquella despiadada y poderosa mujer sucedían, Isuzeni no se atrevía a imaginar. Tras un buen rato la Emperatriz se puso en pie.

—Sígueme, Isuzeni, es hora de consultar la Calavera del Destino. Debo comprobar si la premonición ha variado o si sigue siendo la misma. Muy cerca estamos ya del final, nada quiero dejar al azar, aseguremos el resultado —dijo, y se dirigió a la parte posterior de la gran tienda imperial rodeada de su guardia. Isuzeni siguió a su ama en silencio y con espíritu inquieto por conocer qué depararía la visión del místico Objeto de Poder.

Al llegar al recinto contempló los preparativos del ritual. Una docena de prisioneros con torsos desnudos, habían sido firmemente maniatados y sujetos a un alargado bancal de madera. Los gritos de los cautivos quedaban ahogados por las mordazas de cuero que cubrían sus ensangrentados rostros, unos semblantes poseídos por el terror. Isuzeni los miró con desprecio, no sentía lástima alguna por ellos, pues despojos de la guerra eran.

—Traedme la Calavera del Destino —ordenó la Dama Oscura.

Dos Moyukis entraron por la parte posterior de la tienda llevando un cofre de grandes dimensiones con adornos labrados en plata. Lo dejaron frente a la Emperatriz y se retiraron. Isuzeni, lleno de una envidia que lo consumía, contempló a su ama coger, entre largos dedos de negras uñas, la preciada Calavera. Al ver el valiosísimo Objeto de Poder cristalino brillar a la luz de las lámparas de aceite, Isuzeni tuvo que disimular una mirada de deseo sobrecogedor. La Calavera era lo que el corazón de Isuzeni más deseaba pues mediante ella su futuro podría llegar a dominar. Aquel que poseyera la Calavera estaría en disposición de cambiar su destino y aquello representaba un poder tan inmenso que ni el más rico de los reyes, con todo el oro de un continente, podría jamás comprar.

La Dama Oscura situó la calavera sobre el torso desnudo del prisionero en el centro de la bancada. El desdichado gemía e intentaba con todas sus fuerzas romper las ataduras y huir, pero le era imposible. Yuzumi comenzó a entonar una enigmática plegaria en un cántico tan lúgubre y oscuro que parecía conjurar a la propia muerte.

—Bendecida está la premonición por nuestro ancestral Señor de los Muertos —dijo la Dama Oscura, e Isuzeni, respetuoso, inclinó la cabeza ante ella.

Su ama situó ambas manos sobre la Calavera y cerrando los ojos la invocó, utilizando el oscuro e inmenso poder que tanto lo maravillaba. La inconfundible energía vital, con su tonalidad grisácea, que la Calavera devoraba en un eterno festín, comenzó a abandonar el cuerpo de su ama para alimentar al insaciable Objeto de Poder. El corazón de Isuzeni comenzó a palpitar aceleradamente. La arcana magia ya comenzaba a actuar. De inmediato, Yuzumi apartó sus manos y la Calavera asaltó al prisionero sobre el que estaba apoyada para continuar extendiendo su voraz apetito por el resto de los sacrificados. Comenzó a succionar la vida de todos ellos. La grisácea esencia vital fluía desde los cuerpos a la Calavera en un torrente de muerte.

—Hoy permitiré que presencies la premonición —le dijo su ama, e Isuzeni inclinó la cabeza con humildad, pues raras eran las ocasiones en que aquel privilegio le era concedido—. Por tu bien espero, Sumo Sacerdote, que la premonición haya cambiado, pues de lo contrario tu cabeza y entrañas el suelo de esta tienda conocerán.

A Isuzeni la sangre se le heló en las venas y estuvo a punto del colapso debido al terrible miedo que se apoderó de su alma.

—El espejo, rápido —requirió, y dos Moyukis lo llevaron de inmediato situándolo frente a la Dama Oscura. Isuzeni se colocó frente al gran espejo de cuerpo entero y esperó lleno de nerviosismo. ¿Qué les mostraría hoy la calavera? La importancia era inmensa, su vida estaba en juego. Ya apenas quedaba tiempo, la conquista había comenzado. Era ya un todo o nada. Vivirían o morirían en aquella tierra lejana, la calavera lo sabía y podía mostrárselo si así lo encontraba a bien.

Yuzumi situó las manos sobre la Calavera y con los ojos cerrados conjuró con una frase de poder. La energía grisácea salió proyectada desde la calavera al espejo. Isuzeni experimentaba una emoción insana. La Dama Oscura se concentró y comenzó a interactuar con el poder de la Calavera buscando ver aquello que el destino le preparaba. En medio del martirio que sufrían los infelices prisioneros cuya vida se consumía en un infierno de dolor, una imagen borrosa comenzó a formarse en el espejo. Haciendo uso de su inmenso poder, la Dama Oscura comenzó a dar forma a la premonición que la Calavera se resistía a mostrar de forma inteligible. Lleno de unos celos irreprimibles, Isuzeni se concentró en descifrar la escena que en el espejo comenzaba a representarse. Una escena que confiaba y deseaba desesperadamente, hubiera cambiado de forma sustancial.

Temiendo por su vida, Isuzeni oró una plegaria su señor Imork.

Sin embargo, para su desdicha, y sobre todo para la de su ama, la escena que a bien tuvo la calavera mostrar, era una por ambos bien conocida. Su señora yacía tendida sobre una colina cuya hierba estaba teñida de rojo, y, rodeando a Yuzumi, su guardia personal, sus Moyukis, diezmados. Unos abrasados, otros congelados, aniquilados por los elementos.

La imagen desapareció y la Dama Oscura la obligó a volver. Borrosa primero, más nítida al cabo. Y entonces aparecieron las dos odiosas siluetas, siempre de espaldas, un hombre y una mujer: el Marcado y el Alma Blanca. Él inconfundible por el grandioso poder que emanaba así como por la marca en su mano derecha, una gran marca circular de un extraño color dorado, como si un sol de mágica procedencia lo hubiera quemado. Ella, radiante en blanca armadura con yelmo de pluma. Una antiquísima runa grabada a la espalda la identificaba: la runa del alma.

La imagen parpadeó y volvió a desaparecer. Isuzeni miró a su ama y la vio luchando contra la calavera, doblegándola para que le mostrara aquello que ella deseaba ver, las imágenes que con el paso de los años había conseguido arrancarle y concatenar en una escena casi coherente: su destino. La imagen reapareció y la escena continuó desarrollándose. Isuzeni vio al Marcado arrodillarse sobre el cuerpo de Yuzumi. Desenvainó un largo cuchillo de caza y lo puso en el cuello de su ama mientras el Alma Blanca lo contemplaba impasible. El corazón de Isuzeni se heló una vez más, como tantas otras veces antes, pues aquel era el momento que precedía a la muerte de su ama. En ese momento apareció la tercera silueta, otra mujer que se situó junto al Marcado. Las siluetas seguían siendo difusas pero le eran bien conocidas.

La premonición no había cambiado. Seguía siendo la misma. Isuzeni soltó un resoplido. La Dama Oscura se cobraría su cabeza.

Era hombre muerto.

Las rodillas le temblaron, su alma estaba condenada.

En ese momento, la imagen volvió a desaparecer y para sorpresa del Sumo Sacerdote, regresó al cabo de un instante con un pronunciado parpadeo. La escena comenzó a tomar forma y en ella dos mujeres aparecieron. Dos mujeres que Isuzeni no había visto nunca antes. Los contornos eran borrosos, pero se trataba sin duda de dos mujeres. No podía distinguir las caras pues aparecían difusas, pero los cuerpos eran definitivamente femeninos. La dama Oscura soltó un gemido de esfuerzo y continuó luchando por dominar la visión. Isuzeni pudo apreciar que la imagen se focalizaba en el cuello de la primera. En él, un objeto resplandecía con intensidad, con un color… la imagen se volvió más clara e Isuzeni distinguió el color del resplandor, era de un tono blanquecino intenso. De inmediato el viento le vino a la mente y una brisa mística acarició su rostro. La imagen se alejó de la primera fémina y se focalizó en el cuello de la segunda. Al igual que con la otra mujer, un resplandor captó de inmediato su atención. Sin embargo, el nuevo resplandor de gran intensidad, era de una tonalidad azul como el mar. Un sentimiento de agua inundó a Isuzeni. El Sumo Sacerdote quedó boquiabierto, aquella visión era completamente nueva y fascinante. ¿Por qué les mostraba la Calavera aquellas dos mujeres y los objetos que refulgían en sus cuellos? ¿Eran aquellos objetos los medallones que la Dama Oscura había presentido despertar? Muy probablemente, el poder que emanaban era antiquísimo, pero ¿de dónde procedían? ¿Qué tipo de poder proporcionaban? Y lo que era todavía más importante, ¿qué relación tenían aquellas dos mujeres con la Premonición? ¿Qué relación tenían con el destino de la Dama Oscura? Su ama le había contado cómo en la última visión había presenciado el vínculo de unión entre el Marcado y otra joven, realizado a través de unos medallones de gran poder arcano, pero esta visión que estaba presenciando era completamente diferente.

Y mientras todas aquellas preguntas saturaban la mente de Isuzeni, la imagen volvió a desaparecer para reaparecer al momento entre los gruñidos de esfuerzo y rabia de la Dama Oscura que apretando los dientes furiosa intentaba dominar la visión. Isuzeni observó a los prisioneros, sólo dos permanecían con vida, pronto la Calavera se quedaría sin alimento y la visión finalizaría. Un destello traslúcido y brillante proveniente del espejo captó de inmediato la atención de Isuzeni. Centró todos sus sentidos en la visión e identificó de dónde procedía el fulgor: del cuello de un joven en medio de un bosque. No podía verle la cara, pero era un hombre sin duda. Corría entre los árboles colina arriba y según lo hacía Isuzeni vislumbró algo dorado en la manga del hombre. El Sumo Sacerdote entrecerró los ojos para apreciar mejor y el corazón le dio un vuelco, no era en la manga, era en el dorso de la mano.

—¡Es el Marcado! —exclamó eufórico ante la nueva visión.

—¡Argh! ¡Energía, necesito más energía vital! —dijo la Dama Oscura, e Isuzeni comprobó que los dos últimos prisioneros habían muerto. Necesitaban más pero no había tiempo de ir a buscarlos.

—Tú y tú —dijo Isuzeni señalando a dos enormes Moyuki de la guardia de la Emperatriz—. Entregad de inmediato la vida por vuestra señora.

Los dos Moyukis, sin vacilación alguna, dieron un paso al frente.

—Sujetad la Calavera —les ordenó Isuzeni, y ambos guerreros de la élite, fieles hasta la médula, lo hicieron sin dudar.

La energía grisácea comenzó a salir de los cuerpos de los dos Moyukis para alimentar la Calavera y la Dama Oscura apartó un instante sus manos para recobrarse. Respiró profundamente y volvió a colocarlas pues la visión comenzaba a perderse en el espejo.

—¿Dónde está, mi ama, dónde?

La Dama Oscura gimió, la lucha con la Calavera había alcanzado su apogeo, por un instante pareció que iba a sucumbir pero el poder de la soberana se impuso. La imagen volvió a ganar en intensidad y mostró al Marcado corriendo entre bosques.

—¿Dónde, mi señora? —volvió a preguntar Isuzeni.

La imagen comenzó a alejarse del Marcado, como si de un ave que remontara el vuelo se tratara. Isuzeni contempló que tras él dos figuras más corrían acompañándolo, un hombre grande y corpulento y una mujer de cabellos de fuego.

—¿Dónde estáis, dónde?

Volvió a preguntarle. La tensión en su interior era casi insostenible. La imagen se alejó de ellos aún más e Isuzeni pudo contemplar un frondoso bosque de robles.

—Más arriba, más —pidió.

Y la imagen remontó los cielos cual águila real y desde las alturas Isuzeni pudo ver los Mil Lagos y al Marcado en uno de los bosques centrales colindantes a las grandes masas de agua, al este.

—Está… está ahí mismo… —dijo atónito estirando la mano—, al otro extremo de los Mil Lagos… Los Tigres Blancos están batiendo esa zona…

La Dama Oscura soltó la calavera vencida por el descomunal esfuerzo y cayó de rodillas. El insaciable objeto arcano continuó devorando a los dos Moyukis incluso habiendo finalizado la visión.

Desde el suelo, con los puños cerrados en pura ira, Yuzumi gritó:

—¡Su cabeza, Isuzeni, tráeme su cabeza!

—Acamparemos aquí. Es un lugar resguardado —dijo Komir mirando la ladera de la montaña y los hayas que los rodeaban.

Hartz resopló y miró a su alrededor.

—Este es un bosque bastante espeso y dudo mucho que haya un alma en leguas a la redonda… ¿Enciendo una pequeña hoguera?

Komir quedó pensativo, lo prudente sería no hacerlo, pero les vendría bien para recomponerse tras la larga caminata. Llevaban todo el día cruzando aquel bosque a marchas forzadas en dirección este. Estaba cansado y de mal humor, lo primero, por el trayecto y el alto ritmo llevado, y lo segundo… lo segundo por la inesperada traición de Aliana… Todavía no podía creerlo. Komir sabía que en realidad no había sido una traición en sí, pues él no tenía ningún derecho sobre la Sanadora, pero a su corazón así se lo parecía. Una traición sangrienta y muy dolorosa. Desde el momento en que la vio, Komir cayó rendido a sus pies, sin él poder evitarlo. Sabía que no estaba a la altura de Aliana, que él no era más que un montaraz de las tierras altas, casi un salvaje en comparación con una instruida Sanadora, pero su corazón cayó preso de la belleza y bondad de Aliana. Y ahora sentía un dolor intenso en la boca del estómago que lo llenaba de desasosiego. Cuando recordaba el momento en que la vio besar al Príncipe, le costaba respirar, como si el aire le faltara en los pulmones. Estaba verdaderamente dolido, un dolor casi físico, como si le estuvieran horadando el pecho, era algo que nunca antes había experimentado. Se sentía como un animal herido, su corazón estaba roto, y un pesar enorme lo envolvía.

De pronto, la rabia lo poseyó, una rabia que últimamente cada vez surgía con mayor facilidad, una rabia que le hacía perder los estribos y que a Komir no le gustaba nada. «¡Que se quede con el Príncipe! Han nacido el uno para la otra. ¿Qué me importa a mí? He sido un idiota al pensar que algo podría haber entre una Sanadora y un salvaje de las montañas como yo. Nos separa un abismo. ¡Que se quede con su Príncipe y que la parta un rayo!».

—Deja de pensar en ella, amigo…

—¿Tan transparente soy? —reaccionó Komir abandonando sus agrios pensamientos.

—Para mí, sí —dijo Hartz con una enorme sonrisa—. Déjalo estar, no le des más vueltas al asunto. Únicamente conseguirás atormentarte. Él es el Príncipe heredero de Rogdon… tú y yo… unos simples Norriel…

—Pero qué sabrás tú de las cosas del corazón, cabeza de chorlito —exclamó Kayti volviendo con unas ramas secas para la hoguera.

—Algo sabré, ya que tú estás conmigo, digo yo —señaló Hartz sacando pecho.

Kayti comenzó a reír con enormes carcajadas y al grandullón se le subieron los colores. En un instante estaba rojo como un tomate.

—Calla y no me hagas reír. ¡Pero si tuve que dibujarte un mapa para que encontraras mi alcoba!

Komir, que estaba bebiendo, se atragantó con el comentario y terminó tosiendo el agua ingerida. La rabia y el mal humor desaparecieron de su ánimo y se relajó. Lo mejor sería no pensar en Aliana, olvidarla y así el dolor no volvería, si bien Komir sabía que siempre estaría allí, enterrado en lo más profundo de su corazón.

—El corazón de una mujer es complicado de entender, Komir. No des por hecho el significado de lo que tus ojos vieron, pues puede que no fuera tal —le dijo Kayti con tono amable.

—Yo sé lo que vi —refunfuñó Komir.

—Quizás… quizás no. Las mujeres somos complicadas por naturaleza y en lo que se refiere a los sentimientos y al amor, lo somos todavía más. De otro modo, ¿cómo se explica que ame a este zopenco? No tiene explicación, no tiene lógica. Pero así es.

Hartz la miró y sonrió encantado.

—Si puedo darte un consejo, Komir, deja que Aliana halle su camino. Mucho hay en el corazón de la Sanadora y debe hallar por sí misma aquello que la hará completamente feliz. No la alejes de tu lado, no ahora, pues creo que estarías cometiendo un error.

—Podía haberme elegido a mí y eligió al Príncipe, no veo que haya nada más por lo que esperar.

Kayti suspiró.

—Como quieras, Komir… pero la cuestión no es tan simple como la presentas.

Hartz y Kayti encendieron la hoguera en medio de una nueva trifulca de enamorados que el grandullón perdería a todas luces. La pelirroja, poco a poco, había conseguido que los sentimientos de Komir hacia ella no fueran tan negativos, pero Komir, aunque la toleraba ahora quizás más de lo que hubiera deseado, seguía sin fiarse de ella en absoluto. Algo ocultaba desde que se conocieron, y nunca lo había revelado. Komir mantenía un ojo en ella a todas horas pues no olvidaba que Kayti era un Caballero de la Hermandad de la Custodia, y aquella Hermandad no le daba buena espina… Cada vez se daba más cuenta de que todos y cada uno de los que le rodeaban perseguían un objetivo propio, una causa propia, y que no necesariamente encajaba con la meta que él perseguía. Pensó en Haradin, y como incluso el Gran Mago de Rogdon, tan poderoso, tan sabio, perseguía sus propios fines y no le había desvelado todo lo que sabía. La rabia volvió a nacer en el estómago de Komir, pero la aplacó, no sin esfuerzo.

«Será mejor que me centre en pensar en lugar de dejar que la rabia actúe por mí. Mejor repensar lo que Haradin me dijo al partir, quizás reveló algo más de lo que realmente deseaba inadvertidamente y me pueda servir».

Se arrebujó en la capa de lana oscura y cerró los ojos recordando la escena de aquella misma mañana. Habían arribado al Faro de Egia, Haradin los acompañaba. Descendieron desde el sótano del gran faro hasta el subterráneo Templo del Éter. Komir se percató de que los Sacerdotes de la Luz trabajaban allí sin descanso, entrando y saliendo sin la necesidad de usar el Medallón Sombrío para abrir las cámaras selladas.

—¿Cómo han logrado abrir las cámaras? —preguntó a Haradin al llegar a la sala mortuoria del Señor del Éter.

—Por lo que me ha contado el Abad Dian, uno de los sacerdotes, un aplicado estudioso del mundo de los Ilenios, ha descubierto la forma de mantenerlas abiertas. Algo sobre resolver un complicado jeroglífico…

—Ese ha sido Lindaro, me juego mi oreja izquierda —señaló Hartz que avanzaba a su lado.

—Pues claro que ha sido Lindaro cabeza de alcornoque, ¿quién va a ser sino? —le dijo Kayti—. Y no te juegues las orejas que bastante feo eres ya de por sí. Además, las necesito para tirar de ellas.

Hartz guiñó un ojo a Kayti, socarrón.

—Veo que conocéis al estudioso sacerdote de la Luz.

—Sí, es amigo nuestro —dijo Komir sin querer revelar más.

—El Abad Dian nos ha dicho que partió hacia el reino de Erenal hace ya semanas y que no tiene noticias de él. Está muy preocupado —dijo Kayti.

—Creo que se dirigía a la Gran Biblioteca de Bintantium… —dejó caer Haradin.

—Seguro que a investigar algún embrollo de los malditos Ilenios y sus malas artes —ladró Hartz.

—Eso no lo sabemos… —señaló Haradin.

—¿Por qué sino iba a abandonar este lugar? El mayor descubrimiento de la centuria, lo llamó. ¡Si estaba enamorado de este lugar! No, si se ha movido de aquí es porque hay Ilenios de por medio y un lío mayúsculo, ya veréis...

—Algo de razón no le falta… —convino Kayti.

—De momento nada podemos hacer por él —dijo Komir—, mejor seguir con nuestro acometido y rogar a las tres diosas que lo protejan allá donde esté.

Hartz asintió y siguió adelante pensativo.

Descendieron al portal bajo la cámara funeraria y Komir, haciendo uso del medallón Ilenio, lo activó. Para su sorpresa no le resultó muy difícil hacerlo. Cuanto más hacía uso del medallón y de la magia Ilenia, más sencillo le resultaba. Era como si inadvertidamente su mente estuviera aprendiendo a usarlo. El anillo exterior se iluminó con el dorado de la magia Ilenia bañando de poder a las runas esculpidas en su interior.

—Francamente increíble —señaló Haradin contemplando el portal.

—Sí que lo es, parece un gran espejo —dijo Hartz que acercándose a la superficie líquida del interior del anillo la tocó con su dedo índice. Una onda se desplazó por toda la superficie de plata como si de un pequeño lago se tratara.

—¿Y ahora? ¿Cómo manipulamos el portal? —preguntó Kayti.

—Ah, para eso os he acompañado, mis queridos aventureros. Permitid a este Mago interactuar con el artefacto pues algo puede que logre, si bien nada puedo garantizar. Mis contactos se encuentran al Este, en los Mil lagos, allí debéis ir pues ellos la localización de los otros dos Portadores tienen y hasta ellos os pueden conducir.

Haradin abrió los brazos en cruz y realizó unos movimientos con su báculo de poder mientras entonaba. El anillo dorado refulgió con intensidad y las runas en él talladas comenzaron a desplazarse, cambiando de posición. Komir observaba al Mago sin entender qué era lo que estaba haciendo al interactuar con las runas.

—Ayúdame, Komir. Necesito del poder de tu medallón para localizar a los Portadores.

—¿Qué tengo que hacer? —preguntó Komir perplejo.

—Piensa en los portadores.

—¿En la Masig? Umm, de acuerdo, lo intentaré.

Komir cerró los ojos y se concentró intentando recordar los rasgos de la bella Masig de tez rojiza. Su rostro apareció en la mente de Komir y al cabo de un instante el medallón refulgió con intensidad.

—Eso es —dijo Haradin que seguía manipulando las runas del portal—. Una vez más, Komir, ya casi lo tengo.

Komir volvió a repetir el ejercicio mental y un nuevo resplandor surgió del medallón.

—¡Ya está! —exclamó Haradin con una gran sonrisa— Mirad.

Los tres compañeros miraron el portal y Komir se percató de las tres runas en la parte superior que aún emitían un resplandor dorado.

—No entiendo nada —proclamó Hartz.

Kayti se acercó a observar las runas.

—Las tres runas que el Mago del Rey ha situado marcan el destino del portal. ¿Cierto?

Haradin sonrió.

—Es algo más complicado que eso, pero sí, podríamos decir que sí, Caballero de la Hermandad de la Custodia.

Kayti lo observó un momento, como intrigada.

—¿Entonces estamos listos para cruzar? —preguntó Hartz con mueca de impaciencia y echándose el morral de víveres a la espalda junto a su gran espada Ilenia.

—Creo que funcionará. El portal debería llevaros al templo o construcción Ilenia más cercana al Portador. Lo que desconozco es cuál es ese punto o a qué distancia os dejará del Portador pero estoy convencido de que atajaréis.

—En ese caso ¿a qué esperamos? —dijo Hartz con su característico optimismo, y se dirigió al portal. Se detuvo un momento, miró a Kayti y le guiñó el ojo.

—Espérame, cruzaremos juntos—le dijo ella y ambos, agarrados de la mano, entraron en el portal para desaparecer en su argente superficie líquida.

Komir se dispuso a cruzar, cuando Haradin lo detuvo.

—Hay algo más que contigo debo tratar antes de que partas, Komir.

—Podías haberlo mencionado antes... —protestó Komir extrañado.

—Es algo para nuestros oídos solamente.

—Adelante, aunque lo que tengas que decirme puedes decirlo delante de Hartz.

—El gran Norriel no me preocupa, Komir, en la pureza de su corazón y su lealtad a ti confío por completo.

—¿En ese caso...?

—Es la pelirroja la que me preocupa... De ella no debes fiarte, Komir. Es un Caballero de la Hermandad de la Custodia y sus propios fines persigue. En concreto, los fines del Caballero Maestre de la Hermandad.

—Hace tiempo que lo sé, Mago. Sé que algo persigue y que por ello me acompaña. Algo que no quiere desvelarme y hace mucho que no me fío de ella. Si no fuera por Hartz... ya me hubiera deshecho de su incómoda presencia...

—Mantén tus ojos abiertos, los de tu amigo no lo estarán. No reconocerá la traición cuando llegue.

—Gracias por la advertencia, pero no era necesaria —dijo Komir mirando la empuñadura de su espada.

—La advertencia no era de lo que deseaba conversar contigo. ¿Recuerdas un medallón, un medallón que tus padres guardaban con ellos? Una gema redonda, negra como la noche, con más de 150 caras, del tamaño de una gran ciruela, encajada en un aro de oro puro y con una larga cadena también de oro.

—¿Te refieres al Medallón Sombrío, al medallón de mi madre?

—Sí, creo que sí...

—¿El medallón que nos condujo hasta aquí y abrió las puertas selladas?

—Ese, sí. ¿Sabes dónde está?

—Lo dejé con Lindaro, él debería de tenerlo. ¿Por qué te interesa, Haradin? —preguntó Komir intrigado. Es más, ¿qué sabes de él?

—Ese medallón... es muy especial, en realidad... Por ello a tus manos ha de volver.

Un arrebato de furia que apenas pudo controlar estalló en el interior de Komir.

—¡Basta de acertijos! ¿Qué sabes del Medallón Sombrío? ¿Para qué lo quieres? ¡Dímelo, Haradin!

Haradin alzó los brazos intentando calmar a Komir.

—No es que yo lo quiera, Komir. Es que debe estar contigo. Te pertenece, en cierta forma. Es un artefacto de poder Ilenio muy singular… Si bien, como lo tenían tus padres, asumiste pertenecía a tu madre, cuando en realidad no era ese el caso.

—¿No? ¿A quién pertenecía? ¿Y cómo es que tú sabes de la existencia de ese medallón?

—Veras, Komir… sé de su existencia pues fui yo quien lo halló…

Komir lo miró con ojos centelleantes.

—Déjame explicarte… En una de mis expediciones en busca del Libro del Sol de los Ilenios, uno de los dos grandes compendios de conocimiento de la Civilización Perdida, accidentalmente, o por suerte, según quiera uno interpretarlo, encontré el medallón en unas ruinas en medio de los desiertos Noceanos. Es un medallón muy, muy especial. Por una razón que si bien no llego a entender completamente, sí es extremadamente significativa.

—¿Qué razón es esa?

—Que fue el Medallón Sombrío el que me condujo hasta ti aquella aciaga noche que te encontré, siendo tú tan sólo un bebé.

—¡Explícate! —demandó Komir con la ira explotando en su interior como un volcán en plena erupción.

—Cálmate, Komir, por favor… Te lo explicaré todo. Una mañana, me encontraba estudiando el Libro del Sol de los Ilenios, es un grimorio de un valor e importancia sin parangón, cuyo paradero finalmente conseguí descubrir tras muchos años de búsqueda infructuosa. Incontables fueron las búsquedas fallidas, pero finalmente logré hacerme con él, un tomo arcano importantísimo pues narra parte de los secretos de los Ilenios. Aquella mañana, algo sumamente insólito sucedió: el Medallón Sombrío despertó repentinamente. Todavía lo recuerdo como si fuera hoy mismo. Comenzó a emitir fulgores dorados a intervalos, lo cual me dejó completamente perplejo, era como si latiera con vida propia, algo extremadamente insólito. En un principio pensé que estaba relacionado con mi estudio de la poderosísima magia Ilenia que el Libro del Sol encierra, pero cerré el libro y me aseguré de que no hubiera hechizo alguno en curso. Pese a ello, el medallón continuó emitiendo pulsaciones doradas. Nunca antes se había manifestado. Intrigado, lo sujeté en la mano, y al hacerlo, el medallón buscó mi energía interna y comenzó a usarla. Aquello me dejó verdaderamente perplejo, ya que los Objetos de Poder no suelen requerir de fuentes de poder externas para actuar. Por lo general, son objetos hechizados con sus propias características y limitaciones. Pero el Medallón Sombrío utilizó mi energía para crear un Hechizo, para mostrarme una visión. Aquello me dejó pasmado.

—¿Qué visión te mostró, Haradin? —quiso saber Komir.

—Eso es lo más significativo de todo pues fue a ti a quien mostró —dijo Haradin señalando el pecho de Komir—. Un indefenso bebé durmiendo plácidamente en su cuna, bien arropado, una visión casi idílica. Pero acto seguido me mostró otra escena mucho más perturbadora. Me reveló a tres Asesinos Oscuros. En sus muñecas portaban brazaletes de plata y por lo que intuí de la visión, estaban hechizados para hallarte. Así fue como llegaron hasta ti Komir, siguiendo los destellos de los brazaletes hechizados.

—¿A mí? ¿Pero por qué a mí?

—Esa respuesta no la tengo, ni ahora, veinte años después. Lo lamento.

—¿Intentaste detenerlos? ¿Salvar a mis padres?

—Lo intenté, Komir. Debes creerme cuando te digo que verdaderamente lo intenté. Salí en tu rescate sin perder un instante y guiado por el Medallón Sombrío llegué a la casa de tus padres… Por desgracia, llegué un soplo demasiado tarde. El primero de los Asesinos Oscuros se me había adelantado, por apenas un suspiro… La sangre de tus padres abandonaba sus cuerpos sin vida todavía caliente… Lo hallé sobre la cuna, la daga alzada, a punto de acabar con tu vida. Conjuré con rapidez y evité que te matara. El enfrentamiento fue escalofriante y la habilidad de aquel Asesino, impensable. Sobreviví, he de reconocer, más por instinto y suerte que por mi propia pericia en el combate. Asustado, herido y consciente de que dos más se acercaban, huí contigo en brazos sin mirar atrás.

—¿Eso es lo que quieres que crea, Mago?

—Esa es la verdad, y tal como sucedió te lo he contado, Komir.

—¿Quieres que crea que nada sabías de mis padres, de mi origen? ¿Que fue el medallón quien te guió allí a ciegas?

—Así es como sucedió y es de una importancia que no creo alcanzas a ver, amigo mío.

—Tú no eres mi amigo, Mago. Tus respuestas nunca son completas, algo siempre me ocultas. Al igual que otros que me rodean, tus propios fines andas persiguiendo, no creas que no lo veo, y por ello no me fío de ti.

—Lamento en el alma no contar con tu confianza, joven Norriel. Puedo asegurarte que tu camino y el mío viajan paralelos. Pero aún así, es vital que comprendas la importancia de cuanto te he contado. El Medallón Sombrío es la clave aquí, pues fue ese Objeto de Poder el que evitó tu muerte. Este hecho es extremadamente significativo, joven Norriel, porque vincula tu vida a los Ilenios. ¿Lo entiendes? Existe un vínculo directo entre tu persona y la Civilización Perdida.

—¡Eso no puede ser! ¡Has pasado demasiadas horas estudiando tus malditos tomos Ilenios! —bramó Komir con un gesto despectivo.

—No, Komir, estoy perfectamente cuerdo. El Medallón Sombrío previó tu muerte y, en última instancia, la evitó, alertándome. ¿Por qué? La respuesta muy sencilla al tiempo que endiabladamente compleja es: porque los Ilenios desean que permanezcas con vida.

—¡Estás más loco de lo que creía! ¡Estáis todos locos con vuestras profecías y destinos malditos! ¡Dejadme en paz! —exclamó Komir fuera de sí— Los Ilenios hace miles de años que murieron, ¿cómo van a desear que yo viva? ¿No ves que es una locura lo que hablas? ¡Has perdido la razón!

—Todas las respuestas no tengo, Komir… Sólo te cuento aquello que he llegado a descifrar y comprender. Tu vida está ligada a los Ilenios por algún propósito, y tarde o temprano se te revelará. Es vital que entiendas lo que ello supondrá, las repercusiones que pueda llegar a tener en ti, en tus compañeros, en todo el continente… El Medallón Sombrío es la primera prueba de ese hecho, el medallón que de tu cuello ahora cuelga, el Medallón del Éter, la segunda. Puedes repudiar la verdad, pero no por ello dejará de serlo. Mi deseo es el de avisarte para que, llegado el momento, obres con valor y, sobre todo, con inteligencia.

Komir encaró el portal dando la espalda al Mago. La cabeza le dolía, demasiadas preguntas sin respuesta, demasiada información inverosímil circulaba por ella a gran velocidad. Sentía la mente embotada. No podía pensar. Se dio la vuelta y mirando a Haradin le dijo:

—Dos preguntas te voy a hacer, Mago, y harías bien en contestar la verdad.

Haradin lo miró a los ojos y asintió.

—¿Quién mató a mis padres? ¿Quién envió a los Asesinos Oscuros hace 19 años y a los Tigres Blancos después?

Haradin respiró profundamente.

—No lo sé, Komir. Si lo supiera te lo diría. Lo que sé es quién me envió a encontrarte. Y es lo que te he narrado.

Komir le lanzó una mirada asesina pero Haradin la aguantó, impertérrito.

—¿Conocías a mis padres… a los que me dieron vida?

—No, Komir. No llegué a conocerlos. Por lo que indagué tras su muerte eran queridos y respetados en la comunidad. Nada más sé de ellos. El enemigo acechaba, me buscaba para llegar hasta ti, no quise arriesgarme a ser descubierto, desaparecí borrando el rastro tras de mí. Pero sé que siempre han estado buscándote, desde aquel aciago día, y durante todos estos años, en secreto, acechando en las sombras, intentando hallarte para darte muerte.

—¿Y cómo es que no me encontraron?

—Eso, mi joven Norriel, mejor lo puede contestar la Bruja Plateada.

—¡Estoy harto de tus juegos! —exclamó Komir, rabioso, y se dio la vuelta y cruzó el portal Ilenio. Ya había tenido suficiente del Mago y sus medias verdades.

Tal y como Haradin había previsto aparecieron en un templo Ilenio: el Templo del Aire por lo que Komir había podido captar. Ni

Hartz, ni Kayti, tenían conocimiento alguno sobre la simbología Ilenia grabada en las paredes del templo pero Komir sentía la presencia del elemento Aire. Tras recuperarse de los efectos perniciosos del paso a través del portal, Komir se las ingenió, no sin mucha fortuna, para activar con su medallón el salvaje torbellino de aire que los llevó fuera del templo. Se percataron al despertar en una orilla de que el templo estaba, en realidad, sumergido en medio de un gigantesco lago.

Hartz no tardó ni un instante en protestar.

—¡Maldito torbellino de viento de los demonios! ¡Malnacidos Ilenios, sus templos y sus tretas! ¡Casi vomito mis entrañas y estoy totalmente mareado!

Kayti se acercó hasta él y le dio un beso en la mejilla, acallando de inmediato todas las quejas.

De allí se habían dirigido en dirección este como estipulaba el plan.

Y ahora el calor de la pequeña hoguera estaba reconfortando el cansado cuerpo de Komir. «Un día intenso el de hoy. Confesiones insólitas, medias verdades de Haradin, viajes a través de portales Ilenios, el Templo del Aire sumergido en un lago infinito, el torbellino gigante, marchas forzadas cruzando los bosques… sí, un día realmente intenso». Pero por fin podría descansar un poco.

Kayti ya realizaba la primera guardia. A Komir se le hacía extraño verla sin su armadura blanca. La había perdido en la travesía por el desierto. Ahora los tres vestían ropajes de Rogdon en azul y plata y si bien eran de excelente material, todavía no se había acostumbrado a verlos. Las cotas de malla que les habían proporcionado habían sido confeccionadas por un maestro artesano, probablemente el propio artesano del Rey pues la calidad era excepcional. Los jubones de cuero teñidos en azul con ribetes en plata debían costar una buena suma en oro. Las botas de cuero eran cómodas y los brazaletes de cuero reforzado podían muy bien detener un tajo. Habían regresado con harapos, y necesitaban nueva vestimenta, sobre todo Hartz que parecía un auténtico mendigo.

Contemplando al gigantón roncar suavemente al otro lado de la hoguera, Komir comenzó a sentir un sueño arrebatador y se dejó vencer, pues su cuerpo lo necesitaba. No sabía cuánto tiempo llevaba dormido cuando comenzó a oír una voz distante en su mente. Una voz clamando su nombre desde una gran distancia: *Komir... Komir... Komir...* La voz le era familiar pero sonaba tan lejana... Quiso despertar pero el cansancio se lo impidió. *Komir... Komir... Komir...* repetía la voz. El cuerpo comenzó a dolerle de forma aguda como si lo fustigaran, pero no era un dolor físico. Luchó contra el martirio mientras en su mente, poco a poco, una imagen se fue formando: a cueva de Amtoko.

Una voz áspera y fría, que reconoció de inmediato, lo saludó.

—Veo que sigues sin responder a mis llamamientos, joven Norriel. No sabes el trabajo que me cuesta conseguir que nuestro vínculo de sangre establezca contacto.

Amtoko, la Bruja Plateada de los Norriel, estaba sentada junto al fuego de la hoguera en el interior de su lóbrega cueva, con aquel enorme felino negro a su lado.

—Y yo veo que sigue doliendo tanto como antes, sino más... Me dijiste que el dolor disminuiría, Amtoko...

La bruja soltó una risita con una mueca divertida.

—¡Ah! No creas todo lo que te cuente una vieja bruja chiflada. Otra lección de vida aprendida, joven Norriel.

—Muchas lecciones estoy aprendiendo últimamente, demasiadas...

—¡Ah, mi querido amigo, pero la vida no es más que un cúmulo de lecciones por experimentar y aprender! Algunas bien, algunas mal aprendidas —dijo mirando a Komir con otra extraña mueca.

—Antes de que me intentes embaucar con tus visiones y el destino de los Norriel, quiero que me respondas a unas preguntas, o nada más tendremos que hablar tú y yo, Bruja Plateada.

—Pero mi querido, Komir, ¿a qué se debe esta hostilidad tan mal dirigida? Yo estoy de tu lado, siempre lo he estado, desde que llegaste a la aldea...

—Precisamente de eso quiero que hablemos, Amtoko. Nunca me contaste que conocías a Haradin...

La bruja lo miró con una mirada de inteligencia.

—Nunca me lo preguntaste, joven Norriel. Una vieja bruja soy, mucho llevo sobre la faz de esta tierra, y muchas personas he conocido… la mayoría han perecido ya, otras todavía no…

—No me des medias respuestas, Amtoko. ¡Sabes perfectamente a qué me refiero!

Amtoko alzó la mano para detener el arrebato de Komir.

—Conozco a Haradin, sí, un buen amigo es el Mago Rogdano. Amigo del pueblo Norriel siempre ha sido. Lo conozco desde hace muchos años. ¿Satisfecho?

—¡No, no estoy satisfecho! ¡Estoy cansado de que no me digáis toda la verdad!

—¿Qué deseas saber, mi querido Norriel? Pregunta y tu curiosidad será satisfecha.

—Te preguntaré lo que a él le he preguntado, ¿sabes por qué intentaron matarme cuando era tan sólo un bebé? ¿Sabes quién envió a los Asesinos Oscuros?

—No, Komir, no lo sé. Nunca lo he sabido.

—Haradin me contó que algo hiciste para ocultarme de mis perseguidores, ¿el qué? Y será mejor que me lo cuentes todo...

—Ah, sí… el gran Hechizo de Ocultación… Un gran hechizo fue aquel, sí. Todo un orgullo para una vieja chiflada como yo. Haradin con su gran poder me ayudó a conjurarlo. Fue grandioso. Sí, sobre aquel medallón misterioso, negro como la noche, lo conjuré. Mientras el medallón contigo esté ocultará tu poder, tu don, tu esencia a todos cuantos te busquen. Por ello no fuiste hallado en 19 años. Su área de efecto es de varias leguas, mientras no te alejes de él más que eso, no quedarás al descubierto.

—¿Y cómo me hallaron entonces?

—¡Ah! Los jóvenes que poca memoria para el detalle trascendente tienen… El desagradable incidente de la Ceremonia del Oso desató todo tipo de rumores, y te sorprenderías las distancias que pueden llegar a recorrer, sobre todo si jugosos son… y los oídos hasta los que pueden llegar, si se trata de oídos a la escucha y alerta…

—Entiendo… fue por eso… tu conjuro no falló...

—No, no falló, es más, debería seguir en efecto pues un gran conjuro fue, no muchos como ese he sido capaz de realizar en mi longeva vida —repitió con una mueca de felicidad—. Bueno, eso no es del todo cierto, ahora que lo pienso, un segundo hechizo similar realicé algo más adelante.

—¿Un segundo hechizo de ocultación?

—Sí, también muy poderoso, muy similar al tuyo.

—¿Para quién?

—Para Haradin, quién sino —dijo la bruja con una sonrisa.

—¿A quién más quería ocultar el Mago Rogdano?

—Eso nunca me reveló, dijo que era mejor que no lo supiera por mi bien, y acepté su consejo. Cuando un viejo amigo te intenta proteger es mejor aceptar su recomendación, suele tender a alargar la existencia de uno. Apareció una noche en mi cueva, unos meses después de haberte traído a ti a la aldea, y me pidió que repitiera el gran Hechizo de Ocultación. Con él cinco hombres iban. Sus Vigilantes, los llamó.

—¿Qué hechizaste, Amtoko, otro medallón Ilenio?

—No, eso fue lo que más me sorprendió de la petición del Mago. Cuatro piedras rúnicas me trajeron, del tamaño del brazo de un hombre, y sobre ellas me pidió que realizara el gran hechizo.

—¿Piedras rúnicas? ¿Qué son, para qué sirven?

—¡Ja! Mi joven Norriel, años me llevaría explicarte todos los conceptos relacionados con la magia, la energía, la naturaleza y el tiempo. Por desgracia, y aunque gustosa te enseñaría, no es momento adecuado para ello. Digamos, para que tu mente de osezno lo entienda, que esas piedras rúnicas que Haradin me trajo, tenían una característica especial: el poder de absorber y conservar la magia de un hechizo por muy largo tiempo. Dónde las había hallado, y las inscripciones que en ellas estaban talladas, lo desconozco. No pregunté, pues asunto de esta vieja bruja no era. Lo que sí sé es que era asunto de vida o muerte para Haradin y me pidió me apresurara.

—¿Por qué no me lo habías contado hasta ahora?

—Por dos razones, mi querido Norriel: la primera y más importante, que Haradin me pidió jamás revelara a nadie el motivo de aquella visita secreta pues la vida de personas inocentes estaba en juego. Y la segunda, porque nunca me lo habías preguntado —dijo con una sonrisa pícara.

—¿Me lo hubieras contado?

—Umm… quizás sí, o quizás hubiera esperado al momento propicio. A un momento como este.

Komir resopló airadamente dejando salir toda su frustración. ¡Cómo odiaba el secretismo de todos aquellos Magos y Brujas!

Intentó calmarse.

—¿Funcionará todavía el hechizo en el Medallón Sombrío?

—Por supuesto, mi joven guerrero, y en las piedras rúnicas también. ¿Es que no lo tienes contigo?

—No… lo tiene… Lindaro…

—A él no le hará ningún bien. Sólo a tu persona es capaz de ocultar, bueno, a tu persona y a aquellos con un Don, un poder similar al tuyo... Deberías recuperarlo lo antes posible. Es de gran valor y ocultará tus movimientos al enemigo. Es más que probable que sigan buscándote… para darte muerte. Sí, mucho me temo que así es.

Komir quedó pensativo. Debía encontrar a Lindaro para recuperar el Medallón Sombrío pero no tenía ni idea de donde podía encontrarse el buen hombre de fe.

—Está bien, Amtoko, ahora dime, ¿a qué se debe este llamamiento? Si vienes a decirme que estamos en peligro, puedo asegurarte que ya lo sé. La guerra está diezmando Rogdon, la situación del reino es crítica, miles de Rogdanos han muerto y los supervivientes se parapetan tras las murallas de Rilentor, huyendo de la muerte y destrucción que campa a sus anchas por el reino. Estamos inmersos en una misión para el Rey Solin.

—Sí, mi inexperto osezno, sé lo que Haradin y el Rey te han pedido: que encuentres a los otros dos Portadores y los conduzcas a Rilentor. No es eso por lo que estamos aquí tú y yo. Aunque… quizás… lo sea en parte… si bien una parte de un todo más crucial.

—No puedo seguir tus pensamientos enrevesados, Amtoko...

Amtoko soltó una risita.

—Desde que abandonaste nuestra pequeña aldea en busca de tu venganza personal, has estado muy ocupado, ¿verdad? ¿Qué es eso que cuelga a tu cuello? —le preguntó la bruja señalando el medallón Ilenio.

—Es un… —comenzó a explicar Komir.

—Sé lo que es, muchacho. Te he estado observando siempre que me ha sido posible. Conozco bien todas tus andaduras. Y las de tus compañeros. Así que no intentes esconderme nada. Seré una bruja medio loca y algo senil, pero todavía discurro con asombrosa rapidez para mis años.

—Que todo lo ves y de la agilidad de tu mente no tengo la más mínima duda, Amtoko. Nada tengo que ocultarte, ¿por qué tendría?

—¡Ja! El corazón de los hombres tiene una facilidad natural para enturbiarse cuando entra en contacto con el poder. El ansia de poder, de grandeza, de dominio, corrompe el alma más pura. Ese medallón Ilenio que llevas a tu cuello es de un poder tan increíble que no creo alcanzas a entender.

—Es un medallón hechizado y me ha salvado la vida en varias ocasiones. Es cuanto sé y cuanto me importa.

—¡Ah, pero ahí mismo, en esa frase, está la pura esencia de lo que intento transmitirte! Un medallón o cualquier otro Objeto de Poder no puede salvar a nadie, pues nada más que un objeto es. Mi querida pantera puede salvarte, yo puedo salvarte, un objeto mágico, no. Sólo es un objeto, con un fin, el de ser utilizado por alguien.

—Pues este objeto me ha salvado, por sí mismo, es cuanto puedo decirte.

—Y eso, precisamente, osezno mío, es lo que una importancia vital tiene. Ese Medallón Ilenio está ligado a ti, a tu destino. De otro modo no lo hubieras hallado y mucho menos habría actuado para salvarte la vida.

—¿De qué destino me hablas, Amtoko? ¿De aquel sobre el que me advertiste cuando partí de la aldea o de uno diferente? Te recuerdo que nunca mencionaste los medallones ni a los Ilenios. Me dijiste que me dirigiera al Faro de Egia y después al este, y así hice.

—Y ¿qué es lo que hallaste en ambas búsquedas?

—Por poco la muerte en ambas ocasiones…

—Sin riesgo no hay recompensa, mi joven guerrero. En ambas ocasiones encontraste medallones Ilenios. Primero el que llevas contigo y más tarde a otros dos Portadores que regresaban del este, una tal Aliana… y Asti… si no capté mal.

Tras la mención del nombre de la Sanadora, Komir se puso tenso y un dolor ácido le erosionó el pecho.

—Hice lo que me pediste, el porqué lo desconozco. Pero no me ha llevado al fin que buscaba. Sigo sin saber quién es el responsable final de la muerte de mis padres. Sigo sin haber podido vengarlos. Pero al menos ahora dispongo del medallón, y estoy seguro me ayudará a conseguirlo.

—¡Ah, la eterna búsqueda de venganza que tu alma clama! Una búsqueda necia y sin sentido, pero tu búsqueda, después de todo. En cuanto a tu Destino, uno es y sólo uno. En efecto nada de los Ilenios te mencioné pues nada de ellos mi talento me permitió ver. Muy probablemente debido a la poderosa magia Ilenia que los ocultaba a mi Don. Pero no te confundas, mi querido Komir, tu Destino uno es, y sigue siendo el mismo que en su día te anticipé. El mal ya llega, muy cerca está, un mal portador de un sufrimiento infernal para todo Tremia. He usado mi Don y viajado por los hilos del Destino, navegando la intrincada tela de araña que lo conforma. He logrado vislumbrar a los jugadores de la gran partida, por fin, después de tanto tiempo intentando verlos y sólo consiguiendo interceptar sus velados movimientos. La partida entra en su fase final, Komir, debes estar preparado. Lo que tanto temíamos ya llega. Rogdon caerá, las grandes naciones serán derrocadas, el equilibrio de poderes tal y como lo conocemos desaparecerá para siempre bajo una negra manta de destrucción y dolor. Miles y miles de personas morirán. Hombres, ancianos, mujeres y niños. Nuestro pueblo, al igual que otros, será aniquilado. Los Norriel no sobrevivirán a este mar de dolor, sangre y muerte que hasta las tierras altas llegará. Ese destino, tú destino, no ha variado.

—¿Qué debo hacer, Amtoko? ¿Cómo puedo evitar que mi pueblo muera?

—Debes alzarte firme ante el negro mar de odio y sufrimiento y combatirlo. Mantente firme, como una roca; que las mareas salvajes de dolor y sangre te golpeen, recio como un roble, y pese a todo, inamovible. Lucha contra el mal por diminuta que parezca la oportunidad de victoria, por pequeñas que sean las posibilidades de alcanzarla. Y cuando toda esperanza parezca haberse perdido, incluso entonces, mantente erguido, inamovible, desafiando las tempestades del mal.

—¿Sobreviviré? ¿Sobreviviremos? —preguntó Komir lleno de preocupación, ya no sólo por su vida sino por la de sus compañeros y por la de todos los Norriel.

—Eso, mi joven osezno, es lo que muy pronto averiguaremos.

Komir la miró a los ojos y constató que la vieja bruja no conocía el desenlace de su Destino. El dolor del vínculo de sangre era cada vez más intenso y comenzaba a resultar una tortura insufrible.

—Una cosa más, Komir. Dos hilos veo tejidos en tu destino por encima del resto. Uno negro como la muerte que ya se aproxima inexorable. Otro dorado como el sol, y que inicialmente no logré ver, que con los Ilenios está relacionado. Ambos hilos conformarán tu Destino final, el destino de todo Tremia.

Komir la miró lleno de incertidumbre y sintiendo una carga tan descomunal sobre su persona que sólo deseaba salir corriendo. Como leyendo el miedo en sus ojos, Amtoko lo miró fijamente y proclamó:

—No irás a ningún lado, Komir, pues aquellos que la marea negra forman y ya vienen, con mi poder he visto y no los rehuirás aunque sus huestes miles de soldados las forman.

—¿Por qué estás tan segura?

—Porque los he visto, Komir, y los ojos rasgados tienen. Los mismos ojos que los Asesinos Oscuros y los Tigres Blancos.

Komir sintió una rabia descomunal explotar en su interior.

—¡Los mataré! ¡Los mataré a todos! ¡A todos!

—Y ahora, joven Norriel, despierta, pues el peligro ya te acecha.

Komir despertó sobresaltado y abrió los ojos de par en par. Al otro lado de la hoguera dos hombres en oscuras vestimentas lo observaban.

—¡Alarma! —gritó sobresaltado.

Hartz se puso en pie de un salto y desenvainó su gran espada Ilenia mientras Komir aferraba sus armas. Kayti apareció de detrás del árbol donde estaba escondida.

—¿De dónde demonios han salido? —exclamó contrariada.

—No lo sé pero van derechitos a una fosa —clamó Hartz blandiendo su mandoble.

—Eso no será necesario —dijo uno de los dos hombres con tono apaciguador—. Nos envía Haradin. Pertenecemos a sus Vigilantes. Debéis acompañarnos de inmediato, hemos localizado a los otros dos Portadores. Vamos.

—¿Por qué tanta prisa? Esperemos al amanecer, es noche cerrada —dijo Komir desconfiando.

El vigilante negó con la cabeza.

—El enemigo ya está aquí. Para el amanecer habremos muerto todos.

Encuentro en los Lagos

Lasgol, camuflado entre la espesura, observaba con detenimiento el valle lejano. Desde lo alto de la colina boscosa, al cobijo de un roble centenario, oteaba la distancia con creciente preocupación. El pavoroso humo de la guerra llenaba cuanto se veía hasta alcanzar el horizonte, tras los grandes lagos. Leguas y leguas de territorio del medio este parecían estar ardiendo y en dos grandes cónclaves las columnas de humo que ascendían hacia el cielo eran de unas dimensiones escalofriantes. El corazón de Lasgol encogió mientras intentaba razonar lo que contemplaba pues algo iba mal, terriblemente mal. Las disputas fronterizas entre los reinos de Erenal y Zangría eran por todos bien conocidas, pero aquello que estaba contemplando no eran las consecuencias de simples escaramuzas fronterizas, era destrucción absoluta. Ambos reinos ardían y estaban siendo arrasados, lo cual era impensable.

De entre unas raíces, la cabeza de la siempre curiosa Sonea apareció a su lado para observar el terrible espectáculo.

—Pero… no puede ser… —balbuceó llena de incredulidad y angustia ante lo que estaba contemplando—, según mis cálculos… aquello debe ser… Erenalia… y ¡arde!

Lasgol le puso la mano en la boca de inmediato y la amonestó con una severa mirada. Sonea tardó un momento en recuperarse y Lasgol la siguió amordazando para evitar que su lamento llegara a oídos indebidos. A aquella altitud, un grito en alas de la brisa podía viajar lejos, y el peligro los rodeaba… Finalmente Sonea pareció sosegarse y lograr algo de compostura. El Rastreador la soltó.

—¿Lasgol, es… es eso que arde mi hogar? ¿Está… Erenalia ardiendo? Dime que me equivoco.

—Intenta tranquilizarte, Sonea, no sabemos quién puede estar merodeando.

Sonea asintió y miró a Lasgol, sus grandes ojos negros llorosos suplicaban esperanzados una negativa que Lasgol no podía darle.

—Lo siento mucho, Sonea…

Las lágrimas afloraron.

—Pero, no puede ser, ¿por qué? ¿Cómo? ¿Acaso se han vuelto locos los Zangrianos?

Lasgol la observó, tan menuda, tan inteligente y llena de curiosidad. Su corazón estaba roto ante tamaña tragedia.

—No estoy tan seguro de que hayan sido los Zangrianos… su capital y gran parte de su reino arde también…

—Eso no tiene sentido. El Rey Dasleo no quemaría medio Zangria, ni siquiera en represalia, es un hombre justo y sabio —dijo Sonea.

—Precisamente por eso, Sonea. Si Dasleo, Rey de Erenal, no ha quemado Zangria entonces, ¿quién lo ha hecho? ¿Y quién ha arrasado Erenal?

Sonea comenzó a llorar desconsoladamente, intentando ahogar el llanto para que no fuera escuchado.

—Ve con Lindaro, vuelve al campamento y cuenta al resto lo que ocurre.

Sonea se resistió un momento pero obedeció al Rastreador y partió bosque abajo.

Lasgol centró ahora su atención en algo más cercano y mucho más peligroso abajo, en el valle. Su corazón latía cada vez más pesaroso.

Yakumo se acercó en sigilo y agachándose a su lado le puso la mano en el hombro. En un susurro prácticamente inaudible preguntó:

—¿Cuántos?

Lasgol lo miró y le dedicó una breve sonrisa.

—Un millar. Están asegurando un paso entre los lagos.

—¿Zangrianos o soldados de Erenal?

Lasgol suspiró.

—No, eso es lo que me tiene perplejo y muy preocupado, no pertenecen a ningún reino que yo conozca. Sus blasones e insignias me son totalmente desconocidos. Incluso sus armaduras son… extranjeras…

—¿No son soldados de los dos reinos del medio este?

—No, Yakumo… son… son hombres… como tu…

El rostro del Asesino se endureció como si una sombra lo hubiera poseído.

—Te lo mostraré.

Lasgol cogió de la mano al Asesino y cerrando los ojos invocó su habilidad Ojo de Águila.

—Cierra los ojos, Yakumo —le dijo a su compañero.

Lasgol abrió los suyos y centró la mirada en los soldados en negras armaduras laminadas junto al lago. Se concentró y focalizó su visión en las caras. El Ojo del Águila le permitió ver los rostros en pleno detalle, como si un ave hubiera descendido planeando desde los cielos para pasar frente a aquellos soldados.

—Son hombres de ojos rasgados, Yakumo. Hombres de tu raza…

Yakumo permaneció en silencio un largo momento y al cabo de un momento abrió los ojos.

A sus espaldas, arrastrándose entre la maleza del bosque apareció Iruki.

—¿Qué sucede? —preguntó intranquila mirando a ambos hombres.

—El fin se acerca… —dijo Yakumo con una voz tan profunda y pesarosa que Lasgol e Iruki quedaron traspuestos.

—Debemos huir. De inmediato. La Dama Oscura ha llegado. Todos moriremos.

Sin más explicación Yakumo se dio la vuelta y se retiró en dirección al campamento al pie del bosque.

Lasgol lo siguió muy intranquilo. No entendía lo que Yakumo había expresado pero la gravedad de la situación le había quedado marcada a fuego.

—¿Qué sucede, Yakumo? Puedes contármelo, amor mío —le rogó Iruki a su espalda.

—No aquí, mi princesa, volvamos al campamento.

Iruki pareció darse por vencida y los tres descendieron bosque abajo hasta el arroyo donde aguardaban Lindaro y Sonea. Al norte, uno de los mil lagos brillaba bajo el sol de la mañana, de un azul tan celestial como el propio firmamento sin nubes que los cubría.

—¿Qué más habéis averiguado? —preguntó la inquieta Sonea observando a los tres compañeros arribar.

—Por los rostros tan serios, nada bueno, me parece… —aventuró Lindaro que azuzaba la hoguera.

Yakumo se situó junto a Lindaro y mirando al resto les dijo:

—Malas nuevas tengo que daros. Las peores. Esperaba que este día no llegara nunca pues sus repercusiones muy graves son para todos, pero por desgracia el día ha llegado.

Todos lo miraron como hipnotizados.

En ese momento, Lasgol sintió una extraña sensación, el pelo del cuello se le erizó. Aquello sólo podía significar peligro. Invocó su habilidad Oído de Murciélago y quedó estático.

Yakumo también percibió algo, calló y desenvainó sus dagas a la velocidad del relámpago.

Lasgol escuchó atentamente y percibió pisadas provenientes del oeste, se acercaban ocultos entre los árboles, bordeando los lagos.

Yakumo lo interrogó con un gesto de la cabeza.

Lasgol alzó su mano derecha y le mostró cinco dedos.

Yakumo asintió y situando su dedo índice en los labios indicó al grupo que guardaran silencio. Un destello rojizo recorrió el cuerpo del Asesino y con un movimiento de sus brazos, tomó impulso y desapareció de donde estaba.

Lasgol dio tres pasos hacia atrás con sumo cuidado y al penetrar en el follaje preparó su arco. Utilizó su habilidad de Camuflaje, fusionándose con el entorno y desapareciendo de la vista del ojo humano. Aguardó.

Iruki se sentó junto a la hoguera e indicó a Lindaro y Sonea que hicieran lo mismo. La joven Masig, con disimulo, situó su espada corta a su diestra, desenvainada y lista para ser asida.

Lasgol no pudo sino llenarse de admiración por la brava Masig cuyo espíritu era indomable y guiado por un corazón noble. Pensó en Yakumo y lo afortunado que era. Que una mujer así lo amara a uno, debía ser la mayor de las fortunas. «No pienses en ella, no es para ti, su corazón pertenece a Yakumo, odia a los de tu raza, y a ti muy en particular, pues llevas meses persiguiéndola sin tregua por medio continente como un perro rabioso».

En ese momento cinco figuras aparecieron junto al lago. Tres en colores de azul y plata y dos en oscuras capas con capucha. Los tres en azul y plata intercambiaron lo que Lasgol interpretó como saludos de despedida con los dos hombres vistiendo oscuras capas y estos partieron, volviendo a desaparecer en los bosques a sus espaldas. Los tres extraños avanzaron hasta llegar al campamento. Un joven atlético, otro grande como una montaña y una mujer pelirroja en ropajes Rogdanos. Lasgol apuntó con su saeta al corazón del joven de ojos esmeralda.

—Buenos días —saludó el joven.

Iruki, veloz como un guepardo, se giró empuñando amenazante su espada Ilenia. Al ver al joven exclamó:

—¡Es el espíritu! ¡El espíritu del Medallón!

El joven, sorprendido, dio un paso atrás alzando las manos.

—¡Esperad! —gritó Lindaro a pleno pulmón.

En respuesta el gigantón desenvainó un mandoble enorme y la pelirroja una espada larga.

Lasgol contuvo la respiración, la situación se complicaba.

En ese momento, Yakumo apareció como surgido de la nada, tras la pelirroja.

—Soltad las armas o ella muere —amenazó Yakumo con tono helado situando las dagas sobre el cuello de la pelirroja.

—¡Esperad, esperad! —gritó Lindaro desconsolado realizando grandes aspavientos mientras corría hacia los recién llegados.

—Pero qué demonios hace… —maldijo Lasgol entre dientes.

—¡Yo los conozco, son amigos! ¡No les hagáis daño, son amigos! —volvió a gritar Lindaro desesperado.

Lasgol resopló, «¿qué está sucediendo?»

—¡Lindaro, cuánto me alegro de verte sano y salvo! —saludó el joven de ojos verdes— ¿Te importa decirle a tu nuevo amigo que suelte a Kayti antes de que suceda una desgracia?

—Sí, no me gustaría tener que decapitarlo —señaló el grandullón alzando el mandoble con los ojos fijos en el Asesino.

—¡Yakumo, baja tus armas, por favor! Yo los conozco, son amigos míos.

El Asesino miró a Lindaro un instante y después dirigió una mirada en dirección a donde Lasgol se ocultaba.

Lasgol captó la mirada y permaneció oculto y al acecho. Activó su habilidad Tiro Certero, seguro de que el Asesino distinguiría el destello del poder siendo utilizado.

Al momento, Yakumo retiró las dagas y dio un paso atrás.

—Si son amigos tuyos, Lindaro, bienvenidos son —dijo Yakumo con la serenidad que lo caracterizaba, e hizo un gesto a Iruki para que bajara su arma.

La Usik tardó un instante, su mirada se mantuvo intensa, pero finalmente la bajó.

—Mucho mejor así —dijo el joven de ojos esmeralda.

La pelirroja encaró a Yakumo y le lanzó una mirada de recelo.

—¿Cómo estáis? ¿Pero qué hacéis aquí? ¡Bendita la Luz! —exclamó Lindaro lleno de júbilo.

—Ven aquí, pequeñín —le dijo el grandullón y se unieron en un gran abrazo.

El guerrero alzó por los aires al delgado sacerdote en su embrace mientras reía a carcajadas. Lo puso en el suelo y Lindaro, medio mareado se acercó hasta el guerrero atlético y le dio otro sentido abrazo.

Aquello tranquilizó algo a Lasgol que no perdía detalle de la escena.

—¡Cuánto me alegro de veros! —exclamó el sacerdote con cara llena de alegría.

—Y nosotros a ti, Lindaro, nos tenías preocupados. Llevas tiempo desaparecido.

—Ahora os lo cuento todo —dijo mientras abrazaba a la pelirroja, que le guiñó el ojo de forma cómplice.

Lasgol observó a los dos hombres y apreció que de ellos emanaba poder, un poder básico, letal. Aquellos dos guerreros no eran hombres corrientes. El descubrimiento lo intranquilizó.

—Venid, venid junto al fuego, sentémonos todos y hagamos las introducciones. Somos todos amigos, nada hay que temer. La Luz nos ha bendecido a todos con esta maravillosa reunión, aquí en medio de los Mil Lagos. ¡Qué buena fortuna en esta hora de necesidad!

El grandullón dio un paso hacia la hoguera pero el otro guerrero alzó la mano y se detuvo de inmediato.

—Lindaro, ¿podrías decirle a tu amigo junto al roble que salga al descubierto? —dijo señalando en la dirección de Lasgol.

Lasgol quedó perplejo. Era imposible que lo viera... a menos... a menos que hubiera visto el destello… y eso significaría que era un Elegido.

Lindaro miró en la dirección señalada y dijo:

—Lasgol, puedes salir, son amigos, buenos amigos. No hay peligro.

Lasgol lamentó aquello, hubiera sido mucho más ventajoso permanecer oculto, por lo que pudiera ocurrir. Pero si ahora no salía al descubierto la situación podía ponerse muy fea. Aquellos tres parecían tener las ideas claras.

—Si amigos tuyos son, Lindaro, entonces lo son míos también —dijo Lasgol saliendo al descubierto.

—Gracias, Lasgol —dijo Lindaro con gran alivio— Y ahora, por favor, guardad todos las armas, nos encontramos entre amigos, os lo aseguró —atestiguó Lindaro intentando calmar los ánimos de ambos grupos.

Todos se acercaron junto al fuego del campamento, un grupo se situó a un lado de la pequeña hoguera y el otro al otro mientras se observaban descaradamente. Lindaro, posicionado en medio, miraba a todos lleno de evidente preocupación. Antes de que la tensión volviera a crecer, Lindaro hizo las presentaciones, uno por uno.

—Y ahora que ya sabemos quiénes somos, sentaos, sentaos todos por favor —pidió el hombre de fe.

Con cierto recelo todos fueron sentándose alrededor de la hoguera.

Y allí quedó formado un grupo de una importancia crucial para el futuro de Tremia. Un grupo compuesto de guerreros, estudiosos y Elegidos, como no se había juntado en muchas centurias sobre la faz de aquel continente, si bien ellos eran completamente ajenos a aquel hecho tan singular, al tiempo que tan extremadamente significativo y crítico para miles de vidas.

—Creo que lo mejor será que cada grupo narre sus vivencias hasta llegar a este punto y así todos sabremos del porqué nos encontramos hoy aquí —dijo Lindaro con tono conciliador.

—No es buena práctica contar secretos a desconocidos… —aventuró Lasgol que no se fiaba de los tres guerreros.

Irradiaban demasiado peligro y aquello le ponía nervioso. Miro a Yakumo y este le hizo un pequeño gesto afirmativo con la mirada. El Asesino tampoco estaba tranquilo.

—Estos forasteros son amigos de Lindaro y él responde por ellos —dijo Sonea alterada—. Mi tierra ha sido arrasada, mi hogar arde, mi querido tutor… estará… ¡Quiero saber que está sucediendo, quiero tener toda la información!

Se hizo un mutis tenso en el grupo.

Lindaro se puso en pie y con tono sosegado comenzó a narrar todo lo vivido por él con ambos grupos, como tendiendo un puente de acercamiento y cordialidad entre ambos bandos con los que él había compartido experiencias vitales. Al finalizar el sacerdote su relato, pareció que la tensión se disipaba como llevada por el soplo del viento. Sin embargo, Lasgol observaba a Komir sin perder detalle, pues el guerrero Norriel tenía los ojos clavados en Yakumo y su mirada era… demasiado intensa…

—Komir, por favor, si no te importa… —dijo Lindaro con ojos suplicantes.

Komir miró a Lindaro un instante, pensativo.

—Está bien, Lindaro, lo haré por ti, por la amistad que nos une. No lo haría por otro hombre.

El Norriel habló con voz firme y explicó al grupo las aventuras vividas desde que se habían separado de Lindaro y la grave situación en el Oeste, motivo de su misión y de que se encontraran allí en aquel momento. Cuando finalizó, se hizo un largo silencio, todos los presentes quedaron pensativos, interiorizando las palabras y los hechos narrados. Al cabo de un rato, Lindaro, con semblante cada vez más preocupado, pidió a Lasgol que narrara lo que él había vivido. Lasgol lo meditó un instante, y después se dirigió al grupo.

—Lo que voy a narraros se considera traición entre los míos, pero después de las atrocidades que he presenciado, creo que es mi deber contaros a qué os enfrentáis. Si bien creo que es una locura enfrentarse al ejército Norghano, más aún si el Imperio Noceano los apoya. Siento ser portador de malas nuevas pero Rogdon está condenado.

Lasgol relató al grupo todo cuanto sabía y cuáles eran sus órdenes. Al finalizar, los componentes del grupo se miraron los unos a los otros con grave preocupación en sus miradas.

—Una cosa más he de compartir con todos—dijo Lasgol—. Por el este, más allá de los lagos, se acerca un nuevo peligro. Un ejército que ha arrasado los reinos de Erenal y Zangria. Un ejército nunca visto antes, de emblemas desconocidos, hombres en negras armaduras de láminas, con máscaras atroces. Hombres con ojos rasgados…

Todas las miradas se clavaron de súbito en Yakumo como puñales inquisidores.

El Asesino bajó la mirada a la hoguera y luego contempló el rostro de Iruki. Suspiró y comenzó a hablar, como si le dolieran las palabras.

—Yuzumi, Emperatriz de Toyomi, conocida por su negra alma como La Dama Oscura, ha llegado a Tremia. Su poder es inmenso, su perversidad tan despiadada y terrorífica como su ambición sin fin. Negra es su alma, negro el destino que aguarda a estas tierras… Allí donde la bandera de la Dama Oscura se divisa, únicamente la muerte y la destrucción absoluta siguen. La guerra del oeste no es más que el menor de los problemas de Tremia, pues si Yuzumi ha desembarcado, nada quedará en pie en todo el continente, lo arrasará todo a su paso, sangre y sufrimiento devorarán la tierra.

—¿De dónde vienen estos ejércitos que mi hogar han arrasado? ¿De dónde procedes, Yakumo? —quiso saber Sonea, sus mejillas estaban sonrojadas y llenas de lágrimas.

Yakumo se puso en pie y con calma habló al grupo de su lejana tierra, del continente de Toyomi, de lo que allí había sucedido con los nueve reinos. De la maldad y el horror que poblaban el corazón despiadado de la Emperatriz Yuzumi, de su inmenso poder de muerte. Del sufrimiento que traería sobre Tremia como ya lo hizo sobre Toyomi.

El grupo escuchó, en silencio, absorbiendo cada vocablo que el Asesino pronunciaba. La preocupación e intranquilidad de todos iba en aumento con cada palabra. Al finalizar Yakumo, todos callaron, el silencio era casi tétrico.

—Qué horror… qué tragedia… ¿Qué vamos a hacer? —preguntó Lindaro cargado con una preocupación inmensa.

—Haradin y el Rey de Rogdon requieren que los Portadores se reúnan en Rilentor. Por eso hemos venido a buscaros —indicó Komir mirando a Sonea e Iruki.

—Tiene sentido que nos refugiemos en Rilenton y ayudemos a Rogdon. Desde luego este poder no ha de caer en mano de la Dama Oscura bajo ningún concepto, teniendo en cuenta lo que nos ha contado Yakumo. No lo permitas, oh, Luz todopoderosa —rogó Lindaro.

—Estoy de acuerdo con Lindaro. Yo iré contigo, Norriel —dijo Sonea con fiera determinación—. La dama Oscura ha arrasado mi reino, quién sabe cuántos miles de inocentes habrán muerto… ¿qué habrá sido del bueno de Barnacus…?—dijo entre sollozos—. Haré cuanto esté en mi mano para detenerla.

Komir asintió y miró entonces a Iruki.

La Masig, a su vez, miró a Yakumo, como relegando en él la decisión.

—Los cinco Portadores deben reunirse en Rilentor. El poder que los cinco unidos puedan llegar a alcanzar podría muy bien ser la clave para salvar no sólo Rogdon sino todo Tremia —dijo Lindaro intentando convencer a Iruki y Yakumo—. Hace tiempo que conozco a Haradin, es el Mago más poderoso sobre la faz de Tremia y gran conocedor de los Ilenios. Debemos ir con él en esta hora tan crítica para todo el continente y rezar a la Luz para que obre un milagro.

—Rilentor será sitiada y destruida. No hay milagro que la pueda salvar del ataque conjunto de los ejércitos del reino de Norghana y el Imperio Noceano —proclamó Lasgol con una seguridad total.

—No mientras esté yo tras sus muros para defenderla —dijo Hartz cruzando los brazos con su grave voz como si él, por sí mismo, pudiera derrotar a los ejércitos invasores.

—Y por el este llegará la marea negra… y todo sucumbirá a su paso… —predijo Yakumo.

—Nosotros lucharemos hombro con hombro hasta el final en Rilentor, no cederemos —dijo Kayti mirando a Hartz.

—Huyamos a las estepas, Yakumo, esto no nos concierne. Vayamos a la Fuente de la Vida, allí no lograrán hallarnos y estaremos a salvo —dijo Iruki llena de angustia.

Yakumo respiró profundamente y cerró los ojos. Todos lo contemplaron en silencio. Cuando los abrió miró a Iruki y le dijo:

—No soy digno de tu amor, mi amada. No soy digno de caminar tras tu estela, de respirar el aire que tú respiras, y jamás podría decidir por ti. Pero si mi opinión pides, gustoso te la daré. No podemos huir, no podemos escondernos, pues la maldad de la Dama Oscura no tiene fin. Nos alcanzará. Alcanzará a tu padre, Kaune Águila Guerrera, a tu pueblo, los Nubes Azules morirán y sufrirán espantos inimaginables. El ejército de la Dama Oscura cruzará ahora los mil lagos, ya hay un millar de hombres asegurando un paso. Cuando lo crucen se dirigirán a las llanuras de tu pueblo. Nada se salvará de su insaciable ansia de poder. Por ello, mi amor, debemos luchar. Debemos hacerle frente, por insignificantes que parezcan las posibilidades, por irrisorios que puedan parecer los esfuerzos de este grupo ante tamaño poder, ante tamaño mal. Si nos escondemos, tarde o temprano su mal nos alcanzará, y todo cuanto amamos morirá con nosotros. Ha venido a someter al continente, y uno por uno conquistará todos los reinos, los arrasará. Eso lo sé pues ya lo hizo en Toyomi. No hay donde esconderse. Eso es lo que mi corazón me dice, y por ello hemos de luchar.

—¡Sí, señor, bien dicho! —exclamó Hartz levantando el puño llevado por la emoción.

Iruki ignoró al grandullón y miró a su amado.

—Entonces, Yakumo, lucharemos juntos hasta la victoria, o la muerte.

Se giró hacia Komir y le dijo:

—Ya tienes tu respuesta, Norriel.

Komir asintió con una pequeña reverencia.

El grupo, tomada ya la decisión, se preparó para el viaje de retorno. Lindaro, Hartz, Kayti y Komir intercambiaban sonrisas por el feliz reencuentro mientras Sonea, algo más apartada, ocultaba el llanto de su pena.

Komir abrazó nuevamente al hombre de paz y le preguntó:

—¿Llevas aún contigo el Medallón Sombrío que te di?

Hartz y Kayti se volvieron hacia Komir sorprendidos por la pregunta.

—¿El medallón de tu madre, Komir? —pregunto Hartz extrañado.

—Sí. Es importante.

Lindaro se llevó la mano al cuello y tirando de la cadena de oro lo obtuvo.

—Aquí lo tienes, amigo —y se lo mostró.

Komir lo contempló, tan bello y oscuro como siempre.

—¿Para qué lo necesitamos? —preguntó Kayti con tono de marcado interés.

Una mirada de desconfianza abofeteó a Kayti.

—Ese medallón Ilenio está, por algún motivo desconocido, vinculado a mí. Además, Amtoko lo ha hechizado para ocultar mi presencia del enemigo que desea matarme —Komir miró en dirección a Yakumo. Hartz y Kayti siguieron su mirada.

—No, no, no. Sé lo que estáis pensando, pero Yakumo es amigo nuestro. Puede que fuera un Asesino en su vida anterior pero ahora está de nuestro lado —dijo Lindaro realizando gesticulaciones frente a Komir y a Hartz.

Komir mantuvo la mirada fija en el Asesino.

—Los hombres que intentaron matarme de bebé, los que mataron a mis verdaderos padres, eran Asesinos Oscuros. Asesinos de ojos rasgados que Haradin mató defiéndiéndome. Dime que él no es un Asesino Oscuro, Lindaro, dímelo, porque en mi alma sé que sí lo es.

—Mantén la calma, Komir, hablemos con él cuando el momento sea propicio.

—Hablar, hablaremos… —dijo Komir y dirigiéndose a Hartz le dio instrucciones en el idioma de los Norriel que nadie más entendió.

Lasgol, que de reojo observaba la escena, recogió su arco y se dirigió hacia donde Yakumo e Iruki se preparaban para el regreso al oeste.

Le hizo un gesto a Yakumo en dirección a los Norriel y el Asesino asintió.

—Mejor que estés atento —le advirtió Lasgol—, por alguna razón no le gustas al guerrero de los ojos verdes.

—Creo conocer esa razón… mucho me temo… y si estoy en lo cierto, ese joven es de una importancia máxima.

Lasgol miró a Komir sin comprender las palabras de Yakumo, pero lo que estaba claro para el Rastreador era que aquel joven rezumaba poder por todos los poros de su cuerpo.

—Antes de partir quería ofreceros mis más sinceras y humildes disculpas a los dos —dijo Lasgol mirando a la pareja pero sin conseguir sostener la mirada, sintiendo una vergüenza que le hundía el alma.

—No es necesario que te disculpes, Rastreador —le dijo Yakumo.

—¡Claro que lo es! —tronó Iruki con una mirada de completa enemistad clavada en Lasgol—. Te recuerdo que nos ha perseguido por medio Tremia como un perro rabioso que no podía abandonar a su presa una vez olida la sangre.

Lasgol se ruborizó ante el arrebato de la Masig.

—Te recuerdo, Iruki, mi amada, que también le debes la vida…

—Sí, esa deuda tengo, pero no la pagaré pues fue debida a su persecución implacable. Si el Norghano hubiera abandonado la persecución, mi vida no habría corrido peligro —respondió cruzando los brazos con mirada intensa y odio palpable.

—Iruki tiene razón. Os he perseguido y puesto vuestras vidas en peligro, y por ello me disculpo de corazón. Me guiaba mi sentimiento de honor, de deber hacia mi patria. Pero ahora me conozco mejor, he aprendido que hay cosas que no puedo hacer, órdenes que no puedo seguir a ciegas hasta las últimas consecuencias. Hay actos viles que no puedo tolerar. No volveré a perseguiros ni seré más causa de penuria para vosotros. Tenéis mi palabra. Es más, os ayudaré en todo cuanto pueda, pues en vuestra deuda quedo por todo el daño que os he hecho. Cuando pienso en la bárbara tortura que te infligieron… no puedo describir la vergüenza y el remordimiento que siento, Yakumo, nunca me abandonarán. Sólo puedo disculparme una y mil veces, aunque sé que no reparará el dolor causado ni lavará mi deshonra.

Yakumo puso la mano sobre el hombro de Lasgol

—Tú eres un buen hombre, Lasgol, honorable y honrado. Ya lo sabía cuando intentaste ahorrarme el sufrimiento en la tienda del torturador y te lo agradecí entonces y te lo agradezco ahora. Nuestros caminos en la misma dirección corren en este momento, ya no somos enemigos, pues ambos debemos combatir a la Dama Oscura con todas nuestras fuerzas.

—Gracias por tus palabras, Yakumo…

—¿Qué harás? —le preguntó el Asesino.

—Creo que debo volver con los míos, por mucho que la idea me disguste, y avisarlos del peligro que se cierne sobre ellos a sus espaldas. Estarán tan empecinados en tomar Rilentor que habrán descuidado la retaguardia. Si el ejército de la Dama Oscura llega hasta el oeste, los cogerá desprevenidos. Debo avisarlos, hacerles ver el gran peligro que viene del este.

—Creo que es un sabio proceder —convino Yakumo—. Ve y avisa a los hombres de las nieves, el mal insondable se les acerca por la espalda y pronto lo tendrán encima.

—¿Y qué dirás cuando te pregunten sobre nosotros? —quiso saber Iruki— ¿Enviarán más sabuesos a apresarnos?

—No, esta persecución termina aquí. Les diré que luché con el Asesino y tuve que matarlo.

—¿Y por qué te creerán esos cerdos Generales tuyos? —preguntó Iruki nada convencida.

Lasgol meditó la respuesta pues pudiera ser que los Generales no lo creyeran.

—Porque habrá obtenido de mi moribunda boca la respuesta a la pregunta que ansían y por la que me persiguen —dijo Yakumo.

Tanto Lasgol como Iruki lo miraron perplejo.

Yakumo miró fijamente a los ojos a Lasgol y le dijo:

—Los soldados que vinieron a matarme en la tienda del torturador, los envió el Conde Volgren. Él es el traidor que tus Generales buscan.

Lasgol quedó en *shock*.

—¿Estás… estás seguro, Yakumo? Es el hombre más poderoso del reino tras el Rey Thoran.

—Lo estoy, Lasgol, los envió él, a acallarme.

Aquella revelación ni en mil años hubiera Lasgol imaginado. Quedó incapaz de asimilar las consecuencias que aquello tendría. Las repercusiones serían terribles. Mientras intentaba serenarse, su Don vibró.

¡Peligro inminente!

Se giró y a su espalda, surgiendo de los bosques, aparecieron seis enormes guerreros portando lanzas y cubiertos en pieles.

¡En pieles de tigre blanco!

—¡Guerreros Tigre! —gritó Komir que ya los había visto— ¡Guerreros Tigre! —volvió a gritar con tanta virulencia que pareció que el alma se le salía por la garganta.

Hartz y Kayti desenvainaron sus armas con la celeridad de expertos espadachines.

Yakumo desenvainó sus dagas.

—¡Mátalos! —le dijo a Lasgol, y fue a enfrentarse al primero de los temibles cazadores de hombres.

Lasgol cargó el arco y apuntó al segundo hombre que a una velocidad asombrosa ya se abalanzaba sobre él. La flecha alcanzó al Guerrero Tigre en el corazón. La lanza le cayó pero siguió avanzando. Lasgol, sorprendido, volvió a cargar pero no pudo soltar pues el guerrero, herido de muerte, se le vino encima. El cuchillo enemigo buscó el cuello de Lasgol que intentaba desembarazarse del corpulento guerrero. El cuchillo se alzó y Lasgol pensó que era su fin. Un zigzagueante resplandor plateado amputó el brazo y medio cuello del guerrero Tigre.

—Ahora ya estamos en paz. La madre pradera dormirá tranquila esta noche —le dijo Iruki extendiéndole su mano. Lasgol la cogió y se alzó.

—¿Desde cuándo sabes manejar la espada así? —preguntó Lasgol extrañado.

Iruki se encogió de hombros.

—No soy yo, es la espada, magia Ilenia.

Lasgol comprendió. Se arrodilló y volvió a cargar. A su izquierda, Yakumo había matado dos guerreros con sus oscuras artes y luchaba con un tercero. Kayti llegó hasta él y lo ayudo a vencerlo. Incluso con la pericia de Yakumo y Kayti combinadas tuvieron dificultades para doblegarlo. En el lado derecho, Hartz y Komir luchaban poder a poder con dos grandes y fornidos guerreros.

—¡Vengaré la muerte de mis padres! —gritó Komir lanzando tajos bestiales.

Parecía poseído. El guerrero golpeó a Komir derribándolo al suelo. Estaba en apuros y Lasgol fue a soltar la saeta cuando Komir, desde el suelo, con un fugaz y salvaje revés, cercenó la pierna de su contrincante. Mientras este gritaba de dolor, lo atravesó.

Hartz, haciendo uso de su prodigiosa fuerza, empaló a su adversario con la gran espada.

Komir se acercó y decapitó a aquel guerrero, poseído por una ira enfermiza.

—¡Venid, venid todos! ¡Os mataré uno a uno! ¡Tendré mi venganza! ¡Tendré mi sangre!

Todos miraron alrededor. No parecía haber más guerreros enemigos, debían de ser una avanzadilla. Pero sin duda vendrían más siguiendo el olor de la sangre y atraídos por los gritos de la ira.

—Hartz, haz que tu amigo se calle —ordenó Yakumo—, debemos salir corriendo ahora mismo.

Hartz le tapó la boca a Komir y se lo llevó a rastras mientras seguía maldiciendo, completamente fuera de sí. Delante de ellos corrían Kayti, Lindaro y Sonea ayudada por Lasgol.

—Hacia el este, rápido —comandó Yakumo.

—¿Vendrán más? —preguntó Iruki angustiada que corría a su lado.

—Sí, Iruki, vendrán más, muchos más, y enemigos más temibles aún, hombres como yo… ¡Corred! ¡Si queréis vivir, corred!

—¡Rápido, debemos acceder al Templo! —exclamó Kayti señalando el gran lago de azuladas aguas. Era consciente de que debían entrar en él para huir, y tenían que hacerlo sin dilación o estaban perdidos.

Llevaban todo el día a marchas forzadas, atravesando bosques y vadeando lagos, huyendo de los perseguidores de ojos rasgados. Lindaro estaban sin aliento, tan pálido que parecía un cadáver y unos surcos morados bajo sus ojos indicaban que no aguantaría mucho más. Hartz llegaba a la orilla acarreando sobre su hombro derecho a Sonea, cual saco de patatas. La bibliotecaria hacía rato que había caído al suelo, sus escasas fuerzas ya se habían agotado. La estudiosa tendría una mente prodigiosa, pero su cuerpo no había sido ejercitado nunca. El Asesino y la Masig cerraban la retaguardia, estaban acostumbrados a aquel tipo de rigores, y apenas habían roto a sudar.

Pero el que realmente preocupaba a Kayti era Komir. El Norriel parecía fuera de sus cabales. Tan pronto avanzaba como se quedaba mirando a sus espaldas, parecía deseoso de que les dieran alcance. Habría que vigilarlo, muy de cerca. El encuentro con los Guerreros Tigre de ojos rasgados lo había trastornado.

—¿Cómo accedemos? —preguntó Yakumo junto a la orilla.

—Los… medallones… —señaló Lindaro de forma entrecortada por el cansancio.

Lasgol apareció de entre la maleza y se acercó hasta el grupo.

—Los he localizado. Son más de una veintena. Nos siguen el rastro de cerca. Pronto llegarán.

—¿Guerreros Tigre? —preguntó Yakumo.

—Sí. Pero hay más con ellos, van tres en oscuros ropajes… tres… como tú… Yakumo.

—Asesinos Oscuros… —asintió Yakumo— Debemos desaparecer de inmediato o moriremos todos.

—¡No, yo me quedo! ¡Voy, a luchar! —dijo Komir mirando fijamente los bosques a sus espaldas.

—No podemos enfrentarnos a ellos, son demasiados, nos matarán. Te aseguro, Norriel, que no sobreviviremos —dijo Yakumo con tal certeza que nadie dudó.

—¡No me importa, no huiré! ¡He venido a por mí venganza y la tendré!

—Los tres Asesinos Oscuros, sin necesidad de los Guerreros Tigre, no tendrían dificultad en acabar con todo nuestro grupo. Creedme, yo lo sé bien. No podemos enfrentarnos a ellos, no así, sería un suicidio.

—Me da igual lo que digas, Asesino, yo les haré frente. Son Guerreros Tigre. ¡Mataron a mis padres! ¿Es que no lo entendéis? ¡Son ellos y por fin están a mi alcance! ¡Los mataré, les arrancaré las entrañas y se las haré comer! ¡Pagarán con sangre lo que han hecho!

—No es este el momento, Komir —intercedió Lindaro—, ya habrá una mejor ocasión, cuando estemos mejor preparados. Aquí y ahora, como bien dice Yakumo, es un suicidio. Deja que la Luz guíe tu corazón, este no es el camino correcto, te conduce a un abismo sin retorno, nos condena a todos.

Kayti era consciente de que Komir no razonaría, su alma estaba envenenada por el odio y el rencor acumulado, por todo los sufrimientos padecidos, por las continuas decepciones en su búsqueda obsesiva. Lanzó a Hartz una mirada de alarma, de forma disimulada, y este asintió levemente.

—¡Hay que llegar al Templo del Aire! —urgió Kayti al resto del grupo.

—¡Tengo una idea! —dijo Sonea, y tomando la iniciativa se acercó hasta Iruki— Dame tus manos, confía en mí.

Ambas se agarraron de las manos y mirando al lago cerraron los ojos.

—Concéntrate y llama al torbellino —dijo Sonea.

Iruki abrió los ojos sorprendida.

—¿Estás segura, Bibliotecaria? Es un espíritu muy peligroso, mejor no despertarlo. A los espíritus tan poderosos es mejor no molestarlos, no sin un gran Chamán... Podría matarnos a todos de volverse en nuestra contra... —dudó Iruki.

Sonea ladeó la cabeza.

—Puede ser peligroso, sí, pero estoy segura de que es la única forma viable de entrar y salir del Templo; es como una puerta, tenemos que llamar a ella. Debemos convocarlo. Confía en mí.

Iruki asintió y ambas se centraron en la tarea.

Lasgol se adelantó varios pasos y clavó la rodilla en el suelo. Yakumo se situó a su lado. De entre los árboles a unos 700 pasos aparecieron dos guerreros tigre a la carrera.

—¡Daos prisa, ya están aquí! —apremió Kayti.

El medallón al cuello de Iruki desprendió un destello azulado de una intensidad abrumadora. Como emulándolo, el medallón de Sonea también comenzó a emitir destellos blanquecinos, muy intensos. Las aguas del lago se embravecieron y una tormenta pareció formarse en el centro de la gran masa azulada. Aparecieron vientos huracanados procedentes del centro del lago impulsando un fuerte oleaje contra la orilla. El cielo celeste fue desapareciendo para ser reemplazado por una oscuridad sombría y amenazadora. Un relámpago descendió desde los cielos oscuros hasta penetrar en las olas salvajes.

—¡500 pasos, se acercan! —gritó Lasgol a su espalda.

Kayti miró al lago, un torbellino gigante comenzó a formarse en medio de la enorme tormenta. Relámpagos mortíferos alumbraban olas de alturas impensables y el descomunal torbellino comenzó a engullir mar y cielo según se aproximaba hacia las dos Portadoras en la orilla.

—¡400 pasos! —avisó Lasgol y soltó dos saetas simultáneas que alcanzaron a los dos primeros Guerreros Tigre— ¡Daos prisa! —gritó.

Iruki y Sonea seguían concentradas, atrayendo el gran torbellino hacia la orilla. Por un instante Kayti pensó que aquel ciclón era la personificación misma del dios del viento, representando una danza dramática sobre el lago.

—¡Un poco más, ya está casi aquí! —señaló Lindaro, con su cabello alborotado por la fuerte ventolera.

Dos flechas surcaron el aire con un silbido letal y rozaron a Yakumo. El Asesino las esquivó en el último suspiro con un giro de cadera excepcional.

Lasgol soltó dos saetas a una velocidad pasmosa y abatió a los tiradores.

—¡Llega el grueso del grupo! —avisó con inflexión de urgencia.

Komir fue a dar un paso al frente para enfrentarse a ellos pero Hartz lo sujetó con fuerza.

Kayti observó el gran torbellino y se percató de que no avanzaba, se había quedado estático, muy cerca de la orilla. ¿Qué estaba sucediendo? ¿Por qué no acudía a la llamada de las Portadoras? Un destello casi traslúcido captó su atención. Miró de reojo y se percató de que provenía del medallón de Komir. ¡Era Komir! El Norriel no deseaba partir e inconscientemente alejaba el torbellino por medio de su medallón.

—¡Vamos, vamos! —apremió Lasgol volviendo a tirar contra los guerreros que se acercaban a la carrera.

—¡Seguid intentándolo, ya está casi aquí! —animó Lindaro a las dos Portadoras.

Kayti se dio cuenta de que no lo conseguirían.

—¡Hartz, es Komir! Él aleja el torbellino. ¡Tienes que detenerle!

Hartz la miró con ojos llenos de duda.

—¡Detenlo o nos matará a todos! —le suplicó Kayti.

—Luchemos, Hartz, como Norrieles que somos. Hagamos frente al enemigo. Sabes que merecen morir por lo que hicieron, ha llegado la hora de que paguen con sangre —le pidió Komir con sus ojos brillando con una intensidad extraña, enfermiza.

—¡Detenlo, Hartz, hazlo por mí! —rogó Kayti.

Hartz miró a los ojos de su gran amigo y con el semblante reflejando una honda pena, le dijo:

—No, no esta vez, amigo. Estás equivocado, nos condenas a todos a la muerte —y le propició un seco golpe en la nuca con el antebrazo.

Komir cayó al suelo inconsciente.

—Lo siento, amigo, de veras que lo lamento —dijo Hartz, y lo cargó al hombro.

Kayti suspiró. Se giró y contempló como el torbellino arribaba hasta las Portadoras, engulléndolas.

—¡Todos adentro, saltad! —gritó.

En un momento todos se lanzaron al interior del vórtice del torbellino. Lasgol, cubriendo la retaguardia, lo hizo un instante antes de que el enemigo los alcanzara.

Todo se nubló y la consciencia los abandonó.

Kayti despertó con un fuerte dolor de cabeza y un desagradable mareo. Algo de matiz carmesí captó su ojo e intentó despejarse. Lasgol y Hartz estaban ya en pie y observaban a Yakumo, arrodillado. El resto de los compañeros seguían inconscientes. Kayti consiguió levantarse y descubrió la procedencia del rojo matiz: era sangre… la sangre de un Guerrero Tigre. Yacía muerto en el suelo, con la garganta rebanada.

—Hemos tenido suerte, Yakumo despertó antes que él —dijo Hartz señalando al cadáver y acercándose a besarla en la frente.

Kayti sintió una sensación de protección y cariño inigualables. Quedó pensativa, sorprendida de lo mucho que significaba y le aportaba aquel sencillo gesto de su hombre. Amaba tanto a aquel grandullón…, y aquello la colmaba de felicidad, incluso allí, rodeada de peligro y muerte. Quizás, mucho más, por esa misma razón. Cuan afortunada había sido de conocer al gran Norriel mientras perseguía la misión sagrada encomendada por la Hermandad de la Custodia, apenas lo podía creer. Ahora rezaba a los dioses para que su misión no se volviera un impedimento para su amor. Ella debía cumplir aquello que había jurado, su misión era de una importancia colosal, no sólo para la Hermandad sino para el futuro de los hombres. Pero no estaba siendo honesta con Hartz, no le estaba contando toda la verdad, no podía hacerlo… por mucho que quisiera… y aquello ponía en peligro su amor. Kayti lo sabía y lloraba amargamente en silencio pues perder a Hartz por aquella traición la destrozaría.

—Debió haber alcanzado el torbellino en el último instante —dedujo Lasgol mirando al Guerrero Tigre.

—Despertemos al resto para que podamos continuar la marcha —dijo Kayti abandonando la seguridad del embrace de Hartz y disipando sus sombríos pensamientos.

Unos momentos más tarde todos estaban despiertos intentando reponerse de las emociones vividas.

Komir no decía nada, pero su rostro era de pura frustración y dolor.

—A la cámara mortuoria —indicó Kayti, y todos la siguieron.

Al llegar, vieron la maravillosa estancia de paredes impolutas, llena de extraños grabados Ilenios. Cientos de símbolos formando jeroglíficos ininteligibles adornaban las paredes y techo, como narrando una historia interminable de gran transcendencia. Toda la cámara, de un mármol blanco y puro brillaba con una exigua luminiscencia. La estancia era la mismísima representación de la pulcritud, ni una mota de polvo o suciedad mancillaba aquel lugar. En el centro se alzaba un gran féretro de pulido mármol blanco donde descansaba el cadáver momificado del Rey Ilenio del Aire.

Se situaron alrededor del sarcófago y Kayti miró a Komir.

—Komir, por favor, abre el pasadizo al portal —le pidió señalando el sarcófago.

Los ojos del Norriel parecían perdidos en divagaciones.

—¿Pasadizo? ¿Qué pasadizo? ¿Cómo se activa? —preguntó Lindaro emocionado.

—Bajo el altar… —indicó Kayti.

Komir alzó la cabeza y miró a Yakumo con tal intensidad que parecía pudiera asesinarlo allí mismo.

—Antes necesito unas respuestas de este… Asesi... extranjero… —dijo con tono amenazante.

—No creo que sea el mejor momento… —comenzó a decir Lindaro.

—Respuestas llevo mucho tiempo buscando y respuestas obtendré —dijo Komir desenvainando su espada.

—¡Komir, tranquilo! —intentó detenerlo Hartz.

La tensión se disparó en la cámara.

Iruki desenvainó su espada corta pero Yakumo permaneció tranquilo, haciendo muestra de su habitual sangre fría. El resto parecían indecisos, sin saber muy bien qué hacer ante la comprometida situación.

—Tú y yo no somos enemigos —le dijo Yakumo a Komir en un tono neutro.

—Eso está por decidir —contestó Komir y le señaló con el dedo índice de su mano izquierda mientras la espada permanecía lista en la mano derecha— ¿Tú eres de su raza, no?

—Sí, lo soy.

—¿Y sirves a su reina, a la Dama Oscura?

—Servía... soy lo que se consideraría un desertor… No reporte tras mi última misión. Abandoné mis deberes y me marché con Iruki. Si me capturan seré torturado hasta morir, y una muerte llena de sufrimiento y dolor será, pues tal es el castigo por mi deslealtad.

—¿Por qué te enviaron a Tremia? ¿Para qué?

Yakumo miró a Komir y relajó los hombros.

—Pertenezco a una Orden de Asesinos que la Dama Oscura emplea para conseguir sus fines. Soy un Asesino Oscuro, como ya sabes, y fui enviado a este continente a realizar misiones para mi señor Isuzeni.

—¿Isuzeni?¿Quién es? —preguntó Komir ahora muy interesado.

—Isuzeni es el Sumo Sacerdote del Culto a Imork, señor de los muertos, y Consejero primero de la Dama Oscura. Es el hombre de mayor poder en Toyomi, tras la Emperatriz. Es su estratega, un hombre poderoso, brillante, despiadado, y un poderosísimo Hechicero. Es él quien comanda los ejércitos de la Emperatriz y quien ha preparado y dirigido esta invasión durante años de operaciones encubiertas.

Lindaro intentó mediar viendo que la tensión iba en aumento.

—Komir, estoy seguro de que Yakumo te relatará cuanto sabe, es ahora nuestro amigo…

—Amigo mío no es —sentenció Komir y sin apartar la mirada de los rasgados ojos de Yakumo continuó el interrogatorio—. Hace 19 años, tres hombres como tú, tres Asesinos Oscuros, fueron enviados a Tremia a matar a un bebé. ¿Qué sabes de ello?

Iruki dio un paso al frente, espada en mano.

—Nada le contestes, no le debes ninguna explicación al Norriel —dijo a Yakumo.

Komir se tensó y su espada comenzó a elevarse.

Yakumo actuó.

—Baja la espada y te lo contaré, tienes mi palabra.

—Tu palabra de poco me sirve, ya que para mí, no eres más que uno de ellos, un enemigo. Es más, estoy seguro de que algo sabes de mi pasado y de la muerte de mis padres.

Ambos cruzaron una intensa mirada y todos quedaron hipnotizados por la tensión.

—Pero bajaré la espada… de momento… —dijo Komir—. Si lo que me cuentas no me satisface, la volveré a alzar y la sangre correrá —miró a Hartz y le comunicó algo en el lenguaje de los Norriel que nadie comprendió. El gran Norriel asintió.

Yakumo respiró y dejó escapar un largo suspiro.

—Algo sé y te lo contaré. No por tus amenazas, sino porque creo es una forma de redimir parte del mal que he causado en mi oscura vida. Tres Asesinos Oscuros fueron enviados a matar a un bebé, sí, y fracasaron. Alguien, muy poderoso, y desconozco quién, los mató.

Los ojos de Komir centelleaban.

—¿Quién los envió? ¿Quién?

—¿Estás seguro de que deseas conocer la respuesta? Será una que condene tu existencia. Todavía puedes dar la vuelta y seguir otro camino. No te sentencies a una causa que te conducirá al enfrentamiento con la muerte. Esa búsqueda sólo trae oscuridad y dolor, consumirá tu alma, la volverá negra como el carbón. No sigas los pasos que yo me vi forzado a seguir.

—¿Quién? —insistió Komir, que no sería denegado.

Yakumo suspiró, un suspiro profundo, de gran pesar. Miró a Iruki un instante y bajó la cabeza.

—Los envió Isuzeni, el Sumo Sacerdote, por orden de la Dama Oscura. Es ella quien desea tu muerte. Es ella quién te ha estado buscando durante todos estos años para acabar con tu vida.

Los ojos de Komir centellearon como si de fuego se hubieran vuelto.

—¿Enviaron ellos los Guerreros Tigre a la granja de mis padres?

—No lo sé, Komir, pero son cazadores de hombres de la Dama Oscura, con lo que asumo que así es.

Komir quedó pensativo un momento, su rostro sombrío, cada vez más adusto.

Un silencio tan tenso que parecía podría quebrar el propio aire se adueñó de la cámara. Todos interiorizaban las repercusiones de aquellas revelaciones tan significativas.

—¿Por qué? Dime, ¿por qué? —pidió Komir con voz apremiante y rota, casi en un ruego— Necesito entender por qué ha sucedido todo esto, por qué me persiguen para darme muerte desde hace 19 años.

Yakumo asintió.

—Te lo contaré, Norriel, porque derecho a saberlo tienes. Dicen los sabios, y lo dijo el gran Oráculo antes de ser asesinado por Yuzumi, que el poder de la Dama Oscura no tiene rival, que nadie ni nada puede detenerla, que todo el mundo conocido conquistará. Pero existe un rumor… nadie sabe si cierto, que se cuenta a escondidas, siempre en un susurro, pues quien lo cuenta la vida se juega… un rumor que habla de una profecía… de aquel que un día acabará con la vida de la Dama Oscura. Aquel que le dará muerte, un hombre de gran poder, un hombre... Marcado —Yakumo señaló el dorso de la mano de Komir con la que empuñaba la espada.

—¿Yo? ¿Yo… soy ese del que hablan? —preguntó Komir desconcertado.

—Sí, Komir, tú eres el Marcado, aquel que puede matar a la Dama Oscura. Desconozco si el rumor es cierto o no, quizás no sea más que mito y leyenda. Pero si la Dama Oscura lleva tanto tiempo intentando acabar con tu vida, algo de verdad habrá… Yo sólo soy un simple ejecutor, sin embargo, la leyenda de la profecía la conozco bien.

—¿Cómo estás tan seguro de que yo soy ese Marcado? Podría ser cualquier otro…

Yakumo vaciló un instante, pero mirando a fijamente a Komir respondió con una sinceridad hiriente.

—Porque yo fui enviado a buscarte y darte muerte.

A Kayti se le paró el corazón en aquel instante.

Todos se miraron, rígidos, los nervios a flor de piel, el derramamiento de sangre parecía inevitable.

Hartz llevó la mano derecha hacía la empuñadura de su mandoble. Inconscientemente Kayti también llevó la suya al pomo de su espada.

Iruki y Lasgol aferraron sus armas.

Yakumo, sin embargo, no se inmutó, permaneció sereno, sin realizar movimiento alguno. Parecía imperturbable.

—¡Por la Luz, quietos todos, quietos! —intervino Lindaro alzando las manos a los cielos— ¡No cometáis una locura!

La espada de Komir comenzó a moverse, muy despacio, como si el tiempo se hubiera detenido, su mirada permanecía clavada en el Asesino.

Pero en ese momento, Yakumo habló.

—Si deseas mi muerte, la tendrás, pues sangre ha sido derramada y venganza clama. Si has de matarme, no te lo impediré. Adelante.

—¡Nooooooo! —gritó Iruki y se interpuso entre Yakumo y Komir, cubriendo con su cuerpo el del Asesino.

Komir la miró un instante. Los ojos esmeraldas brillaban con tal intensidad que fundirían el acero. Un fuego avasallador ardía en el interior del Norriel. «Es pura ira…» pensó Kayti. «Los va a atravesar a los dos de una estocada» se temió y aguantó la respiración, mientras su corazón latía como un tambor de guerra.

El brazo de Komir hizo un movimiento.

Exhaló una fuerte bocanada de aire.

Y dejó caer la espada al suelo.

—¡Gracias a la Luz! —exclamó Lindaro casi sufriendo un desvanecimiento.

Hartz resopló sonoramente.

Komir alzó la mirada y preguntó a Yakumo:

—No quiero acabar con tu vida, sólo dime que nada tuviste que ver con la muerte de mis padres.

Yakumo asintió.

—Nada tuve que ver. Cuando tus padres fueron asesinados yo me encontraba realizando una misión para el Sumo Sacerdote. Mis servicios los había cedido Isuzeni a un agente de este continente a cambio de otros favores para desestabilizar el equilibrio entre los tres grandes reinos, como preparativo para la gran invasión.

—Dice la verdad, así es como me rescató —intervino Iruki.

—¿Quieres decir que has estado trabajando para agentes Noceanos? ¿Quizás incluso Norghanos? —preguntó Lasgol con semblante contrariado.

Yakumo negó con la cabeza.

—Yo siempre he servido a mi señor Isuzeni. Sus órdenes, sus deseos, no se discuten ni interpretan, se acatan sin la más mínima duda. Cualquier vacilación se paga con la muerte. Rastree todo el reino del Oeste en busca del Marcado y al no encontrarlo pensé que mi vida había llegado a su fin, pues un fracaso así conlleva la muerte bajo la disciplina de la Dama Oscura. Pero mi señor Isuzeni, vio provechoso para su estrategia de desestabilización el poner mis habilidades al servicio de otros, y es por ello que realicé ciertos *encargos*… Entre otros asesinar al Duque Orten para los Noceanos. Allí fue cuando los caminos de mi amada y el mío se cruzaron.

Lasgol bajó la cabeza

—Y por desgracia, el mío con el vuestro… ahora comprendo…

Komir recogió su espada y la envainó. Parecía transpuesto, vencido por las circunstancias pero se mantenía en pie, a base de pura fuerza de voluntad.

—Llevo mucho tiempo buscando estas respuestas… sin descanso… días de dolor y sangre. Por fin empiezo a tener las respuestas que tanto ansiaba. Después de tantas penurias por fin descubro quien es el responsable de la muerte de mis padres, de mi tormento —miró al fondo de la estancia, con la mirada perdida y su mente en otro lugar—. Empiezo a ver con claridad qué debo hacer… cual es mi camino…

—Si estás pensando en enfrentarte a la Dama Oscura, Komir, es una locura. Escucha mis palabras, morirás sin duda —le advirtió Yakumo.

—Esa decisión es únicamente mía. Y ya está tomada —dijo Komir con tal convicción en su voz que todos supieron al instante lo que haría.

Y aquella decisión de un joven y torturado Norriel, en aquel momento tan significativo, marcaría el destino de Tremia por muchas generaciones venideras. Un instante de una transcendencia como ningún otro en más de tres mil años. Pero ni el joven ni el grupo que lo acompañaba serían jamás conscientes de aquel hecho.

—Es hora de irnos, ya tengo las respuestas que por tanto tiempo he buscado —proclamó Komir, y sujetando su medallón Ilenio con la mano hizo que descubriera el pasadizo oculto bajo el altar del señor del Aire.

Todos descendieron hasta la cámara secreta donde se hallaba el portal.

Kayti, viendo que Komir quedaba sumido en sus pensamientos, explicó al resto del grupo qué era el portal y cómo lo habían utilizado para viajar a través de Tremia.

Sonea y Lindaro no cabían en sí de la alegría por tan increíble descubrimiento y de inmediato se pusieron a inspeccionarlo, estudiando cada runa, cada inscripción en el excepcional artefacto Ilenio.

Hartz negaba con la cabeza viendo a los dos estudiosos actuar como si hubieran hallado el mayor de los tesoros del universo.

—No tenemos tiempo para esto… —les dijo Hartz— Nos esperan en Rilentor, la ciudad está a punto de ser sitiada…

—¡Sólo un momento, por favor! ¡Este artefacto Ilenio es un prodigio sin igual, debemos estudiarlo! —rogó Sonea con voz suplicante sus grandes ojos abiertos como platos analizaban cada detalle de cuanto contemplaba.

—¡Sí, por favor, es un descubrimiento increíble! —la apoyó Lindaro sin siquiera volverse hacia Hartz, concentrado en el enigmático objeto.

Kayti miró a Hartz y este se encogió de hombros. Lasgol comentaba con Yakumo e Iruki el camino más corto a seguir desde el faro de Egia al paso de la Media Luna donde se hallaría el puesto de mando de los Norghanos, si es que no habían comenzado a dirigirse hacia Rilentor.

Komir seguía perdido en sus pensamientos.

—Esta runa… —dijo Sonea señalando una de ellas en la parte baja del anillo— ¿No es la runa que simboliza la Luna?

Lindaro la observó de cerca, su nariz se situó casi pegada a ella

—Ummm… interesante… yo diría que sí… Casi con toda seguridad es la runa de la Luna.

—Realmente interesante, me preguntó qué significado tendrá… ¿A qué destino llevará? —caviló Sonea en voz alta.

En ese momento su medallón desprendió un destello y las runas comenzaron a moverse en el anillo a desplazándose a gran velocidad.

—Oh… oh… —dijo Sonea.

—¡No, no, no! —exclamó Kayti.

Las tres runas que marcaban la dirección de vuelta desaparecieron para ser sustituidas por otras tres, en el centro las mismas, la de la Luna.

—¿Pero qué habéis hecho? ¡Volved a poner las runas que estaban! —les abroncó Hartz.

—¿Y cuáles eran? —preguntó Lindaro ruborizado.

—Hay cientos de ellas… y hay que conocer la combinación exacta de las tres… —dijo Sonea roja como un tomate maduro.

—¡Vosotros sabréis! —les regañó Hartz.

—Pero por las tres diosas, ¿cómo es posible que hayáis movido las runas…? —dijo Komir volviendo a la realidad, saliendo de su ensoñación.

—Lo siento muchísimo, no sé qué ha ocurrido, ha sido el medallón… —intentó disculparse Sonea.

Yakumo se adelantó y puso las manos sobre el anillo del portal. Hizo uso unos de sus poderes oscuros.

—Me niega el uso… Prueba tú, Lasgol, tu Don es más afín a este tipo de magia.

Lasgol se situó junto a Yakumo y lo intentó.

—Nada, a mí tampoco me permite hacer uso de él.

Iruki señaló las tres runas que marcaban el destino, arriba en el centro del anillo exterior.

—¿Nadie sabe cuáles son las del Templo del Éter?

—Sólo Haradin tiene alguna idea de cómo manejar el portal… —dijo Komir.

—Prueba tú, Komir, quizás puedas con tu medallón —le dijo Hartz.

Komir sujetó el medallón y se concentró pero nada sucedió.

—No. Creo que sin conocer las runas no es posible… o esa sensación me transmite al menos… —dijo Komir —. Y ahora tengo la runa de la luna metida en la cabeza…

—¿Y qué hacemos? —preguntó Hartz poniendo sus brazos en jarras.

Todos se miraron los unos a los otros sin saber qué hacer.

—Aquí no podemos quedarnos… —dijo Lasgol.

—Cierto, tampoco podemos volver a la superficie, el enemigo allí nos aguarda. Crucémoslo… —sugirió Kayti con tono disimulado—. Nada perdemos por ver a dónde nos conduce, puede que hallemos una salida allí... —Kayti intentó disimular cuanto pudo su interés, pero la verdad era que deseaba cruzar y descubrir qué había al otro lado del portal.

La mención de la Luna… la había interesado de inmediato pues con su misión sagrada estaba relacionada. Además, las coincidencias con aquel grupo rara vez eran tal.

—Pues lo cruzamos —dijo Hartz, y sin más esperas desenvainó la espada que portaba a la espalda y se adentró en el portal—. Os espero al otro lado, sea donde sea —dijo con una gran sonrisa dirigida a Kayti, y cruzó.

—Voy con él —dijo Komir, y le siguió presto.

Kayti sonrió y los siguió de inmediato.

El resto del grupo cruzó al cabo de poco.

La cámara en la que aparecieron era muy similar en tamaño y forma a la que habían abandonado por lo que Kayti dedujo se encontraban en otro templo Ilenio de algún tipo. Los efectos adversos de cruzar el portal hicieron mella en todo el grupo y tardaron un buen rato en recuperarse, todos a excepción de Yakumo, que daba la impresión de ser inmune al dolor y el sufrimiento. En un instante el Asesino ya estaba recuperado y explorando la cámara.

—No hay peligro —aseguró al resto.

Subieron por unas escaleras y encontraron abierta la trampilla de acceso al piso superior.

—Alguien se marchó con prisa y olvidó cerrarla —bromeó Hartz, con una sonrisa dibujada en el rostro.

La cámara superior dejó a Kayti completamente boquiabierta. Era de una belleza increíble. Todo el suelo, las paredes y el techo eran de un color argente muy brillante que refulgía por sí mismo, emitiendo destellos esporádicos en todas direcciones. En el centro de la estancia, en el suelo, distinguió un gran pozo de una sustancia viscosa, de color plateado, como si de acero fundido se tratara y, junto a él, un pedestal vacío.

—Mirad —dijo Sonea señalando al techo.

Kayti observó con detenimiento y a la luz de uno de los destellos pudo ver como el techo de la cámara era de forma circular. Miró con más detenimiento y se percató de que el círculo no era tal, sino que era la representación de un astro…

—Parece… la luna… —caviló Lindaro en voz alta.

—Sí, yo también diría que parece una luna, la luna llena… —convino Lasgol.

Sonea y Lindaro se agacharon junto al pozo, pues unas inscripciones talladas en el suelo llamaron su atención. Comenzaron a examinarlas con avidez, intentando concluir donde se hallaban.

—¿Y ahora qué hacemos? —preguntó Hartz confuso mientras los estudiosos trabajaban— No parece haber salida —dijo mientras golpeaba las paredes comprobando que no cederían.

Lasgol y Yakumo lo ayudaron pero no hallaron puerta secreta, resorte o pasadizo por donde abandonar aquella cámara.

—Muy interesante… —farfulló Sonea.

—En verdad que lo es —corroboró Lindaro agachado a su lado.

Todos se volvieron hacia ellos.

—Veréis… por lo que interpreto de estas inscripciones Ilenias, nos hallamos en un Templo sagrado… de pleitesía a la Luna…

Lindaro se colocó de rodillas.

—Más que eso, también aparecen símbolos que creo pueden indicar conocimiento y, si no me equivoco, ese símbolo de ahí es…

—Poder, ese es el símbolo de poder —aclaró Sonea.

De súbito, en el techo, la representación de la luna comenzó a brillar con un dorado intenso, el dorado de la magia Ilenia.

Kayti se asustó, pues la magia Ilenia nada bueno solía acarrear. Pero en esta ocasión su miedo iba acompañado de un nerviosismo especial pues se encontraban en lo que muy bien podía ser un Templo Ilenio a la Luna. Y aquello le recordó las cruciales palabras del Capitán General de la Hermandad de la Custodia. Palabras provenientes de los escritos sagrados de la Hermandad, de los textos secretos. Unos escritos tan secretos como incuestionables. Unas palabras que llevaba repitiéndose día y noche desde que abandonó su reino de Irinel. Las palabras que eran ya un credo para ella y la ayudaban a seguir el camino de la Orden:

> *Busca el Sol, busca la Luna, lejos en el oeste. Camina junto a aquel que posee el poder de descubrir dónde yace la Civilización Antigua, pues allí hallarás los poderosos y malignos Objetos de Poder. Debes traerlos para ser custodiados por la Hermandad o contigo perecerá la esperanza del hombre. Debemos salvar al mundo de la condena final. El Sol y la Luna debes hallar, pues ellos el final de los hombres traerán.*

Pero Kayti no fracasaría, conseguiría lo que buscaba, lo que llevaba ya mucho tiempo buscando. Desde el día que se topó con Komir y supo en sus entrañas que sería él quién le guiaría hasta su fin. El descubrimiento del Templo del Éter corroboró lo que su intuición ya le había indicado. Por ello de él no se había separado. La misión que la Hermandad le había encomendado era de una importancia última. La condenación de la propia humanidad pendía de ello. Por esa crucial razón debía llevarla a cabo pese a cualquier obstáculo, pese a quien fuera. Y así lo haría. «Nada ni nadie me detendrá. Llevaré a cabo mi misión sagrada. Salvaré a los hombres, evitaré el final de los días que los textos sagrados proclaman, que la Madre Fundadora de su puño y letra dejó como testamento a la Hermandad que creó para evitar la gran hecatombe».

La intensidad del dorado con el que la representación de la luna brillaba en el techo se incrementó de forma alarmante. De repente, con el seco sonido de pura roca crujiendo al partirse, se separó en dos mitades simétricas. Todos alzaron la mirada, completamente sorprendidos. Kayti sentía su inquietud crecer con cada latido. Ante los atónitos ojos de todos, de la obertura en el techo, comenzó a descender un guerrero en una reluciente armadura blanca como flotando en el intenso haz de luz dorada. Todos se apartaron y de inmediato desenvainaron las armas. El guerrero se posó suavemente sobre el pedestal. La armadura era de un blanco tan puro que cegaba al mirarla y cubría por completo al guerrero de pies a cabeza. El rostro del extraño quedaba tapado bajo un yelmo adornado con una pluma blanca. Nada se veía de su rostro a excepción de dos ojos dorados. En el pecho portaba una runa que Kayti no supo reconocer, brillaba con el dorado de la magia Ilenia.

El guerrero bajó del pedestal y antes siquiera de que llegara a desenvainar su arma, Hartz arremetió contra él.

—¡Maldito engendro Ilenio! —espetó el gran Norriel, y golpeó a dos manos contra el pecho con toda su brutalidad.

Pero el gran espadón Ilenio rebotó contra la coraza sin siquiera causar un arañazo. El guerrero pareció no sentir el impacto del golpe.

—¡Pero no puede ser! —exclamó Hartz y volvió a arremeter con todas sus fuerzas. El resultado fue el mismo. Desconcertado, dio un paso atrás.

El guerrero desenvainó su espada.

—¡Seguidme, rápido! —indicó Kayti, y se llevó consigo a Sonea y Lindaro hasta una esquina, protegiéndolos con su cuerpo.

Iruki desenvainó y se situó junto a Kayti para ayudarla.

Yakumo se lanzó sobre el guerrero en nívea armadura e intentó penetrar el blindaje con sus dagas letales combinadas con sus artes oscuras, pero al igual que el gran Norriel, nada consiguió.

El guerrero lanzó un poderoso tajo contra Yakumo, pero este rodó por el suelo esquivándolo. El Asesino intentó acuchillarlo por la espalda pero la armadura parecía no tener debilidades por donde ser penetrada.

Komir se unió a la reyerta golpeando con espada y cuchillo pero sus tajos y estocadas morían en la coraza sin poder traspasarla.

Lasgol tiró dos veces con su arco pero el resultado fue el mismo, no podía penetrar la fortísima armadura.

—Debe de ser de un material que no conocemos o ha sido endurecida por medios mágicos —dedujo Lasgol mientras activaba su poder para intentar captar la naturaleza de aquella magia.

—¿Qué hacemos? —preguntó Hartz mientras bloqueaba los envites del engendro blindado ayudado por Yakumo que no cejaba de golpearlo utilizando su endiablada velocidad.

Komir dio un paso atrás y quedó pensativo.

—¡Mantenedlo ocupado! —pidió a sus compañeros, y con mirada decidida se acercó a Sonea e Iruki.

—Que lo entretengamos, nos dice —se quejó Hartz con ironía.

—Voy a ayudaros —dijo Kayti al ver llegar a Komir, y se unió a Hartz y Yakumo. Entre los tres cercaron al engendro y lo atacaron realizando movimientos circulares.

—Lindaro, Sonea, pensad, ¿cómo derrotamos a ese ser acorazado? —preguntó Komir— Con las armas no puede ser, ya lo estáis viendo.

Lindaro, que contemplaba la lucha, miró a Komir con cara asustada

—Sólo se me ocurre con magia... pero no es mi área de conocimiento...

Sonea asintió enérgicamente

—Tiene que ser magia, sí, yo también lo creo así.

—¡Apuraos! No podemos aguantar sus golpes, atiza con la fuerza de un buey —les dijo Kayti sacudiendo su brazo derecho.

—Es un espíritu maligno —dijo Iruki—, sus ojos brillan con mucha fuerza, con el color del sol del atardecer en las estepas. Ningún hombre tiene ese brillo en los ojos. No es natural, tiene que ser un espíritu maligno del Más Allá.

—Más bien un Guardián Ilenio de algún tipo —señaló Sonea—. Me pregunto qué guardará en esta cámara. Aquí nada hay aparte de ese pozo en el suelo.

—Ya tendremos tiempo para averiguarlo cuando acabemos con él. Ahora hay que encontrar la forma de hacerlo. ¿Cómo? —volvió a insistir Komir mirando fijamente a Sonea.

—Perdón, no puedo evitarlo… —se disculpó la menuda bibliotecaria encogiéndose de hombros.

Lindaro se quedó mirando el techo pensativo. Komir siguió su mirada hasta la representación de la luna y la potente luz dorada que emitía.

—Ojos dorados… espíritu poseído… —elucubraba el hombre de fe.

—¿Alguna idea, Lindaro? —apremió Komir.

El sonido del metal contra el metal rebotaba contra las paredes de plata aumentando el preludio de una muerte cercana. Si no se daban prisa aquel engendro mataría a alguno de sus compañeros.

Sonea comenzó a gesticular todo exaltada.

—¡Ya lo tengo, ya lo tengo!

—Explícate, rápido —le dijo Komir.

—¡La luz dorada es la que da vida al engendro! ¡Debemos detenerla!

—¿Cómo? —preguntó Komir.

—Todos juntos —dijo Iruki asintiendo con seguridad, y agarró de las manos a Komir y Sonea—. Entre los tres podremos.

Los tres Portadores cerraron los ojos. Kayti los observaba de reojo, sus fuerzas estaban ya al límite. Deseaba con toda su alma que estuvieran en lo cierto pues ya apenas podía defenderse. Incluso Hartz parecía bloquear ya con mayor lentitud. Yakumo realizó un barrido espectacular golpeando con todo su cuerpo las piernas del engendro y este cayó de espaldas. Yakumo se levantó con gestos de dolor y cojeó unos pasos.

—Es como golpear una pared de piedra —dijo con un gesto de sufrimiento.

El engendró se levantó y golpeó con terrible fuerza sobre Kayti. La pelirroja bloqueó el golpe pero perdió la espada, incapaz de soportar la potencia. Tuvo que clavar la rodilla al suelo para no caer y quedó sin aliento.

El engendro alzó la espada.

Hartz intentó interponerse pero su movimiento fue tardío.

En ese instante, los tres medallones de los Portadores resplandecieron, cada uno con su tonalidad característica. Kayti observó la espada del engendro alzarse sobre su cabeza. Un destello combinado se dirigió al techo y la luz dorada que fluía de la representación de la luna desapareció. Al instante, las dos mitades se cerraron volviendo a formar una la luna llena.

Kayti miró al engendro, la espada descendía a matarla.

Y el dorado de sus ojos se apagó.

El brazo cayó a un costado y la espada hasta el suelo repiqueteando con estruendo. El engendró quedó inerte.

—¡Gracias a la Luz! ¡Funcionó! —resopló Lindaro aliviado.

—¡Podíais haberlo pensado antes! —bramó Hartz dejándose caer contra la pared de plata a su espalda. Yakumo lo imitó con el rostro marcado por el dolor. Iruki corrió a su lado y le besó las mejillas.

—Parece que el peligro ha pasado —proclamó Lindaro mirando al techo.

Y en ese momento, el argente líquido viscoso del pozo comenzó a bullir.

—Por las diosas, ¿y ahora qué? —volvió a protestar Hartz.

Komir desenvainó y se acercó. Kayti lo imitó. Contemplaron el extraño líquido, como plata fundida que resplandecía bañando personas y paredes. Bajo aquella luz, parecía que todos hubieran sido convertidos en estatuas de plata. Kayti observaba el pozo con preocupación. Un pequeño altar comenzó a surgir del mismo mientras el líquido fundido resbalaba por sus cantos. Sobre el altar descansaba un objeto que inmediatamente captó la atención de la pelirroja.

Un enorme Grimorio de cubiertas en plata brillante.

El estómago de Kayti dio un vuelco.

Sonea y Lindaro se acercaron de inmediato a contemplar el nuevo descubrimiento.

—¡Bah, un tomo! —dijo Hartz, y él y Yakumo se recostaron contra la pared al ver que no había peligro. Las fuerzas de los dos guerreros estaban ya agotadas.

Sonea se abalanzó sobre el Grimorio antes de que nadie pudiera detenerla y lo contempló maravillada entre sus brazos. Kayti sintió un pinchazo de preocupación asaltarle el pecho pero se relajó al contemplar a la menuda bibliotecaria. Sabía que la estudiosa era inofensiva. El gran tomo tenía un aspecto antiquísimo y era de enormes dimensiones, con cubiertas en plata que brillaban emitiendo una irradiación plateada, como si emitiera luz propia. Hileras de extraños símbolos Ilenios la colmaban.

—Qué grueso, y cómo pesa, parece estar hecho de plata pura —dijo Sonea—, apenas puedo sostenerlo.

Lindaro la ayudó a aguantarlo y ambos inspeccionaron con avidez las inscripciones Ilenias sobre las cubiertas. Al terminar, abrieron el tomo y comenzaron a indagar su interior, las hojas de plata y las inscripciones parecían hechas en oro. Se tomaron su tiempo, aprovechando que el resto del grupo descansaba.

Kayti miraba al engendró en blanca armadura. Sentía una extraña atracción hacia aquella armadura, era bellísima, mucho más bella que su antigua armadura de la Hermandad. Sentía como si la llamara... y la llamada iba aumentando en intensidad. Tan fijamente la miraba que Hartz se dio cuenta de que algo sucedía. Se levantó y se acercó a ella.

—¿Qué te ocurre? —preguntó preocupado.

—La armadura... no sé, es como si me llamara... como si me reclamara...

Hartz miró al engendro y luego a Kayti.

—Es una armadura de hombre, no creo que te sirva...

—Sé que no tiene ningún sentido... pero mi intuición me pide vestirla...

—¡Pues lo hacemos! —respondió Hartz con una sonrisa, y acercándose al engendro comenzó a quitarle la armadura.

Ahora que la magia no actuaba, los cierres de la armadura quedaban a la vista. Aún así, Hartz tuvo muchas dificultades para soltarla pues su diseño dificultaba encontrar las aberturas. Al acabar, se percataron de que el engendro no era más que un ser reseco y demacrado, como momificado, debía llevar un milenio muerto... Hartz se encogió de hombros, sonrió a su amada y le fue ayudando a ponerse la extraña armadura. Komir los observaba en silencio, pensativo.

—Ya está —dijo Hartz al finalizar—. Te queda demasiado grande, no podrás usarla...

Kayti se miró la runa en el pecho y la acarició con la mano, pues era de una gran belleza. Al contacto con la carne, la runa emitió un destello dorado y Kayti sintió como si la runa le atravesara el pecho hasta llegarle al alma. Por un momento se quedó sin respiración, muerta de miedo.

—¡Magia Ilenia! —exclamó Hartz alarmado.

El resplandor dorado se expandió por toda la armadura y esta, como si su metal se contrajera, se fue amoldando al cuerpo de Kayti, pieza por pieza, de pies a cabeza, hasta formar un todo. Las ataduras desaparecieron, dejando un blindaje que parecía no tener fisuras ni debilidades. Al finalizar el proceso, la armadura quedó perfectamente amoldada sobre el cuerpo de Kayti, mejor incluso que si el mayor de los artesanos de todo Tremia la hubiera construido especialmente para la ella.

—Es muy liviana, increíblemente liviana… Apenas siento peso alguno sobre mi cuerpo, es como si fuera de seda…

—E impenetrable —apuntó Yakumo que la observaba con curiosidad.

—Lo que no me gusta nada es esa magia Ilenia endemoniada… —protestó Hartz.

—No te preocupes, los hechizos que esta armadura tenga, serán para proteger a su portador, similares a los de tu espada, Hartz. No creo que me perjudiquen, al contrario, creo que me protegerán en la batalla como ninguna otra armadura podría. Desde luego no sufriré más fatiga por portar pesada armadura sobre mi cuerpo.

—Si tú la quieres vestir, no me opondré. Pero ten cuidado, estos objetos Ilenios tienen efectos… indeseados…

—Es el modo en que la naturaleza equilibra los extremos, toda magia tiene un coste, un precio —dijo Lasgol señalando al engendro momificado en el suelo.

Kayti dio dos pasos en la armadura Ilenia y la sintió casi como una segunda piel.

—Tiene la misma runa grabada en la espalda —señaló Lasgol—. Tendrán algún significado. Deberías tener cuidado…

—Lo tendré —sonrió Kayti mientras se colocaba el casco con pluma que al igual que el resto de la armadura se ajustó perfectamente a su cabeza y rostro.

—Creo… creo que hemos hallado un Grimorio Ilenio de enorme relevancia… —balbuceó Sonea.

—Sí, es extremadamente valioso… —convino Lindaro.

Komir se acercó hasta ellos y contempló el gran tomo.

—¿Por qué lo creéis? —cuestionó a los dos estudiosos.

Sonea lo miró con ojos llenos de excitación.

—Este es el Libro de la Luna de los Ilenios. Por lo poco que hemos llegado a descifrar, parece que contiene en su interior conocimiento valiosísimo sobre la Civilización Perdida y su poderosísima magia. Habla del poder de la magia de la Luna, magia de muerte… Necesitaremos tiempo para descifrar los misterios que encierra. Pero no tengo duda de que nos hallamos ante un Grimorio de una relevancia increíble.

Lindaro asintió enérgicamente.

—Este templo ha sido edificado para venerar y proteger este Grimorio tan valioso.

—¿Y nos sacará de aquí? —preguntó Hartz con el ceño fruncido.

—Mucho me temo que tendremos que hallar nosotros la forma… —dijo Lindaro con una mueca de preocupación—. El libro es un compendio de magia Ilenia, con la ayuda de la Luz en él podremos hallar las respuestas sobre cómo manipular el portal.

—Pero no será nada sencillo. Puede llevarnos días o semanas incluso… o puede que no hallemos la forma… —dijo Sonea con voz preocupada.

—Encontraremos la forma —dijo Kayti convencida mirando fijamente el gran Grimorio.

Sonea miró a Kayti al pecho y señaló la runa:

—Esa es la runa del Alma.

Todos miraron a Kayti en su reluciente armadura blanca.

Lindaro se acercó hasta ella y observando la runa, asintió.

—Esperemos que lleves razón, Alma Blanca.

Gerart contemplaba la neblina matinal desde lo alto de la muralla exterior de Rilentor. A su lado, Kendas aguzaba la vista, apoyado sobre la almena, intentando vislumbrar el posible peligro. Cada amanecer seguían la misma rutina desde hacía más de una semana, con creciente preocupación, con la esperanza de no divisar las huestes enemigas y sí, en cambio, al grupo departido. ¿Qué depararía aquel nuevo amanecer? Gerart rogaba por un día más de sosiego y esperanza pues el horror de la bestia de sangre se acercaba inexorable al último reducto Rogdano. El Príncipe era muy consciente de que nada detendría ya aquella locura. Miles de vidas estaban a punto de acabar y se sumarían a todas las ya perdidas en aquella matanza sin sentido por la codicia desmedida de reyes sin escrúpulos ni moral. Tras las murallas de Rilentor se parapetaban los últimos Rogdanos, dispuestos a morir por defender su patria y él, junto a su padre, defendería hasta su último aliento su casa, su reino, su pueblo. Jamás rendiría el empeño por salvarlos. Su pueblo estaba al borde de la muerte, del exterminio, y él lucharía hasta la última gota de sangre en su cuerpo.

—¿Ves algo, Kendas? —preguntó con la esperanza de recibir una negativa.

Kendas situó su mano sobre los ojos y oteó la extensa explanada frente a la muralla.

—No, Alteza. Más allá del río la neblina lo cubre todo.

—Esperemos entonces, pronto levantará.

Gerart miró al sur, donde los Noceanos aparecerían tarde o temprano con sus negros estandartes luciendo el emblema dorado del sol de los desiertos. El gran ejército del Imperio Noceano avanzaba ascendiendo por el sur, saqueándolo todo a su paso. ¿Cuántos hombres habrían amasado para el ataque final a la capital? Los rumores hablaban de una hueste inmensa y Gerart rogaba a los dioses antiguos por que no fuera cierto.

Esperaron a que la neblina se disipara mientras el sol comenzaba a elevarse alumbrando los verdes páramos con su calidez dorada. Un destello captó el ojo de Gerart al noreste y se volvió raudo a mirarlo. Bajo la neblina vislumbró unas sombras que rápidamente se convirtieron en una alargada hilera. Entrecerró los ojos y comenzó a discernir tonos en rojo y blanco en una fila que no era una, sino muchas. El destello volvió a producirse y Gerart se percató de que era el resplandor del sol sobre el acero. Continuó observando atento y según la niebla desaparecía, hileras de hombres armados quedaban al descubierto, tantos que colmaban la llanura hasta los bosques lejanos.

—Ya llegan… —dijo Gerart con una pesadumbre que no pudo disimular.

—Norghanos, por el noreste… —indicó Kendas con voz llena de preocupación.

Las trompetas sonaron con el inconfundible estruendo entrecortado del toque de alarma. Toda la ciudad cejó en su actividad al instante. Un silencio tan aterrador que rivalizaba con el miedo que la propia muerte infundía en los hombres, cubrió la gran urbe, desde los barrios pobres hasta el Palacio Real.

Gerart contempló al ejército enemigo. La niebla se había alzado completamente y bajo el sol matutino pudo observar un mar de Norghanos en cerrada formación, los colores rojos y blancos de armaduras y estandartes cubrían todo cuanto el ojo alcanzaba a ver. El temor lo invadió un breve instante, pero Gerart lo expulsó enrabietado de inmediato. Ya se había enfrentado antes a ellos y volvería a hacerlo, no permitiría que los hombres de las nieves tomaran la ciudad. ¡Jamás! Lo habían vencido una vez, pero no conseguirían vencerlo una segunda.

—¿Cuántos crees que son? —preguntó a Kendas en un susurro.

—Calculo entre 35,000 y 45,000 hombres…

Gerart continuó contemplando el avance del ejército enemigo mientras los soldados Rogdanos tomaban posición en las almenas. Avanzaron durante toda la mañana y no se detuvieron hasta bien entrado el atardecer. Ocuparon toda la extensión al este y al norte del río frente a la ciudad, divididos en sus cuatro impresionantes ejércitos. Los estandartes, altos y orgullosos, fueron clavados en el suelo Rogdano ondeando al viento provocadores.

—Sí, unos 40,000 hombres… —dijo Gerart—. El Rey Thoran debe haber enviado sus fuerzas de reserva.

—¡Atención, el Rey! —anunció un soldado.

Gerart y Kendas se giraron y vieron al Rey Solin en su esplendorosa armadura de gala llegar hasta ellos. Parecía un dios militar. Iba acompañado de Urien, el viejo Consejero Real, con su pelo albino y aspecto frágil.

—Gerart —saludó el Rey con la cabeza.

—Mi señor padre… —saludó Gerart con una reverencia.

El Rey contempló con detenimiento el despliegue del ejército enemigo ante sus murallas. Su aspecto era imponente, irradiaba poder, la viva imagen de la entereza y del valor Rogdano. Nada podría descorazonar a aquel hombre. Nada detendría su determinación. Gerart lo sabía bien. Con él al mando la ciudad resistiría. Estaba convencido.

—¿Qué opinas, Urien? —preguntó el Rey a su Consejero.

El anciano saludó a Gerart con una sonrisa llena de cariño y observó detenidamente los miles de enemigos desplegados sobre la llanura.

—En el centro han situado a los Invencibles del Hielo en sus níveas vestimentas para atemorizar a nuestros hombres. Todos conocen su reputación y su proeza en la Fortaleza de la Media Luna. En el flanco derecho han colocado al Ejército del Trueno, los hombres del General Olagson, con sus estandartes en rojo con diagonales en blanco. En el flanco izquierdo diviso a los hombres del Ejército de las Nieves, el General Rangulself los dirigirá, sin duda. Un hombre muy inteligente, realmente brillante en lo que a estrategia militar se refiere. Debemos vigilarlo. Cerrando la retaguardia han situado al Ejército de la Ventisca, el ejército mixto, dirigido por el irracional General Odir, que no me roba el sueño.

—¿Quién está al mando? —preguntó el Rey Solin.

—Por la información de que disponemos, el Conde Volgren es quien está al mando de los ejércitos. En cuanto a la estrategia sobre el campo de batalla, será el General Rangulself quien los dirija.

—¿Cuántos son?

—Más de 40,000 —respondió Gerart con voz grave.

—Aún falta por llegar la destructiva maquinaria de guerra, las temibles armas de asedio —indicó Urien.

—¿Cuánto tenemos?

—Cinco días, Majestad, no más… —señaló Urien bajando la cabeza.

—En ese caso será mejor que ultimemos los preparativos para la defensa de la ciudad.

—¿De cuántos hombres disponemos, mi señor padre?

—He ordenado alistar a todo hombre hábil en el reino. Nuestras bajas han sido cuantiosas en el Paso de la Media Luna y en Silanda. Con suerte hemos conseguido reclutar 15,000 Rogdanos que lucharán con bravura hasta el último suspiro por su Rey, por sus familias.

Gerart asintió lleno de orgullo por el coraje de sus compatriotas.

—¿Dónde están nuestros aliados en este momento de grave necesidad? —preguntó Gerart a su padre con una expectación casi desesperada.

El Rey Solin negó con la cabeza y miró al enemigo apoyando sus recias manos en la almena.

Urien se acercó a Gerart y le puso la mano en el hombro.

—Los reinos del medio este no acudirán a nuestra llamada de socorro. Algo grave ha debido suceder que desconocemos, los mensajeros no han regresado… La Confederación de Ciudades Libres en la costa este ha rechazado nuestra petición de auxilio. No desean inmiscuirse en las luchas de poder en el oeste. Realmente no tenemos suficiente oro para comprar a esos codiciosos regentes de las cinco ciudades estado. Los otros reinos menores no se atreven a apoyarnos, temen las represalias de los Norghanos y Noceanos a los que ya dan por vencedores.

—¿Y las tribus de las tierras altas, los Norriel? —preguntó Gerart sin mucha esperanza.

—No se han pronunciado. No acudirán —dijo Urien negando con la cabeza.

—Estamos solos entonces… —intentó interiorizar Gerart, cada vez con mayor pesar.

El Rey Solin se irguió contemplando al enemigo. En sus ojos brillaba el fuego del orgullo herido.

—Puede que solos nos alcemos contra el enemigo, un enemigo poderoso y muy superior en número, pero Rilentor no caerá, no mientras mi casa dirija los designios de este reino. Lucharemos con el valor, la fortaleza y la resolución que siempre han caracterizado a los hombres de este pueblo. Rogdon sobrevivirá, no destruirán mi reino.

Todos contemplaron el formidable despliegue militar a sus pies: miles de soldados en armaduras de escamas largas con los escudos de madera circulares y un hacha de guerra a la cintura. Hombres altos y fuertes, rudos, de rostros hoscos, pálidos como la nieve y con rubias cabelleras y barbas. Formidables guerreros. Pero miró a su padre, al gran Rey Solin, y sus dudas se disiparon como la neblina del amanecer, resistirían, los rechazarían, sin duda.

—Hora de prepararnos —dijo el Rey, y girándose se retiró de las almenas.

El olor entremezclado del aceite quemado y perfumes fuertes del norte llenaban la tienda de mando. A Sumal, que aguardaba pacientemente a ser recibido, aquellos olores tan típicamente Norghanos le resultaban poco atractivos, buscaban cubrir los fuertes aromas del sudor y el hedor de los soldados en lugar de deleitar los sentidos como era el caso con los perfumes Noceanos, los aromas de su tierra. El espía miró a su alrededor. La tienda era de grandes proporciones si bien militar y funcional, con pocos adornos y comodidades. Otra notable diferencia con respecto a la de su señor, Mulko, Regente del Norte del Imperio Noceano, mucho más ostentosa, confortable, diseñada para aliviar los pesares de la campaña a sus nobles y poderosos ocupantes. Sumal miró la lona de las paredes, tan roja como la sangre, decorada con motivos blancos como era costumbre entre los hombres de las nieves. Seis guardias de aspecto bestial, de rostros hoscos y en armadura de batalla hacían guardia en el interior y lo observaban en silencio. Sumal sonrió, hacía ya mucho tiempo que guardias y soldados no lo intimidaban, era una de las ventajas de su profesión.

Del interior de la parte posterior de la tienda dos hombres avanzaron hacia él.

«Por fin...» se dijo al reconocerlos.

—Sumal, mi admirado espía ¿a qué se debe este placer? —dijo el más alto de los dos hombres.

Sumal sonrió y lo miró estudiándolo en detalle. El poderoso Conde Volgren, al mando de todo el ejército Norghano, le daba la bienvenida.

—Mi señor, me honráis —dijo Sumal realizando una pronunciada reverencia sin perder la amistosa sonrisa.

—¿Un espía Noceano? —preguntó molesto el otro Norghano, un hombre de ojos traicioneros que Sumal ya había identificado como el General Odir.

—Así es, General Odir. Será mejor que tengas mucho cuidado con lo que dices.

—¡Pero si va vestido en uniforme de Capitán de mi ejército! Y es tan rubio y pálido como cualquiera de mis hombres. ¿Cómo puede ser un maldito Noceano?

—Permíteme asegurarte, General, que no sólo es Norghano sino extremadamente inteligente y peligroso.

—En ese caso se lo devolveremos sin cabeza —dijo el General con un brillo funesto en sus ojos desenvainando su espada.

Los guardias, al ver al General, desenvainaron sus armas también. Un tenso silencio llenó la tienda. Sumal no realizó ningún movimiento, permaneció estático, frío como el hielo. Sabía perfectamente que una reacción por su parte supondría derramamiento de sangre y sus posibilidades de salir de allí con vida eran mínimas. Miró a los ojos al general y sonrió levemente.

El Conde Volgren dio un paso adelante y con un gesto de los brazos ordenó:

—Bajad todos las armas.

Los guardias obedecieron al instante pero el General tardó algo más, su rostro mostraba que no estaba nada convencido. El Conde le puso la mano en el brazo que empuñaba la espada y el General finalmente la envainó.

—Bien, y ahora que estamos más tranquilos todos, ¿qué deseas Sumal, o más bien qué desea esa víbora de tu señor?

Sumal se inclinó en un gesto de agradecimiento.

—Mi señor Mulko, Regente del Norte del Imperio Noceano quisiera establecer los términos de nuestra alianza para la conquista de la ciudad.

—¡Jajaja! —explotó en carcajadas el General Odir con los brazos en jarras— ¿Y para qué narices necesitamos nosotros aliarnos con asquerosas cucarachas del desierto? Todo el este y el norte de Rogdon nos pertenecen, hemos conquistado toda guarnición, ciudad y aldea. Sólo queda Rilentor para que el reino sea nuestro, y, como seguro ya has visto, la ciudad está sitiada por nuestro ejército. Para nada necesitamos de la ayuda de escorpiones y serpientes traicioneras.

Sumal escuchó las palabras del General sin inmutarse, buen conocedor de su oficio. Insultos y desprecios, sólo una cosa persiguen: provocar el fracaso, y Sumal nunca fracasaba en sus misiones, por muy complejas o peligrosas que fueran. Sonrió y miró a quien realmente ostentaba allí el poder de decidir.

El Conde Volgren le devolvió una media sonrisa y sus ojos brillaron llenos de malicia.

—Mi General tiene mucha razón ¿No crees, Sumal?

Sumal respiró levemente, de forma apenas imperceptible y se relajó.

—En efecto, el grandioso ejercito Norghano la ciudad ha sitiado y sus conquistas en el oeste por todos son ya bien conocidas. Sus renombrados Generales han llevado a cabo una estrategia de conquista sublime y uno no puede más que así reconocerlo humildemente.

Odir se irguió orgulloso ante las palabras de Sumal.

—Sin embargo, este último escollo para la conquista de Rogdon, podría resultar algo más sangrante de lo inicialmente previsto… causando una herida importante al glorioso ejército Norghano...

—¿Qué insinúas? ¿Que no podremos tomar la maldita ciudad? —bramó Odir.

—No, no es eso lo que insinúa —dijo el Conde Volgren—. Insinúa algo mucho más peligroso, ¿no es así, mi querido espía?

—No es mi intención ser ave de mal agüero pero la tenacidad y valor de los Rogdanos es bien conocida. Lucharán hasta el último hombre defendiendo su tierra y sus familias. No cederán, no tienen a donde huir. Para ellos es victoria o muerte. No hay salidas intermedias, no se rendirán pues rendirse significaría el fin. Un animal herido y asustado lucha con una fiereza inusitada hasta caer muerto…

—Y muertos caerán, no lo dudes, Noceano.

—Desde luego, mi señor, vuestro poderoso ejercito tomará la ciudad liderado por la magistral mano de generales de un valor y experiencia inigualables. Pero el animal herido, cercado, sin escapatoria posible, no debe ser subestimado… acorralado y herido, en su furia, causará estragos a quien intente tomar su última guarida. Muchos más de los que inicialmente se esperarían de una situación similar…

El General quedó mirando a Sumal, pensativo.

—Nuestro amigo espía nos avisa de que si intentamos tomar la ciudad solos sufriremos cuantiosas bajas —dijo el Conde Volgren con una sonrisa sarcástica.

—Sólo deseo lo mejor para nuestros aliados… —dijo Sumal con una voz tan sutil y suave como un susurro en la cálida brisa de verano.

—¡Ja! Lo que quiere es que esperemos a su ejército que es tan desagradable y lento como los limacos de los bosques. Escúchame bien, Noceano, la ciudad será nuestra y tu ejército estará todavía a días de distancia. ¿Me oyes con claridad?

Sumal asintió y bajó la mirada.

—Creo que no has entendido bien todas las implicaciones de los buenos deseos de nuestro amigo Noceano —señaló el Conde Volgren.

—¿Qué no he entendido? —preguntó el General molesto.

Sumal miró a Volgren con un rostro tan neutro como le era posible.

—Verás, General, lo que el espía insinúa veladamente, es que cuando el grandioso ejercito del Imperio Noceano llegue a Rilentor desde el sur, es muy posible que la ciudad sea ya nuestra, pero las bajas que habremos sufrido habrán sido cuantiosas lo cual nos dejará en una situación comprometida…

El General miró un instante a Volgren sin comprender. Pero la claridad lo alcanzó. La cara de Odir se volvió roja de ira.

—¡No se atreverán! ¡No osarán esas sabandijas...! —clamó al cielo con una voz chirriante.

Sumal no dijo nada, se mantuvo erguido, sin amilanarse.

—¡Mataré a todo Noceano que ponga sus ojos sobre Rilentor! ¡Eso puedes decirle a tu señor! ¡Les sacaré las entrañas yo mismo a esos cobardes traidores! —bramó Odir furioso.

El Conde Volgren se llevó las manos a la espalda y dio unos pasos en círculo mientras parecía meditar una respuesta.

—¿Qué propone tú señor Mulko? —preguntó de súbito clavando sus ojos en los de Sumal.

Sumal respiró. Por un momento había temido que el General lo atravesara allí mismo.

—Mi señor propone una alianza para sitiar y tomar la ciudad. Un ataque conjunto de ambos ejércitos para aplastar la resistencia Rogdana con una fuerza militar inconmensurable. Con los números del gran ejército Norghano, más los de mi venerado señor, la ciudad está condenada, podría ser tomada en cuestión de unos pocos y decisivos ataques. Los asaltos serían combinados pero cada reino dirigiría a sus tropas, por supuesto.

—Por supuesto… —convino el Conde Volgren— ¿Y una vez tomada? ¿Qué propone tú señor?

Sumal relajó los hombros y endulzó el tono, llegaba el momento crucial, debía conseguir que Volgren mordiera el cebo.

—Mi señor propone un reparto equitativo y honorable de la conquista de la ciudad. La mitad de la ciudad para el Imperio Noceano y la otra mitad para el Reino de Norghana.

—¡Eso es una majadería, nosotros ya estamos aquí, podemos tomar toda la ciudad! —protestó Odir.

—Tranquilo, General. Sumal, dile a tu señor Mulko que si desea que cerremos un trato me concederá el Castillo Real y la zona alta de la ciudad.

—Pero ahí está la riqueza del reino de Rogdon… y la familia real… —apuntó Sumal.

—Esa es mi oferta final —concluyó el Conde Volgren cruzando los brazos sobre el pecho.

—Un gran negociador sois —dijo Sumal con una gran reverencia.

—Y tú, espía, demasiado hábil. Espero una respuesta para el amanecer.

—La tendréis —aseguró Sumal, y dándose la vuelta abandonó la tienda.

Salió y giró a la derecha esquivando al guardia en la entrada. Se paró en el exterior y se agachó para atarse la bota con fingida parsimonia. Aguzó el oído.

—¡No pensareis aceptar semejante oferta! —exclamó el general Odir lleno de ira.

—Cuando se trata con serpientes hay que saber esperar al momento adecuado para atraparlas y cortarles la cabeza. De otro modo uno se arriesga a ser mordido y morir envenenado.

—¡Pero la victoria es nuestra! ¡Rogdon está a nuestra merced!

—El sur del reino es de los Noceanos y sus ejércitos avanzan hacia aquí, están a una semana de marcha. ¿Qué crees que ocurriría si llegan y nos encuentran con la ciudad tomada pero muy debilitados? ¿Qué crees que hará Mulko?

—Nos atacaría…

—Exacto. No lo dudaría dos veces. Tendríamos que retirarnos y se quedarían con todo el oeste de Tremia.

—¡Malditos Noceanos traicioneros! —exclamó el General.

—Jugaremos la partida. Con un ojo fijo en los Rogdanos y el otro en los Noceanos. No tenemos otra opción. Y cuando la ocasión se presente… y se presentará... les atacaremos. No sobrevivirá ni una sola de esas cucarachas del desierto. Rogdon será de los Norghanos aunque tengamos que empalar hasta el último Noceano que los desiertos nos envíen.

—¡Ja! ¡Brindemos por eso! —exclamó el General.

Sumal se puso en pie muy despacio y con enorme sigilo se alejó de la tienda de mando Norghana, mezclándose entre los miles de soldados estacionados en la planicie. Una sonrisa afloró en su rostro. Todo marchaba tal y como su señor el Gran Maestro Zecly había previsto. Pronto aquellos brutos Norghanos no serían más que pasto de los buitres y las banderas del Imperio Noceano coronarían Rilentor.

Por tres días seguidos el ejército Norghano castigó Rilentor por medio de sus destructivas armas de asedio. Roca y granito llovieron de forma incesante sobre la gran muralla. Gigantescos proyectiles de pura roca se estrellaban contra la muralla protectora intentando encontrar un punto débil que derribar. Pero la muralla se mantenía firme. De momento.

Gerart, sobre el gran portón, contemplaba los proyectiles estallar contra la muralla llevando destrucción a almenas y parapetos. Grandes trozos de granito salían despedidos en todas direcciones. Estaba preocupado, aquella muralla parecía tan resistente como la de la fortaleza de la Media Luna, y allí la muralla nunca cedió, pero esta era más larga, unos 200 pasos más, y de forma ovalada, casi circular. ¿Aguantaría? No estaba seguro, nada seguro. Si cedía estaban perdidos. Los Norghanos penetrarían la ciudad como un torrente incontenible de muerte y destrucción y no habría forma de detenerlos, sus números eran de cuatro a uno y su infantería, soberbia. Desde su posición Gerart podía ver a los hombres apuntalando y reforzando las zonas más castigadas por los devastadores proyectiles enemigos. Trabajaban con la renombrada eficiencia Rogdana.

El Rey Solin se presentó en el portón acompañado Haradin y custodiado por una docena de Espadas Reales.

—Mi señor padre… —saludó Gerart inclinando la cabeza.

—Castigan la muralla. La muralla de reyes —señaló observando los puntos donde los impactos habían sido más destructivos.

—¿Aguantará? —preguntó Gerart con un leve temblor en la voz.

—Esa muralla es recia y fuerte como el pueblo al que defiende, nunca ha cedido ante el enemigo. Aguantará —afirmó el Rey con una autoridad que no dejaba lugar a duda.

Haradin sonrió con una sonrisa amplia, transmitiendo tranquilidad a Gerart.

—¿Cuántas catapultas y balistas? —preguntó mirando hacia el noreste, tras los ejércitos del Trueno y de las Nieves donde las armas de asedio habían sido situadas.

—Cerca de un centenar…

—Y tienen a todo su ejército situado entre nosotros y sus catapultas.

—También tienen dos gigantescas torres de asedio escondidas en el bosque —señaló Haradin.

El Rey y Gerart lo miraron sorprendidos.

—Tengo mis informadores… —dijo el gran Mago de Batalla del Rey con una mueca.

Un enorme proyectil de granito pasó sobre sus cabezas y se estrelló contra una casa de la parte baja de la ciudad. La mitad del edificio se derrumbó con un sordo estruendo levantando una enorme polvareda. Otro lo siguió estrellándose contra otra casa que destruyó por completo. Grandes pedazos de roca salieron despedidos en todas direcciones. Otra explosión de roca siguió a las anteriores.

—Comienzan a castigar la zona baja de la ciudad —dijo Gerart.

—Sí, la arrasarán —dijo su padre—, es algo que ya he visto antes. Preparan el asalto. Cuando tomen parte de la muralla buscarán entrar en la ciudad y necesitan allanar el camino a sus hombres.

Gerart asintió en entendimiento.

—Dime, Haradin, ¿no puedes desatar tu devastador poder sobre ese mar de Norghanos?

—Demasiado lejos, Majestad. Los Magos de Hielo les han indicado donde deben situarse para estar fuera del alcance máximo de mi poder.

—Entiendo... —dijo Solin con un resoplido de resignación.

—Pero recordad, Majestad, que las limitaciones de la magia son universales. Sus Magos de Hielo tampoco pueden alcanzarnos.

—Tarde o temprano avanzarán y en ese momento podré usar mi poder contra sus huestes.

—Sí, pero si siguen enviando proyectil tras proyectil arrasaran la zona baja de la ciudad y gran parte de las almenas. Eso facilitará el asalto, por mucho que aguante la muralla —explicó Solin con tono de preocupación.

—Poco más podemos hacer de momento, Majestad —dijo Haradin inclinando la cabeza.

Solin miró el mar en rojo y blanco de enemigos que se extendía a sus pies y las armas de asedio, al fondo, tras ellos.

—Veremos… —dijo el Rey con la mirada fija en el enemigo.

Sumal saboreaba la ración de campaña sentado junto a la hoguera. La noche había descendido rápidamente sobre la planicie y las estrellas brillaban con fuerza. Rodeado de soldados Norghanos, escuchaba atentamente todo cuanto se comentaba a su alrededor. Al espía le fascinaba la cantidad de información que podía llegar a obtener de la charla informal de los soldados y, sobre todo, de los Sargentos de intendencia. En tan sólo tres días que llevaba infiltrado entre las tropas Norghanas había sido capaz de determinar con exactitud el número y distribución de las mismas, sus puntos débiles y un sinfín de detalles de gran valor estratégico para su maestro, el gran Zecly. Sonrió, el Conde Volgren habría dado por hecho que Sumal volvería con los suyos. Una suposición muy errónea. La labor de un espía de su talla no había hecho más que comenzar. Perfectamente camuflado en su indumentaria de Capitán del Ejército de las Nieves ya conocía la composición de cada uno de los tres ejércitos de infantería, los militares al mando, sus órdenes, incluso la de los Invencibles del Hielo que conformaban un cuarto ejército independiente, tan hermético como temible.

Un grupo a su derecha comenzó a entonar alegres cánticos de las nieves y pronto otros grupos se les fueron uniendo. Si no fuera porque se jugaba la vida, Sumal se sentiría casi cómodo entre aquellos rudos pero alegres norteños.

«Otra noche tranquila», pensó. Sabía que no había orden de asalto para la infantería y que por la mañana se reanudaría el castigo sobre la zona baja de la ciudad sitiada. Se relajó estirando las piernas cuando un sonido anómalo llegó hasta sus oídos. Se irguió e intentó situarlo cual perro de presa. Provenía de los bosques, a su espalda.

Aquello lo sorprendió y se quedó mirando la oscuridad del bosque. Los Norghanos no parecían haberse percatado y continuaban con sus cantares. Sumal caminó en dirección al bosque y el sonido comenzó a ser algo más discernible. Un redoble sordo, rítmico, como un ahogado tambor. ¿Qué era aquel sonido?

De súbito, los guardias apostados a lo largo del linde del bosque comenzaron a dar voces alarmados.

—¡Nos atacan!

—¡Alarma!

—¡Caballería!

Y como surgiendo de la propia noche, Sumal contempló atónito una carga de Lanceros Rogdanos. La hilera de caballería era casi tan larga como el propio bosque. Sumal calculó unos 4000 Lanceros a galope tendido.

¡Pero aquello era un suicidio sin sentido!

Había millares de efectivos de infantería, los aniquilarían. ¿Qué locura era aquella? Con ojos abiertos como platos contempló como los Lanceros se abalanzaban contra…

Contra…

¡Las armas de asedio!

Sumal sonrió. «Muy inteligente… y verdaderamente audaz. Atacan las armas de asedio que se encuentran poco protegidas por la retaguardia y al amparo de la noche. ¿De dónde han salido esos Lanceros? Y lo que es más crucial, ¿conseguirán su propósito? Lo dudo, es demasiado arriesgado».

En un instante todo el campamento de guerra se alzó en armas. El ejército mixto, a cargo de la defensa de la retaguardia, se movilizó contra los atacantes.

—¡A la carga, Lanceros! —gritó Kendas liderando el centro.

Espoleó los flancos de su montura y se lanzó contra los sorprendidos guardias que daban la alarma con gritos desaforados. Los atravesaron con sus lanzas y continuaron raudos hacia las catapultas y balistas. Kendas sabía que sólo disponían de una oportunidad, debían aprovechar el factor sorpresa del ataque para lograr su objetivo o la misión fracasaría y todos morirían.

Los soldados Norghanos ya corrían hacia ellos con lanzas y picas. No disponían más que de un momento. Kendas llegó hasta una enorme catapulta. El tamaño de aquella arma de asedio era mayor de lo que el Lancero había imaginado. «Espero que funcione…» pensó mientras la rociaba con el aceite que portaba en un enorme pellejo a su espalda. Al terminar de vaciar todo el contenido sobre la catapulta miró a su izquierda y luego derecha y observó a sus compañeros imitando su acción. Se irguió sobre la montura y divisó la línea de armas de asedio. Los Lanceros estaban sobre ellas.

Pero el tiempo se agotaba, los defensores ya estaban casi encima.

Kendas se llevó la mano al cuerno de guerra y bufó tres veces.

Un lapso más tarde, que a Kendas le pareció una verdadera eternidad, de entre los árboles del bosque, un centenar de jinetes que permanecían ocultos en una hondonada, aparecieron al galope. En sus manos llevaban antorchas prendidas.

—¡Rápido, rápido! —urgió viendo a los Norghanos llegar a defender las catapultas.

Kendas miró a sus hombres y no lo pensó dos veces.

—¡A la carga! ¡Por Rogdon! —ordenó sabiendo que debían conseguir retrasar el avance de los defensores un instante más. Era crucial.

Los Lanceros cargaron contra la primera línea de Norghanos y el choque resultó brutal. Los hombres de las nieves cayeron bajo los caballos de guerra y las lanzas mortíferas. Pero muchos Lanceros perecieron a su vez en la carga. Cuando uno caía era rodeado por gran número de enemigos y descuartizado salvajemente.

Pero el bravo sacrificio dio su fruto.

Los Lanceros que portaban las antorchas alcanzaron las catapultas y balistas sin llegar a ser interceptados por los Norghanos. Lanzaron las antorchas contra las máquinas de guerra y el fuego se extendió por toda la hilera con una voracidad inusitada, saltando de una máquina a la siguiente pues habían sido situadas muy próximas las unas de las otras para facilitar la carga de proyectiles. En un abrir y cerrar de ojos el fuego consumía las máquinas entre grandes llamas que alumbraban a miles de Norghanos aproximándose a la carrera entre gritos salvajes.

—¡Retirada! —gritó Kendas viéndose rodeado de enemigos.

Hizo girar su montura y la espoleó para salir al galope mientras tocaba a retirada con su cuerno de guerra. Los supervivientes lo siguieron presto, dejando tras de sí un reguero de llamas que alumbraba la ira de un mar de Norghanos.

Mientras huía a galope tendido, Kendas hizo un rápido recuento aproximado. Había perdido cerca de un tercio de sus hombres y aquello lo entristeció. Pero sabía que habían logrado una pequeña victoria de gran importancia. La mayoría de las armas de asedio del enemigo quedarían destruidas. Los Norghanos no podrían sofocar el fuego a tiempo. El sacrificio era deber para los Lanceros Reales. Echó un vistazo a su espalda una última vez y lleno de orgullo contempló el enorme resplandor de las llamas entre los gritos y maldiciones de los Norghanos.

—¡Por Rogdon! —gritó con espíritu enardecido.

Sobre la muralla, en la capital, Gerart contemplaba aquel mismo resplandor en la lejanía.

—¡Lo han conseguido! —exclamó lleno de orgullo y satisfacción.

—Es pronto para asegurarlo pero así parece ser —dijo el Rey Solin, a su lado—. Un plan excelente, Urien, me has vuelto a servir bien, más allá de las expectativas de tu Rey.

El anciano Consejero Real realizó un pequeño gesto de afirmación.

—Siempre a las órdenes del Rey —dijo con voz leve.

—Tan humilde e inteligente como siempre —señaló Haradin con una gran sonrisa— Nadie como Urien para idear una estratagema exitosa. Una mente privilegiada ciertamente la de este viejo zorro.

—Sólo me apena no haber podido destruir las dos masivas torres de asedio —dijo Urien bajando la cabeza—, pero estaban demasiado apartadas de las catapultas y balistas. Era lo uno o lo otro. El factor sorpresa era clave para lograrlo, no había forma de destruir ambos objetivos, hubieran perecido de intentarlo…

—Ha sido un golpe magistral, Urien —dijo el Rey —. Cuando envíen las torres de asedio ya nos ocuparemos de ellas. De momento hemos logrado retrasar su asalto y dispondremos de algo de paz para reforzar las estructuras dañadas y sobre todo la moral de los hombres. Esta pequeña victoria me colma de satisfacción.

Pero la satisfacción del Rey no duró demasiado. Al amanecer del sexto día, al sur, el gran llano despertó colmado de hombres en negro y oro, portando orgullosos emblemas que mostraban un radiante sol dorado. Pasado el mediodía, un ejército tan numeroso y multitudinario, si no más, que el Norghano, tomó posición atestando todo el sur hasta más allá de lo que el ojo alcanzaba a ver.

El gran ejército del todopoderoso Imperio Noceano había arribado.

Los cuatro Generales Primeros de las huestes Norghanas discutían acaloradamente la estrategia a seguir para penetrar la muralla de la ciudad sitiada. La tensión en la tienda de mando del Conde Volgren iba en aumento con cada opinión. La dificultad que la contienda entrañaba era ahora manifiesta, pues las armas de asedio estaban perdidas. Las bajas del asalto frontal a la muralla serían cuantiosas y la llegada de las Legiones Noceanas intranquilizaba al Conde sobremanera.

Los cuernos sonaron con estruendo y anunciaron la llegada de una comitiva.

—¿Y ahora qué sucede? —exclamó contrariado el Conde Volgren.

—Ni idea, señor —respondió el General Rangulself inclinado sobre un esbozo de la ciudad sitiada. El brillante militar había marcado las defensas y los puntos débiles en los que debían centrar los ataques para lograr tomar la ciudad.

—¿Quién osa interrumpirnos? —bramó el General Odir con el destello de la ira en sus ojos pendencieros— Ojalá sea un emisario Noceano, os aseguro que le sacaría las entrañas y se lo devolvería atado a un caballo.

—Tú siempre tan sutil en todo lo que propones —le amonestó Rangulself—. Eso es precisamente lo que necesitamos ahora, enfrentarnos a los Noceanos…

—Ningún miedo les tengo, no son más que cucarachas del desierto. Y nosotros, los Hombres de las Nieves, las aplastaremos con nuestras botas —dijo Odir con tono despectivo y escupió a un lado.

—Estoy seguro de que los Rogdanos aplaudirían a rabiar viendo como nos matamos entre nosotros frente a su ciudad sitiada, cual vulgares aprendices en el arte de la guerra —dijo Rangulself con un marcado tono de ironía.

—¡Eso lo prohíbo! —ordenó el Conde Volgren muy molesto.

—Pronto sabremos de quién se trata —señaló el enorme General Olagson, su estampa era tan grande como la de un enorme oso de las nieves. Se encogió de hombros y restó importancia a la cuestión.

Rangulself negó con la cabeza y señalando el mapa continuó explicando el plan de ataque y los posibles contratiempos que podrían sufrir.

Un soldado en uniforme de escamas dorado entró en la tienda de mando y anunció:

—¡Atención! ¡Su Majestad Real Thoran, Rey de Norghana!

Todos se pusieron firmes de inmediato.

Siguiendo al soldado, el Rey Thoran entró en la tienda y con paso firme se acercó hasta los cuatro Generales y el Conde Volgren que lo miraban incrédulos.

—Majestad… no os esperábamos… —balbuceó el Conde clavando la rodilla en el suelo. De inmediato los cuatro Generales lo imitaron.

El Rey, un hombre imponente, sobrepasaba las dos varas y media de altura. Tenía el cabello rubio y largo, un aspecto tan nórdico como todo el linaje de su casa, y de una musculatura y presencia apabullantes. Su rostro, siempre hosco, lucía una barba dorada y unos ojos claros como el hielo que se clavaron en el Conde Volgren.

—Hasta esta tierra insípida del oeste me he visto forzado a viajar. ¿Y sabes a qué se debe, Volgren? —preguntó con una voz tan cavernosa como atemorizadora.

El Conde Volgren alzó levemente la cabeza, sin atreverse a mirarlo a los ojos.

—No, Majestad… no sé a qué debemos el honor de vuestra presencia…

—¡A tu increíble incompetencia! —bramó con tal agresividad que por un instante pareció que la tienda se derrumbaría del bufido.

Nadie osó decir ni mover un músculo. Permanecieron todos arrodillados y con las cabezas gachas.

—Me informan mis Magos de Hielo que no sólo no se ha asaltado la ciudad todavía, sino que las armas de asedio han sido destruidas por el enemigo… ¿Cómo ha ocurrido semejante catástrofe…?

El Conde Volgren comenzó a explicar

—Veréis, Majestad…

El Rey Thoran sacó un hacha de guerra de su cintura y con un tremendo golpe la clavó en la mesa, partiéndola en dos.

—Te cedí el mando de mis ejércitos para que me trajeras la cabeza de Solin en una pica. ¿Y lo has hecho? No, no me respondas si quieres conservar la tuya —amenazó girando el hacha en la mano, Volgren miró al suelo y calló por su vida—. Ese mentecato traicionero de Solin mató a mi hermano Orten. ¡Quiero su cabeza y la de toda su familia! ¡Quiero esa ciudad arrasada hasta los cimientos, que no quede ni la ceniza de los escombros! ¿Quedan los designios del Rey entendidos? —dijo situando el filo del hacha sobre el cuello del Conde.

Nadie respondió.

—Veo que me he hecho entender.

Rangulself, sin mirar a su Rey y en un susurro preguntó:

—¿Y las huestes Noceanas, Majestad?

El Rey Thoran se acercó hasta el General y apoyó la cabeza del hacha en su hombro.

—Ya has deshonrado a tu Rey una vez, Rangulself. Si estás vivo hoy es porque necesito de tu inteligencia y destreza militar para conquistar esa ciudad. No provoques mi paciencia… no soy un hombre atemperado. Si los Noceanos se vuelven contra nosotros, y puede que lo hagan como traiciones víboras que son, los arrasaremos. No son ni la mitad de hombres que un Norghano. Si intentan traicionarnos, nos volveremos contra ellos y los aplastaremos cual gusanos.

Rangulself asintió con un pequeño gesto de cabeza.

—¡Y ahora atacad y arrasad esa apestosa ciudad hasta que no quede ni una roca en pie! ¡No quiero ni un solo hombre, mujer o niño Rogdano con vida!

Gerart, con ánimo grave, contemplaba desde las almenas la inmensa marea de rojo y blanco que comenzaba a avanzar hacia la muralla. Un mar compuesto de millares de temibles hombres de las nieves que portaba la muerte y la destrucción a los suyos.

—Ya vienen… —dijo pesaroso.

Haradin, a su lado, observaba la aterradora hueste Norghana.

—Sí, y sorprendentemente no esperan al ejercito Noceano.

—Quieren tomar la ciudad para su Rey Thoran —señaló Solin que contemplaba el sur donde las legiones Noceanas no habían finalizado aún de posicionarse—. No esperarán a los Noceanos, quieren la gloria para Norghana. Quieren mi cabeza. Urien ya lo había previsto, me había avisado de que este sería su curso de acción.

—Bien, bien. Eso son buenas nuevas —señaló Haradin.

—¿Buenas son, Haradin? —preguntó Gerart sin comprender viendo como los Norghanos gritaban como posesos salvajes llenando toda la planicie de un estruendo ensordecedor. Miles de gargantas rugían atemorizando los corazones de los defensores.

—No es un ataque combinado de ambas huestes. Si ambos ejércitos atacaran la muralla simultáneamente… —aclaró el Rey Solin.

Gerart comprendió de inmediato.

—La torpeza de esta decisión debemos aprovecharla y hacerles pagar bien caro. Mientras la desconfianza y la codicia reine entre el enemigo, una posibilidad tendremos de salir victoriosos —dijo el Rey Solin.

Haradin asintió.

—Es hora de defender nuestra tierra, de derramar sangre enemiga —dijo el Mago mirando a las huestes avanzar.

—¡Arqueros de Rogdon, a las murallas! —ordenó el Rey a pleno pulmón.

Con rapidez y eficiencia, los arqueros de azul y plata tomaron posición a lo largo de la muralla. Toda la sección noreste quedó abarrotada de efectivos Rogdanos con arcos que se tensaron al momento. Gerart repasó con la mirada los rostros de los hombres. El miedo y la congoja eran tan visibles que parecían haber poseído aquellas buenas almas. Gerart contempló la inmensidad de la hueste Norghana avanzando a paso de marcha como una fuerza imparable, indestructible, y su ánimo también decayó. Comprendía perfectamente la desazón de sus compatriotas.

—¡No permitáis que el miedo encoja vuestros valerosos corazones! —les arengó el Rey Solin como si hubiera leído los pensamientos de Gerart— ¡Bravos defensores de Rogdon sois! Hoy lucharéis por proteger el último reducto Rogdano. Hoy lucharéis con coraje, con el valor que los hombres de honor, los hombres de Rogdon, poseen. ¡Hoy llevaremos la muerte al enemigo!

Gerart comprobó como los rostros de sus compatriotas se iban iluminando. La llama del valor había prendido en su interior azuzada por las palabras de coraje del Rey.

—¡Hoy repeleremos al enemigo! ¡Hoy expulsaremos al invasor! ¡Su sangre bañará nuestras almenas! ¡Ni uno sólo en la ciudad pondrá pie!

Los soldados comenzaron a vitorear las palabras del Rey, encendidos por el fervor del monarca.

—¡Muerte al invasor! —rugió el Rey como un león.

—¡Muerte! —respondieron todos los soldados a una, llenando la muralla de vítores atronadores propiciados por corazones encendidos.

—¡Por Rogdon! —gritó el Rey.

—¡Por Rogdon! —aclamaron todos con toda la fuerza de sus pulmones apagando los gritos del ejército enemigo.

—¡Muerte a los Norghanos! —bramó Solin.

—¡Muerte! —tronó toda la muralla enviando el mensaje atronador al enemigo.

El Rey se dio la vuelta y mirando a Gerat le dijo:

—Ahora, Príncipe de Rogdon, el mando de la defensa de la muralla te concedo. Defiéndela con tu honor, con tu vida, el enemigo no ha de sobrepasarnos. Yo defenderé el gran portón de la ciudad.

Gerart miró a los ojos a su padre y lleno de orgullo y respeto aceptó el cargo con una sobria reverencia. El Rey partió acompañado de una docena de Espadas Reales. Tres quedaron atrás para proteger a Gerart.

—¡Preparaos! —gritó Gerart mirando al enemigo.

Los Norghanos avanzaban en cerrada formación, mientras el retumbar de las miles de botas sobre el suelo parecía hacer temblar los cimientos de la muralla.

—¡Esperad mi orden para soltar! —les dijo viendo que las primeras líneas estaban ya muy cerca.

Ya divisaba al enemigo que tan bien conocía. Ya podía ver los cascos alados cubriendo rubias cabelleras y barbas doradas de hombres pálidos como la nieve. Hombres fornidos y altos, de anchos hombros y fuertes brazos. Todos en armaduras de escamas completa, armados con espadas y hachas de guerra; escudos redondos de madera en la mano no diestra para protegerse de las flechas y jabalinas. Tras las huestes avanzaban las dos gigantescas torres de asedio, lentas pero inexorables en su aproximación. Miles de escalas y cuerdas con garfios eran portadas por los soldados de las nieves para escalar la magna muralla que protegía a Rilentor.

—No lo conseguiréis… —se dijo entre dientes mientras la rabia lo alentaba.

Contempló la llanura a sus pies, inundada por un océano de soldados Norghanos.

—No esta vez… —se repitió alentando su espíritu.

—No lo harán —le aseguró Haradin situándose a su lado con semblante sereno.

El enemigo estaba ya a 100 pasos de la muralla.

—¡Soltad! —comandó Gerart levantando su espada al aire— ¡Soltad!

A la orden de su príncipe, los arqueros enviaron miles de flechas sobre las primeras líneas enemigas. Gerart sabía que no detendrían el avance, nada lo detendría pero las bajas comenzarían a producirse.

—¡No paréis de tirar! —gritó Gerart mientras los arqueros descargaban una lluvia incesante de muerte sobre la marea de atacantes.

Un rugido llegó desde las primeras filas Norghanas y los escudos se alzaron para protegerse de las miles de saetas. Los arqueros continuaron enviando flecha tras flecha contra el mar de escudos pero el enemigo alcanzó el pie de la muralla, rugiendo como un descomunal ser de mil ojos, herido y poseído por la ira. Aquella bestia de los profundos abismos de las montañas níveas avanzaba imparable. Sólo la regia muralla y el valor de los defensores en las almenas podrían rechazarla.

—¡Defended las almenas! —gritó Gerart al ver las escalas de asalto comenzar a posarse sobre la muralla.

Miles de garfios con cuerdas volaron sobre las almenas para anclarse a lo largo de toda la sección noreste de la muralla. Los cascos alados no tardaron en comenzaron a aparecer en las almenas y un furioso combate se desencadenó sobre el parapeto. Los bestiales Norghanos eran formidables oponentes, duros, brutales, despiadados. Los defensores los rechazaban con lanzas y espadas, sabedores de que eran la última línea de defensa de su pueblo. Tras ellos, en la zona alta de la ciudad, las mujeres y los niños se escondían entre llantos de miedo e impotencia.

—¡Rechazadlos! —gritó Gerart mientras luchaba sin respiro, flanqueado por sus tres Espadas Reales, llevando la muerte a cuantos Norghanos alcanzaran las almenas. El combate sobre la muralla se volvió desesperado en un latido, el estruendo de los gritos de los combatientes era ensordecedor, gritos de rabia, desesperación y muerte. La sangre bañaba almenas y muralla; sangre Norghana, sangre Rogdana, tiñendo del rojo de la parca a soldados y roca.

—¡Luchad! ¡Por Rogdon! —gritó Gerart tras atravesar a un enorme soldado del Ejército del Trueno.

Un hacha de guerra captó su ojo y Gerart se inclinó a la derecha. El arma pasó rozando su cabeza y se clavó en el dorso de un soldado Rogdano. Gerart dio un paso al frente y, lleno de rabia, degolló al Norghano. La sangre enemiga bañó el pecho de su armadura dorada. Gerart luchó y luchó, con toda su pericia, con todas sus fuerzas. El caos se adueñó de las almenas. Sangre, vísceras, miembros mutilados y muerte reinaban en la muralla. Los Norghanos eran demasiados y su bestialidad imparable. No podrían rechazarlos durante mucho tiempo. Los temibles Hombres de las Nieves continuaban escalando, incansables, inmunes a la muerte que les esperaba arriba.

Sus Espadas Reales le ayudaron a despejar la sección pero sabía que pronto estaría nuevamente llena de enemigos.

—Protégeme, ha llegado el momento de que actúe —le dijo Haradin situándose en medio del parapeto.

Cerró los ojos y pareció entrar en un trance. Desconcertado, Gerart miró a sus tres Espadas Reales y les ordenó:

—Protegedlo con vuestras vidas.

Haradin se concentró, era muy consciente del riesgo que estaba a punto de tomar pero no quedaba otra opción. Las huestes Norghanas eran demasiado numerosas, los defensores no podrían rechazar oleada tras oleada. No había podido identificar donde se encontraban los Magos de Hielo entre el mar de soldados Norghanos, pero sentía su poder, sabía que estaban cerca de la muralla, a la espera de que él realizara el primer movimiento. A la espera para matarlo. Jugaban con la ventaja de los números a su favor. Por desgracia, debía hacerlo, la situación en las almenas comenzaba a ser desesperada. Sabía que los calculadores Magos de Hielo se encontraban ya demasiado cerca, avanzando camuflados entre sus compatriotas, pero no tenía otra opción. Cerró los ojos y buscó su fuente de energía interna, el lago azulado que residía en el interior de su pecho. «No me falles ahora» rogó a su Don. Su magia seguía sin terminar de responderle como debiera. Intuía que la conexión entre su mente y su Don había sido dañada debido a la carbonización que había sufrido. Invocó un Sortilegio de Magia de Tierra y lanzó un encantamiento sobre su propio cuerpo. Un esférico escudo protector se formó a su alrededor, envolviéndolo por completo. La esfera estaba compuesta de una corteza de dura tierra y roca compactada pero de aspecto casi translúcido.

Avanzó hasta la almena y mirando hacia el mar de enemigos comenzó a invocar un poderoso conjuro alzando su báculo de poder y moviéndolo en círculos sobre la cabeza. Dos soldados Norghanos tan grandes como hoscos alcanzaron la almena. Haradin los ignoró pues no debía detener el conjuro. Los tres Espadas Reales se abalanzaron sobre ellos y lo protegieron como él sabía que harían. Continuó conjurando, impasible, asegurándose que su magia le respondía.

De súbito, un proyectil de puro hielo lo alcanzó de pleno con una potencia inusitada. La esfera defensiva repelió el ataque, aguantando el golpe, pero trozos de roca quebrada abandonaron la esfera debilitándola. Haradin continuó conjurando, necesitaba más tiempo, debía aguantar. De reojo identificó el origen del proyectil entre las primeras líneas Norghanas: aparentemente un soldado de los Invencibles del Hielo. Llevaba su níveo uniforme, casco alado y armadura de escamas, excepto que había un detalle discordante en aquel soldado, no sujetaba una lanza en su mano sino un cayado blanco como la nieve. Era un Mago de Hielo y ahora Haradin ya conocía su posición.

El Mago de Hielo le envió una jabalina helada que se clavó en la esfera protectora haciendo saltar pedazos de roca.

—¡Protegedle! —gritó Gerart desde su derecha donde repelía junto a varios soldados Rogdanos a un grupo que había coronado la muralla y se estaba haciendo fuerte.

Haradin contempló la punta de la jabalina de hielo, que había penetrado la defensa, a medio palmo de su cara pero no se alteró, permaneció concentrado, debía continuar con el conjuro, era vital. Con el rabillo del ojo vio como el glacial Mago enemigo le enviaba una docena de témpanos de hielo impulsados a gran velocidad. Aquello asustó a Haradin y a punto estuvo de perder la concentración que necesitaba para continuar con el conjuro que tanto esfuerzo le estaba costando invocar.

¿Aguantaría la esfera defensiva? No estaba nada seguro. Ahí llegaban los proyectiles...

El primero de los témpanos golpeó con fuerza la esfera debilitándola aún más. Tres más le siguieron casi al instante y pedazos de roca protectora comenzaron a caer al suelo.

No aguantaría...

En ese instante dos escudos metálicos aparecieron ante el Mago, cubriéndolo. El resto de témpanos de hielo se estrellaron contra los dos escudos que mantenían alzados dos de los Espadas Reales. Uno de ellos dejó caer el escudo al suelo y se derrumbó entre muestras de dolor. Haradin entrevió que los témpanos habían atravesado el metal, llevándose consigo el brazo del valeroso soldado. Maldijo para sus adentros pero siguió conjurando, ya casi lo tenía, sólo un poco más. El tercero de los Espadas Reales cogió otro escudo y ocupó el lugar de su compañero caído.

De entre la marea nívea un rayo de escarcha salió dirigido contra Haradin. «Otro Mago de Hielo camuflado entre los temibles Invencibles del Hielo». El rayo de escarcha se precipitó contra el parapeto que mantenían firmes los Espadas Reales. «Falta poco, falta muy poco» se dijo Haradin continuando con el conjuro al ver que los ataques se agudizaban. El rayo de escarcha comenzó a congelar los escudos, cubriéndolos de una gruesa capa de hielo. El Espada Real a su derecha cayó al suelo, la mitad de su cuerpo estaba congelado. El Espada Real a su izquierda fue atravesado por un centenar de pequeñas y virulentas estacas de hielo conjuradas contra él.

Y el conjuro de Haradin finalizó.

Frente a la muralla, a 50 pasos, en medio de las hordas enemigas, con un estruendo estremecedor, la tierra se partió en dos como si un dios maligno estuviera emergiendo de las profundidades. El enorme cráter de un volcán se alzó, desplazando tierra, rocas y hombres, todo en un área de veinte pasos.

Haradin giró su báculo una última vez y pronunció la última frase de poder.

El volcán entró en erupción, en medio de la masa de tropas enemigas.

Virulentas explosiones de fuego y lava comenzaron a producirse sobre las huestes Norghanas mientras un humo negro se alzaba a los cielos. Los hombres del Ejército del Trueno ardían por doquier, alcanzados por el terror ígneo, sin poder huir, acorralados por sus propios compatriotas. Los gritos de los desdichados eran ensordecedores.

Haradin dio tres rápidos pasos atrás y se alejó de la almena. Varios proyectiles de hielo le pasaron rozando y el rayo de escarcha golpeó la piedra alta de la almena frente a él.

—Por muy poco… —masculló aliviado.

El campo de batalla se llenó de los atroces gritos de sufrimiento de los soldados Norghanos alcanzados por el volcán. Cientos de hombres ardían vivos, sin poder escapar, mientras en el cráter la cadencia de las explosiones se incrementaba y se volvían más poderosas, ampliando el área de horror y muerte. Una lluvia de fuego infernal comenzó a caer en medio de las tropas Norghanas que intentaban huir presos del horror, aplastando a sus compañeros en la terrible estampida. El volcán comenzó a expulsar lava a borbotones en todas direcciones, en una erupción gigantesca. La marea incandescente avanzó lentamente, extendiéndose por toda la planicie y aproximándose a la muralla. Los Norghanos morían abrasados por el magma candente entre horripilantes chillidos de sufrimiento o aplastados por sus compatriotas locos de pavor.

Gerart se acercó hasta Haradin y le dijo boquiabierto:

—Ese conjuro es de un poder como nunca hubiera imaginado.

—Lo es, ha consumido gran parte de mi energía. Pero pronto correrá su curso, si no es destruido antes… —dijo Haradin.

—La marea de lava llega ya hasta las murallas, los Norghanos huyen como pueden intentando salvar la vida.

—Prepara veinte arqueros —le dijo Haradin.

—Como desees, Mago de Batalla —accedió Gerart, y los llamó desde las escaleras que daban al patio interior.

De súbito, sobre el volcán, una gélida tormenta comenzó a tomar forma. Una ventisca invernal envolvió por completo el cráter y la temperatura comenzó a disminuir de forma veloz. Lluvia torrencial y gélida, viento glacial y hielo comenzaron a devorar el volcán en una batalla entre el fuego y hielo. La tormenta fue creciendo en intensidad mientras el volcán perdía potencia. Según crecía la tormenta lo hacía su área de acción, apagando rápidamente la lava candente alrededor del cráter.

—Arqueros conmigo —dijo Haradin, y se situó junto a la almena—. A mi señal.

Haradin fijó la vista en el falso soldado Norghano con el báculo que en realidad era uno de los Magos de Hielo que estaba invocando la tormenta invernal. Se concentró e intentó conjurar un rayo de fuego.

El conjuro falló.

«¡Maldición, ahora no, tengo que conseguir conjurar!».

Los veinte arqueros permanecían a la espera con los arcos listos. Haradin volvió a intentarlo y está vez el rayo de fuego golpeó al Mago en su esfera protectora de hielo. La esfera aguantó y Haradin mantuvo el rayo, intentando penetrarla.

—¡A él! —les dijo a los arqueros.

Veinte saetas se clavaron en la esfera del Mago de Hielo, haciendo saltar pedazos de hielo y escacha, resquebrajándola. El Mago de Hielo volvió su atención hacia ellos.

—¡Rápido, volved a soltar! ¡Abatidlo!

Otras veinte saetas salieron despedidas un instante antes de que una enorme bola de témpanos de hielo con hirientes aristas explosionara sobre el grupo. Al impactar, trozos de hielo y témpano, afilados como cuchillas, salieron despedidos en todas direcciones. La esfera protectora de Haradin soportó el ataque pero los veinte arqueros cayeron despedazados, sus cuerpos fueron mutilados. Sangre y restos humanos quedaron esparcidos por todo el parapeto.

Haradin bajó la cabeza, sobrecogido por el horroroso desenlace. Miró a su espalda y vio con alivio que, por fortuna, Gerart había salido ileso, por muy poco…

—¡Aléjate de mí, Gerart! —le advirtió.

Haradin miró a su enemigo mientras reforzaba su ya prácticamente destruida esfera defensiva. El Mago de Hielo yacía muerto con tres flechas en el pecho. Haradin resopló y fijó su mirada en el otro Mago de Hielo que había identificado. La tormenta de nieve había destruido ya el volcán, si bien Haradin ya lo había previsto. El volcán había cumplido su cometido, varios miles de Norghanos habían perecido calcinados y el ataque a las almenas se había detenido. Pero ahora la letal tormenta invernal avanzaba hacia la muralla guiada por el Mago enemigo como un engendro invernal de glacial aliento.

«¡Maldición, debo detenerla!».

Haradin se centró en el Mago y le envió el rayo de fuego para debilitar su defensa. De inmediato, cuatro Norghanos con enormes escudos helados se situaron frente a él impidiendo que el rayo lo alcanzara. La letal tormenta invernal llegó a la muralla, a unos veinte pasos a la derecha de Haradin y de inmediato los soldados Rogdanos comenzaron a caer al suelo, congelados por las bajas temperaturas que portaba bajo su grisácea presencia de muerte.

«¡Tengo que acabar con él!».

Conjuró una bola de fuego y la envió contra los escudos. La bola explosionó, quemando y achicharrando a los Invencibles del Hielo alrededor del Mago pero los escudos no se movieron, ni el Mago. «Están recubiertos de hielo, el fuego nada puede contra ellos. Debo usar algo diferente, ¿pero qué?».

—¡Gerart, los arqueros! ¡El Mago no debe sobrevivir! —gritó al Príncipe mientras señalaba al enemigo.

Gerart asintió y alejándose de Haradin convocó dos docenas de arqueros para que castigaran el área.

La tormenta de nieve y hielo, con su gélido toque mortal, estaba causando estragos entre las tropas Rogdanas, que caían impotentes. Los muertos eran ya cercanos al millar.

—¡Nos están diezmando con esa tempestad helada! —se lamentó Gerart agriamente.

Haradin contempló al Mago, sólo el báculo era visible sobre los escudos que lo protegían. Las flechas de los arqueros no conseguían abatirlos. ¿Cómo derribar aquellos escudos protectores? ¿Cómo? Una ráfaga de brisa portando el hediondo olor de carne humana incinerada llegó hasta su rostro. Tuvo que apartarlo para evitar una arcada. ¡Y entonces se le ocurrió! Sin esperar más comenzó a conjurar con una larga y entonada frase de poder.

Pero el conjuro falló. «¡No ahora, vamos, vamos, demasiado hay en juego!».

Volvió a intentarlo.

El conjuro falló nuevamente.

La desesperación comenzó a apoderarse de Haradin. Bravos defensores Rogdanos estaban muriendo por su culpa, debía conseguir salvarlos. «Vamos, Sortilegio de Aire, debo conseguirlo o están acabados». Lo intentó una nueva vez, y por fin el conjuro funcionó. Frente a los portadores de los escudos helados, un tornado de más de cinco varas de altura comenzó a tomar forma. Haradin volvió a conjurar y el tornado comenzó a avanzar en pos de los escudos girando a una velocidad endiablada con vientos huracanados en su interior. El Mago de Hielo envió un tridente de hielo que se clavó profundo en la esfera protectora de Haradin, provocando que se desquebrajara y diera un paso atrás. «Voy a perder la esfera, no aguantará otro impacto semejante». El tornado alcanzó los escudos y se llevó por delante a los Norghanos que los sujetaban.

Llegó hasta el Mago de Hielo pero este se protegió con una capa anti magia para no sufrir los efectos dañinos del conjuro de Haradin.

—¡Ahora, Gerart, ahora! —le dijo al Príncipe.

Dos docenas de saetas cayeron sobre él mientras el tornado continuaba avanzando entre las líneas Norghanas llevándose por los aires con fuerza huracanada cuantos hombres cruzaban su paso.

El Mago de Hielo retrocedió, su defensa estaba debilitada.

—¡Seguid tirando! ¡No permitáis que escape con vida! —gritó Haradin con su fuente de energía prácticamente agotada.

Los arqueros continuaron tirando mientras el Mago huía corriendo.

200 pasos. Las saetas seguían alcanzándolo. El Mago corría entre las líneas como alma llevada por el diablo.

300 pasos. Ya estaba casi a salvo. Haradin maldijo amargamente.

400 pasos. Ya estaba a salvo. Haradin soltó una aguda exclamación de impotencia.

Una solitaria saeta cruzó la distancia con un silbido mortífero.

Golpeó la debilitada esfera defensiva destruyéndola; la atravesó, y se clavó profunda en la espalda del Mago.

Haradin se giró conmovido.

Con un enorme arco largo de tejo en la mano, de exquisitos adornos, Gerart le sonrió.

—Un regalo de mi padre en mi mayoría de edad. No hay arco igual en todo Rogdon.

La tormenta invernal sobre la muralla se disipó en pocos momentos.

Haradin sonrió con su alma llena de júbilo.

—¡Mira, retroceden, Haradin! ¡Los Norghanos se repliegan! —gritó Gerart lleno de alegría.

—Castigad su infamia —le dijo Haradin.

Gerart asintió.

—¡Arqueros! ¡Muerte al enemigo!

Los arqueros tomaron posición y miles de saetas volaron sobre las tropas enemigas en ordenada retirada. Los vítores de los Rogdanos llenaron las almenas de júbilo y de esperanza.

El enemigo se replegaba.

—¿Se retiran? —preguntó Gerart todavía incrédulo.

—Se repliegan, más bien. Formarán filas a 400 pasos y se prepararán para un nuevo asalto. No me queda apenas energía, no podré pararlos, son demasiados. Tendrás que rechazarlos, Príncipe de Rogdon.

—Lucharemos hasta el último hombre. Gustoso daré la vida por mi reino, mi pueblo —aseguró Gerart.

Un estruendo, como si un bloque de hielo se partiera, sonó sobre la cabeza de Haradin. Alarmado, miró arriba y vio un enorme cono de hielo descender sobre su cuerpo.

«¡Maldición! Un tercer Mago de Hielo… no lo tenía localizado». El cono golpeó su esfera protectora con una fuerza demoledora y esta se quebró en mil pedazos de roca y tierra.

«Soy hombre muerto».

Sumal, de vuelta en el campamento de guerra Noceano, contemplaba sin perder detalle las vicisitudes en la muralla noreste de la gran ciudad. Los Norghanos se habían lanzado a la toma de Rilentor, lo cual era muy audaz, e increíblemente estúpido, a su entender. La razón por la que el Conde Volgren había tomado aquel rumbo de acción, ahora ya la sabía. Sus infiltrados en el campamento Norghano le habían informado de la llegada del Rey Thoran y con él la orden de asalto.

—¡Esos brutos descerebrados de las nieves osan atacar la ciudad sin respetar nuestro acuerdo! —clamó Mulko, Regente del Norte del Imperio Noceano, mostrando en su voz toda la rabia que sentía.

—Quieren la ciudad, mi señor. —señaló Zecly.

Sumal observó lleno de respeto a su maestro, el poderoso Hechicero, y se preguntó qué estaría ahora ideando su privilegiada mente.

—¡Quiero a esos bastardos norteños empalados! —bramó Mulko desenvainando su cimitarra de plata y oro.

—Y los tendréis, mi señor… —le susurró Zecly al oído—. Pero ahora debemos obrar con sumo cuidado e inteligencia, pues son momentos críticos que pueden conducirnos a una victoria grandiosa, o a la muerte si cometemos un error…

Mulko miró a su Consejero y pareció calmarse. Envainó el arma y se colocó bien el turbante.

—¿Qué me aconsejas?

Zecly se llevó las manos a la espalda y encorvó algo la columna, pensativo.

—Los Norghanos están sufriendo cuantiosas bajas en su ataque. El Mago… Haradin, es extremadamente poderoso, les hará pagar en sangre. Esto nos conviene…

—¿Los atacamos por la espalda, entonces? —se apresuró a concluir Mulko con sus ojos brillando iluminados por la codicia.

—No, mi señor, no es el momento, todavía son fuertes. Atacarlos supondría grandes bajas a nuestras legiones, suficientes para impedir tomar la ciudad Rogdana tras derrotar a los hombres de las Nieves. No, es más prudente y ventajoso permitir que sigan atacando el noreste de la muralla y sufran todavía mayores pérdidas. Recordad que los Rogdanos también están debilitándose, lo cual nos permitirá conquistar la ciudad con mucha mayor facilidad.

—Ya veo lo que me sugieres, Consejero… ¿Entonces qué debo hacer? No puedo quedarme aquí parado contemplando la batalla; los hombres lo interpretarían como un signo de clara debilidad, o algo peor: de cobardía. Eso no puedo permitírmelo.

Zecly asintió.

—Atacad la muralla en la sección sur con las armas de asedio, mi señor. Castigad al enemigo mientras mis Hechiceros finalizan los rituales de sangre y maldiciones y una vez preparados, atacaremos la ciudad. No podrán detenernos, mi señor.

—¡Que así sea! —exclamó Mulko alzando el puño en dirección a la ciudad.

Aliana trabajaba sin descanso en la gran Catedral de la Luz de Rilentor, donde las Hermanas Sanadoras se habían establecido para poder atender a los numerosos heridos. Intentaban auxiliar a todos cuantos los camilleros y soldados traían desde la muralla. El espectáculo dentro de la gran basílica era desolador, cientos de hombres yacían por doquier, malheridos, mutilados, sangrando, muriendo. El suelo sagrado estaba ahora completamente corrupto del rojo de la muerte y por mucho que varios Sacerdotes de la Luz no descansaran limpiándolo constantemente, la sangre brotaba del suelo, como si el propio Rogdon sangrara.

Las Hermanas Sanadoras intentaban socorrer a todos cuantos eran allí llevados. Por muchos, por desgracia, nada se podía hacer; las heridas eran demasiado severas para salvarlos. El poder de la sanación tenía sus límites. Nada desgarraba más el corazón de Aliana que contemplar los ojos esperanzados del moribundo, depositando toda su fe en el poder de la Sanación, para darse cuenta al poco de que nada podía hacerse. Aliana ni siquiera podía paliar el dolor agonizante de aquellos que sufrían, pues cada ápice de energía lo necesitaba para salvar a quienes tenían alguna posibilidad. No debían desperdiciar ni una gota de su poder. Así lo había establecido la Madre Sanadora Sorundi. La líder de la Orden parecía muy cansada, agotada, pero nada la detenía, continuaba trabajando sin descanso, intentando salvar a cuantos le era posible. Gena, la joven pupila de Aliana, seguía a Sorundi allá donde fuera, ayudándola en todo momento.

El soldado al que estaba atendiendo Aliana dio un último suspiro de sufrimiento y murió con una fea mueca en un rostro desencajado. Aliana bajó la cabeza desolada. Rodeada de tanto dolor y muerte su espíritu bondadoso se vino abajo y las lágrimas le bañaron los ojos.

—No llorar —le dijo Asti.

Aliana miró a la frágil Usik que tanto se esforzaba por ayudarla con todos los heridos e intentó contener el llanto.

—Tú buena, tú curar. No llorar —le dijo la Usik y le dio un sentido abrazo para consolarla.

Ante aquel gesto Aliana rompió a llorar llena de dolor por el sufrimiento de todos aquellos buenos hombres y, al tiempo, llena de alegría por tener a Asti como amiga.

Por la gran puerta, abierta de par en par, y donde las Hermanas Protectoras hacían guardia, una nueva remesa de heridos dio entrada. Aliana suspiró profundamente. «Fuerte, debo ser fuerte. No puedo dejarme abatir por el horror que mis ojos contemplan ni por la desesperanza que mi corazón siente. Debo ayudarlos, hasta al último de estos soldados. Es mi vocación, mi deber». Miró a Asti, tan frágil y tan valiente al mismo tiempo, y esta le sonrió, en medio de aquella espantosa situación, infundiéndole el valor que necesitaba. «Gracias, amiga».

Con el ánimo algo más elevado Aliana pensó en la muralla, en Gerart defendiéndola con todo su coraje y honor. Aquello la animó, el Príncipe no permitiría jamás que fueran destruidos. Y en ese momento su imaginación voló más alta, como un águila real, elevándose, hasta Komir. ¿Qué habría sido del enigmático Norriel? ¿Habría conseguido llegar hasta los otros Portadores? ¿Estaría aún con vida? Aquel último pensamiento le produjo un dolor en el pecho que casi la dejó sin respiración. Se llevó la mano al medallón Ilenio y este emitió un destello. «Está vivo, lo sé. No necesito que el medallón me lo confirme. Vivo está y pronto con nosotros volverá». El ánimo de Aliana resurgió de las cenizas, prendiendo un inesperado fuego en su corazón. Pronto vería a Komir, al Norriel de los ojos esmeralda, al felino guerrero, al líder tortuoso, al objeto de sus deseos… Sacudió la cabeza librándose de aquellos pensamientos y el apuesto rostro de Gerart, el hombre más honorable y valiente que conocía, volvió a llenar su mente. «Voy a volverme loca si sigo así. ¿Qué me sucede?».

Un nuevo herido fue situado frente a ella y todos aquellos pensamientos se los llevó el horror. Al soldado le habían cercenado una pierna a la altura del muslo y regaba de sangre todo alrededor. Asti no dudó ni un instante en poner sus manos sobre la horrenda herida y presionó. Aliana pidió un cinturón a gritos para un torniquete e intentó, una vez más, lo imposible.

Una silueta cruzó frente a la puerta y captó la atención de Aliana. Un hombre de avanzada edad, de nívea melena y barba, en gruesa túnica gris, se dirigía a la muralla sur apoyado en un cayado. Aliana entrecerró los ojos mientras estrujaba el torniquete y reconoció al anciano.

—¡Mirkos! ¿Pero a dónde te diriges? ¡No debes, estás demasiado débil!

Pero el gran Mago Rogdano, o no la oyó, o decidió ignorarla.

Sobre la sección sur de la muralla, parapetado tras una almena, Dolbar contemplaba el ataque de las armas de asedio Noceanas. Aquello lo conocía muy bien, lo había vivido en sus carnes en el asedio a Silanda. Allí había muerto su hermano, el Duque Galen, y de no ser por el magistral plan de Gerart nadie habría podido escapar del castillo Ducal con vida. Por suerte él y cerca de 5,000 valientes consiguieron salir por el túnel secreto y llegar a Rilentor. Ahora defendían la muralla sur mientras las legiones Noceanas comenzaban ya a avanzar. Parecían impacientes. Dolbar estimó cerca de 40,000 hombres en la explanada, todos en negro y azul, con miles de pendones y estandartes mostrando orgullosos el emblema del sol despiadado de los desiertos. El Rey Solin le había concedido el mando de la defensa de la sección sur de la muralla y no lo defraudaría. Antes la muerte.

—Bien, bien, bien, parece que nuestros amiguitos ya vienen a hacernos una visita —dijo una voz socarrona a su espalda y Dolbar, completamente sorprendido, se giró de inmediato al escucharla.

—Pero, Mirkos, no estáis en condiciones… las heridas que sufristeis fueron terribles, debéis volver a cama y reposar.

—¡Ja! Descansar, dices, ¿para que un Noceano me degüelle mientras duermo en mi aposento o quizás para que un Norghano me abra el pecho de un hachazo? No, gracias, aquí es donde este viejo Mago desea morir, no en la cama.

—Pero estáis herido y muy débil…

—Tonterías, enclenque y viejo estaré pero tenaz y testarudo como una mula soy. Lucharé pues mi corazón así lo demanda. Además, escasos somos y conmigo en cama no derrotaremos al enemigo.

Dolbar realizó una reverencia.

—En ese caso a vuestro servicio quedo.

Mirkos sonrió a Dolbar.

Las explosiones de roca y granito se producían por toda la muralla, castigando las almenas y los primeros edificios tras ella. Los soldados al mando de Dolbar permanecían resguardados en la parte media de la ciudad a la espera de la orden de tomar posiciones en la muralla. Mirkos indicó a Dolbar que lo acompañara y ambos se refugiaron en las escaleras de piedra. El bombardeo fue constante durante horas y Mirkos era consciente de que las legiones en azul y negro avanzaban ya imparables. Arriesgaron una mirada mientras los inmensos proyectiles de roca golpeaban la pared de la muralla y arrasaban las almenas entre explosiones de granito. Al fondo, cubriendo el avance de las legiones, el siniestro manto de oscuridad de los Hechiceros Noceanos hizo acto de presencia.

—La insomne negrura que todo lo cubre —señaló Dolbar.

—Sí, las artes maléficas del enemigo se manifiestan. Ahora comenzará a extenderse, engullendo en oscuridad todo a su paso, llegando hasta las murallas. Debemos prepararnos.

—¿Qué creéis que planean, Mirkos? Escasos somos para mantener la muralla ante esas inmensas legiones Noceanas… —dijo Dolbar con semblante preocupado.

—No sólo eso debe preocuparnos, mucho me temo que ya estarán haciendo uso de rituales de la peligrosísima Magia de Sangre con la intención de potenciar el conjuro. No deseo ni imaginar la de vidas inocentes, de esclavos y prisioneros, que estarán sacrificando en esos sangrientos rituales. Es algo terrible que mi vieja alma aborrece. También buscarán amplificar el poder de los Hechiceros de Magia de Maldiciones mediante el ritual de sangre y, sin duda, harán uso de la unión mística con sus acólitos para tomar posesión de la energía de estos, lo cual es algo que ningún Mago debería hacer...

—Veinte son por cada uno de nuestros hombres... exiguas son nuestras posibilidades, si alguna... —dijo Dolbar contemplando como la negrura cubría las legiones enemigas.

—Las armas de asedio han cesado. Llama a tus hombres a la muralla. ¡Ha llegado la hora de derramar la sangre del invasor y defender la patria!

Dolbar mandó llamar a sus hombres y tomaron posición en las castigadas almenas sobre la sección sur. Los arcos se alzaron, y tras ellos cuatro mil bravos corazones Rogdanos.

Mirkos contempló los rostros de los soldados y comprobó que el miedo ante el amenazante manto de oscuridad hacía mella en sus corazones. Fue a hablar pero al dar un paso adelante un dolor tremendo le recorrió la espalda y se vio obligado a doblarse. Dolbar lo miró preocupado y fue a socorrerlo, pero Mirkos lo detuvo con un gesto de su mano. Debilidad no podían mostrar, no ahora. Las terribles heridas del demonio de sangre lo martirizaban, pero no conseguirían vencerle, era demasiado viejo y testarudo para ello. Mirkos era consciente de que estaba vivo por un milagro de los dioses antiguos y su tiempo en la tierra se acababa. Pero lucharía hasta que ese momento llegara con todo su coraje y determinación, por los suyos, por su tierra, hasta que el dolor y la muerte se lo llevaran para no regresar.

Se irguió con ayuda de su cayado de poder.

—¡Escuchadme, Rogdanos! —dijo a pleno pulmón— ¡No cedáis al miedo, manteneos firmes!

Los soldados lo escucharon en silencio, buscando una exigua esperanza que alumbrara sus espíritus.

—¡Luchad conmigo, Rogdanos! ¡Luchad al lado de Mirkos, Mago de Batalla del Rey, y yo os prometo que a los infiernos enviaremos a esas víboras!

La funesta manta de oscuridad llegó hasta los pies de la muralla y bajo su sombra aciaga avanzaban los hijos del desierto, aquellos que servían al sol de la muerte. Mirkos conjuró las dos esferas protectoras, la de tierra para protegerse de los ataques físicos y la etérea antimagia, pues no deseaba repetir los errores del pasado. Lo sucedido en Silanda le había enseñado una lección muy valiosa. Mantener ambas esferas consumía su energía pero no tenía más remedio, pues sabía, con total seguridad, que a 200 pasos bajo la negrura, varios Hechiceros de Maldiciones esperaban atentos para atacarlo.

—Despejad esta zona rápido —pidió a Dolbar. Los soldados se retiraron prestos.

Mirkos cerró los ojos y se concentró. Recitó palabras de poder en un cántico místico, invocando el Sortilegio de Aire que necesitaba. Señaló la negrura con su báculo y una luz blanca de enorme intensidad surgió en dirección a la maligna oscuridad. La luz, de gran pureza, atacaba el manto de oscuridad llenándolo de claridad y acabando con su poder maligno.

Los soldados llenaron de vítores la muralla al ver la oscuridad ser destruida por su poderoso Mago y la esperanza brotó en sus corazones como una semilla germinada al cálido sol de primavera.

Un océano de enemigos quedó al descubierto. Los arqueros soltaron de inmediato enviando miles de saetas sobre las legiones Noceanas. La muerte comenzó a llenar la planicie, una muerte que ahora buscaría las almenas como un demonio de cuerpo azul y alas negras que ansiaba sangre Rogdana.

—¡Soltad, soltad a discreción! —ordenó Dolbar a sus hombres.

Las legiones Noceanas avanzaban impasibles sus pabellones con el sol dorado altos y arrogantes, perdiendo efectivos a cientos, pero la muralla ya estaba a su alcance. Nada los detendría ya.

Mirkos oteó las filas enemigas buscando la represalia a su hechizo. Los Hechiceros enemigos conocían ahora su localización, lo atacarían, sin duda. No distinguía a ningún Hechicero pero podía sentir la presencia de dos de ellos, muy poderosos, temibles. Y algo más alejado, alguien cuyo poder era equiparable al suyo, sino superior… y aquello encogió el corazón del viejo Mago. La edad no conocía piedad, ni perdón, y en aquel día tan crucial para Rogdon, le haría sentir todo su peso. «Seré un viejo carcamal y estaré herido, pero este saco de huesos está decidido a no permitirles pasar, lucharé hasta mi último aliento. Serán más jóvenes, incluso más poderosos, pero este viejo Mago todavía tiene un par de trucos en su manga raída. No me derrotarán tan fácilmente, no. ¡Lucharé con todos los años de mi experiencia!».

En ese instante un centenar de saetas cayeron sobre Mirkos. Sorprendido, dio varios pasos hacia atrás y estuvo cerca de caer de la muralla al interior. «¿Qué diantres...?». Otro centenar de saetas cayeron alrededor del Mago. Mirkos miró preocupado su esfera protectora. Había repelido las saetas pero estaba debilitada. Se concentró y conjuró para reforzarla. Estaba esperando un ataque mágico, no físico. Aquellos traicioneros Noceanos eran tan hábiles como peligrosos. «Obra de Zecly, sin duda...».

Y entonces lo percibió, Magia de Maldiciones, siendo conjurada, poderosa, muy poderosa. ¿Pero dónde?

Corrió a la almena y recorrió con la vista toda la línea enemiga de izquierda a derecha. Y lo identificó, a su derecha al final de la línea, a más de 300 pasos de él, fuera del alcance de su magia, pero a menos de 200 de la muralla. Iba a conjurar sobre la muralla y no podría detenerlo.

—¡Noooooo! —gritó lleno de rabia y comenzó a correr hacia el Hechicero.

Al final de la muralla una nube de un color verdoso putrefacta comenzó a tomar forma sobre los defensores que lanzaban saeta tras saeta a las huestes Noceanas. Mirkos corría tan rápido como su castigado cuerpo le permitía mientras la nube se consolidaba sobre los defensores; su color era el del veneno. Los primeros soldados afectados por el conjuro de maldiciones soltaron los arcos y se llevaron las manos a la garganta.

¡Se asfixiaban!

Ningún Noceano escalaba por aquella zona. A lo largo del resto de la muralla el asalto continuaba. Cientos de garfios pasaban sobre las almenas, enganchándose a ellas. Las escalas de asalto ya se alzaban a cientos a lo largo de toda la muralla. Los arqueros Rogdanos enviaban saeta tras saeta a la horda azul y negra.

—¡Repeledlos! ¡Por vuestras familias! —gritó Dolbar mientras atravesaba el corazón al primer Noceano que alcanzaba el parapeto.

A su lado, otros dos alcanzaron las almenas y desenvainaron cimitarra Noceana y larga daga curva. Hombres de tez muy morena y ojos negros, portaban túnica larga de color azul sobre pantalones negros e iban protegidos por armadura de cota de malla larga hasta las rodillas. Vestían coraza al pecho con el emblema de los Noceanos grabado en centro: el sol despiadado de los desiertos. De largos cabellos rizados aquellos soldados llevaban cascos circulares coronados por una afilada punta de un palmo de altura.

—¡Por Rogdon! —bramó Dolbar y se lanzó a acabar con ellos.

Mirkos llegó hasta la zona baja de la muralla donde la nube maléfica había sido conjurada. Un millar de Rogdanos yacían muertos, sus cuerpos posaban en horribles posturas provocados por espantosos espasmos. «Una nube de aire envenenado. ¡Malditos! ¡Malditos! ¡Malditos!». Quedó de rodillas, impotente, completamente consternado viendo a los últimos soldados con vida retorcerse de angustia y morir asfixiados por el letal hechizo.

—¡Pagareis semejante afrenta! —gritó lleno de rabia.

Se alzó y comenzó a conjurar en medio de la nube de veneno, protegido por su esfera antimagia. Sentía que los Hechiceros se habían retirado, no iban a enfrentarse a él directamente, los muy cobardes y traicioneros. ¡Y por ello pagarían! Con el báculo sobre la cabeza conjuró un hechizo de gran poder, mientras el combate se volvía frenético sobre la muralla. Dolbar y sus hombres luchaban como posesos expulsando almena abajo a cuanto Noceano conseguía escalarla. Las bajas comenzaban a ser importantes. Mirkos calculó la distancia y cerrando los ojos terminó de conjurar el poderoso hechizo que había consumido mucha de su energía.

Sobre la cabeza de Mirkos una enorme ave de fuego tomó forma. Todo el descomunal ave era incandescente: cuerpo, alas, garras, pico... Mirkos señaló al enemigo con el báculo, a diez pasos de de la muralla, entre las líneas enemigas.

—¡Arrásalos! —ordenó.

El ave ígnea extendió sus enormes alas de fuego y voló contra las líneas enemigas, raseando sobre ellas, impregnando a todos con su ardiente esencia. Los soldados Noceanos alcanzados por la estela de fuego del ave ardieron al instante consumidos por llamas abrasadoras. Los gritos de horror llenaron el sur de la planicie frente a la ciudad. Cientos de soldados Noceanos ardían y se abrasaban. Mirkos respiró profundamente y volvió a concentrarse. El ave de fuego comenzó a desplazarse en un vuelo lento hacía el corazón de las legiones Noceanas impulsado por el poder de Mirkos. El terror y el caos se apoderaron del enemigo, los hombres corrían desesperados intentando ponerse a salvo del abrasador fuego que el ave esparcía a su paso. Hombres y terreno ardían por igual, como si un gran fuego se hubiera desatado en medio de un frondoso bosque. Mirkos contempló la estampida y gritó:

—¡Corred traidores, corred, escapatoria no encontrareis a mi ira!

Con el poco poder que le quedaba ya, Mirkos envió varias bolas de fuego a las huestes en retirada. Al impactar explosionaron en llamas arrasando todo a su alrededor. El bosque de Noceanos ardía en llamas que todo lo consumían, los gritos de pavor y desesperación eran estremecedores. El efluvio a carne humana abrasada resultaba hediondo. Junto a la muralla sólo cadáveres carbonizados quedaban. El enemigo tocó a retirada y las legiones abandonaron las cercanías de la ciudad mientras el conjuro de Mirkos moría consumido, estrellándose en una inmolación final contra el ejército en desbandada, las llamas lo devoraban todo.

Dolbar terminó de rechazar a los últimos asaltantes y se apresuró junto al Mago. Mirkos cayó de rodillas y se sujetó el pecho lleno de dolor.

—¿Qué os ocurre, Mirkos? —preguntó angustiado Dolbar al ver caer al Mago.

—Me he excedido… mi cuerpo… no aguanta…

El gran Mago cayó al suelo inconsciente.

—¡Mirkos, no!

Defensa Desesperada

—¡Por los Dioses Helados! ¿Quién ha osado dar la orden de retirada? ¿Qué ultraje es este? ¡Responded! —gritó el Rey Thoran a sus Generales poseído por la ira.

Los Generales se lanzaron miradas inquietas pero ninguno habló; la tensión en la tienda de mando era tan cortante que auguraba un inevitable derramamiento de sangre. El Rey Thoran estaba completamente fuera de sí. Incluso los seis enormes y aguerridos guardias personales del Conde Volgren, que custodiaban estoicos la tienda de mando, parecieron empequeñecerse ante el ataque de furia.

El Conde Volgren bajó la cabeza antes de hablar con una voz muy tenue.

—El Mago de Batalla del Rey Rogdano es poderosísimo, ha desatado un infierno entre nuestras filas, Majestad… hemos perdido muchos hombres…

—¡Yo no he ordenado la retirada! —explotó el Rey Thoran.

—Debíamos reagruparnos para evitar más bajas, nos estaban diezmando… —dijo el General Olagson.

—También hemos perdido a dos de los tres Magos de Hielo, Majestad… sólo ha sobrevivido Uluson… y sin el respaldo de la magia… —señaló el General Odir.

—¡El Mago Rogdano ha caído! ¡Así me lo ha confirmado Uluson! —bramó el Rey.

—Han resistido el asalto con increíble determinación —señaló el General Rangulself.

—¡Tomad la maldita ciudad! ¡Tomadla! —ladró el Rey a Rangulself.

—Los Noceanos también han sido rechazados al sur. Deberíamos lanzar un ataque conjunto y así acabar con la última resistencia… —sugirió el Conde Volgren.

—¡Nada quiero con esas ratas del desierto! ¡Ningún trato habrá con esas víboras traicioneras! ¡Tomaremos la ciudad con nuestras fuerzas! ¡Tenemos la mejor infantería del continente!

Volgren esperó un instante antes de hablar.

—Hay algo más, Majestad… Algo sucede en el Paso de la Media Luna. No hemos recibido las provisiones que debían haber enviado desde la fortaleza. Hemos enviado varios jinetes y ninguno ha regresado… muy extraño, Majestad, algo extraño sucede…

—¡Me tiene sin cuidado la Fortaleza de La Media Luna!

—Pero, Majestad, es nuestra retaguardia, no podemos dejarla descubierta. Necesitamos entender qué está sucediendo allí. Tengo un mal presentimiento… —dijo Volgren.

—¡Arrasad Rilentor! ¡Traedme la cabeza de Solin! ¡Quiero mi venganza! —gritó el Rey rojo de ira y se armó con su hacha de guerra.

Todos lo miraron, temiendo un arrebato sanguinario del monarca, que se situó amenazante entre los Generales.

—Como deseéis, Majestad. Así se hará —dijo el Conde Volgren con tanta humildad como pudo dar a su entonación, intentando aplacar la ira del Rey.

Thoran pareció calmarse un instante, si bien su hacha oscilaba presta en su mano derecha. Tenía los ojos clavados en el Conde Volgren, ojos inyectados en sangre y furia.

Un silencio sepulcral se apoderó de la estancia.

—Bien —dijo finalmente el Rey.

El Conde Volgren resopló disimuladamente, algo aliviado pero muy consciente del grave peligro que su vida corría.

—Y ahora un tema más tenemos por tratar —dijo el Rey, y mirando a uno de sus guardias de honor le dijo—. Hazlo pasar.

El guardia abandonó la tienda ante la expectación de todos y al cabo de unos momentos volvió a entrar seguido de un hombre ataviado con una capa y capucha que le cubría la cabeza.

—Ha llegado hace menos de una hora. Creo que tiene algo importante que contarnos —dijo el Rey.

El recién llegado se echó la capucha hacia atrás dejando su rostro al descubierto.

La sorpresa de los presentes fue grade.

—¡Lasgol! —exclamaron al unísono Rangulself y el Conde Volgren.

Lasgol los saludó con una breve reverencia.

—Mi Guardabosques Real me ha relatado un hecho muy significativo… —dijo el Rey.

—Lasgol, ¿averiguaste quién me traicionó? ¿Es por ello que estás aquí? —preguntó Rangulself muy interesado.

Lasgol asintió.

—En efecto, General. Parece que tenemos un conspirador entre nosotros, un sucio traidor —dijo el Rey.

Con un brillo triunfal en los ojos se giró y situó el filo de su hacha bajo el cuello del Conde Volgren que quedó petrificado por la sorpresa.

—¿Fue el Conde Volgren, Rastreador? —preguntó el Rey Thoran a Lasgol.

—Sí, Majestad. El Asesino así me lo confirmó. Él es el conspirador —dijo Lasgol.

Los ojos del Conde Volgren se abrieron desorbitados.

Thoran lo miró con ojos de hielo.

—Conde Volgren, a muerte os sentenció por alta traición —dijo, y echó el brazo atrás para asestarle el golpe mortal.

El Conde Volgren balbuceó una palabra ininteligible.

En ese instante, ante la sorpresa de todos, el General Odir , por la espalda, sujetó el brazo armado del Rey y le clavó un cuchillo en el cuello.

—¡Traición! —exclamó el General Olagson mientras el Rey caía al suelo ahogándose en su propia sangre.

El Guardia de Honor del Rey desenvainó pero el Conde Volgren fue más rápido y lo atravesó de una estocada.

Olagson y Rangulself desenvainaron también pero fueron rápidamente rodeados por los seis guardias personales del Conde Volgren.

Odir se apresuró a situar su daga en el cuello de Lasgol.

—No lo intentéis, no lo conseguiréis —les dijo Volgren alzando la espada.

—¡Maldito traidor! —le insultó Olagson.

—Quieto, oso, sé que eres tan grande como buen espadachín, dicen que de los mejores de Norghana. Pero si lo intentas mis hombres te despedazarán, los he elegido personalmente, te aseguro que no podrás con ellos y conmigo.

Olagson miró a los seis enormes Norghanos que lo rodeaban y pareció dudar.

—Debía habérmelo imaginado. Pero nunca pensé que la codicia te llevaría tan lejos como para cometer alta traición —dijo Rangulself.

—¿Codicia dices? No lo hago por codicia. Es hora de que alguien con cerebro y visión dirija los designios del pueblo Norghano. Ese demente nos iba a llevar a todos a la ruina cegado por sus deseos de venganza. Lo sabes tan bien como yo. No atendía a razones. Algo debía hacerse y algo se ha hecho.

—No está en tu mano tomar tal decisión —dijo Olagson.

—El futuro pertenece a los osados —dijo Odir con una sonrisa malévola—. Tirad las armas si no queréis acabar como ese perturbado.

Los dos Generales sopesaron la situación un instante y finalmente arrojaron sus espadas al suelo.

—Y ahora os daré la oportunidad de salvar la vida. Juradme lealtad y viviréis —les dijo Volgren señalándolos con su espada.

Los dos Generales se miraron indecisos. No deseaban hacerlo pero de negarse la muerte les sería inevitable.

—Me coronaré Rey con o sin vosotros. Lo sabéis, juradme lealtad o seréis ajusticiados como traidores por el asesinato del Rey. En vuestra mano está.

—¡No podéis hacerlo! —exclamó Lasgol, y Odir presionó su cuello con el cuchillo.

—¡De rodillas! —les ordenó Volgren.

Los dos Generales se arrodillaron despacio, vencidos, rodeados de las espadas de los guardias.

—Juradme lealtad. No lo repetiré —amenazó Volgren.

—Mi lealtad tenéis, mi señor —dijo Rangulself.

—Mi espada y mi honor vuestros son, mi señor —dijo Olagson.

—¡No! ¡No podéis! —intentó detenerlos Lasgol.

—¡Calla! —le dijo Odir golpeándole en el estómago.

Lasgol se dobló de dolor.

—Bien, y ahora sellemos este momento con una alianza. Traedme al Noceano —le dijo a uno de sus guardias.

Al cabo de un momento Sumal entraba en la tienda de mando y si bien el espectáculo era uno que sorprendería al hombre más sereno, Sumal pareció no inmutarse.

—Mi querido espía, quiero que atestigües lo que aquí acontece y así se lo transmitas a tu señor.

—Así lo haré —dijo Sumal con una sonrisa cómplice.

—El Rey ha muerto y yo tomo su lugar al frente del reino de Norghana. Los Generales a mí han jurado lealtad, y sirven, como puedes comprobar.

Sumal hizo un gesto de asentimiento.

Volgren obtuvo un escrito sellado y se lo entregó

—La alianza que tu señor Mulko ofrecía. La he firmado. Atacaremos conjuntamente al amanecer.

—Comunicaré a mi señor lo aquí presenciado y entregaré el acuerdo —dijo Sumal, y con una rápida ojeada a Lasgol, abandonó la tienda.

—En pie —les dijo Volgren a sus dos Generales, quienes se levantaron despacio, abatidos.

—Mañana, tras la victoria, culparemos a los Noceanos de la muerte del Rey Thoran.

—Eso provocará la guerra con el Imperio —advirtió Rangulself.

—En efecto, mi inteligente General. Preparad la estrategia a seguir pues tras la conquista de Rilentor, arrojaremos a los Noceanos de Rogdon y el reino será nuestro —señaló Volgren con una sonrisa y el brillo de la codicia resplandeciente en los ojos.

—Y con este, ¿qué hago? ¿Lo mato? —preguntó Odir refiriéndose a Lasgol.

—Lo ajusticiaremos mañana, los hombres querrán un poco de divertimento tras la victoria. Encadénalo a un poste. Y asegúrate de hacerlo bien, es un Elegido.

Odir se disponía a salir de la tienda cuando Volgren le dijo:

—Una cosa más, envía cien jinetes a la Fortaleza de la Media Luna, quiero saber qué demonios está sucediendo allí.

Odir asintió y con un empellón sacó a Lasgol de la tienda.

—Y ahora, mis Generales, preparemos el ataque que nos dará la victoria.

Con el alba llegó el temido ataque. Al sur las legiones Noceanas avanzaban hacia la muralla mientras las armas de asedio enviaban enormes proyectiles de granito castigando almenas, parapetos y los espíritus de los bravos defensores. Al noreste las huestes Norghanas avanzaban nuevamente, las dos descomunales torres de asedio eran empujadas hacia la gran muralla por cientos de hombres. Dos arietes de enormes dimensiones se dirigían hacia la reforzada puerta de la capital Rogdana. Miles de enemigos cercaban la ciudad y aquella mañana se disponían a tomarla a cualquier precio.

—¡Arqueros! ¡Soltad! —gritó Gerart encarando el mar roji-blanco de la inmensa hueste Norghana.

En medio de la muralla comandaba a sus hombres en lo que sabía sería una desesperada defensa. Pero no permitiría que el desaliento lo tomara. Lucharía hasta morir y estaba seguro de que con él, sus hombres, todos y cada uno de ellos.

—¡Enviadlos de vuelta a la tundra helada de la que provienen! —gritó a sus hombres, que hicieron llover miles de saetas sobre las líneas enemigas.

Escudos y armaduras enemigas repelieron la lluvia de saetas con desigual fortuna.

—¡Tirad! ¡Abatidlos! —gritó Gerart, y sus arqueros hicieron llover muerte sobre el mar de enemigos avanzando en cerrada formación. Pero nada los detendría. Las escalas de asalto y los garfios con cuerdas llenaron toda la extensión de la muralla en un abrir y cerrar de ojos. Ya llegaban los hombres de las nieves, con sus hachas de guerra y helados ojos.

—¡Hombres de Rogdon! ¡Rechazadlos! —gritó Gerart lleno de ardor. Los feroces Norghanos alcanzaron las almenas entre ensordecedores gritos de guerra. Los soldados Rogdanos los rechazaron luchando con todo su coraje y espíritu.

La marea rompía contra la gran muralla.

—¡Muerte al enemigo! ¡No tengáis piedad! —gritó Gerart mientras dispensaba tajos a izquierda y derecha poseído por un impulso frenético. Sin Haradin no podrían mantener la muralla, pero no podía dejarse vencer. No, lucharía, lucharía hasta caer despedazado por las hachas Norghanas. Los gritos ensordecedores enterraron la muralla en caos, en medio del fragor de una batalla agónica. El combate se tornó tan brutal como desesperado. Los Rogdanos luchaban con el fervor de la desesperación agónica por defender a los suyos, mientras que los asaltantes lo hacían con el ardor de la codicia por conseguir la victoria brillando lujurioso en sus ojos.

Lucharon durante horas terribles, rechazando las continuas arremetidas de la enfervorizada marea Norghana. Gerart, con la armadura llena de sangre enemiga, miró a lo largo de la muralla y comprobó desesperado cuán pocos de sus hombres seguían todavía con vida. El enemigo era formidable y ellos muy pocos, demasiado pocos. Y entonces contempló las dos descomunales torres de asedio llegando a la muralla. Estuvo cercano a dejarse devorar por la desesperanza, pero se rehízo al ver a sus hombres luchar con cada ápice de valor que les quedaba. Reunió a una docena de soldados y mirando las torres les dijo:

—¡Quemadlas! ¡Flechas de fuego!

Sus hombres siguieron raudos las órdenes y enviaron saetas incendiarias sobre las dos torres que llegaban cual dos gigantescos dioses de madera y acero. Las saetas hicieron blanco y Gerart vio el fuego comenzar a prender en la estructura. Por un instante, la llama de la esperanza también prendió en su alma. Pero tan pronto como prendió, se extinguió. En la parte superior de la torre más cercana apareció un Mago de Hielo y con dos raudos hechizos sofocó las llamas de ambas estructuras.

—Estamos perdidos… —dijo entre dientes Gerart, y al instante se arrepintió.

Miró a sus hombres que lo contemplaban indecisos y llenos de angustia.

—¡Abatidlo! —les ordenó señalando al Mago con su espada, los arqueros dudaron un instante y Gerart repitió la orden— ¡Abatidlo, rápido!

Las saetas volaron hacia el Mago pero se estrellaron en su barrera defensiva de hielo y escarcha.

—¡Volved a tirar! —les dijo Gerart, pero antes de que pudieran hacerlo el Mago de Hielo los atacó barriendo el área con un rayo de escarcha. Varios soldados quedaron congelados en vida al ser alcanzados. Gerart se lanzó a un lado y rodó por el ensangrentado suelo para esquivarlo.

Las dos gigantescas torres de asedio llegaron a la muralla. Las rampas cayeron sobre los parapetos con un seco golpe. Con gritos de guerra estremecedores los Norghanos inundaron la muralla llevando la muerte y el horror a los desesperados defensores. Gerart se puso en pie. La muralla estaba perdida, los Norghanos ascendían por la torre y alcanzaban el parapeto a cientos.

Eran demasiados.

—¡Retirada! —gritó Gerart viendo que serían aniquilados— ¡Al Castillo Real! —gritó a sus hombres— ¡Rápido, al castillo!

En la sección sur de la muralla el ataque de las armas de asedio Noceanas había finalizado el castigo por aire y las legiones de hombres en azul y negro habían comenzado el asalto a la muralla como una plaga de langostas. El combate en las desoladas almenas era atroz, Rogdanos y Noceanos caían muertos por doquier; sufrimiento, horror y desesperación se habían hecho allí fuertes. Dolbar lideraba una defensa tan frenética como desesperada en medio de un baño de sangre que ni los dioses de la guerra se atreverían a contemplar.

—¡Aguantad! ¡Enviadlos a los abismos! —gritaba mientras lanzaba tajos y estocadas rodeado de enemigos. Sus hombres intentaban por todos los medios evitar que los soldados Noceanos tomaran la muralla, pero iban cayendo poco a poco, dando sus vidas por salvar Rogdon, ante la gran superioridad numérica de los hijos de los desiertos.

—No invocan la gran negrura… esta vez… Algo diferente traman… —dijo una voz entrecortada y sin aliento, a la espalda de Dolbar.

Dolbar se giró y vio a Mirkos subiendo por las escaleras de piedra. Se apoyaba pesadamente en su báculo de poder.

—¿Pero qué hacéis aquí? No estáis en condiciones de luchar, Mirkos, debéis retiraros al castillo —le dijo Dolbar señalando la colina en el interior de la ciudad.

—No me digas lo que puedo o no puedo hacer, jovencito. He descansado la noche, puedo luchar.

—Apenas podéis manteneros en pie, Mirkos... Ayer casi os perdemos... Si lucháis hoy...

—Lucharé, nada más hay que discutir. Mi decisión inamovible es.

Dolbar asintió. Entendía lo que el viejo Mago quería transmitirle. Pero aquel día, sobre la muralla, el futuro se teñía cada vez con mayor rapidez del negro de la oscuridad eterna. Los Noceanos asaltaban las almenas a millares y los defensores no podían ya contener la avalancha. Miró a su izquierda y vio como sus hombres estaban siendo despedazados por los Noceanos que ya se habían hecho fuertes en parte de la sección. Furioso y desesperanzado, se lanzó al ataque gritando, con la intención de recuperar lo que ya parecía para siempre perdido. Mirkos se apresuró a avanzar tras él, temiendo que cortaran en pedazos al arrojado Rogdano.

De súbito, Mirkos presintió un gran poder arcano frente a él y se detuvo al instante.

¡Hechiceros!

Alzó de inmediato sus defensas y la esfera translúcida lo envolvió. El nutrido grupo de soldados enemigos se abrió, y en medio de ellos aparecieron dos Hechiceros Noceanos de aspecto horripilante. El primero miró a Dolbar que se abalanzaba a la carrera sobre él y conjuró rápidamente.

—¡No! ¡Detente! —quiso Mirkos contener al valiente Rogdano, pero era ya demasiado tarde.

Una garra afilada, mitad humana, mitad bestia, de aspecto tan enfermizo como diabólico, surgió del báculo del primer Hechicero y alcanzó a Dolbar en el torso. El joven se detuvo al recibir el impacto y cayó de rodillas sujetándose el pecho. Mirkos contempló, sin poder evitarlo, como la garra envenenaba el cuerpo de Dolbar. Su piel se tornó amarillenta, las venas se colorearon tan negras que parecían estar llenas de tinta; los ojos se le volvieron negros mientras moría sufriendo un dolor insoportable.

—Se le pudre la sangre —dijo el otro Hechicero con una sonrisa macabra y pronunciado acento Noceano.

Mirkos lo miró lleno de odio. El Hechicero estaba tan pálido que parecía que toda vida hubiera sido consumida de su cuerpo. Al verlo, Mirkos supo que aquel era el Gran Maestro de la Magia de Sangre de los Noceanos. Los ojos escarlata de aquel hombre, inyectados en sangre, no dejaban duda alguna.

—Aquí mi amigo no habla tu lengua, Mago de los Cuatro Elementos, pero permíteme hacer los honores. Mi nombre es Asuris y como habrás deducido ya, la Magia de Sangre es mi especialidad. Él es Isos, Gran Maestro de la Magia de Maldiciones y como acabas de ver, su poder es muy notable —dijo señalando a Dolbar.

—¡Pagareis con vuestras vidas por esto! —les dijo Mirkos lleno de rabia, y con toda la rapidez de la que fue capaz lanzó una bola de fuego sobre los dos Hechiceros.

El proyectil explotó sobre las esferas defensivas de ambos, provocando que todos los soldados a su alrededor ardieran en llamas. Los gritos de horror de los Noceanos mientras se lanzaban al vacío para huir del tormento se alzaron al cielo.

—Grande es tu poder, viejo Mago, pero nuestras defensas aguantan —dijo Asuris con una mueca divertida.

—¡No aguantarán mucho! —dijo Mirkos, y de su báculo de poder surgió un cono de fuego sostenido de gran intensidad que proyectó sobre ambos Hechiceros. Aquello debilitaría sus defensas, consumiendo el pozo de magia.

Para sorpresa de Mirkos, los dos Hechiceros no conjuraron sobre él y se limitaron a sostener sus esferas imbuyéndolas de poder. Aquello extrañó mucho al viejo Mago pues el poder de aquellos hombres, si bien enorme, era finito. Podía sentir las esferas enemigas siendo castigadas por su cono de fuego y la energía de los dos enemigos fluyendo para sostenerlas. ¿Entonces por qué no atacaban? ¿Por qué?

La respuesta no se hizo esperar.

—Un rival muy poderoso has sido, Mirkos —dijo una voz a la espalda del Mago.

Mirkos tornó la cabeza sorprendido, pero mantuvo el conjuro abrasador sobre los dos Hechiceros.

El Gran Maestro Zecly lo miraba con rostro sereno y una mano sangrante.

Junto a él se alzaba una terrible abominación: un demonio de sangre. El engendro demoníaco era de más de tres varas de altura y forma humanoide. Su cuerpo era translúcido pero de un rojo vibrante. Tenía brazos y piernas poderosas, y un torso y cabeza bestiales. Sus descomunales fauces y garras eran de pesadilla.

Y entonces lo comprendió.

No lo atacaban porque habían utilizado su poder para asistir a Zecly en conjurar aquel peligrosísimo ser de los abismos.

—Zecly… serpiente traicionera —dijo Mirkos comprendiendo que estaba acabado.

No tenía escapatoria.

—Es hora de morir, Mirkos el Erudito —le dijo Zecly con una pequeña reverencia.

Mirkos observó la abominación y después a los tres Hechiceros Noceanos. Detuvo el conjuro y dejó escapar un prolongado y sentido suspiró. Había llegado su hora. Contempló la muralla al fondo, llena de soldados Noceanos que ya entraban en la ciudad, como si una presa hubiera reventado y un caudal salvaje inundara la urbe. Cerró los ojos y pensó: «La ira de un hombre amable. Sí, creo que ha llegado el momento». Se concentró e hizo uso de todo su pozo de energía interior para conjurar un último hechizo. Aquel hechizo de un poder como nunca antes había invocado, un hechizo que en toda su dilatada vida había temido usar. Y el fatídico día había llegado, y debía conjurarlo, pues la muerte venía a por él y era hora de partir. Pero partiría en sus propios términos, con orgullo, luchando por defender su reino, su pueblo, protegiendo a los inocentes refugiados tras las murallas. Él, que siempre había sido un hombre de paz, un estudioso, que nunca había querido combatir en guerra alguna, moriría en medio de la más cruenta y despiadada de las batallas. Pero moriría con honor, dando la vida por los suyos.

—¡Mátalo! —ordenó Zecly al demonio de sangre.

Y Mirkos completó el conjuro final, aquel que nunca hubiera deseado utilizar. Toda su energía se transformó súbitamente en una poderosísima explosión ígnea. Un gran anillo de fuego de un poder devastador surgió del cuerpo del Mago, inmolándolo en el proceso. Mirkos, en su último instante, contempló como todo a su alrededor quedaba completamente arrasado. El demonio de sangre fue consumido por las llamas al igual que los dos Hechiceros Noceanos cuyas defensas no pudieron hacer frente a la poderosísima explosión de fuego. Morían entre gritos de sufrimiento estridentes. Pero Zecly, haciendo uso de su enorme poder para defenderse, consiguió milagrosamente soportar la arrasadora detonación.

Con un último pensamiento de alegría y buenos deseos hacia sus dos queridos pupilos, Mirkos el Erudito se consumió en medio de las devastadoras llamas.

Gerart dirigió a los supervivientes de su sección hacia el Castillo Real y echó a correr hacia el gran portón de la muralla donde sabía encontraría a su padre, el Rey. Según corría hacia la zona baja de la ciudad escuchó un estruendo descomunal seguido de vítores enemigos. Aquello le hizo detenerse, temiendo lo que significaba. Pero sacudió la cabeza y siguió corriendo, no conseguirían amedrentarlo, seguiría luchando hasta el final.

Ya cerca de la muralla se topó con soldados y civiles que se retiraban en medio del desconcierto general, atemorizados, fuera de sí. Corrían convulsionados, a trompicones, entre gritos y lloros, el miedo devoraba sus almas. Tal y como Gerart había intuido, la gran puerta en la muralla, signo de la inexpugnabilidad de Rilentor, había caído. Norghanos apoyados por tropas Noceanas penetraban ahora por ella y enfilaban la vía mayor.

La catástrofe se avecinaba.

Era el final.

—¡Al castillo, Gerart! ¡El portón ha caído! —le gritó su padre que organizaba la retirada.

—¡Como ordenéis, señor! —respondió Gerart contemplando al Rey. El rostro del monarca mostraba un cansancio y preocupación acuciantes y su armadura estaba bañada en sangre y castigada por los golpes. Tenía un corte reciente en la frente del que perdía sangre.

—¡Nos retiramos, al castillo! —comandó el Rey Solin ayudando a algunos rezagados.

La retirada fue caótica, los soldados y civiles corrían desesperados, perseguidos por las primeras tropas enemigas que penetraban en la ciudad como una serpiente de agua.

En la catedral, Aliana miraba desconsolada como se llevaban apresuradamente a los pocos heridos que todavía podían caminar y tenían alguna oportunidad de salvarse. Todo a su alrededor era confusión y desconcierto. Las tropas enemigas no tardarían en llegar. La evacuación de los heridos hacia el Castillo Real estaba siendo desesperada.

—¿Qué hacer? —preguntó Asti con rostro pálido mirando con ojos llenos de temor.

Aliana contempló al malherido Haradin sobre la bancada. El Mago seguía inconsciente. Había hecho todo lo posible por sanarlo y si bien había conseguido evitar que muriera, no conseguía devolverle la consciencia. Y ella estaba agotada, física y mentalmente, no podía más. No le quedaba ya energía alguna, la había consumido toda sanando a cuantos había podido. Estaba extenuada, las piernas le pesaban como dos bloques de roca.

—Tenemos que irnos... el enemigo está al llegar... —respondió mientras contemplaba a los heridos restantes: soldados y civiles malheridos que no conseguirían llegar al castillo. Se le rompió el corazón al verlos, habían sido abandonados a su suerte.

Aquella guerra le había enseñado lo que realmente era el sufrimiento, le había horadado el corazón y despertado a la terrible realidad de la codicia y maldad de los hombres. La horrible verdad que su alma ahora ya comprendía: la guerra no tenía nada de noble ni gloria alguna, no era más que dolor y sufrimiento, sangre y agonía, mutilación y vísceras. Pero sobre todo, desesperanza y horror. Bajó la mirada y sintió su alma herida; hombres agonizando quedaban allí desahuciados. Sin esperanza, pues la muerte andaba buscando sus entrañas. La inutilidad de la guerra, su barbarie y desesperanza le rompió el alma en pedazos.

—Marchar, Aliana. Ahora —le urgió Asti tirando de su manga.

Aliana no quería marchar, no deseaba abandonar a todos aquellos pobres infelices allí para ser despedazados brutalmente por los Norghanos o los Noceanos, quienes antes llegaran hasta la catedral en su carrera por conquistar la ciudad.

—Salvar Mago, marchar —volvió a insistir Asti y comenzó a cargar con Haradin como podía.

Aliana al ver a la frágil Usik cargar con el Mago no pudo sino ayudarla y entre las dos cargaron con él y comenzaron a avanzar calle arriba hacia el castillo. Una multitud de hombres, mujeres y niños corrían hacia la fortaleza entre gritos y sollozos. La histeria se apoderaba de la población ante el horror de la cercanía de los soldados enemigos.

Gerart ayudó a los últimos supervivientes rezagados a llegar al Castillo Real y cruzando el foso se protegieron tras la muralla.

—¡Rechazadlos! —gritó el Rey Solin, y los soldados tiraron contra las tropas enemigas que avanzaban eufóricas, bramando victoria.

La fortaleza era un hervidero de civiles y soldados. Hombres, mujeres y niños, y entre ellos gran cantidad de heridos se habían refugiado allí. La situación era caótica, la desesperación crecía por momentos. Los llantos y el miedo eran acallados por los despiadados gritos de los asaltantes. Gerart buscó a Aliana con la mirada entre las Sanadoras y la vio junto al pozo. Su corazón se llenó de alegría, estaba a salvo.

Aliana vio al Príncipe y sus miradas se encontraron.

Ella le sonrió levemente infundiéndole esperanza en aquel momento de gran necesidad.

Gerart quiso ir hacia ella, necesitaba hablarle un instante, tenerla en sus brazos.

Pero el enemigo atacó la puerta con arietes. Gerart saludó con un gesto a Aliana, se dio la vuelta, y se dispuso a luchar. A cumplir con su deber.

Los soldados Rogdanos defendieron la puerta con aceite hirviendo y una lluvia incesante de saetas.

—¡No cedáis, seguid luchando! —gritó el Rey Solin sobre el portón.

Las catapultas hicieron aparición en la parte baja de la ciudad y comenzaron a castigar la muralla y la fortaleza. Las tropas enemigas continuaban entrando en la ciudad y cercando el castillo.

—¡Maldición! —se quejó Gerart al ver los proyectiles impactar con virulencia contra piedra y hombre. La esperanza comenzaba a apagarse en su corazón. No saldrían de allí con vida. La fortaleza no aguantaría mucho.

—Mantente firme, Príncipe de Rogdon —le dijo su padre al oído como si hubiera leído sus pensamientos—. Deben tener fe en sus líderes y nosotros debemos tener el coraje para liderarlos hasta el final. La batalla no está perdida hasta que el último hombre deja de luchar. Y ese último soldado somos nosotros, y no dejaremos de luchar, nunca. No des nunca la batalla por perdida pues los héroes y las proezas impensables nacen de momentos como este, de hombres como los que nos rodean. No dejes nunca de luchar, Gerart de Rogdon.

Gerart miró a su padre a los ojos y reconoció al gran líder que era. No cejaría jamás, defendería a su pueblo hasta la última gota de sangre en su cuerpo.

—¡Defended la puerta! ¡Por Rogdon! —gritó el Rey mientras las embestidas volvían.

Ambos bajaron hasta la puerta mientras varios hombres la apuntalaban con vigas de madera. Los gritos de los asaltantes rugían contra la muralla como una jauría de perros rabiosos con el sabor de la sangre fresca en la boca. Los bravos defensores los rechazaron por lo que pareció ser una eternidad, pero finalmente, un estrepitoso y macabro crujido anunció lo que todos temían.

La cabeza del ariete penetró el gran portón que cedió con un estruendoso restallido. Trozos de madera y acero salieron despedidos, y bajo la presión enemiga, las grandes puertas reforzadas se derrumbaron. La línea defensiva tiró contra el ejército invasor que se precipitaba al interior entre rugidos y vítores.

—¡Tirad a discreción! —ordenó Solin a sus hombres situándose entre ellos.

Las primeras líneas enemigas fueron abatidas según intentaban entrar, pero continuaron llegando más y más atacantes. Una salvaje marea sin fin que golpeaba la rocosa barrera defensiva de valerosos Rogdanos. Golpearon y golpearon, hasta que finalmente consiguieron penetrar y sobrepasar a los defensores. La lucha por contener la marea enemiga se tornó imposible. Los soldados Rogdanos caían despedazados ante la feroz avalancha que buscaba su sangre a cualquier precio. Solin y Gerart luchaban codo con codo de forma desesperada en un intento heroico por contenerlos.

—¡Acabad con ellos! ¡Muerte al invasor! —gritó Solin mientras soltaba potentes tajos a diestra y siniestra buscando acabar con todo Norghano a su alrededor. El enemigo se lanzaba contra ellos como posesos por una sed insaciable de sangre. Gerart se vio sobrepasado por el enemigo en el fragor del combate y se defendió como pudo, librando la muerte por muy poco. El Rey se vio obligado a separarse unos pasos de su lado.

Todo eran enemigos a su alrededor.

De súbito, una lanza alcanzó al Rey Solin en el muslo. Perdió pie.

Dos Norghanos enormes se abalanzaron sobre él con hachas de guerra.

Gerart intentó abrirse camino como loco para ayudar a su padre pero estaba rodeado de enemigos que le cortaban el paso.

—¡Al Rey, ayudad al Rey! —gritó desesperado a sus hombres.

Varios se giraron al oírlo e intentaron llegar hasta el Rey que se defendía con todas sus fuerzas soltando tajos a dos manos. Un hacha enemiga lo golpeó en el hombro con tal fuerza que penetró la armadura. El Rey gruñó de dolor pero continuó luchando, y atravesó al Norghano que lo había herido de una estocada. Antes de que pudiera liberar su espada otro hacha de guerra lo alcanzó en el costado. Solin se dobló de dolor y gritó:

—¡Por Rogdon!

Gerart luchó frenéticamente por llegar hasta su padre, su corazón se había vuelto loco de angustia; ya casi estaba a su lado, ya casi estaba con él.

Un gigante Norghano, tan alto como robusto, de ensangrentada barba rubia y gélidos ojos azules se alzó sobre el abatido Rey. A dos manos golpeó con su hacha el pecho de Solin con una fuerza brutal, y penetró la coraza.

—¡Padre! —gritó Gerart horrorizado al ver el mortal golpe y avanzó sin saber cómo, fuera de sí. Llegó hasta el enorme enemigo que se disponía a decapitar a su padre y de un furioso tajo al cuello lo degolló para luego asestarle varias y furibundas cuchilladas.

Se apresuró junto al moribundo Rey y con ayuda de varios soldados protegieron el cuerpo. Gerart se agachó junto a su desahuciado padre y este le cogió del brazo.

—Escúchame bien, Gerart… Ha llegado el momento… debes asumir mi trono. El pueblo te seguirá tras mi muerte. Dirige la defensa. Lucha por tu pueblo. No les falles.

—No, padre, debes vivir, te necesitamos.

—Me han dado muerte, hijo. Es tu hora, Gerart. Te he enseñado bien, he sido duro contigo, lo sé, pero también justo. Estás preparado. Debes ser Rey de Rogdon. Es tu destino. Siempre lo ha sido y para ello te he criado.

Gerart bajó la cabeza ante las palabras de su padre.

—¿Qué otro deber me asignas, padre?

—El honor y el sentido hacia la patria guiarte deben siempre, Gerart. No lo olvides… Toda mi fe en ti tengo…

—Padre, no me dejes… no ahora…

—Es tu hora, hijo… mi tiempo ha pasado. Sé que no me defraudarás… lo sé, mi corazón lo sabe… —y con un gesto de dolor el Rey Solin exhaló su último aliento.

Gerart levantó la cabeza y viendo al enemigo se puso en pie y gritó lleno de una rabia furiosa:

—¡Lucharemos hasta el final! ¡Defended todos la entrada!

Sus hombres, espoleados por el ardor de sus palabras y la heroica muerte del Rey se lanzaron embravecidos contra el enemigo.

De súbito, cuernos de guerra sonaron en la distancia.

Gerart los escuchó extrañado pues tocaban a alarma. El asalto al castillo pareció perder intensidad, como si el enemigo dudara. ¿Qué sucedía? ¿Por qué aquello?

—¡Aguantad, rechazadlos! —dijo Gerart, y subió corriendo a lo alto de la muralla.

En el horizonte, al norte, una hilera de figuras llenó la lejana colina. Gerart miró extrañado. Parecían hombres, miles de ellos. Pero, ¿quiénes eran? Unos inconfundibles gritos de guerra llenaron el valle provenientes de aquellos hombres, gritos agudos, prolongados, como el agudo quejido de una mujer.

Y entonces Gerart supo quienes eran: ¡Los Norriel! ¡Eran los Norriel!

La batalla que a continuación se produjo pasaría a los anales de la historia del reino de Rogdon como una de las más heroicas y sangrientas. Desde las colinas, 6,000 hombres de las tribus Norriel se precipitaron contra la retaguardia de las tropas Norghanas. Los hombres de las 30 tribus de las tierras altas cargaron como poseídos por la furia de mil bestias salvajes. Iban armados con espadas largas Norriel y lanzas en una mano, y escudos circulares de madera en la otra. Vestían cotas de malla y armaduras de cuero curtido reforzado. En lugar de capas, llevaban pieles de oso. Sus rostros estaban pintados como si de osos salvajes se tratara y rugían al viento como tales mientras cargaban a la carrera.

Kendas corría entre ellos. La ferocidad de aquellos hombres se le contagió de tal manera que pensaba sería imposible que nadie los derrotara. Viendo las caras de los Lanceros supervivientes que iban con él, sabía que a ellos también. Habían abandonado las monturas cuando se adentraron en las montañas de las tierras altas huyendo de la persecución Norghana tras el ataque sorpresa a las armas de asedio. Todavía no se había recuperado de la impresión que le había producido encontrarse con los Norriel, miles de ellos, acudiendo a la llamada de auxilio de Rogdon. Se había quedado mudo por la sorpresa y la gratitud. Ahora corría desbocado, espada en mano, rodeado de aquellos feroces guerreros de las montañas y, por primera vez, los Norghanos ya no le parecían ni tan grandes ni tan feroces.

El choque contra la retaguardia Norghana fue brutal. Los Norghanos formaron un muro de escudos defensivo en un intento de parar la embestida. Pero los Norriel penetraron las filas Norghanas como si de caballería pesada se tratara, rompiendo el muro de escudos con el ímpetu y ferocidad de osos salvajes. Kendas se vio empujado por sus compañeros y penetraron profundos en las líneas Norghanas que intentaban cerrar filas. Luchó como un poseso, rodeado por guerreros Norriel que despedazaban a los Norghanos como si de soldados novatos se tratara. Los Norriel no sólo eran brutales y feroces, sino que su habilidad con las armas era pasmosa. Por un momento, Kendas sintió una envidia enorme y al momento se enorgulleció de luchar junto a aquellos magistrales guerreros que repartían muerte entre los Norghanos con una destreza admirable.

Uno de los líderes guerreros de los Norriel, uno al que llamaban Gudin, gritó unas órdenes en Norriel que Kendas no comprendió. Kendas jamás había visto a hombre alguno luchar con la maestría con que lo hacía aquel guerrero. Era increíble, despachaba enemigos con una facilidad terrorífica. Lideraba a unos doscientos hombres y Kendas y los Lanceros se habían unido a él. Gudin era la punta de la lanza que penetraba en el herido cuerpo Norghano abriendo camino, creando una cuña por la que cada vez más y más guerreros Norriel penetraban. Los Norghanos no conseguían abatir a Gudin y a sus hombres y el reguero de sangre y muerte a su paso eran terroríficos. Un Norriel a su lado le sonrió y tradujo:

—¡Cortaremos hasta llegar a la puerta! —y rugió al cielo. Kendas abatió a un soldado enemigo y miró a izquierda y derecha entre el mar de soldados Norghanos que intentaban detenerlos. Asombrado, distinguió otras dos cuñas Norriel que se abrían camino.

Gudin, y sus hombres rugían como osos enfurecidos despedazando enemigos, imparables.

Kendas no podía creer la cantidad de bajas que los Norriel estaban causando entre los Norghanos, más aún, el desconcierto. Los Norriel estaban destrozando la infantería Norghana. Tan feroz y brutal era el ataque que los Norghanos comenzaron a replegarse, incapaces de detenerlos. Kendas no podía dar crédito a sus ojos. Los efectivos Norghanos triplicaban a los Norriel, pero se echaban atrás ante el furibundo ataque de aquellas bestias de las tierras altas. No había imaginado que aquellos guerreros fueran tan endemoniadamente buenos. La verdad, había de reconocer el Lancero Real, es que había dado el plan por prácticamente suicida, pero para su enorme sorpresa, estaba funcionando.

Los cuernos de guerra Norghanos sonaron mientras las tres cuñas que los Norriel habían abierto seguían penetrando las líneas enemigas en busca del gran portón de la muralla. Kendas bloqueó un tajo a su cara y antes de que pudiera contraatacar, un ágil Norriel ya había atravesado a su enemigo con una lanza. El Norriel lo miró, hizo un gesto divertido y continuó adelante. Kendas lo siguió presto mientras escuchaba los cuernos.

Tocaban retirada. ¡Inaudito! ¡Los Norghanos se retiraban!

Alzó la cabeza y vio que Gudin y sus hombres llegaban al gran portón de la muralla. Las otras dos cuñas lo consiguieron al cabo de unos momentos dejando una estela de sangre y muerte a su paso. Los Norghanos rehuían ahora el combate y se replegaban hacia el campamento Noceano.

En el castillo, Gerart no daba crédito a lo que estaba sucediendo. Bajó las escaleras corriendo y alentó a sus hombres.

—¡Llega ayuda! ¡Seguid luchando! —gritó, y corrió a ayudarlos.

—Gerart... —escuchó a su espalda, y se giró.

De entre los heridos vio acercarse a Aliana, acompañada de Asti, y entre las dos portaban a Haradin, que parecía ya consciente aunque cojeaba ostensiblemente.

El miedo embargó el corazón de Gerart al ver a su amada acercarse pues el enemigo seguía intentando tomar el castillo.

—Retiraos, ¿qué hacéis? No está en condiciones.

Haradin hizo un gesto con la mano para que Gerart se apartara.

—Los contendré, ganaremos tiempo —dijo con el rostro muy pálido.

El Mago miró el portón y a los enemigos entrando por él. Cerró los ojos y conjuró largamente. Gerart miró a Aliana y esta asintió.

Haradin finalizó el conjuro y en medio del gran portón se creó un círculo de fuego intenso, tapiando con llamas abrasadoras el paso hacia el interior. Del suelo hasta el arco de roca de la muralla todo eran llamas. Los soldados que intentaban entrar ardían en intensas llamaradas entre escalofriantes alaridos de dolor.

—Necesito descansar —dijo el Mago. Aliana y Asti se lo llevaron de vuelta junto al pozo.

Gerart resopló de alivio, habían contenido el ataque.

Antes de que el círculo de fuego se hubiera extinguido, Kendas junto a Gudin y un centenar de guerreros Norriel llegaban, acabando con los últimos asaltantes que aún permanecían en la ciudad. Las tropas enemigas se habían retirado al campamento Noceano al sur. Al ver llegar a los Norriel, los defensores Rogdanos comenzaron a aclamarlos desde la muralla. Los vítores llenaron la ciudad y llegaron hasta el resto de los Norriel que penetraban en ella. Estos rugieron con el ímpetu de los vencedores mientras los enemigos se retiraban a la carrera.

Gerart, viendo a Kendas y a Gudin, exclamó:

—¡Hoy es un gran día, hoy veo a los Norriel y a los Rogdanos luchar juntos! ¡Hoy veo al enemigo huir! ¡Hoy Gerart, Rey de Rogdon, saluda a los Norriel para con los que siempre tendrá una deuda impagable de gratitud!

Gudin dio un paso al frente y dijo:

—¡Salve Gerart, Rey de Rogdon, los Norriel te saludamos!

Gerart miró a Gudin y exclamó:

—¡Salve Norriel! ¡Salve a los vencedores!

Cinco Caminan un Destino

Haradin contemplaba cabizbajo desde la muralla los restos de su torre derruida. Las catapultas enemigas la habían alcanzado y no había soportado el castigo, al igual que gran parte de la ciudad. La una vez magnífica torre había quedado reducida a un cúmulo de escombros. Todas sus posesiones habían quedado allí, enterradas bajo las rocas, y aquello lo entristeció, pero sobre todo, preocupó. Objetos arcanos de enorme relevancia yacían sepultados. Deseaba ir a desenterrar sus libros, reliquias y artefactos que tantos esfuerzos le había costado reunir, pero un pinchazo de dolor en el costado le recordó que no estaba en condiciones de acometer tal tarea.

—¿Cómo te encuentras? —le preguntó Aliana a la que acompañaba Asti— Nos has dado un buen susto, por poco te perdemos… por muy poco…

Haradin suspiró y se encogió de hombros.

—Mi magia no me responde cuando debe y la mitad de mi cuerpo no puedo moverlo. Los dolores me atacan cada vez que me atrevo a dar un paso o respirar siquiera, pero estoy vivo, y eso es lo que cuenta. —Haradin sonrió a la Sanadora y esta le devolvió una dulce la sonrisa—. Te agradezco en el alma que me salvaras la vida, Aliana, no tengo palabras… eres una bendición divina… No sé como conseguiste mantenerme con vida y arrastrarme hasta el castillo, pero permíteme elogiar, no sólo tu maravilloso Don y dedicación, sino tu valor y coraje.

Aliana miró a Asti.

—Es ella quién más coraje tuvo. Su aspecto es frágil, pero su corazón es el de una leona, te lo aseguro. Es ella quién me ayudó a ser fuerte en los peores momentos.

—Y a arrastrar mi inútil cuerpo por media ciudad, según me han dicho. Toda mi gratitud tienes, Asti, hija de los bosques insondables —dijo Haradin bajando la cabeza en señal de respeto y gratitud.

La Usik sonrió tímidamente al Mago y asintió levemente.

—Impresionantes guerreros, ¿verdad? —dijo Aliana señalando al campamento Norriel asentado frente a la muralla del castillo entre los escombros de la ciudad real.

Cerca de 5,000 Norriel acampaban y preparaban fuegos de campaña para pasar la noche que ya descendía sobre la ciudad en ruinas. Junto a ellos, 2,000 soldados Rogdanos, los últimos supervivientes, reposaban y curaban heridas. Gerart y Urien estaban sentados junto a una hoguera en compañía de los 30 líderes Norriel y conversaban con ellos.

—Sí, ciertamente lo son. Un pueblo como ningún otro que yo haya conocido. Un pueblo de hombres de honor, de feroces guerreros. Se guían por su palabra y el respeto a sus tradiciones y creencias. Mucho los admiro, mucho les debemos en esta hora. Siempre han ocupado un lugar querido en mi corazón. Hace muchos años que recorro sus tierras y entre ellos algunos buenos amigos tengo.

—¿Qué pasar ahora? —preguntó de repente Asti señalando a Gerart y los líderes Norriel.

Haradin y Aliana la miraron sorprendidos.

—No lo sé, Asti, pero mucho me temo que nuestras penurias no han acabado. La victoria Norriel se debió a su ferocidad y a la sorpresa del ataque. El enemigo no estaba preparado, no lo esperaba y fue sorprendido por la retaguardia. Pero las fuerzas invasoras se han reagrupado, se preparan, y esta vez no podremos volver a sorprenderles.

El rostro de Aliana se ensombreció.

—¿Crees que volverán a atacar, Haradin?

—Si no me equivoco, en estos instantes el enemigo forja pactos y planea el ataque final. Sus campamentos son ahora uno y no parece que entre ellos se peleen. Están planificando el ataque conjunto, mucho me temo. Por lo que sabemos, disponen todavía, entre ambos ejércitos, de cerca de 35,000 hombres. Sin duda, atacarán. Siento ser pájaro de mal agüero pero eso es lo que creo sucederá.

—Entonces estamos perdidos… no puedo creer que después de tanto sufrimiento, lucha y pundonor finalmente terminemos así… ¡Me niego a aceptarlo, me niego! —exclamó Aliana con espíritu encendido.

Haradin iba a contestar cuando sintió un gran poder acercarse, un poder de tal magnitud que le produjo un escalofrío que le recorrió toda la espalda.

—Quizás haya esperanza después de todo… —dijo señalando a un extraño grupo que se acercaba desde la zona baja de la ciudad escoltado por guerreros Norriel.

Aliana aguzó la vista entrecerrando los ojos. El grupo llegó junto a Gerart y los líderes Norriel y se detuvieron.

—¡Son ellos! ¡Es el grupo de Komir! ¡Lo han conseguido! —exclamó la Sanadora llena de alegría— Veo a Komir, a Hartz, a Kayti…

—Y con ellos vienen los dos Portadores que fueron a buscar —señaló Haradin.

—Yo sentir tres medallones allí —dijo Asti señalando al grupo de recién llegados—, y dos aquí —continuó señalando a Aliana y a sí misma.

Haradin se irguió y abriendo los brazos proclamó:

—*Y los cinco Portadores se reunirán y el día largamente aguardado llegará al fin.*

Era medianoche cuando el grupo se reunió en la sala del trono. Gerart había convocado la reunión y se sentaba en el trono de su padre como nuevo monarca de Rogdon por derecho de sucesión. Junto al trono, de pie, estaban Haradin y Urien, el viejo Consejero Real. La Reina, llena de dolor por la muerte de su esposo, se había excusado y estaba ausente. Frente al trono, esperaban los cinco portadores: Komir, Aliana, Iruki, Asti y Sonea. Algo más retrasados los acompañaban Kayti, Hartz y Lindaro.

Gerart se dirigió a los presentes con voz solemne.

—Gracias a todos por haber acudido en esta hora tan crítica para el futuro de las tierras del oeste de Tremia. Permitidme deciros que muy grave es la situación, desesperada incluso. Miles de buenos Rogdanos han perecido y de no ser por el ataque sorpresa de los Norriel todos habríamos muerto a manos de los ejércitos enemigos. Muerte y desolación nos rodean; amigos, hermanos, padres e hijos hemos perdido. Nuestras almas sangran de sufrimiento. Pero todavía perduramos y seguiremos luchando hasta vencer, o morir sin ceder un ápice.

Aliana contempló al joven Rey, tan apuesto en su armadura de gala, su rostro mostraba finos rasgos de realeza; todo él irradiaba personalidad y atractivo. Al escuchar su sentido discurso sintió una gran alegría, no sólo por él, por lo mucho que había madurado, por la seguridad que ahora desprendía, sino por el bienestar de sus súbditos, entre los que ella se encontraba. Sabía que Gerart sería un gran Rey. Pero sin embargo, Aliana no podía apartar sus ojos de Komir. El joven guerrero Norriel no se dignaba siquiera a mirarla, a notar su mera presencia, y aquello la estaba matando. Poco a poco una furia contenida estaba creciendo en su interior ante la fría indiferencia del guerrero Norriel. El joven de ojos esmeralda la rehuía de forma descarada y a Aliana la sangre comenzaba a bullirle en las venas.

—Haradin, ¿están todos los medallones aquí presentes?

—Así es, Majestad. Lo están —dijo Haradin señalando uno por uno a los cinco Portadores.

—Que se adelanten y se den a conocer los nuevos Portadores —pidió el Rey Gerart.

Iruki dio un paso al frente con la cabeza erguida.

—Soy Iruki Viento de las Estepas, de los Nubes Azules del pueblo Masig, hija de Aukune Águila Guerrera.

Gerart hizo un gesto de asentimiento.

—Conozco a tu tribu, Masig, acampan junto al gran lago sagrado.

Iruki asintió.

—Yo soy Sonea, Bibliotecaria aprendiz de la Orden del Conocimiento de Erenal… —dijo Sonea con voz entrecortada.

—Conozco tu orden, y mi padre era amigo del Rey Dasleo. Me pregunto por qué no ha acudido a nuestra llamada de auxilio.

Lindaro, dio un paso al frente.

—Si me permitís, Majestad... Mi nombre es Lindaro, sacerdote de la Orden de la Luz. Tenemos graves nuevas, creemos que los reinos del medio Este han sido atacados. Hemos presenciado el fuego de la guerra en sus capitales. Creemos que tanto el reino de Erenal como el reino de Zangría han sido invadidos.

—¿Atacados? ¿Por quién? ¿Por los Norghanos? ¿Por los Noceanos? —preguntó Gerart confuso.

Un silencio llenó la sala tras la pregunta del Rey. Nadie dijo nada.

Finalmente Komir habló.

—Por extranjeros de tierras muy lejanas. Por hombres de ojos rasgados.

—¿Hombres de ojos rasgados? Eso no es posible, no hay hombres de ojos rasgados en la Tremia conocida —dijo Urien.

—Permítele explicarse —dijo Haradin con rostro encendido de interés.

—Hombres de ojos rasgados, de más allá de los mares. Uno de ellos camina con nosotros.

—¿Dónde está, puedo conocerlo? —dijo Haradin muy interesado.

—¡No! —exclamó Iruki—. Él no ha venido. No me fío de vosotros, Rogdanos. No sois mejores que esos cerdos Norghanos de ahí afuera. No es la primera ni será la última vez que soldados Rogdanos atacan al pueblo de los Masig.

—No voy a negar que escaramuzas ocurren, y que en el pasado las relaciones entre nuestros pueblos no han sido todo lo cordiales que cabría esperar. Pero como Rey de Rogdon, puedo asegurarte que este reino no atacará al pueblo Masig. Y si en tan poca estima nos tienes, ¿por qué has venido entonces? —preguntó Gerart con una mueca de curiosidad en el rostro.

—Por mi pueblo, por los Masig. Para hacer cuanto esté en mi mano para que no sean exterminados por el oscuro enemigo.

—¿Y por algo más, verdad? —preguntó Urien con un brillo de sabiduría en los ojos.

—Sí, viejo. Para ver como esos puercos Norghanos reciben lo que se merecen. Para ver como sus entrañas se pudren al sol. Para ver como no queda ni uno con vida.

—Fuerte es el odio que profesas —dijo Haradin.

—Y justo —respondió Iruki sin amedrentarse.

—¿Cuántos son esos extranjeros? ¿Vienen hacia aquí o su destinación es otra? ¿Qué planean? —preguntó Urien pensativo, más para sí mismo que para el resto.

Komir se encogió de hombros.

—No lo sabemos —intervino Lindaro—. Una avanzadilla nos alcanzó e intentaron matarnos. Conseguimos escapar de milagro.

—¿Cómo escapasteis? ¿Utilizando el portal Ilenio? —preguntó Haradin.

—Sí y no —respondió Lindaro tragando saliva—. Veréis, quedamos atrapados en uno de los templos al accionar… accidentalmente... uno de los portales... Nos ha costado muchos días de arduo esfuerzo entender el funcionamiento del portal para volver a calibrar su destino y poder regresar —explicó Lindaro.

—¿Calibrasteis el portal? Eso es verdaderamente remarcable... no puede hacerse… no sin un tomo de referencia... un tomo muy especial… un tomo similar al que yo poseo y llevo años estudiando… ¿Cómo pudisteis hacerlo? —dijo Haradin con voz algo destemplada y el rostro poseído por la intriga.

—Hallamos un tomo Ilenio… un grimorio muy poderoso... El Libro de la Luna —dijo Sonea dando un par de palmaditas sobre su hombro al enorme tomo que cargaba a la espalda en un morral.

Los ojos de Haradin se abrieron como platos. Fue a decir algo pero se atragantó y comenzó a toser de forma convulsiva y tuvo que apoyarse sobre su báculo de poder.

Aquella reacción extrañó mucho a Aliana. Haradin rara vez mostraba ninguna sorpresa por muy devastadoras que fueran las nuevas y siempre parecía tomarlas con una entereza y temple notables. Pero lo que sorprendió más todavía a la Sanadora fue un gesto proveniente de alguien más del grupo en reacción a la sorpresa de Haradin. Alguien se había llevado inconscientemente la mano a la empuñadura de la espada y había inclinado levemente el cuerpo hacia delante. Aliana miró disimuladamente a la persona... a Kayti. La pelirroja miraba intensamente al Mago. ¿Qué estaba sucediendo allí? ¿Qué misterio encerraba aquel tomo?

—Lo que estos dos pequeños sabelotodo quieren decir —tronó la voz de Hartz— es que estuvimos días atrapados en aquel templo Ilenio mientras ellos estudiaban entusiasmados el maldito libro de plata y jugaban con el endiablado portal. Después de una eternidad, encontraron la forma de hacernos regresar. Aunque si me preguntáis a mí, creo que ha sido más la suerte que sus descubrimientos la que nos ha traído de vuelta.

—¡Pero cómo puedes decir eso! —exclamó Sonea ultrajada— Claro que han sido nuestros descubrimientos, la suerte en nada ha influido.

—Nos llevó el tiempo que nos llevó, no pudimos ir más rápido. Los estudios requieren de su tiempo y agradecido tendrías que estar que no tardáramos dos o tres veces más —se defendió Lindaro.

Hartz cruzó los brazos sobre su torso y resopló bien alto mientras entornaba los ojos.

Aliana se percató de que Kayti se relajaba. La imponente armadura en blanco que vestía era de una calidad maravillosa; la dotaba de una apariencia única, celestial, daba la impresión de ser la reencarnación de una diosa guerrera, tan pura como letal.

—Lo importante es que todos estáis de vuelta, y con vida —dijo Haradin con voz tenue y forzó una sonrisa tranquilizadora.

—¿Y ahora, Haradin? —preguntó Gerart pasando la mirada por los presentes— Querías impedir que el enorme poder de los medallones cayera en manos del enemigo pues en nuestra contra podría ser utilizado. Se ha logrado, o mejor dicho, el Norriel y sus amigos lo han conseguido. Los cinco medallones, hoy aquí, ante mí se hallan .Y me pregunto… ¿Puede su poder ayudar a la causa de Rogdon? ¿Salvar a mi pueblo?

Haradin miró al Rey y suspiró profundamente.

—Largo tiempo he pasado, Majestad, intentando comprender la finalidad de estos cinco medallones, intentando descifrar su poder. Un poder tan enorme que podría muy bien detener el final de los días. Un final que para Rogdon, para nuestra causa, llegará con el amanecer. El enemigo atacará al alba y aniquilará al pueblo de Rogdon, nos devastará. Estos medallones, su poder, podría ser nuestra última esperanza. Es arriesgado, y podría muy bien destruirnos en el intento, pero mañana en el campo de batalla serán nuestra última baza contra el enemigo.

El Rey asintió, comprendiendo el riesgo que asumirían.

—Dime, Haradin, si corremos el riesgo, si nos arriesgamos a utilizar esos medallones, ¿se salvará mi reino? ¿Hay motivo para la esperanza?

Haradin miró a los cinco Portadores.

—La esperanza nunca debe abandonar el corazón del hombre, Majestad. Una centella y una brizna de aire es todo lo que necesita la llama de la ilusión y el optimismo del ser humano para prender en los corazones valientes. No puedo garantizar que viviremos, Majestad, ni siquiera que conseguiré descifrar la forma de utilizar el poder que los medallones encierran contra nuestros despiadados enemigos, pero sí puedo aseguraros que la esperanza arde con una llama pura en mi corazón.

—Es todo cuanto tu Rey necesita saber. Mañana al enemigo haremos frente. Descenderemos hasta la muralla exterior de Rilentor y lucharemos allí contra los ejércitos invasores. Si hemos de morir, que así sea, pero lo haremos combatiendo hasta el último hombre, hasta que la última gota de sangre de nuestros cuerpos sea derramada.

—A vuestro lado me tendréis, Majestad —dijo Haradin con una reverencia.

Gerart se puso en pie y mirando a los Portadores les preguntó:

—¿Cuenta el Rey de Rogdon con el apoyo de los Portadores? ¿Luchareis mañana a mi lado?

Un silencio ahogado llenó la sala del trono.

Y un momento crucial para la historia de Rogdon, para el devenir de todo un continente llegó. Miles de vidas estaban en juego. Todo dependía de la decisión que en aquel momento el pequeño grupo de elegidos tomara.

Aliana dio un paso al frente.

—Contáis conmigo y mi medallón, mi señor Rey —dijo con una reverencia.

Komir sintió que los celos le devoraban el estómago.

Asti avanzó situándose junto a Aliana.

—Yo con Aliana —dijo.

Sonea dio un paso inquieta.

—Si Haradin me necesita para hacer uso de los medallones, allí estaré para ayudarlo en lo que pueda.

—Los Norghanos pagarán sus crímenes contra mi pueblo, puedes contar con mi medallón, Rey de los Rogdanos —afirmó Iruki resoluta.

Un nuevo silencio llenó la sala del trono.

Komir no se había pronunciado.

Todas las miradas se clavaron en él.

Komir miró a Gerart, luego a Aliana y finalmente a Haradin. La rabia lo consumía, nacida de los celos y la desconfianza.

—Komir, no dejarás que vayan sin ti, ¿verdad? —tronó la voz de Hartz a su espalda.

Fue como si el grandullón le arrojara un jarro de agua fría; aplacó toda la rabia y le llenó de vergüenza hasta la médula.

—Iré, contad conmigo —dijo Komir finalmente disimulando su malestar.

—¡Sí, señor, así se habla! ¡Machaquemos unos cuantos cráneos! —exclamó Hartz con su vozarrón, y Kayti le propino un leve codazo para que guardara la compostura.

Gerart esgrimió una sonrisa.

—Gracias, Portadores, vuestra valentía llena mi corazón de esperanza. Una vez resuelta esta cuestión, un último aliado debemos asegurar. Haradin, por favor, ¿puedes hacerla pasar?

—Desde luego, Majestad —dijo Haradin, y abandonó la sala por una puerta lateral.

Al cabo de un momento regresó con una mujer.

Komir la observó intrigado y la reconoció al momento. Era Auburu, la matriarca de su tribu, los Bikia, de los Norriel.

La líder Norriel se acercó hasta el Rey Gerart. Al ver a Komir se detuvo y lo saludó con una sincera sonrisa. Le habló en Norriel.

—Mucho me alegra encontrarte con vida y bien, joven oso. Veo que la protección de las tres diosas tienes contigo —le dijo.

Komir la saludó con la cabeza, respetuoso.

—Gracias, Auburu. Yo también me alegro de ver que la matriarca de mi tribu se encuentra bien. Sólo deseo lo mejor para los Bikia.

Auburu sonrió y asintió. Miró a Komir, luego a Hartz y les dijo:

—Norriel sois y Norriel moriréis. Cuando deseéis volver, bienvenidos seréis, la tribu os acogerá y protegerá pues la marca del oso lleváis a fuego grabada. No lo olvidéis nunca.

Hartz y Komir respondieron bajando la cabeza.

—Gracias.

Auburu les dedicó una última sonrisa y miró al Rey. Utilizando ahora la lengua del Oeste para que los presentes pudieran entenderla le dijo:

—En representación de las 30 tribus Norriel vengo. Por sus líderes hablo.

Gerart asintió.

—Deseo que transmitas a las 30 tribus el agradecimiento más sincero del pueblo Rogdano. Del exterminio nos salvasteis y esta proeza y la deuda de gratitud que conlleva jamás será olvidada. Tenéis la gratitud eterna del Rey de Rogdon y de todo su pueblo.

—Así lo transmitiré a los míos —dijo Auburu.

—Os he convocado aquí, pues como sabéis, mañana el enemigo atacará y vuestra asistencia una vez más necesitaremos, o condenados estamos. ¿Qué han decidido las 30 tribus en el Consejo, nos apoyarán mañana en el campo de batalla o volverán a las tierras altas?

Auburu observó a los presentes, que llenos de tensión esperaban su respuesta, y con voz calma respondió.

—Los 30 en Consejo hemos discutido este asunto. Alcanzar una decisión ha resultado extremadamente difícil, pero finalmente se ha logrado.

—¿Cuál es la decisión del pueblo Norriel? —preguntó Gerart sin poder esconder la trascendencia de la respuesta.

Auburu suspiró.

—Lucharemos hoy para no luchar mañana.

La cara de Gerart se iluminó.

—Nunca podremos pagar esta deuda de gratitud —dijo con una sinceridad apabullante.

La matriarca lo miró un instante.

—Recuérdalo siempre, Rey de los Rogdanos. Recuerda el día que los salvajes de las tierras altas ayudaron a los poderosos hombres de azul y plata, recuerda el día cuando todo ya perdido estaba y los Norriel no se retiraron, se quedaron y lucharon, sin temer la derrota, sin temer a la muerte.

Gerart hizo una reverencia ante Auburu.

—Nunca será olvidado, mi palabra de Rey tienes.

Auburu se dio la vuelta y, dedicando una última mirada a Hartz y Komir, abandonó la sala.

Gerart se dirigió al resto de los presentes.

—El Rey agradece vuestra entrega y sacrificio. Héroes de Rogdon sois. Mañana combatiremos juntos, codo con codo, y derrotaremos al enemigo. Descansad ahora y preparaos para la batalla final que está por venir.

El Consejo terminó y Komir abandonó raudo la sala del trono, sin mirar atrás, sin mirarla a ella. Pero Aliana estaba decidida a poner fin a aquella castigadora indiferencia del Norriel y lo siguió apresurada. Lo alcanzó cerca de los jardines y tirando de su brazo le dijo:

—Komir, quiero hablar contigo.

Hartz y Kayti, que iban con él, la miraron y excusándose siguieron adelante, dejándolos solos en la intimidad que la noche y las estrellas les brindaban. Komir la miró con mirada de indolencia y aquello fue para Aliana como si le hubiera apuñalado con una daga de empuñadura esmeralda.

—¿Por qué este trato, Komir?

—No sé a qué te refieres… —disimuló el Norriel.

—¡Claro que lo sabes!

Komir apartó la mirada y miro al frente.

—¿Por qué? ¡Dímelo! —estalló Aliana dejándose llevar por la furia.

Komir se sorprendió del arrebato, nunca la había visto así y bajó algo las defensas.

—Vi como besabas a Gerart… —dijo con tono dolido.

Aliana suspiró.

—No fui yo quien lo besó.

—Yo sé lo que vi.

—Fue él quien me beso a mí.

Komir pareció dudar un momento.

—Puede que así fuera pero en cualquier caso no pareció disgustarte. No vi que te apartaras de él.

—Malinterpretas lo que viste, Komir.

—Mis ojos vieron lo que vieron.

—Tus ojos no vieron mis intenciones ni conocen lo que mi corazón siente.

—No me debes ninguna explicación. Él es el Rey de Rogdon, apuesto, valiente y honorable. Lo entiendo, te convertirá en su Reina y te colmará de sedas y alhajas. Yo no soy más que un Norriel, un salvaje de las tierras altas. Nada tengo más que mi espada. No puedo competir con un poderoso Rey por tu afecto.

—Te equivocas, Komir. Tú eres mucho más que eso. Mi corazón elegirá a quién deba, sin importar el rango ni la posición social, pues el corazón de eso no entiende.

—Yo sé lo que siento y mis ojos no me engañan.

—Mi decisión no está tomada, Komir. No precipites conclusiones erróneas.

—Tu decisión tuya es, cierto. Y la mía, mía.

Con esa última frase Komir se dio la vuelta y sin mirar atrás se adentró en la noche.

Aliana quedó allí de pie, confundida, furiosa, llena de rabia, de pasión... Tres destinos ante sí veía, tres caminos tan singulares y distintos como atractivos para su alma. Los tres llamaban a su corazón para que los siguiera. Podría ser Reina de Rogdon junto al apuesto y caballeresco Gerart; podría acompañar a Komir, que la llenaba de pasión; o podría volver a la Orden y seguir su vocación que tan feliz la hacía y olvidarlos a ambos. En aquel momento, hubiera dado cualquier cosa por saber qué decisión tomar, porque alguien le indicara qué camino seguir, cuál era el correcto. Miró alrededor en busca de una señal, algo, pero una vez más la vida se mostraba cruel con ella. Tendría que tomar aquella decisión por sí misma y vivir con las consecuencias. Sólo esperaba no equivocarse cuando lo hiciera…

Alzó la mirada a la luna y preguntó:

—¿Qué camino debo tomar diosa de la noche?

La diosa la miró serena, pero no respondió.

Aliana bajó la cabeza.

—La decisión mía es y sola la tendré que tomar…

Lasgol forcejeaba con las cadenas que lo aprisionaban al robusto poste de madera anclado al suelo. A su alrededor, medio centenar de prisioneros aún con vida intentaban en vano soltarse y escapar. «La vida está llena de sinsabores» pensó y sonrió a su mala fortuna. Cuando lo ataron al poste se dio por muerto. Aquello le hizo recapacitar muy seriamente sobre el sentido del honor y el deber hacia la patria. Había realizado un último intento por cumplir con su deber con honor, desenmascarando al Conde Volgren ante el Rey Thoran como el traidor que era. Pero el cruel destino le había recordado, una vez más, que la codicia de los hombres sin alma regía no sólo el reino de Norghana sino el mundo.

Cuando los Norriel atacaron por sorpresa, el ejército Norghano se había visto forzado a retirarse con rapidez sin mirar atrás. Rangulself era un General cauto e inteligente y había ordenado reagruparse al sur para minimizar las bajas y analizar la situación. Tan rápido se habían replegado los hombres de las nieves que heridos y prisioneros habían quedado abandonados, olvidados por todos, tanto vencidos, como vencedores. A su derecha podía ver un sin fin de cadáveres pudriéndose sobre el desolado campo de batalla. Lasgol sonrió, la ironía de su situación le carcomía el espíritu. La alegría por el ataque y la esperanza de libertad habían dado paso a la desesperanza, ya que encadenado a aquel poste moriría. Había intentado librarse usando su Don pero ninguna de las habilidades que había desarrollado a lo largo de su vida le permitirían conseguir liberarse de aquellas cadenas. Negó con la cabeza lleno de frustración.

«Una triste forma de morir» pensó, y bajó la cabeza resignado a su suerte.

—¿Problemas? —dijo una voz a su espalda.

Lasgol giró la cabeza temeroso, y se llevó una sorpresa descomunal.

—¡Yakumo!

El Asesino lo miraba con mueca divertida, sus rasgados ojos negros brillaban con intensidad.

—¡Ayúdame, por favor! Antes de que vuelvan.

—No volverán, se disponen a arrasar la ciudad. Ya forman filas. Con el amanecer atacarán.

—Ayúdame a liberarme. Sé que hemos sido enemigos en el pasado pero no me dejes morir aquí, no de esta forma. No permitas que sea alimento de animales de rapiña. Te lo ruego.

—Te liberaré, Rastreador, pero algo has de prometerme a cambio.

—Si honorable es lo que vas a pedirme, lo honraré.

Yakumo asintió.

—Honorable es.

—Entonces mi palabra tienes.

Un resplandor rojo recorrió el cuerpo del Asesino.

—Hora de recuperar tu libertad, Lasgol.

Con el alba llegó lo que todos temían. Los cuernos de guerra resonaron desafiantes al sur y las huestes enemigas comenzaron el avance hacia la ciudad. En el centro avanzaban los Invencibles del Hielo en sus níveas vestimentas y alados cascos. A su derecha los escoltaban los hombres del Ejército del Trueno, los hombres del General Olagson, en cerrada formación. A la izquierda, los hombres del Ejército de las Nieves, comandados por el propio General Rangulself. Detrás avanzaba el Ejército de la Ventisca, el ejército mixto, los hombres del General Odir. Cubriendo ambos flancos y la retaguardia se situaron las legiones Noceanas formando una barrera protectora en forma de herradura alrededor del núcleo Norghano. Esta vez no serían sorprendidos, las legiones Noceanas protegerían los flancos ante cualquier eventualidad.

Encararon la gran puerta de la ciudad y comenzaron a maniobrar.

Haradin contemplaba el avance desde la semi derruida muralla exterior de la ciudad. Lo acompañaban los cinco Portadores, nerviosos, pero valientes. Los 2,000 Rogdanos, arco en mano, los flanqueaban listos para tirar contra el enemigo. A su espalda, protegiendo la entrada y las secciones de muralla derruidas, los 5,000 Norriel aguardaban para entrar en acción. Tras ellos se alzaba la moribunda urbe, gran parte de la cual había sido demolida hasta los cimientos y los pocos barrios que se habían salvado de la debacle de las armas de asedio y los fuegos, escondían miles de atemorizados inocentes. La mayoría de fuegos habían sido aplacados finalmente y el olor a humo y muerte reinaba por toda la ciudad haciendo que la atmósfera fuera casi irrespirable.

—¡Ahí llega el enemigo! —dijo Haradin de forma que todos pudieran oírle— ¡Nuestra muerte busca, pero no cederemos! ¡Nuestra sangre quiere, pero no temeremos! ¡La codicia y la barbarie los guía, pero los detendremos! ¡Lucharemos contra las huestes enemigas pues los inocentes a nuestras espaldas debemos defender. Recordad todos, si caemos, caerán ellos; hombres, mujeres y niños serán pasados por la cuchilla. Nada quedará pues tamaña es la maldad de quien rige los ejércitos enemigos. Defenderemos este último reducto y cuantos intenten tomarlo serán destruidos. Por nuestras vidas vienen y entregarlas no haremos! ¡Este amanecer, por esta tierra gloriosa, la sangre del enemigo derramaremos! ¡No cederemos al miedo, nos mantendremos firmes! ¡Lucharemos! ¡Lucharemos! ¡Lucharemos!

—¡Lucharemos! —rugieron 7,000 gargantas al unísono.

Mirando a los cinco Portadores les dijo:

—Debemos ser valientes, mirar al enemigo a los ojos y acabar con su vida. Hoy no ha lugar a duda, no hay lugar para la piedad. De lo contrario, moriremos todos. Aseguraos puedo que tanto Norghanos como Noceanos orden de no dejar a nadie con vida tienen y por ello deben ser exterminados.

Los cinco Portadores miraron a Haradin y asintieron.

Haradin los observó evaluando su carácter. De Komir e Iruki duda no tenía. Eran luchadores, sus espíritus eran guerreros. Incluso Aliana, la Sanadora, forzada por las vicisitudes sufridas, se había convertido en un espíritu fuerte, luchador. Combatiría sin dudarlo. Pero la Bibliotecaria y la Usik eran otro cantar… Esperaba que reaccionaran con valentía, pero no podía predecirlo. La sangre, los gritos de sufrimiento y el horror de la atroz batalla podían llegar a alterar la determinación del soldado más impávido. ¿Podrían las dos jóvenes Portadoras soportarlo? Pronto lo averiguaría.

Las tropas enemigas finalizaron el posicionamiento frente a la muralla, encarando la gran puerta donde Haradin y los cinco Portadores aguardaban. Estaban a unos 300 pasos. Había llegado el momento. La mañana era fría, bastante más fría que la de los días anteriores y por alguna razón parecía que la temperatura continuaba descendiendo. Haradin contempló la niebla matutina que cubría todo los bosques extendiéndose hacia el noreste y hacia el sur. Sin embargo, la explanada frente a la muralla estaba despejada. Aquello le resultó algo sospechoso. ¿Tramaba algo Zecly? ¿O acaso era una maniobra del Mago de Hielo Norghano? No lo sabía, pero no le gustaba nada. Algo en aquella niebla y aquel frío seco que le mordía las carnes era de origen arcano, no de origen natural.

—¿Sentís este frío? —preguntó el Mago.

—Sí, cada vez hace más frío —dijo Komir frotándose los brazos.

—No es normal que haga tanto frío… —dijo Aliana con tono preocupado.

—¿Magia de Hielo Norghana? —auguró Sonea.

—Podría ser, sí. Conjurad las esferas protectoras —dijo Haradin—, esto no me gusta y no quiero caer en una trampa. Debéis buscar la fuente de poder en vuestro interior. El pozo de energía de vuestro Don. Concentraos, buscadlo, lo hallaréis en el pecho, como un gran lago azulado. No temáis, llamadlo, buscadlo, abrazadlo, pues elegidos sois, bendecidos con el Don de la Magia. Es un talento que debéis embrazar y acoger, hacedlo vuestro, arropadlo, pues maravilloso y único es. Buscadlo ahora…

Los cinco se concentraron cerrando los ojos siguiendo atentamente las palabras de Haradin.

—Cuando halléis vuestra energía interior, debéis centraros en el medallón Ilenio. Habladle, no con palabras, con vuestra mente. Debéis conseguir que interaccione con vosotros. Debéis pedirle que conjure la esfera por vosotros pues los conocimientos mágicos que poseéis son insuficientes para realizar ese conjuro. Largo tiempo de estudio y entrenamiento se requiere para conjurar hechizos de tal naturaleza, tiempo del que no disponemos. El medallón, sin embargo, puede hacerlo, pues su poder enorme es y responderá a la petición de su portador. Intentadlo, intentadlo con convicción hasta conseguirlo.

Komir, Aliana e Iruki no tuvieron dificultad en conseguir alzar las esferas que al momento los envolvían, pero Asti y Sonea no lo consiguieron.

—Tranquilas, continuad intentándolo. Es cuestión de concentración y convicción. Lo conseguiréis, seguid intentándolo —les animó el Mago.

Sonea al cabo de unos largos momentos consiguió levantarla y soltó una exclamación de alegría.

—Vamos, Asti, lo lograras —animó Aliana a la frágil Usik.

—No poder —dijo ella dibujando en su cara una mueca de pura frustración.

Aliana se acercó hasta ella y le tomó ambas manos.

—Lo haremos juntas —le dijo, y cerrando los ojos comenzó a ayudarla. Al cabo de unos momentos Asti consiguió conjurar la esfera defensiva.

—Gracias —le dijo a Aliana con una gran sonrisa.

—Preparaos para el combate. Ya vienen —dijo Haradin viendo a las huestes enemigas avanzar.

Los arqueros situaron las saetas en sus arcos y tiraron de las cuerdas hasta la mejilla. Apuntaron al enemigo. Estaban listos para soltar.

Algo extraño captó el ojo del Mago. Aquella niebla... parecía ahora casi sólida, como si una nube hubiera caído a la tierra... Pero había algo más. El Mago entrecerró los ojos y miró atentamente hasta percibir algo bajo la niebla, algo negro…

—Pero… ¿qué es eso…? —balbuceó confundido.

De súbito, un redoble de tambores atronador llenó toda la planicie. El estruendo de los tambores fue tan impresionante que Haradin pensó llegarían hasta la costa este al otro extremo de Tremia. Los tambores callaron de súbito y la niebla se retiró hacia el este.

Lo que descubrió dejó sin habla a Haradin.

Miles de hombres en negras armaduras de láminas portando estandartes de color rojo quedaron al descubierto.

—¡Por los dioses antiguos de Tremia! —exclamó Haradin completamente sorprendido.

Un mar de soldados en negro, moteado por el rojo de estandartes y banderolas, llenaba todo cuanto el ojo alcanzaba a ver hasta el horizonte. Allí había más de 70,000 hombres y no eran Norghanos ni Noceanos. Haradin quedó sin habla ante la increíble magnitud de la nueva hueste invasora.

—El mal abismal, el sufrimiento sin final, ha llegado por fin. Mi destino se acerca —dijo Komir contemplando el descomunal ejército de más allá de los mares.

Haradin miró a Komir y comenzó a comprender a lo que el joven Norriel se refería.

El ejército Norghano-Noceano detuvo su avance hacia la muralla. Los tambores volvieron a retumbar atronadores y la negra marabunta de más allá de los mares se precipitó sobre las tropas en la explanada, atacando la retaguardia y los flancos sin previo aviso. Las legiones Noceanas recibieron el impacto, un impacto demoledor y sangriento. Los aguerridos soldados de los desiertos plantaron cara a las tropas de hombres de ojos rasgados. El combate encarnizado que se desencadenó adquirió proporciones épicas en un abrir y cerrar de ojos. Miles de hombres luchaban furiosos por salvar sus vidas. Los Noceanos aguantaron los flancos pero la retaguardia cayó despedazada bajo la inmensa superioridad numérica de la negra marabunta. Los estandartes rojos se abrían camino por la espalda, imparables.

Mientras los Noceanos intentaban aguantar, los Norghanos maniobraron para hacer frente al ejército invasor.

—¡Matadlos a todos! —gritó el General Odir en mitad de la sangrienta refriega. A cargo del ejército mixto, intentaba desesperadamente parar el avance enemigo. Él cubría la retaguardia Norghana y el enemigo los estaba despedazando.

—¡Atacad, matad, matad! —gritaba medio enloquecido soltando tajos como un poseso. Sus hombres intentaban frenar el avance enemigo pero por cada soldado de ojos rasgados que mataban, aparecía otro para ocupar su lugar.

—¡Odir, forma una línea de contención! —le gritó el General Rangulself que intentaba dirigir la defensa en medio del caos y la sangrienta lucha reinante.

Pero Odir no lo escuchaba, luchaba frenéticamente y con él sus hombres. La sangre y el horror se adueñaron del campo de batalla. Soldados a miles caían despedazados para no levantarse. Las botas de soldados desesperados pisaban las vísceras de los caídos y las mutilaciones salvajes aumentaban el horror y la atrocidad del brutal combate.

Una lanza con un banderín rojo alcanzó a Odir en el vientre.

—¡Malnacidos, os mataré a todos! —gritó mientras seguía soltando tajos desmedidos. Tres espadas enemigas lo abrieron en canal. El General cayó en medio de un mar de sangre y con él, al poco, sus hombres.

Rangulself negó con la cabeza.

—Maldito imbécil.

—La retaguardia había caído, estaban expuestos al enemigo, o la cerraba o estarían perdidos.

—¡Invencibles del Hielo, sellad la retaguardia! —ordenó.

La élite de las tropas Norghanas avanzó en perfecta formación y comenzó a dispensar muerte entre los soldados enemigos. «Aún tenemos una oportunidad» pensó.

Hacia el sur, en el flanco izquierdo, las legiones Noceanos resistían a duras penas los asaltos del ejército negro. Sumal contemplaba el combate junto a su señor Zecly, a corta distancia de la encarnizada lucha.

—¡Nos están diezmando! —clamó Mulko, Regente del Norte del Imperio Noceano, a sus espaldas— ¡Mis legiones están siendo aniquiladas! ¡Esto es una catástrofe inimaginable!

—Son demasiados, mi señor, no podremos aguantar —le dijo Ukby, su Consejero Milita—. Debemos ponernos a salvo, huir a Silanda, al sur, mi señor.

—No lo entiendo… estábamos a punto de acabar con Rilentor, de conquistar todo Rogdon… ¿Qué ha sucedido? ¿De dónde ha surgido este ejército negro? ¿Quiénes son? No lo comprendo… ¡No puede ser! ¡No, maldita sea!

—Mi señor, debemos escapar —insistió Ukby con un tono de urgencia bien palpable en su voz.

—Zecly, detenlos, gana tiempo para que pueda huir —ordenó Mulko.

—Mi señor, huir hacia el sur no es una decisión acertada —respondió el Gran Hechicero.

—Te conmino a que los detengas, me debes lealtad —le comandó Mulko.

Zecly miró un instante a su señor. Fue a hablar pero calló.

—Vuestros deseos serán cumplidos —dijo realizando una pequeña reverencia.

Mulko, Ukby y un centenar de sus guardias de honor montaron y cabalgaron a galope tendido en dirección sur mientras las legiones Noceanas luchaban por no sucumbir ante la superioridad manifiesta del enemigo.

Sumal se acercó hasta su señor.

—¿Utilizareis vuestro poder sobre el enemigo, mi señor?

Zecly señaló a los Invencibles del Hielo.

—Observa —dijo a Sumal.

Sumal contempló con atención a los esplendorosos luchadores Norghanos. En medio de ellos distinguió al Mago de Hielo que conjuraba sobre las huestes del ejército negro. Sus conjuros de Hielo y escarcha estaban causando estragos entre los soldados enemigos que caían muertos congelados o atravesados por proyectiles de hielo puro. De súbito, una enorme sombra negra, como el velo de la propia muerte, rodeó al Mago de Hielo. La esfera defensiva del Mago pareció rechazar la negrura atacante. Sumal puso toda su atención en lo que estaba sucediendo.

La negrura envolvió al Mago como si de un ente vivo se tratara, un ente malicioso, atacando con voracidad la defensa del Norghano. Sumal intentó vislumbrar el origen del ataque pero no le fue posible en medio del mar de efectivos del ejército negro. Un grito agónico hizo que Sumal volviera a mirar en dirección al Mago. La negrura había penetrado las defensas y lo estaba devorando, absorbiendo la propia esencia de la vida del cuerpo del Mago de Hielo. En pocos instantes cayó al suelo muerto, su cuerpo quedó completamente demacrado, su cara estaba desencajada por la agonía.

—Es hora de partir, Sumal. La magia del enemigo es muy poderosa, la siento en mí ser. Una magia de un poder colosal, como el que nunca hubiera imaginado llegaría a conocer en vida, entre ese mar de negrura se oculta —dijo señalando a las huestes del ejército negro.

—¿Más poderosa que vuestra magia, mi señor? —preguntó Sumal incrédulo.

—Sí, Sumal, más poderosa. Enfrentarme a ella no debo, no en estas condiciones, no sin asistencia de otros Magos de alto nivel de Sangre o Maldiciones a mi lado. Sería un suicidio. Hay un momento para luchar y vencer, y hay un momento para retirarse y esperar una ocasión mejor. Hoy nos encontramos en la segunda situación. Prepárate —dijo Zecly, y conjuró con una rapidez asombrosa. Una nube tóxica se extendió sobre las tropas enemigas frente a ellos que comenzaron a caer muertas de inmediato ante el nocivo gas.

—Esto los entretendrá lo suficiente —dijo Zecly mientras se retiraba con asombrosa rapidez para un hombre de su edad.

Sumal lo siguió a la carrera.

—¿Hacia dónde nos dirigimos, mi señor?

—Al oeste, Sumal, al mar.

Los Invencibles del Hielo pararon la sangría, formando una línea defensiva infranqueable en la retaguardia. El combate pareció ralentizarse hasta llegar a detenerse. Rangulself observó lo que sucedía y una sensación de inquietud lo abordó. Los tambores de guerra volvieron a resonar y, de repente, las líneas enemigas se abrieron, formando un enorme pasillo. Bajo un terrible retumbar una formación de enormes hombres en negro portando máscaras horribles comenzó a avanzar hacia la línea de Invencibles del Hielo.

—¡Moyuki! ¡Moyuki! —gritaban miles de gargantas.

Rangulself lo comprendió entonces, el enemigo enviaba a sus fuerzas de élite a medirse con las Norghanas. Los Moyukis avanzaban en formación cerrada. Vestían armaduras de láminas negras como la noche y pulidas como el acero ceremonial. Sus rostros iban cubiertos por máscaras aciagas y sujetos a la espalda portaban banderolas que se alzaban dos varas de altura, ondeando el rojo, el color que derramaba la Dama Oscura a su paso.

El combate entre las soberbias fuerzas de élite de ambos ejércitos fue épico. Los luchadores, de una destreza sin igual, combatían como semi-dioses guerreros en medio del campo de batalla. Las fintas, estocadas y reveses se ejecutaban con una precisión y habilidad rayando lo impensable. El combate estaba tan igualado que las bajas iban produciéndose en ambos lados casi al mismo ritmo. Por cada Moyuki que caía muerto, presto le seguía un Invencible de Hielo. Los muertos pronto comenzaron a entorpecer el combate. Ambas facciones empujaban con resolución para tomar la iniciativa que les llevara a la victoria, pero ninguna conseguía imponerse. Poco a poco los héroes de cada ejército fueron cayendo, muertos por las expertas espadas de sus contrincantes, hasta que no quedaron más que un centenar de hombres en cada bando. En ese momento los tambores de guerra volvieron a retumbar con un estruendo tal que tierra y cielo temblaron de espanto. Los soldados del ejército negro cargaron enardecidos, lanzando furiosos gritos de guerra y el infierno se desató sobre los hombres de las nieves y los hijos de los desiertos. Comenzaron a caer a cientos, lo que pronto se convirtió en miles a causa de la sobrecogedora ferocidad y superioridad numérica de los hombres de más allá de los mares. La marea negra arrasó por completo el campo de batalla, los ejércitos Norghanos y Noceanos perecían despedazados sin escapatoria alguna.

A corta distancia del frente, el Conde Volgren buscaba su montura desesperadamente. Aquello era una hecatombe, estaban siendo arrasados por el devastador ejército negro. «Debo salvarme, huir de aquí de inmediato. La batalla está perdida. ¡Estos demonios extranjeros van a acabar con todos nosotros!».

—¡A mí! —llamó a sus guardias, y la docena de experimentados soldados Norghanos lo protegieron de inmediato.

Varios soldados en negro intentaron llegar hasta el Conde pero fueron reducidos por sus enormes guardaespaldas.

—¡A los caballos, rápido! —ordenó, y se dirigió a la carrera hacia los árboles donde una treintena de monturas permanecían amarradas.

A su espalda, Volgren escuchaba los gritos desgarrados del combate. Debía asegurar la huida.

—¡Luchad hasta el último hombre! —ordenó a sus hombres con la intención de ganar tiempo y poder escapar.

—¡Luchad como Norghanos! ¡Vencer o morir! —gritó desde su montura al mar de combatientes, y espoleó el caballo para salir al galope.

En medio de la refriega, el General Rangulself escuchó la orden y miró a Volgren mientras escapaba a galope tendido junto a su guardia.

—¡Maldito traidor! —exclamó lleno de rabia.

—¡Nos abandona a nuestra suerte! —le gritó el General Olagson que dirigía al Ejército del Trueno a su izquierda.

Rangulself miró a su derecha. Los Noceanos que protegían los flancos habían sido despedazados por el enemigo que se abría paso ahora hacia ellos. El Ejército de las Nieves también estaba cayendo, no soportarían la presión enemiga mucho más.

—¡Tenemos que retirarnos! —le gritó a Olagson.

El enorme General Norghano asintió.

—¡Formación cerrada! ¡Cuadrado de escudos! —ordenó Rangulself a sus hombres.

Las líneas se compactaron y sus hombres formaron un cuadrado perfecto. Rangulself y dos de sus oficiales quedaron en el centro.

—¡Cerrad escudos! —ordenó Rangulself, y a una, las cuatro líneas más exteriores que conformaban cada uno de los lados del rectángulo formaron una barrera de escudos.

Cada lado del cuadrado protegía que nadie pudiera atacarlos. Los oficiales comenzaron a marcar el ritmo con intermitentes y potentes voces y la formación comenzó a retroceder, alejándose del enemigo con paso lento. Varios grupos de soldados enemigos alcanzaron el lado derecho del cuadrado en retirada.

—¡Alto! ¡Escudos! —ordenó Rangulself, y los enemigos en negras armaduras se estrellaron contra la muralla de escudos Norghanos.

Mientras la primera línea detenía el ataque aguantando firme la acometida con los escudos, la segunda acuchillaba implacable a los asaltantes. Varios Norghanos de la primera línea cayeron en el embate y fueron rápidamente repuestos por hombres de la segunda línea. A su vez, las líneas interiores repusieron los que avanzaban.

—¡Adelante! —ordenó Rangulself, y el hermético cuadrado comenzó a avanzar nuevamente, repeliendo los ataques según retrocedían. Rangulself estiró el cuello y vio el cuadrado de escudos de Olagson siguiéndole a corta distancia. «Muy bien, amigo. Retirémonos ahora que todavía tenemos una oportunidad o no quedará ni un Norghano con vida sobre el campo de batalla».

—Nos dirigimos al este, mi señor —le advirtió su Capitán.

—Lo sé, allí es donde debemos ir.

—Pero señor, al este están las montañas de la Media Luna. ¿No deberíamos dirigirnos al paso, a la fortaleza?

—No, Capitán, el ejército enemigo procede precisamente de allí. Han tomado la fortaleza, no podemos cruzar las montañas por el paso. Las patrullas que enviamos nunca regresaron.

—Entonces estamos atrapados, el enemigo nos rodea y a la espalda tenemos las montañas. ¿Cómo saldremos de aquí, señor?

—Como lo hacen los montañeses del este de Rogdon, buscaremos los pasos estrechos y escalaremos las montañas. Un ejército no podría pasar por ellos, pero ya no somos tal. No hay otra solución.

Recemos a los Dioses Helados, Capitán, pues si no localizamos los senderos que cruzan las escarpadas montañas, no saldremos vivos de Rogdon.

El conde Volgren galopaba tan rápido como su montura le permitía, el estrépito sanguinario de la batalla quedaba a su espalda. «He de huir hacia el noreste, debo salvar la vida y regresar a Norghana. No puedo perecer en esta tierra extranjera, no. Soy demasiado escurridizo para que me atrapen, lo lograré» pensaba mientras azuzaba a su caballo.

—¡Vamos, rápido! —gritó al girar la cabeza y comprobar que su escolta galopaba cada vez un poco más rezagada. Se adentró en el bosque por un sendero y aminoró el ritmo; entre los árboles, siguiendo la senda, se sentía más seguro, la batalla quedaba atrás y con ella el enemigo.

De repente, un hombre apareció entre la maleza, de detrás de un árbol y se situó en medio del sendero.

Volgren se asustó pero reaccionó y tiró fuerte de las riendas de su montura. El caballo se detuvo con un relincho. Volgren contempló a quien el camino le cerraba. Su sorpresa fue mayúscula. El hombre vestía en tonos morados y portaba una máscara también violácea con una línea plateada a la altura de los ojos. Tenía un aspecto verdaderamente siniestro que provocó un escalofrío de advertencia que recorrió toda la espalda del Conde. Peligro claro y presente. Una resplandeciente hacha corta ornamentada en plata esgrimía en una mano y en la otra, algo que heló la sangre de Volgren: una calavera con dos joyas rojas encajadas en las cuencas de los ojos. La macabra imagen provocó que buscara con la mirada a sus guardias, que ya lo alcanzaban.

Un tenebroso cántico comenzó a resonar entre los árboles, nacido bajo la máscara de aquel aciago hombre.

—¡Matadlo! —ordenó Volgren a sus guardias.

Antes de que pudieran cargar, la docena de caballos se encabritaron, poseídos por un terrible pavor, y derribaron, uno tras otro, a todos los jinetes.

—¡Qué demonios...! —soltó el Conde— ¡Levantad, matadlo! ¡Es un Hechicero!

Los enormes guerreros Norghanos se pusieron en pie y desenvainaron. Altos, fuertes, curtidos, duros hijos de las nieves. Volgren sabía que no había mejores guerreros en todo el norte, aquel Hechicero era hombre muerto.

—Estos —dijo el Hechicero señalando a su espalda— son Tiradores Rojos. Los arqueros de élite de la Dama Oscura.

Y como saliendo de la nada, una docena de hombres en rojas armaduras ligeras con pañuelos del mismo color cubriendo sus rostros aparecieron de detrás del Hechicero.

—Creo que será muy interesante comprobar quién saldrá victorioso del choque.

—¡Matadlos a todos! —ordenó el Conde Volgren.

Los soldados Norghanos se lanzaron a la carga.

Los Tiradores Rojos armaron los negros arcos cortos en un único movimiento.

Los enormes Norghanos avanzaron tres pasos con las espadas y hachas alzadas.

El sibilante sonido de las saetas al cortar el aire a gran velocidad llegó hasta Volgren.

Los guerreros Norghanos cayeron abatidos con una saeta en la frente cada uno.

—Impresionante exhibición de habilidad, ¿verdad? Incomparables tiradores, siempre me llenan de orgullo —dijo el Hechicero señalando a sus hombres con el hacha—. Pero mi amo espera y debo llevar a cabo sus designios.

Volgren intentó huir de forma desesperada, girando su montura y espoleándola, pero el caballo fue alcanzado por una docena de saetas y cayó muerto al instante. El golpe fue doloroso pero Volgren se rehízo y desenvainó. Ante él estaba el Hechicero escoltado por los Tiradores Rojos.

—¡Soy el Conde Volgren, Hechicero! Dile a quien sirves que deseo negociar la rendición.

—Sé perfectamente quien eres, Norghano. Mi nombre es Narmos, Sacerdote del Culto a Imork —dijo realizando una pequeña reverencia—, y mi señor, Isuzeni, tu muerte ha ordenado.

—¡No, espera!

—Mi amo tu vida requiere y tu vida tendrá —y con un movimiento de su hacha Narmos conjuró y la noche se cernió sobre Volgren.

Un dolor atroz le nació en el estómago, como si todas sus vísceras se hubieran podrido de repente. Cayó al suelo en medio de una agonía insufrible.

Lo último que Volgren alcanzó a oír fueron las palabras del Hechicero.

—Sacadle el corazón mientras aún vive, nuestro señor Isuzeni así lo ha ordenado.

Haradin contempló el campo de batalla. Decenas de miles de soldados yacían muertos sobre la gran explanada entre ríos de sangre. El espectáculo era tan atroz y tan sumamente espeluznante que el Mago tuvo que cerrar los ojos un momento para que la imagen de tamaña barbarie y desolación no lo embargara. La batalla estaba decidida, el ejército negro había arrasado toda oposición y únicamente la muerte reinaba ahora sobre el campo de batalla.

—Es… es… espantoso… —consiguió articular Aliana.

—Muerte y sangre. Horrible, sí —dijo Asti

—Los Norghanos han recibido al fin lo que se merecían —señaló Iruki su mirada fría.

—¿Cómo puedes decir eso? Hay millares de muertos, es pavoroso, es demencial —le dijo Sonea consternada.

—Digo lo que mi corazón siente —respondió Iruki sin alterarse.

—Y esto sólo es el principio... —dijo Komir clavando su vista en las negras huestes que ya se retiraban victoriosas hacia los bosques de donde habían surgido al ritmo acompasado de los tambores de guerra. Tras de sí dejaban un mar de sangre y cadáveres, tantos que la escena era inconcebible, absolutamente abominable.

Haradin observó al joven Norriel y una sensación de miedo y desamparo lo embargaron pues él también así lo creía.

Algo al sur de la gran batalla, Cenem, satisfecho, contemplaba los cadáveres ocultando una sonrisa tras su máscara violeta. Su amo y señor Isuzeni estaría contento con el éxito de la misión que le había encomendado. El centenar de Tiradores Rojos que lo acompañaban estaban rematando a los pocos supervivientes de la emboscada.

—Señor, aún vive.

—Traédmelo —comandó Cenem contemplando su calavera.

Aquel escorpión traicionero había sobrevivido a su conjuro y al ataque de los Tiradores Rojos.

Dos Tiradores arrastraron al malherido Noceano hasta la presencia de Cenem.

—Veo que todavía vives, Mulko...

—Déjame marchar... y te bañare en riquezas... —balbuceó Mulko.

—Las riquezas de poco sirven si la vida pierdes a cambio de lograrlas. En mi caso, una muerte llena de sufrimiento y un dolor sin final me esperan de dejarte marchar.

—¡Pero no puedes matarme! soy Mulko... soy el Regente del Norte...

—Sé quién eres, víbora. Mi amo me ha enviado a cortarte la cabeza.

—¡Nooooo! —gritó Mulko, pero Cenem lo degolló con su hacha ceremonial.

—Sacadle el corazón, el maestro Isuzeni lo requiere –dijo Cenem dando la espalda al cadáver y marchándose con una sonrisa en la boca.

Sacrificio

Con el crepúsculo llegó la calma. El ejército de las tinieblas desapareció tal y como había llegado y sobre la inmensa explanada únicamente quedó un silencio sepulcral velando a los miles de cadáveres que ya comenzaban a descomponerse. Komir poco podía distinguir ya, la oscuridad de la noche se lo impedía. Con el corazón inquieto por los sangrientos acontecimientos presenciados, se retiró junto al resto hacia el campamento en la zona alta de la ciudad, frente al Castillo Real. Haradin consideró prudente una noche de descanso para todos pues nada sabían de lo que el amanecer depararía.

Komir no podía dormir. Temía no por su vida, sino por la de sus compañeros. No deseaba siquiera pensar en la posibilidad de que algo malo pudiera sucederles. La grotesca masacre que había presenciado sobre el campo de batalla lo había afectado. El invencible ejército Norghano y las gloriosas legiones Noceanas habían sido atrozmente aniquilados sin piedad alguna. Algo completamente inimaginable tan sólo una jornada atrás.

El calor del fuego lo reconfortaba y la presencia cercana de Aliana, al otro lado de la hoguera, provocaba que su espíritu se apaciguara. Vio marchar a Haradin y se preguntó a dónde se dirigiría a aquellas horas tan intempestivas. Del gran Mago no se fiaba demasiado, mucho le ocultaba tras su amistosa conducta, mucho que Komir deseaba descubrir. Puede que no fuera más que un simple Norriel, sin educación ni refinada cultura, pero era capaz de identificar cuando alguien le contaba una verdad a medias o le ocultaba información. Y aquel Mago sería muy poderoso pero no engañaba al instinto de Komir. Pensó en seguirlo pero se encontraba demasiado fatigado. Bostezó, el sueño se le resistía aunque se sentía cada vez más cansado.

Observó la belleza de Aliana y el espíritu de Komir comenzó a relajarse. La bella Sanadora le enviaba tímidas miradas pero no se atrevía a entablar conversación con él. Komir no podía apartar la mirada de ella pues su belleza rivalizaba con la del propio firmamento que aquella noche, moteada de mil estrellas, parecía acunarlos. Pensando en Aliana y vencido por el extraño cansancio se quedó dormido. Una voz comenzó a susurrar en su oído: *Komir... Komir... Komir...*

La voz le era vagamente familiar, áspera, fría, y si bien en un primer instante no identificó a quién pertenecía, el dolor que su cuerpo comenzó a sentir le recordó que aquella experiencia ya la conocía. Una imagen pobló súbitamente la mente de Komir: Amtoko frente a un estanque plateado en el interior de una extraña caverna decorada con enigmáticas runas. La Bruja Plateada estaba intentando comunicarse con él a través del vínculo de sangre que los unía.

—Mi llamamiento parece llegarte con mayor facilidad ahora que estás próximo a tu tierra, joven Norriel.

—Ahora entiendo el cansancio... Me alegro de encontrarte con salud, Amtoko, pero si contactas conmigo, me imagino que buenas nuevas no me traes...

—¡Ah! Pero qué poco aprecio sientes por esta vieja Bruja a la que tienes por pájaro de mal agüero. Si bien razón no te falta...

—¿Qué sucede? Tienes mi atención.

Amtoko suspiró y tras mirar un instante al estanque su arrugado rostro se ensombreció.

—Ha llegado el momento, Komir, tu destino a cumplirse viene. He presenciado en el estanque de las visiones lo que se avecina, y aterrador es. La vida de miles de personas están en juego, la subsistencia de nuestro pueblo pende de un hilo. Un hilo que tu destino maneja. Ha llegado el momento, mi querido Norriel.

—Lo sé, Amtoko, he presenciado el poder del mal. Estoy preparado para afrontarlo. Sean cuales sean las consecuencias. Me enfrentaré a él, a la oscuridad y al terror que nos trae. Lucharé para detenerlo. Lucharé con todas mis fuerzas, hasta mi última gota de sangre. Sólo espero que no me falte el valor.

—No te faltará, oso Norriel. Te alzarás firme como un acantilado ante el negro mar de odio y sufrimiento. Lucharás, por remota e impensable que parezca la oportunidad de victoria y cuando toda esperanza parezca perdida, te mantendrás erguido y sereno, pues tu corazón es fuerte, noble, y no te fallará.

—Gracias, Amtoko. Tus palabras me llenan de ánimo. Si has venido a comprobar si estoy listo, la respuesta es sí. Llevo tiempo preparándome para este día.

—A eso he venido, joven guerrero, y a algo más. Antes de enfrentarte al mal una última prueba deberás afrontar, una prueba de gran importancia para tu alma. Escucha a tu corazón de Norriel pues él te guiará por el sendero que debes seguir.

—Así lo haré, Amtoko, así lo hago siempre.

—Antes de irme déjame decirte que he realizado un ritual ancestral de salvaguarda. Muchos preparativos y tiempo me ha llevado, carneros han sido sacrificados y su sangre el altar sagrado ha bañado, pero esta vieja Bruja sabía que el día se acercaba, lo sentía en mis huesos. Es un rito de gran poder, por medio de él mi magia intentará protegerte, Komir.

—Gracias, Amtoko, siempre me has ayudado y lo aprecio de corazón.

Amtoko sonrió con una divertida mueca, restándole importancia.

—Con un último consejo me despido, Komir: cuando todo perdido parezca, recuerda por quien luchas, recuerda por qué debes cumplir con tu destino.

Komir asintió con un gesto de la cabeza.

—Que las tres diosas te protejan, guerrero.

Y la imagen desapareció de su mente.

Komir durmió y sus sueños se tornaron pesadillas.

Con las primeras luces del alba llegaron las voces de alarma. Todos despertaron y se armaron con rapidez, temiendo un ataque. Se precipitaron a la muralla exterior, con los corazones palpitando llenos de incertidumbre y el miedo cabalgando desbocado en sus corazones. Pero cuando alcanzaron la muralla y miraron al exterior esperando encontrar al ejército enemigo, lo que presenciaron les heló la sangre en las venas. Donde la noche anterior yacían las decenas de miles de cuerpos de los combatientes caídos, ahora sólo quedaba pasto teñido de rojo.

Los cadáveres habían desaparecido.

Todos ellos.

Un silencio sepulcral se adueñó de toda la muralla, profundo, a los hombres les costaba respirar ante la impensable escena que sus ojos les transmitían.

—No... no es posible —dijo Aliana contemplando la despejada explanada.

—Eran miles... ¿dónde están? No pueden haber desaparecido... —dijo Sonea frotándose los ojos en incredulidad.

—No oír nada de noche —dijo Asti señalando a sus oídos con una mueca de pura sorpresa en su cara.

—Han utilizado magia, muy poderosa —estableció Haradin.

—¿Con qué fin? —preguntó Komir inquieto.

—Eso lo desconozco… —respondió el Mago.

Un murmullo mezcla de disgusto e inquietud comenzó a escucharse entre las filas Norriel. Aquella siniestra escena no agradaba lo más mínimo a los supersticiosos guerreros de las tierras altas. No comprendían qué había sucedido y para ellos la inimaginable desaparición sólo podía tratarse de maléfica brujería.

Tras los grandes bosques, a media legua al este de Rilentor, Isuzeni contemplaba con brillo de victoria en sus rasgados ojos los miles de cadáveres ocultos en la gran hondonada. Imaginaba, lleno de regocijo, la expresión de sorpresa y temor en los rostros de los defensores de la ciudad al descubrir la gran desaparición. Había requerido de mucha magia y enorme esfuerzo coordinado el hacer desvanecer todos los cadáveres durante la noche sin ser descubiertos. Pero lo habían logrado. Los preparativos para el gran ritual ya finalizaban e Isuzeni, siguiendo las precisas instrucciones de su ama, comprobaba que todo estuviera en perfecto orden. Había dividido los cadáveres en cinco grandes grupos como requería el rito. Cada grupo había sido apilado en el interior de una circunferencia de enormes dimensiones delimitada con el rojo de la sangre derramada. Isuzeni subió a una pequeña colina y contempló desde la elevación la forma que había creado con los cinco círculos funestos. «Perfecto. Una estrella pentagonal invertida, dentro de un gran círculo sagrado que la contiene, tal y como mi ama ha pedido. En la terminación de cada una de las cinco extremidades, los círculos sangrantes con los cadáveres. Verdaderamente impresionante, no sólo por su enorme magnitud sino por el devastador poder del ritual que la Dama Oscura está a punto de realizar» pensó regocijado.

Isuzeni dio la señal a sus 13 discípulos, acólitos del Culto a Imork, y estos se dirigieron al centro del pentagrama. Isuzeni los vio desfilar, solemnes, avanzaban lentamente en hilera de a dos; el decimotercero cerraba la columna. Vestían túnica larga granate y adornada con llamativos emblemas dorados. En el pecho portaban la brillante cabeza de un esqueleto dorado en el interior de un círculo formado por dos serpientes entrelazadas cuyas cabezas se enfrentaban: el símbolo del Culto a Imork. A la espalda les caían capas de terciopelo negro con el símbolo dorado bordado en ellas. Al alcanzar el centro de la estrella pentagonal se detuvieron y aguardaron en silencio. Al contemplar a sus siniestros acólitos Isuzeni sintió el dulce aguijonazo del orgullo. Rodeando la infausta representación de la estrella de muerte, millares de soldados del ejército de la Emperatriz aguardaban los acontecimientos en el más absoluto y tétrico silencio. Un silencio de miedo y muerte.

Y llegó el momento. La Dama Oscura hizo acto de presencia y se dirigió al centro del pentagrama invertido. Iba vestida de absoluto negro con pequeños y elaborados adornos en rojo. Vestía su infausta armadura de cuerpo completo tan negra como una noche sin luna. Al andar, su cuerpo se balanceaba con el perfecto equilibrio y gracia de una diosa seductora. La ceñida e impenetrable armadura resaltaba el sensual cuerpo de la esbelta Emperatriz, como si pintada sobre su propio cuerpo estuviera. El pecho y ambos costados de la armadura mostraban relieves intrincados en rojo y a la espalda portaba una larga capa de sangre. Pero si su concupiscente figura derretiría a los hombres, su incomparable y letal belleza los enloquecería. El largo cabello azabache, tan suave como la caricia de la brisa de verano, el pálido y bellísimo rostro de grandes ojos negros como la noche, el aura de sensualidad y poder que la rodeaban, cautivaban irremediablemente a quien osara mirarla. Y una verdadera osadía era pues una mirada acarreaba el castigo de la muerte. Su belleza era tan incomparable como fatal.

Al llegar al centro, Yuzumi, la poderosísima Dama Oscura, alzó los brazos al cielo al tiempo que los 13 acólitos la rodearon formando un círculo. Conjuró pronunciando unas largas y moduladas locuciones de poder. Isuzeni contemplaba la escena maravillado y poseído por la envidia de aquel que desea en secreto y no alcanza a ser. Sobre el pentagrama una nube oscura comenzó a formarse y, poco a poco, fue oscureciendo el cielo como si una gran tormenta se acercara desde las montañas. La luz comenzó a debilitarse y pronto sólo quedó la sombra siniestra de un negro cielo amenazante. «El ritual sagrado a Imork, señor de la muerte, comienza. Un ritual de tamaña magnitud que nunca antes se ha presenciado» pensó Isuzeni sin perder detalle de lo que sucedía.

La Dama Oscura volvió a conjurar abriendo los brazos emitiendo un negro destello de poder. De súbito, de cada uno de los 13 acólitos, fluyó una grisácea energía, abandonando sus cuerpos y viajando hacia el pecho de Yuzumi. El cuerpo de la emperatriz se tensó mientras recibía los flujos de energía vital de los Hechiceros.

Isuzeni suspiró, sus acólitos iban a ser sacrificados para potenciar el poder de la Dama Oscura. Sólo así podría su ama culminar el gran ritual. El primero de los acólitos no tardó en morir, toda su energía fue succionada. El sacrificio se prolongó hasta que los 13 acólitos cayeron muertos al suelo, carentes de la más ínfima gota de vida que sustentara sus cuerpos. «Una lástima. Tan fieles, tan serviciales… Pero los deseos de la Dama Oscura deben siempre cumplirse» pensó Isuzeni no sin sentir cierta amargura por la muerte de sus discípulos.

Yuzumi, potenciada con la energía de los 13 acólitos comenzó el gran ritual en medio de una cerrazón siniestra. Pronunció largas frases de poder clamando a Imork, señor de los muertos, y finalmente, este respondió con un ensordecedor estruendo seguido de un descomunal relámpago que zigzagueante rasgó la penumbra.

Acto seguido un potente destello negro salió despedido del cuerpo de la Dama Oscura.

«Ha entrado en comunión con Imork, muerte es ahora sinónimo de poder y poder lo es de muerte». Isuzeni tragó saliva.

Los cinco círculos que contenían a los cadáveres brillaron con el rojo intenso de la sangre derramada. La Dama Oscura conjuró largamente, como si de una letanía arcana se tratara y, al finalizar, el gran círculo que contenía en su interior el pentagrama ritual, resplandeció con un poderoso rojo.

Los miles de soldados que contemplaban el ritual se pusieron de rodillas llenos de un apabullante temor.

La Dama Oscura situó los brazos en cruz y conjuró con aterciopelada voz. Una negra energía, la pestilente esencia de la muerte decadente, comenzó a abandonar los cuerpos putrefactos de los caídos, aglomerándose dentro de cada uno de los cinco círculos, formando una acumulación de negra esencia de ruina. Yuzumi alzó los brazos, echó la cabeza atrás y llamó a cada uno de los cinco cúmulos de muerte. La energía negativa se precipitó contra su cuerpo, impactando con dureza contra su pecho. Pero ella no se movió, aguantó firme, mientras era imbuida de un poder tan enormemente aciago como el cúmulo de dolor, sufrimiento y desesperación de las miles de desdichadas almas cuyos cadáveres allí yacían.

Isuzeni contempló absorto y maravillado el macabro ritual de muerte mientras su ama se imbuía de un poder colosal. Yuzumi absorbió hasta la última gota de poder y finalizó el ritual con una plegaria a Imork. La Dama Oscura cruzó los brazos sobre su pecho y abandonó el lugar en el más absoluto de los silencios mientras sus huestes, arrodilladas ante su esplendoroso poder, evitaron producir el más mínimo sonido que pudiera molestar a la todopoderosa Emperatriz. Rodeada de un halo de poder magnificente, como si la propia muerte la sirviera ahora, se acercó hasta Isuzeni con paso lento.

—Mi ama y señora —saludó Isuzeni realizando una pronunciada reverencia.

—Sumo Sacerdote —dijo ella, y lo miró con ojos sin pupilas, inyectados en el negro de la muerte.

—El ritual sagrado ha sido un éxito, mi ama y señora, siento vuestro increíble poder emanar incontenible.

—Así es, me has servido bien, Sumo Sacerdote. El poder que ahora atesoro es imparable. Ha llegado el momento de enfrentarnos al destino. Nada puede detenerme ahora, no con este ejército invencible a mi servicio, no con este poder incontestable. Detendré la premonición. Alteraré el destino como ya hice antes, una vez más, y cuando lo haga, todo este continente se arrodillará ante mi poder. Lo arrasaré, no quedará reino en pie. Todo mío será. ¡Todo!

Isuzeni contempló los ojos de muerte en su señora, su terrorífica ansia de poder, y supo que aquel continente estaba irremediablemente condenado.

—Sí, mi señora —fue lo único que se atrevió a decir. La terrorífica aura de poder que la rodeaba parecía que iba a engullirlo y temió por su vida.

—¿Está todo preparado? —preguntó Yuzumi más sosegada.

—Sí, mi ama.

—¿Localizaste al Marcado?

—No ha sido posible, una magia poderosa interfiere e impide que nuestros conjuros de localización den con él. Pero está en la ciudad, mi señora.

—¿Y el Alma Blanca?

—A ella sí la podemos ver, no hay magia protegiéndola.

—Ambos deben morir, hoy.

—Morirán, mi ama. La Premonición no se cumplirá.

—¿Cómo localizaremos al Marcado?

—He ideado un plan, mi señora, el Marcado se revelará.

—Eso me complace. Cuando lo haga, acabad con ambos. Quiero sus corazones aún latiendo en mis manos. Después acabad con todos y cuantos estén en la ciudad. Ni una sola persona ha de quedar con vida. No correré riesgo alguno. Muertos a todos los quiero, Isuzeni. ¡Muertos!

—Ni una sola alma sobrevivirá, mi ama.

—Asegúrate personalmente de que así sea. Y sé precavido, siento claramente el poder de esos medallones, incluso aquí en la distancia. Su poder es enorme y antiquísimo. Representan un gran riesgo. En mis manos deben estar para yo controlarlos. Mátalos a todos y arranca esos medallones de poder de sus cuellos sin vida.

—Cauto seré, Majestad, siempre lo he sido. Únicamente el hombre cauto e inteligente a la vejez llega mientras sus enemigos mueren a lo largo del extenso y peligroso camino. Los medallones son un imprevisto que atajar, pero nada temáis, mi ama, vuestros serán y con ellos las cabezas de sus portadores.

—¡Hoy es el día en el que triunfaré! ¡Hoy es el día en que conquistaré este reino, Tremia y mi destino!

Isuzeni miró a su ama colmada de un poder increíble, al inmenso ejército negro tras ella y supo inequívocamente que arrasarían Rilentor, nadie sobreviviría.

Nadie.

A media mañana, los guardias sobre la muralla divisaron a un jinete solitario en el linde del bosque, al este. Cabalgó hasta la muralla surcando la llanura de sangre. Vestía el negro del ejército de la oscuridad, de pies a cabeza, y en su pecho se distinguía un emblema formado por dos espadas cruzadas de un rojo intenso. En su mano derecha llevaba una larga banderola blanca ondeando al viento. El heraldo detuvo su montura frente a la derruida gran puerta y miró hacia las almenas.

—No lo matéis —ordenó Gerart desde lo alto.

El heraldo saludó bajando la cabeza, lentamente. Al erguirse nuevamente sobre la montura habló con un fuerte acento extranjero:

—Soy emisario de la Suprema Emperatriz Yuzumi, soberana de todo el continente de Toyomi, conquistadora de Tremia, Comandante en Jefe del imbatible Ejército Negro. Un importante mensaje de mi ama y señora traigo.

—Yo soy Gerart, Rey de Rogdon. ¿Cuál es ese mensaje?

—El mensaje no es para el monarca de este reino en ruinas —dijo el heraldo con claro tono de desdeño en su voz.

Gerart miró al heraldo entre sorprendido y enojado.

—¿A quién va dirigido entonces? —preguntó a viva voz.

—Al Marcado.

Toda la almena se llenó de murmullos y miradas interrogantes. Gerart miró a Haradin con extrañada expresión, pero el Mago se encogió de hombros.

—No sé a quién te refieres, ¿quién es ese Marcado?

—El Marcado, que se muestre —pidió el heraldo.

Gerart miró alrededor, los cinco Portadores estaban a su derecha y algo más allá Hartz, Kayti y el lancero Kendas. Todos se lanzaban miradas pero ninguno dijo nada, ni se movió.

—Como deseéis —dijo el heraldo, y de su alforja obtuvo un cuerno. Se lo llevó a la boca y produjo un prolongado soplido. El sonido del cuerno se propagó por toda la llanura.

Como respuesta, de entre los árboles comenzaron a aparecer figuras en oscuras vestimentas. Unas pocas hileras primero y, poco a poco, toda la planicie se fue llenando de filas de soldados en negro, matizados por salpicaduras de un rojo intenso. En un abrir y cerrar de ojos miles de soldados del Ejército Negro llenaban toda la llanura. El inconmensurable ejército de la despiadada Dama Oscura tomó posesión ante las castigadas murallas de Rilentor. Más de 50,000 hombres formaron ante la ciudad en sus pulidas armaduras de láminas negras, armados con espadas y lanzas, portando largos estandartes en rojo que ondeaban con la suave brisa matinal. El ejército del mal se detuvo y aguardó instrucciones.

—Enemigos no somos, no hay necesidad de un enfrentamiento. Podemos llegar a un acuerdo —intentó negociar Gerart.

Pero el heraldo lo ignoró.

—Marcado, muéstrate, o de lo contrario no quedará nadie con vida en esta ciudad —dijo señalando a las huestes a su espalda.

Gerart fue a hablar pero Komir dio un paso al frente y se asomó a la almena.

—Aquí me tienes. Yo soy el Marcado.

Un murmullo estalló entre los defensores ganando fuerza en pocos momentos y convirtiéndose en un bullicioso rumor de cientos de gargantas.

El heraldo hizo un leve gesto de saludo a Komir.

—Mi ama, la Suprema Emperatriz Yuzumi, te ofrece la oportunidad de salvar la ciudad y a cuantos en ella se refugian. Si te entregas sin ofrecer oposición, la ciudad será respetada.

—¿Y si no lo hago? —preguntó Komir con voz firme.

—En ese caso todos moriréis. La Suprema Emperatriz arrasará la ciudad con su glorioso ejército y ordenará arrancar el corazón a todos cuantos en ella se hallen: hombres, mujeres y niños, sin excepción. Nadie sobrevivirá. Esa es la voluntad de la Emperatriz y fielmente será cumplida.

Un tenso silencio siguió a las palabras del heraldo.

—¡No puedes entregarte! —exclamó Aliana rompiendo el silencio.

—¡Por supuesto que no se va a entregar! ¡De ninguna de las maneras! —tronó Hartz dando un paso al frente.

Gerart y Haradin se acercaron hasta Komir y en voz baja el joven monarca le preguntó:

—¿Sabes por qué te busca? ¿Qué quiere de ti?

—Quiere mi muerte —dijo Komir con voz más firme de lo que esperaba.

—¿Por qué motivo? —quiso saber Gerart.

—Nuestros destinos unidos están. Lleva mucho tiempo buscando mi muerte. Es ella la responsable de la muerte de mis padres. Ahora lo sé. No cejará hasta verme muerto. Uno de los dos ha de morir hoy aquí, ese es nuestro destino, enfrentarnos, así ha sido premonizado.

—Pero si te entregas te matará al momento —dijo Haradin con el rostro marcado por la preocupación—, le entregas su destino en bandeja.

—Sí, pero no tengo otra elección. Ya lo habéis oído, nos matará a todos y ya visteis el poder de su ejército, no tenemos ninguna opción ante semejante hueste.

—Si nos atacan, lucharemos como hemos hecho hasta ahora, con honor, con valor —dijo Gerart.

—Lo sé y eso es precisamente lo que no quiero.

—No te lo permitiré —dijo Hartz sujetando con fuerza a Komir de los brazos.

—¿No lo entiendes, grandullón? Si luchamos, todos moriremos, y todas esas muertes recaerán sobre mi conciencia. No, no puedo permitirlo. He sido un necio, os he arrastrado de peligro en peligro buscando ciegamente la venganza y casi morís todos por mi culpa.

—Te seguimos de libre albedrío —dijo Aliana con los ojos húmedos—. Te seguimos porque quisimos, porque creíamos en tu causa. No fue tu responsabilidad, Komir.

Komir negó con la cabeza.

—No, no volveré a repetir mis errores del pasado. No os volveré a poner en peligro por mi egoísmo. Esto no os atañe. Es mi destino, mi guerra, y no moriréis por mi culpa.

—¿Qué garantías tenemos de que cumplirá su palabra? —dijo Gerart— No me gusta la idea de mandarte a una muerte segura sin garantía alguna.

—Tu sacrificio muy bien puede ser en balde, Komir —dijo Haradin.

—Aún así, correré el riesgo. La alternativa no es aceptable para mí. Moriré con honor, como un Norriel, delante de mi pueblo, por ellos, por todos.

Gerart miró a Haradin y este bajó la cabeza sin decir nada. Contempló la ciudad a su espalda donde los supervivientes se refugiaban.

—La decisión tuya es, no te detendremos —dijo Gerart con voz grave.

Komir sabía que la situación era desesperada, no podían correr el riesgo, demasiadas vidas estaban en juego.

—¡No dejaré que hagas esto! —le dijo Hartz.

Komir puso sus manos en los hombros del grandullón y lo miró a los ojos.

—Nadie podría desear mejor amigo, nadie podría nunca tener mejor compañero. Nuestro camino termina aquí, compañero, es hora de separarnos. Sabes en tu gran corazón que esto es lo correcto, de otra forma no podría vivir con la culpa. Lo sabes.

—No… —intentó resistirse Hartz.

—Lo sabes, escucha a tu corazón. Debo ir. Debes dejarme marchar.

Hartz sacudió la cabeza y Komir vio como las lágrimas bañaban las mejillas del gran Norriel, que hacía un enorme esfuerzo por no romper a llorar. Komir lo abrazó y le dijo al oído:

—Norriel somos, Norriel moriremos.

Hartz asintió varias veces, sujetando el llanto. Komir se dio media vuelta y miró a la mujer que amaba.

—¡No puedes hacerlo! —le gritó Aliana entre sollozos— ¡Te matarán!

Komir se acercó hasta ella y la miró a los ojos donde las lágrimas afloraban. Sujetó su bello y pálido rostro entre sus manos. La besó tiernamente en la frente y ella lloró.

—Cuida del grandullón —le dijo.

El resto del grupo lo contemplaban cabizbajos, con ojos húmedos, intentado contener el llanto. Komir los observó uno a uno como dedicándoles un último saludo de despedida y al terminar se asomó a la almena.

—¡Me entrego! —le dijo al heraldo con una firmeza que no conllevaba duda alguna.

El mensajero sonrió triunfal y señaló para que Komir bajara.

Según bajaba las escaleras de la muralla, Komir sentía en su alma que había tomado la decisión correcta. Nadie moriría por su culpa. Pasó junto a los guerreros Norriel que lo observaban en silencio y al llegar junto a la gran puerta derruida saludó con la cabeza a Auburu y Gudin que lo contemplaban con expresión preocupada. La matriarca de su tribu fue a hablar pero Komir la detuvo con un gesto. Sabía que estaban con él, pero no los arrastraría a la muerte. Negó con la cabeza y Auburu entendió el mensaje no hablado. La matriarca bajó la cabeza y asintió.

Komir salió al encuentro del heraldo dejando a su espalda un silencio lleno de desasosiego.

—Sígueme, Marcado, la todopoderosa Emperatriz Yuzumi aguarda.

Komir comenzó a andar tras el heraldo.

Las huestes enemigas lo aguardaban al frente.

La muerte lo esperaba sonriente.

Con paso decidido, sin temor, avanzó dejando a su espalda las murallas de Rilentor.

Cumpliría con su destino, sin miedo.

Una voz tronó a su espalda de repente.

—Si él va, también voy yo.

Komir se giró y vio a su enorme amigo acercarse con potentes zancadas.

El heraldo lo miró y sonrió divertido.

—Y yo también —dijo otra voz, y Aliana apareció cruzando las puertas con paso decidido.

—Y nosotros —dijeron al unísono Iruki, Asti, y Sonea apareciendo tras Aliana.

Los ojos de Komir se humedecieron, conmovido por el heroico gesto de sus compañeros. Deseaba gritarles que volvieran a la muralla, pero estaba sobrecogido por la emoción y las palabras no consiguieron abandonar su garganta.

La cara del heraldo se ensombreció. Ya no sonreía.

—Y yo, pues donde vaya mi Hartz allí iré yo —dijo Kayti apareciendo tras ellos en su radiante armadura blanca.

El heraldo se irguió sobre la montura.

—¡Si deseáis morir, complacidos seréis! —gritó lleno de rabia.

—Me temo que eso no ocurrirá —dijo una voz y, al girarse, Komir vio a Haradin llegar seguido de los guerreros Norriel.

—¡Norriel somos, Norriel moriremos! —gritó Hartz.

Las 4,000 gargantas Norriel respondieron a una:

—¡Norriel somos, Norriel moriremos!

El heraldo escupió al suelo lleno de rabia.

—Como deseéis, todos moriréis —sentenció, y espoleó el caballo dirigiéndose a galope tendido hacia el ejército negro.

Komir se recompuso y lleno de orgullo miró a los suyos. No podía creer lo que habían hecho.

Los tambores de guerra comenzaron a retumbar señalando el preludio de la tragedia y el ejército enemigo comenzó el avance. A Komir se le encogió el corazón. Las huestes enemigas eran inmensas, miles y miles de hombres se aproximaban, portadores de la muerte y desolación absolutas sobre las que Amtoko ya le había advertido. Formaban un negro mar de dolor y sufrimiento que los engulliría a todos en medio de un agónico tormento sangriento. Komir suspiró y recordó las palabras de la Bruja Plateada, debía permanecer firme, por desesperada que la situación pareciera. Respiró y dijo:

—Lucharé hasta mi último aliento, firme como un acantilado ante el mar.

Gerart llegó acompañado de Kendas y los 2,000 soldados Rogdanos. Todos los defensores formaron en tres líneas compactas de 2,000 hombres cada una, las dos primeras compuestas por los guerreros Norriel y la última por los soldados Rogdanos. Aguardaron estoicos la arremetida de la funesta marea negra y sus 50,000 hombres.

—Un gran día para defender la patria —dijo Gerart mirando al cielo.

Haradin alzó la mirada.

—Sí, Alteza. Hoy demostraremos al mundo lo que el honor y el valor heroico realmente significan.

Lucha Heroica

La primera oleada llegó con el sol del mediodía brillando en lo alto y rompió contra la férrea barrera de defensores. Los Norriel se mantuvieron firmes, repartiendo muerte entre los hombres del Ejército Negro. Sus escudos circulares de madera detenían el empuje enemigo y sus espadas forjadas en las tierras altas derramaban la sangre extranjera sobre el suelo Rogdano. Los rugidos de los embravecidos Norriel apagaban con su baraúnda el clamor del combate y los quejidos agónicos de los hombres de ojos rasgados al morir.

—¡Manteneos firmes! —gritó Haradin sobre el estruendo del combate situado tras las tres líneas de bravos defensores. Junto a él estaban los cinco Portadores: Aliana, Iruki, Asti, Sonea y Komir, que lo contemplaban con ojos intranquilos. Flanqueaban al grupo, Hartz y Kayti a la derecha, y Gerart y Kendas a la izquierda.

Komir observó a sus compatriotas aguantar la línea luchando como auténticos gigantes, rugiendo como osos enfurecidos, consiguiendo frenar el avance de los miles de soldados en oscuras armaduras de láminas que intentaban barrerlos en el campo de batalla. Pero los Norriel luchaban como si hijos del dios de la guerra fueran. Los soldados de ojos rasgados caían muertos a pies de aquellos semidioses de la batalla, despedazados por el acero de las tierras altas.

—¡Aguantad, que no rompan la formación! —gritó Haradin a los heroicos defensores.

En medio de la línea, Komir distinguió al Maestro Guerrero Gudin que repartía muerte con una facilidad pasmosa. Quiso ir a ayudarlo e hizo un gesto involuntario que al instante captó Haradin.

—No, Komir. Tu sitio está aquí. Envaina la espada. Es hora de utilizar el poder destructivo de la magia.

El gran Mago de Batalla se concentró cerrando los ojos y conjuró elevando el báculo sobre su cabeza.

—¡Lago de Fuego! —comandó Haradin.

A unos 100 pasos, en medio de las huestes atacantes, un lago de magma incandescente comenzó a formarse bajo los pies enemigos. El horror se desató entre los cientos de desdichados cuyos cuerpos comenzaron a sumergirse en la lava, ardiendo sin escapatoria alguna, sus gargantas gritaban en un sufrimiento insoportable.

—Aliana, debes concentrarte y usando tu Don comanda al medallón Ilenio para que emule el Lago de Lava que yo acabo de conjurar.

—No sé si podré, Haradin…

—Inténtalo, ordena al medallón que siga tus designios.

Aliana cerró los ojos y sujetó el medallón con ambas manos. Por un largo y tenso momento nada sucedió. Komir y el resto de Portadores la observaban preocupados. De súbito, un destello de un fuerte marrón salió despedido del medallón. Un terrible estrépito se escuchó junto al lago de lava, como si un enorme risco se hubiera partido y desprendido montaña abajo. El suelo comenzó a temblar y a resquebrajarse bajo los pies de los soldados enemigos cual enorme terremoto. Gigantescas grietas comenzaron a formarse en el inestable terreno y los soldados enemigos caían por ellas a los abismos entre gritos de horror.

Haradin contempló la escena, su rostro mostraba satisfacción contenida.

—Muy bien, Aliana, mantén el conjuro, no lo dejes morir —Haradin miró a los otros Portadores—. Ahora vosotros, intentadlo. Focalizad en un punto en medio de la marea enemiga y conjurad por medio de vuestro medallón. Como veis, es posible. Lo lograréis.

Komir contempló a sus compañeras. Iruki imitó a Aliana de inmediato, sin perder un instante, guiada de su temperamental espíritu, pero Asti y Sonea quedaron desconcertadas.

—Si ella lo ha conseguido, también yo lo conseguiré. ¡Muerte al invasor! —exclamó Iruki llena de fiereza.

Sonea y Asti cruzaron una mirada abatida e intentaron imitar a Aliana pero por el ademán de inseguridad que mostraban no parecía que pudieran lograrlo. De pronto, un resplandor azul salió despedido del medallón al cuello de Iruki. La Masig había conseguido conjurar. Komir alzó la vista y pudo ver como un enorme lago de azules aguas se formaba bajo los pies de los atacantes. «Los va a ahogar» pensó Komir al verlo. Sin embargo, el lago comenzó a helarse repentinamente, y los cientos de hombres que en él habían caído y nadaban por sus vidas, comenzaron a congelarse en vida. En unos instantes todos los enemigos en el lago quedaron convertidos en estatuas de hielo.

—¡Magnifico! —exclamó Haradin, que expandía su conjuro cubriendo más terreno e incinerando a más enemigos con su increíble poder.

Komir miró su medallón, el Medallón del Éter, ¿qué tipo de conjuro podría él crear, si alguno? No lo sabía... pero lo iba a intentar. Debía ayudar a sus camaradas, debía crear caos, muerte y destrucción entre los rangos enemigos. Cerró los ojos y se concentró. Buscó el pozo de energía en su interior y al localizarlo lo activó. Sujetó el medallón con las dos manos. «Un lago de muerte y desesperación te ordeno crees entre el enemigo. Que sus almas se pierdan para no regresar jamás». Unos extraños símbolos Ilenios poblaron su mente y Komir supo que el medallón estaba conjurando. Sintió como tiraba de su energía interna para realizar el conjuro. Sintió como el hechizo lo envolvía y salía proyectado hacia el exterior. Abrió los ojos y buscó entre las huestes enemigas el hechizo que había creado. Algo más atrás del Lago de Lava de Haradin, una arcana marisma comenzó a formarse, y una espesa bruma surgió de su interior cubriendo una gran extensión. Komir quedó extrañado, no parecía ser un conjuro letal, ni destructivo. Continuó observando la marisma y la bruma arcana que de ella surgía y se percató, completamente sorprendido, que los soldados que en ella entraban, no la abandonaban. No volvían a ser vistos. Sus cuerpos se volvían etéreos y sus almas perdidas quedaban para no regresar al mundo de los vivos.

«¡Funciona! ¡Lo he logrado!». Lleno de entusiasmo se concentró nuevamente e intentó que el medallón Ilenio potenciara el hechizo.

—¡Continuad aguantando! ¡Que no rompan la línea o estamos perdidos! —pidió Haradin a los defensores que los protegían.

Los poderosos conjuros estaban causando miles de bajas entre las tropas enemigas que encontraban la muerte en medio del más absoluto horror.

—¡Portadores, muerte a las huestes enemigas! ¡No decaigáis, todavía tenemos una oportunidad, luchad! ¡Luchad por todo lo que amáis! —gritó mirando a los cinco, infundiendo coraje y esperanza en sus jóvenes corazones.

El ejército enemigo, viendo la situación adversa, comenzó a circundar la resistente línea defensiva y los conjuros malignos, y atacó por ambos flancos.

El Príncipe leyó la maniobra.

—¡Rogdanos, la mitad conmigo, la otra mitad proteged el otro flanco! —ordenó Gerart a la tercera línea defensiva y esta se basculó con agilidad marcial.

En un abrir y cerrar de ojos, Gerart y Kendas se hallaban enfrentándose a un millar de enemigos en el flanco izquierdo y luchaban denodadamente impidiéndoles llegar hasta Haradin y los cinco Portadores. En el flanco derecho, Hartz y Kayti, codo con codo, dispensaban muerte a diestro y siniestro. Por desgracia, el enemigo parecía no tener fin.

—¡Venid, mentecatos, venid, aquí os espero! ¡Hoy miles de cabezas rodaran y mi espada beberá hasta saciarse de la sangre extranjera! ¡Marcad mis palabras! —se escuchó rugir a Hartz a pleno pulmón.

Isuzeni contemplaba el campo de batalla con creciente intranquilidad. Aquello no lo había previsto, las cosas no marchaban según la estrategia trazada. Una estrategia que Isuzeni había planificado hasta el último detalle con un esmero inigualable, empleando cientos de horas, atando cada cabo, analizando cada detalle en su privilegiada mente, como siempre hacía. El Marcado no se había entregado y la maldita línea que aquellos bárbaros de las tierras altas formaban no había cedido. Era algo inaudito. Más que eso, era, inconcebible. Una línea de 1,000 guerreros semi salvajes había conseguido detener el avance de 50,000 experimentados soldados perfectamente dirigidos. Los 7 ejércitos de la Emperatriz estaban colapsados sin poder avanzar y ahora para terminar de agravar la situación el Mago de Batalla enemigo estaba causando verdaderos estragos entre las tropas con sus hechizos devastadores.

—¿Los has localizado? —pregunto a Narmos, su fiel acólito y sacerdote de la Orden de Imork.

—Sí, Maestro. Se encuentran tras las dos líneas defensivas. Son el Gran Mago de Batalla y por lo menos otros tres poderosos Magos más, mi señor.

—Lo imaginaba. No es factible que Haradin pueda conjurar y mantener tales hechizos en áreas de efecto tan extensas por sí mismo. Este es un grave revés, inesperado, preocupante. Debe estar relacionado con los medallones que la Dama Oscura ha visto en las visiones de la Calavera del Destino. Sí, eso lo explicaría…

—Los Generales ya han ordenado circundarlos y atacar los flancos —dijo Cenem, acercándose a su señor.

—Debemos eliminar a los Magos antes de que diezmen por completo nuestro ejército. Es hora de combatir magia con magia.

—Como deseéis, amo —dijo Cenem mostrando la calavera de ojos de rubí y blandiendo el hacha plateada.

Narmos lo imitó y con el hacha en una mano y la calavera en la otra dijo:

—Maestro, he logrado localizarla. El Alma Blanca está luchando en uno de los flancos.

Isuzeni sonrió, su animó se recompuso con la buena nueva.

—Matémosla y matemos a los Magos, entre ellos se encontrará el Marcado, sin duda. Ni uno ha de quedar con vida.

—Así se hará —dijeron ambos acólitos realizando una reverencia.

Isuzeni se llevó la mano a la barbilla y pensativo dijo:

—No corráis riesgos, hacedlos llamar, necesitareis de su apoyo.

La batalla se volvía a cada instante más despiadada y brutal pero los Norriel aguantaban la línea, llenando el corazón de Komir de orgullo. De pronto, sintió una extraña sensación, como un intenso pinchazo de nerviosismo que hizo que perdiera la concentración.

—Algo va mal —dijo en el instante que la esfera defensiva lo rodeaba con su magia.

Lanzó una rápida mirada a sus compañeros, todos, incluso Asti y Sonea, que no habían sido capaces de conjurar, tenían las esferas alzadas. Resopló aliviado y miró a Haradin que en ese momento la alzaba.

—Los medallones nos avisan de que magia enemiga está siendo conjurada —le dijo Komir a Haradin.

—Sí, mi instinto me lo indica también. Una magia muy poderosa. Magia de Muerte. La siento cerca, demasiado cerca…

—¡Haradin! —gritó Aliana asustada al ver como una negrura siniestra caía sobre el gran Mago Rogdano envolviendo todo su cuerpo, intentando devorar la propia esencia de la vida del Mago. Haradin cayó de rodillas antes de ser completamente rodeado por aquel mal de muerte.

—¡Alejaos de mí! —advirtió a sus compañeros.

—¿Cómo podemos ayudarte? Dinos, Haradin —preguntó Aliana su voz estridente.

—No… No podéis… —respondió el Mago en medio de un gran esfuerzo— Debo contrarrestar su magia… fortalecer mi escudo… repeler el hechizo.

La negrura siniestra se expandió alrededor de Haradin y todos dieron un par de pasos atrás para no ser alcanzados. El Mago gruñó, luchaba para contrarrestarla, pero no parecía ganar la batalla. El Hechicero enemigo debía ser uno de increíble poder.

Komir se irguió, estiró el cuello e intentó encontrar entre las tropas enemigas al Hechicero responsable, pero no consiguió ver más que un mar de negrura salpicado en sangre.

—¡Maldita magia traicionera! —les llegó el bramido de Hartz desde el flanco derecho. Komir se giró hacia la procedencia de la alarma y sin pensarlo dos veces comenzó a correr. El grandullón estaba en apuros, debía socorrerlo. Iruki desenvainó su espada corta Ilenia y se precipitó tras Komir.

Corrieron con toda la energía que sus piernas les proporcionaban.

—Cuidado, Komir, magia maligna— dijo Iruki a la carrera señalando hacia donde Hartz y Kayti batallaban en medio de una perniciosa emanación siniestra.

Komir sintió la preocupación devorarle las entrañas. Según se acercaban descubrieron un venenoso hechizo alzándose frente a ellos, los hombres estaban cayendo consumidos por su corrompida aura.

—¡Tengamos mucho cuidado! —advirtió Komir desenvainando su espada.

Llegaron y encontraron a Kayti, aún en pie, rodeada de soldados Rogdanos muertos, consumidos por aquella irradiación corruptora de la carne. Komir identificó su origen de inmediato, a unos pasos frente a Kayti se alzaba un pozo profano, de un verde macilento y enfermizo. El pozo no era natural, había surgido de la tierra pero estaba recubierto de una incandescencia putrefacta, de claro origen arcano. Hartz cayó de pronto al suelo, en medio de una decena de cuerpos enemigos. Komir corrió hasta él y asiéndolo por los brazos lo arrastró con todas sus fuerzas para ponerlo a salvo, fuera del alcance de la insidiosa aura. Iruki llegó hasta Kayti y la ayudó a acabar con los últimos soldados enemigos que afectados también por el pozo profano morían consumidos.

—¡Despierta, Hartz, despierta! —zarandeó Komir a su amigo, pero este no recuperó la conciencia.

Tenía un color mortecino, como si hubiera respirado un aire venenoso. Komir miró a Kayti e Iruki, frente al pozo, bañadas en su letal efluvio, en medio de un centenar de muertos.

—¡Salid de ahí! ¡Alejaos del pozo arcano! —intentó prevenirlas, pero era demasiado tarde para Kayti que cayó al suelo. Iruki, protegida por la esfera creada por su medallón Ilenio parecía inmune al efecto nocivo de aquel pozo de corrupción. La Masig comenzó a auxiliar a Kayti.

De súbito, varias figuras aparecieron frente a Iruki.

Una de ellas vestía con túnica morada y máscara del mismo color. Portaba un hacha en una mano y una calavera en la otra. Komir lo vio y el miedo dentelló su estómago. Aquel hombre irradiaba poder maligno. Era un Hechicero. Komir podía sentirlo en sus tripas. Junto a él aparecieron otras dos figuras completamente vestidas de negro, de pies a cabeza. Nada de ellas era visible. Parecían la personificación de una sombra tenebrosa. En sus manos portaban dagas oscurecidas.

El miedo golpeó el pecho de Komir.

El hombre de la máscara señaló a Kayti con su brillante hacha.

—El maestro Isuzeni muy satisfecho quedará. El Alma Blanca hemos hallado y junto a ella está uno de los Portadores de los poderosos medallones —hizo un gesto a las dos sombras y dijo—. Traédmelas.

Las dos figuras siniestras se lanzaron sobre Iruki a una velocidad inhumana. La joven Masig se defendió con una maestría inigualable, su espada hechizada bloqueaba tajos y soltaba reveses magistrales.

—¡Dejadla! —gritó Komir. Se puso en pie dejando a Hartz y fue a defenderla.

Las dos sombras no consiguieron alcanzar a Iruki y comenzaron a rodearla, una de ellas sangraba. De pronto ambas sombras desaparecieron e Iruki dudó un breve instante. En ese momento ambos atacantes reaparecieron sobre ella. Iruki hirió al que estaba frente a ella pero el segundo apareció a su espalda y la golpeó en la sien. Cayó al suelo inconsciente.

—¡No la toquéis! —gritó Komir que se acercaba a ellos. En ese momento, una veintena de soldados Rogdanos llegaban a ayudarlos.

Las dos sombras miraron a Komir y después a los refuerzos, como sopesando si atacarlos o no. Por un momento Komir pensó que lo harían. Se lanzó a por ellos espada en mano.

—¡No! No es el momento —dijo el Hechicero—, traedme a las dos mujeres.

Las dos sombras cargaron al hombro a Kayti e Iruki como si de plumas se tratara. Un resplandor rojo recorrió sus cuerpos y desaparecieron ante los desesperaos ojos de Komir que corría hacia ellos.

—¡Nooooo! —gritó Komir al ver que no las alcanzaría.

Aliana buscaba a Komir con la mirada pero estaba demasiado lejos para distinguirlo y el combate encarnizado que los rodeaba apenas le permitía ver nada. Estaba rodeada de hombres luchando por sus vidas y el caos crecía a cada momento. Las dos líneas de defensores Norriel habían menguado y eran ya prácticamente una. Cuando un guerrero de la primera fila caía, era rápidamente reemplazado por uno de la segunda. Pronto no quedaría nadie para reforzar la línea. Se preguntó angustiada cómo se encontraría Komir y por un momento la angustia de la incertidumbre no le dejó respirar. Miró al frente y vio a Haradin luchando contra el poderosísimo conjuro que intentaba devorarlo. «Algo debo hacer, no puedo quedarme de brazos cruzados mientras Haradin es consumido. Debo ayudarlo, debo actuar pero ¿qué puedo hacer?».

Asti la miró como leyendo su pensamiento y negó con la cabeza.

—Aliana… no…

Pero Aliana estaba decidida a intervenir, ya no era una niña insegura e inocente. ¡Lucharía! Se acercó hasta Haradin y dejó que la negrura la envolviera. Podía ver como aquella magia de muerte intentaba penetrar su esfera protectora y de inmediato el medallón Ilenio lo percibió también y brilló, conjurando, haciendo uso de su energía interior para reforzar la esfera. Aliana, rodeada completamente por la negrura, podía sentir la fría presencia de la muerte envolviéndola, buscando su alma. Haradin luchaba con su magia elemental contra el conjuro pero apenas parecía poder contenerlo. «Es magia de muerte… la siento claramente…» caviló Aliana. Cerró los ojos y se concentró en su energía interior y utilizó su Don, el de la Sanación. Lo proyectó desde su mano hacia la esfera, como siempre hacía con los enfermos y heridos. Abrió los ojos y contempló como la negrura se desvanecía al contacto con la magia de vida, la de su Don, que se infiltraba en la esfera protectora. Aquello la animó. «Si pudiera expandir el área de acción de mi magia, podría ayudar a Haradin» pensó, y un latido después de hacerlo, el medallón Ilenio brilló con gran intensidad en su pecho, irradiando su energía vital hacia el exterior.

Aliana contempló maravillada como su energía de vida devoraba por completo la negrura de muerte contra la que luchaba Haradin.

El Mago quedó libre y la negrura destruida.

—Gracias... Aliana... —dijo Haradin entrecortadamente.

—¿Te encuentras bien?

—Sí... sólo necesito... descansar un poco... reponerme. El esfuerzo... ha sido muy grande...

Aliana sonrió muy aliviada. El Mago parecía exhausto pero habían derrotado el hechizo enemigo y seguían con vida. La pequeña victoria la llenó de optimismo si bien la situación seguía siendo desesperada.

Un grito llegó hasta Aliana.

—¡Ayuda, magia enemiga! —reconoció la voz al instante, era Gerart desde el flanco izquierdo. Aliana se llenó de inquietud, su corazón palpitaba. Dudó un instante, miró a Haradin, pero éste le hizo una seña para que no se preocupara por él. Aliana no podía abandonar a Gerart a su suerte. Tenía que ayudarlo. Asti se situó junto a ella y asintió como reforzando su decisión. Aliana asintió a la Usik y miró a Sonea.

—Id, rápido, yo cuidaré de Haradin —dijo la pequeña Bibliotecaria.

Aliana asintió y comenzó a correr. Asti la siguió de inmediato. «Nos dividen, nos atacan en ambos flancos, no me gusta nada» pensó mientras corría, «siento que nos conducen a una trampa, pero debo acudir en ayuda de Gerart, no puedo abandonarlo a su suerte».

Atravesaron una maraña de hombres que luchaban desesperadamente por sus vidas. La sangre, las vísceras y el hedor de la muerte campaban por doquier. La situación era cada vez más caótica y desesperada. El Ejército Negro comenzaba a horadar la hasta entonces impenetrable línea defensiva Norriel. La batalla comenzaba a decantarse del lado enemigo. Aliana maldijo.

Encontraron a Gerart junto a Kendas luchando desesperadamente contra incontables enemigos.

—¿Qué sucede, Gerart? —preguntó Aliana alzando la voz, apenas se oía nada entre los gritos y el estruendo del combate.

El joven monarca miró a Aliana y su rostro se endureció.

—¡No deberías estar aquí, este no es tu sitio, vuelve con Haradin! —le dijo Gerart con el entrecejo fruncido gritando sobre el furor de la batalla.

—¡Haradin no me necesita, tú sí! ¿Qué magia temes? —preguntó Aliana dejando claro que no se retiraría.

Gerart la miró un instante más, negó con la cabeza, y después señaló al frente, a su izquierda. Aliana contempló el suelo, estaba verde, y desprendía un hedor fétido en forma de neblina. Soldados Rogdanos y enemigos caían por igual al ser alcanzados por la niebla pestilente que avanzaba hacia ellos. Los caídos no volvían a levantarse, el suelo los devoraba como si de una peste terriblemente venenosa se tratara.

—¡Hay que detener ese hechizo, o acabará con todo el flanco! No deja de expandirse. Y si el flanco cae, ¡estará todo perdido! —explicó Gerart.

—¡Cuidado! —avisó Kendas bloqueando el paso a tres soldados enemigos. Gerart se volvió de inmediato a ayudarlo y taponar la vía. Varios soldados Rogdanos los ayudaron prestos.

Asti se situó junto a Aliana y mirando al hechizo que avanzaba corrompiendo el suelo, preguntó:

—¿Qué hacer?

—Vamos a detener ese hechizo maligno —dijo Aliana con convencimiento.

—¿Cómo? —preguntó la frágil Asti sin comprender.

—Con frío —dijo Aliana.

Se concentró e intentó comunicar con su Medallón Ilenio del Agua, transmitiéndole lo que deseaba hacer a través de su pensamiento. Sintió como el medallón interactuaba con su energía, usándola para conjurar y las enigmáticas runas Ilenias poblaron su mente. El medallón brilló con el azul intenso del mar. Aliana abrió los ojos y contempló como todo el suelo, toda la superficie fétida del hechizo enemigo, estaba ahora cubierta de gélida escarcha. Bajo el manto de la helada, el hechizo se congeló y murió.

—¡Tú lograr! —exclamó Asti llena de alegría.

Aliana contempló su obra llena de gozo, con el hechizo enemigo destruido el flanco aguantaría. Contuvo una sonrisa.

De pronto, una enorme explosión a sus espaldas provocó que ella y Asti se giraran. Vieron volar una bola de fuego que explosionaba sobre la marea negra calcinando todo a su alrededor.

—Parece que Haradin ya está recuperado —dijo con alegría al ver el devastador poder destructor del gran Mago en acción.

Otra bola de fuego explosionó en el mismo punto que la anterior y las llamas se alzaron al cielo. Aliana contempló el horror que el fuego desataba entre las tropas enemigas.

El sonido de pisadas a la carrera sobre la quebradiza escarcha hizo que Aliana se volviera. Lo que vio la dejó sin respiración. Cuatro Guerreros Tigre aparecieron cruzando la helada a gran velocidad. El corazón de Aliana dio tal vuelco que pensó se le saldría del pecho. Intentó reaccionar, gritar, pero fue demasiado tarde. El primero de los Guerreros Tigres se le echó encima y le golpeó. Aliana sintió el dolor, el miedo y un instante después perdió la consciencia.

Asti reaccionó.

—¡Tigres! —chilló en busca de ayuda hacia donde combatían Gerart y Kendas. Kendas la oyó y se giró justo en el momento en que el segundo de los guerreros Tigre la alcanzaba y se la echaba al hombro.

—¡Asti! —gritó Kendas con voz desgarrada.

Los Guerreros Tigre se llevaron a las dos jóvenes en un abrir y cerrar de ojos.

Haradin contemplaba con mirada firme a su poderoso enemigo. El extranjero de ojos rasgados, a no más de 150 pasos, rodeado por completo de soldados calcinados, lo miraba a su vez desafiante. Haradin había castigado a aquel Hechicero de oscuras artes de magia de muerte con todo el poder de su magia de fuego, y si bien entre el Ejército Negro había causado estragos devastadores, el Hechicero se mantenía firme, intacto, estudiándolo. Aquello preocupó a Haradin, se enfrentaba a un hombre no sólo poderoso sino muy inteligente.

Los gritos de los hombres que lo rodeaban hicieron que Haradin se fijara en la lucha encarnizada y desesperada por un breve instante. La batalla comenzaba a perderse, la línea Norriel comenzaba a quebrarse. Tenía que arriesgarse, debía ayudarlos. Obviando el peligro letal que el Hechicero representaba, Haradin comenzó a conjurar un poderoso hechizo, quedando expuesto ante su rival.

El Hechicero se percató de la circunstancia y la aprovechó.

Antes de que Haradin terminara de conjurar, bajo sus pies, una extraña imagen de color negro comenzó a formarse. Haradin bajó la mirada un instante y vio como un arcano círculo negro, con una calavera de ojos ensangrentados en su interior, se creaba en el suelo. Maldijo, pues sabía que era ya tarde. Con ánimo resoluto aunque espíritu contrariado, continuó con su hechizo, pues debía finalizarlo de inmediato para poder hacer frente a aquel conjuro maligno.

Y el poderoso hechizo de Haradin por fin culminó.

Frente a la línea de fieros Norriel, una enorme muralla de fuego se alzó desde el suelo y se extendió a lo largo de toda la hilera de defensores. La barrera de fuego protectora era de tal intensidad que calcinó las primeras líneas de atacantes. Todo aquel que intentara llegar hasta los Norriel se abrasaría en instantes sufriendo una muerte agónica. Pero empujados por el avance de sus propias tropas, las primeras líneas del Ejército Negro se precipitaron contra la barrera de fuego incapaces de parar. Los gritos de dolor y sufrimiento al arder en llamas de aquellos desdichados empujados a la muerte se expandieron por toda la explanada.

Haradin suspiró satisfecho. La barrera frenaría el avance de la marea negra, no sin antes causar incontables bajas. Pero aquel hechizo le costaría caro. La calavera bajo sus pies comenzó a desprender una energía negativa, de muerte, que Haradin sintió incluso a través de la protección de su esfera. Instintivamente intentó salir de allí, alejarse, pero al dar un paso lateral se encontró atrapado en el círculo arcano.

¡No podía escapar!

Los ojos de la calavera destellaron en rojo de sangre.

Haradin supo que su esfera protectora no aguantaría.

A 150 pasos, Isuzeni contemplaba satisfecho el poder de su conjuro que atrapaba al Mago enemigo. Miró al gran Mago de Batalla de los Rogdanos y sonrió, sabedor de que lo había vencido. «Aquel que malgasta su poder en grandes hechizos, no puede derrotar uno focalizado y muy poderoso. Hoy el gran Haradin deseará no haber llevado la muerte y la destrucción a nuestros hombres, pues ahora poder no tiene para combatir este, mi único y poderosísimo conjuro».

—Te concedo una muerte indigna, Mago de Batalla, pues eso es cuanto mereces.

Isuzeni contempló una última vez como Haradin intentaba escapar de su trampa mortal sin éxito y dando la vuelta se alejó hacia el bosque cercano.

Los gritos de Kayti despertaron a Iruki. En un primer instante no supo qué ocurría ni dónde estaba. La cabeza le martilleaba con tal fuerza que no podía pensar.

—¡Apartad vuestras sucias manos de mí! —gritó Kayti encolerizada.

Iruki miró alrededor y vio que estaba en el suelo, rodeada de árboles. Aquello le pareció extraño, lo último que recordaba era la batalla y... ¡los dos Asesinos! Se giró en el suelo y los vio.

Maniataban a Kayti mientras ella se resistía con furia. Iruki intentó ponerse en pie e ir en su ayuda, pero cayó a un lado golpeando el suelo. Tenía las manos atadas a la espalda.

—¡Dejadla! —gritó Iruki mientras buscaba con la mirada su espada corta. La halló apoyada contra un árbol y comenzó a arrastrarse hacia ella. Uno de los dos Asesinos dio un salto inhumano con cabriola en el aire y con pasmosa habilidad se interpuso entre Iruki y la espada.

—¿Pero cómo ha hecho eso? —exclamó Kayti sorprendida por completo— ¿Qué son?

Sin embargo, Iruki sabía perfectamente quienes eran. Lo había sabido en el mismo instante en que había puesto sus ojos en ellos. A ojos de su espíritu eran inconfundibles, aquella agilidad inhumana, aquellos reflejos increíbles, la letal aura que los rodeaba. Eran Asesinos Oscuros, al igual que lo era su amado.

—Son Asesinos. Poseen habilidades letales, impensables —le dijo a Kayti con tono de advertencia.

Kayti cruzó una mirada con ella y asintió en comprensión. Le habían quitado el yelmo y su larga melena pelirroja captaba la intensidad del momento. Hasta los oídos de Iruki llegó el sonido de la batalla, amortiguado por la distancia pero claramente reconocible. Debían estar cerca. Probablemente en los bosques algo al este, pero no muy lejos. El espíritu del viento transportaba el sonido de la lucha hasta los bosques hermanos, hasta ella, portando esperanza. Si conseguían huir, podrían volver con los suyos. Pero entonces observó al Asesino Oscuro que se alzaba frente a ella y toda esperanza se evaporó de su alma.

—El Alma Blanca… por fin… el maestro Isuzeni de dicha se llenará hoy —dijo una voz a la espalda de Iruki.

Confundida, sin entender a qué se refería, la Masig se volvió y se encontró frente al peligroso Hechicero. Llevaba la aciaga calavera de ojos rubíes bajo el brazo y con la brillante hacha ceremonial señalaba a Kayti.

Kayti miró al Hechicero cuyo rostro se ocultaba bajo una funesta máscara morada. Los ojos de la pelirroja ardían con la intensidad de las llamas de un volcán

—¡Púdrete vil sirviente de un amo traicionero sin entrañas!

—Esa no es forma de dirigirse al Sumo Sacerdote del Culto a Imork —dijo otra voz apareciendo desde el sendero entre los árboles.

Iruki contempló al extranjero llegar rodeado de fornidos soldados en negro con máscaras atroces. De inmediato sintió que el corazón se le encogía, pues tal era el poder maligno que el oscuro espíritu de aquel hombre de ojos rasgados emanaba. La propia madre naturaleza parecía repudiarlo, pues a cada paso que avanzaba, todo a sus pies se marchitaba y moría. Iruki creyó estar ante la personificación de un espíritu maligno del más allá.

—¡Púdrete en el infierno! —gritó Kayti escupiendo a los pies del recién llegado.

—Qué decepción, tan vulgares modales... Permitidme que me presente, soy Isuzeni, Sumo Sacerdote y Consejero de la Emperatriz Yuzumi. Y si me han informado bien, tú eres la escurridiza Alma Blanca... Mucho tiempo llevo tras tu rastro... Mucho... ¿Dónde has estado escondida?

—¡Nada te diré, malnacido!

—¡Calla, zorra, y muestra el respeto que debes! —amonestó el Hechicero señalando con el hacha plateada.

Isuzeni esbozo una sonrisa irónica.

—Has molestado a Narmos, mi buen acólito, y eso no está nada bien, jovencita... deberías controlar esa lengua tuya... —hizo un gesto con la mano y el Asesino Oscuro junto a Kayti la agarró y sin miramientos la puso boca abajo sujetando con fuerza su cara contra el suelo.

Isuzeni se acercó hasta ella y observó con detalle su espalda.

—¡Dejadla en paz! —les gritó Iruki.

—¡Silencio, salvaje de las estepas! —amonestó Narmos.

Isuzeni continuó el examen de la armadura y de pronto se irguió.

—¡Ah, la runa del Alma, en la blanca armadura! —proclamó triunfal Isuzeni— ¡Por fin, después de tanto tiempo! ¡En mis manos! ¡Por fin! ¡La premonición no se cumplirá!

—Entonces ¿es ella, Maestro? —preguntó Narmos.

—Sí, Narmos, es ella. Me has servido bien, serás recompensado más allá de lo que pudieras imaginar.

Narmos hizo una pequeña reverencia ante su señor y se retiró un paso atrás.

Los ojos del poderoso Sumo Sacerdote se clavaron en Iruki.

—Siento el gran poder de ese medallón que al cuello llevas, salvaje Masig. Mi ama en lo cierto estaba, un poder enorme… antiquísimo… un poder que la Dama Oscura desea obtener…

Iruki miró a Isuzeni, sus guardias de honor lo seguían a su espalda, los dos Asesinos estaban junto a ellas y el Hechicero Narmos a un par de pasos. No tenían salvación posible. El miedo le devoró el alma.

—¡Un gran día el de hoy! —exclamó Isuzeni eufórico— He de comunicar estas cruciales nuevas a la Dama Oscura de inmediato. ¡Es hora de arrasar al enemigo, ya nada debemos temer! ¡La victoria es nuestra! ¡Nada puede detenernos!

Se dio la vuelta y comenzó a marchar por el sendero. Al pasar entre sus guardias dijo:

—Cortadles la cabeza a las dos y presentadlas en una bandeja de plata a la Dama Oscura. Ese es su deseo.

Iruki se quedó paralizada por el terror.

En el extremo opuesto, al otro lado del campo de batalla, Kendas corría siguiendo el cauce del río. Perseguía a los Guerreros Tigres que avanzaban por la cañada, alejándose de la batalla, llevando con ellos a las dos prisioneras. El corazón de Kendas latía desbocado como una manada de caballos salvajes galopando en las praderas. El temor de perderlas, de no volver a ver a Asti y Aliana lo atormentaban. El miedo lo poseía sólo de pensar en la frágil Usik en manos de aquellos guerreros bestiales.

—¿A dónde se dirigen? —preguntó a su espalda Gerart con voz entrecortada por el esfuerzo de la carrera.

—La cañada llega hasta los bosques al oeste, Majestad.

—Debemos alcanzarlos antes de que lleguen y los perdamos en ellos.

Kendas observó al Rey y la pequeña escolta de cuatro hombres que lo acompañaban y lleno de preocupación se manifestó:

—Majestad, debéis volver, no podéis arriesgaros de esta manera. Sois demasiado valioso para la causa. No podemos perderos.

—No. No volveré a cometer el mismo error dos veces. Ya perdí a Aliana una vez y no volveré a hacerlo.

—Es una locura, Majestad, debéis volver. Yo me encargaré de salvarlas.

—¡No, he dicho! ¡No la abandonaré esta vez!

Kendas vio en el brillo intenso de los ojos de Gerart que nada lograría disuadirlo. Hubiera dado cualquier cosa para que el Rey le escuchara y se volviera, si Gerart moría, sin el Rey, estarían todos perdidos. Miró al frente y desechó aquella idea de su cabeza. Tomaron un giro cerrado en la cañada y, de repente, se encontraron con media docena de Guerreros Tigre esperándolos. Tras ellos el Hechicero de la máscara morada y, a sus pies, arrodilladas, Aliana y Asti. Se detuvieron bruscamente para hacer frente al enemigo.

—¡Dejadlas ir! —exigió Gerart con voz amenazante.

El Hechicero soltó una macabra carcajada.

—El maestro Isuzeni muy complacido estará con Cenem, este su humilde siervo —dijo realizando una reverencia de presentación—. Que capturara a los Portadores de los medallones de gran poder y los llevara hasta él me ordenó. Pero hoy los astros favorecen a Cenem pues un trofeo aún mayor a mi amo presentaré: la cabeza del Rey de Rogdon.

Un sonido como un chapoteo a su espalda hizo que Kendas se volviera. Contempló como otros seis Guerreros Tigre surgían del río donde habían permanecido ocultos, sumergidos, y ahora se situaban para cerrarles la vía de escape.

¡Era una trampa!

Ahora entendía por qué habían huido por la cañada siguiendo el río en lugar de haberse dirigido hacia sus tropas: para que ellos los siguieran, para tenderles una emboscada, y en ella habían caído. Un escalofrío le recorrió la espalda.

—¡No lo repetiré! ¡Dejadlas ir! —ordenó Gerart señalando al Hechicero con su espada y la voz llena de autoridad.

La voz jocosa volvió a oírse tras la máscara magenta.

—Este Sacerdote Oscuro es mucho más inteligente y astuto que el Rey de Rogdon. Tu cabeza al maestro Isuzeni entregaré como regalo y con riquezas me recompensará mi amo —realizó una seña y los Guerreros Tigre se lanzaron al ataque como salvajes bestias de una selva perdida.

El asalto fue brutal. La fuerza salvaje de aquellos guerreros era terrorífica. Gerart consiguió atravesar a uno de ellos con una magistral estocada al corazón pero dos más se le echaron encima al instante. Kendas logró a duras penas defenderse de los brutales ataques de uno de los guerreros mientras esquivaba a otro. A su espalda oyó los gritos de los cuatro soldados Rogdanos luchando contra los atacantes por la retaguardia. La ferocidad con la que los Guerreros Tigre luchaban, combinada con su bestial fuerza y habilidad con las armas hizo que el temor se prendiera en el corazón de Kendas. Haciendo uso de toda su habilidad con la espada consiguió herir de muerte a uno de los guerreros pero el otro lo alcanzó en el hombro izquierdo. El dolor estalló en su mente y supo que el corte era profundo. Sin achicarse, dio un paso al frente y lanzó una furiosa estocada que alcanzó a su contrincante en la ingle. La espada enemiga se dirigió veloz a su cara y Kendas, por instinto puro, se echó a un lado esquivándola. El Guerrero Tigre miró la herida, sabía que estaba condenado, se desangraría hasta morir. Sin embargo, volvió a la carga. Kendas esquivó como pudo las acometidas hasta que el guerrero se derrumbó muerto. Jadeando, miró alrededor. Gerart había matado a un segundo enemigo y retrocedía hacia el río bloqueando los ataques de dos guerreros. El último de los cuatro soldados Rogdanos caía atravesado por un enorme Guerrero Tigre.

—¡No! —llegó el grito angustiado de Asti que intentó levantarse.

Ante el grito de su amiga, Aliana despertó. Sus ojos se abrieron desorbitados al ver la escena de muerte.

—¡Calla! —mandó Cenem y propinó un fuerte golpe a Asti en la cara que la hizo caer.

—¡Déjala! —chilló Aliana, y se lanzó contra el Hechicero pero este la golpeó en la cabeza con el mango de su hacha. Aliana quedo mareada en el suelo.

Kendas deseaba con toda su alma ir a ayudar a Asti y Aliana pero sabía que si lo hacía Gerart estaba perdido. Por un instante vaciló, sin poder decidir qué hacer, pero entonces vio la espada enemiga que alcanzaba a Gerart en el muslo. El Rey bloqueó la otra espada dirigida a su cuello y tuvo que clavar la rodilla. Kendas supo que el Rey estaba perdido. Como una exhalación se abalanzó contra los dos guerreros en un desesperado intento por salvarlo.

—¡No! ¡Gerart! —gritó Aliana desde el suelo, su mano extendida en pos del Rey.

—¡No te abandonaré, Aliana! ¡Nunca! —gritó Gerart defendiéndose desesperadamente.

Kendas logró alcanzar en el costado al Guerrero Tigre que había herido a Gerart. El enorme guerrero se giró y lanzó un brutal revés que obligó a Kendas a retroceder dos pasos. El dolor estalló nuevamente en Kendas y casi perdió la espada. El guerrero se acercó hasta él y a dos manos golpeó con un salvaje gruñido. Kendas supo que no podría bloquear el demoledor golpe. Rodó a un lado. La espada pasó rozando su hombro pero no lo alcanzó por un dedo. Se levantó y de un rápido revés seccionó las piernas del enemigo. El enorme guerrero aulló de dolor y cayó talado al suelo. Kendas se giró hacia Gerart y vio como el brutal guerrero golpeaba una y otra vez contra el arrodillado Rey que con gesto de amargura y tremendo agotamiento no podía más que bloquear los golpes. El guerrero rió con una voz gutural y soltó un tremendo golpe a dos manos. La espada de Gerart bloqueó, pero cayó a un lado.

¡Estaba acabado!

La espada enemiga se alzó para el golpe final.

Kendas se lanzó y bloqueó la espada un instante antes de que decapitara al Rey. El guerrero rugió lleno de ira y propinó una tremenda patada a Kendas que lo dejó mareado. La espada se alzó sobre él. Kendas intentó bloquear pero no pudo reaccionar. El guerrero soltó un rugido agudo y se volvió hacia Gerart. Kendas, sorprendido, vio la espada del Rey clavada en la espalda del brutal guerrero. Con un esfuerzo tremendo se levantó y sujetando el pomo de la espada a dos manos empujó con toda su alma. El guerrero volvió a rugir y cayó al suelo, y Kendas con él. Alzó la mirada sobre la espalda del guerrero y vio como Gerart, de rodillas, le sonreía levemente. El Rey estaba vencido, no tenía ya fuerza alguna con la que defenderse, la sangre caía por su pierna sobre el barro del río.

—Impresionante despliegue de valor. Verdaderamente impresionante —dijo el Hechicero señalando con el hacha plateada—. Creo que será mejor que ponga fin a este despliegue de inútil de heroísmo —Cenem movió el hacha en círculo y conjuró.

—¡No! —gritó Aliana.

Gerart se miró el estómago y Kendas supo que lo había maldecido. Una sombra apareció sobre la coraza del Rey, como una serpiente oscura, y comenzó a penetrarla. Gerart gimió de dolor y se dobló hacia delante. Sufriendo un terrible martirio quedó retorcido en el suelo.

—¡Gerart! —clamó Aliana los ojos bañados en lágrimas por aquel que tanto quería. No permitiría que lo mataran, no podía, no mientras ella viviera. Se rehízo, su corazón estaba lleno de renovado valor y se llevó la mano al medallón con intención de conjurar contra el enemigo.

El Hechicero se percató.

—¡Ni lo intentes! —clamó y propinó una terrible patada en el rostro a Aliana, que perdió el conocimiento.

Kendas se puso en pie ya sin fuerzas y encaró al Hechicero. Debía detenerlo. Para su desmayo, un descomunal Guerrero Tigre se interponía.

—Es inútil, Lancero, depón tu arma. Te prometo que no sufrirás —le dijo Cenem condescendiente.

—Me debo a mi Rey, a mi patria. No me rendiré. Mi honor me lo impide.

—Altos ideales para un simple Lancero. Veremos... —Cenem cogió a Asti del pelo.

Tiró del cabello hacia atrás dejando el cuello de la Usik al descubierto y presionó el afilado filo del hacha plateada.

—Intenta usar ese medallón, vamos, te reto a que lo hagas, pestilente Usik.

—¡No, déjala! —exclamó Kendas lleno de un temor abismal y comenzó a andar hacia ella.

Asti miró a Kendas.

Kendas negó con la cabeza. Si intentaba usar el medallón aquel puerco la degollaría.

El último Guerrero Tigre le salió al paso. Kendas lo miró. Era más grande y más fornido que los anteriores. «No podré con él, no me queda fuerza en el cuerpo. Pero no puedo dejarla morir, no a ella, no a Asti. Si no llego hasta ella estará perdida, todos estarán perdidos. Debo salvarla, debo continuar luchando. ¡No cederé! ¡Nunca!». La espada del guerrero voló hacia su cuello. Kendas bloqueó a dos manos pero el impacto fue tan brutal que casi perdió el equilibrio. El guerrero soltó un tajo circular demoledor contra su costado. Kendas volvió a bloquear pero esta vez la fuerza le falló y cayó al suelo. Miro el lado izquierdo de su cuerpo y lo vio bañado en sangre de las heridas sufridas. Era un milagro que siguiera combatiendo. La desesperanza comenzó a invadirle empequeñeciendo su espíritu. El Guerrero Tigre se situó sobre él y se dispuso a rematarlo. Kendas se puso de rodillas en el barro y sin ya fuerza alguna, sujetó la espada.

—¡Nooooo! —gritó Asti.

—¡Calla, salvaje, y contempla la muerte de los débiles! —le dijo Cenem.

La espada se alzó sobre el arrodillado Kendas.

Estaba vencido.

El filo bajó y Kendas, en lugar de bloquear el golpe como el guerrero esperaba hiciera, se dejó caer a un lado. La espada pasó rozando su sien. Desde el suelo clavó la espada en la ingle del guerrero. Un rugido mezcla de rabia y sufrimiento llenó el aire. El guerrero se miró la herida mortal y a una mano, con una cuchillada feroz a la altura del estómago, atravesó a Kendas.

Kendas sintió el acero pasar a través de su cuerpo. Frío, cortante, doloroso. Pero nada importaba, únicamente salvar a Asti. Podía oír los gritos desesperados de la Usik, pero le llegaban como apagados. La miró pero su visión se volvió borrosa, como en un sueño. Obviando la herida mortal se levantó. Vio al Hechicero reír mientras él avanzaba arrastrando la pierna inútil, con la espada enemiga atravesada en su estómago. Pero el dolor ya no sentía, sólo un descomunal cansancio que se apoderaba de todo su cuerpo.

—Asti… —consiguió pronunciar.

Ya la tenía al alcance de los dedos. La salvaría.

El Hechicero, parapetado detrás de la Usik, algo pronunció que Kendas no llegó a entender. Le señaló con el hacha plateada y conjuró. Pero ya nada importaba, veía a Asti allí mismo, ya llegaba, la salvaría…

—¡Muere, malnacido! —gritó Aliana a la espalda de Cenem, y a dos manos, con una roca del río, le golpeó con todas sus fuerzas en la cabeza.

Cenem cayó al suelo.

—¡Muere! —gritó Aliana, y aplastó de un golpe el cráneo del Hechicero contra el suelo.

Kendas cayó de rodillas y Asti se abalanzó a su lado.

—¡No morir! ¡No! —gimió desconsolada la Usik, su rostro era un mar de lágrimas mientras lo sujetaba en sus brazos.

Kendas, mirándola a los ojos, le sonrió. Los había salvado, la había salvado. Y lleno de una alegría pura, dejó escapar su último soplo de vida.

—¡Nooooooooooooooo! —clamó Asti a los cielos con un gritó que mostraba la desesperación y dolor más intensos. La frágil Usik alzó los brazos y mirando el firmamento emitió un grito desgarrado desde el alma por aquel de noble corazón que pudo ser y ya nunca llegaría a serlo.

Y lloró.

Komir intentaba llegar hasta Haradin. Cargaba sobre sus hombros al inconsciente Hartz que pesaba como una montaña. Los soldados Rogdanos habían taponado el flanco por el que habían raptado a Iruki y Kayti y el combate en esa zona se había vuelto demencial. El ejército enemigo había enviado numerosos efectivos y volvía a presionar para tomar el flanco. Los soldados Rogdanos lo defendían a muerte.

«Debo llegar hasta Haradin, él podrá idear qué debemos hacer. No puedo ir tras Iruki y Kayti, los soldados enemigos nos despedazarían. Hay una hueste ahí afuera» se dijo sin saber qué hacer. Komir quería ir tras ellas, rescatarlas, pero sabía que si lo hacía sin un plan, en aquel momento, llevado por un alocado heroísmo, moriría sin duda. Un punzante dolor en el pecho que Komir identificó como vergüenza lo martirizaba a cada paso. Siguió acarreando al gran Norriel hasta alcanzar a Haradin. La sorpresa de Komir fue mayúscula al encontrar al gran Mago en serias dificultades. Estaba atrapado en algún tipo de trampa mágica y luchaba por liberarse. Komir dejó a Hartz en el suelo y se dispuso a ayudar al Mago. Contempló la impresionante barrera de fuego que había levantado frente a la línea Norriel y supo con certeza que sin él estaban todos condenados. Nadie sobreviviría.

—Hay que ayudarlo —le dijo a Sonea que con ojos llenos de temor permanecía junto a Haradin.

Komir se dispuso a acercarse al Mago cuando Hartz despertó.

—¿Qué… qué… ha sucedido…? —preguntó confundido e intentó incorporarse.

Komir miró a su amigo, parecía mareado. Debía contarle lo sucedido pero temía, y mucho, su reacción. Pensó en ocultárselo, pero sería aún peor.

—¿Dónde está Kayti? —preguntó buscando a la pelirroja entre los soldados que los rodeaban.

Komir, despacio e intentando transmitir toda la calma que le era posible, le contó lo sucedido. La temida reacción no se hizo esperar.

—¿Y no fuiste tras ellas? ¿Dejaste que se las llevaran? ¿Qué has hecho? —le acusó a voces mientras se ponía en pie.

—Hartz, me conoces, sabes que intenté detenerles pero no llegué a tiempo.

—¿Y por qué no fuiste a rescatarlas? ¿Por qué no me despertaste? ¿Quién sabe lo que les han podido hacer? ¿Quién sabe si siguen con vida? ¡No puedo creer que no fueras tras ellas! ¡No lo puedo creer!

—Hartz, se internaron en medio de las huestes enemigas. No podía seguirlos.

—¡Me da igual si se las llevaron al mismísimo infierno! ¡Deberías de haber ido tras ellas! ¡Yo voy a ir tras ellas!

—¡No puedes, te matarán! —intentó convencerle Komir.

—¡Me da igual! ¡Tienen a mi Kayti! ¡Iré a por ella!

—¡Piénsalo, Hartz! son miles de soldados los que nos rodean, es un suicidio.

—¡No me importa! ¡Rescataré a Kayti! —el grandullón se dio la vuelta y comenzó a caminar en dirección al flanco derecho.

Komir sabía que Hartz, guiado erróneamente por su enorme corazón se dirigía derecho a la muerte. Tenía que detenerlo.

—¡No seas loco! ¡Vuelve! —le gritó y agarró del brazo al gran Norriel para que se diera la vuelta.

Un fulgurante derechazo alcanzó a Komir en el pómulo. El impacto fue tan fuerte que lo derribó. Komir, en el suelo, sacudió la cabeza, intentando despejarse.

—¡Lo que ocurre es que tú siempre la has odiado! —le dijo Hartz señalando acusador con el dedo índice.

—No la odio… no me fío de ella, que es diferente.

—No conseguirás separarnos. La amo y nada puede cambiar eso.

—Sé que la amas, pero ella no es trigo limpio. Te llevará a la perdición.

—¡Calla, Komir! O lamentaras esas palabras —le dijo Hartz amenazando con el puño.

—No vayas tras ella, amigo, morirás.

—Si he de morir que así sea pero no la abandonaré a su suerte —dijo Hartz y girándose reemprendió la marcha.

Komir miró un instante a su amigo, comprendía cómo se sentía, entendía la encrucijada en la que se encontraba. Pero no podía permitir que perdiera su vida por aquella mujer, no por ella, no así. Se levantó y fue tras él. Se acercó por la espalda, miró al suelo y encontró lo que buscaba. A dos manos, sujetando la roca, golpeó al grandullón con fuerza en la nuca. El gran Norriel se derrumbó como un árbol talado.

—Sé que me odiarás para siempre por esto. Sé que es el final de nuestra amistad y me parte el corazón. Pero no dejaré que mueras. No puedo permitirlo. Lo siento amigo —Komir se dio la vuelta y se encaminó a ayudar a Haradin.

En el bosque, seis Moyuki rodearon a Iruki y Kayti. El miedo hizo temblar a Iruki. Dos de ellos las agarraron del cabello y sin contemplaciones las arrastraron hasta el centro de la explanada entre los árboles. Kayti los insultaba y forcejeaba intentando liberarse. Pero era inútil. Estaban perdidas. El perverso Sumo Sacerdote había dictado sentencia y ahora sus cabezas rodarían. Iruki dio gracias a los espíritus benignos, aquel hombre vil ya no estaba allí para presenciar su muerte. El pánico comenzó a apoderarse de su cuerpo e Iruki se encomendó a la madre estepa.

Las pusieron de rodillas. Dos de los Moyukis apoyaban sus pies en las espaldas de ambas, obligando a que sus cabezas quedaran paralelas al suelo. Otros dos se situaron a los costados y desenvainaron. El brillo del sol sobre el acero cegó momentáneamente a Iruki. Había llegado el momento. Iruki miró a Kayti una última vez.

—Mantente fuerte —le dijo la pelirroja—, no les des la satisfacción de que vean el miedo en tus ojos.

Iruki asintió. Pensó en la bella e infinita madre estepa, en su tribu: los Nubes Azules, en el lago sagrado junto a su poblado, al pie de la Fuente de la Vida, su tierra, su raza; y el valor comenzó a volver a su corazón. La imagen de Kaune Águila Guerrera, su valeroso y querido padre, apareció en su mente y de inmediato se sintió nuevamente una orgullosa Masig. «Soy una digna hija del pueblo de las estepas, ¡no me doblegarán! ¡Nunca!». El valor trajo consigo la rabia, y su espíritu indomable resurgió.

—¡No lo verán estos puercos! —le dijo a Kayti y la pelirroja sonrió con el orgullo chispeando en sus ojos— ¡Así se habla! —le animó Kayti— Enseñemos a estos asquerosos extranjeros como mueren las mujeres de Tremia.

En ese último momento de vida, el pensamiento de Iruki voló alto, como un águila real, en busca de su amado, de Yakumo.

—Te amo —susurró mientras la espada se alzaba sobre su cabeza—, con todo mi corazón, ahora y siempre.

La espada fue a descender sobre su cuello cuando Iruki vislumbró un destello verde entre los matorrales frente a ella. Aquello la dejó boquiabierta. Reconocía aquel destello, lo había visto antes, en varias ocasiones... ¡Era el Don de Lasgol!

El silbido letal del vuelo de dos saetas simultáneas cortando el aire llegó hasta el oído de la Masig. Las saetas alcanzaron a los dos verdugos en el cuello con un hueco sonido. Los enormes Moyuki dejaron caer las espadas, se tambalearon, y se derrumbaron al suelo.

El caos se apoderó del claro. Los dos Asesinos Oscuros desaparecieron al instante, como si se hubieran desvanecido en el mismísimo aire y Narmos el Hechicero se escondió agachado tras ellas. Los cuatro Moyuki todavía en pie se precipitaron de inmediato hacia la procedencia de las saetas. Iruki volvió a escuchar el silbido letal y vio como otros dos de los Moyuki caían muertos. Lasgol se alzó arco en mano tras los arbustos. Iruki fue a gritar al ver que los dos Moyuki se le echaban encima y no tendría ya tiempo de volver a tirar. Y en ese instante, Yakumo apareció como de la nada, a la espalda de los dos guerreros. Las negras dagas de su amado trazaron arcos letales y los Moyukis cayeron muertos sin saber qué los había matado.

El corazón de Iruki se llenó de una alegría desbordante. Su amor, Yakumo, venía a rescatarla. En ese momento escuchó el conjuro de Narmos a su espalda y la alegría, súbitamente, se tornó temor. Giró el cuello y vio la brillante hacha del hechicero siniestro apuntar en dirección a Yakumo y Lasgol. El Rastreador soltó un gemido de dolor, dio dos pasos hacia el interior del claro, como cegado, soltó el arco y cayó de rodillas.

Iruki pudo entonces apreciar que el rostro del rubio Norghano estaba cubierto por una oscura máscara arcana que parecía estar devorando su cara.

—¡Déjalo en paz, brujo maldito! —gritó Kayti intentando liberarse de sus ataduras. Pero Narmos la golpeó fuertemente en la cabeza con el mango del hacha. La pelirroja quedó sin sentido y la sangre empezó a manar de la herida en el cráneo.

Iruki quiso matar a aquel cerdo, pero se dio cuenta de que maniatada y de rodillas, nada podría hacer por mucho que su corazón lo deseara. Decidió usar el medallón Ilenio, sí, la magia podría sacarle de aquel atolladero.

Cerró los ojos y se concentró, buscando su energía interior. El medallón Ilenio emitió un destello.

—¡Pero qué intentas, zorra de las estepas! —gritó Narmos.

Antes de que Iruki pudiera conjurar, una terrible explosión de dolor la asaltó la mente. Se llevó las manos a la cabeza incapaz de detener el dolor.

—¡Así aprenderás! —le dijo Narmos— No vuelvas a intentar conjurar, eres demasiado torpe y lenta. Puedo interrumpir tu conjuro antes siquiera de que lo pienses. Si vuelvo a pillarte, te corto el cuello.

Iruki asintió en medio de un mar de dolor, la cabeza le iba a estallar.

Yakumo intentó socorrer a Lasgol pero uno de los Asesinos Oscuros se materializó frente a él y lo golpeó con la velocidad de un relámpago. El corazón de Iruki dio tal vuelco que la Masig pensó moriría allí mismo. Yakumo se rehízo del ataque sorpresa y las dagas de ambos contendientes comenzaron a trazar los arcos de muerte. La velocidad de los ataques era vertiginosa, inhumana. La letal pericia de Yakumo se vio contrarrestada por la igual destreza de su contrincante. Por cada ataque de las negras dagas de Yakumo, el Asesino Oscuro las contrarrestaba con las suyas. Parecían estar bailando una ensayada danza de muerte. Cada paso, cada gesto, cada arco de las dagas parecía coreografiado para alcanzar una precisión impensable. Los movimientos eran tan veloces que Iruki apenas podía seguirlos. Su corazón palpitaba desbocado pues era bien consciente de que su amado estaba combatiendo contra alguien tan letal y peligroso como lo era él, o podría incluso serlo más. Aquel pensamiento volvió a llenarla de temor.

Lasgol, con un grito de dolor, volvió a ponerse en pie, la diabólica máscara de muerte le estaba carcomiendo el rostro. Desenvainó sus dos espadas cortas y comenzó a avanzar hacia ellas, hacia Narmos.

—¡Maldito Norghano, eres más duro de lo que pareces. No importa, acabaré contigo igualmente —dijo con seguridad Narmos.

Señaló con el hacha y volvió a conjurar sobre Lasgol. La calavera de ojos de rubí brilló con el negro de la muerte.

Iruki vio como una negra serpiente incorpórea se enroscaba en los pies de Lasgol y lo hacía caer al suelo. El Rastreador quedó tendido a tres pasos de Iruki. En ese instante, un destello rojizo captó el ojo de la Masig, de detrás de un cercano árbol apareció el segundo Asesino Oscuro. Con un tremendo salto, más propio de un gran felino que de un hombre, se plantó sobre Lasgol.

—¡No! —exclamó Iruki al ver las dos negras dagas alzarse sobre la espalda del Rastreador.

Lasgol se revolvió con agilidad e intentó defenderse. Un destello de luz verde recorrió su cuerpo. La primera daga Lasgol consiguió milagrosamente bloquear pero la segunda penetró su defensa y se clavó profunda en su hombro derecho. Lasgol gimió de dolor. El Asesino, con una velocidad endiablada volvió a atacar, buscando el golpe mortal. Yakumo apareció tras él realizando un salto increíble y lo golpeó con ambos pies provocado que saliera despedido.

De inmediato, el otro Asesino Oscuro usó su Don, un destello rojizo le recorrió el cuerpo, dio un paso sombrío hacia adelante y desapareció ante los ojos de Iruki para volver a parecer al cabo de un suspiro a la espalda de Yakumo. Antes de que su amado pudiera siquiera girarse, una de las dagas del Asesino le produjo un corte profundo de lado a lado de la espalda. Yakumo se arqueó de dolor e Iruki sintió en su propia espalda la terrible herida. El Asesino se dispuso a cortarlo en el sentido opuesto con la otra daga. Yakumo se llevó la palma de la mano hasta la boca y sopló al tiempo que usaba su Don. Un polvo rojizo alcanzó la cara de su enemigo y Yakumo inclinó el cuerpo a un lado. El tajo falló por completo.

Lo había cegado.

Yakumo contraatacó con una velocidad inhumana y alcanzó al cegado Asesino en el brazo, pero este, incluso invidente, consiguió rodar a un lado para ponerse fuera de alcance.

Un nuevo destello rojizo hizo que Iruki girara la cabeza. Era el otro Asesino Oscuro. El corazón de Iruki pareció pararse cuando vio las tres dagas arrojadizas, rojas como la sangre, volar hacia Yakumo. Todo ocurrió en un latido. Iruki miró a Yakumo muerta de miedo.

Dos de las dagas las había conseguido desviar, pero la tercera estaba clavada en su hombro, a unos dedos del corazón. Obviando la herida, Yakumo rodó por el suelo hasta el Asesino Oscuro y las dagas se encontraron. El Asesino Oscuro destelló en rojo. La danza mortal de dagas que siguió acongojó de tal manera a Iruki que no pudo respirar. El Asesino realizaba movimientos serpenteantes con el cuerpo, como si de una serpiente atacando se tratara. A Iruki le pareció la reencarnación en hombre de una víbora negra de las praderas. Yakumo resplandeció en rojo y con un golpe a dos manos, como si de un toro embistiendo se tratara, penetró las defensas de serpiente del Asesino. Lo golpeó en el pecho con tal fuerza que se dobló como un tronco. Yakumo aprovechó la oportunidad y fue a por la yugular. Pero su contrincante lo vio y ladeó la cabeza. La daga de Yakumo cortó clavícula y hombro. El Asesino soltó una tremenda patada que alcanzó a Yakumo en el estómago y lo obligó a retroceder un paso. En ese momento el segundo Asesino, como una sombra, sigiloso y oscuro, casi imperceptible, se acercó por su espalda.

—¡Cuidado, Yakumo! ¡A tu espalda! —gritó Iruki.

Yakumo se giró como el rayo. Bloqueó la primera daga pero era un ataque de distracción, la segunda le alcanzó en el costado.

—Lucha bien ese traidor. Su deshonra la tortura más agónica merece y gustoso lo condenaría —dijo Narmos mirando a Iruki—, pero no podrá derrotar a dos Asesinos Oscuros. Su suerte está echada, aunque no recibirá el justo castigo que yo le reservaría por su infamia.

—¡Cerdo asqueroso! —gritó Iruki mirando a Narmos con un odio y aborrecimiento supremos.

Los dos Asesinos Oscuros se lanzaron sobre Yakumo simultáneamente y el combate se volvió fulgurante. Yakumo alcanzó nuevamente al Asesino serpiente, esta vez produciéndole un corte tremendo en costado. Pero el segundo Asesino usó su Don y lanzó dos tajos cruzados a la velocidad del rayo. Hirió nuevamente a Yakumo en la espalda, produciéndole dos terribles cortes que cruzaban todo su dorso. Yakumo soltó un revés pero el Asesino dio un ágil paso lateral para evitarlo.

Iruki no podía contener su agonía, sabía que Yakumo estaba muy malherido.

El Asesino buscó el golpe mortal con una pirueta, descendiendo sobre Yakumo como si de una viuda negra gigante se tratase. Al mismo tiempo el Asesino herido atacó como una serpiente buscando morder los tobillos de Yakumo.

Iruki chilló sobrepasada por la angustia.

Yakumo pareció dudar un instante, pero con increíble tranquilidad, mientras las venenosas araña y serpiente lanzaban el ataque final, lanzó un objeto negro al suelo. Un estallido de humo negro reemplazó a Yakumo. La araña falló en su descenso mortal y la serpiente mordió sólo humo.

Iruki quedó boquiabierta.

Yakumo apareció tras el Asesino serpiente y lo acuchilló profundamente con ambas dagas por la espalda. Liberó sus dagas y dejó caer el cuerpo. Un brillo rojizo lo envolvió y se adentró en el negro humo de un salto.

Iruki contempló la escena al borde de un ataque, impotente. Intentó liberarse para adentrarse en la negrura en ayuda del hombre que amaba pero el Hechicero la sujetó con fuerza, obligándola a permanecer de rodillas frente a él.

—¡Quieta, sucia salvaje! —le amonestó presionando con fuerza su rodilla contra la espalda de Iruki— Quiero ver cómo termina este duelo de Asesinos.

De entre el negro humo, apareció una figura.

Era el Asesino Oscuro.

Iruki sintió su corazón dejar de latir.

El Asesino Oscuro dio dos pasos hacia ella. Se detuvo, echó de forma extraña la cabeza hacia atrás y la sangre surgió a borbotones de su cuello. Se llevó las manos a la herida y cayó al suelo muerto.

Entonces apareció Yakumo. Su rostro estaba tan pálido que daba la impresión había perdido toda la sangre de su cuerpo. Llevaba la daga arrojadiza clavada en el hombro y un terrible corte en el pecho del que manaba abundante sangre. Dio un paso hacia Iruki, extendió los brazos hacia ella y cayó de rodillas.

—¡Yakumo! —gritó Iruki sintiendo una impotencia y sufrimiento sobrehumanos.

—Un gran combate, como hacía mucho tiempo no había presenciado —dijo Narmos—, toda una proeza lo que has logrado, traidor. Pero es hora de acabar con esto.

Señalando con el hacha al cuerpo del caído Asesino Oscuro, Narmos pronunció una frase de poder. La calavera de ojos rubí en su mano brilló con el negro de la muerte. Una negrura cubrió el cuerpo del Asesino muerto y ante la atónita mirada de Iruki, el Asesino Oscuro se levantó y volvió a la vida de entre los muertos.

—¡Oh, madre estepa, protégenos! —rezó completamente aterrorizada la Masig.

—¡Necromancia! —exclamó Lasgol que milagrosamente seguía aún con vida.

El rostro del Rastreador estaba morado, sus ojos y labios hinchados, y un par de mechones blancos decoraban ahora su rubia cabellera. Pero se había puesto en pie y recuperado sus espadas.

—¡Ayúdalo, te lo ruego! —le rogó Kayti.

Lasgol se lanzó a la carrera contra el muerto viviente, pero no llegaría a tiempo, el engendro ya estaba sobre el derrotado Yakumo. Con un gruñido ávido de carne el muerto viviente atacó. Yakumo, de rodillas, sin fuerza alguna ya, clavó ambas dagas en el pecho del no-muerto. Pero este no se detuvo, se le echó encima para devorarlo con un ansia voraz. Yakumo intentó desembarazarse del engendro pero era demasiado fuerte. Con un terrible mordisco al cuello, arrancó la carne y seccionó la yugular de Yakumo.

—¡Nooooooooooooooo! —gritó Iruki fuera de sí.

Lasgol alcanzó al engendro y lo decapitó de un limpio tajo. El muerto viviente se derrumbó.

—¡Maldito Norghano! —maldijo Narmos y comenzó a conjurar sobre Lasgol pronunciando una lúgubre frase de poder.

Iruki, fuera de sí de dolor, se alzó bruscamente y golpeó a Narmos en la barbilla con su cabeza. El testarazo fue tan fuerte que la máscara del Hechicero salió volando junto a parte de su lengua.

Lasgol aprovechó la oportunidad y se lanzó sobre el Hechicero. Este se puso en pie presa del pánico e intentó conjurar.

—Sin lengua nada podrás conjurar, Hechicero —le dijo Lasgol apartando con su espada el hacha de Narmos. Abrió la boca pero sólo sangre surgió de ella.

—¡A los abismos contigo! —dijo Lasgol y le atravesó el corazón de una potente estocada.

Iruki se arrastró hasta su amado y se tendió junto a él, deseaba con toda su alma abrazarlo pero las ataduras se lo impedían. Sus ojos se encontraron y ella le dedicó una sonrisa bañada en lágrimas.

—Yakumo, mi amor —balbuceó ella y comenzó a llorar desconsolada.

—Iruki… mi luz… —le respondió él, moribundo.

—No me abandones.

—Mi corazón… lleno de dicha… está… por haberte conocido… por haberte amado, mi luz, mi sol.

—Te amo con todo mi corazón —le dijo Iruki presa de un dolor desgarrador e insufrible. El llanto la sobrecogió y apenas pudo respirar.

—No llores, Iruki, mi amor… Muero feliz, pues la dicha he conocido… cuando nunca pensé que podría… cuando mi negra alma su vacía existencia acabar quería…

Lasgol llegó hasta ellos y cortó las ataduras de Iruki.

Iruki puso sus manos sobre la horrible herida, taponando la pérdida de sangre pero sabía que era inútil.

—Me has enseñado que hay esperanza… incluso para los que no la merecemos… que la redención es posible… que el amor es posible… —dijo Yakumo entre tosidos de sangre— Nunca pensé que podría redimirme… pero hoy, viéndote con vida, sé que lo he conseguido. Mi alma… negra ya no es… con tu luz la has salvado…

—Mi amor...

—Lasgol… —pidió Yakumo.

—Aquí estoy, amigo —le dijo Lasgol situándose para que Yakumo le viera.

—Recuerda… recuerda la promesa… cúmplela…

Lasgol miró a los ojos a Yakumo.

—Mi palabra te di, la cumpliré. Cuidaré de Iruki, la protegeré. Tus deseos serán honrados, tienes mi palabra.

—Gracias… amigo… sé que cumplirás con tu honor…

—¡No! ¡No me dejes! —rogó Iruki en un mar de lágrimas.

—Me has redimido… he conocido el verdadero amor… qué más puedo pedir… Vive, Iruki, cabalga de nuevo… tus queridas estepas… yo muero feliz…

La luz se apagó en los ojos de Yakumo y el dolor más insondable e infinito devoró el alma de Iruki.

—¡Nooooooooooooooooooooooooo! —gritó, y su corazón se desgarró y rompió en un millar de lacerantes fragmentos.

—¡No, no, no! —negaba con la cabeza sin poder aceptar la muerte de su amor.

El dolor se volvió tan intenso que creía le iba a estallar el pecho. Una agonía infinita la embargó y un mar de lágrimas surcó sus mejillas. Su amado, su vida, su futuro, lo había perdido para siempre. La agonía era tan insufrible que cada lágrima le perforaba el pecho como si le clavaran un puñal de hierro candente. Lloraba y lloraba y a cada llanto mayor era el sufrimiento de su alma. Iruki sintió que aquel dolor infinito que perforaba su alma le hacía perder la razón.

—¡Yakumo! —gritó con tal dolor que hasta la madre estepa sintió el desgarrador sufrimiento de su hija.

En medio del frente de batalla, Komir luchaba por ayudar a Haradin. El Mago continuaba atrapado en la siniestra prisión arcana, luchando por no perecer, pero no conseguía liberarse. La poderosa muralla de fuego que el gran Mago había levantado comenzaba a extinguirse y con ella la esperanza de Komir. Miró su medallón Ilenio al cuello y luego al círculo profano con la macabra calavera sellada en el suelo sobre la que bregaba Haradin. Komir intentó agarrar al Mago para tirar de él y sacarlo de aquella trampa esotérica pero al extender la mano, chocó contra la barrera siniestra que encarcelaba a Haradin. El círculo infausto levantaba una barrera infranqueable.

Miró a Sonea en busca de ayuda.

—¿Cómo lo libero? ¿Qué puedo hacer?

—No lo sé, Komir, pero si no lo liberamos estamos perdidos, las huestes enemigas nos arrasarán —dijo ella.

En ese momento, la barrera de fuego que contenía el avance enemigo se extinguió.

—¡Preparaos para el asalto! —gritó el Maestro Guerrero Gudin en mitad de la línea de guerreros Norriel.

Los gritos de guerra de los indómitos Norriel llenaron el aire.

—Hay que penetrar la barrera que lo atrapa —dijo Sonea señalando la trampa arcana.

Komir asintió. «Medallón, desgarra y penetra esa barrera maligna» ordenó. Unos símbolos ya familiares aunque inteligibles llenaron la mente de Komir y supo que el medallón Ilenio del Éter estaba conjurando. La esfera protectora que lo circundaba cambió de color y se volvió plateada. Komir avanzó decidido hacía Haradin y la esfera plateada cortó la barrera que aprisionaba al Mago como un afilado cuchillo. Komir penetró en la trampa y llegó hasta Haradin. El Mago parecía completamente extenuado, al borde del desfallecimiento.

—No te muevas —le dijo Komir rodeándolo con sus brazos —yo te sacaré de aquí.

Komir se aseguró de que se hallaba dentro de la protección de la esfera plateada y con sumo cuidado retrocedió llevándose consigo al Mago. La esfera del medallón volvió a cortar la barrera de la infausta trampa y ambos consiguieron escapar.

Haradin se derrumbó al suelo exhausto, sin siquiera poder hablar. Estaba pálido como la nieve y unos cercos morados bajo sus ojos grises daban cuenta de la terrible lucha que había mantenido por sobrevivir.

El estruendo ensordecedor del combate hizo que Komir recorriera con la mirada el frente de la batalla. La marea negra se lanzaba al ataque, y ellos ya eran muy pocos para poder aguantar.

—¡Nos rodean! ¡Los flancos ceden! —advirtió el Maestro Guerrero Gudin.

Komir vio como los defensores de los flancos retrocedían, la presión de la superioridad numérica era ya incontenible. Los estaban rodeando, pronto serían una isla en un negro mar Asesino.

—¡Haradin, debemos hacer algo, nos rodean! ¡Nos engullirán!

El Mago se puso en pie con dificultad, apoyándose en su báculo de poder.

—Estoy… extenuado… y he consumido casi toda mi energía…

Al oír aquello Komir se dio cuenta de que estaban condenados. Sin el poder del Gran Mago nada impediría a las huestes enemigas aniquilarlos. No quería rendirse al pesimismo pero la situación era ya insalvable.

El flanco izquierdo se les venía encima, los soldados Rogdanos se replegaban intentando mantener la formación. Entre ellos vio llegar un rostro que le llenó el corazón de alegría.

—Aliana… —es cuanto alcanzó a decir viendo llegar a la Sanadora acompañada de Asti.

Sus rostros mostraban dolor y sufrimiento, aquello lo presintió Komir claramente, algo terrible había sucedido. Algo más retrasado, dos soldados Rogdanos traían a Gerart, que parecía malherido. El flanco derecho también se cerraba ante la presión enemiga. En breve estarían completamente rodeados y sin escapatoria posible. Komir miró hacia el sur, una estrecha abertura entre soldados luchando desesperadamente era la única vía libre que quedaba. Por un momento pensó en coger a Aliana de la mano y huir por aquella abertura, representaba la última oportunidad de seguir con vida de allí. Miró a los ojos a la bella Sanadora y supo que ella no abandonaría a sus compañeros. No, huir no era una opción. Dio gracias a las diosas por haber conocido a aquella mujer que con su sola presencia le infundía valor y coraje. No, lucharía, hasta la muerte, con los suyos, y moriría junto a la mujer que amaba.

—¡Komir, mira! —exclamó de repente Aliana señalando al sur.

Komir observó, esperando ver las fatídicas huestes enemigas penetrando por el pasaje aún sin cerrar, pero lo que presenció fue todavía más sorprendente. Tres figuras emergieron a la carrera, perseguidas a corta distancia por un centenar de soldados enemigos. Komir quedó completamente atónito; eran Iruki y Kayti, acompañadas del Rastreador Norghano. Aquello sí que Komir no lo esperaba.

—¡Corred! ¡Por las diosas, corred! —gritó Komir

—¡Deprisa! ¡Los tenéis encima! —gritó Aliana.

Los tres fugitivos cruzaron la abertura justo un instante antes de que los soldados Rogdanos consiguieran sellarla y cerrar el círculo defensivo. El centenar de perseguidores se estrelló contra el muro de soldados Rogdanos que los repelió con dureza. Los tres prófugos llegaron hasta Komir y sin poder pronunciar palabra por el esfuerzo, se derrumbaron al suelo jadeando.

Komir contempló la escena a su alrededor. Ahora estaban completamente rodeados de un oscuro mar de enemigos, y ellos formaban una pequeña isla, sin escapatoria. Las huestes del mal presionaron con fuerza, la victoria les era ya ineludible, y el círculo defensivo se contrajo. Al ritmo de nefastos tambores de guerra volvieron a presionar, y el círculo se contrajo aún más. No aguantarían mucho.

Kayti se recuperó y viendo a Hartz tendido en el suelo exclamó y corrió a su lado.

Komir miró al resto de sus compañeros. Iruki parecía ida, su cuerpo estaba allí, pero su mente era otra cosa muy diferente. Miraba a los cielos con ojos sin vida, como si le hubieran robado el alma y la razón. Asti se escondía tras Aliana, como un asustado cervatillo y no cejaba de llorar. Lloraba y lloraba y Komir sintió una pena y dolor inmensos emanando de la joven Usik. La propia Aliana parecía vencida por las circunstancias. Viéndolos a todos, Komir sintió que estaban derrotados.

—¡No! ¡Me niego a morir así! —dijo mirando a sus compañeros— ¡Me niego a ser vencido por el mal!

Todos levantaron la mirada y le escucharon, incluso Iruki.

—¡Sé que tenéis miedo, pues yo también lo tengo. Sé que habéis sufrido una agonía, lo veo en vuestros rostros, en vuestros ojos. Pero es por eso mismo que tenemos que alzarnos y pelear hasta la última gota de sangre en nuestros cuerpos! ¡No podemos caer derrotados, no ahora, no mientras un suspiro de aliento quede en nosotros! ¡Tenemos que luchar!

Sus compañeros lo miraban en silencio.

—¡Levantaos y luchad! ¡No nos rendiremos! ¡Nunca!

Iruki se puso en pie. Levantó el brazo hacia el firmamento y gritó:

—¡Por Yakumo! ¡Luchemos!

Asti dio un paso al frente y gritó sobre los ensordecedores tambores de guerra:

—¡Por Kendas! ¡Muerte!

Todos alzaron los puños y gritaron:

—¡Muerte!

El ejército enemigo cargó desde todas direcciones y el circulo defensivo estuvo a punto de colapsar.

Haradin se situó entre los portadores y les hizo señas para que se acercaran.

—Vuestra fortaleza y coraje son inspiradores. Formad un círculo a mí alrededor —les dijo, y los cinco, Komir, Aliana, Iruki, Asti y Sonea rodearon al Mago—. Tomaos de las manos y concentraos. Pensad en el medallón que portáis al cuello: el medallón del Éter, el de la Tierra, el del Agua, el del Fuego, y el del Aire. Buscad en vuestro interior el pozo de energía que alimenta vuestro Don innato, y activadlo. Necesito de vuestra energía, pues la mía agotada está. Dejadla fluir, que emane de vuestros cuerpos, a través de los medallones, hasta el mío.

Los cinco se concentraron y siguieron las instrucciones del gran Mago.

Komir comenzó a sentir como su energía interna abandonaba su pecho y abrió los ojos. Contempló un espectáculo místico que lo dejó boquiabierto. De cada uno de los cinco Portadores, la energía fluía desde los medallones hacia el pecho de Haradin. El gran Mago estaba canalizando toda la energía que ellos desprendían hacia el interior de su cuerpo.

—Muy bien, ahora que dispongo de la energía necesaria para conjurar, ha llegado el momento de desencadenar sobre el enemigo el mayor de los horrores que jamás hombre alguno haya visto.

Komir sintió un escalofrío al escuchar las palabras de Haradin.

—Primero debemos proteger a los nuestros —dijo, y comenzó a entonar un largo cántico que Komir intuyó sería un poderoso conjuro.

Una cúpula translucida, apenas discernible, pero que Komir podía sentir, apareció sobre ellos. La gran cúpula cubría el anillo de defensores que luchaban desesperadamente por no sucumbir al asalto final, y a los Portadores en el interior del mismo. Komir la contempló intrigado, ¿para qué serviría?

Haradin habló.

—Y ahora ha llegado el momento de la destrucción. Este es un poderosísimo conjuro Ilenio, lo he obtenido del Libro del Sol. Un conjuro que ningún hombre puede por sí sólo invocar. Por ello necesito de vuestro poder, del poder de los medallones.

El Mago comenzó a conjurar y su voz se alzó profunda sobre el estruendo de la batalla que los rodeaba.

El medallón de Komir destelló con intensidad y quedó prendido.

A continuación el de Aliana.

Le siguió el de Iruki.

Luego el de Asti.

Y finalmente el de Sonea.

Todos los medallones brillaban con una intensidad cegadora, cada uno con la tonalidad del elemento al que pertenecía. Era como si cinco estrellas del firmamento hubieran caído sobre la tierra.

Haradin alzó los brazos hacia el cielo y un haz compuesto de las cinco tonalidades de los medallones surgió despedido de su cuerpo hacia la inmensidad que los cubría. Komir contemplaba el espectáculo completamente pasmado. De súbito, el cielo sobre sus cabezas comenzó a cambiar de color. El blanco azulado comenzó a convertirse en amarillento y al cabo de unos instantes se oscureció, volviéndose de un anaranjado salpicado de vetas negras. La luz del sol fue desapareciendo, el propio astro quedó eclipsado tras la capa anaranjada que ahora se tornaba rojiza. En un abrir y cerrar de ojos una noche sangrienta pareció cubrir toda la explanada. El acoso del Ejército Negro se detuvo. Todo el mundo contemplaba el rojizo firmamento. El cielo se volvió del color del magma de un volcán. A Komir se le erizaron los pelos de la nuca.

—¡Tormenta de fuego! ¡Yo te conjuro! —proclamó a pleno pulmón Haradin y los cinco medallones destellaron al unísono una última vez.

El firmamento clamó con un estruendo ensordecedor como si su alma se hubiera partido en dos.

Y comenzó a llover fuego abrasador.

El infierno cayó de los cielos sobre toda la planicie.

Komir no podía creer lo que sus ojos contemplaban. Una ardiente lluvia de fuego descendía de aquel cielo infernal. En unos instantes el horror se desató sobre los soldados enemigos que caían abrasados bajo la inclemente lluvia incendiaria. Los gritos de los soldados se volvieron desgarradores, miles de gargantas gritando en la mayor de las agonías, sus cuerpos sufrían terribles quemaduras, prendiendo en llamas, propagando el fuego entre sus filas mientras intentaban inútilmente huir del martirio calcinador. Todo se volvió caos y desesperación entre el ejército sombrío. Ardían como si los dioses los hubieran maldecido desde su morada en las nubes.

Komir contempló la cúpula sobre su cabeza, rogando a las tres diosas para que aguantara.

Los soldados enemigos intentaron huir.

Haradin alzó los brazos al cielo.

—¡Lluvia de Cometas! ¡Yo te conjuro! —proclamó y los cinco medallones destellaron nuevamente.

Desde los cielos cientos de fragmentos de enormes rocas en llamas descendieron para estrellarse con grandes explosiones de roca y fuego sobre las huestes enemigas. El cielo se había terminado de partir y sus pedazos de roca ardiente se estrellaban contra la tierra en terribles explosiones.

Komir contemplaba atónito el increíble espectáculo de muerte y destrucción. El poder de aquellos conjuros era tan inimaginable como terrible. Los soldados enemigos intentaban llegar a los bosques pero caían abrasados, con sus cuerpos en llamas, no había salvación. La lluvia infernal los consumía en medio de terroríficas explosiones de fuego. Los más cercanos al círculo defensivo se lanzaron desesperadamente contra los guerreros Norriel intentando huir y estos acabaron rápidamente con su miseria. Aquella lluvia era el conjuro más poderoso e increíble que Komir jamás hubiera podido soñar. En unos pocos momentos miles de soldados enemigos sufrieron una muerte atroz. El mayor ejército jamás congregado sufría una derrota catastrófica de épicas proporciones. Ni un sólo soldado enemigo logró sobrevivir. Las huestes del Ejército Negro quedaron aniquiladas.

Haradin bajó los brazos y la lluvia de muerte cesó. El gran Mago cayó al suelo inconsciente, extenuado por el tremendo esfuerzo.

Aliana corrió junto a él.

—¿Cómo está? —preguntó Komir.

—Vivo, pero apenas. El poder de los conjuros era demasiado grande, incluso para él. No ha muerto por muy poco.

—Eran poderosísimos conjuros Ilenios, ningún hombre debería intentarlo, ni con la ayuda de los medallones —razonó Sonea.

El cielo se despejó y el sol volvió a brillar. Komir miró alrededor. Miles de cuerpos abrasados yacían por toda la llanura. El hedor de los cuerpos abrasados era espeluznante.

—Hemos… hemos vencido —dijo Iruki con incredulidad manifiesta— Están… están todos muertos…

—Muertos, sí —convino Asti.

—Es una locura, increíblemente poderosa magia Ilenia —dijo Sonea.

Komir se llevó la mano a los ojos y barrió con la mirada el campo de batalla. Ningún enemigo había sobrevivido.

Habían vencido.

Se habían salvado.

—Es un milagro —dijo.

Aliana lo miró

—Sí que lo es. No pensé que lo lograríamos, en verdad te lo digo. Pero lo hemos logrado, hemos derrotado a las huestes del mal.

Poderosa Magia

Los guerreros Norriel supervivientes lanzaban gritos de júbilo y victoria con toda la potencia de sus gargantas, poseídos por una alegría inconmensurable.

La batalla había finalizado.

¡Habían vencido!

¡Habían sobrevivido!

Los gritos de alegría se contagiaron a los soldados Rogdanos supervivientes; todos vitorearon y se abrazaron entre risas, gritos y exaltaciones de alegría incontenibles. Algunos hombres lloraban histéricamente, incapaces de contenerse tras la terrorífica experiencia vivida. La alegría se adueñó del círculo de valientes, rieron y lloraron, dejando escapar la terrible tensión que habían sufrido. Por fin la pesadilla había terminado, por fin podrían descansar, por fin volverían a sus hogares y retomarían lo que quedara de sus antiguas vidas.

Komir se acercó hasta Hartz, al que atendía Kayti, pero el gran Norriel le hizo saber con una furiosa mirada de enemistad que nada quería con él. Komir desvió la mirada dolido por el rechazo, y se retiró sin mediar palabra, pues nada disculparía lo sucedido entre ellos. Buscó a Gerart entre los supervivientes. El Rey de Rogdon, rodeado de sus hombres, apenas se tenía en pie, pero los saludaba amistosamente mientras ensalzaba su valor y coraje. «Será un buen Rey» pensó Komir. Se acercó hasta Haradin y preocupado por el estado del Mago miró a Aliana.

—Necesita mucho reposo, pero sobrevivirá —le dijo ella, y una leve sonrisa iluminó la cara de la Sanadora. Aquel sencillo gesto llenó de alegría el corazón de Komir. Miró al cielo y suspiró. Y en ese breve momento de paz, una extraña sensación lo abordó, como si de un mal presagio se tratara, como si una helada corriente de aire le hubiera subido por la espalda.

De pronto, la esfera mágica de protección se alzó a su alrededor. De inmediato bajó la mirada al medallón y vio que emitía un ligero destello cristalino. Miró a los otros Portadores y comprobó que todos estaban protegidos por sus esferas. Los medallones Ilenios habían captado peligro arcano y los estaban protegiendo. Komir se adelantó y miró al norte.

Y allí lo vio.

Una siniestra niebla negra avanzaba hacia ellos.

Una niebla tan oscura que Komir supo en su alma que un terrible mal estaba llegando.

Todas las risas y vítores cesaron abruptamente y el silencio del temor regresó.

Según la funesta niebla se acercaba, el cielo sobre ella se iba ennegreciendo, como si una terrorífica tormenta se estuviera gestando a su paso. Komir observó lleno de inquietud el maligno fenómeno y supo que su Destino se acercaba, venía a reclamarle. Aquello que la vieja Bruja Plateada le había advertido venía a cumplirse. Komir sintió miedo, un miedo profundo que helaba el corazón, pero se rehízo. Llegaba la oscuridad, y con ella la maldad insondable y él le haría frente, se mantendría firme como una roca, no cedería. Si había de morir que así fuera, no rehuiría su Destino, combatiría y fuera cual fuera el final, lo aceptaría. De una u otra forma, todo acabaría hoy allí. Su Destino se cumpliría, para bien o para mal. Komir suspiró.

«Ha llegado el momento».

La maldad insondable continuó avanzando, infestando con su tenebrosa execración tierra y cielo, hasta situarse a 200 pasos de los supervivientes, que la contemplaban en silencio, expectantes y en tensión.

El mal se detuvo.

La niebla comenzó a disiparse paulatinamente.

Un centenar de guardias de élite enemigos quedaron al descubierto.

Tras ellos, dos siluetas flotaban sobre la maligna niebla.

Komir aguzó la vista. Al principio no consiguió discernir bien las dos figuras pero le produjeron una sensación tal de peligro que creyó le habían atravesado el pecho con una afilada lanza. Eran una mujer y un hombre.

Ella, de una enorme belleza, fría y letal.

Él, un hombre de mediana edad y mirada inteligente.

El aura de poder que aquellos dos extranjeros emanaban era inconmensurable. El de la mujer era de tal magnitud que encogería el corazón de un dios de la guerra. Aquella mujer poseía un poder inmenso.

Era la Dama Oscura.

Y venía a matarlo.

Allí estaba, la mujer que durante tanto tiempo había buscado. La mujer que había matado a sus padres. Su venganza, su Destino. Allí, frente a él.

Uno de los dos no vería un nuevo amanecer.

Los Portadores también percibieron el sobrecogedor poder maligno y se unieron a Komir. Aliana se situó a su derecha y le dedicó una leve sonrisa disimulando el miedo que sin duda sentía. Asti corrió a situarse a la derecha de su amiga. Komir ladeó la cabeza a la izquierda y vio a Iruki con la mirada fija en el enemigo, desafiante. A la izquierda de la Masig se situó Sonea, pensativa como siempre.

—Acabemos con ellos, no son muchos —aventuró Hartz blandiendo su espada tras los cinco Portadores.

—Mis hombres están listos —dijo Gerart.

—Los Norriel también lo estamos —dijo el Maestro Guerrero Gudin.

—¡No! ¡Quietos todos! —los detuvo Komir— Eso es precisamente lo que buscan. Esa mujer y el hombre a su derecha son Hechiceros de gigantesco poder, mayor incluso que el de nuestro gran Haradin. Si atacáis seréis diezmados por sus terribles conjuros.

Al oír aquello los Norriel murmuraron nerviosos. Los Rogdanos, junto a ellos, también se agitaron intranquilos.

—¡Mantened la calma! ¡Héroes de Rogdon sois y los héroes se forjan en días como este, luchando contra la mayor de las adversidades, consiguiendo lo imposible contra todo vaticinio! —dijo Gerart intentando sosegar a los hombres.

La Dama Oscura los miró desafiante, con barbilla alta y además arrogante.

Los señaló y comenzó a reír con grandes carcajadas desdeñosas.

—Patético —dijo y sacudió su cabellera azabache.

Todos la miraron como hipnotizados.

—Es hora de morir, insignificantes gusanos —dijo con una certeza que heló la sangre de cuantos la observaban.

Alzó sus manos y empezó a conjurar. El cielo comenzó a tornarse completamente negro, la luz del día era devorada por una arcana y siniestra noche. Un firmamento de malevolencia se formó sobre las cabezas de los defensores cuyos corazones se arrugaron ante semejante fenómeno infausto. Todos se tensaron en anticipación y los nervios afloraron empujados por el miedo. La Hechicera bajó los brazos y señaló frente a sus hombres.

—Aquel que osa desafiarme sólo la muerte agónica encuentra. Que vuestras almas devore el sufrimiento más terrible —dijo la Dama Oscura y los corazones de los valientes se llenaron de desesperanza.

La niebla reapareció, siguiendo los comandos de su ama. Comenzó a desplazarse, flotando densamente sobre el suelo y expandiéndose por todo el terreno como una maligna marea negra. Avanzó extendiéndose por todo el campo de batalla, alzándose no más de dos palmos del suelo, cubriendo todo a su paso de un negro maligno, de una oscuridad de muerte.

Los murmullos de temor y nervios de los defensores llegaron hasta Komir. No los culpaba, aquella niebla maldita venía a por ellos, y su propósito era la muerte.

—¡Debemos protegernos! —advirtió Komir a los Portadores.

—Esa perversidad no debe alcanzarnos —dijo Aliana, y extendió las manos a Komir y Asti.

Estos las tomaron y Komir ofreció la suya a Iruki, quien la tomó e hizo lo propio con Sonea. Los cinco Portadores, unidos, cerraron los ojos y se concentraron. La niebla seguía avanzando, devorando con su fatal oscuridad todo a su paso. Avanzó impune, cubriéndolo todo. Al llegar a diez pasos de los cinco Portadores los Norriel comenzaron a exclamar maldiciones y a retroceder.

—¡Qué nadie se mueva! —ordenó Gerart consciente de que los Portadores estaban intentando protegerlos— ¡Daos prisa, la tenemos encima! —les urgió.

La niebla de muerte llegó a dos pasos de Komir. Los medallones de los cinco Portadores brillaron al mismo tiempo y un anillo protector de color azulado se formó alrededor de los defensores. La niebla llegó hasta Komir pero chocó contra el anillo y se desvió, circundándolos. Tras ellos, los guerreros Norriel y soldados Rogdanos retrocedían en pánico.

—¡Quietos todos, no abandonéis el anillo! —les gritó Komir.

Pero los asustados soldados no parecían entender lo que el Norriel decía.

—¡Ellos no ven el anillo, Komir, no poseen el Don! —le dijo Sonea.

Komir lo comprendió entonces.

—¡Volved aquí, todos! ¡Rápido! —les gritó Komir mientras señalaba el centro del anillo de protección.

—¡Haced lo que dice! —les ordenó Gerart.

La niebla circundó el anillo, expandiéndose a su alrededor. Para desesperación de Komir varios hombres no siguieron sus indicaciones, confundidos por lo que sucedía. La niebla de muerte los alcanzó. Los gritos de horror y sufrimiento fueron espeluznantes. La niebla subió por sus cuerpos y los devoró en vida; toda carne y músculo desapareció de sus cuerpos y los esqueletos óseos de los desdichados se derrumbaron al suelo para desaparecer bajo el manto de muerte que continuaba avanzando. Al presenciar aquel macabro espanto todos se desplazaron al centro a empujones, mientras la niebla los rodeaba por completo. Formaban una isla rodeada por un mar de oscuridad.

¿Qué se proponía aquella Hechicera? Komir lo desconocía, pero debía detenerla como fuera. Ella era quien había destrozado su vida. Ella era quien había acabado con la vida de sus padres. La detendría, detendría la negra muerte que lo rodeaba. Miró a los Portadores, sus compañeros y amigos, no permitiría que los dañara.

No.

La detendría.

Como si su pensamiento pudiera leer, la Dama Oscura se dirigió a él.

—Vuestra pusilánime magia no podrá detenerme. Todos moriréis, os arrancaré las entrañas y me comeré vuestros corazones aún latiendo.

Y comenzó a conjurar.

Komir sentía el poder de la Hechicera y era de tal magnitud que el negro cielo descendió sobre ellos como la mayor de las maldiciones al tiempo que la tierra temblaba bajo sus pies, corrupta por la negra esencia de muerte que la envilecía. Todos se sujetaron, los unos a los otros, como pudieron, mientras cielo y tierra caían sobre ellos envolviéndolo todo en una negrura de muerte.

Y de entre la infame niebla... los muertos se alzaron.

Ante la atónita mirada de todos, los miles de soldados muertos comenzaron a alzarse, imbuidos de una corrupta vida en muerte.

—No... no puede ser... —dijo Aliana con su rostro totalmente desencajado de espanto.

—Los muertos... vuelven a la vida... —dijo Iruki sin comprender.

—¡Muertos! ¡Estar Muertos! —exclamó Asti negando con la cabeza.

—Es Nigromancia —aclaró Sonea—. Es la magia de muerte más poderosa. Magos que son capaces de levantar a los muertos para que luchen por ellos y realicen perversidades impensables.

Los cadáveres se alzaban con horribles quemaduras y deformaciones. Muchos nada más tenían que hueso y jirones de carne quemada colgando de las extremidades. El espectáculo era horrendo, nauseabundo y estremecedor.

—¿Qué hacemos? —preguntó Gerart desenvainando.

Miró alrededor, girando sobre sí mismo, con cara de estar en medio de una pesadilla.

—Son miles. ¡Ha levantado a todo el maldito Ejército Negro!

—Que vengan —dijo Hartz desenvainando y acercándose al Maestro Guerrero Gudin—. Acabaremos con todos ellos. ¿Verdad, mis camaradas? ¿Quién está conmigo? ¿Quién? —gritó el gran Norriel buscando enardecer a sus compatriotas.

Un breve silencio siguió el alegato de Hartz que Gudin rompió.

—Yo estoy contigo, guerrero. Acabaremos con ellos —Hartz sonrió a su maestro.

Todos los Norriel rugieron con gritos de guerra.

Gerart miró a sus abatidos hombres y dijo:

—¡No se dirá de este día que los Rogdanos abandonaron a los Norriel en el momento final! ¿Verdad? —el Rey los volvió a mirar y repitió la pregunta— ¿Verdad? Y los soldados Rogdanos estallaron en gritos.

—¡No!

Komir observó a los bravos supervivientes, pero sabía que no conseguirían sobrevivir a la hueste de muertos vivientes que ya se les echaba encima. Eran miles de cadáveres revividos, bestias sin mente, descarnados, abrasados, deformes e inhumanas aberraciones que avanzaban con movimientos torpes, con ojos vacíos, guiados por un ansia voraz de alimentarse de carne viva.

Y ellos eran tan pocos…

—¡Formad el círculo! —ordenó Gerart— ¡Qué no lo rompan o estamos perdidos!

Rogdanos y Norriel siguieron prestos la orden y los primeros muertos vivientes llegaron hasta ellos. Las espadas cortaron y golpearon los descarnados cuerpos, los carbonizados rostros emitían horrendos gruñidos y buscaban la carne de los defensores con una avidez corrupta. No sentían dolor, los tajos y estocadas no les afectaban. Varios defensores cayeron sin poder acabar con ellos, tras ser su carne arrancada a viscerales dentelladas.

—¡La cabeza! —gritó Sonea— ¡Cortadles la cabeza!

Hartz escuchó a la pequeña erudita e hizo girar el mandoble Ilenio decapitando a varios engendros que de inmediato se derrumbaron al suelo.

—¡Esto me gusta más! —exclamó exultante.

—¡Despedazadlos! ¡Norrieles somos! —gritó Gudin partiendo en pedazos con tremendos golpes a varios engendros.

Pero la avalancha de cadáveres revividos era demasiado grande para poder ser contenida.

«¡Tengo que hacer algo ahora, o moriremos todos!» pensó Komir, y miró en dirección a la Dama Oscura que con los brazos extendidos imbuía de muerte corrupta la negra niebla que sustentaba el ejército de muertos vivientes.

—Tengo que acabar con ella —le dijo a Aliana—. Es la única forma, o seremos devorados por esos monstruos.

Aliana lo miró a los ojos y asintió.

—Estamos contigo, Komir —le dijo Sonea.

—Matemos a esa Hechicera —dijo Iruki con ojos llenos de odio.

Komir avanzó hasta el borde del anillo defensivo y encaró a la Dama Oscura en la distancia. Entre ellos se extendía una hueste de cadáveres andantes. Komir cerró los ojos. «Ha llegado el momento. Mi Destino me aguarda. No temeré». Se concentró y buscó su energía interna con la mirada fija en la Dama Oscura. Se llevó la mano al medallón del Éter. «Por algún motivo llegaste hasta mí. Por un motivo que tiene que ver con mi Destino. Ahora lo sé. Por ello te ordeno que sirvas mi voluntad y destruyas a mi enemigo. Ábreme camino hasta ella».

El medallón Ilenio emitió un breve destello translúcido como respondiendo al mandato de su Portador. Los extraños símbolos Ilenios comenzaron a invadir la mente de Komir y sintió como el medallón tiraba de su energía. Un muerto viviente se abalanzó sobre Komir, sus consumidos brazos buscaban desgarrar su cuello. Komir tragó saliva. Pero no se movió, el conjuro no había finalizado. Los huesudos dedos rozaron su cuello y el miedo lo atrapó. Un guerrero Norriel se abrió paso a su lado y amputó ambos brazos del cadáver de un salvaje tajo. Volvió a golpear y decapitó al rugiente engendro. Komir suspiró de alivio y por el rabillo del ojo miró agradecido al guerrero. Para su sorpresa, se percató de que era Hartz. El gran Norriel le dedicó una mirada fría y prosiguió descuartizando engendros.

La última runa Ilenia surcó la mente de Komir y el conjuró se completó. El medallón del Éter refulgió con la intensidad de un sol y estalló en una tremenda explosión de energía. La explosión precipitó una ola gigante que barrió cuanto en frente de Komir se hallaba. Los cadáveres salieron despedidos por los aires golpeados por la gigantesca ola de energía arcana. El mar de muertos vivientes quedó dividido en dos y un pasaje despejado se creó hasta la Dama Oscura.

—Seguidme —dijo Komir a sus compañeros, y comenzó a avanzar.

Los Portadores lo siguieron resolutos.

Los muertos vivientes intentaron abalanzarse sobre el grupo entre rugidos voraces pero la energía etérea que había abierto el pasaje se lo impedía, los rechazaba, formando un muro de contención de altas olas a lo largo del paso. Komir no sabía cuánto duraría aquella contención pero decidió no pensar en ello pues se adentraban en la boca del lobo y el retorno no era ya posible.

A unos pasos de la Dama Oscura, Komir se detuvo.

La observó con detenimiento, obviando al Hechicero que la acompañaba y a la guardia de honor que la protegía. La mujer era de una belleza sin igual, lo que impactó a Komir, pero su corazón le avisó de que era tan bella como mortal. Rezumaba poder y muerte. El aura de energía maligna que desprendía era descorazonadora. En una mano portaba un hacha ceremonial plateada con incrustaciones preciosas y en la otra mano una siniestra calavera cristalina. A Komir le recorrió la espalda un gélido escalofrío.

Mirando a derecha e izquierda, en voz baja, les dijo a sus compañeros:

—Preparaos. Cuando dé la señal ordenad a vuestros medallones que arrasen a esa mujer con el peor de los conjuros.

Komir vio la duda aflorar en los ojos de Asti y Sonea.

—No dudéis, podéis hacerlo, lo sé. Confío en vosotras. Concentraos y transmitid vuestra voluntad al medallón. Responderá al mandato de su Portador. No titubeéis Tened confianza. Hoy es el día en que os convertiréis en héroes de Tremia. Mucho hemos padecido para llegar hasta aquí, y ahora todo tiene sentido. Amigos, estamos aquí para acabar con el mal y con ella acabaremos.

Komir miró a la Dama Oscura, y dio un paso al frente, desafiante.

La Dama Oscura clavó sus ojos de muerte en Komir.

—El Marcado, al fin —dijo con voz aterciopelada señalando con el hacha plateada.

—La Dama Oscura —dijo Komir intentando disimular el venenoso odio que le corroía el corazón en aquel instante. Estaba finalmente ante su venganza, la tenía al alcance de la mano. Se hallaba ante la mujer que lo había perseguido desde que era un bebé, ante quien había matado a sus padres… El odio comenzó a consumirlo.

—Mucho tiempo llevo buscándote —dijo ella con una sonrisa macabra bajo sus rasgados ojos negros.

—Aquí me tienes. No te temo —dijo Komir abriendo los brazos.

—Uno de los dos ha de morir hoy aquí —dijo la Dama Oscura—, así está escrito. Mi fiel Isuzeni así puede constatarlo.

El Hechicero junto a la Dama Oscura realizó una elaborada reverencia.

La Dama Oscura miró nuevamente a Komir, sus negros ojos destilaban maldad absoluta.

Nada deseaba Komir más que matar a aquella mujer. Nada. Pero los gritos desesperados de sus compañeros luchando y muriendo con valentía y honor, más allá de todo deber, llegaron hasta él. No podía dejarlos morir, no por aquella obsesiva venganza que lo corroía. No. Debía olvidar la venganza y salvarlos.

—Retira a tus engendros y marcha por dónde has venido, Dama de la Oscuridad y nadie más tendrá que morir hoy aquí.

La Dama Oscura soltó una fuerte carcajada. Lo miró divertida y una sonrisa sarcástica afloró en sus labios negros. Komir comenzó a intuir el grado de maldad que aquel ser encerraba.

—No he venido hasta aquí para retirarme ahora, Marcado. Ese sería un acto de cobardía impensable. Mi destino es reinar sobre todo el mundo conocido, siempre lo ha sido. Así lo predijo el Oráculo y así me aseguraré hoy de que se cumple. No existe otro camino para mí, sólo puedo avanzar en esa dirección pues así mi alma lo requiere. Únicamente un escollo final se interpone en mi camino.

—Yo.

La Dama Oscura sonrió, con una sonrisa llena de pura crueldad.

—Tú y la maldita Premonición —dijo mostrando la Calavera de Cristal—. Pero ya no tiene importancia pues no se cumplirá. Hoy morirás y contigo tu patética compañía. Nadie me negará mi Destino de Gloria.

—Por última vez te digo, llama a tus engendros y vete. No tiene por qué haber más derramamiento de sangre.

La Dama Oscura rió, una risa cavernosa y ácida.

—Es hora de morir, Marcado. Mi Destino me aguarda.

La Dama Oscura comenzó a conjurar y en reacción las esferas defensivas de los cinco Portadores se reforzaron. Del hacha de la poderosa Hechicera surgió una negrura que tomó forma frente a su señora. Una bestia gigantesca, con cuerpo de reptil y descomunales alas de ave se alzó con un escalofriante bramido. Tenía seis largos brazos acabados en afiladas garras. Los ojos eran de un rojo de sangre y toda la extensión de la boca estaba plagada de incontables y afiladísimos dientes. A una palabra de su ama se abalanzó sobre los cinco Portadores como un demonio del más profundo de los abismos. El pánico cundió entre el grupo. La bestia fue directa a por Komir. Un zarpazo de una de las afiladas garras penetró la esfera defensiva y desgarró el hombro de Komir.

—¡Hay que protegerlo! —gritó Sonea— ¡La bestia es corpórea, la esfera no lo protegerá, lo va a destrozar!

Komir se lanzó a un lado esquivando una dentellada de afilados colmillos de la boca reptiliana. El largo cuello escamado lo persiguió. Komir corrió a un lado intentando evadirse pero la bestia era gigantesca. Esquivó otra dentellada pero tropezó y cayó al suelo. La boca de la bestia se abrió, mostrando hediondos y descomunales colmillos de más de dos palmos de longitud, y fue a cerrarse sobre la cara de Komir. En ese instante, el cuerpo de Komir fue recubierto por una capa de tierra, dura como la roca. Era un sortilegio de Tierra. Komir miró de reojo y vio a Aliana sujetando su medallón, un destello marrón aún brillaba en el aire. Los colmillos se cerraron sobre su rostro pero chocaron contra la dura roca que ahora lo protegía. La bestia rugió enfurecida y golpeó brutalmente a Komir haciéndolo rodar por los suelos.

—¡Hay que detener a la bestia! —gritó Sonea— ¡Lo va a matar!

Komir intentó levantarse, pero no pudo. La negra bestia elevó el vuelo y descendió sobre él, clavando sus garras sobre el costado de Komir. La armadura de piedra lo protegió de las garras pero no del impacto. Su cuerpo estalló en dolor y Komir casi perdió el sentido. La bestia agitó sus descomunales alas, rugió y dio un paso atrás, dispuesta a partir en dos a Komir.

—¡Quieta, maldita! —gritó Iruki situándose frente a la abominación alada.

Un destello azulado de gran intensidad hizo que Komir levantara la mirada. Magia de Agua. Iruki había conjurado. De pronto, la oscura piel del gigantesco reptil alado comenzó a cubrirse de hielo, se congelaba. Ante la estupefacta mirada del grupo, la bestia quedó completamente congelada en vida en pocos momentos.

—¡Hay que rematarla antes de que consiga liberarse! —urgió Aliana.

—Yo me encargo —dijo Sonea con seguridad y dando un paso hacia la bestia la señaló.

Su medallón Ilenio, el Medallón del Aire, destelló con un brillo blanquecino. Un tremendo trueno estalló sobre la congelada bestia. Un instante después un rayo devastador bajó zigzagueando y golpeó la cabeza del gigantesco reptil. La bestia explotó en mil pedazos de hielo que salieron despedidos en todas direcciones.

—¡Sí! —exclamó Sonea eufórica.

Aliana corrió a socorrer a Komir.

—¡Matadlos! —rugió La Dama Oscura, y los Moyuki se lanzaron al ataque espadas en alto.

La frágil Asti se situó ante Aliana y Komir.

—Tú curar, yo matar —le dijo a Aliana con una frialdad impropia en la Usik. Aliana la miró un instante y asintió.

Los Moyukis llegaban a la carrera con las espadas listas para cercenarles la vida, infundiendo terror con sus grotescas máscaras. Pero Asti no se acobardó. La frágil Usik cerró los ojos y abrió los brazos decidida a hacerles frente. Su medallón brilló con el rojo-dorado del fuego. De su pecho surgieron llamas abrasadoras que se expandieron a lo largo del paso como un incendio en un bosque propulsado por una fuerte corriente de viento. Las llamas abrasaron a los Moyukis sin darles opción alguna y llegaron hasta la Dama Oscura a la que no consiguieron dañar.

—Está protegida por una barrera anti magia —dijo Sonea. —Ahora la veo.

—Veamos si aguanta —dijo Iruki—. Voy a congelarle el alma.

El medallón de Iruki brilló con intensidad azulada. Alrededor de la Dama Oscura y el hechicero Isuzeni, el hielo y la escarcha comenzaron a aparecer congelando todo en el área. Los últimos Moyuki que habían permanecido para defender a su señora morían congelados.

—Es el Hechicero, Isuzeni, quien mantiene alzada la protección — señaló Sonea—, le he visto reforzarla cuando has conjurado sobre ellos.

—¡Malditos! ¡Pagareis esto muy caro! —amenazó la Hechicera llena de una furia bestial.

De la espalda de la Dama Oscura surgieron ocho enormes tentáculos, negros y viscosos, como si la Hechicera en un monstruo de los abismos marinos se hubiera transformado. Uno de los tentáculos golpeó salvajemente a Iruki que salió despedida. Sonea intentó esquivar otro de los bestiales miembros pero no fue lo suficientemente rápida y recibió un golpe brutal. Asti conjuró fuego. Rápidamente los tentáculos se apartaron de las llamas que partían de su pecho. La Usik luchaba como una diosa intentando proteger a sus hermanas caídas.

La Dama Oscura chilló de rabia y golpeó con estrepitosa fuerza el suelo ante la Usik con sus descomunales tentáculos. La tierra tembló violentamente y Asti perdió el equilibrio cayendo al suelo. Uno de los tentáculos la atrapó de la cintura y la elevo en el aire mientras la oprimía, asfixiándola.

—¡Asti, no! —exclamó Aliana.

La Sanadora se situó frente a la Dama Oscura y concentrándose comandó al Medallón de tierra. Dos enormes tentáculos se dirigieron hacia ella a gran velocidad. Del pecho de Aliana surgieron una docena de estacas de piedra con aristas afiladas como el acero de una espada de reyes. Las dos primeras golpearon los tentáculos que buscaban el cuerpo de Aliana y, al alcanzarlos, los sesgaron como el cuchillo de un carnicero la carne tierna. Los tentáculos cortados cayeron al suelo sin vida.

La Dama Oscura gritó de rabia un momento antes de que el resto de misiles alcanzaran los restantes tentáculos cortándolos de raíz.

Asti se precipitó contra el suelo.

Aliana corrió a ayudarla y la arrastró junto a Komir.

—¡Os mataré! —gritó fuera de sí la Dama Oscura.

Iruki y Sonea se arrastraron malheridas junto a sus compañeros.

La Dama Oscura hizo girar el hacha plateada sobre su cabeza y conjuró. Una negrura incorpórea, con la pestilente esencia de la muerte, surgió de sus negros ojos y avanzó hacia los cinco.

Komir, ayudado por Aliana, consiguió ponerse en pie aunque estaba seriamente herido. El costado lo estaba matando de dolor.

—¿Qué es eso? —preguntó Sonea sin comprender señalando desde el suelo.

—¡Ha salido de su interior, por los ojos! —dijo Aliana.

—Es su espíritu… Un espíritu del mal… Viene a traernos la muerte —dijo Iruki tosiendo sangre.

La negrura llegó hasta ellos como un oscuro espíritu del más allá, y se precipitó a darles muerte. Los Portadores quedaron cegados, todo a su alrededor se volvió oscuridad. La negrura, aquel ente dotado de vida propia, los envolvió por completo, negándoles la luz.

—¡Las esferas, necesitamos las esferas! —gritó Komir.

Todos miraron sus medallones y las cinco esferas, simultáneamente, se reforzaron.

Con avidez desmedida la negrura comenzó a devorar las esferas defensivas, corrompiendo su esencia con aquella de la muerte, buscando devorar la vida de aquellos a quienes protegía.

—¡Está destruyendo las esferas! —dijo Sonea— ¡No aguantarán mucho!

—¡Es pura maldad, es la misma muerte! —gritó Aliana.

—¡Entre todos! —dijo Komir.

Los cinco se agarraron de los brazos con fuerza.

—Dadme vuestro poder —pidió Komir.

Sus compañeros obedecieron a su petición.

El maligno espíritu de muerte consiguió penetrar la esfera defensiva de Komir y se dirigió a su rostro. Komir cerró los ojos y gritó:

—¡Luz y vida!

Un estallido de luz de una claridad inmaculada y cegadora salió del medallón alcanzando al negro espíritu de muerte. La luz de vida lo destruyó con su poder.

La Dama Oscura gritó de dolor. Un grito profundo y desgarrador, como si le arrancaran las entrañas.

Komir abrió los ojos y la miró. Había sangre en la comisura de los labios de la siniestra Hechicera.

—¡Está herida, debemos actuar ahora! —dijo Sonea reconociendo la oportunidad.

Los cinco, heridos, maltrechos, se colocaron formando una línea y se llevaron las manos a los medallones.

—¡Todos a una, descargad toda vuestra energía sobre ella! ¡Ahora! ¡Ahora! —urgió Komir.

Aliana conjuró un destructor terremoto con sacudidas de violencia mortal.

Iruki conjuró una tormenta invernal de gélidos vientos letales.

Sonea conjuró una tormenta de mortíferos rayos y relámpagos.

Asti conjuró llamas infernales que todo lo abrasaban.

Komir conjuró un vórtice de pura energía destructora.

La negra barrera defensiva que protegía a la Dama Oscura e Isuzeni brilló con intensidad. Estaba repeliendo los ataques.

—El Hechicero es muy poderoso —señaló Sonea—, debemos mantener la presión, su energía tiene que ser finita, no podrá mantener la barrera eternamente.

—La nuestra también —dijo Komir al ver que su pozo comenzaba a agotarse—. ¡Es todo o nada, descargad sobre ellos hasta la última gota de poder! ¡Hay que volcar el alma, ahora o nunca! ¡Vamos!

Los cinco Portadores mantuvieron los devastadores conjuros sobre los dos Hechiceros, implacables, descargando todo el poder de los medallones Ilenios sobre ellos.

—¡Os mataré a todos! ¡Insignificantes gusanos! —gritó la Dama Oscura, y comenzó a conjurar.

La negra barrera defensiva volvió a brillar con fuerza.

La Dama Oscura miró a Isuzeni con ojos desorbitados.

—¡Isuzeni! ¡No! ¡No! —gritó con voz desesperada.

Isuzeni dio un paso atrás y retrajo la barrera sobre sí mismo, dejando a la Dama Oscura al descubierto.

—¡Traición! ¡Noooooooooo!

El poder de los conjuros de los medallones la golpeó de pleno y destruyó todas sus defensas. La Dama Oscura gritó, un grito agónico lleno de una rabia y dolor infinitos, y cayó al suelo.

Komir alzó el brazo y los cinco detuvieron los devastadores conjuros.

Isuzeni se acercó hasta la malherida Dama Oscura y de su mano cogió la Calavera del Destino. La miró a los ojos y dijo:

—Ahora seré yo el dueño de mi propio destino y no volveré a temer por mi vida. ¡Que la premonición se cumpla!

El Hechicero miró a los cinco, realizó una reverencia, se dio la vuelta y se adentró en los bosques.

Komir se giró y observó la batalla a su espalda. De súbito, todos los muertos vivientes se desmoronaron al suelo para no volver a alzarse. Una ola de alivio lo invadió, refrescando su torturada alma.

—Lo... lo hemos logrado... —balbuceó Aliana.

—No puedo creerlo... —dijo Sonea—, nuestras posibilidades de sobrevivir eran prácticamente nulas...

—¡Nosotros vivir! —exclamó Asti triunfal mientras los gritos de júbilo estallaban entre los soldados Rogdanos y los guerreros Norriel a sus espaldas.

—Aún vive... —dijo Iruki señalando a la Dama Oscura.

Komir se acercó hasta la caída Hechicera. Estaba rodeada de sus guardias muertos y una bruma había comenzado a formarse a su alrededor. Se agachó junto a ella y la miró a los ojos. Unos ojos despiadados que brillaban de odio. La sangre le manaba de labios y oídos. Komir le puso la mano en el pecho, aún respiraba. Al tocarla, la pestilencia de su maldad lo contaminó y tuvo que retirar la mano. Komir cerró los ojos. Únicamente maldad, sufrimiento y perversidad sentía emanando de ella, ni un ápice de bondad, por remota que fuera. Komir negó con la cabeza. Aquel ser era el mal personificado, lo sentía, lo sabía. Desenvainó su cuchillo de caza y lo situó en el cuello de aquella que tanto dolor y sufrimiento había traído a su vida. No sólo a la suya, a la de millares de inocentes. No podía dejarla vivir, no por venganza, sino por el mal que la consumía, un mal que de dejarla con vida volvería a crear nuevo sufrimiento y dolor en las vidas de inocentes. Presionó el filo contra la garganta y dudó. Sabía lo que debía hacer, pero no deseaba hacerlo, algo en su interior se resistía. Aún conservaba algo de humanidad después de tanta sangre y muerte, y por aquello a las tres diosas dio gracias.

—Vamos… cobarde… a qué esperas… —balbuceó con una mirada de desprecio en sus ojos.

Komir tragó saliva. No quería ejecutarla a sangre fría. Él no era un asesino, ni un verdugo. Nunca había deseado matar, siempre se había visto obligado a hacerlo y cada muerte pesaba en su alma.

—Yo… no… dudaría…

Alzó la vista y entre la bruma, Komir vio la silueta de Amtoko. La Bruja lo miraba, sus ojos parecían fijos en él. Komir la miró interrogante, sus ojos pedían consejo a la anciana. Amtoko asintió lentamente y Komir comprendió lo que debía hacer, le gustara o no. Aquel era su Destino. Volvió a mirar a la Bruja pero esta ya había departido. Una mano se posó sobre su hombro.

—Si lo prefieres, lo haré yo —se ofreció Kayti.

Komir negó con la cabeza. Era su Destino y lo cumpliría aunque su alma contaminara.

—Es mi carga, mi responsabilidad. No la rehuiré.

Aliana se acercó hasta él y observó el cuchillo pero nada dijo.

Y en el silencio de la Sanadora Komir halló la fuerza que necesitaba. Apretó con rabia el mango del arma y dijo:

—Adiós, Mirta, adiós, Ulis, nunca os olvidaré.

Y con aquel pensamiento de despedida hacia sus padres, Komir seccionó el cuello de la Dama Oscura.

Las lágrimas bañaron sus ojos y Komir no pudo reprimirlas.

—Vamos, todo ha acabado —le dijo Aliana.

Y Komir lloró.

Lloró amargamente.

Llamamiento

Haradin despertó alarmado y se incorporó en la cama. La luz matinal entraba por los ventanales y bañaba su dolorido cuerpo de una agradable calidez.

—¿Dónde... dónde estoy? ¿Qué ha sucedido? —preguntó confundido, mirando la elegante estancia en la que se hallaba y que no reconocía.

Una joven se acercó hasta él.

—No hagáis esfuerzos, estáis aún muy débil.

—¿Qué ha pasado? ¿Qué hago aquí?

—Tranquilizaos, estáis entre amigos. Mi nombre es Gena, soy Sanadora, y llevo más de una semana atendiéndoos... desde la gran batalla... Habéis estado muy cerca de morir.

—¿Una semana? Lo último que recuerdo es... el campo de batalla... los conjuros de poder, la Tormenta de Fuego...

—Debo avisar de vuestra recuperación. No os mováis, enseguida vuelvo.

Unos minutos más tarde la puerta de la habitación se abría y Haradin vio entrar a la Madre Sanadora Sorundi seguida de Aliana y Gerart.

—¡Es un auténtico milagro! ¡Ha despertado! —dijo la líder de la Orden de Tirsar.

—¡Qué preocupados nos has tenido, Haradin, por un momento te dimos por perdido! —dijo Aliana con una gran sonrisa.

—¿Qué ha sucedido? ¿Y el Ejército Negro? —preguntó Haradin desorientado mientras la preocupación crecía en su interior.

Gerart puso su mano en el hombro del Mago.

—No debes preocuparte, querido amigo, los derrotamos. No hay ya peligro. Vencimos.

—¿Vencedores fuimos? ¿Cómo es eso posible? —preguntó Haradin con incredulidad intentando asimilar las nuevas.

—Quizás sería mejor si te relatáramos lo sucedido —dijo Gerart con una sonrisa.

Gerart y Aliana narraron al Mago todo lo acontecido durante la épica batalla, sin omitir detalle alguno, asegurándose de transmitir al gran Mago todo cuánto habían vivido.

Haradin escuchó con interés absoluto. Muy en especial, el relato de Aliana sobre la derrota y posterior muerte de la Dama Oscura.

—La magia de los medallones es increíblemente poderosa… más de lo que yo había anticipado… —murmuró Haradin pensativo.

Aquello lo preocupaba, y mucho. Por otro lado, no podía sino sentir una alegría inmensa al ver que habían sobrevivido.

—Me colma de dicha oír tan buenas nuevas, hallaros con vida…

—Muchos han perecido… valientes que dieron su vida por la patria… demasiados… —se lamentó Gerart—. El reino tardará mucho tiempo en recuperarse de esta terrible tragedia, varias generaciones, me temo...

—Ahora es tiempo de sanar y reconstruir —dijo la Madre Sanadora Sorundi—. Mucho hay por hacer. Las heridas cicatrizarán y los enfermos se recuperarán con tiempo, paciencia y buen hacer. Sobreviviremos, Rogdon saldrá adelante.

—Gracias a vuestro impagable esfuerzo —dijo Gerart con un gesto de agradecimiento hacia Sorundi—. Las Hermanas Sanadoras trabajan de manera incansable. Han salvado incontables vidas y se encargan de atender a todos los heridos que tenemos. Sus números son... sobrecogedores… Cada día que pasa me pregunto qué podría haber hecho diferente para evitar esta inhumana calamidad que tanto dolor y sufrimiento nos ha traído...

—Hicisteis lo correcto, Majestad —se apresuró a decir Haradin—. Por desgracia, la vida muy cruel puede llegar a ser a nuestro pesar y el sufrimiento no puede ser siempre evitado, ni por el más poderoso o justo de los reyes. La crueldad del mal siempre acecha, dispuesta a atacar y sólo combatirla podemos en favor de los inocentes. Vuestro corazón es noble, Majestad, el pueblo lo sabe, no os torturéis, nada podríais haber hecho para evitar esta catástrofe.

Gerart bajó la cabeza y suspiró.

—Doy gracias a la Luz por las Hermanas y sus bondades.

—Es nuestro deber, más ahora en tan difícil situación —señaló Aliana.

—La gratitud más absoluta del Rey de Rogdon tenéis —dijo Gerart, y sus ojos brillaron al contemplar el rostro de la Sanadora con tal intensidad que Haradin captó su significado claramente.

Aliana se ruborizó, sonrió al Rey y desvió la mirada avergonzada.

—¿Qué ha sido de nuestros aliados, los Norriel? —interrumpió Haradin.

—Los bravos guerreros de las tierras altas han dejado a sus heridos bajo nuestra tutela. La matriarca Auburu y ese luchador incomparable, Gudin, se han quedado con ellos hasta que se recuperen. El resto ha vuelto a sus hogares en las montañas. Increíbles luchadores son, he de decir con admiración, un pueblo de guerreros natos. De no ser por ellos habríamos perecido.

—Una deuda de gratitud inmensa con ellos tenemos —dijo Haradin con sincero sentir—. Y yo una deuda muy especial con cierta Bruja Norriel de cabellos plateados.

Gerart lo miró sin comprender.

—¿Y la ciudad? —preguntó Haradin.

—Los trabajos de reconstrucción han comenzado ya. Cientos de voluntarios se han presentado y junto a los soldados supervivientes se han iniciado las labores de limpieza y reconstrucción. El bueno de Urien dirige todas las labores de intendencia y reconstrucción. Nos llevará mucho tiempo, pero Rilentor volverá a ser la magna y radiante ciudad que un día fue. En eso tenéis mi palabra de Rey. Será un testamento a la resolución, valor y coraje del tenaz pueblo Rogdano.

—Me alegra saber que el Consejero Real ha sobrevivido. Necesitaremos de su dilatada experiencia y buen hacer para reconstruir todo lo perdido. ¿Y el resto del reino?

—He enviado destacamentos de Lanceros a recorrer las tierras. No queda presencia enemiga alguna en ningún punto. Hallamos la Fortaleza de la Media Luna desierta, ni rastro de los Norghanos. Al sur, en Silanda, los últimos Noceanos abandonaron la ciudad hace tres días. La bandera Rogdana vuelve a ondear en sus castigados muros. Mucho trabajo nos espera allí también, la ciudad ha sido muy castigada.

—Y… ¿los extranjeros… los hombres de ojos rasgados?

—Desaparecidos. Creemos que los supervivientes se han dirigido al este. He enviado vigías para asegurarme.

—Bien. Mucho hemos perdido, pero una vez más los Rogdanos firmes nos mantenemos contra los embates del mal.

—Si me disculpáis, he de ir a ver a la Reina. Su sufrimiento por la pérdida de mi padre… el Rey… es enorme … Está desconsolada.

—Desde luego —dijo Haradin bajando la cabeza.

Gerart miró a Aliana un instante, una mirada honesta, de esperanza. Aliana le devolvió la mirada y le sonrió con dulzura. El Rey abandonó la estancia.

—Nosotras debemos volver con los heridos, queda mucho por hacer —dijo la Madre Sanadora Sorundi.

Haradin repitió el gesto de asentimiento.

—Yo también tengo urgentes asuntos que atender. Muy urgentes…

Komir entró en la gran Catedral de la Luz de Rilentor que ahora ejercía de hospital y centro de sanación. Estaba abarrotada de heridos y enfermos. Sanadoras, cirujanos, Sacerdotes de la Luz y voluntarios los atendían con mimo y esmero. Pasó junto a varios guerreros Norriel convalecientes y los saludó en el idioma de las tierras altas, pero no tenía tiempo para cordialidades. Debía encontrar a Lindaro, con urgencia. Recorrió con la mirada la inmensa estancia mientras avanzaba y finalmente dio con él.

—Lindaro —le dijo situándose a su lado.

El hombre de fe estaba preparando un brebaje junto a un soldado Rogdano tendido en uno de los bancales.

—Hola Komir —saludó el avispado hombre de fe—. Por la expresión de tu rostro deduzco que algo va mal.

—Me conoces demasiado bien. Debemos partir.

Lindaro torció el gesto.

—Pero no puedo, mi deber está aquí, debo hacer la obra de la Luz —protestó el hombre de fe.

—Ya lo hemos hablado, Lindaro. Te necesito, sólo tú puedes ayudarme con esto.

—Pero Komir…

—Hazlo por mí, por la amistad que nos une. Si no fuera muy importante no te pondría en este aprieto.

Lindaro bajó la cabeza.

—Está bien… pero no estoy de acuerdo… —se rindió el hombre de fe a regañadientes.

—Partiremos al alba.

—Esta misión no es una buena idea, Komir…

—Nunca lo son.

Y con aquello, Komir sentenció la discusión. Se volvió y abandonó la Catedral. Un terrible sentimiento de angustia lo invadió.

Con paso lento, pues falto de fuerzas estaba, Haradin llegó al pie de su derruida torre. Lleno de tristeza contempló la antaño regia torre que su hogar había sido, donde tantas gratas horas de estudio y descubrimiento había vivido. Suspiró. Ahora no era más que un baldío cúmulo de rocas. «Maldita guerra, todo lo destruye, nada respeta, ni la sagrada vida ni la grandeza de los logros del hombre».

Se arrodilló apoyado en su báculo de poder y despejó su mente de sentimentalismos. Estaba allí por una razón, un propósito de gran trascendencia. Un tesoro como ningún otro bajo las rocas permanecía enterrado y debía hallarlo pues su salvaguarda era imperativa y deber sagrado. La supervivencia de la raza humana en juego estaba. Cerró los ojos y se concentró. Dejó que su mente se abriera a captar el poder que lo rodeaba. En un instante el poderosísimo objeto se revelaría y podría obtenerlo. Un sentimiento de nerviosismo y preocupación agudos lo invadieron: no captaba poder alguno.

«¡No puede ser! ¡El Libro del Sol de los Ilenios! ¡Alguien se lo ha llevado!».

Haradin cerró el puño poseído por una furia agónica y gritó a los cielos.

—¡Insensatos! ¡Qué habéis hecho!

Aliana miró a Asti y las dos intercambiaron una mirada cómplice. El día despuntaba pero las dos se mantenían ocultas en la sombras. Hacía menos de una hora que había amanecido.

—¿Te ha visto alguien? —preguntó en un susurro la Sanadora a la Usik.

—Nadie ver —dijo ella negando con la cabeza.

—¿La has avisado?

La Usik asintió.

—¿Vendrá?

—Ella decir: sí, por ti, por nadie más.

Aliana sonrió.

—No estaba segura de poder convencerla.

—Caballos listos —dijo la Usik señalando al establo.

—Muy bien.

—Ella esperar fuera muralla.

—En marcha entonces.

Komir observaba a Lindaro mientras el sacerdote de la Luz estudiaba el portal Ilenio. Esculpido sobre la roca de la cámara, el enorme artefacto mágico refulgía levemente. El anillo exterior, donde las runas Ilenias estaban situadas, pulsaba con el brillo del oro; el interior, como un lago de plata, relucía con un resplandor de argento.

—No puedo creer que nos encontremos aquí de vuelta. Parece que ha pasado una eternidad —dijo Lindaro perdido en sus raciocinios.

—Aquí comenzó todo... —dijo Komir pensativo, y sostuvo el Medallón Sombrío, el medallón de su madre—. Hasta aquí nos condujo —dijo mirando fijamente el medallón.

—Todavía me parece increíble que nos hallemos bajo el Faro de Egia —dijo Lindaro contemplando las runas del portal.

—A mí me sorprende más que a ti, créeme, amigo.

Lindaro esbozó una sonrisa.

—Y todas las tribulaciones que tuvimos que sufrir hasta llegar a la cámara del Rey Ilenio del Éter —dijo señalando hacia arriba con el dedo índice.

Komir observó la escalera a su espalda, acababan de descender de la cámara mortuoria hasta el portal por el pasaje oculto bajo el sarcófago.

—¿Has podido averiguar algo? La situación urge... y no me gustaría cruzar sin saber el destino que aguarda al otro lado... ni como regresar de él...

—Lo entiendo, pero interpretar este portal no es tarea sencilla.

—¿Lograrás descifrar el destino?

—Creo que sí, Komir. No puedo asegurarlo, pero creo que sí. Cuando quedamos atrapados la última vez, gracias al Libro de la Luna, conseguí finalmente descifrar el significado de bastantes de las runas aquí empleadas por los Ilenios. Un artefacto maravilloso este portal. Maravilloso, sí. Tengo que dedicarle más tiempo de estudio, sí, en cuanto tenga la ocasión...

—¿Y el significado de las runas...?

—Ah, sí. Debo dar gracias a la Luz por la buena memoria con la que me ha bendecido.

—Debemos dar gracias a tu Luz por muchas de tus excelentes cualidades, Lindaro —le dijo Komir palmeando su hombro con una sonrisa.

Lindaro lo miró y sonrió.

—Gracias, Komir.

Volvió a estudiar el portal y se quedó mirando la segunda y tercera runas observando en lo alto del anillo exterior del portal, primero una y luego la otra, intentando descifrar el destino.

Pasó un largo tiempo y Komir, viendo que llevaría más tiempo del anticipado, tuvo que sentarse en el suelo y esperar.

Finalmente Lindaro exclamó:

—¡Creo que ya lo tengo!

—¡Muy bien, sabía que lo conseguirías! ¿A dónde conduce?

—Veamos... La segunda runa significa estancia, no, más bien es... *Cámara*. Y la tercera, la que me ha estado costando tanto resolver es la runa de lo eterno, de lo *Perpetuo*, de algo sin final. Por lo tanto deduzco que el portal ha sido manipulado para viajar a... a la *Cámara Perpetua*.

—¡Fantástico, Lindaro, eres un genio! —exclamó Komir observando las tres runas en lo alto del anillo exterior del portal— He de reconocer que para mí no son más que símbolos inteligibles. La Cámara Perpetua... no suena especialmente halagüeño pero debo ir y descubrir lo que allí sucede.

—¿Estás seguro de esto, Komir? No me parece una muy buena idea... Mucho menos después de todo lo que hemos pasado.

—Sabio consejo, amigo... pero no tengo otra elección...

—¿Y tu Bruja Norriel? Quizás ella pueda arrojar luz...

—Ya la he consultado y no puede ayudarme en esto. La magia de los medallones impide actuar a su poder. No puede vislumbrar el peligro, pero ella también lo presiente.

—Mayor razón para no ir, escucha a este pobre siervo de la Luz.

—Debo ir. Además existe un motivo... he sido... llamado...

—¿A la Cámara Perpetua?

—Sí, eso creo. No estoy seguro pero debo averiguarlo.

Lindaro lo miró extrañado.

—Está bien, si eso es lo que crees no seré yo quien intente disuadirte, amigo.

—Gracias, Lindaro, de verdad.

—¿Cruzamos? —preguntó Lindaro con una sonrisa.

Komir lo miró sorprendido.

—No es necesario que me acompañes, amigo. Sólo necesitaba que me ayudaras con el portal.

—Yo creo que sí lo es... Si quedas atrapado en esa cámara, ¿cómo volverás? No sabes manipular el portal. No desearía que quedaras atrapado en un lugar *Perpetuo*...

—Visto así... —sonrió Komir—. Está bien, Lindaro, te lo agradezco eres un verdadero amigo. Crucemos.

—¿Algún progreso? —dijo una autoritaria voz femenina.

—Nada, por más que busco no encuentro referencia alguna a cómo abrir la puerta —respondió otra voz femenina mucho más tenue.

—¿Estás segura de que este es el lugar? —dijo una atronadora voz masculina.

—Sí, completamente. Las inscripciones Ilenias en la puerta lo indican claramente. Tras esa puerta se encuentra la Cámara Perpetua. De eso no tengo duda.

—La respuesta tiene que estar en alguno de los dos libros —dijo la autoritaria voz femenina.

—Así lo creo yo también, pero no la hallo.

—Llevamos aquí una eternidad. Esta antesala no me gusta nada, es siempre de noche. Una noche eterna que no acaba nunca —protestó la voz masculina—. Salgamos de aquí cuanto antes, este lugar me da escalofríos.

La estancia, completamente circular, tenía paredes de alabastro negro y el suelo era de un mármol tan oscuro y brillante que reflectaba al mirarse. El techo, también negro, era verdaderamente singular. Una constelación desconocida brillaba con tal realismo que, de no estar seguros de encontrarse bajo tierra en una cámara subterránea, al contemplarla, daba la sensación de que se encontraban sobre la superficie. La cámara tenía dos entradas, una abierta al sur y una sellada al norte. Una gran puerta circular de un material parecido al oro sellaba la salida. La puerta estaba llena de símbolos Ilenios y en el centro una extraña hendidura de forma ovalada parecía ser la cerradura que la accionaba.

—Lo intento, deseo tanto como vosotros descubrir que hay ahí adentro. Pero encontrar la respuesta en estos dos tomos es una labor gigantesca. Me puede llevar meses, si no años…

Komir, que llevaba unos momentos espiando la conversación, desenvainó la espada y el cuchillo de caza y con sigilo entró en la oscura cámara.

—Sabía que al final nos traicionarías para lograr los propósitos de tu Hermandad —acusó Komir con su espada alzada.

—¡Komir! —exclamó Kayti asombrada, y desenvainó de inmediato.

Hartz se giró y echó mano de su mandoble Ilenio.

—¡Quieto, Komir, no permitiré que le hagas daño!

Komir miró a su amigo y vio que en sus ojos había enemistad. No cabía duda de que defendería a muerte a la pelirroja.

—¿Qué haces aquí, Hartz? Tú nunca te adentrarías en el corazón de las cámaras Ilenias por tu propia voluntad.

—Lo que aquí hagamos no te incumbe, Komir —le dijo Kayti desafiante.

—Te equivocas y mucho, pelirroja. Cuanto tenga que ver con los Ilenios me incumbe. Más aún si estás a punto de cometer un terrible error.

—¿Cómo nos has encontrado? —preguntó Kayti dando un paso circular y reflejando en su blanca armadura Ilenia la pálida luz del extraño firmamento que los cubría.

Komir la siguió con la espada mientras Hartz se le acercaba.

—He estado vigilando al grandullón…

—¡Bajad las armas, por favor! —pidió Sonea apartándose de los dos grandes tomos que estaba consultando sobre un zócalo de roca pulida en medio de la sala. Uno plateado como la luna, el otro dorado como el sol. Estaban perfectamente encajados en la parte superior del zócalo, como si hubiera sido específicamente esculpido a las medidas exactas para sostenerlos.

—¿No os dais cuenta de que estamos frente a la puerta que guarda el Enigma de los Ilenios? Debemos descubrir qué encierra.

—Veo que a ti también te ha convencido esta arpía manipuladora.

—Cuidado con lo que dices, Komir —le amenazó Hartz con los ojos fijos en él.

Sonea señaló la puerta sellada.

—No me ha convencido, siempre ha sido mi intención desvelar qué misterio guardaban los Ilenios. He venido por voluntad propia.

—Eso es cierto, Komir —dijo Lindaro apareciendo a su espalda—. Sonea y yo siempre hemos perseguido desvelar el misterio de los Ilenios. Sería un logro de increíbles repercusiones. Años llevamos estudiándolos y qué enigmas ocultan debemos hallar.

—¡Lindaro! ¡Qué alegría verte! —exclamó Sonea con una gran sonrisa— Quise avisarte pero Kayti no me lo permitió, dijo que la expedición debía ser un secreto. Intenté convencerla, pero no hubo manera.

—¿Por qué, Kayti? ¿Por qué mantenerlo en secreto? ¿Qué más sabes que no nos cuentas? —dijo Komir amenazando con la espada.

Estaba seguro de que Kayti actuaba por deseos de su Hermandad, pero no sabía cuál era el fin y necesitaba descubrirlo. Demasiado tiempo llevaba aquel secreto sin ser revelado.

Pero Kayti calló, una vez más. Su mirada permanecía fija en la espada de Komir.

—Por favor, bajad las armas antes de que ocurra una desgracia —rogó Lindaro situándose junto a Sonea que contemplaba la escena con ojos llenos de angustia.

—Bajaré mi espada cuando obtenga las respuestas que busco —dijo Komir—. ¿Por qué estás aquí, Kayti? ¿Qué buscas en esa cámara? ¿Qué sabe tu Hermandad de lo que ahí dentro se encierra que no deseas revelarnos?

Kayti miró a Hartz e intercambiaron una mirada que Komir no supo interpretar.

Instintivamente se preparó para ser atacado.

—Me lo prometiste —dijo Hartz con mirada firme.

—Lo sé… —dudó ella.

—Si me amas, si deseas reparar el daño que me has hecho con tu silencio, ahora es el momento —le dijo Hartz—. No te pido que traiciones a tu Hermandad. Te pido que confíes en mí, en nosotros, o de lo contrario puedo asegurarte que nuestro amor no salvará esta última prueba. Eso lo sé, lo siento en mi alma. Has plantado la duda en mi corazón, por no confiar en mí y no contarme lo que todo este tiempo que hemos pasado juntos sabías.

—Revelar los escritos sagrados de la Hermandad va contra todo lo que he jurado defender, contra todo lo que soy.

—Lo sé, pero si me amas tienes que contármelo, tienes que confiar en mí. Porque de lo contrario un abismo se abrirá entre nosotros, un abismo insalvable. Tuya es la decisión.

Kayti bajó la espada despacio, luchando en su interior contra sí misma.

—Está bien, Komir, si tanto deseas saberlo te lo desvelaré. No porque crea que deba, sino por él —dijo señalando a Hartz—. Por él, porque amo a ese grandullón más que a la vida misma, te revelaré mi misión. Pero entiende esto, Komir. Nada me detendrá, es mi deber sagrado y lo cumpliré. Si una vez te desvele mi cometido final te interpones en mi camino, te mataré, pues una oportunidad de apartarte ya te estoy concediendo ahora, por él.

Komir asintió y bajó la espada. Dudaba, pero las palabras de Kayti le habían hecho mella. Decidió que sería más prudente escucharla y decidir después. Miró a Hartz y el gran Norriel bajó su arma también.

—¡Gracias a la Luz! —dijo Lindaro con gran alivio en su cara.

Kayti alzó la cabeza.

—Mi misión es una sagrada y de importancia última. La condenación de toda la humanidad pende de ella.

Todos la miraron sorprendidos, sobre todo Hartz.

Kayti continuó.

—En los escritos sagrados de la Hermandad está recogido que hace ahora 200 años, Zuline, la Dama Custodia, Patrona de la Orden y fundadora de la Hermandad de la Custodia, hizo un hallazgo de una importancia sin parangón. Un extraño Objeto de Poder en forma de medallón, tan negro como la noche. Poco se conoce del objeto o dónde lo hallara la Dama Custodia, pero la importancia del hallazgo marcó para siempre a Zuline y forjó el destino de la Hermandad y sus componentes.

—¿Un medallón Ilenio? —preguntó Lindaro intrigado.

Kayti asintió.

—Eso es lo que ahora creo, después de haber hallado los otros medallones, si bien saberlo no es ya posible. Cuando inicié esta aventura no lo sabía.

—¿Por qué era especial aquel medallón? —preguntó Sonea muy interesada mirando el medallón que a su cuello colgaba.

—Según consta en nuestros sagrados escritos, Zuline, la Dama Custodia, manipulando el medallón propició *La Visión del Fin de los Días*.

Aquello captó completamente la atención de todos.

—No me gusta nada como suena todo esto… —murmuró Hartz negando con la cabeza.

—En la visión, Zuline presenció cielos de fuego descender sobre la tierra, los mares alzarse sobre los acantilados barriendo ciudades y reinos, tormentas y huracanes devastadores arrasaban la tierra y cuanto sobre ella se hallaba. Los hombres huían de la destrucción final sin un lugar donde poder protegerse.

Komir negó con la cabeza, molesto.

—¿Pero qué tiene que ver esa visión con nosotros? —dijo Komir, que no comprendía lo que Kayti les estaba narrando y al igual que Hartz cada vez le gustaba menos lo que escuchaba.

Kayti señaló los dos grandes tomos sobre el zócalo.

—En la visión, Zuline vio dos malignos objetos de gran poder que iniciaban la gran catástrofe: dos grandes tomos arcanos, uno de oro como el sol y el otro de plata como la luna.

Todas las miradas se posaron sobre los dos grimorios.

—Y supo con certeza innegable que el fatídico día finalmente llegaría.

—¿Entonces estamos todos condenados? —inquirió Sonea.

—No necesariamente, pues Zuline, con su inmensa bondad, fue capaz de presentir algo más, algo que el medallón no quería que descubriera: una esperanza, una oportunidad de detener el cataclismo. Un Elegido tendría la oportunidad de acabar para siempre con la maldad que desencadenaría la catástrofe. Ese elegido, presintió la Dama Custodia, se revelaría de entre sus discípulos, alguien de la Hermandad. Presintió a una mujer, de corazón fuerte, una guerrera que podría enfrentarse al mal con arrojo y detenerlo, alguien que podría evitar el cataclismo. Así lo narró Zuline, la Dama Custodia, a sus discípulos y así consta en los escritos sagrados. Desde ese día, la Hermandad capta y adiestra a mujeres de fuerte espíritu y brazo firme, pues está escrito que el día llegaría. Desde aquel señalado momento hemos esperado vigilantes, por más de doscientos años, recorriendo el continente sin descanso, buscando Objetos de Poder, buscando indicios de lo que estaba por llegar y finalmente, ha llegado. Esos son los objetos malditos —dijo señalando a los tomos— y hoy es el día.

—Esa historia, este lugar… me dan escalofríos. Lo que nos acabas de contar suena terrorífico —dijo Hartz molesto—. Deberías habérmelo contado hace mucho, deberías haber confiado en mí… más todavía siendo su significado tan… tan catastrófico.

—¿Hubieras venido conmigo? ¿Me hubieras acompañado de saber lo que ahora sabes, conociendo el poder maligno que tras esa puerta sellada se encierra?

—Desgraciadamente, mi pelirroja, nunca lo sabrás… porque nunca me lo pediste.

Aquel reproche de Hartz, tan sincero, tan humano, caló en Komir. Lo entendía perfectamente. La pelirroja debería haberles contado todo aquello hacía mucho tiempo. Para bien o para mal. Quizás su meta fuera noble, pero sin duda los medios para alcanzarla no lo habían sido.

—El libro de plata lo conozco, es el Libro de la Luna que encontramos, pero el libro dorado… ¿de dónde ha salido? —preguntó Komir extrañado.

—Yo puedo explicarlo —dijo Sonea mirando el poderoso grimorio—. Hace ya días, desde el mismo momento en que la gran batalla terminó, Lindaro y yo nos sumergimos en el estudio del Libro de la Luna. El tomo contiene mucho más que conjuros arcanos. También contiene lo que yo definiría como historias o momentos. Son difíciles de interpretar pues los Ilenios no escribían como lo hacemos nosotros, pero algo he podido deducir. Hace dos días estaba enfrascada intentando entender el significado de unas fechas, cuando algo realmente insólito sucedió. Me quedé boquiabierta. Mi medallón brilló, actuando por cuenta propia, y me asusté muchísimo pues ya tuve una experiencia desagradable manipulando un grimorio Ilenio en la Gran Biblioteca. Sé muy bien que es peligroso manipular estos grimorios, y os aseguro que estaba teniendo muchísimo cuidado para no activar accidentalmente algún hechizo. Pero aún así, de repente, una imagen comenzó a formarse en mi mente, de forma muy similar a cuando el medallón conjura usando nuestra energía, pero en lugar de ver los símbolos Ilenios que luego conforman el conjuro, lo que vi en mi mente, fue un lugar.

—¿Un lugar? —preguntó Lindaro mirando a Sonea con ojos llenos de curiosidad.

—La derruida torre de Haradin. El Libro de La Luna había activado el medallón para que me trasmitiera ese lugar. Aquello me intrigó muchísimo. Lo compartí con Kayti ya que me había confiado que ella también estaba muy interesada en el Libro de la Luna, en todo lo relacionado con él. Y ahora entiendo el porqué... —dijo Sonea mirando de reojo a la pelirroja—. Juntas fuimos hasta las ruinas de la torre. Y algo increíble sucedió allí. El Libro de la Luna comenzó a palpitar con un intenso resplandor plateado y, en respuesta, un fulgor dorado surgió de debajo de los escombros.

—El Libro del Sol —dedujo Lindaro mirando el dorado tomo arcano.

—En efecto, su grimorio hermano respondió a la llamada —dijo Sonea abriendo los brazos—. Kayti, con la ayuda de Hartz, desenterró el tomo y así es como lo tenemos. El Libro de la Luna me envió hasta la torre a buscar a su hermano perdido: el Libro del Sol. Por alguna razón buscaban estar juntos… en este momento en el tiempo… con algún fin determinado.

—El fin creo que ya lo sabemos… —dijo Kayti con el ceño fruncido—, y hay que evitarlo a toda costa.

Komir la miró un instante y luego protestó entre dientes.

—¿Y os lo llevasteis? ¿Por qué no lo dejasteis donde estaba? ¿Pero es que no os dais cuenta de que ese libro pertenece a Haradin? ¿Qué creéis que el Gran Mago pensará cuando descubra que falta?

—No tendrá ya importancia —dijo Kayti con un gesto de la mano—, pues habremos acabado con el mal que esa cámara encierra. Y no olvides, Komir, esos dos tomos Ilenios son Objetos de Poder malignos, no deberían estar en manos de un Mago, sino puestos a buen recaudo y custodiados por la Hermandad de la Custodia.

—Tú y tu maldita Hermandad. No tienes derecho a llevarte esos grimorios Ilenios. Estás cegada por creencias que ni siquiera sabes si son ciertas. ¿Por qué crees que el cataclismo ocurrirá? ¿Por qué ahora? ¿Por qué crees ser tú la elegida y la que lo detendrá? No son más que creencias sin fundamento, sigues ciegamente a una profeta sin prueba alguna.

—Yo discrepo —dijo Kayti con sequedad, y la tensión volvió a crecer en la estancia.

Sonea se aclaró la garganta.

—Hay algo más, Komir… no creas que las dudas no me asaltaron a mí también… pero sucedió algo que hizo que me decantara por… por tomarlo prestado… —dijo ruborizándose.

Komir la miró con cara de reproche. No era propio de la Bibliotecaria comportarse así.

—Es un hecho que, además, da respuesta a una de tus preguntas, al por qué ahora. Veras, Komir… Al tener los dos poderosos grimorios conmigo, algo inusitado y muy significativo sucedió. No hice más que posarlos sobre una mesa, el uno junto al otro. Me guardé muy mucho de siquiera abrirlos, pues temía, precisamente, desencadenar algún conjuro. He de decir que al tenerlos frente a mí podía sentir su poder, un poder enorme que no quise sondear por temor a perder mi alma en él. Pero a pesar de mi negativa, el Libro del Sol y el Libro de la Luna destellaron simultáneamente varias veces y, como en respuesta a esos destellos, mi medallón del Aire refulgió con gran intensidad. Sobre los dos tomos, levitando, una esfera dorada traslúcida se materializó y comenzó a rotar a gran velocidad produciendo destellos en todas direcciones. Era como si los tomos hubieran creado un sol radiante que con cada giro, con cada destello, ganara en poder. Quise huir, salir de la estancia, pues era consciente de que los grimorios estaban conjurando un poderoso hechizo y por un momento temí que aquella esfera explotara consumiéndome. Y en ese momento de pánico, la esfera dorada emitió una gran pulsación y entré en trance; mi mente se vació por completo y se volvió negra como la noche. Sentí entonces el llamamiento. Una sensación acuciante me invadió, una sensación que me indicaba debía acudir inmediatamente a un lugar. Sentí que era una necesidad de vida o muerte, no podía ser pospuesta, no podía más que acudir al llamamiento, la urgencia era máxima y así lo sentía en cada poro de mi piel, con un dolor apremiante. Debía acudir, debía ponerme en marcha, nada más importaba, nada más había en el mundo para mí.

—¿Acudir a dónde? —preguntó Lindaro con la cara descompuesta por la intriga.

—Acudir aquí, a esta cámara, a esa puerta —dijo Komir señalando la sellada entrada.

Los ojos de Sonea se agrandaron llenos de sorpresa.

—¡Eso quiere decir que tú también has sido convocado! ¡No he sido sólo yo! Los grimorios te han llamado también a ti.

Komir asintió lentamente.

—Esa es la razón por la cual cogí el libro, Komir, por el llamamiento. Pensé que sólo yo había sido convocada, que era un llamamiento para que acudiera con extrema urgencia a este lugar, y así lo hice. Conmigo traje los tomos pues ellos son la clave. O quizás ellos me han utilizado para llegar hasta este lugar. En cualquier caso, estoy convencida que deberíamos averiguar qué se esconde en esa cámara, más ahora que sé que hemos sido llamados ambos —dijo Sonea con entusiasmo—. Estamos ante la cámara que contiene el Enigma de los Ilenios, hemos sido convocados, no podemos detenernos ahora. Es nuestro deber averiguar qué misterio se oculta ahí adentro, no sólo por nosotros sino por el bien de todos los hombres.

Komir sacudió la cabeza, no estaba nada convencido.

—Ciertos misterios es mejor dejarlos enterrados... hayamos sido llamados por artes arcanas o no...

Pero Sonea no se daba por vencida.

—No entiendes, Komir, que hemos llegado hasta aquí por una razón... por un motivo específico... no puede ser casualidad que halláramos los medallones Ilenios, que descubriéramos los portales... que fuéramos convocados hoy aquí... piénsalo, son demasiadas coincidencias. Como decía mi querido maestro Barnacus, Maestro Archivero del Conocimiento de Culturas: *En el mundo natural, las coincidencias no existen, se deben siempre a una causa. Halla la causa y la coincidencia dejará de ser tal.* Estamos aquí por una causa, Komir, y creo que deberíamos descubrir cuál es.

—¿Incluso si las creencias de la Hermandad de Kayti son ciertas? —preguntó Komir con intención disuasoria.

Hartz miró a Komir un instante y luego bajó la mirada.

Sonea meditó un instante.

—Lo que dentro de la cámara nos aguarda no conocemos, cierto es... podría ser un gran peligro... sí. Incluso podría ser como Kayti cree, si bien espero que sus creencias, por la natural tendencia del hombre al miedo ante lo desconocido, hayan desproporcionado el verdadero peligro que ahí dentro se encierra. Es algo que en muchas culturas sucede. Los dioses del mal, su poder maligno, se exageran para atemorizar a los simples mortales —Kayti le lanzó una mirada de desaprobación—. Pero como estudiosa, no puedo dejar pasar esta oportunidad, pues ahí dentro se encuentra la clave de la desaparición de los Ilenios y yo he sido llamada a esta cámara. Debemos solventar el Enigma.

—Realmente no sé qué es más peligroso, si el fanatismo religioso de Kayti o el académico tuyo, Sonea... —reprobó Komir cruzando los brazos.

—Yo no soy ninguna fanática —se revolvió Kayti.

—No discutamos... —intentó mediar Hartz.

Lindaro, que estudiaba absorto el Libro del Sol mientras la discusión tenía lugar, levantó las cejas.

—Muy interesante… Por lo que puedo llegar a entender, el Libro del Sol explica la existencia de estas cámaras y templos subterráneos que los Ilenios construyeron, y de los portales que los comunican. No entiendo gran cosa, necesitaría mucho tiempo para estudiarlo en detalle, pero estoy seguro de que la primera parte del grimorio trata sobre los templos y portales. Sonea, ayúdame por favor a descifrar este pasaje extenso que, si no ando muy equivocado, hace referencia a la Cámara Perpetua.

—Sí, por supuesto —dijo la inquieta Bibliotecaria, y se situó junto a Lindaro que no despegaba ojo del gran tomo.

Komir se acercó hasta la puerta sellada mientras los dos estudiosos intentaban descifrar el contenido. La sensación de malestar que sentía en su interior se iba agrandando por momentos. Parte de lo que Kayti le había revelado, él también lo presentía, pero no iba a reconocerlo. En cualquier caso, estaba seguro de que era una mala idea abrir aquella Cámara. Sin embargo, y aunque le molestara sobremanera, si Kayti estaba en lo cierto, deberían acabar con aquel mal por el bien de todos... Aquellas dudas lo intranquilizaban cada vez más. Él ya había cumplido con su destino, se había enfrentado a la Dama Oscura y la había derrotado. Aquel era su sino y cumplido estaba. Sus padres vengados habían sido, el Ejército Negro había sido aniquilado. Era ya libre de la descomunal carga que, sin él desearlo, sobre sus hombros habían puesto. No deseaba volver a involucrarse en nada semejante. Sonea llevaba razón, sí; había un motivo por el que habían hallado los medallones, y aquel motivo había sido la destrucción de la Dama Oscura y su Ejército Negro. Esa era la causa. No otra. Y Komir así deseaba que quedara, así lo entendía y aceptaba. Pero entonces, ¿por qué sentía aquella intranquilidad en el estómago? ¿Por qué había sido convocado allí junto a Sonea? ¡Malditos medallones Ilenios!

—Ciertamente intrigante… —dijo Lindaro recorriendo con el dedo índice una de las páginas del tomo—. Veamos si logro traducirlo. Los símbolos son: *Cámara..., Perpetua..., Sueño..., Eterno..., Dormir...* Sí, eso deberían significar los símbolos descifrados. *En la Cámara Perpetua... el sueño eterno... duermen...* Para ser más precisos, sí eso es, creo que lo he descifrado bien. Luego hay una sección que no consigo descifrar. Más abajo continúa: *Espera...A la espera...* ¿Cuál es este símbolo, Sonea?

Sonea quedó pensativa un instante y dijo:

—*Despertar* o *Alzar*… creo...

Lindaro sonrió.

—Tiene sentido. *A la espera de despertar... de ser despertados...* ¿Por quién, Sonea?

Sonea se rascó la barbilla pensativa.

—*Hijos... o Descendientes...*

—Sí, sí, eso es —dijo Lindaro excitado—. *Por los hijos o descendientes... los Elegidos.* ¡Lo estamos traduciendo! —exclamó Lindaro emocionado— Y continua: *Duermen..., Veneno..., Magia...* ¡Qué interesante! *Duermen el veneno de la magia.* Y sigue: *No..., Morir...* ¡Fascinante! Pero no veo más referencias aquí... aunque hay varias partes que no soy capaz de descifrar... la simbología es demasiado compleja... lo siento.

—¡Quizás en el Libro de la Luna! —dijo Sonea también exaltada por los descubrimientos, y comenzó a buscar entre sus hojas plateadas.

Komir intentó recapitular lo que Lindaro y Sonea habían descifrado.

—*En la Cámara Perpetua el sueño eterno duermen. A la espera de ser despertados por los descendientes, los Elegidos. Duermen el veneno de la magia para no morir.*

—¡Maldita magia Ilenia, esto no puede ser bueno, lo presiento! — protestó Hartz airadamente.

—A mí tampoco me gusta, Hartz... no me gusta nada... —dijo Komir intentando amigar a su compañero o al menos relajar la tensión que entre ellos había.

Komir daría su brazo derecho por volver a disfrutar de la amistad del gran Norriel. Hartz lo miró un instante y luego desvió la mirada a Kayti, que junto a la puerta, intentaba manipularla. Estaba decidida a entrar fuera como fuese. Aquello Komir lo sabía. Podía verlo en los ojos de la pelirroja. Su fe la cegaba. Amtoko ya le había advertido contra aquellos que siguiendo su fe o a creencias místicas, fanáticos se volvían y razonar olvidaban. Debía tener cuidado con ella.

—Parece que llegamos justo en el momento oportuno —dijo una voz a la espalda de Komir, que hizo que el corazón le diera un vuelco.

Todos miraron hacia la entrada y vieron aparecer a Aliana, seguida de Asti e Iruki, Lasgol cerraba el grupo arco en mano.

—¿Qué hacéis aquí? —protestó Komir enrabietado, aquello sí que no lo deseaba.

—Hemos sido convocados —dijo Aliana señalando el Medallón de Tierra que colgaba en su pecho—. ¿O es que acaso creías que sólo tú habías sido llamado a esta Cámara?

Komir protestó en voz baja.

—Eso esperaba… no deseaba que nadie más corriera peligro… pero ya veo que no ha sido así… ¿Las tres habéis sido llamadas?

Iruki, Asti y Aliana asintieron y confirmaron los temores de Komir.

—Esto no puede significar nada bueno —negó con la cabeza—. No deberíais haber venido… —les dijo.

Aliana lo miró y acercándose a él le dijo:

—Tampoco tú.

—Mis motivos tenía… —dijo Komir lanzando una mirada de desconfianza a Kayti, que esta ignoró.

—Y nosotros los nuestros —le dijo Aliana bañándolo con sus dulces ojos.

Por un momento todos los pesares de Komir cesaron de existir y se perdió en aquel mar de calma.

—¡Síiiiii! —Sonea emitió un ahogado grito de triunfo que devolvió a Komir a la realidad— ¡Aquí está! ¡Lo encontré!

Todos miraron sorprendidos a la pequeña Bibliotecaria.

Llena de excitación explicó:

—Si he descifrado correctamente el jeroglífico… para entrar en la Cámara Perpetua… El Libro del Sol y el Libro de la Luna se requieren. Hay otra sección que no consigo entender y luego está este símbolo… creo que es el de *llave* pero no consigo descifrar lo que significa. ¿Tú qué opinas, Lindaro?

Lindaro lo estudió por un momento, concentrado, con ceño fruncido y finalmente dijo:

—*Oscuro…* creo que significa *Oscuro…* y junto a él está el símbolo que representa *Colgante o Medallón*, el resto no consigo interpretarlo.

—Umm… la llave es algún tipo de medallón oscuro —anunció Sonea al grupo.

Todos miraron sus medallones inconscientemente aún sabiendo que ninguno era oscuro, todos a excepción de Komir, pues él sí sabía a qué medallón se refería el Libro de la Luna. Y en aquel momento, supo con toda certeza que su vida estaba vinculada inequívocamente a los Ilenios, a aquella Cámara, y a lo que detrás de la puerta sellada se escondía, pues el medallón al que se refería el tomo Ilenio no era otro que su Medallón

Sombrío, el medallón Ilenio que llevó a Haradin a encontrarlo de bebé, el medallón que su madre tenía escondido. Resopló largamente, resignado, aceptando aquello que no deseaba reconocer, y despacio sacó el medallón sujetándolo de la cadena. Mientras oscilaba en el aire se lo mostró al grupo.

Sonea aplaudió animadamente, llena de entusiasmo.

Kayti miró la joya de reojo, pero su cara no podía disimular el ansia que sentía.

—Sólo una cosa queda por decidir entonces… —dijo Aliana mirando a sus compañeros— ¿Abrimos la Cámara Perpetua? ¿Indagamos en el secreto de los Ilenios? ¿O marchamos sin perturbar lo que en ella encerrado está?

—Ya conocéis mi opinión —dijo Sonea—. Hemos sido llamados hoy aquí por un motivo, un motivo muy importante, me atrevería a señalar. Debemos averiguar cuál es. Debemos entender por qué nuestros medallones y estos dos grimorios Ilenios nos han traído hoy aquí. No podemos abandonar ahora, estando tan cerca de descubrir el Enigma de los Ilenios.

Lindaro asintió en conformidad.

Aliana miró a Asti e Iruki.

—Acabemos con esto. Quiero volver a mis estepas y ver a los míos. Entremos —dijo Iruki expeditiva y con fuego en sus ojos.

—Yo entrar, querer saber por qué yo aquí—dijo Asti.

Aliana se volvió hacia Komir.

—Comprendo tu preocupación, Komir, sé que no deseas que nada nos ocurra. Pero ese llamamiento ha sido muy fuerte y real, algo de máxima importancia sucede. Creo que todos queremos conocer por qué hemos sido convocados. Si nos damos la vuelta ahora, estando tan cerca del final, siempre nos preguntaremos qué habría sido… Además creo que debemos evaluar si existe riesgo de que algo realmente horrible pueda llegar a suceder. No me perdonaría haber podido detener un gran mal y no haberlo hecho por temor, estando a sus puertas. Yo también creo que es mejor si entramos y desvelamos este misterio. Prefiero arriesgar y ver a qué nos conduce y si es algo maligno nos enfrentaremos a ello y lucharemos, como hemos hecho hasta ahora. Sí, debemos entrar y si hay que luchar seré la primera en hacerlo, sin temor.

Komir la miró a los ojos, dudó un momento, y finalmente dijo:

—Está bien, si así lo quiere la mayoría, entremos, yo no soy quién para decidir pero os apoyaré en vuestra decisión. Vayamos, con mucho cuidado.

Sonea encajó ambos tomos Ilenios en la correcta posición sobre el Zócalo y Komir se aproximó a la gran puerta circular. Por un momento pensó que era de oro puro. Con pulso algo tembloroso situó el Medallón Sombrío en posición y con algo de sorpresa comprobó que encajaba perfectamente en la cerradura con forma esférica

El medallón comenzó a brillar con una luz dorada cegadora y acto seguido el Libro del Sol y el Libro de la Luna refulgieron con la misma intensidad. La luminosidad se trasladó a la puerta y con un seco *Crack* se abrió por la mitad.

—Vamos… —dijo Komir sin mucha convicción.

Un oscuro y largo corredor circular se abría ante ellos y el grupo avanzó en silencio, despacio. Según avanzaban una tenue luz dorada comenzó a iluminar el suelo y después las paredes. Al final del corredor una barrera dorada se alzó, lo cual desconcertó a Komir.

De pronto, a sus espaldas, se escuchó un grito desesperado:

—¡Noooooooooo! ¡Insensatos! ¡Volved!

Todos se giraron alarmados. Era Haradin y su rostro expresaba la mayor de las angustias. Junto a él estaban cinco hombres, sus Vigilantes. Estos se lanzaron a la carrera y entraron en el corredor. El primero de ellos llegó hasta Lindaro y agarrándolo por la túnica lo arrastró fuera del corredor con fuertes tirones. Otro de ellos alcanzó a Lasgol y comenzó a tirar del Rastreador, mientras dos más llegaban hasta Hartz y tiraban en vano del Norriel con la intención de sacarlo de allí.

—¿Qué demonios…? —exclamó perplejo Komir al ver aquello.

En ese momento, la barrera dorada se desplazó. Se deslizó a gran velocidad por el corredor. Komir la vio llegar hasta él e instintivamente cerró los ojos y se cubrió el rostro con los brazos previendo un duro impacto. Pero para su sorpresa, la barrera pasó a través de su cuerpo sin efecto alguno. Sorprendido, giró la cabeza y vio como la arcana barrera pasaba a través de Aliana, Asti, Iruki y Sonea a su espalda. Pero al llegar hasta Hartz, la barrera lo golpeó con violencia, a él, a Lasgol y a los vigilantes con los que forcejeaban. El impacto los propulsó hacia el exterior del corredor, hacia la Cámara por la que habían accedido. Entre exclamaciones de dolor rodaron por el suelo. La barrera quedó fija sellando la entrada.

Haradin se apresuró a intentar traspasarla.

—No puedo, es magia Ilenia, demasiado poderosa.

El gran Mago conjuró sortilegios de Fuego, Agua, Tierra y Aire, creando poderosos hechizos contra la barrera, pero nada parecía poder destruirla.

Komir miró a sus compañeros en el corredor para asegurarse de que estaban bien y algo le sorprendió sobremanera.

—La barrera nos ha dejado pasar... —dedujo mirando su medallón.

—Sí, pero sólo a los Portadores —convino Aliana mirando a Asti, Iruki y Sonea.

Komir señaló a la última persona en el pasillo.

Kayti seguía con ellos y junto a ella, en el suelo, el mandoble de Hartz.

La pelirroja se encogió de hombros.

—Debe ser por la armadura... es Ilenia... —explicó Kayti viendo que todos la miraban.

Un zumbido llegó hasta los oídos de Komir. Era como el murmullo de la brisa en las montañas pero algo más acelerado. Era muy agradable, más que eso, extremadamente ameno, casi hipnótico y Komir no pudo más que mirar hacia el origen del sonido. Provenía del interior de la cámara a la que se dirigían. Siguiendo la atrayente resonancia, se acercó y pudo ver que la Cámara era completamente circular y de medidas perfectas. El suelo y el techo formaban dos anillos dorados y las paredes eran ligeramente cóncavas. Tanto el suelo como el techo eran cristalinos y las paredes del característico dorado de los Ilenios. En el centro del anillo que formaba el límpido suelo, una inmensa esfera dorada completamente transparente y plena de runas Ilenias talladas a lo largo de toda su superficie giraba rítmicamente sobre un pedestal plateado, produciendo aquel sonido tan cautivador. Komir siguió avanzando hacia la esfera y tras él sus compañeros.

—¡Volved! ¡Locos! ¡Debéis salir de ahí! —les gritó Haradin fuera de sí.

Komir escuchó al Mago pero no podía apartar la mirada de la esfera. Quería obedecer a Haradin pero la esfera lo llamaba con aquel sonido tan irresistible. Llegó hasta la gran esfera y vio que bajo la misma, sobre el suelo, había dibujada una estrella de plata con cinco aristas. En el vértice de cada arista había dibujada una runa. Komir reconoció la runa del Éter, si bien desconocía cómo, pues las runas Ilenias le eran completamente indescifrables, y se situó sobre ella. Sus compañeros lo imitaron sin emitir palabra, y cada uno se colocó sobre la runa que le correspondía. Los cinco Portadores miraban fijamente la esfera sin poder apartar la vista de la misma, completamente mesmerizados.

La esfera Ilenia los dominaba.

—¡Deteneos! ¡Regresad! ¡Salid de ahí! —gritó Haradin desesperado.

Nadie se volvió, todos contemplaban la esfera, en posición, listos sin ellos ser conscientes para el gran evento que estaba a punto de suceder; un acontecimiento de proporciones inimaginables.

Aquello que los durmientes llevaban aguardando.

Aguardando desde hacía tres mil años.

—¡Parad! ¡Los despertareis! ¡Alzaréis a los Ilenios!

Sin embargo, a Komir, aquella idea le pareció ciertamente acertada. Debían despertar a los Ilenios. Sí, aquello era lo que debían hacer. Una certeza inquebrantable llenó su ánimo bajo el dulzón sonido de la rotación de la esfera. No había duda en su mente, debía realizar el ritual, continuar adelante, los durmientes aguardaban. Los amos le esperaban. Y guiado por ese sentimiento, se llevó las manos al medallón del Éter. Sus compañeros lo imitaron atrapados en los mismos sentimientos que los poseían irremediablemente.

—¡No podéis despertarlos, si lo hacéis esclavizarán a la humanidad!

Con aquellos gritos intentaba romper su concentración, pero Komir sabía que debía continuar con el ritual. Desechó la molestia sacudiendo la cabeza. Su medallón destelló con fuerza y un haz de luz cristalina se proyectó hacia la esfera. Acto seguido, el resto de medallones lo imitaron.

—¡Los Ilenios son una raza de esclavizadores, despiadados señores de la magia, con un poder sólo comparable al de los dioses. Arrasarán la tierra, esclavizarán a quien sobreviva! ¡Detened el ritual! ¡Debéis detenerlo o estaremos todos condenados!

Pero los cinco Portadores estaban ya bajo el control absoluto de la esfera Ilenia y el ritual para despertar a la civilización durmiente prosiguió. Komir, Aliana, Asti, Iruki y Sonea no eran conscientes de sus acciones, la magia de la esfera los dominaba, poseía sus mentes.

Pero una persona permanecía aún en el corredor.

La magia de la esfera parecía no hacer mella en ella.

Kayti contemplaba temerosa a sus compañeros. Miró a Haradin en busca de apoyo.

El Mago la miró desde el otro lado de la barrera.

—Kayti, escúchame bien, debes detener el ritual o todos estamos condenados. Toda la humanidad. Tú puedes salvarla, tienes una oportunidad. ¡Debes detener esto ahora!

Kayti escuchó a Haradin llena de nerviosismo. Por primera vez en su vida, Kayti dudó en su propósito, sintió que no tenía la fuerza de convicción necesaria para conseguir aquello que tan parangón era.

—¿Cómo? —fue todo lo que pudo balbucear.

Haradin contempló la escena y gritó:

—¡La esfera, detén la esfera!

Kayti respiró profundo y dejó que el nerviosismo saliera de su cuerpo. Tenía una misión sagrada que cumplir y la cumpliría. Para ello se había preparado toda su vida en la Hermandad. No podía fallar ahora, en el momento más trascendental. Con ánimo resoluto comenzó a caminar en dirección a la cámara. Al pisar el suelo cristalino se percató que una luminiscencia dorada alumbraba una fosa infinita bajo sus pies. Kayti bajó la mirada. A través del suelo de cristal podía ver el enorme abismo y algo que la conmocionó más que la terrible sensación de vértigo. Flotando en medio de la sima, como durmiendo en un mar amagado de profundidad insondable, descubrió los cuerpos inertes de los durmientes.

¡Eran los Ilenios!

¡Docenas de ellos!

Levitaban eternamente, en una sustancia dorada, durmiendo un sueño sin final, a la espera de ser despertados.

Aquello la llenó de un terror sobrecogedor. Realizando un esfuerzo sobrehumano para vencer el miedo que sentía, avanzó hasta la esfera. Los cinco medallones Ilenios nutrían de la energía de los Elegidos a la gran esfera, que ahora rotaba a mayor velocidad sobre el pedestal y brillaba con un intenso dorado.

«Tengo que detener la esfera antes de que complete el ritual y sea demasiado tarde» pensó Kayti. Desenvainó y golpeó la esfera con la espada, un golpe seco y potente a dos manos. La espada salió rebotada sin dañar la esfera, que siguió girando impasible. Kayti maldijo y volvió a golpear, con más potencia aún. Mismo resultado. Aquello no funcionaría. «Tengo que interrumpir el ritual como sea, pero ¿qué puedo hacer? ¿Qué?». Una idea le vino a la cabeza. Se acercó hasta Komir e intentó moverlo de su posición. Estaba rígido como una estatua y pesaba como si realmente fuera de roca pura. No podía moverlo, ni un ápice, ni empleando todas sus fuerzas y el peso de su cuerpo para empujarlo. «¡No, no puede ser!». El fracaso la desmoralizó. Respiró e intentó serenarse.

Si no podía mover a los Elegidos… tendría… tendría…

Que matarlos…

No podía permitir que el mal despertara. Las consecuencias para toda la raza humana serían devastadoras: muerte, destrucción y esclavitud. Eso lo sabía. Alzó la espada y miró a Komir. Los ojos del Norriel estaban en blanco, sumido en un trance, su energía, su poder, emanaba de su cuerpo a la esfera a través del medallón… Kayti colocó el afilado filo de la espada en la garganta del Norriel.

—¡Nooooooo! ¡No lo mates! —oyó gritar a Hartz desde el otro extremo.

Kayti lo miró, el gran Norriel estaba junto a Haradin al otro lado de la barrera, su rostro reflejaba pura agonía.

Kayti sabía que si mataba a Komir el ritual se detendría y tendrían una posibilidad de salvarse. Pero Hartz no se lo perdonaría jamás, aquella acción condenaría su amor para siempre. Perdería aquello que amaba más que a la vida, perdería a Hartz.

Pero debía cumplir su misión sagrada. Sin importar el coste personal.

Apretó con rabia la empuñadura de la espada.

Un hilo de sangre comenzó a descender por el cuello de Komir.

Y se detuvo.

No pudo matarlo.

Derrotada, retiró la espada y cayó de rodillas.

La esfera, por medio del pedestal que ejercía de canalizador, comenzó a imbuir de radiante energía el abismo bajo el suelo cristalino. Kayti podía ver la dorada energía llegar hasta los durmientes. «Es el final. No puedo detenerlo. Te he fallado, Zuline, mi Dama Custodia. He fallado a la Hermandad, a los hombres. No he sido capaz de llevar a cabo mi misión sagrada». Las lágrimas asomaron a sus ojos y por primera vez en su vida Kayti padeció la amarga derrota, sintió que no cumpliría con su deber sagrado, que había sido derrotada. Ella, que siempre había estado segura de que nada impediría que cumpliera con su deber sagrado; ella, que siempre creyó que no se le negaría su destino.

«He sido una necia, me ha podido la soberbia, y en el momento decisivo me he venido abajo. ¡Pero no! ¡No me rendiré! ¡Detendré el maldito ritual!». Se puso en pie y se abalanzó contra la esfera embistiéndola con el hombro y toda su furia. El impacto fue fuerte y Kayti salió rechazada de espaldas, pero había conseguido que oscilara un instante.

«¡Se ha movido!».

—¡Mi espada! ¡Usa mi espada! —le gritó Hartz señalando el mandoble en el suelo del corredor.

Kayti miró a Hartz y dudó un instante, ya había intentado aquello sin éxito.

El gran Norriel le hizo un gesto muy significativo y Kayti comprendió.

Corrió a coger la enorme espada y la llevó hasta la esfera.

—¡Ahora veremos! —dijo llena de rabia, y situó la espada entre el pedestal y la esfera.

Con todas sus fuerzas hizo palanca con el gran mandoble. Empujó y empujó con furia terrible y terminó colgando todo el peso de su cuerpo de la empuñadura.

Con un estruendo, la esfera se desencajó del pedestal.

Rodó por la Cámara sobre sí misma dando giros y golpeó la pared al otro extremo.

Dejó de imbuir de energía a los Ilenios.

Los cinco Portadores cayeron al suelo inconscientes.

—¡Lo has logrado, Kayti! —gritó Hartz.

—¡Fantástico! —exclamó Haradin.

Kayti suspiró de alivio, sentía que el peso de una montaña le había sido alzado del alma.

La idea de Hartz había funcionado. El gran Norriel tenía mucha más sesera de lo que dejaba ver.

Pero la esfera Ilenia refulgió nuevamente.

A Kayti le dio un vuelco el corazón.

—¡Sácalos de ahí, rápido! —le gritó Haradin.

Kayti cogió de los brazos a Komir y lo arrastró hasta la barrera. Sin abandonar el corredor, empujó al Norriel por los pies para que su cuerpo la cruzara. Desde el otro lado lo agarraron de los hombros y tiraron.

—¡Apresúrate, saca a los demás! —le dijo Haradin.

Kayti repitió la operación tan rápido como pudo. Bajo la armadura Ilenia sudaba copiosamente debido al esfuerzo. Pero nada la detendría, su convicción se había reforzado, ahora estaba más segura que nunca de que cumpliría con su misión sagrada y el esfuerzo físico no sería un obstáculo, por muy penoso que fuera, por mucho que castigara su cuerpo. Sonea fue la última, y, por fortuna, la más liviana de arrastrar. Según sacaban a la Bibliotecaria del corredor, Kayti aventuró una mirada atrás y vio como la esfera se situaba nuevamente sobre el pedestal.

—¡Sal de ahí, sal! —le urgió Hartz.

Kayti atravesó la barrera, perdió pie, y cayó rendida en brazos del gran Norriel.

Ansiadas Respuestas

Komir no supo cuánto tiempo había permanecido inconsciente. Despertó con el sentir de estar muy cansado, más que eso, extenuado. Le habían succionado toda la energía del cuerpo. Miró alrededor. Por un momento no supo qué le ocurría, pero reconoció la extraña constelación en el techo. Continuaba en la antecámara, la puerta estaba abierta y veía el corredor que llevaba a la Cámara Perpetua. Se serenó. Recordaba todo lo que había sucedido en el interior de la cámara, pero como si lo hubiera soñado, como si de una macabra pesadilla se tratara. A su lado, poco a poco, los cinco Portadores despertaban con semblantes de tremendo agotamiento.

—Necesito que selles la entrada —le pidió Haradin señalando la puerta.

Komir miró al Mago sin disimular el enfado que sentía. Se acercó hasta la puerta y volvió a mirarlo.

—Por favor, Komir, es vital. Debemos volver a sellar la cámara. Te lo ruego.

—Nos debes muchas explicaciones, Mago —acusó aguantando la ira que iba creciendo en su interior.

—Lo sé, y todas os las daré. Pero ahora debemos sellar la cámara. Por favor, Komir, es capital, todavía corremos riesgo.

Komir resopló y situó el Medallón Sombrío en el encaje en la puerta. De inmediato la puerta circular se cerró con un sonido metálico y la entrada quedó sellada.

Haradin dejó escapar un pronunciado suspiro y se apoyó en su báculo.

—Es hora de una explicación, Haradin —pidió Komir con tono acusador.

—Sí, yo también lo creo —convino Aliana.

—¿Qué ha sucedido ahí adentro? —preguntó Iruki muy enojada.

Haradin alzó el brazo y les hizo un gesto para que se tranquilizaran.

—Si saberlo deseáis... os complaceré... es algo que a nadie he revelado pero por un crucial motivo, temía que se diera lo que precisamente ha estado a punto de suceder. Pero antes de desvelar el secreto que tanto tiempo llevo guardando debo pediros un juramento de lealtad. Nada de lo que habéis visto hoy aquí ni de lo que yo ahora vaya a revelaros puede jamás volver a mencionarse fuera de esta Cámara. Ese conocimiento no debe llegar a oídos extraños. ¿Tengo vuestro juramento de honor?

Haradin recorrió las caras de todos en la Cámara uno por uno, asegurándose de que comprendían la gravedad de la situación. Los interrogó con la mirada, uno a uno, a los cinco Portadores, luego a Kayti, Hartz, Lindaro y finalmente Lasgol.

Todos asintieron.

—Está bien, os revelaré todo cuanto he llegado a descubrir. La mayor parte de mi vida he invertido en estudiar a los Ilenios, en descifrar los secretos de la Civilización Perdida. Casi una obsesión ha sido, he de reconocerlo. Lo que comenzó como curiosidad se convirtió en sed de conocimiento y terminó por volverse en un gran temor, un miedo desgarrador por el futuro de los hombres. El Libro del Sol no es simplemente un grimorio, es un complejo compendio de conocimiento Ilenio y en él extractos de su antiquísima historia hay. Mientras lo estudiaba, y años me ha llevado hacerlo, descubrí unos pasajes cuyo contenido atormentó mi alma y cambió mi vida para siempre. La civilización avanzada y benevolente que los Ilenios deseé que fueran, al igual que otros muchos estudiosos de la materia —dijo mirando a Lindaro y Sonea—, en realidad una raza de déspotas crueles y sanguinarios resultó ser. Los Ilenios, con todo su poder, reinaron sobre la tierra como si semi-dioses fueran, pues tan poderosa era su magia y tan increíble su poder. Los primeros hombres, en tiempos inmemoriales, al encontrarlos, los tomaron por divinidades. Los Ilenios los esclavizaron, pues para ellos no eran sino unos seres menores, sin magia, sin poder, sin intelecto, no más que animales.

—¿Estás… estás seguro, Haradin? —preguntó Lindaro con la cara transpuesta por aquella revelación.

—Me temo que sí, Lindaro.

—Pero con tanto poder… ¿por qué no buscar el conocimiento, el saber y el bien? —reflexionó Sonea con los hombros hundidos y completamente decepcionada.

—Eso es lo que he podido deducir de cuanto he llegado a descifrar del Libro del Sol. No tengo todas las respuestas pues mucho todavía me queda por comprender y el grimorio es extremadamente complejo. Pero esto con certeza os digo, los Ilenios esclavizaron al hombre y lo usaron para su disfrute.

—¿Y cómo consiguieron los primeros hombres escapar a la esclavitud de los Ilenios? —preguntó Aliana.

—Ese es uno de los grandes misterios que me ha obsesionado durante tiempo y creo haberlo resuelto. El Libro del Sol no lo establece, pero sí hace referencia a varios puntos muy significativos que, bien entendidos, aportan las claves para entender lo que sucedió. La primera clave es la que hace referencia a una sangrienta revuelta, donde los esclavos, los primeros hombres, liderados por un joven cazador se alzaron contra los Ilenios. La segunda clave hace referencia a tensiones internas entre los propios Ilenios, la división entre sus líderes, a un enfrentamiento entre los mismos Ilenios. Y la tercera clave, y más significativa a mí entender, apunta a que fue la propia vanidad y ansia de poder absoluto de los Ilenios la que acabó con su civilización y liberó a los hombres. En su inconmensurable afán por adquirir más y más poder, por lograr alcanzar una magia capaz de dominar a la propia naturaleza, a la muerte incluso, los Ilenios fueron demasiado lejos, violaron las leyes de la naturaleza, pensándose dioses, creyéndose invencibles e intocables. Y la naturaleza, la magia, contra ellos se reveló. En su vanagloria olvidaron una ley universal inquebrantable, que todo poder, más aún el de la magia, exige un precio. El universo fuerza siempre un equilibrio constante entre los focos de poder y tarde o temprano los equilibra. Cuando los Señores Ilenios de los cinco elementos intentaron doblegar a su voluntad Tierra, Fuego, Agua, Aire y Éter, la madre naturaleza finalmente se reveló contra ellos y logró corromper la magia Ilenia. Los Ilenios, en toda su soberbia, creyéndose invencibles, indestructibles, se encontraron con que su poder, su magia, se había vuelto contra ellos, envenenándolos.

—La madre naturaleza muy sabia es… —señaló Iruki.

—En efecto —convino Haradin—. La sabia madre naturaleza no podía restablecer el orden natural ni derrotar a los Ilenios por su enorme poder, pero sí consiguió corromper aquello que les hacía semi-dioses, su magia. La contaminó, convirtiéndola en veneno para sus Portadores.

—Pero no murieron, duermen… —dijo Sonea pensativa.

—Sí. Los Ilenios lucharon contra el envenenamiento pero no pudieron vencerlo pues cuanto más usaban su magia más se envenenaban. Algunos murieron intentando purgarla, otros perecieron incapaces de aceptar lo que les había sucedido. Pero unos pocos descubrieron la forma de ralentizar el efecto del veneno usando muy poco de su magia, nada más que un hilo que sostuviera sus vidas y frenara casi por completo el avance del veneno. Sabedores que la magia corrupta eventualmente los mataría, bajaron a la Cámara Perpetua para dormir el sueño eterno hasta el día en que el castigo de la madre naturaleza pereciera, el día en que la corrupción que los envenenaba corriera su curso y los liberara.

—¿Seguro que fue la naturaleza? —preguntó Hartz con marcada incredulidad.

Haradin sonrió al gran Norriel.

—Sé que para un hombre de las tierras altas, racional y enemigo de lo místico como tú, esto pueda sonar un tanto extraño. El Libro del Sol esas claves establece, lo que ahora os narro es mi interpretación de las mismas. Si la naturaleza te parece un concepto demasiado místico, piensa que fueron los hombres, o los propios Ilenios, los que envenenaron su fuente de poder, la mano ejecutora poca importancia tiene. Lo que no hay duda es que cayeron envenenados, su magia había sido corrompida y para no morir, durmieron el sueño perpetuo por 3,000 años, hasta que llegara el día en que pasara.

—¿Y ese día ha llegado? —preguntó Lindaro con miedo en los ojos.

—Sí Lindaro, ese día ha llegado, por eso estamos todos hoy aquí.

—¿Qué tenemos nosotros que ver con todo esto? —preguntó Komir intentando razonar por qué estaban ellos en aquel lugar y por qué habían estado a punto de accidentalmente despertar a los condenados Ilenios. No le encontraba sentido y lo que estaba escuchando cada vez le gustaba menos.

Haradin miró al joven Norriel y asintió.

—Según está escrito en el Libro del Sol, los Cinco Señores de los Elementos, los gobernantes de la raza Ilenia, cinco descendientes engendraron con la raza menor de los hombres. Cinco descendientes para asegurar que un día, cuando el veneno finalmente se disipara de sus organismos, del sueño eterno los despertaran. Cinco elegidos que acudirán a la llamada de sus antepasados y los liberarían para volver a reinar sobre la tierra. Cinco Elegidos de su propia sangre, sus descendientes. Vosotros cinco —les dijo Haradin señalándolos uno por uno.

Todos lo miraron atónitos.

—¿Estás diciendo que... que... que somos descendientes de los Ilenios? —preguntó Aliana con los ojos abiertos como platos.

Haradin Asintió lentamente.

—Sí, sus descendientes y Elegidos, pues los medallones de los Cinco Señores de los Elementos portáis; los medallones que son requeridos para despertarlos del sueño eterno. Por 3,000 años han esperado este día, el día en que su enfermedad pasara y pudieran regresar a la superficie, y ese día ha llegado. Es por ello que llamados aquí habéis sido, los cinco, a esta cámara, a completar el ritual que los devolviera a la superficie. Los Elegidos, vosotros cinco, sois quienes podéis devolverlos a la vida; vosotros o vuestros descendientes, o la sangre de vuestra sangre. Los medallones están unidos a vuestro linaje de sangre.

Las nuevas no sentaron nada bien entre los cinco jóvenes que se miraban desconcertados.

—Pero… pero eso no puede ser —balbuceó Komir incrédulo.

—No… no podemos ser descendientes de… de ellos… —dijo Aliana sin poder aceptar las repercusiones de aquellas nuevas.

—Yo no creer, yo Usik, no Ilenio —dijo Asti negando con la cabeza.

—Estoy con Asti —convino Iruki—, yo soy una Masig, hija de las estepas, todos nosotros somos de diferentes razas, ¿cómo vamos a ser descendientes de esos seres?

—Lamento deciros que así es. Los Cinco Señores de los Elementos se aseguraron de que su sangre se mezclara con la de las primeras razas de Tremia: Norriel, Masig, Usik, y las razas del oeste y del medio este. Los cinco sois poseedores del Don, algo raro y escaso, y los medallones Ilenios sólo pueden ser usados por vosotros, cada medallón por uno de los Portadores, para ser más exacto… ese hecho os vincula específicamente a vuestros ancestros por linaje. Sois sangre de su sangre.

—¡Me niego a aceptarlo! ¡Es una locura! —clamó Komir, y miró a Aliana esperando su apoyo pero la encontró pensativa, meditando algo.

Aliana clavó la mirada en el Mago.

—Aquí hay algo más que no nos has contado, ¿verdad, Haradin? Hace tiempo que sospecho de un hecho insólito que me llamó poderosamente la atención, un rasgo que todos compartimos y al que no he encontrado explicación. Todos somos de diferentes etnias, pero con una tragedia que compartimos: todos somos huérfanos.

Los otros cuatro Portadores compartieron miradas desconcertados.

Haradin bajó la mirada y asintió con la cabeza.

—Es mi deber sagrado, y el de mis Vigilantes, proteger el Enigma de los Ilenios, de forma que nunca sea desvelado y ellos nunca puedan regresar y destruir al hombre. Hace 19 años, un hecho muy significativo me fue revelado. Mientras estudiaba el Libro del Sol, el Medallón Sombrío de los Ilenios despertó y me mostró a Komir en grave peligro de muerte.

Me avisó. En aquel entonces no supe por qué, ahora conozco la razón, me avisó pues uno de los descendientes, el futuro portador del Medallón del Éter, iba ser asesinado.

—¿Por quién? —preguntó Aliana intrigada.

—Aquí es donde quedé completamente confundido y sin respuestas por mucho tiempo. La Dama Oscura había enviado Asesinos Oscuros a matarlo.

—¿Por la Premonición? —preguntó Sonea, su inquieta mente intentaba solventar aquel complejo misterio.

—En efecto, para evitarla, para que Komir no le diera muerte.

—¿Pero qué tiene que ver la Premonición, la Dama Oscura, con los Ilenios, con todo esto? —demandó Iruki.

Haradin suspiró profundamente.

—Todo y nada. Mucho tiempo me llevó entenderlo, llegar a esta conclusión. Son dos Destinos que se cruzan en el tiempo en una persona con el poder para evitarlos. Dos Destinos de increíble importancia para el hombre, que podrían haber acabado con todo Tremia, que hubieran desencadenado la muerte y el sufrimiento en miles de personas; dos Destinos de catastróficas repercusiones, con una persona en su en su epicentro, donde ambos caminos se cruzan.

—Komir —dijo Sonea mirando al Norriel.

Komir negó con la cabeza, no quería escuchar aquello.

—En efecto. Ambos Destinos habéis evitado: la Dama Oscura no logró vencer y los Ilenios no han logrado retornar. Con vuestro arrojo y poder los habéis detenido. Es algo impresionante y sobrecogedor.

—Los caminos de la Luz son misteriosos —dijo Lindaro— y los Elegidos para protegernos del mal aún lo son más. Pero continua, por favor, Haradin, salvaste a Komir...

Haradin suspiró profundamente.

—Sí, pero nada pude hacer por sus padres. Lo escondí en las tierras altas entre los Norriel y pedí a la Bruja Plateada de los Norriel que realizara un hechizo de ocultación pues sabía volverían a buscarlo, a acabar con su vida, si bien en aquel entonces no conocía la causa. Pensé que sólo él corría peligro. Pero me equivoqué. Si bien sólo a él buscaban para acabar con su vida, los enviados de la Dama Oscura otras cuatro personas de un poder similar al de Komir descubrieron y raptaron. Cuatro personas con un Don poderoso y especial.

—¿A nosotros? —preguntó Aliana.

Haradin asintió.

—El Medallón Sombrío en cuatro ocasiones me avisó, tal y como lo había hecho con Komir, pues un Portador, un Elegido, estaba en peligro. Pero para mi desgracia, nunca con la suficientemente antelación para yo poder llegar y evitar... evitar la muerte de vuestros padres... Es un pesar y una vergüenza que grabados llevo en el corazón. Intenté salvarlos, llegar a tiempo, pero no lo conseguí —reconoció Haradin negando con la cabeza y mostrando en su rostro un insondable pesar—. En cada ocasión tarde llegué y en manos de Hechiceros de la Dama Oscura caísteis. Con la ayuda de los Vigilantes los buscamos, uno por uno, siguiendo sus rastros y los encontramos. Luché con ellos en cuatro ocasiones distintas de las que milagrosamente salí victorioso. Así es como os rescaté hace 19 años.

A las palabras de Haradin siguió un silencio largo y tenso. A Komir, que ya conocía parte de lo narrado, le costó algo menos asimilar el terrible significado de aquellos hechos. Tragó saliva y miró a sus compañeros que trataban de comprender todo aquello, sus rostros parecían perdidos en dolor y entendimiento.

Aliana fue la primera en reaccionar.

—Nos salvaste, Haradin, eso es lo importante y debemos agradecértelo. No debes martirizarte. Hiciste cuanto pudiste y por ello mi gratitud eterna tienes.

—Y la nuestra —añadió Iruki mirando a sus compañeros que asintieron.

Haradin lo agradeció con un pequeño gesto pero sus ojos permanecieron mirando al suelo.

—¿Fuiste tú quién nos entregó a nuestros hogares adoptivos? —preguntó Aliana.

—Así, es. Busqué el hogar más apropiado que pude encontrar en las proximidades a los funestos eventos. Corríais grave peligro, debía ocultaros y asegurarme de que estuvierais protegidos y cuidados. Elegí lo mejor que pude dadas las circunstancias y el apremio de la situación. Iruki y Asti fueron entregadas a jefes de sus respectivas tribus, tú y Sonea a órdenes de renombre. Es cuanto pude hacer… lo lamento...

—Hiciste bien, Mago, mejores padres no podría haber deseado —dijo Iruki con los ojos húmedos por la emoción.

Asti convino con un gesto afirmativo.

—¿Cómo nos ocultaste de la Dama Oscura? —preguntó Sonea mientras su inquieta mente ataba cabos.

—Pedí a la Bruja Plateada que cuatro piedras rúnicas hechizara como ya lo había hecho con el Medallón Sombrío. Y así lo hizo. Mis vigilantes situaron las runas de ocultación cerca de vuestros hogares. Desde entonces os vigilan desde la distancia, sin interferir, y me informan.

Komir dio un paso al frente y con talante más sereno le dijo:

—Lo que nos has contado es mucho para digerir de golpe, pero aclaraciones te pedimos y has cumplido, nos guste o no lo que nos has dicho. Te lo agradezco, Haradin, aunque me has dejado el alma dolida y revuelta.

Haradin miró a Komir a los ojos y realizó una pequeña reverencia.

Komir lo miró un instante y la aceptó con un gesto con la cabeza.

—¿Y ahora, Haradin? —preguntó Aliana con rostro de todavía estar asimilando todo lo revelado.

—Ahora abandonemos esta Cámara maldita para jamás regresar.

—¿No deberíamos matarlos...? —preguntó Kayti señalando la puerta sellada.

—Sí, deberíamos… —concedió Haradin con el rostro marcado por la preocupación—, pero no creo que lo lográsemos. Ya habéis visto lo que ha sucedido. Si intentamos entrar para darles muerte, mucho me temo que fracasaríamos, y lo que es peor, conseguirían despertar. Mi magia es inútil ahí adentro. Esa Cámara rezuma poder Ilenio. Los medallones que portáis sirven a los Ilenios, por encima de vuestra voluntad. Se volverían en vuestra contra y obedecerían a sus amos. No, es demasiado arriesgado. No somos lo suficientemente poderosos como para enfrentarnos a la magia Ilenia que ahí dentro se encuentra. Debemos sellar la Cámara y perderla en el olvido.

Kayti asintió.

Haradin los miró.

—Los Ilenios no deben ser despertados. Jamás. Vuestra palabra necesito de que cuanto sabéis de los Ilenios y de esta Cámara, jamás será a nadie revelado. Un secreto que a la tumba llevéis este debe ser.

Todos asintieron en conformidad.

—¿Komir?

—Tienes mi palabra de Norriel.

—¿Aliana?

—Desde luego, Haradin, por la Madre Sanadora.

—¿Asti?

—Yo prometer por bosques Usik sagrados.

—¿Iruki?

—Por la madre estepa de los Masig.

—¿Sonea?

—Por la Orden del Conocimiento.

Haradin miró a la pareja:

—Por Zuline la Dama Custodia —juró Kayti.

—Como Komir bien ha dicho, tienes mi palabra de Norriel —dijo Hartz.

Finalmente miró al Rastreador Norghano.

—Por mi honor —juró Lasgol.

Haradin asintió satisfecho.

Los componentes del grupo se miraron.

—Mis Vigilantes y yo cumpliremos con la labor sagrada de ocultar este lugar a la humanidad y vigilar para que nadie jamás lo encuentre.

Los vigilantes realizaron una reverencia a su líder.

Haradin volvió a mirar al grupo con ojos llenos de determinación.

—Recordad, os ata un juramento de por vida, dadle ahora cumplimiento.

Epílogo

Komir contemplaba el paisaje desde lo alto del gran Faro de Egia. La vista desde aquella altura era absolutamente espectacular, tal y como la recordaba. El infinito océano de aquel índigo encandilador enfrente y leguas de llanuras de verdes prados y pequeños bosques a la espalda. La brisa acariciaba su rostro y por un momento todas las preocupaciones y tensiones vividas desaparecieron.

—Ha llegado la hora de las despedidas —le dijo Haradin.

Komir se giró y miró al Mago, que le ofrecía con una sincera sonrisa. Tras él aguardaba todo el grupo.

—El Rey Gerart acaba de llegar con un destacamento de Lanceros. Debo bajar a su encuentro —le dijo el gran Mago posando su mano sobre el hombro de Komir—. Es tiempo de reconstruir. Es tiempo de paz.

Komir sonrió al Mago.

—Adiós, Haradin. Cuida bien del reino, y del futuro de los hombres.

—Lo haré, joven Norriel. Y tú cuídate mucho. Lo has hecho bien, Komir, muy bien. Me llena de orgullo haber luchado a tu lado. Sin ti no lo hubiéramos logrado.

—Sin ti, tampoco, Haradin.

—¿Amigos?

Komir sonrió y asintió.

—Amigos.

El Mago sonrió y partió.

—Voy con él —le dijo Lindaro con el Libro del Sol bajo el brazo—, debo regresar de inmediato, tanto hay por hacer... tan poco tiempo...

—Yo también os acompaño —dijo Sonea que no soltaba el Libro de la Luna—, me esperan larguísimas horas de estudio.

El Sacerdote de la Luz se detuvo en la puerta y se giró. Miró al grupo y con una gran sonrisa dijo:

—Hasta pronto, amigos, cuidaos mucho. Y por la Luz, no os metáis en más líos.

Iruki dio un paso al frente y miró al cielo.

—Es hora de volver a las estepas, de volver con los Nubes Azules. Mi alma reposo y sosiego necesita para sanar la herida que sé nunca cicatrizará.

—Te acompañaré en tu viaje —le dijo Lasgol.

Iruki lo miró un instante y finalmente asintió. Intercambiaron despedidas y buenos deseos con el grupo y marcharon.

Komir lanzó una mirada indecisa a Hartz.

El grandullón lo vio y se acercó hasta él.

—Todo está bien entre nosotros, amigo. El pasado está olvidado —le dijo, y le dio un gran abrazo de oso que dejó a Komir sin respiración pero con el corazón lleno de alegría y los ojos húmedos por la emoción.

—Gracias, amigo, de corazón. Gracias.

Hartz asintió y sonrió.

—¿Qué vas a hacer ahora? —preguntó Komir.

—Nos vamos a Irinel —dijo el grandullón señalando a Kayti, que aguardaba junto al gran brasero—. La pelirroja quiere enseñarme su reino.

—Muy al este tendrás que viajar, cruzando prácticamente todo Tremia…

—Mejor, así tendré más oportunidades de meterme en jaleos y encontraré más cráneos que machacar — respondió entre risas.

Komir no pudo sino contagiarse del espíritu de su gran amigo. Lo abrazó y le dijo:

—Cuídate mucho, grandullón. No te metas en líos.

—Lo intentaré aunque no creo que lo consiga.

—Quiero que sepas, y te lo digo de corazón, que eres el mejor amigo que hombre alguno pudiera desear.

Hartz sonrió y se dirigió hacia Kayti.

Komir miró a la pelirroja en su blanca armadura y por primera vez, no sintió rabia.

—¿Y los grimorios? —preguntó Komir ladeando la cabeza.

Kayti suspiró profundamente.

—Debería llevarlos a la Hermandad, pero sé que con Haradin estarán bien protegidos. No forzaré más este asunto.

Komir asintió.

—Cuida bien de él —le dijo señalando al gran Norriel.

Kayti le devolvió la mirada, sonrió y dijo:

—No te preocupes, Komir, lo haré.

Komir los vio marchar y un sentimiento de tristeza a la vez que alegría lo inundó.

Asti se acercó hasta Aliana y la tomó de las manos.

—Yo volver con los otros —dijo a Aliana.

—Te entiendo, ve, pronto bajaré yo. Con Gerart debo hablar —dijo Aliana, y aquello hizo que el corazón de Komir latiera como un tambor de guerra.

Asti sonrió a Komir y partió.

—Ya sólo quedamos tú y yo —dijo Aliana.

Komir contempló el bello rostro de Aliana, su dorado cabello se mecía al viento. Sólo con mirarla hacía que el corazón de Komir sangrara por no poder tenerla.

—Sí, será mejor que acortemos la despedida. El Rey viene en tu busca para hacerte Reina de Rogdon —le dijo Komir dolido.

—Esa es una decisión que sólo a mí me concierne —respondió ella acercándose y mirando a Komir con semblante adusto.

—Tienes razón, lamento haberlo dicho…

Aliana rodeó el cuello de Komir con los brazos y para la tremenda sorpresa del Norriel, lo besó apasionadamente.

En ese momento, Gerart apareció en la puerta. El Rey de Rogdon miró a Aliana un largo instante. Aliana se dispuso a hablar pero Gerart alzó la mano para detenerla. Le sonrió, con una sonrisa sincera, si bien sus ojos mostraban un dolor enorme y profundo, incurable. Saludó con la cabeza a Aliana, luego a Komir y, con gran dignidad, el Rey partió.

Komir miró a los ojos a Aliana.

—¿No deseas ser Reina?

—Esa no es mi elección.

—¿Y tu Orden?

Aliana negó con la cabeza.

—Tú eres mi elección, Komir. Tú eres mi Destino.

####
Fin del Libro III

Agradecimientos

Tengo la gran fortuna de tener muy buenos amigos y una fantástica familia y gracias a ellos este libro es hoy una realidad. La increíble ayuda que me han proporcionado durante este viaje de épicas proporciones no la puedo expresar en palabras.

Quiero agradecer a mi gran amigo Guiller C. todo su apoyo, incansable aliento y consejos inmejorables. Esta saga, no sólo este libro, nunca hubieran existido de no ser por ti.

A Roser M. por las lecturas, los comentarios, las críticas, lo que me ha enseñado y toda su ayuda en mil y una cosas. Y además por ser un encanto.

A The Bro, que como siempre hace, me ha apoyado y ayudado a su manera.

A mis padres que son lo mejor del mundo y me han apoyado y ayudado de forma increíble en este y en todos mis proyectos.

A Guiller B. por todos sus buenos consejos, ideas, su ayuda, y sobre todo su apoyo.

A Olaya Martinez por ser una correctora excepcional, una trabajadora incansable, una profesional tremenda y sobre todo por sus ánimos e ilusión. Y por todo lo que me ha enseñado en el camino.

A Sarima por ser una artistaza con un gusto exquisito y dibujar como los ángeles. No dejéis de visitar su web: http://envuelorasante.com/

Y finalmente, muchísimas gracias a ti, lector, por haber apoyado a un escritor novel de la tierra en su primera obra. Espero que te haya gustado el libro, si es así, te agradecería una reseña y que se lo recomendaras a tus amigos y conocidos.

Muchas gracias y un fuerte abrazo.

Contacto:

Web: http://elenigmadelosilenios.com/

Twitter: https://twitter.com/PedroUrvi

Facebook: http://www.facebook.com/pages/El-enigma-de-los-Ilenios/558436400849376

Correo: pedrourvi@hotmail.com

Trilogía El enigma de los Ilenios:
Libro I: MARCADO
Libro II: CONFLICTO
Libro III: DESTINO

22596970R00431

Printed in Great Britain
by Amazon